TEIL EINS

DIE WALISISCHEN MARKEN

1200

KAPITEL EINS

Der Engel mit seinen geschwungenen Flügeln würde bis in alle Ewigkeit in dieser Position verharren: Seine zierlichen, nach unten ausgestreckten Füße würden ewig dem Boden zustreben und seine Handflächen sich dem Strahlenkranz entgegenstrecken. In feierlicher Demut beugte er das jugendlich schmale Haupt, während das lange goldene Haar vom Flug noch immer hinter ihm her flatterte. Das Surren seiner bebenden Schwingen erfüllte endlos die verzückte Luft. Es war, als wären die Flügel gerade im Begriff, zur Ruhe zu kommen, doch dieser Moment schien nie enden zu wollen. Seine Augen waren zwar von der strahlenden Lichtquelle abgewandt, besaßen aber ein eigenes blendendes Leuchten, das man kaum ertragen konnte. Der Gesichtsausdruck des Engels war angespannt und entschlossen, als man ihn im Augenblick seiner Landung festgehalten hatte. Der ganze Körper – von Brust über Lenden und Oberschenkel bis hin zum Fußspann – schien dem Boden zuzustreben. Silbrige Sehnen spannten sich und bebten unter dem erstarrten aufgebauschten Goldgewand. Der Himmelsbote berührte den Boden mit seinen langen, nackten, wohlgeformten Füßen. Da gab die Erde einen ehernen Schrei von sich, und die Luft entlang des absteigenden Bogens seiner Himmelsreise erzitterte wie eine Bogensehne.

Aus dem dunklen All über dem Engel neigte der Schöpfer den Kopf, um auf Sein Werk zu schauen, und Er sah, daß es gut war.

Ebrard erschien an einem frühlingsgrünen Morgen einige Tage nach Ostern, um die beiden von Shrewsbury heimzuholen. Jüngst erst zum Ritter geschlagen, lag die neue Würde glanzvoll und steif wie neue Kleider über ihm. Drei bewaffnete Kriegs-

Ellis Peters (Edith Pargeter)

Der Baumeister von Albion

SERIE PIPER

Zu diesem Buch

England um 1200 zur Zeit von King John – eine Epoche von Schönheit und Niedertracht, von Loyalität und Verschwörung. Der junge Baumeister Harry und sein Freund Adam werden unrechtmäßig angeklagt und müssen aus ihrer walisischen Heimat nach Paris fliehen, wo sie den charismatischen Lord Isambard und die begehrte venezianische Schönheit Benedetta kennenlernen. Für Isambard soll Harry eine nie dagewesene Kirche bauen, die bis zum Himmel reicht. Doch während das Bauwerk wächst, fällt der Schatten von Eifersucht, Rache und Tod auf den jungen Künstler. Der Beginn einer großartigen Trilogie um das Leben des mittelalterlichen Baumeisters von Albion aus der Feder der Bestsellerautorin Ellis Peters.

Ellis Peters (Edith Pargeter), geboren 1913, verband ihr Leben lang ihr Interesse für Geschichte mit ihrem literarischen Talent. Schon im Alter von dreiundzwanzig Jahren veröffentlichte sie ihren ersten Roman. Internationales Ansehen erwarb sie sich unter ihrem Pseudonym Ellis Peters mit ihren Geschichten um Inspektor George Felse und mit den historischen Bruder-Cadfael-Romanen. Ihre Bücher wurden in mehr als fünfzehn Sprachen übersetzt. Edith Pargeter starb 1995 in Shropshire, England. Ihre Baumeister-Trilogie liegt vollständig auf deutsch vor: »Der Baumeister von Albion«, »Das Erbe des Baumeisters« und »Die Rückkehr des Baumeisters«.

Ellis Peters (Edith Pargeter)
Der Baumeister von Albion

Roman

Aus dem Englischen von
Marcel Bieger und Barbara Röhl

Piper München Zürich

Von Ellis Peters (Edith Pargeter) liegen in der Serie Piper vor:
Der Baumeister von Albion (3464; Piper Original, 7006)
Das Erbe des Baumeisters (3465; Piper Original, 7007)
Die Rückkehr des Baumeisters (3466; Piper Original, 7008)

Ungekürzte Taschenbuchausgabe
1. Auflage Dezember 2001
2. Auflage November 2002

Titel der englischen Originalausgabe:
»The Heaven Tree«

Umschlag: Büro Hamburg
Isabel Bünermann, Meike Teubner
Umschlagabbildung: Otto van Veen
(»Selbstbildnis«, Musée du Louvre, Paris / AKG, Berlin)
Foto Umschlagrückseite: Rosemary Herbert
Satz: KCS GmbH, Buchholz / Hamburg
Druck und Bindung: Clausen & Bosse, Leck
Printed in Germany ISBN 3-492-23464-X

www.piper.de

knechte ritten hinter ihm her, um seinen neuen Stand vor aller Welt zu bezeugen. Die Knaben warteten am Torhaus, und als er abstieg, begrüßten sie ihn pflichteifrig: Harry gab ihm einen brüderlichen Kuß, und Adam verbeugte sich tief vor ihm. Abt Hugh de Lacy kam über den großen Hof gehumpelt, der von geschäftigem Treiben erfüllt war; schließlich wollte er es sich nicht nehmen lassen, ihnen zum Abschied seinen Segen zu erteilen. Sein linkes Bein lahmte nach einem Jagdunfall, den er in seiner Jugend erlitten hatte: Ein verwundeter Keiler hatte ihn mitsamt seinem Pferd niedergeworfen. An feuchten Frühlingstagen wurde ihm seitdem die Stelle schmerzhaft ins Bewußtsein zurückgerufen, wo die Knochen schief wieder zusammengewachsen waren. Seinerzeit hatte Hugh Keiler, Wolf und Hirsch gejagt, und dies nicht immer mit Erlaubnis der jeweiligen Obrigkeit. Doch das war früher gewesen, als er noch nicht die Mönchskutte getragen und es auf die Bischofsmitra abgesehen hatte.

Der Kirchenmann stellte sich vor die Jungen, legte jedem eine Hand auf die Schulter und erklärte: »Nun, Knaben, ihr seid auf dem besten Wege, richtige Männer zu werden. Haltet an dem fest, was ihr hier bei uns gelernt habt. Wenn ihr das nach bestem Wissen an den Orten anwendet, an die man euch ruft, wird es euch sicher wohl ergehen. Ihr habt doch Latein und auch Französisch gelernt, nicht wahr?«

»Ja, Vater.«

»Und ihr besitzt auch einige Kenntnisse in der Musik und beherrscht ein Instrument?«

»Ja, Vater.«

»Und was eure Talente betrifft, Holz und Stein zu bearbeiten, so waren uns die immer ein Wohlgefallen, haben sie doch unser Haus verschönt und bereichert.« Es war besser, nicht zu viele Worte auf dieses Thema zu verwenden, denn Harry würde Meißel und Locheisen noch früh genug bitter vermissen; da brauchte man ihn nicht unbedingt auch noch daran zu erinnern. Dennoch konnte der Abt ein seliges Lächeln nicht verbergen, als er wieder an den kleinen Holzengel am Marienaltar denken mußte: Er war fünfzehn Zoll hoch und trug die Gesichtszüge seines Schnitzers – dieselben tiefliegenden Lider, dasselbe halbverborgene Glitzern der strahlenden Augen und dasselbe schmale, ernstentschlossene Antlitz.

Jeder Künstler schuf wohl, sobald er zum ersten Mal ein Werk begann, zunächst ein Abbild seiner selbst, ganz gleich ob bewußt oder unbewußt. Schließlich hatte auch Gott den Menschen nach seinem Ebenbild geschaffen, da befand Harry sich doch in der besten Gesellschaft. Dem Subprior hatte der kleine Engel nie gefallen wollen. Die Ähnlichkeit zum Holzschnitzer war ihm nie so recht aufgegangen, aber sie war gleichwohl unbewußt der Grund des Unbehagens, das ihn beim Betrachten dieses Werks ergriff. Außerdem fand sein gerader, ordentlicher Verstand, daß es sich nur für Dämonen, nicht aber für Abgesandte der Göttlichen Gnade ziemte, so abgehetzt und angespannt dargestellt zu werden.

»All diese Gaben empfingt ihr von Gott, deshalb geht getreulich mit ihnen um und achtet sie wert. Außerdem gehe ich davon aus, daß ihr fest im Glauben ruht und euch den himmlischen Wegen gehorsam unterwerft. Dieses Wissen soll euch stets das Allerwichtigste sein. Vergeßt es niemals und nirgends.«

»Ja, Vater«, entgegneten der dunkelhaarige und der blonde Junge wie aus einem Munde. Auch dies zeigte, wie tief sie miteinander verbunden waren. Hugh wußte, daß die beiden ihm nur mit halbem Ohr zuhörten. Welcher fünfzehnjährige Jüngling hörte schon gern moralische oder theologische Ermahnungen, und das auch noch an dem Tag, an dem er endlich der Schule den Rücken kehren durfte?

Schulter an Schulter standen sie vor ihm. Harry war dunkel, sehnig und klein; er hatte das starke Kinn, die spitzen Knochen und den geraden, abenteuerlustigen Mund seines Geschlechts; Adam war fröhlich und blond und einen halben Kopf größer als sein Herr. Aus seinem Gesicht, das einer weitgeöffneten Blüte glich, strahlten blaue lustige Augen. Die Jungen hielten sich an der Hand. Immer wieder tauschten sie rasch beredte Blicke aus, die jedes Wort überflüssig machten. Die beiden zu trennen, und sei es auch nur für eine Stunde, hätte bedeutet, ein und denselben Körper zu zerreißen. Dabei war der eine nur der Sohn eines unfreien Handwerkers, während der andere ein entfernter Verwandter des großen Grafen selbst war, des Begründers des Geschlechts, der unter der schweren Steinplatte in der Kapelle der Heiligen Jungfrau lag und somit im Schoß des heiligen Hugh vermoderte.

Die Talvaces von Sleapford stammten in direkter Linie von einem unehelichen Halbbruder von Graf Rogers erster Gattin ab. Dieser hatte sich während Williams Eroberung Englands dem Grafen angeschlossen. Zum Lohn für seine Dienste hatte er aus der Hand des Königs das Gut Montgomery erhalten und es sich dort in einem stattlichen Herrenhaus bequem gemacht. Er war zum Ritter geschlagen worden, besaß das Hegerecht über alle Wälder auf seinem Besitz und war mit einer Sächsin verheiratet gewesen, die zwei Dörfer, welche ihr zu Lehen gegeben waren, mit in die Ehe gebracht hatte. Das hatte ihm eine gute finanzielle Stabilität gegeben. Seine Familie war immer noch stolz darauf, daß in jeder neuen Generation seine Gesichtszüge und sein Name weitervererbt wurden. Des weiteren erforschten die Talvaces sehr genau ihren Verwandtschaftsgrad mit den Lords von Belesme, Ponthieu und Alençon.

Ebrard trug zwar den Namen des teuren Vorfahren, Harry aber dessen Züge. Seine Augen, welche von langen und dichten Wimpern beschattet wurden, waren überraschend schön, wenn er sie hob und den Blick auf jemanden heftete. Wimpern und Brauen waren tiefschwarz, wohingegen die Augen, wenn sie einen ansahen, die Farbe des Meeres hatten und zwischen Blau und Grün changierten. Sie wiesen graue und goldene Reflexe auf, welche sich ständig veränderten und ohne Zweifel von dem mitgiftlosen Mädchen aus der Bretagne stammten, das vor langer Zeit den Begründer dieses Geschlechts zur Welt gebracht hatte.

»Gehorche deinem Vater, Harry, wie es deine Pflicht ist, und diene ihm treulich, sobald er dich in dein Amt eingesetzt hat, dann wirst du Gott ein Wohlgefallen sein.«

»Ja, Vater«, antwortete er mit unterwürfiger Stimme.

Der Frühling und das neue Jahrhundert standen gerade in den Anfängen, und der sonnige Morgen schien für einen Neubeginn wie geschaffen zu sein. Und Harry, das mußte man ihm lassen, hatte Gespür für die Besonderheit dieser Stunde gezeigt; er hatte nämlich seine beste Cotte angezogen und abgebürstet und sich sorgfältig gewaschen und gekämmt. Kurzum, Ebrard konnte in ihm kaum den halsstarrigen Bengel wiedererkennen, den er vor fünf Jahren in die Obhut des Abtes von Shrewsbury gegeben hatte; damals war er mit schmerzendem Hinterteil angekommen, aber mit seinem Nennbruder an der Hand – das eine als Lohn für seine Widerspenstigkeit, das andere für seine Tränen. Sein Vater Eudo, der alte Narr, hatte ihm seinen Willen gelassen. Doch wie viele weisere Männer hatten vor ihm und nach ihm in ihrer Erschöpfung den gleichen Fehler begangen?

»Und du, Adam, arbeite strebsam in deinem Gewerbe und zweifle nie daran, daß Gott an einem ehrlichen Steinmetz genau solche Freude hat wie an einem ehrenwerten Ritter oder einem gebildeten Schreiber; denn die Aufgaben des Herrn sind mannigfaltig.«

Vielleicht war es nicht sehr klug, auf die unterschiedliche Herkunft der beiden Jünglinge hinzuweisen. Was konnte damit schon erreicht werden, außer daß Harry sich noch enger mit seinem Milchbruder zusammentat? Der Abt strich ihm über die glatte, vornehme Wange und wünschte von Herzen, dem Jungen wäre nie erlaubt worden, sich auf Botelers Hof herumzutreiben, wo er die Geschicklichkeit seiner Hände und die Kühnheit seiner Vorstellungskraft kennenlernte. Denn vom heutigen Tag an würde Harry die Buchführung auf Sleapford übernehmen müssen. Er würde mit anderen Worten von den freien Pächtern seines Vaters die Pacht eintreiben müssen und dafür sorgen, daß die Leibeigenen ihre drei Tage Arbeit für den Herrn leisteten und zur Ernte fünf Tage zur Verfügung standen; auch oblag es ihm, von den Leibeigenen den Merchet – die Gebühr für die Vermählung einer Tochter –, den Heriot – also die Sterbegebühr – und schließlich den Zehnten einzufordern. Welches bessere Schicksal konnte ihm, dem jüngeren Sohn, überhaupt widerfahren?

Zumal auf einem Besitz, der zu klein war, um ihn unter den Kindern aufzuteilen? Wenigstens hatte Harry die Ausbildung erhalten, die dem Erben seines Vaters vorenthalten worden war, weil sie als unnütz erachtet wurde. Infolgedessen konnte jener kaum seinen aristokratischen Namen und Titel schreiben. So blieb Ebrard der Ritterstand, seinem Bruder aber das Latein.

»So, ihr zwei, ich habe genug gesprochen. Schließlich weiß ich, daß ihr beide genug guten Willen und Verstand in euch tragt. Vergeßt jedoch nie, daß hier stets ein guter Freund auf euch wartet, zu dem ihr kommen mögt, wann immer ihr in Not seid, ganz gleich zu welcher Zeit. Und Ihr, Ebrard, begegnet Euren Schützlingen mit Freundlichkeit und Geduld, hat doch auch Eure hohe Stellung ihre Verpflichtungen.«

Ebrard beugte sich vor, um die ausgestreckte Rechte Hughs zu ergreifen, und zeigte dabei seine flachsblonde Mähne. Mit seinen neunzehn Jahren maß er bald sechs Fuß und besaß die blühende rosige und weiße Haut seiner hübschen Mutter und deren lange und feine Gliedmaßen. Die Ritterwürde des Erstgeborenen hatte er gerade erst ein paar Monate zuvor bekommen, und so ganz schien er sich noch nicht daran gewöhnt zu haben.

Hugh de Lacy konnte sich noch gut an die Weihnachtsfeier in der Großen Halle der Burg Shrewsbury erinnern. Auch an das schallende Gelächter aus den hinteren Reihen, wo die jungen adligen Besucher standen. Denn nach seiner Erhebung in den Ritterstand erhob sich Ebrard bleich und aufgeregt und trat auf den Saum seines Gewands. Nicht viel hätte gefehlt, und er wäre vor dem Kastellan des Königs aufs Gesicht gefallen. Sir Eudo Talvace hatte glücklicherweise an der Stimme des Lachenden nicht seinen jüngeren Sohn wiedererkannt. Wohl aber Abt Hugh, und leider auch Ebrard, der sich nach dem Mißgeschick rasch und rotgesichtig wie eine Pfingstrose aus der Halle entfernt hatte. Gerüchten zufolge hatte seine erste Handlung als frischgebackener Ritter darin bestanden, Harry eine tüchtige Tracht Prügel zu verabreichen; und wer wollte ihm daraus schon einen Vorwurf machen? Die beiden waren immer schon viel zu verschieden gewesen. Dem Abt war vorhin auch nicht der harte

Blick aus Ebrards blauen Augen entgangen, mit dem er Harry vom Scheitel bis zur Sohle gemustert und den Trotz des Jüngeren herausgefordert hatte; genausowenig wie das hart vorgeschobene Kinn, mit dem Harry Ebrard begegnet war. Hugh konnte sich nicht mehr daran erinnern, was zuerst dagewesen war. Dabei verhielt es sich beileibe nicht so, daß die beiden sich gegenseitig haßten. Sowohl Ebrard als auch Harry wären zutiefst verblüfft gewesen, wenn jemand behauptet hätte, daß sie sich nicht so liebten, wie es sich für Brüder gehörte. Vielmehr verhielt es sich zwischen den zweien wie zwischen Öl und Wasser: Die zwei Substanzen hassen sich nicht, können aber auch wenig miteinander anfangen. Dennoch konnte man davon ausgehen, daß die Brüder, noch bevor sie nach Sleapford gelangten, sich einen Faustkampf liefern würden.

»Gott begleite euch auf euren Wegen, Kinder; ich wünsche euch die allerangenehmste Reise. Wenn eure Schritte euch das nächste Mal nach Shrewsbury führen, freue ich mich schon darauf, euch an meiner Tafel bewirten zu dürfen.«

Die Art, wie beide Brüder sich im Sattel hielten, hätte unterschiedlicher nicht sein können. Harry saß locker und bequem auf dem Pferd. Der Ältere dagegen hielt sich betont gerade und aufrecht, was auf seinen Status als Ritter verweisen sollte.

Hugh betrachtete die beiden. Deutlich war ihnen anzumerken, daß der eine das Waffenhandwerk gelernt hatte und der andere nicht. Für den Jüngling stellte ein Pferd nur ein Fortbewegungsmittel dar. Ein Roß zu besteigen rief bei ihm keine besondere Erregung hervor, genausowenig, wie es ihm schändlich erschiene, von einem Pferd zu fallen. So etwas konnte schließlich jedem Reisenden widerfahren. Ganz anders Ebrard, für den ein Pferd das Symbol seiner Ritterschaft darstellte. Sollte er je von seinem Roß stürzen, verlöre er damit jegliche Selbstachtung. Der Sturz wäre für ihn wahrhaftig tief.

Der Abt sah ihnen hinterher, wie sie durch das Tor hinausritten. Ebrard vorneweg, dann Harry und Adam, die bereits miteinander lachten und sich balgten. Der Handwerkersohn war mit seinem offenen Lächeln, dem gelbblonden Haupt, von dem er die Kapuze abgestreift hatte, und dem kräftigen braunen Nacken von den dreien der hübscheste. Auch besaß er das dazugehörige Wesen, das sonnig und liebenswürdig war wie sein Gesicht. Kein Wunder, daß Harry ihm nicht von der Seite wich.

Die Zeit würde schon alles richten, sagte sich der Kirchenmann, doch beruhigte ihn dieser Gedanke nicht sehr. Lange hätte die Zeit Gelegenheit gehabt, die beiden auf natürliche Weise und ohne Schmerzen voneinander zu trennen; doch statt dessen hatte sie die zwei noch hartnäckiger aneinandergeschmiedet. Warum, dachte Hugh schweren Herzens, als er sich umdrehte und zum Kloster zurückhumpelte, war nicht Eudos Weib eine so frische und muntere Frau wie Botelers Gemahlin? Warum hatte das Schicksal es ihr verwehrt, ihr eigenes Kind zu nähren? Und warum schließlich hatte Eudo sich danach Harry gegenüber wie ein Narr anstellen müssen? Der Moment, in dem man die beiden Jungen problemlos voneinander hätte trennen können, war längst verstrichen; spätestens seit sie reiten und laufen konnten. Aber dieser vertrottelte Greis von einem Ritter hatte ja nur Augen für seinen Erben gehabt und dabei übersehen, wie sehr sein zweiter Sohn es brauchte, daß man sich um ihn kümmerte. Hätte Eudo doch nur zu gegebener Zeit seine väterliche Sorge auch dem Jüngeren zugewandt; hätte er Harry doch, trotz dessen Tränen und Wutanfällen, mit einem anderen Knechtsohn hierher ins Kloster geschickt, dann würden ihm und auch seinem jüngeren Sohn sicher einige der Prüfungen erspart bleiben, welche die Zukunft für sie bereithielt.

Oder warum waren diese beiden Jungen, die einander so zugetan waren, als hätte das Schicksal sie füreinander geschaffen, warum waren sie nicht als leibliche Brüder geboren, und sei es als Maurersöhne, denen im Leben nichts übrigblieb, als ebenfalls die Maurerkelle zu ergreifen? Was wäre dann gewesen, selbst wenn sie beide als Unfreie ihr Dasein hätten fristen müssen?

Was ist überhaupt Freiheit? fragte sich Hugh, blieb stehen und warf einen letzten Blick auf die beiden Jungen, welche man für Zwillinge hätte halten können, auch wenn sie alles andere als das waren. Sage mir doch einer, wer von den beiden der Freie und welcher der Leibeigene ist; das vermag niemand auf den ersten Blick zu erkennen.

Sie kamen an der Mühle vorbei, wo der Abfluß des Abtei-Teichs wieder in den Bach zurückfloß; von dort wand sich und plätscherte dieser nur noch wenige Schritte weiter, bevor er den Fluß erreichte. Schwere Wagen kamen dort an oder fuhren wieder ab; die meisten von ihnen rumpelten über die Steinbrücke aus der Stadt heran. Die Abteimühle ließ sich vom ganzen Ort Mahlgeld entrichten, weil nur dort Korn gemahlen werden durfte, und der Prior achtete streng darauf, daß die Rechte des Klosters nicht verletzt wurden; schließlich brachte die Mühle mehr ein als alle Pachten auf dieser Seite des Flusses.

Das Wasser des Severn stand hoch, floß aber gemächlich dahin: silberblau unter dem offenen Himmel und graubraun, wo die Sträucher an den Ufern waren. Seit gestern war der Wasserstand um fast einen Meter gesunken, sichtbares Anzeichen dafür, daß die Frühlingsfluten abklangen. Jenseits der Brücke stieg der Hügel an, auf dem sich Shrewsbury erhob und zweifach umrundet wurde: vom Fluß und von dem Wall mit seinen Türmen. Zur Rechten, wo ein Bogen des Severn eine Landenge entstehen ließ, ragte die breite und wuchtige Burg des Grafen Roger auf. Unübersehbar hockte sie auf dem Hügelland, und ihre zinnenbewehrten Türme schienen das Himmelszelt selbst aufzureißen. Alle Hänge zwischen Feste und Brücke, die sich außerhalb der Festungsmauern befanden, waren terrassenförmig angelegt und mit den Rebstöcken des Abtes bestanden. Für die Blüte war es noch zu früh, und so ähnelten die schwarzen und verkrümmten Pflanzen eher einem Dornengestrüpp.

»Du und dein geschnitzter Engel!« rief Adam gutgelaunt, als sie von Süden kommend den Steg erreichten und den Bach überquerten. »Was soll an dem schon so Besonderes sein? Du würdest ihn bestimmt am liebsten stehlen, wenn sich dir nur die Möglichkeit dazu böte. Der Engel, das ist alles, was ich von dir höre, und kein Wort über deine übrige Arbeit! Gefallen dir die Säulenkapitelle denn nicht, welche du gemeißelt hast?«

»Doch, die sind schon ganz in Ordnung, aber leider nur Nachbildungen. Nein, eigentlich nicht so richtig. Erinnerst du dich noch an Meister Roberts Zeichnungen aus Canterbury? Die hatte ich im Kopf, als ich die Entwürfe anfertigte. So gesehen habe ich wohl kaum wirklich etwas kopiert, aber auch nichts richtig Neues geschaffen. Aber das ist mir erst aufgefallen, als die Kapitelle an Ort und Stelle angebracht wurden. Ganz ehrlich, jeder hätte so etwas meißeln können.«

»Danke, sehr nett von dir. Glaubst du nicht, daß jeder Künstler, der etwas schnitzt oder meißelt, sich nach dem richtet, was andere vor ihm geschaffen haben? Muß denn wirklich alles, was du tust, ganz neu und noch nie dagewesen sein? Eines muß ich dir allerdings lassen«, bemerkte Adam dann mit einem schelmischen Grinsen, »für die Stechpuppe am Nelkendienstag vergangenen Karneval hast du dir wirklich etwas Neues einfallen lassen. Lag es an dir, oder war der Schwenkarm falsch eingelegt? Du hast vielleicht einen Anblick geboten! Mann, ich habe noch nie jemanden so über die Festwiese fliegen sehen ...«

Der Vorfall war nicht das erste grandiose Mißgeschick gewesen, das Harrys Bemühungen, sich in den männlichen Tugenden hervorzutun, begleitet hatte. Und es würde wohl auch nicht die letzte Panne bleiben. Zwar kümmerte es den Jüngling nicht, daß er damals von dem Sack der Holzpuppe vom Pferd geworfen worden war, dennoch durfte er es dem Freund nicht durchgehen lassen, ihn einfach so zu hänseln. Harry beugte sich zur Seite, legte Adam einen Arm um den Hals und versuchte, ihn vom Roß zu ziehen. Der hielt sich verzweifelt mit einer Hand am Sattelknauf fest, während er mit der anderen Harry an der Hüfte packte. So rangen sie miteinander, keuchten und kicherten. Ihre Pferde, die solches närrisches Treiben zur Genüge kannten, blieben einfach stehen und berührten sich sanft mit Maul und Nüstern. Genauso wie Adam beklagten sie sich nicht, obwohl sie nicht recht verstanden, was los war. Als es dem Handwerkersohn dank seiner Größe und seines Gewichts endlich gelang, wieder fest im Sattel zu sitzen, versuchte er seinerseits, den deutlich leichteren Gegner vom Pferd zu heben. Doch Harry fuhr mit der freien Hand in das braune Hemd seines Freunds, fand die Rippen und kitzelte ihn, bis der sich vor Lachen wand und völlig wehrlos war.

»Aufhören! Nicht doch! Harry! Ich fall' ja noch aus dem Sattel!«

»Genau das habe ich vor, und rechne nicht mit Gnade! Sofort bittest du mich um Vergebung! Na, wird's bald? Gibst du auf? Ja?«

Ebrard hatte sich im Sattel umgedreht und befahl ihnen, sofort mit dem Unsinn aufzuhören und weiterzureiten. Seine Stimme klang so ernst, daß die beiden sich auf der Stelle voneinander lösten. Obwohl der Ritter sich ein ganzes Stück weiter weg befand, konnten sie seine finstere Miene und die gerunzelte Stirn erkennen. Die Jünglinge zupften ihre Kleidung gerade und trieben ihre Rösser an, um den älteren Bruder zu überholen. Was sie allerdings nicht daran hinderte, sich neue Schmähungen zuzuraunen und dabei zu kichern.

»Bei der Liebe Gottes! Müßt ihr euch denn immerzu so kindisch aufführen? Hat man euch denn in all den Jahren nicht genug Gelegenheit zum Spielen gelassen?« Ebrard wartete, bis sie ihn erreicht hatten, und sah sie dann mit gereizter Miene und grimmigem Blick an. »Ich war noch keine Fünfzehn, als ich bereits im zweiten Jahr bei FitzAlan diente. Und dort erwartete man von mir, daß ich mich wie ein Mann benahm, und nicht wie ein sieben- oder achtjähriger Bengel, der sich ständig balgen muß. Und du, junger Harry, solltest dem Beispiel besser auch folgen, denn deine fröhlichen Tage bei den guten Brüdern sind unwiderruflich vorüber. Ich frage mich sowieso, warum Vater dich so lange dort gelassen hat, wo du doch nur deine Zeit vertrödelt und sinnlos vertan hast. Gewiß habe ich von deinen Steinarbeiten und deinen Holzschnitzereien gehört, aber auch von deinen anderen Grillen. Ebenso kam mir zu Ohren, du hättest Verse geschmiedet, doch leider hörte ich wenig über vernünftige Dinge, die du erreicht und vollbracht hättest. Glaubst du etwa, Vater hätte dich auf die Klosterschule geschickt und dich so lange vor den Härten des Lebens geschont, nur damit du wie ein Welpe herumzutollen und mit dem Messer Holz zu schaben lerntest?«

»Das waren doch nur ein paar Minuten Herumalberei, wozu denn diese lange Predigt?« entgegnete Harry in versöhnlichem Ton, während er brav und gehorsam neben seinem Bruder her ritt. »Ich versichere dir, daß mein Latein gut genug ist, um mit dem des alten Edric zu konkurrieren. Und aufs Rechnen verstehe ich mich gut genug, um all das aufzulisten, was du noch von deinen Schuldnern zu bekommen hast. Glaub mir, ich habe nicht meine ganze Zeit in der Schule vergeudet.«

»Aber es will einem so vorkommen, als hätte man dir dort nicht genug zu tun gegeben, sonst wärst du heute aus deinen Kindereien längst herausgewachsen. Oder meinst du, es würde dir oder den Klosterlehrern zur Ehre dienen, wenn du als Sohn der Talvaces wie ein Bauernlümmel über die Straße flegelst? Und du, junger Herr Adam, laß dir von mir den guten Rat geben: Unterstütze ihn nicht so bereitwillig bei all seinen Schandtaten. Deine Hände solltest du lieber bei dir behalten.«

Noch während der Ritter sprach, holte er mit der kurzen Reitpeitsche aus, die er ständig bei sich trug. Mit der Spitze traf er leicht den Rücken von Adams Zügelhand. Der Hieb war eher ermahnend gedacht als züchtigend, aber in seiner maßlosen Überraschung legte der Jüngling unwillkürlich seine linke auf die leicht brennende rechte Hand. Harry hingegen hielt vor Schrecken den Atem an. Er wurde bleich vor Wut und richtete sich im Sattel auf, als wolle er seinem Bruder an die Gurgel gehen. Ebrard ritt zwischen den beiden Jünglingen, und so hatte Adam keine Möglichkeit, dem Freund in den erhobenen Arm zu fallen oder ihm fest genug gegen den Knöchel zu treten, um ihn zur Vernunft zu bringen. In seiner Not beugte der Handwerkersohn sich weit vor, schüttelte heftig den Kopf und verzog das Gesicht, um seinem Freund zu verstehen zu geben, er solle sich beruhigen. Für einen Moment sah es so aus, als steckten alle drei die Köpfe zusammen. Die Spannung zwischen ihnen übertrug sich auf die Tiere, die nervös zitterten und die Köpfe hochwarfen. Und im nächsten Moment war alles vorüber.

Harry ließ die Hand sinken und setzte sich in den Sattel zurück. Rund um Mund und Nasenspitze hatte seine Haut alle Farbe verloren. Er biß die Zähne fest zusammen und schob mit verhaltener Wut seine Kinnlade nach vorne. Für einige Augenblicke wagte er es nicht, die Zähne voneinander zu lösen, weil er sich vor dem fürchtete, was dann über seine Lippen kommen würde. Endlich schluckte er den bitteren Geschmack seines Zorns hinunter und erklärte mit erzwungener Ruhe: »Das war nicht recht. Ich habe ihn zuerst angegriffen, und er tat nichts anderes, als sich an mir festzuhalten, um nicht vom Pferd zu rutschen.«

»Ich will gern glauben, daß du den Zank angefangen hast. Doch wird es für Adam Zeit, selbst etwas gesunden Verstand zu entwickeln, da du ja keinen zu haben scheinst. Der Knabe nimmt sich zu viele Freiheiten bei dir heraus, und er betrachtet dies schon als selbstverständlich. Hüte dich bloß davor, Vater zu zeigen, wie würdelos du dich benimmst, indem du zusammen mit diesem Jungen den Narren spielst.« Der Ritter gab seinem Pferd die Sporen, ritt ein Stück voraus und warf ihnen dann einen Blick über die Schulter zu. »Nun macht schon, wir haben bereits zuviel Zeit vertrödelt!«

Adam, der vor langem gelernt hatte, bei solchen vorüberziehenden Stürmen lieber den Kopf einzuziehen, erwartete jetzt, daß Harry das Schicksal herausfordern und seinem Bruder wütend etwas entgegenschreien würde. Verwundert stellte er jedoch fest, daß sein Freund diesmal den Mund hielt. Eine ganz neue Erfahrung. Hatte Harry wirklich genug Verstand, um zu erkennen, wann es besser war zu schweigen? Die beiden Jünglinge ritten schweigend nebeneinander her, fanden Trost in der Nähe des anderen und litten unter der bedrückten Stimmung, die ihnen angesichts des nichtigen Anlasses unangebracht erschien. Harrys Kummer lastete schwer auf Adams Herz. Warum mußte der Freund auch immer aus einer Mücke einen Elefanten machen?

Noch vor einem Jahr hätte Adam ihn, ohne nachzudenken, an den Schultern gepackt, ihn durchgeschüttelt und ihm auf den

Kopf zu gesagt, er solle sich nicht wie ein Dummkopf aufführen. Auch jetzt streckte Adam, wenn auch mit ungewohnter Furchtsamkeit, eine Hand aus, um sie Harry auf den Arm zu legen. Doch dann blickte er auf den Rücken des furchtbaren Ebrard, zögerte und zog die Hand zurück, bevor sie den grob gesponnenen grünen Ärmel auch nur berühren konnte. Gerade eben war er gewarnt worden, sich nicht zu viele Freiheiten herauszunehmen, und das letzte, wonach ihm jetzt der Sinn stand, war, dem Ritter eine Gelegenheit zu geben, sich noch einmal und in aller Strenge über dieses Thema auszulassen.

Harry verfolgte die unvollendete Geste aus dem Augenwinkel. Blitzschnell und geräuschlos drehte er sich jetzt um, packte Adams Rechte und hielt sie fest. Sein Druck verstärkte sich noch, als der Freund warnend in Richtung Ebrard nickte und sich aus dem klammernden Griff zu befreien versuchte. Der Abdruck der Peitschenspitze, ohnehin kaum mehr als eine kleine rote Schlangenlinie auf dem Handrücken, war fast verschwunden. Aber Harry starrte darauf, als handele es sich dabei um eine tödliche Verletzung, und wollte die Rechte des Freundes nicht loslassen.

Mitten am Nachmittag erreichten sie den Steinbruch von Rotesay. Ein Karren mit einem Pferdegespann rollte mühsam aus dem Steinbruch auf die Straße. Das Gefährt war mit taubengrauen Blöcken beladen und versank fast bis zur Achse im Schlamm. Der Dreck spritzte von den Hufen der Tiere, die inzwischen dieselbe graue Farbe wie der Stein angenommen hatten. Der Karren ächzte in der schwierigen Kurve, und hinter jedem Rad schob ein Mann mit. Endlich gelangte er mit großem seufzendem Schmatzen auf den festeren Grund der Straße. Ebrard ritt langsamer, um das Hindernis zu umrunden. Als die Jünglinge sich auf derselben Höhe mit dem Wagen befanden, rollte der aus dem Schatten der Bäume ins helle Sonnenlicht heraus. Die Blöcke fingen die Sonnenstrahlen auf und schienen dann in Flammen zu stehen. Ihr zartes Grau war von einem goldenen Glühen umgeben.

Harrys Gesicht fing ebenfalls Feuer. Er griff nach Adams Arm und schien alle Vorschriften des Bruders vergessen zu haben. »Schau nur! Hast du jemals eine so wunderschöne Farbe gesehen? Ja, das ist der Stein, mit dem ich bauen möchte. Stell dir eine Kirche vor, die ganz aus diesen Blöcken errichtet ist. Und das dann an einem Frühlingstag, an dem die Sonne mal da ist und mal hinter den Wolken verschwindet! Die Fassade würde sich ständig verändern – wie das Gesicht einer Frau, immer anders. Jeden Morgen würde diese Kirche von neuem zum Leben erwachen.«

»Ja, das ist guter Stein«, entgegnete Adam und maß ihn mit dem Maurerblick seines Vaters. »Auch gut zu bearbeiten. Hart, aber weich genug, um ihn schneiden zu können. Man sagt, er halte der Witterung stand wie Granit. Ich kenne einen anderen Steinbruch mit einem ähnlichen Fels, der dieselbe oder sogar eine bessere Bearbeitung zuläßt. Aber der Ort befindet sich zu dicht an der walisischen Grenze, und deswegen ist er nicht sicher. Einmal bin ich mit meinem Vater dort gewesen, und ich kann mich noch gut daran erinnern, wie sich das Licht auf den Blöcken brach, es sah aus wie eine Quelle voller Sonnenschein.«

»War der Steinbruch denn so groß wie der hier?«

»Ach was, mindestens dreimal so groß!«

»Dann merk ihn dir, für den Tag, an dem wir unsere Kirche bauen. Ich brauche einen ausreichenden Vorrat.« Seine Finger bohrten sich in Adams Arm, und in seiner Erregung schüttelte er den Freund. »Jetzt weiß ich's. Ich weiß, wie meine Kirche aussehen soll.« Nicht wie die Abteikirche, schwor er sich und lehnte zum ersten Mal bewußt deren schwerfällige, undurchdringliche Bauart ab. Ihre großen Bögen führten den Blick des Betrachters zwar zuerst himmelwärts, zogen ihn aber bald wieder in die Tiefe, wie einen fallenden Stein. Eine Kirche durfte dem Betrachter nicht das Gefühl vermitteln, vor einem versiegelten Grab zu stehen; und auch nicht den Eindruck einer starren und bleifarbenen Frostlandschaft machen.

»Weißt du, Adam, was ich heute morgen in der Marien-Kapelle gedacht habe? Ich sagte mir, wenn ich hier das Sagen hätte, würde ich Graf Rogers Steinsarg aus ihrem Innern entfernen lassen. Da stand ich, starrte das klobige Gebilde an und wurde richtig wütend. Der Sarg befindet sich nämlich dort, wo der Weg frei sein müßte, damit die Gläubigen vom Mittelgang aus direkt zum Altar gelangen können –«

»Und zu deinem Engel«, warf Adam frech ein.

»Ach, vergiß den Engel, mir ist es ernst. Die Bögen würden dann einen einzigen Lichtkörper umschließen. Aber nein, statt dessen steht dieses häßliche Ding dort, zerstört alle Flächen und schafft Enge, wo eigentlich Raum herrschen sollte; schafft Finsternis, wo Licht sein sollte. Ich würde den Sarg sofort nach draußen befördern und keinen Moment damit zögern.«

»Gut, daß du das für dich behalten hast. Selbst Vater Hugh wäre von solchen Worten schockiert gewesen.« Adam lenkte sein Roß an dem sich langsam fortbewegenden Karren vorbei und dämpfte seine Stimme noch mehr; denn Ebrard befand sich nur ein paar Schritte vor ihnen, und er würde sich noch mehr als der liebenswürdige Abt über solch lästerliche Rede aufregen. »Erinnerst du dich noch, wie du dem Vater Subprior einmal deine Ansicht über das Kruzifix über dem Lettner gesagt hast? Du hast ihm erklärt, diese Schranke zwischen Chor und Langhaus störe die Linien des Daches und solle abgerissen werden. Bei meiner Seele, wie hat er dir daraufhin die Linien deines Rückens gebleut!«

»Ich war vielleicht etwas zu offen, hatte aber dennoch recht. Und ich habe nie auch nur ein Wort davon zurückgenommen.« Harry drehte sich im Sattel um und liebkoste sehnsuchtsvoll die glatten, honigfarbenen Steine mit seinen Blicken.

»Ach, Adam, ich will dir eines sagen: Stein ist *das* Material! Holz ist zwar nicht schlecht, aber Stein ist besser! Nichts übertrifft den Stein!«

KAPITEL ZWEI

Nach einem langen und glühendheißen Tag auf den Erntefeldern herrschte in der Ecke, die sich neben der Treppe in der Halle befand, einschläfernde Wärme. Harrys Kopf kippte immer wieder nach vorn, während er über dem Haushaltsbericht der Burg hockte.

»Das Dorf Sleapford hat achtundzwanzig Unfreie, und der Flecken Teyne dreizehn; jeder von ihnen bewirtschaftet ein eigenes Yardland. Das sind bis zu vierzig Morgen. Sleapford weist weiterhin zwölf Halbfreie oder Hintersassen auf, und Teyne fünf, mit jeweils einem halben Yardland, das heißt bis zu zwanzig Morgen. Die Leibeigenen leisten bis zum Tag des heiligen Peter, dem 29. Junius, an drei Tagen in der Woche Frondienst und ab dann bis zum Tag des heiligen Erzengels Michael, dem 29. September, an fünf Tagen in der Woche. Die Halbfreien leisten ihre Fron gemäß dem aus unserer Hand empfangenen Pachtbesitz. Sleapford zählt vierzehn freie Bauern oder Gutsbesitzer, Teyne fünf ...«

Er kannte die Zahlen in- und auswendig, wußte sogar, wie viele Schweine, Schafe und Zugochsen auf dem Grafengut gehalten wurden, konnte selbst die geringsten Pachteinnahmen, oft nur wenige Pennies, aus den Hügeln nennen, wo man der Ödnis Ackerland abgetrotzt hatte. Dort fanden meist wagemutige jüngere Bauernsöhne ihr Auskommen, welche, ebenso wie Harry, nicht mit dem Erbe des Vaters rechnen durften.

Der Jüngling hielt es für reine Zeitverschwendung, diese Besitzverhältnisse immer wieder abzuschreiben; denn der vorliegende Bericht war bereits einige Jahre alt. Viel lieber hätte Harry alle Daten auf den jüngsten Stand gebracht und eine ganz neue Zusammenfassung geschrieben. Aber offensichtlich meinte sein Lehrmeister, die endlosen Wiederholungen seien eine gute Übung. Es war wohl nicht angebracht, genau zu wissen, wieviel die einzelnen Gewerbe des Vaters abwarfen oder wieviel die Pächter und Unfreien ihm einbrachten.

Also riß sich der junge Schreiber zusammen, setzte eine unverdrossene Miene auf und brachte dieselben Zahlen Mal um Mal zu Pergament; dann würden sich Vater und Lehrer auf die Schulter klopfen und sich dazu beglückwünschen, was für eine schnelle Auffassungsgabe der junge Mann doch habe. Ohnehin würde die Sonne bald untergehen, und dann hatte er endlich den Rest des Abends frei. Ein wunderbarer Tag lag hinter Harry. Er mußte nur die Augen schließen, um wieder die Reihen von goldschimmerndem Korn vor Augen zu haben. Sanft schaukelten die Ähren in ihren s-förmigen Alleen auf dem schier endlosen sonnenbestrahlten Feld; er sah die staubigen, unbestellten Grünflächen noch vor sich, die zwischen diesem gelben Meer hervorlugten; oder die blassen Stoppeln, dort, wo man die Halme bereits geschnitten und auf die Wagen geworfen hatte. Harry erinnerte sich an Adam, der an diesem Tag anstelle seines Vaters Fronarbeit geleistet hatte, wie er mit seinen bloßen Beinen und der rotbraunen Haut lachend und pfeifend die Sichel geschwungen hatte. Der junge Schreiber spürte immer noch das Stechen der Stoppelhalme an seinen Fußknöcheln, sah immer noch den trägen Flug der Schmetterlinge über dem Stroh. Und auf dem sonnenverbrannten Brachland waren Schwärme kleiner dunkelroter und schwarzer Käfer herumgeschwirrt, welche man hier Erntemotten nannte; wie Blumen im Wind hatten sie sich hin und her bewegt. Die echten Blumen, die Kornblume und die Pimpernelle, hatten mit ihrer zarten Farbe gegen den goldenen Staub des Sommers fast stumpf gewirkt. Harry hatte noch den besonderen Geschmack des Feldes im Mund und den warmen Körnergeruch in der Nase.

Der alte Edric, seit dreißig Jahren der Schreiber von Sir Eudo, schaute unablässig auf Harrys Werk und verzog das Gesicht oder schüttelte bei der runden, jungenhaften Schrift des Jünglings den Kopf. Seit einer Woche führte der junge Mann nun die Schriftrollen, aber nicht der Lehrling, sondern der Meister würde bei dem Lord für die Richtigkeit der Angaben Rede und Antwort stehen müssen.

»Hier hast du dich geirrt, Harry. Du führst Lambert unter den

Unfreien auf, die heute im Dreiecksland bei den Wiesen gearbeitet haben. Er war aber nicht dort. Ich habe ihn jedenfalls da nicht gesehen.«

Dieser Teufel! dachte Harry, der sehr genau wußte, wo Lambert den Tag verbracht hatte, nämlich mit seinen beiden wilden Windhunden und dem Bogen auf der Jagd. Während alle anderen Männer in der Grafschaft dabei geholfen hatten, die Ernte einzubringen, hatte Lambert sich in die Wälder verdrückt. Schließlich wußte jeder, daß es fürs Wildern keinen besseren Monat gibt als den August. »Aber nein, Meister, natürlich war er dort. Wir sind ihm doch begegnet. Er kam mit dem Ochsenwagen zum Feld gefahren. Sicher wirst du dich daran erinnern, oder?«

»Nein, Leofric war bei dem Ochsengespann«, entgegnete der Alte, etwas verunsichert von Harrys überzeugter Miene.

»Meister, es waren doch zwei Männer bei dem Fuhrwerk. Lambert lief hinten, mit dem Treibstock. Er hat laut gesungen. Das kannst du doch nicht vergessen haben!« Harry erkannte, wenn auch mit einiger Verblüffung, daß er Edric in die Enge getrieben hatte. Konnte es denn möglich sein, daß der alte Trottel seinem eigenen Gedächtnis nicht mehr traute? »Lassen wir es doch einfach stehen«, meinte der Jüngling nun rasch, denn schon näherte sich aus dem Söller der Herr, sein Vater. Gewichtig polterte sein schwerer Körper die Stufen herab. »Gleich morgen in der Früh bitte ich den Vogt, mir das zu bestätigen, was ich hier aufgeschrieben habe. Und wenn ich irgendwo einen Fehler gemacht haben sollte, werde ich den sofort verbessern. Aber glaub mir, in dieser Liste findest du keinen Irrtum.« Diese Lüge hätte ihm eigentlich die Schamröte ins Gesicht treiben müssen, aber er konnte Lambert doch nicht den Förstern ausliefern. Natürlich würde Harry am Morgen losziehen, aber nur um Lambert und dem Vogt einzuschärfen, was sie sagen sollten. Allerdings würde er dem Missetäter auch das Versprechen abnehmen, von nun an bis zum Ende der Ernte jeden Frontag zur Arbeit zu erscheinen. Wenn es Lambert gelungen war, auch nur ein Stück Wild einzupökeln, mußte er Harry dafür dankbar sein.

»Na gut, meinetwegen, lassen wir den Namen stehen, aber du kümmerst dich dann in der Früh darum. Du machst ja sonst wenig Fehler, mein Junge, das will ich dir gern zugestehen.« Edric schloß die Rolle, als Sir Eudo die letzten Stufen hinter sich gebracht hatte und sich ihnen näherte. Die Binsen, mit denen der Boden bestreut war, raschelten bei seinen Schritten. Ebrard war bei ihm. Sein Gesicht war bis zum Rand seiner Kappe von Sonnenbrand gerötet, und sein helles Haar wirkte noch bleicher. Harrys älterer Bruder hatte den ganzen Nachmittag damit zugebracht, den erst halbtrainierten Zwergfalken an der Leine auszubilden. Er trug die zusammengerollte Leine immer noch in der behandschuhten Hand und brachte eine zufriedene Wärme in die Halle, zusammen mit dem Geruch von Stall und Mauserkäfig.

Sir Eudo schob einen Schemel mit einem Fuß durch die Binsen und ließ sich mit dem gewaltigen, erleichterten Seufzer eines zu beleibten und in die Jahre gekommenen, ansonsten aber sich bester Gesundheit erfreuenden Mannes darauf nieder. »Nun, wie macht sich unser Schreiberlehrling?«

»Er zeigt Fortschritte, Sir Eudo, sehr große sogar. In der vergangenen Woche hat er ganz allein die Rollen beschriftet, ohne daß ich ihm dabei helfen mußte. Und ich kann in seinen Einträgen nur wenige Fehler entdecken. Nur seine Handschrift will mir noch nicht recht gefallen, aber das werden schon Zeit und Übung besorgen.«

»Also bekommt er die Buchführung ordentlich hin«, brummte der Burgherr nur und kratzte sich mit harten Fingern im struppigen, angegrauten Bart. Das Geräusch erinnerte Harry an die Stoppeln, die auf dem Feld an seinen Schuhen geschabt hatten. »Es wäre mir egal, selbst wenn er die verkritzeltesten Buchstaben krakeln würde, die je auf ein Stück Pergament gebracht wurden.« Er sah seinen Zweitgeborenen aus glänzenden braunen Augen an, die aus behaarten Wangen lugten. Sie waren vom alten Bier und vom ausländischen Wein etwas blutunterlaufen und tief in die fetten Wangen eingebettet, die von einem ausschweifenden Leben zeugten. Dennoch blickten sie immer noch klar und scharf drein.

»Nun sage mir, Harry, ob irgend etwas meiner Aufmerksamkeit bedarf und ich mich darum kümmern muß. Hat Walter Wace mir wieder seinen schwachsinnigen Sohn geschickt, damit er für ihn die Arbeit des Frontages leistet? Ich lasse ihn das Fell gerben, wenn er mir noch einmal diesen Trottel überläßt, wo er doch vier weitere Söhne hat, welche allesamt bei Kräften und Verstand sind.«

»Nein, Sir, Sohn Michael kam, und ich glaube, das ist das tüchtigste seiner übrigen Kinder. Auf gar keinen Fall konnte er Euch Nicholas schicken, denn der arme Bursche liegt krank danieder. Ihr wißt doch, daß er immer schon an einer schwachen Seele litt ...«

»Ich weiß, daß der Bursche nichts zustande bringt«, fiel der Burgherr dem Jungen ins Wort. »Weder Vogt noch oberster Richter noch Truchseß könnten ihn dazu bringen, seine plumpen Glieder in Bewegung zu setzen!«

»Meines Wissens plagt Nicholas dieses Leiden schon seit seiner Geburt, Herr, und es ist eine Schande, daß Walter ihn überhaupt zur Arbeit aufs Feld schickt.« Harry griff nach der Rolle und breitete sie vor den Augen seines Vaters aus, um Zeit zu gewinnen und die Rührung in seiner Stimme zu unterdrücken, die ihn jedesmal überkam, wenn er von dem freundlichen Schwachsinnigen sprach, der sich niemals beklagte. Wace hätte es sicher nicht ungern gesehen, wenn Nicholas gestorben wäre; denn damit wäre sein Haus ein hungriges Maul und zwei untaugliche Hände losgeworden. Harry hatte allerdings als Vierjähriger, als er mit Adam über die Wiesen getollt war, aus eben dem Mund dieses Geistesarmen die Namen aller Feldblumen gelernt; und dieselben untauglichen Hände hatten ihn liebevoll aus einem Bach und aus einem Marderbau gezogen. Er betrachtete jetzt mit gerunzelter Stirn die Pergamentrolle, denn er wußte, daß die Gelegenheit nun günstig war. Er durfte sie nicht verstreichen lassen: »Herr Vater, da wären nur einige Kleinigkeiten, die Ihr wissen solltet. Als erstes wäre da die Angelegenheit mit Thomas Harnett, dessen Pachtzins seit langem überfällig ist. Ihr erinnert Euch gewiß, daß er einen Unfall hatte und sich seitdem seiner Arbeit nicht mehr widmen konnte. Daher hattet Ihr ihm damals einen Zahlungsaufschub gewährt. Nun, bislang hat er den Zins immer noch nicht entrichtet, aber wenn Ihr …«

»Aber wenn was?« unterbrach Ebrard ihn, der gerade dabei war, das Ende der Falkenleine festzubinden. »In diesem Fall können wir gern auf alle Wenns und Abers verzichten. Wenn der Mann seine Pacht nicht bezahlen kann, so hat er doch immer noch sein schönes Pferd. Damit ließen sich seine Schulden gut und gern begleichen. Wozu braucht ein Stellmacher wie er schon ein solches Roß?«

»Wenn ich etwas sagen dürfte, Sir«, meldete sich Harry gleich wieder zu Wort, »so würde ich sein Pferd nicht beschlagnahmen. Wenn Ihr ihm einen Aufschub von weiteren zwei Monaten gewährt, dann habt Ihr am Ende einen guten Gewinn. Sein Weib und seine Tochter haben sich nämlich tüchtig abgerackert, um seine Felder zu pflügen und zu eggen und die Aussaat zu besorgen. Dank ihrer Mühen erwartet Thomas nun die beste Ernte seit Jahren. Noch steht ihr Korn. Wenn Ihr ihm nun sofort die Schuld abverlangt und ihm das Pferd abnehmt«, schloß der Jüngling und bemühte sich, den triumphierenden Ton in seiner Stimme zu unterdrücken, »wird seine Familie länger brauchen, um die Ernte einzubringen, und wer weiß schon, wie lange sich das Wetter noch hält? Die Harnetts könnten alles verlieren, und Ihr verliert dann Euren Zins ebenfalls; denn ohne Roß wird er Euch als Pächter deutlich weniger einbringen.«

Der alte Ritter sah ihn streng an, schaute dann wieder auf die Rolle und schwieg zunächst. Dann schob er den Ärmel hoch, entblößte seinen mächtigen Arm und grunzte: »Also gut, dann will ich Thomas in Frieden lassen, bis er die Ernte eingebracht hat. Er soll zwei weitere Monate Aufschub bekommen. Was steht noch an?«

»Giles aus Teyne steht bei Euch immer noch in der Kreide. Er hat weder in diesem Jahr zu Ostern seine Pacht an Eiern abgeliefert noch die schuldigen zwei Shillings zum Festtag des heiligen Petrus entrichtet.«

»Und wahrscheinlich können wir darauf bis zum Sankt Nimmerleinstag warten«, brummte Ebrard. »Ihr könntet jeden jämmerlichen Topf in seiner Hütte pfänden und würdet die Schuld doch nicht bezahlt bekommen. Der Bursche tut den lieben langen Tag nichts anderes als saufen und angeln. Sein ganzes Yardland würde ihm keinen Penny einbringen, wenn er es allein bewirtschaften müßte. Sein Sohn ist's, der sich abplagt, um dem Boden etwas abzugewinnen. Hat er sich zum Erntedienst eingestellt?«

»Giles? Aber nicht doch. Er hat an seiner Statt seinen Sohn Wat geschickt, und der arme Junge ist vor Erschöpfung beinahe im Stehen eingeschlafen; denn nachdem sein Dienst bei uns gestern beendet war, hat er noch bis zum Einbruch der Dunkelheit auf dem Land seines Vaters gearbeitet. Und ich könnte mir gut vorstellen, daß Wat heute abend ähnliches erwartet. Vater, laßt mich mit dem Vogt sprechen. Wenn der Knabe sich morgen wieder zur Fronarbeit zeigt, soll er ihn gleich nach Hause schicken. Der Junge ist noch keine vierzehn Jahre alt. Wir hätten Fug und Recht, ihn vom Dienst zurückzuweisen, erfüllt er doch aufgrund seines Alters nicht die Voraussetzungen.«

»Und Giles damit aus seinen Verpflichtungen entlassen? Nein, nicht für das ganze Land Salop, mein Sohn. Was soll das überhaupt für ein närrischer Vorschlag sein?«

»Nein, Sir, so habe ich das doch gar nicht gemeint. Wir könnten Giles vor Gericht stellen, damit er dort für sein Versagen die Verantwortung tragen muß. Zeigt ihn an, und nehmt von seinem Besitz, was …«

»Bei dem ist nichts zu holen, und das weißt du auch. Ein so fauler Strick hat selten Forellen aus dem Bach da hinten gelockt. Auf die Weise würde ich nie etwas von Giles bekommen.«

»Der Bursche ist stark und hat das Gesicht eines Gauners«, meinte Ebrard. »Damit ließe er sich leicht verkaufen. Und wenn sich kein Käufer findet, kann man ihn immer noch dem Kloster überlassen. Es wäre gewiß kein Verlust, ihn loszuwerden.«

»Und sein Yardland gleich dazu? Die Betbrüder würden sich

schön bedanken, wenn sie ihn ohne das Stück Land erhielten, das kann ich dir aber versichern.«

»Wenn ich einen Vorschlag machen dürfte, Sir Eudo«, sagte der alte Edric, »ich würde Euch raten, statt seiner den Knaben Wat zu verkaufen. Er ist nicht dumm und gerade gewachsen. Die Abtei von Shrewsbury würde ihn sicher gern nehmen und ihn zum Bogenschützen ausbilden. Und da der Knabe kein Land hat, weder in Besitz noch zur Pacht, könnten die Mönche auch keines von Euch verlangen. Sobald er vierzehn geworden ist, kann man den Verkauf tätigen, und beide Seiten wären zufrieden: Ihr würdet einen hübschen Preis für ihn bekommen und sie für ihr Geld einen brauchbaren Bogner. Und was Wat selbst angeht, könnte er sich kein besseres Schicksal wünschen. Danach könnt Ihr Giles wieder zum Arbeitsdienst rufen, und wenn er auch dann nicht erscheint, könnt Ihr ihm mit dem Gericht drohen. Der Kerl sollte es sich gut überlegen, schließlich hat er dann niemanden mehr, den er an seiner Stelle zur Fron schicken kann.«

Sir Eudo warf sein angegrautes Haupt, das rund wie eine Roßkastanie war, in den Nacken und stieß ein gewaltiges Lachen aus, das von der verrußten Decke widerhallte. »Ein kluger Gedanke, alter Freund. Ja, genau so will ich es tun. Schreib das gleich auf, Harry, notier das in der Rolle!«

Der Jüngling saß aber nur da und starrte seinen Vater mit großen Augen erschrocken an. »Ihn verkaufen? Wat weggeben? Aber denkt doch an seine Mutter ... Nein, Herr Vater, das schreibe ich nicht nieder! So etwas wird dem armen Jungen das Herz brechen!« Mit einem Mal hatte sich alles ins Gegenteil verkehrt, obwohl er doch geglaubt hatte, daß nichts schiefgehen konnte. Wenn der Herr den nichtsnutzigen Giles wegen dessen Faulheit ins Gefängnis werfen ließ, würden seine Frau und sein Sohn sich deswegen sicher nicht grämen; und Harry selbst sollte das auch nur recht sein. Er hatte sich das alles so geschickt zurechtgelegt und geglaubt, damit die Familie des Unfreien zu retten. Aber nun hatte ausgerechnet Edric diesen neuen, fürchterlichen Vorschlag gemacht.

»Ihn *verkaufen* …« Das Wort blieb ihm im Halse stecken, und er sah den übermüdeten Wat wieder vor sich, wie er sich mit der Rückseite der Hand, in der er die Sichel hielt, die Augen gerieben hatte. Er erinnerte sich, wie er über die nackte Schulter gegriffen, dem Jungen die Sichel aus der Rechten genommen und ihm gesagt hatte: »Geh in den Heuschober, such dir ein ruhiges Eckchen und leg dich dort schlafen. Hast du mich verstanden? Ich wecke dich zur Mittagsstunde, damit du etwas zu essen bekommst. Mach dir keine Sorgen.« Im Heu hatte Wat ein besseres Lager gefunden als das, welches ihn zu Hause erwartete, und Brot, Schweinefleisch und Bier hatte er so gierig verschlungen wie jemand, der sich nur selten satt essen kann. »Den Knaben verkaufen!« Wie oft hatte er solche Worte gehört, ohne sich etwas dabei zu denken!

»Beim Leben Gottes, Bube, was faselst du denn jetzt schon wieder? Wenn ich einen meiner Leibeigenen an die Abtei abtreten will, was sollte mich dann davon abhalten? Ich habe doch alles Recht dazu, oder etwa nicht?«

»Doch, Vater, natürlich habt Ihr das, und ich weiß auch, daß Ihr es nur gut mit Wat meint, aber …«

Aber ihn verkaufen? Wie einen Ballen Stoff oder einen Scheffel Weizen oder eine Rinderhälfte. Verkauft zu werden wie ein Ding. Die eine Seite gab das Geld, die andere die Ware.

»Aber, aber, aber …« Sir Eudo lief rot an und wurde immer lauter. »Was fehlt dir, Harry? Es wird doch dem Knaben im Kloster besser ergehen als zu Hause, oder nicht? Bekommt er dort etwa nicht besseres Essen, und das auch noch regelmäßig? Erhält er in der Abtei nicht auch noch einen eigenen Umhang? Und behandelt man ihn dort nicht mit mehr Freundlichkeit, als er zu Hause je erfahren durfte? Sag mir, Sohn, wenn ich mich irre!«

»Nein, Vater, all das wird ihm sicher bei den Mönchen zuteil, und auch noch mehr. Aber was wird seine Mutter ohne ihn anfangen?«

»Wenn die Mutter ihn liebt, wird sie dem lieben Gott und auch mir dafür danken, ihn seinem Vater entzogen zu haben!«

Und damit hatte Eudo vermutlich vollkommen recht. Die

Mutter liebte ihren Wat sehr und würde sich darüber freuen, daß er im Kloster gut versorgt, bekleidet, in Sicherheit sein würde und ein richtiges Leben führen könnte. Da würde der Umstand, daß der Ritter ihn dorthin verkauft hatte, ihr unwichtig erscheinen. Aber Harry konnte sich einfach nicht damit abfinden. Doch er hätte nie im Leben zu sagen vermocht, warum die bloße Vorstellung ihn so wütend machte und abstieß. Mit einemmal merkte er, daß er sich hier bloß zum Narren machte, und er beschloß, lieber nichts mehr zu dieser Angelegenheit zu sagen. Der Jüngling starrte auf seine Hände, die zusammengefaltet und leise zuckend auf der Pergamentrolle lagen. Seine Rechte hatte Giles' Sohn die Sichel abgenommen. Die Hände der beiden Jungen hatten einen Moment lang nebeneinander gelegen; wie zwei Grashalme, von der Sonne gebräunt; die Handrücken strotzten vor Vitalität, obwohl sie reglos auf dem Holzgriff ruhten. Die eine Rechte durfte verkauft werden, die andere nicht. Freier und Unfreier. Adam und …

»Ihr habt gewiß recht, Sir«, erklärte Harry nun leise. »Vergebt mir, denn ich bin noch unerfahren in solchen Angelegenheiten.« Doch in seinem Innern haderte er weiter. Essen, ein sauberes Bett, neue Kleider, eine freundliche Behandlung – all das wird den Knaben nicht begeistern, wenn er erfährt, daß er von zu Hause weggehen muß. In der Nacht davor wird er sich die Augen ausweinen. Töricht von ihm, sicherlich, aber hat er als Unfreier nicht auch das Recht, töricht zu sein?

»Na gut, richtig, du hast noch eine Menge zu lernen, Harry«, entgegnete Sir Eudo brummig, aber sein Zorn verflog so rasch, wie er gekommen war. »Damit dürfte diese Angelegenheit ja geklärt sein. Was hast du noch?«

»Arnulf möchte seine Tochter verheiraten.« Nun kam Harry zu dem heikelsten Punkt. Die Sache mit Wat hatte ihn jedoch so erschüttert, daß ihm die Kraft für einen klugen Schlachtplan fehlte. Deshalb brachte er die Angelegenheit gleich offen zur Sprache und hoffte auf einen glücklichen Ausgang.

»Das hat er also vor? Nun, dann soll er doch, wenn er den Merchet für sie bezahlen kann.«

»Nun, Herr, Arnulf steckt etwas in der Klemme und bittet Euch, ihm einen Teil der Brautgebühr bis nach der Ernte zu stunden. Da es nun in Euer Ermessen fällt, die Höhe des Merchets festzulegen, und er Euch immer treu gedient hat, wage ich, an seiner Stelle von Euch eine Ermäßigung der Vermählungsgebühr für seine Tochter zu erflehen.«

»Nun, ich höre wohl, daß du dich zu seinem Fürsprecher machst, und ich hoffe, du wirst auch deinen Bruder so tapfer vertreten, wenn dir eines Tages die Schreibstube untersteht. Aber ich muß dir zubilligen, daß Arnulf wirklich ein braver Mann ist. Welches seiner Mädchen will er denn unter die Haube bringen?«

»Die älteste, Vater, seine Hawis.«

»Was, das Mädchen, das unserer Mutter die Stoffe und Kleider webt?« warf Ebrard ein und stieß mit dem Fuß die beiden Windhundwelpen beiseite, die in den Binsen herumtollten.

»Ihr solltet es ihr gewähren, Vater, denn sie könnte Euch die Brautgebühr auch in guten Stoffen entrichten. Und Mutter würde Hawis sicher gern einen Gefallen erweisen.«

Harry warf ihm einen raschen Blick zu, auch wenn der ältere Bruder keine Ahnung hatte, warum der jüngere ihm so dankbar war. Dann setzte er rasch hinzu: »Ja, Hawis die Weberin. Von ihr stammt auch das Tuch, das Ihr gerade tragt.«

»Na ja, dann, wenn es um ein so braves und fleißiges Mädchen geht – aber halt, nicht zu geschwind! Wer ist denn ihr Bräutigam? Er gehört doch gewiß zu den Unseren, oder?«

Nun mußte Harry mit der Sprache heraus. Wenn er auch nur den Hauch des Anscheins geben wollte, völlig arglos zu sein, so mußte er sofort antworten; auch wenn die Frage seines Vaters ihm die größte Sorge bereitete. Also erklärte der Jüngling mit möglichst unbefangener Miene: »Nein, Sir, der stammt aus Hunyate und heißt Stephen Mortmain. Arnulf spricht nur gut von ihm und nennt ihn einen fleißigen Mann, der nicht trinkt und seiner Hawis ein trefflicher Gatte sein wird.«

»Aus Hunyate?« Man konnte dem Aufleuchten in Eudos Augen ablesen, daß er etwas ausheckte. »Also gehört er Tourneur, nicht wahr?«

Harry senkte das Haupt und hielt den Atem an. Jetzt nur schweigen und es den Vater glauben lassen, dann würde er sich der Vermählung der beiden gewiß nicht widersetzen. Eudo gefiel die Vorstellung, Sir Roger le Tourneur eine so ausgezeichnete Weberin wie Hawis zu überlassen, auch wenn das bedeutete, daß seine eigene Gattin zukünftig schlechtere Kleider haben würde. Die Frau eines Unfreien zog nach alter Sitte zu ihrem Mann. Sir Rogers Lady würde sich hübscher selbstgewebter Stoffe erfreuen, und gewiß würde sie ihren Gemahl drängen, sich doch endlich mit seinem Nachbarn, Sir Eudo, zu versöhnen und mit ihm Freundschaft zu schließen.

Zwei Jahre versuchte Harrys Vater nun schon, seinen alten Rivalen und Feind zu überreden, doch endlich ihre Kräfte zusammenzutun, um ihre beiden Gebiete besser gegen die wachsenden Übergriffe der Waliser von Powis zu schützen. Und genauso lange hatte Sir Roger ihn herb zurückgewiesen und sich starrköpfig geweigert, die Angelegenheit auch nur zu überdenken. Sein Forstland lag höher und war deshalb sicherer als das ungeschützte Tal von Sleapford an seiner Flanke. Sir Eudo brauchte also ein Bündnis mit dem Nachbarn, um sich besser gegen die Überfälle verteidigen zu können. Wenn er ihm nun Hawis übergeben könnte, ein Geschenk von beträchtlichem Wert, würde Sir Roger sich vielleicht eines Besseren besinnen. Harry schwieg also lieber, tat so, als beschäftigte er sich allein mit seinen Zahlen; ihm wurde heiß und kalt, und er fürchtete die Nachfrage seines Vaters.

»Bist du taub geworden, Junge?« donnerte ihn der Ritter gereizt an. »Beantworte mir meine Frage! Ist Stephen ein Mann Sir Rogers?«

»Tut mir leid, Vater, ich bin wohl etwas nachlässig gewesen und habe darüber keinen Eintrag gemacht. Deswegen bin ich mir nicht ganz sicher, ob ...«

»Harry, Harry!« murrte der alte Edric, beugte sich über den Tisch und zog den Jüngling am Ohr. »Hast du das denn schon vergessen? Wir haben doch über die Sache gesprochen, und da habe ich es dir gesagt.« Der alte Schreiber sah seinen Gebieter versöhnlich an und meinte: »Euer Sohn hat einen langen Tag hinter sich, Sir Eudo, und tut sich selbst alles andere als recht; denn gewiß hat er diesen Umstand niedergeschrieben.«

Wenn der Tisch nicht so breit gewesen wäre, hätte Harry ihn ans Bein getreten. Doch dafür war es längst zu spät, denn schon platzte der alte Trottel leutselig heraus: »Stephen Mortmain ist ein freier Bauer.«

»Frei? Ein freier Bauer?« Der Ritter sprang mit einem Wutschrei auf und zog hart mit einer Hand Harrys Kinn hoch. »Was für ein Spiel treibst du, Schurke? Wagst du es etwa, mich zu übertölpeln? Du wußtest doch ganz genau, daß Stephen kein Leibeigener Sir Rogers ist, stimmt's?« Er ließ den Jüngling los und verpaßte ihm eine Ohrfeige, die den Sohn beinahe vom Hocker gefegt hätte. »Versuch bloß nicht noch einmal, mich zu täuschen, sonst lehre ich dich, wie übel das einem bekommen kann!«

»Vater, ich hatte nicht vor ... hatte niemals die Absicht ... Ich kann doch nicht alles im Kopf behalten, die Arbeit ist noch neu für mich ...«

»Dann wollen wir die Sache auf sich beruhen lassen. Aber merk dir eines, mein Junge, komm mir nie mit Spitzfindigkeiten oder Schläue, sonst wirst du es bitter bereuen. In wessen Interesse habe ich dich eigentlich in die Schreibstube gesetzt, um Übersichten zu erstellen und Buchstaben zu kritzeln: in meinem oder in ihrem?«

Der Jüngling entgegnete widerspenstig: »Nach meiner Überzeugung, Herr, dürfte das kein Grund zur Klage sein. Herren und Gemeine sollten wie die Finger einer Hand zusammenarbeiten und am gemeinsamen Wohlergehen interessiert sein. Wenn die Untertanen zufrieden sind und es ihnen gutgeht, stellen sie einen größeren Wert für Euch dar und dienen Euch bereitwilliger.«

»Du redest wie ein Priester und ein Narr in einem, Knabe. Halt von nun an lieber den Mund, bis du ein paar Jahre mehr auf dem Buckel und etwas mehr Verstand erworben hast. Das Urteilen magst du getrost mir überlassen. Alles, was ich von dir verlange, ist eine ordentliche und redliche Buchführung. Ordentlich und redlich, hast du gehört? Von diesem Gaukelspiel zwischen Lüge und Wahrheit will ich weder hören noch sehen. Also, womit haben wir es hier zu tun? Dieser Stephen ist ein Freier, oder nicht? Und er will mir eine meiner wertvollsten Unfreien nehmen. Und von zehn Richtern werden neun beschwören, daß die Frau eines freien Mannes ebenfalls zur Freien wird. Freier Mann macht Weib und Besitz frei. Und da verlangt Arnulf von mir, daß ich den Diebstahl einer meiner Mägde durch eine Herabsetzung der Brautgebühr belohne? Nein, bei Gott, nie und nimmer! Ich hätte Hawis ja noch in Tourneurs Besitz gelassen. Aber nun sollen anscheinend weder ich noch Sir Roger etwas von ihr haben. Nein, dafür soll Arnulf mir teuer bezahlen! Dreißig Shillings setze ich hiermit als Brautpreis fest, und er muß mir noch dankbar sein, daß ich nicht mehr verlange. Das kannst du ihm von mir ausrichten!«

»Aber, Herr Vater, er hat doch nur zwei Drittel eines Yardlands und keinen Sohn. Nur seine zwei Töchter und deren Großmutter, die er durchfüttern muß. Wo soll Arnulf denn dreißig Shillings herbekommen? Selbst zwanzig wären noch zuviel für ihn. Selbst wenn er alles Gerät und allen Hausrat verkaufte, käme dabei nicht soviel herum!«

»Dann muß seine Älteste eben unverheiratet bleiben. Ich habe den Merchet bestimmt, und nun liegt es an Arnulf, den aufzubringen. Genug, das ist mein letztes Wort.«

»Vater, ich bitte Euch, laßt mich sprechen und werdet nicht gleich wieder zornig!« Harry war so schlecht vor Aufregung und Wut, daß er kaum einen Satz zustande brachte. Die Stimme klang gedämpft und atemlos, weil ihm Galle die Kehle hochkam. Wenn ich ihn genug beschwatze und anflehe, dachte der Jüngling in seiner Verzweiflung, kann ich ihn umstimmen. Eudo ist kein harter Mann und gewiß nicht willentlich ungerecht. »Sir, wenn Ihr nur gesehen hättet, welche tiefe Zuneigung zwischen den beiden Brautleuten besteht –«

Er kam nicht weiter, denn Ebrard ließ sich vor Lachen mitten in die Binsen fallen, und das dröhnende Gelächter, das von Eudo kam, hätte sowohl Wutschnauben als auch allergrößte Heiterkeit sein können, oder beides zusammen. Die Welpen flohen vor dem Lärm durch die Tür, und Harrys Mut schrumpfte binnen weniger Momente. Dennoch stand er da, mit bleicher, gedemütigter und ernster Miene, und fest entschlossen, sich nicht geschlagen zu geben.

»Von tiefer Zuneigung spricht dieser Bengel! Dann sag uns doch, du grüner Junge, was zum Teufel Zuneigung denn mit einer Heirat zu tun haben könnte! Die Pflicht des Weibes besteht darin, denjenigen zum Gemahl zu nehmen, welchen auszusuchen es ihrem Vater und ihrem Herrn gefällt. So war es immer schon, und mehr ist an einer Vermählung auch nicht dran. Und jetzt will ich nichts mehr von solchen Albernheiten hören.«

»Aber Vater, da ist noch mehr ...«

»Genug, habe ich gesagt!«

»Hawis erwartet ein Kind!« schrie Harry bebend und mit hochrotem Kopf.

Damit war es ihm zumindest gelungen, den beiden das Lachen auszutreiben. Sie drehten sich zu ihm um und starrten ihn voller Erstaunen mit weit aufgerissenem Mund an.

»Beim Leben Gottes, Junge«, sagte Sir Eudo, »wo bekommst du nur solche Gerüchte her? Man könnte beinahe meinen, die beiden hätten dich mit auf ihr Lager genommen! Warum erreichen solche aufschlußreichen Geschichten niemals mein Ohr? Wieso erfahre ich stets als letzter, was sich auf meinem eigenen Gut tut? Nun berichte mir sofort, woher du das weißt.«

»Euer Sohn bekommt seine Neuigkeiten vom Boteler-Hof«, warf Ebrard verächtlich ein, »wo er sich ständig mit der dortigen Familie und deren Freunden herumtreibt. Das wußtet Ihr sicher noch nicht, oder, Sir? Nun, Harry verbringt dort mehr Zeit als bei uns, und viel öfter als die Feder schwingt er den Lochstecher. Heute morgen war er auch dort, noch bevor der Tau von den Wiesen verschwand.«

»Ist das wahr, Harry?«

»Ja, ich war dort, aber nur für eine halbe Stunde, Sir, und das in Eurem Namen. Die eine Wand der großen Scheune und der

Torpfosten müssen dringend ausgebessert werden. Darauf habe ich Euch vor einer Woche hingewiesen. Nun, ich bin heute in der Früh zu den Botelers gegangen und habe sie aufgefordert, sich das einmal ansehen zu kommen.« Das alles hatte der Jüngling sich sorgfältig zurechtgelegt, und wenn es einer weiteren Ausrede bedurft hätte, hätte er die ebenfalls aus dem Ärmel gezogen und im Handumdrehen der Familie aufgetischt. Die Not hatte ihm eine Schlauheit verliehen, derer er sich gar nicht bewußt war. »Arnulf war es, der mir von Hawis berichtete. Er leidet große Not. Die beiden Verliebten wußten nämlich, daß er zuviel Angst haben würde, Eure Erlaubnis zu erbitten. Arnulf hatte immer wieder versucht, die Hochzeit hinauszuzögern, weil er den Merchet nicht zusammenbekam – also haben die zwei das getan, was sie getan haben.«

»Sie glaubten wohl, mich so zwingen zu können, was? Sie dachten sich wohl, der alte Narr würde sich davon erweichen lassen und dem Burschen aus Mitleid die Maid überlassen? Da haben die beiden sich aber böse in den Finger geschnitten!«

»Nein, Herr Vater, damit wollten sie lediglich Arnulf dazu bringen, sich endlich an Euch zu wenden. Hawis und Stephen haben nämlich das größte Vertrauen in Euch und Euren Großmut … Wenn Arnulf nur endlich zu Euch ginge.«

»Ich behandle jeden mit der gleichen Gerechtigkeit. Nun habe ich den Brautpreis genannt, und Arnulf mag ihn entrichten oder es lassen, aber ich lasse nicht mit mir feilschen. Und jetzt will ich nichts mehr davon hören.«

»Aber Hawis bekommt ein Kind, und alle werden sie beschimpfen und sie eine Hure nennen!«

»Daran hätte sie vorher denken sollen. Erwartet sie von mir, daß ich für sie die Kastanien aus dem Feuer hole? Nein, genug von diesem Unsinn. Kein Wort mehr darüber!«

»Sir, Ihr könnt doch nicht wirklich so hart zu ihr sein –«

»Kein Wort mehr, habe ich gesagt!« Um seinen Worten Nachdruck zu verleihen, schlug Eudo mit der Faust auf den Tisch.

Der Jüngling zuckte zusammen und schwieg. Der alte Mann starrte ihn so lange an, bis Harry den Blick senkte und stumm, aber nicht unterwürfig dasaß. Seine dichten schwarzen Wimpern warfen einen zarten Schatten auf seine Wangen.

»So gefällt es mir schon besser!« Eine volle Minute betrachtete der Ritter seinen Sohn eingehend. Allmählich verflog der Zorn und wuchs die Verwunderung, ja, er fühlte eine seltsame Zuneigung in sich aufkommen, von der allerdings Harry nichts spürte. Sir Eudo war in den mittleren Jahren einen zweiten Ehevertrag eingegangen, um endlich einen Erben zu bekommen. Nachdem das gelungen war, hatte er alle Gedanken und Liebe auf Ebrard ausgerichtet und sich damit begnügt. Der zweite Sohn war fast unbemerkt auf die Welt gekommen. Die Mutter hatte ein langanhaltendes Fieber bekommen, und der Kleine wurde in die Obhut einer Amme verbannt. So passierte es gelegentlich, daß sein Vater überrascht und verwundert war, einem dermaßen entschlossenen, unbeugsamen Geist zu begegnen, der ihm sonderbar vertraut vorkam, auch wenn er nicht verstand, woher er ihn kannte.

Jetzt schaute der Ritter über das gesenkte Haupt des zweiten Sohnes hinweg, sah den alten Schreiber an und sagte nicht mehr gar so brummig: »Zu lange in der Mauser, Edric, laß ihn endlich fliegen.« Dann wandte er sich wieder an den Jüngling und erklärte strenger: »Troll dich jetzt, Sohn. Für heute abend hast du genug mit der Feder gekratzt. Morgen sollst du dir einen freien Tag nehmen. Und nun fort mit dir, geh zu deiner Mutter.«

Lady Talvace saß im vergehenden Tageslicht auf der Fensterbank im Söller. Das blasse, von der aufkommenden Dämmerung bereits grün gefärbte Abendlicht fiel auf ihr rundes, jung gebliebenes, faltenloses Gesicht, ohne einen Schatten zu hinterlassen. Die Mutter hatte die Stickarbeit beiseite gelegt, mit der sie sich gelegentlich die Zeit zu vertreiben pflegte, wenn sich ihr keine andere Unterhaltungsmöglichkeit bot. Wenn sich aber einer ihrer Söhne, gleich welcher, zu ihr begab und ihr auch noch schmeichelte, ließ sie bereitwillig Nadel und Faden fahren.

»Mutter, auf dich wird er doch hören. Allerliebste, herzensgute Mutter, du verstehst sicher, daß wir etwas unternehmen müssen, um den beiden zu helfen. Stephen will nur sie, und Hawis möchte gern seine Frau werden. Ich habe mit ihr gesprochen, Mutter, und kenne sie ziemlich gut. Früher, als wir noch klein waren, hat sie sich oft um Adam und mich gekümmert. Ach, und jetzt ist sie so unglücklich.«

Harry hockte zu ihren Füßen auf einer Fußbank, ihre Hand hielt die seine, und während sein Kopf in ihrem Schoß lag, erzählte er ihr die ganze Geschichte. Mit der weichen, weißen und schon etwas plumpen Linken strich sie ihm über Haar, Stirn und die bebende Wange.

»Harry, dein Vater ist ein gerechter Mann und verlangt niemals mehr als das, was ihm zusteht. Halte dich bitte nicht für weiser als ihn. Warum erzürnst du ihn immer wieder, du widerspenstiges Kind?« Ihre Stimme klang sanft und leicht wie die rasch aufkommende Brise einer Sommernacht, und der Tadel in ihr verwandelte sich in Zärtlichkeit. Doch gleich dem Wind hauchte sie ihm Süße zu, die ihm sofort wieder zwischen den Fingern zerrann. Harry drehte sich, umschlang ihre Hüfte und verbarg sein Gesicht an ihrem Busen. Mutters sinnliches Vergnügen an solchen Liebkosungen befreite ihn stets von aller Scheuheit. Nur mit ihr konnte er aus sich herausgehen.

»Das will ich eigentlich gar nicht«, ertönte es gedämpft aus dem grünen Brokat ihres Frauengewands, »und ich gebe mir auch wirklich alle Mühe.«

»Warum schaffst du es dann dennoch, ihn immer wieder wütend zu machen? Ist es denn nicht ungehörig von dir, ihm sagen zu wollen, wie er mit den Seinen zu verfahren hat? Glaub mir, das Mädchen tut mir leid, aber sie hat es sich selbst eingebrockt. Sir Eudo handelte in diesem Fall nicht falsch. Wenn der Merchet bezahlt ist, mag sie ihren Stephen ja heiraten.«

»Aber der Brautpreis kann niemals entrichtet werden! Der Herr hat ihn viel zu hoch angesetzt, weil er nämlich wußte, daß Arnulf niemals soviel aufbringen kann!«

»Harry, hüte deine Zunge! Dir wohnt ein böser, widerspruchsvoller Geist inne. Wie kannst du es wagen, deinem Vater ungerechtes Handeln vorzuwerfen?«

»Ach, liebste Mutter, ich habe doch niemals ungerecht gesagt. Ich weiß doch, daß er jedes Recht dazu hat. Dennoch will mir sein Preis viel zu hart für Stephen und Hawis erscheinen.«

»Aber Sir Eudo hat nach dem Gesetz gehandelt, oder?«

»Ja, gewiß doch, dessen bin ich mir bewußt ...« Der Jüngling vermochte nicht, ihr zu zeigen, welche Kluft sich vor seinen Augen zwischen Recht und Gerechtigkeit auftat. In seiner Hilflosigkeit, ihr das klarzumachen, verlegte er sich wieder darauf, ihren Körper mit Liebkosungen zu überschütten. Er rieb seine Wange an ihrer Brust und küßte sie am Halsansatz, wo das Bliaut in einer schmalen Goldstickerei endete. »Bitte, ach bitte, Mutter, sprich du doch noch einmal mit ihm! Bedenke nur, wie furchtbar es für Hawis werden wird, wenn sie das Kind zur Welt bringt und den Vater nicht heiraten darf. Wenn das Mädchen sich nicht so aufs Weben verstehen würde, hätte Vater sie für ein paar Shillings ziehen lassen. Allerhöchstens zehn Shillings. Und soviel könnte Arnulf auch aufbringen. Aber dreißig! Bitte, beste Mutter, du mußt mit ihm reden! Ich kann den Gedanken einfach nicht ertragen!«

»Was für ein dummes Kind du doch bist! Natürlich bestimmt der Herr für Hawis einen hohen Merchet, denn sie ist sehr wertvoll für uns. Was glaubst du denn, wie Preise, Gebühren oder Zins festgelegt werden? Sollte man etwa den Preis senken, wenn der Wert steigt? Wirklich, mein lieber Harry, manchmal denkst du dir Sachen mit dem Verstand eines Kleinkinds aus!«

»Aber Hawis ist doch kein Ding, keine Ware«, entfuhr es dem Jüngling, und er hob den Kopf mit dem zerzausten Haar, um seiner Mutter direkt ins Gesicht zu blicken. »Sie ist ein Mensch, eine Frau, und sie ist Hawis. Das Mädchen lacht, weint und singt genau wie du. Und wenn ich das bei ihr machen würde, würde ihr das weh tun, genau so wie dir jetzt!« Er zwickte sie in den Arm, und in einem plötzlichen Anflug von Boshaftigkeit tat er es fester als beabsichtigt. Die Mutter schrie vor Schreck auf und gab ihm eine schallende Ohrfeige.

»Wie kannst du nur? Du hinterhältiger kleiner Schuft! Damit bist du zu weit gegangen!«

Ihre gelegentlichen Ohrfeigen bescherten ihm ein sinnliches Vergnügen, welches ihn ebenso erregte und bewegte wie ihr Streicheln. Zitternd und stammelnd ergriff er ihre Hand. »Mutter, vergib mir! Ich habe das nicht gewollt! Es tut mir leid, so furchtbar leid!« Harry verbarg sein Gesicht in ihrem Schoß, drückte ein paar Tränen heraus, um seine Verzweiflung, sein Bedauern und seine Zerknirschung zu zeigen. Und damit war es ihm durchaus ernst, denn er wußte, daß er damit alles verspielt hatte. Seine Mutter legte ihm einen Arm um die Schultern und wiegte ihn sanft. Seine Grausamkeit und seine Reue schmeichelten ihr gleichermaßen, und sie fühlte sich zufrieden wie eine schnurrende Katze.

»Aber, aber, Harry, warum sollte dich Hawis so sehr bekümmern? Was bedeutet sie dir schon, daß du dich selbst so quälst und alle anderen ihretwillen plagst?«

Sie spürte sein Schluchzen unter ihren streichelnden Händen, und plötzlich befiel sie eine große Furcht. Was, wenn sein Leiden, das sie so deutlich unter ihren Fingern spürte, nicht allein daher kam, daß er sie gerade gezwickt hatte? Sie packte den Jüngling an den Schultern und zog ihn hoch, damit sie ihm gerade ins Gesicht schauen konnte.

»Harry, warum liegt dir soviel daran, daß die Weberin unter die Haube kommt? Und warum sorgst du dich, daß ihr Kind ohne Vater geboren werden könnte? Mein Sohn, sieh mich an!« Aber er schaute sie längst an, wenn auch mit vollkommen verständnislosem Blick; und er schien nicht die geringste Ahnung zu haben, worauf seine Mutter hinauswollte. »Sag die Wahrheit, Harry! Du brauchst auch keine Angst zu haben, daß ich böse auf dich werde. Solche Angelegenheiten lassen sich regeln. Doch zuvor muß ich erfahren, was geschehen ist.«

»Ich verstehe dich nicht«, entgegnete der Jüngling, und in sein Stutzen mischte sich Furcht über ihren strengen Gesichtsausdruck. »Ich habe dir die Wahrheit gesagt und alles berichtet, was ich weiß.«

»Wirklich alles, mein Sohn? Nun komm schon, ich glaube fast, da fehlt noch etwas. Du hast mit dem Mädchen etwas zu schaffen gehabt, ist es nicht so? Ist das Kind am Ende deines? Deswegen bist du wohl auch so um Hawis' Zukunft besorgt, nicht wahr?«

»Mutter! Nein und nochmals nein!« Er lachte glockenhell, doch im nächsten Moment lief sein Gesicht rot an. Harry zog sich mit einem Ruck von ihr zurück, als hätte sie ihn auf geradezu unbeschreibliche Weise beleidigt. »Wie kannst du so etwas auch nur denken!« Die Weberin zählte zwanzig Jahre und war ihm schon damals, als sie für Alison Boteler die Kinder gehütet hatte, als Erwachsene erschienen und auf jeden Fall ein Menschenalter von ihm entfernt. Wenn Harry es recht bedachte, hatte er sie nicht einmal übermäßig gemocht, denn Hawis hatte ihre Pflichten ihnen gegenüber übermäßig gewissenhaft erfüllt, und der Knabe empfand das damals als tyrannisch. Das hatte er ihr zwar längst verziehen, aber deswegen entflammte sie noch lange nicht sein Herz. Sie war in all den Jahren für ihn bestenfalls eine Kameradin gewesen. Der Verdacht seiner Mutter empörte ihn daher zutiefst. »Ich habe niemals ...«, erklärte er daher steif, »... ich habe weder mit Hawis noch mit einer anderen jemals ...!«

»Ach, mein armes zerzaustes Küken«, sagte die Mutter und fing an zu lachen, als er bis unter die Haarspitzen errötete. »Sei mir bitte nicht böse, Harry, auch wenn ich dich falsch beurteilt habe. Eigentlich bin ich sogar froh, daß du nicht eine solche Last mit dir herumschleppst. Du mußt wissen, daß solche Dinge mitunter geschehen, jawohl. Selbst einem so braven und keuschen Jüngling wie dir wird das eines Tages widerfahren. Aber wenn ich wirklich mit meiner Vermutung so weit von der Wahrheit entfernt gelegen habe, dann nenn mir doch bitte den Grund: Warum bedeutet es dir so viel, daß Hawis und Stephen heiraten?«

»Na ja, ich glaube eben ganz fest, daß auch diese beiden ihre Rechte haben. Das Recht zu heiraten, das Recht, ihr eigenes Kind in die Welt zu setzen; schließlich lieben sie sich ja genug dafür; das Recht, sich in solchen Fragen auch uns zu widersetzen ...«

»Dein Vater hat noch niemals jemandem die Rechte verwehrt, die ihm von Gesetz wegen zustehen.«

»Ach, das Gesetz.« Er legte die Wange, auf der noch die Abdrücke ihrer Finger leicht brannten, auf Mutters Knie. »Hilf ihnen. Wenn du ihn darum bittest, wird er Hawis gehenlassen.«

»Nein, Harry, in diese Angelegenheit kann ich mich nicht einmischen. Deinem Vater allein obliegt es, die Entscheidungen so zu treffen, wie es ihm richtig und recht erscheint. Und für dich gehört es sich nicht, seine Ratschlüsse anzuzweifeln.« Die Mutter strich ihm gedankenverloren das dunkle Haar aus der Stirn und entdeckte, wie müde seine Lider herabhingen. »Sie haben dich zu hart arbeiten lassen. Kein Wunder, daß du so unleidlich bist. Du solltest sofort zu Bett gehen.«

»Ja, Mutter«, murmelte er und erhob sich langsam von der Fußbank.

»Überleg bitte, ob deine Meinung über Hawis' Vermählung nicht etwas unklug ist«, forderte sie ihn mit mitfühlender Stimme auf, während sie sein Gesicht zwischen den Händen hielt und ihm einen Gutenachtkuß gab. »Wenn Hawis nicht mehr in unseren Diensten steht, wer soll dann den Stoff für meine Kleider weben und mir meine hübschen Gewänder anfertigen?«

Das Rittergut von Sleapford verfügte auch über einen wuchtigen Bergfried, den man vierzig Jahre nach der großen Halle errichtet hatte. An dessen Spitze gab es eine Wachanlage mit Schießscharten. Den obersten Raum gleich unter den Dachzinnen hatten die beiden Brüder sich viele Jahre geteilt, bis Ebrard in die Dienste von FitzAlan getreten war. Bei seiner Rückkehr, nunmehr fast ein Ritter und schon im vollen Bewußtsein seiner baldigen Amtswürde, hatte der Ältere darum gebeten, eine der kleinen Kammern beziehen zu dürfen, welche vom Söller ausgingen. Und das hatte man ihm auch gestattet. Harry hatte diesen Tag als einen der glücklichsten Momente seines ganzen Lebens im Gedächtnis behalten. Den Grund zu dieser übergroßen Freude vermochte er nicht zu benennen, oder zumindest wollte er ihn sich nicht eingestehen.

Von nun an war Harry alleiniger Bewohner des sechsseitigen Raums, in dem es Schießscharten statt Fenster gab. Gern streckte er Zehen- und Fingerspitzen in jede einzelne Ecke seines raschelnden Strohbetts, wähnte sich im Besitz eines eigenen Königreichs und wartete darauf, dieses mit seiner Phantasie zu bevölkern. Nächtens spähte der Jüngling gern hinaus auf die walisischen Hügel, dachte an die Überfälle und Angriffe aus jenen entfernten Bergzügen und stellte sich neue Bedrohungen vor. Fürst Gwenwynwyn drängte an der Grenze voran wie ein Buschfeuer, das durch ganz Powis wütete. Vor kurzem war in ihren Reihen ein junger Fürst aus Gwynedd aufgetaucht, ein gewisser Llewelyn. Er nannte sich selbst Llewelyn ap Iorwerth, was soviel wie Llewelyn der Große bedeutete, und hatte nichts Geringeres vor, als der mächtigste Fürst von ganz Wales zu werden. Wie ein Komet, der am Himmel aufsteigt, hatte er den rebellischen Norden des Landes bezwungen und war im Vorjahr wie ein Gewitter über die englische Festung Mold niedergegangen. Nach dieser Eroberung wurde auch Chester, die große Stadt im Nordosten der Marken, von diesem neuen und höchst gefährlichen Feind bedroht.

Aus diesem Grund stand stets ein Soldat oben auf dem Turm Wache. Obwohl sich das ganze Tal wie eine silberne Schüssel seinem Blick darbot, verbrachte er doch die meiste Zeit damit, gen Wales und seine Hügel zu spähen. Harry hatte nur wenige Wochen gebraucht, um herauszufinden, wie leicht es war, barfuß die Treppe hinunterzulaufen, sich dicht am Wall entlang bis zum alten Wassertor vorzuarbeiten und dort auf der englischen Seite der Grenze die Burg zu verlassen, während der Wächter oben getreulich das Feindesland im Blick behielt. Die Turmtreppe führte nämlich an der Außenseite hinunter bis zum Boden, so daß niemand in dem Bauwerk den Ausreißer hören oder sehen konnte. Und die prickelnde Vorstellung, der Soldat könne just diesen Moment wählen, um einmal in die andere Richtung zu schauen, und dabei den Jüngling entdecken, wie er den Holzriegel am Tor hochhob, erhöhte nur den süßen Reiz dieser nächtlichen Ausflüge. Bislang war es niemals dazu gekommen, doch

Harry hatte die Gelegenheit auch nicht allzu oft genutzt, um sein Glück nicht überzustrapazieren.

Im schlafenden Dorf regte sich nur hier und da ein Hund und bellte kurz. Harry kannte sie jedoch alle beim Namen, und beim Klang seiner Stimme rollten sie sich gleich wieder zum Schlafen zusammen. Der Hof des Steinmetzes Boteler lag am Ende der gewundenen Straße und erhob sich vor einem Birkenwäldchen. Das Gebäude bestand eigentlich aus einer Art Lehmhütte mit einem Raum darüber und einer niedrigen Kammer unter dem Dach. Letztere wies im Giebel ein Windloch mit Fensterläden auf, und dort schliefen die drei Boteler-Söhne gemeinsam auf dem Lager aus getrocknetem Farn und Stroh. Harry mußte sich nur unter das Fenster stellen und pfeifen, dann erschien Adam gleich zwischen den Läden, die während der warmen Sommerabende offengelassen wurden. Und noch einen Moment später schwang der Freund sich aus der Öffnung und landete auf dem Rasen.

Die beiden legten sich in dem Wäldchen bäuchlings auf den Boden und rochen das süße Gras.

»Adam, ich brauche morgen nicht zur Feldarbeit. Kannst du Ranald dazu bewegen, an deiner Stelle bei der Ernte zu helfen? Ich möchte, daß du mit mir kommst. Ich muß nämlich etwas Wichtiges erledigen.«

»Gut, ich gehe mit«, erklärte sich der Freund sofort einverstanden. »Wo wollen wir denn hin?«

»Nach Hunyate, aber nicht auf direktem Wege. Niemand soll nämlich erfahren, daß ich dorthin unterwegs bin. Wir nehmen unsere Armbrüste mit und schlagen uns durch den Wald auf unserem Grund bis zum Dreiecksland hinter der Mühle. Dort wird Getreide geerntet, und deswegen treffen wir da viele Hasen und Kaninchen an, die vor den Sicheln auf der Flucht sind. Wir schießen ein paar davon und verstecken sie im Wald, um sie auf dem Rückweg zu holen. Schließlich erwartet man von jungen Männern, daß sie an ihrem freien Tag auf die Jagd gehen.«

»Von dort aus müssen wir aber über Tourneur-Land, um nach Hunyate zu gelangen«, wandte Adam voller Bedenken ein. Er selbst hatte noch nie einen Hirsch oder ein Reh erlegt, aber wie alle Jungen im Dorf verspürte er Sympathie für jene Wilderer, welche das Wagnis begingen, im Gehege des königlichen Försters zu jagen. Ihn selbst befiel bei der Vorstellung, den Fuß auf dieses Gebiet zu setzen, nervöses Unbehagen.

»Sein Land zu begehen ist noch kein Verbrechen. Schließlich wollen wir uns ja nicht an Tourneurs Wild vergreifen. Außerdem halten wir uns schön außer Sichtweite. Aber uns bleibt kein anderer Weg, denn ich will nicht, daß man mich sieht, wie ich nach Hunyate gehe.«

»Warum denn nicht? Was hast du schon wieder vor, Harry?«

Harry rückte im Gras näher an den Freund heran und erzählte ihm alles. Adam stützte das Kinn auf eine Faust und lauschte mit großen Augen. »Und was willst du nun unternehmen?«

»Ich werde Stephen Mortmain berichten, was mein Vater beschlossen hat, noch bevor Arnulf davon in Kenntnis gesetzt wird. Mehr vermag ich nicht zu tun. Schließlich ist Arnulfs Herr mein Vater, und ich darf nicht offen gegen ihn handeln. Doch hat Stephen ein Recht darauf, zu erfahren, was beschlossen wurde. Danach bleibt es ihm überlassen, Maßnahmen zu ergreifen. Und hoffentlich tut er das rasch.«

»Aber was kann Stephen denn ausrichten? Wenn er nicht in der Lage ist, zusammen mit Arnulf den Merchet aufzubringen, was bleibt ihm dann noch zu tun?«

»Er hat sein Handwerk gelernt, und das kann ihm niemand nehmen. Außerdem läßt er kein Land zurück, wohnt er doch immer noch im Hause seines Vaters. Ich wüßte, was ich täte, wenn ich an Stephens Stelle wäre. Des Nachts würde ich Hawis entführen und mit ihr in eine freie Stadt fliehen. Dort findet ein guter Schuster allemal mehr Arbeit, als er bewältigen kann. Ich ließe mich bei einem ordentlichen Meister als Geselle einstellen und würde meine Liebste heiraten. Ehrlich, Adam, ich glaube, Stephen ist Manns genug, ein solches Wagnis einzugehen. Und so wie ich Hawis kenne, wird sie seinem Ruf folgen und mit ihm gehen. Niemand darf ihn verfolgen, denn er ist ein freier Mann.

Und für ein unfreies Weib wird mein Vater kaum so ein großes Geschrei anstimmen wie für einen entlaufenen Mann. Wenn die beiden es erst einmal aus Salop hinaus geschafft haben, können sie sich niederlassen, wo immer sie wollen. Und falls die beiden in Not geraten und weiter fort müssen, tja, so weit ich weiß, tragen die Waliser auch Schuhe.«

»Aber nicht alle«, wandte Adam ein. »Andrew Miller hat gesagt, als die Waliser vor zwei Jahren auf ihrem Raubzug vor Wyndhoe anrückten …«

»Wer hört schon auf Andrew Millers Gerede? Wenn man den sprechen hört, könnte man meinen, er war bei jedem Überfall, der in den letzten zwei Jahren auf die sechs Grafschaften verübt worden ist, dabei. Und wir alle wissen doch, daß er sofort davonläuft, wenn nur ein Hund anfängt zu bellen. Ich muß jetzt wieder fort, Adam. Morgen erscheine ich um acht Uhr, aber wir lassen die Pferde bei Wilfred an der Mühle und gehen von dort aus zu Fuß weiter. Und wir nehmen keine Hunde mit. Niemals würde ich mit einem Hund durch das Gehege des königlichen Försters gehen, nicht einmal mit einem angeleinten. Vergiß deine Armbrust nicht. Du wirst sehen, es wird ein aufregender Tag.«

Adam erhob sich und klopfte die trockenen Halme und Grassamen von seiner kurzen Unterhose aus grobem Leinen, denn mehr trug er nicht am Leib. Der Handkarren seines Vaters, dessen Unterseite an der Hüttentür lehnte, diente ihm als Leiter, um auf das schmale Sims zu gelangen. Oben am Windloch warteten schon seine Brüder, um ihn zurück in die Bodenkammer zu ziehen. Diesen Dienst hatten sie ihm schon öfters erwiesen, genauso wie er ihnen. Adam stand schon fast auf dem Karren, als er sich eines Besseren besann und wieder hinunterrutschte.

»Harry?«

Sein Freund blieb stehen und drehte sich um. »Ja?«

»Wenn dein Vater herausfindet, daß du Stephen diesen Gedanken in den Kopf gesetzt hast …«

»Wer sagt denn, daß ich ihm etwas in den Kopf setzen will? Da muß er schon von ganz allein drauf kommen.«

»Halte mich nicht für blöd. So leicht lasse ich mich nicht von dir einlullen. Harry, wenn Sir Eudo dahinterkommt, wird er dich mit seinen eigenen Händen umbringen!«

»Vater wird schon nichts davon erfahren. Er weiß ja nicht einmal, daß ich in Hunyate gewesen bin.«

»Das kannst du doch nicht so einfach sagen! Alles mögliche mag uns dazwischenkommen. Am besten, du gehst morgen in den Getreidefeldern Hasen schießen, und ich mache mich auf den Weg nach Hunyate.«

»Nichts da!« entgegnete Harry in arrogantem Tonfall. »Ich erledige meine Angelegenheiten selbst. Um ganz ehrlich zu sein, ich war mir nicht einmal sicher, ob ich dich bitten sollte, mit mir zu kommen. Wie dem auch sei, vergiß bloß nicht, daß ich dich lediglich aufgefordert habe, mit auf Kaninchenjagd zu gehen. Wenn jemand dich fragt, weißt du von nichts. Weder von Hunyate noch von Stephen Mortmain. Ich habe beide mit keinem Wort erwähnt.«

»Na gut, wenn du lieber auf dem hohen Roß sitzen möchtest, dann sage ich wohl besser gar nichts mehr. Nur eins noch, Harry. Ist dir denn nicht der Gedanke gekommen, daß, nun ja, daß vielleicht deine Mutter Sir Eudo überreden könnte?«

Der Jüngling zog seine Talvace-Brauen zu einer grimmigen Miene zusammen, und seine Talvace-Nase sog mit bebenden Nasenlöchern die Luft ein. »Meine Mutter mag vielleicht Mitgefühl für die beiden hegen, doch würde sie nie etwas anderes tun, als sich auf die Seite meines Vaters zu stellen. Das ist ihre Pflicht.«

Damit drehte er dem Freund den Rücken und stapfte rasch auf zitternden Beinen durch die Birken davon, ehe Adam einen Einwand oder eine Entschuldigung hervorbringen konnte. Vielleicht hatte der alte Gefährte sogar beides im Sinn, aber aus Scham wagte Harry es nicht, darauf zu warten. Sowohl das eine wie das andere hätte ihn so aufgewühlt, daß er die Tränen kaum hätte zurückhalten können.

Der Jüngling haßte sich für das, was er gerade von sich gegeben hatte. Am liebsten wäre er auf der Stelle zurückgerannt, hätte sich dem Freund in die Arme geworfen und ihm gestanden:

»Ich habe gelogen; denn ich habe meine Mutter gefragt. Aber sie will nicht helfen, ihr ist die Angelegenheit egal.« Doch statt dessen eilte Harry, so rasch er konnte, von dieser Erkenntnis fort, die ihn nur mit Scham erfüllte.

Als er die Straße erreichte, fing er an zu rennen; doch seiner Verzweiflung vermochte er nicht zu entkommen.

KAPITEL DREI

Das Gehege von Sir Roger le Tourneur, dem ersten der vier königlichen Förster der Grafschaft, war umzäunt und wurde streng bewacht. Doch führten einige Dorfstraßen durch das Gebiet, und auf diesen durften sich alle Einheimischen uneingeschränkt bewegen, vorausgesetzt sie begingen dabei keinen Jagdfrevel oder verstießen sonstwie gegen das Forstgesetz. Die Talvaces besaßen ein eigenes Jagdrecht, welches ihnen erlaubte, auf ihrem Land Fuchs, Wolf, Hase, Kaninchen und Dachs zur Strecke zu bringen. Nur an das Rotwild durften sie nicht so ohne weiteres heran – für Hirsch und Reh brauchten sie eine Sondererlaubnis.

Anders hingegen le Tourneur: In seinem Privatgehege im Forst des Königs standen ihm alle Rechte offen; die waren ihm zusammen mit dem Stück Land zugestanden worden. Hier in diesem Walddickicht gehörten Damwild und Rehwild nicht dem König, sondern allein Sir Roger; und er besaß die Macht, mit allen Eindringlingen und Wildfrevlern so zu verfahren wie der König. Manchmal drückte ihn die Last seines Amts so sehr, daß er nicht selbst auf seinem Hof Recht sprach und die Missetäter aburteilte, sondern diese vors Forstgericht stellte. Aber das bedeutete noch lange nicht, daß der Förster die Verantwortung von sich wies; vom Forstgericht verlangte er nicht mehr und nicht weniger, als daß das Gesetz in seiner ganzen Strenge angewandt wurde. Im Umland achtete man Sir Roger, haßte ihn aber im Herzen. Vielleicht hätten die Menschen ihn geliebt, doch er war der erste Förster des Königs; und einen Förster kann man ja schließlich nicht lieben.

»Mein lieber Mann«, sagte Adam und schritt fröhlich durch das knöcheltiefe raschelnde Blättermeer, das viele Sommer geschaffen hatten, »der Förster hält seinen Wald aber in Ordnung. Hier wimmelt es geradezu von Wild. Hast du den Rehbock gesehen, der eben vor uns durch die Buchen brach? Lambert hat gestern nach Einbruch der Dunkelheit einen Bock mit nach Hause gebracht. Er schwört, auch eine Hindin getroffen zu haben, doch die habe er dann nicht mehr finden können.« Der Jüngling zog an dem Riemen der Armbrust, die auf seinem Rücken hing, und schob mit der anderen Hand einen Zweig beiseite, der sich genau auf der Höhe seines Gesichts befand.

Es war ein Sommertag gewesen, wie sie ihn in ihrer Kindheit oft erlebt hatten. Die beiden waren bis zu dem Wachturm in den Hunyate-Hügeln hinaufgestiegen, wo die kleinen quirligen Schafe mit der kurzen Wolle zwischen Erika und Grasbüscheln ihr Futter suchten und die letzten Glockenblumen auf ihren dünnen grünen Stengeln schaukelten. Dort hatten die jungen Männer ihr Brot, ihren Speck und ihre Sommeräpfel gegessen und sich dabei auf dem sonnengewärmten Moos ausgebreitet. Derart gestärkt waren sie in den Teich gesprungen, der im Windschatten eines Hügels lag, und hatten sich danach nackt ins Gras gelegt, bis die Gluthitze des Nachmittags in die sanfte und heitere goldene Wärme des frühen Abends übergegangen war. Trunken von Sommer und Freizeit, hatten die zwei sich schließlich auf den Heimweg gemacht. Ohne übertriebene Eile liefen sie zurück nach Teyne, um bei dem dortigen Müllerjungen ihre Pferde und die erlegten Kaninchen abzuholen.

»Glaubst du, Stephen und Hawis fliehen?« fragte Adam unvermittelt.

»Ja, davon bin ich überzeugt.« Und das war Harry wirklich. Die breite und nachdenkliche Miene des Schuhmachers hatte sich deutlich aufgehellt, als die Idee endlich in seinem Kopf aufging. Harry hatte den Eindruck gehabt, mit dem Erblühen dieses Plans sei die ganze Anspannung von ihm abgefallen, die ihn gehemmt und behindert hatte.

»Meinst du, sie gehen noch heute nacht?« fragte der Freund jetzt.

»Keine Ahnung, und überhaupt wäre es besser, wenn wir so wenig wie möglich davon wissen. Hör zu, Adam, wir dürfen kein Wort darüber verlieren, wo wir heute gewesen sind. Sonst fängt man die beiden am Ende noch ab.«

»Das brauchst du mir nicht erst zu sagen.« Der Steinmetzsohn ließ den Blick über das Grün vor ihnen schweifen, durch das filigrane Sonnenstrahlen fielen. Die Jünglinge hatten den viel beschrittenen Pfad verlassen, um auf kürzestem Weg zum Zaun, nach Sleapford und endlich zu ihrem Abendbrot zu kommen. Mittlerweile befanden sie sich im dichtesten Gehölz; Ruhe und Dunkelheit schlossen sich grün und ernst um sie und zeigten das Nahen der Nacht an. Doch wirkliche Stille schien der Forst nicht zu kennen: Flügel flatterten, und Pfoten trippelten. Doch ansonsten drang kein Laut an ihre Ohren. Adam fing an zu pfeifen, aber die Töne wurden vom gedämpften Schweigen des Waldes verschluckt.

Und dann vernahmen sie plötzlich etwas, das leiser als die anderen Geräusche war und doch so eindringlich, daß man es nicht überhören konnte. Die Jünglinge blieben auf der Stelle stehen und hielten sich ängstlich bei den Händen.

»Gott steh uns bei, was war das? Hast du das auch vernommen? Da ist jemand verletzt, vielleicht auch ein Tier. Horch doch ...«

Es kam schwach und wie aus großer Ferne, es klang unsäglich traurig und verloren; ein Geräusch wie ein menschliches Stöhnen oder wie der letzte matte Laut eines Tiers, das zu kraftlos ist, um sich zu erheben oder zu schreien. Es war links von ihnen, tiefer im Forst ... Adam lief los durch krachendes Strauchwerk und Unterholz. Er rannte, so schnell er konnte, um das Wesen noch zu erreichen, ehe es völlig verstummte. Keuchend drehte er sich zu seinem Freund um, während er gleichzeitig mit den Ellenbogen Dornenranken wegbog. »Ein verletztes Tier … Rotwild, glaube ich … War Lambert hier? Er hat nicht gesagt … wo er den Bock geschossen hat …«

»Bleib zurück!« rief Harry und hielt ihn in plötzlicher Erregung am Arm fest. »Faß es bloß nicht an.« Aber in solchen Angelegenheiten hatte Adam noch nie auf ihn gehört, und so blieb Harry nichts anderes übrig, als dem Freund weiter zu folgen und auf das klägliche Geräusch zuzustürzen, ohne auf den Lärm zu achten, den sie selbst verursachten.

Ein paar Momente später stolperten sie auf eine kleine, mit dichtem Gras bewachsene Lichtung, die von wirrem Buschwerk umgeben war. Auf der einen Seite bewegten sich die Büsche ein wenig, während sie auf der anderen Seite völlig reglos waren. Adam pirschte sich mit leisen und vorsichtigen Schritten heran, griff ins Dickicht, teilte die Äste und beugte sich in das Dunkel vor. Etwas Bleiches und Geflecktes wie das gescheckte Sonnenmuster auf der Lichtung atmete schwer und seufzte leise. Ein silbern weißes Gesicht erschien und blickte aus großen Augen voller Entsetzen und Verzweiflung zu den beiden Jungen hinauf. Tief in der gewölbten Flanke, fast schon am schneeweißen Bauch, steckte das Ende eines Armbrustbolzens; er ragte aus dem Fleisch wie eine Gewürznelke aus einer Pastete. Rote Fäden durchzogen die zarten Flanken und die zusammengefalteten Beine. Der Geruch von Blut und das Summen der aufgeschreckten Fliegen drehten Harry den Magen um.

»Lamberts Hindin!« flüsterte Adam mit unsteter Stimme. »Gott, etwas muß das arme Tier angefallen haben … vermutlich ein Fuchs … und sie war zu schwach …« Er griff mit einer Hand nach hinten, ohne sich zu dem Freund umzudrehen. »Gib mir dein Messer! Rasch, Mann, deine Klinge!«

Harrys zitternde Finger hatten Mühe, den Dolch aus der Scheide zu ziehen. Endlich konnte er Adam den Griff in die ausgestreckte Rechte drücken. Der Steinmetzsohn umschloß mit der Linken langsam und behutsam die blutverklebte Schnauze des Hirschtiers, ließ die Finger daran aufwärts gleiten und bedeckte die verängstigten großen Augen. Mit der Messerspitze suchte er nach der richtigen Stelle. So etwas hatte Adam noch nie getan, und dennoch mußte er es jetzt richtig machen. Der Jüngling bekam nicht viel mehr mit als das Erbeben des fleckigen Fells, und dann spürte er, wie der zermarterte Leib noch einmal heftig zusammenzuckte. Danach herrschte vollkommene Stille. Das Tier regte sich nicht mehr und gab keinen Laut mehr von sich. Harry, der sich über Adam beugte, fühlte sich genauso blind und taub wie sein Freund.

Doch schon kurz darauf raschelten Zweige, als sei ein schwerer Wind aufgekommen. Das Geräusch kam nicht nur aus einer Richtung, sondern aus allen möglichen, als wolle es die beiden umzingeln. Eine laute Stimme rief aus dem Wald: »Stehenbleiben! Tretet vor, und zeigt euch! Wir haben euch von allen Seiten umschlossen!« Eine andere Stimme erklang, die von über ihnen zu kommen schien: »Auf frischer Tat! Bei Gott, auf frischer Tat erwischt! Los, ihr zwei, ihr seid festgenommen!«

Harry spürte, wie der Boden unter dem Getrappel schwerer Hufe erbebte, und wirbelte erschrocken und verwirrt herum. Instinktiv riß er die Arme hoch, um den Kopf zu schützen. Da erfaßte ihn eine Peitsche am Arm und am Haupt und schlug ihn gegen Adam. Der junge Talvace packte seinen Freund und schrie: »Lauf!« Er sah die bleiche, ungläubige Miene von Adam, der noch nichts begriffen zu haben schien. In der Rechten hielt er das Messer, und das herausgespritzte Blut befleckte sein Handgelenk und tropfte vom Ärmel.

»Da haben wir euch! Die Hände sind noch rot von der Tat!« Der Reiter ließ die Peitsche schlaff herabhängen, schwang sich aus dem Sattel und näherte sich ihnen. Die anderen Förster waren zu Fuß und kamen jetzt aus den Büschen. Zwei, drei, ein halbes Dutzend – sie füllten die Lichtung aus. Große Hände packten Harry und drehten ihm die Arme auf den Rücken. Ohne nachzudenken, allein aus Wut und Schrecken, kämpfte er gegen den eisernen Griff und konnte tatsächlich freikommen. Obwohl er kaum mehr klar denken konnte, sagte ihm der Verstand, daß sie nicht alle beide entkommen konnten. Und er wußte auch, wer von ihnen die schlimmere Strafe zu erwarten hatte.

»Lauf! Hau ab!« schrie er in Adams benommenes Gesicht und warf sich gegen den großgewachsenen Reiter. Das Antlitz, in das er schlug, erschien ihm nur schemenhaft – er sah undeutlich einen schwarzen Bart, dunkle Brauen und helle Haut, aber keine identifizierbare Person. Harry traf weder Gesicht noch Hals, obwohl er sein Bestes gab. Der Reiter indes trat rasch beiseite, schlang einen Arm um den Jüngling, als der gerade wieder angriff, hob ihn hoch, wuchtete ihn herum und schleuderte ihn dann auf den Grasboden. Harry landete auf Bauch und Gesicht. Der Gegner stieß ihm einen Stiefel zwischen die Schulterblätter und setzte ihn so außer Gefecht. Gleichzeitig ließ er seine Peitsche auf die bloßen Beine des Jünglings niedersausen.

»Was erdreistest du dich? Dafür wirst du mir teuer bezahlen!«

Der Jüngling legte einen Arm schützend vors Gesicht, biß die Zähne zusammen und versuchte, den Kopf zu drehen, um festzustellen, ob es Adam gelungen war zu flüchten. Der nächste Peitschenhieb hinterließ eine rote Strieme auf Kinn und Wange. Diesmal stöhnte Harry vor Schmerz.

Doch eben dieser Schlag riß Adam aus seiner Erstarrung. Der Steinmetzsohn sah Harry auf dem Boden liegen und sich winden, um der Peitsche auszuweichen. Mit einem Wutschrei befreite sich Adam von den Händen, die ihn festhalten wollten, und warf sich wie eine Furie auf den Reiter. Den Dolch, den er immer noch in der Rechten hielt, schien er ganz vergessen zu haben. Der Junge prallte mit seinem ganzen Gewicht in die Seite des Mannes und riß ihn zu Boden. Gemeinsam fielen sie ins Gras. Adam schlug die ganze Zeit auf das bärtige Gesicht ein. Die Klinge drang durch den Wappenrock des Mannes und in den Arm darunter.

Dann waren schon zwei Forstgehilfen über ihnen, packten die Arme des Jünglings und zerrten ihn von ihrem Herrn. Zwei weitere zogen Harry auf die Beine und hielten den keuchenden und schluchzenden Jungen zwischen sich.

So rasch, wie das Chaos ausgebrochen war, kehrte wieder

Stille ein. Der Riese stand auf, zog mit der Hand die Stoffetzen über der Wunde zusammen und schüttelte auf eine demonstrativ unbewegte, nüchterne und furchterregende Art einen Blutstropfen von den Fingerspitzen. Als er sich dann den Jünglingen zuwandte, erkannten sie ihn sofort. Das Gesicht war lang und wettergegerbt, in seiner Mitte sprang eine Hakennase hervor. Es handelte sich nicht um irgendeinen der Förster – das für sich wäre schon schlimm genug gewesen –, sondern um den königlichen Förster höchstpersönlich. Sir Roger le Tourneur stand in der ganzen fürchterlichen Majestät seines Amtes vor ihnen.

Er preßte die Ränder der Wunde zusammen und verscheuchte einen seiner Männer, der ihm zu Hilfe eilen wollte, mit einem unwilligen Stirnrunzeln. Dann nickte er in Richtung Dickicht.

»Worauf wartet ihr noch? Zieht die Kreatur da raus, damit ich sehen kann, was sie gemeuchelt haben.«

Zwei Förster zogen den zerrissenen Kadaver aus dem Busch und hinterließen eine Blutspur.

»Da steckt ein Bolzen in der Hindin, Sir Roger, und ein Hund oder so was hat sich über sie hergemacht. Ich habe selbst gehört, wie sich ein Tier von ihr entfernte, als die Burschen herankamen, das kann ich beschwören. Und die Kehle ist sauber durchgeschnitten. Man muß nicht lange nach dem Dolch suchen, der das vollbracht hat.«

»Er ist ja noch ganz voller Blut«, bemerkte einer der Gehilfen, die den zitternden Adam zwischen sich hielten, und zeigte das Messer, das sie ihm inzwischen abgenommen hatten.

Harry fuhr sich mit einer trockenen Zunge über die Lippen und sagte heiser: »Wir haben die Hindin nicht gejagt.«

»Das willst du mir also weismachen? Dann habt ihr dem Tier wohl auch nicht die Kehle durchgeschlitzt, was? Sein Blut klebt an euch beiden, und dein Freund hat das Messer noch in der Hand gehalten, und ihr behauptet immer noch, ihr seid es nicht gewesen –!«

»Wir haben das Tier getötet ...«

»Nein, *ich* habe es getan!« rief Adam mit zitternder Stimme dazwischen.

»Aber wir haben das Tier nie gejagt«, ergänzte Harry. »Als wir die Hirschkuh wimmern hörten, haben wir nach ihr gesucht und sie schwer verletzt vorgefunden. Was hätten wir denn da anderes tun sollen, als sie von ihrem Leid zu erlösen?«

»Das sagen alle Wilderer, wenn sie auf frischer Tat ertappt werden. Und aus demselben Überschwang von Mitgefühl habt ihr dann auch mich angegriffen, oder? Es ist kein leichtes Vergehen, den königlichen Förster anzugreifen, das kann ich euch versichern. Ihr werdet euch noch wünschen, ihr müßtet nur für das erlegte Wild geradestehen.«

»Wir wußten doch nicht, wer Ihr wart!« Harry warf einen Blick auf die erstarrte, aschfahle Miene des Freundes und dann auf die Finger Sir Rogers, von denen langsam Blut tropfte. »Das war alles meine Schuld. Ich muß für einen Moment von Sinnen gewesen sein ... und er wollte mir nur helfen.«

»Und das mit einem Messer? Das dürft ihr alles vor dem Forstgericht erzählen. Verschont mich nun damit.«

»Ich hatte ganz vergessen, daß ich die Klinge noch in der Hand hielt«, flüsterte Adam. »Ich bitte um Vergebung, Herr, aber ich wußte doch nicht, wer Ihr wart ...«

»Was spielt es schon für eine Rolle, ob du mich kanntest oder nicht? Ich dulde auch nicht, daß einer meiner Gehilfen mit einem Dolch angegriffen wird. Was ihr dem geringsten meiner Männer antut, das tut ihr mir an. Und nun Schluß damit, nennt mir eure Namen!«

Die beiden standen stumm vor Elend und Verzweiflung vor ihm und wagten es kaum, über die Folgen solcher Auskunft auch nur nachzudenken. »Eure Namen, habe ich gesagt! Heraus damit!« Der Förster zog ein Taschentuch aus seiner Cotte und band es mit einer Hand über die Schnittwunde. Dann beugte er den Kopf, biß mit seinen großen weißen Zähnen fest in das Leinen und zog den Knoten zu. Als Sir Roger seine ganze Aufmerksamkeit wieder auf die Frevler richtete, hatte er noch immer keine Antwort erhalten. Er ließ das Ende seiner Peitsche bedrohlich in seine Handfläche klatschen. »Werdet ihr nun sprechen, oder muß ich erst das hier auf eurem Rücken tanzen lassen?«

»Vergebung, Sir Roger«, meldete sich einer der Forstgehilfen zu Wort und schob Harry etwas vor. »Wenn ich mich nicht irre, handelt es sich bei diesem Bürschchen hier um den Sohn von Sir Eudo von Sleapford. Um seinen Jüngsten, der zu Ostern von Shrewsbury heimgekehrt ist.«

»Was? Einen Talvace haben wir hier?« Die buschigen Brauen zogen sich über seinem strengen Blick zusammen. »Tretet vor, junger Mann, damit ich Euch ansehen kann!« Die Männer stießen ihn nach vorne, und Sir Roger packte ihn und drehte ihn ins Licht. »Beim Leben Gottes, das stimmt! Er trägt dieselben Züge. Sprecht, junger Mann, seid Ihr ein Talvace oder nicht?«

Harry gab seine Herkunft zu, als gestünde er einen Diebstahl oder eine Schandtat.

»Um so mehr solltet Ihr Euch schämen. Was meint denn Sir Eudo zu solchen üblen Streichen?«

»Mein Vater weiß nichts davon, Sir, er …«

»Das hätte ich mir auch nicht vorstellen können. Selbst ein Talvace würde wohl kaum seinen eigenen Bengel am hellichten Tag zum Wildern in das Gehege seines Nachbarn schicken.«

»Wir haben nicht gewildert, Herr, das schwöre ich Euch. Eigentlich haben wir nicht mehr getan, als durch den Wald zu spazieren. Und da haben wir plötzlich die furchtbaren Laute von der Hindin gehört, und …«

»Aha, dann tragt Ihr dies hier also nur mit Euch, weil das Gewicht so angenehm auf der Schulter liegt?« Er nahm Harry die Armbrust ab und hielt sie ihm vors Gesicht. »Und diese hier hattet Ihr sicher nur dabei, um Euch damit in den Zähnen zu pulen.« Er fuchtelte mit dem Köcher voller Bolzen und dem blutbeschmierten Messer vor den Augen des Jünglings herum. »Wenn Ihr zu einem Spaziergang aufbrecht, dann am liebsten schwerbewaffnet, was?«

»Wir haben den Morgen in den Kornfeldern verbracht und dort Hasen und Kaninchen geschossen.«

»Und den Nachmittag bei mir, um mein Rotwild zu erlegen.«

»Nein, Sir, ich schwöre bei allem, was mir heilig ist, das haben wir nicht. Seht selbst, die Hindin blutete schon seit Stunden und hatte sich in das Dickicht dort zurückgezogen. Wenn Ihr einen Blick auf ihren Unterleib werft, so ist das Blut dort längst schwarzverkrustet. Und auf meinen Eid, Herr, wir halten uns erst höchstens eine Stunde in Eurem Forst auf.«

»Und wo habt Ihr vorher gesteckt? Kommt schon, klärt mich auf. Rechtfertigt Euch. Wenn Ihr Euch bis vor einer Stunde nicht auf meinem Land befunden habt, wo wart Ihr dann? Falls Ihr in ehrlichen Geschäften unterwegs gewesen seid, wird es sicher jemanden geben, der das bestätigen kann.«

Der Jüngling starrte in die Grube, welche er sich gerade selbst geschaufelt hatte, und sie kam ihm bodenlos tief vor. Wie konnten sie dem königlichen Jäger gestehen, wo sie heute gewesen waren? Sir Roger würde unweigerlich über den Vorfall Bericht erstatten, und Sir Eudo würde bei der Erwähnung des Ortes Hunyate sofort die Ohren spitzen und noch vor Einbruch der Nacht einschreiten. Damit wäre für Stephen jede Möglichkeit vertan, mit seiner Hawis von Sleapford zu verschwinden.

Nein, er durfte den Schuster nicht so hintergehen. Und selbst, wenn sie nur die halbe Wahrheit verrieten und die beiden Liebenden unerwähnt ließen, wer konnte sonst für sie bürgen, außer Stephen selbst? Und gerade den durften sie ja nicht zu Hilfe holen. Auf dem Hügel entlang den Erdverschanzungen ihrer Vorfahren, wo die Schafe im Heidekraut gegrast hatten, war ihnen niemand begegnet, und vermutlich hatte sie nicht einmal jemand aus der Ferne gesehen. Schließlich hatten die beiden, nachdem sie die Pferde an der Mühle zurückgelassen hatten, größte Vorsicht walten lassen, sie waren ja schließlich in einer geheimen Mission unterwegs ... Dafür tat sich nun dieser Abgrund unter ihren Füßen auf, und sie hatten keine Möglichkeit, die fehlenden Stunden zu erklären. Harry öffnete den Mund, während sein Verstand noch fieberhaft nach einem anderen Ort suchte, den er nennen konnte, ohne Verdacht zu erregen. Nach irgendeiner Stelle, zu der es Jünglinge an ihrem freien Tag zog und die man nur durch diesen Forst erreichen konnte.

»Wenn Euch nicht rascher eine Lüge einfallen will«, knurrte der königliche Förster, »dann laßt es besser ganz bleiben. In

Wahrheit wart Ihr fast den ganzen Tag hier, habt das Tier geschossen, es aus den Augen verloren und erst jetzt wiedergefunden – in einem für Euch höchst unglücklichen Moment. Los, gebt es zu. Bei Gott, ich würde Euch mehr achten, wenn Ihr offen zu Eurem Frevel stündet, gleich wie die Folgen aussehen. Ihr gebt eine schwache Figur ab für einen Talvace. Vermutlich wollt Ihr mir gleich erzählen, wer statt Eurer das arme Tier erlegt hat, da Ihr so erpicht darauf seid, die Schuld von Euch zu weisen.«

Schon wieder etwas, das sie Sir Roger nicht sagen konnten, mochten sie die Antwort auch noch so gut kennen. Lieber wollten sie sich selbst an den Schandpfahl binden und auspeitschen lassen, als Lambert zu verraten. Wie man es auch drehte und wendete, auf keine Frage konnten sie Auskunft geben. So blieb ihnen wohl nichts anderes übrig, als den Mund geschlossen zu halten und tapfer das auf sich zu nehmen, was unweigerlich folgen würde.

»Führt sie in die Halle ab«, befahl Sir Roger schließlich und ergriff mit der gesunden Hand die Zügel. »Ich reite voraus und lasse mir die Wunde verbinden. Und bei allen Heiligen, ich muß darüber nachdenken, wie man unter Nachbarn zu einer Lösung für diese schändliche Tat kommt. Verdammt, ich wünschte, es wäre der Sohn eines anderen Mannes, und nicht der von Talvace.«

Damit schwang der Förster sich in den Sattel und schob den linken Arm in den Brustschlitz seines Hemds. »Haltet die beiden auf dem Weg zur Burg voneinander getrennt, sonst hecken sie noch gemeinsam eine Lügengeschichte aus und tischen die mir dann in gleicher Fassung auf.«

Sir Robert wendete sein Roß, senkte den Kopf, um nicht an Zweige zu stoßen, und preschte davon. Er verschwand im grünen Dunkel und war bald nicht mehr zu sehen. Nach ein paar Momenten hörten sie das weiche Trampeln der Hufe, als Sir Rogers Pferd den Pfad erreicht hatte und in Galopp gefallen war. Zu niedergeschmettert, um auch nur einen Blick auszutauschen, ließen die beiden Jünglinge sich, verzweifelt schweigend, von den Gehilfen abführen.

Der Abend war gekommen und mit ihm die Zeit der goldenen Ruhe kurz vor Sonnenuntergang, als der traurige kleine Zug in den Burghof von Sleapford einritt. Der Torwächter staunte nicht schlecht, als er den jungen Herrn unter Bewachung heranziehen sah, dazu mit hängenden Schultern, bedrückter Miene und Peitschenschrammen an Hals und Wange. Der Soldat schickte sofort einen Bogenschützen los, um Sir Eudo zu rufen, während er selbst die Gruppe einließ und sie mit Höflichkeiten aufhielt, bis der Burgherr endlich erschien.

Talvace war beim Abendessen unterbrochen worden und kam jetzt aus der großen Halle herausgestapft. Im Gehen band er sich noch seitlich den Waffenrock zu. Ebrard folgte ihm auf dem Fuße, und man konnte ihm deutlich ansehen, daß er vor Neugier platzte und gleichzeitig bereit war, die Ehre seiner Familie mit der Waffe zu verteidigen. Der halbe Haushalt bemerkte, daß etwas in der Luft lag, und schlich von überall herbei – aus der Speisekammer, den Stallungen, der Küche und der Waffenkammer. Alle starrten und horchten, als der Förster an der Spitze von seinem Roß stieg und die Kopfbedeckung abnahm.

Hinter ihm hielten zwei ebenfalls berittene Forstgehilfen jeweils einen Jüngling vor sich im Sattel fest. Sie sprangen nun ab und halfen ihren Gefangenen mit einer gewissen Freundlichkeit, abzusteigen. Schließlich hatten die beiden schon bei der ersten Begegnung genug abbekommen; seitdem hatten sie sich außerdem genug gequält bei dem Gedanken an das, was sie erwarten würde. Und so empfanden die Männer bereits etwas Mitgefühl für die Missetäter.

Harry und Adam hatten zwei Stunden in der Wachstube von Sir Rogers Burg verbringen müssen – unter strenger Bewachung und voneinander getrennt. Währenddessen hatte der Förster überlegt, wie mit den Frevlern am besten zu verfahren sei. Schließlich hatte er seinem Schreiber einen Brief an den Nachbarn diktiert, und den überbrachte jetzt ein Gehilfe an der Spitze des Zuges. Niemand hatte den Jünglingen gesagt, was in dem Schreiben stand, niemand hatte sie über ihr Schicksal hinwegtrösten können. Schlimmer noch, Harry und Adam hatten nicht einmal etwas zu essen bekommen. Das hätte eigentlich das kleinere Übel sein sollen, aber es war dennoch für sie zum größten Problem geworden, denn: Jagdfrevler hin oder her, Harry und Adam waren eben beide erst fünfzehn und hatten seit der Mittagsstunde nichts mehr zu sich genommen. Mut und Würde an den Tag zu legen wäre gewiß etwas leichter gewesen, wenn ihnen nicht der Magen so furchtbar geknurrt hätte. So standen sie also jämmerlich nebeneinander und beobachteten, wie der Brief des königlichen Försters weitergereicht wurde.

Der Umstand, daß man sie zum Vater und Herrn zurückgeschickt hatte, erfüllte sie gleichzeitig mit Hoffnung und mit Furcht. Auf der einen Seite bedeutete das wohl, daß Sir Roger nicht beabsichtigte, die Missetäter vor das Forstgericht zu stellen. Dies hatte der Förster gewiß nicht getan, weil er Sir Eudo so gern hatte; vielmehr lag ihm daran, sich nicht mit seinesgleichen anzulegen. Außerdem widerstrebte es Sir Roger sicher auch, den Sohn eines Ritters vor ein Gericht zu stellen, das sich aus Gewöhnlichen zusammensetzte.

So glaubten die Jünglinge, Anlaß zur Hoffnung zu haben. Wenn Sir Roger gewillt war, die Sache nur zwischen sich und Sir Eudo zu bereinigen, würde sich Harrys Vater sicher nicht ganz so unversöhnlich zeigen – und in nicht allzu langer Zeit würde Gras über die Sache wachsen. In dieser Hoffnung wiegten sich die beiden schon, bis ihnen einfiel, daß ihr Herr und Vater noch vor Ablauf der Woche erneut Grund zu Zorn und Argwohn haben würde. Die nächsten Stunden und Tage würden sicher ziemlich unangenehm werden.

Die Forstgehilfen händigten Armbrüste, Bolzen und Messer der Übeltäter aus. Nur einmal, für einen flüchtigen Augenblick, sahen die beiden Jünglinge sich mutlos an. In Gedanken schworen sie sich, nichts zu verraten und alles mannhaft über sich ergehen zu lassen. Sir Eudo konnte lesen, aber beileibe nicht wie ein Gelehrter. Er fuhr mit dem Finger über jedes einzelne Wort, kämpfte sich durch Sir Rogers Brief – und seine Miene verdunkelte sich zusehends.

Harry hatte nicht gedacht, daß ihm das Herz noch tiefer

sinken könnte, doch nun passierte es tatsächlich, als der Vater sich mit bedrohlicher Miene an ihn wandte und die offene Schriftrolle in der Hand schwenkte.

»So, Sir Harry, da habt Ihr ja mit Eurem neuesten Streich große Ehre für Euch wie auch für mich eingeheimst! Und für den Tropf an Eurer Seite stehen die Dinge noch schlimmer! Ich hoffe, Euch ist klar, daß Ihr mir damit zwei Jahre Arbeit zunichte gemacht habt, und bei Gott, ich hoffe, Ihr habt Euch innerlich bereits darauf eingestellt, teuer dafür zu bezahlen. Meinen guten Namen habt Ihr öffentlich in den Schmutz gezogen, das ist Euch hoffentlich bewußt! Wildert einfach im Gehege meines Nachbarn. Eine Tat, welche mich ebenso empört wie ihn! Und diesen Unseligen da führt ihr obendrein noch in den Ruin! Dafür werdet Ihr geradestehen müssen, habt Ihr mich verstanden? Für alles!«

Harry kannte die Anzeichen nur zu gut: die dunkelroten Flecken auf den Wangenknochen; die tiefliegenden Augen im aufgedunsenen Gesicht, die wie Funken in einem verglimmenden Feuer glühten; die Faust, die so hart um das Pergament geschlossen war, daß die Adern hervortraten und pulsierten – ganz zu schweigen von dem Umstand, daß Sir Eudo ihn mit »Ihr« angeredet hatte, was sonst nur bei hochoffiziellen Anlässen vorkam. Der Jüngling erwartete jeden Moment, vom väterlichen Blitz wie ein Baum gefällt zu werden. Die Angst vor dem Unabwendbaren ließ ihn die Augen schließen. Harry fürchtete weder Schmerz noch Gewalt, jedenfalls so wenig wie alle anderen richtigen Männer auch; doch der Zorn seines Vaters bereitete ihm Angst und Verzweiflung. Schließlich liebte er ihn, und sein Ärger schnitt ihm tief und schmerzhaft ins Herz. Eines Tages würden die Bande, die sie zusammenhielten, endgültig zerreißen.

»Herr Vater«, begann er ebenso formell, wenn auch mit zitternder Stimme, »ich schwöre Euch, daß wir die Hirschkuh nicht gejagt haben. Auf meine Ehre, wir haben das nicht getan. Wenn wir eine Dummheit angestellt haben – und mir ist unsere Narretei nur zu bewußt –, so handelten wir aus dem Schrecken heraus, und es tut mir sehr leid. Aber wir haben die Hindin weder gejagt noch verwundet.«

Harry kam es wie ein Wunder vor, daß man ihn ausreden ließ. Vermutlich lag das aber daran, daß Sir Eudo dermaßen wütend war, daß er seine Sprache noch nicht wiedergefunden hatte, um dem Jüngling ins Wort zu fallen. Außerdem hatte er seinem Zweitgeborenen wie gewöhnlich gar nicht richtig zugehört.

»Ihr habt sie nicht gejagt? Ihr habt sie nicht gejagt? Ein Dutzend Forstgehilfen und der Förster selbst haben doch mit eigenen Augen gesehen, wie Ihr dem Tier die Kehle durchschnittet! Ist das da auf Eurer Klinge etwa kein Blut? Wollt Ihr mir sagen, ich sei erblindet oder meines Geruchs verlustig gegangen? Warum trugt Ihr denn Köcher und die Armbrust auf dem Rücken? Wir haben die Hindin nicht gejagt, pah! Wißt Ihr denn nicht, daß der königliche Jäger Euch allein schon für das Mitführen der Armbrust hätte bestrafen können? Zwei Jahre lang versuche ich jetzt schon, mich mit Sir Roger zu verständigen, und da kommt Ihr daher und macht mit Eurer Torheit alles zunichte! Wir haben das Tier nicht gejagt! Zum Kuckuck, lest selbst, Knabe, lest, was der Förster mir schreibt. Und versucht ja nicht, mir weiszumachen, daß es nur um das Rotwild geht! Habt Ihr nicht etwa Sir Roger auf seinem eigenen Grund angegriffen! Wißt Ihr nicht, daß Ihr dafür leicht mit Eurer Freiheit bezahlen könntet, wenn es dem Förster gefallen sollte, Euch festnehmen zu lassen? Hier, lest selbst und erkennt, welchen irreparablen Schaden Ihr angerichtet habt!«

Harry studierte benommen den Text und konnte den einzelnen Worten kaum einen Sinn abgewinnen. Dabei hatte Sir Roger sein Anliegen sehr deutlich zur Sprache gebracht:

»An den edlen Sir Eudo Talvace, Ritter und Besitzer des Gutes Sleapford. Bei allem gebührenden Respekt möchte ich Euch dies zur Kenntnis bringen:

Diese beiden jungen Männer wurden in Waffen dabei erwischt, wie sie am heutigen Tage in meinem Gehege eine Hirsch-

kuh töteten; und das in meiner Anwesenheit und der von sechs Forstgehilfen. Alle wurden wir Zeugen dieses Jagdfrevels an dem Tier, namentlich einer Hindin, welche zuvor von einem Armbrustbolzen verwundet wurde. Ich habe Grund zu glauben, daß die Jünglinge wie auch die Waffen Euch gehören. Auch wenn das Verbrechen an meinem eigenen Rotwild begangen wurde, und nicht an dem des Königs, zwingt mich die Höflichkeit, Euch die beiden zu überstellen; und damit verbinde ich die Hoffnung, daß Ihr mit ihnen verfahrt, wie ich mit ihnen verfahren würde, das heißt, stets gerecht und barmherzig. Wenn Ihr mit den Missetätern in diesem Sinne umgeht und so, wie es der gute Name eines Ritters gebietet, an dessen Aufrechterhaltung uns beiden sehr gelegen ist, beabsichtige ich nicht, die zwei vor das Forstgericht zu zerren, wo Euer Sohn und Euer Leibeigener wegen der Verbrechen angeklagt würden, bei denen sie auf frischer Tat ertappt wurden. Überflüssig zu erwähnen, daß sie angesichts der vorliegenden Sachlage bei einem Prozeß keine Aussicht auf Erfolg haben dürften.

Was nun den Fall der erlegten Hirschkuh betrifft, so bin ich gewillt und in der Lage, da die Tat zu meinem Schaden und nicht dem Seiner Königlichen Gnaden erfolgte, von der ganzen Härte des Gesetzes abzusehen; das hätte, wie Euch sicher bekannt sein dürfte, von Eurem Sohn ein gewaltiges Strafgeld gefordert. Sein Kumpan hingegen wäre zu Tode ausgepeitscht worden. Ich will mich aber damit zufriedengeben, daß Ihr beiden eine Tracht Prügel verabreichen laßt, und zwar eine, welche ihnen Respekt vor dem Besitz anderer einbleut, denn es scheint ihnen an diesem Respekt zu mangeln. Nun holt das nach, was fähigere Hände ihnen längst zugefügt hätten.

Was hingegen den tätlichen Angriff durch beide Schurken auf meine Person betrifft, den sechs meiner Forstgehilfen bezeugen können, so wird der meiner Überzeugung nach nicht von den Knaben abgestritten. Wenn es sich dabei nur um tätliche Angriffe auf meine private Person gehandelt hätte, hätte ich nachsichtig sein können. Doch sie trafen mich in meiner öffentlichen Position als Förster, und ich besitze kein Recht, über Angriffe auf mein

Amt hinwegzusehen. Die Pflicht den anderen von Seiner Majestät Gnaden ernannten Förstern gegenüber läßt mir keine andere Wahl, als das Gesetz buchstabengetreu zu befolgen. Der Angriff Eures Sohnes erfolgte unbewaffnet und infolge der ersten Verwirrung; die Strafe dafür mag mit der Bestrafung für das getötete Stück Rotwild abgegolten sein. Anders verhält es sich hingegen bei dem Angriff des Knaben Boteler, denn der erfolgte mit einem Messer und war demnach gegen mein Leben gerichtet, auch wenn ich durch die Gnade Gottes nur eine Verwundung am Oberarm davontrug. Dennoch darf man hier nicht Gnade vor Recht ergehen lassen. Wenn Ihr meinem Getreuen, welcher Euch diese Botschaft überbringt, eine entsprechende Nachricht mit auf den Weg gebt, werden meine Gehilfen morgen bei Euch erscheinen und an dem Leibeigenen die Strafe durchführen, welche für ein solches Vergehen vom Gesetz gefordert wird und Euch bekannt sein dürfte. Als Knaben und Unfreiem verdient er es, daß man ihm die Rechte abschlage. Bis zum Zeitpunkt des Erscheinens meiner Männer mache ich Euch für den sicheren Gewahrsam des jungen Boteler verantwortlich.

Falls Ihr Euch meinem Urteil nicht anschließen könnt oder wollt, werde ich das Forstgericht bemühen und dort alle in Frage kommenden Anklagepunkte zu Gehör bringen. Des weiteren würde ich dafür Sorge tragen, daß Ihr beide Missetäter auf den Ruf des Gerichts hin dort vorführt …«

Harry brannten die Wangen vor Scham über die anmaßende Sprache des königlichen Försters und den Tonfall, welchen er seinem Vater gegenüber anschlug. Erst danach ging ihm auf, welch fürchterliches Schicksal Adam drohte. Er selbst wäre als Freier und Edler sicher vor Gericht mit einer Geldbuße davongekommen; schlimmstenfalls hätte man ihm die Freiheit genommen. Aber sein Freund hatte als Leibeigener keine Freiheit zu verlieren; daher würde man ihm etwas nehmen, das auch ein Unfreier besaß. Der Jüngling hatte sich schon früh mit den gelehrten Begründungen und Anweisungen des Gesetzes vertraut gemacht, und auch der feine Unterschied zwischen angeklagtem Freien und angeklagtem Unfreien war ihm bekannt. Doch niemals hätte er erwartet, wie schrecklich dieser kleine Unterschied wurde, wenn sich die akademischen Ausführungen in Realität verwandelten.

Der Jüngling starrte seine zitternden Hände an, welche die Schriftrolle hielten, und schrie: »Nein, Vater, das könnt Ihr nicht! Das dürft Ihr nicht! Soll er uns doch vor Gericht schleppen! Soll er uns ruhig verklagen! Wir haben die Hindin getötet, aber nur, weil sie bereits tödlich verwundet war. Und dies nicht von uns. Wir werden denen alles sagen, Herr, und dann müssen sie uns einfach glauben. Schließlich sagen wir die Wahrheit, Vater. Ich flehe Euch an, laßt uns vor Gericht ziehen.«

»Vor Gericht ziehen, damit mein guter Name noch mehr durch den Dreck gezogen wird, du Schwachsinniger? Um für dich eine Riesensumme zu bezahlen und deinem Freund die Haut vom Rücken peitschen und auch noch die Hand abhacken zu lassen? Wie sollte ihm das helfen? Hast du das Lesen verlernt, oder sind deine Sinne getrübt? Der Bengel kommt noch verhältnismäßig glimpflich davon, und deine Strafe ist bedeutend geringer, als du sie verdient hättest!«

»Meine Hand soll ich verlieren?« flüsterte Adam, wurde so grau wie Lehm und starrte die beiden entsetzt an. Dann sah er sich mit wilder Miene und gehetztem Blick um. Der Forstgehilfe an seiner Seite packte ihn vorsichtshalber fest am Arm.

»Aber ich habe den Förster auch geschlagen! Ich habe ihn sogar zuerst angegriffen! Adam hat sich nur eingemischt, um mir zu helfen!«

»Aber das gleich mit einem Dolch.«

»Es war doch nur ein dummer Zufall, daß er die Klinge noch in der Rechten hielt. Adam hatte nie vor, die Waffe gegen den königlichen Förster einzusetzen. Außerdem wußten wir gar nicht, daß wir Sir Roger vor uns hatten. Ich habe ihn als erster geschlagen, und deswegen ...«

»Würde es deinem Freund in irgendeiner Weise nutzen, wenn auch du dir die Rechte abschlagen ließest? Genug jetzt mit dem Unsinn. Da hast du uns eine schöne Suppe eingebrockt, das muß ich schon sagen. Wir können froh sein, so billig aus dieser Geschichte herausgekommen zu sein.«

Der Burgherr ließ die Knaben stehen und wandte sich an den wartenden Forstgehilfen: »Danke deinem Herrn für die uns erwiesene Freundlichkeit, und teile ihm mit, daß ich sein Urteil befürworte und alles unternehmen will, was er in diesem Schreiben hier vorschlägt. Seine Männer mögen morgen in meiner Burg erscheinen, wann es ihnen beliebt.« Mit einer Handbewegung übergab Sir Eudo Adam den wartenden Bognern, die sich flüsternd miteinander unterhielten. Sie umringten den Jüngling mit steinernen Mienen und leerem Blick und ergriffen ihn mit einer gewissen Vorsicht. Dennoch zuckte Adam unter der Berührung zusammen und fing an, sich zu sträuben und zu wehren. Er sah sie mit wilden Blicken der Reihe nach entsetzt an und gab keinen Laut von sich. Als Sir Rogers Männer den Burghof verließen, hielten die Bogenschützen ihn immer noch an den Armen; nicht zu hart, aber fest genug, um jeden Fluchtversuch unmöglich zu machen.

»Bindet ihn«, befahl Sir Eudo, »und dann wollen wir in Gottes Namen die Angelegenheit hinter uns bringen.«

Die Getreuen rissen dem Jüngling das Hemd vom Rücken und legten seine Hände in die Eisenringe am Schandpfahl. Harry stand wie erstarrt da, seine Beine weigerten sich, auch nur einen Schritt zu tun. Die braunen Hände Adams – von denen er morgen nur noch eine besitzen würde – hingen recht hoch, weil die Ringe für Erwachsene gedacht waren; und trotz seiner hochgewachsenen Gestalt und seines anmutigen Äußeren war Adam ja noch kein erwachsener Mann. Der Jüngling wehrte sich nicht mehr gegen die Behandlung, wozu auch? Selbst hier gab es feine Unterschiede. Sogar bei körperlichen Züchtigungen war die Rangfolge zu beachten. Harry würde seine Hiebe im Innern der Burg und ohne Zuschauer erhalten. Adam hingegen mußte die Verletzung seines Körpers und seiner Würde vor den Augen aller hinnehmen.

Harry rannte blindlings los und warf sich vor seinem Vater auf die Knie. Er ergriff Sir Eudos Hand und schluchzte: »Nein,

Herr, ich bitte Euch! Ich flehe Euch an! Ich will mich auch ganz gewiß bessern. Und ich tue alles, was Ihr von mir verlangt, wirklich alles! Doch bitte laßt nicht zu, daß man Adam die Rechte nimmt! Züchtigt mich, stellt mit mir an, was Euch beliebt, aber er darf nicht verstümmelt werden! Ach, Herr Vater, um der Liebe Gottes willen, befehlt, daß man uns gleichermaßen bestraft, haben wir doch beide das gleiche Unrecht begangen. Bitte, Herr, das ist ungerecht!«

»Du Narr, willst du etwa, daß Leibeigene wie Freie behandelt werden? War seine Vermessenheit nicht viel größer als deine? So will es nun einmal das Gesetz!« Er stieß den Sohn heftig von sich. »Steh auf, Kind, du bereitest mir Schande. Geh ins Haus, hast du gehört? Verzieh dich nach drinnen!«

»Es ist ein schlechtes Gesetz!« schrie Harry und brach in ungehemmte Tränen aus. »So etwas Niederträchtiges kann nicht Gesetz sein. Das ist ungerecht!«

Der Burgherr schlug ihm auf den Kopf, aber der Jüngling ließ nicht von ihm ab. Als der Vater ihn wieder fortstieß und weitergehen wollte, ließ sich Harry auf den Boden fallen, schlang heulend die Arme um Sir Eudos Knöchel und wimmerte Unverständliches. Mit einem Wutschrei packte der Ritter ihn am Kragen und riß ihn hoch. »Der Teufel soll dich holen, Junge, gib endlich Ruhe! Du beschämst mich und mein ganzes Geschlecht. Ebrard! Ebrard, bringt, diesen tobsüchtigen Narren fort, ich will ihn nicht mehr sehen. Mir wird schlecht bei seinem Anblick. Sperr ihn in den Stall, bis wir mit diesem Burschen hier fertig sind!«

Ebrard ließ sich nicht lange bitten und trug seinen jüngeren Bruder davon; er tat dies mit dem gleichen Gemisch von Gefühlen, das sein Vater empfand, als er den beiden hinterhersah. Es schwangen Erleichterung, Mitgefühl, Verachtung und große Ungeduld darin mit. Der junge Ritter konnte einfach nicht verstehen, warum Harry um eines bloßen Leibeigenen willen einen so unziemlichen Aufstand machte; noch dazu um einen Burschen, dem hier eine gerechte Strafe zuteil wurde. Ebrard packte ihn grob am Arm, und damit drückte er seine Verlegenheit und

Scham über den Auftritt des Jüngeren aus. Nie zuvor hatte ein Talvace sich auf so abstoßende Weise aufgeführt. Der Ältere fragte sich, von welchem längst verstorbenen, entfernten Verwandten er das böse Blut geerbt haben konnte.

Als sie den Stall erreichten, stellte der Ritter den Jüngling ab, bog ihm aber die Arme auf den Rücken und schob ihn in den Stall, in welchem auch die Greifvögel untergebracht waren. Die Falken, die sich gestört fühlten, rutschten nervös und krächzend auf ihren Stangen hin und her. Kaum hatte Ebrard ihn losgelassen, wirbelte Harry herum und versuchte, zum Ausgang zu rennen.

Der Ritter konnte im letzten Moment die Tür schließen und den Riegel vorschieben, bevor es seinem Bruder gelang zu entwischen. Doch selbst dann hämmerte der Jüngling immer noch gegen das Holz und kreischte wie ein hysterisches Mädchen, daß man ihn freilassen solle.

Schließlich fiel Harry erschöpft auf die Knie, lehnte sich gegen die Türbretter und legte den Kopf auf die Arme. Doch auch so hörte er noch Adams Schreie.

Schon nach dem ersten Schmerzensschrei des Freundes hatte er das Gefühl, daß das Gefüge, welches ihn bisher zusammengehalten hatte, zerrissen und unwiederbringlich verloren war. Doch ob dieser neue Zustand nun Freiheit oder Exil bedeuten würde, vermochte er nicht zu sagen. Auf jeden Fall bedeutete er mehr Traurigkeit und Einsamkeit, als er jemals erlebt hatte. Und ihm schien, als habe sich alles, was ihm vertraut und lieb war, in etwas Feindseliges verwandelt. Er hätte am liebsten all das zerstört, was hier im Stall in Reichweite war; all das, was ihn nicht nur verraten, sondern auch verstoßen hatte.

Ebrards Zwergfalke, das neue Tier, dessen Ausbildung noch nicht abgeschlossen war, fauchte auf seiner Stange wie eine Wildkatze und wandte ihm seinen Kopf zu, obwohl er unter seiner Kapuze nichts sehen konnte. Harry spielte in seinem Gemütszustand mit dem Gedanken, den Vogel zu töten, aber tief in seinem Herzen wußte er, daß er so etwas nie tun konnte. Aber die Kapuzen und die Wurfriemen, die Stangen und die Leinen, auch die schöne neue Truhe, welche Ebrard für die Wäsche ihrer Mutter zimmerte, und all die vielen anderen Dinge, welche ihm hier eines Tages gehören würden, ja, die wollte er zerstören.

Mit kalter Wut, die noch fürchterlicher war als die unüberlegte, zerschmetterte, zerbrach, verbog und zerriß der Jüngling alles, was ihm in die Finger kam. Die Greifvögel kreischten, obschon er sie als einzige verschonte. Als Ebrard viel später die Tür wieder öffnete und eintrat, um Harry aus seinem Gefängnis zu befreien, war der Boden mit zerfetzten Handschuhen und zerschlitzten Harnischen übersät. Harry hielt ein Messer in der Hand und zerschnitt gerade die Falkner-Wurfriemen. Ebrard, der in das Halbdunkel spähte, konnte das ganze Ausmaß der Zerstörung zunächst nicht erkennen. Also stapfte er in den Stall und trat unvermittelt in ein Gewirr von Lederriemen. Ebrard stieß einen Wutschrei aus und packte den Übeltäter bei den Schultern. Harry drehte sich, um den Angriff abzuwehren, und warf sich wie eine Furie dem wutverzerrten Gesicht über ihm entgegen.

Wenn Adam zuvor versehentlich mit dem Dolch zugestoßen hatte, so hob Harry sein Messer jetzt absichtlich und mit aller Kraft gegen seinen Bruder, ohne an die möglichen Folgen zu denken.

»Wie, das wagst du?« schnaubte Ebrard, packte das Handgelenk mit der Klinge und drehte es hart um. »Du zückst den Dolch gegen mich, du kleiner Satansbraten? Gegen deinen eigenen Bruder! Wart nur, dich werd' ich Mores lehren!«

Das Messer fiel klappernd auf den Boden, gefolgt von Harry, dem Ebrard einen harten Faustschlag gegen das Ohr verpaßt hatte. Ebrard hatte ihn nichts zu lehren, denn dafür war er schon zu alt, und so ließ er die Hiebe mit voller Wucht auf seinen jüngeren Bruder niedergehen, wie jemand, der seiner eigenen Familie den Krieg erklärt. Als Harry zusammengekauert auf dem Boden lag und die Schläge widerstandslos einsteckte, hörte Ebrard sofort mit dem Prügeln auf. Eigentlich tat ihm trotz aller Wut dieser junge Mann, den er einfach nicht verstehen konnte, leid. So stand der Ritter über Harry und betrachtete stirnrunzelnd die verschmutzte und jämmerliche Gestalt, die jetzt so klein und hilflos wirkte und trotzdem noch soviel Widerspenstigkeit und Trotz in sich barg.

»Steh auf! Ich schlage dich nicht mehr. Auf mit dir. Vater will dich im Söller sprechen. Wenn dir noch ein Rest Verstand geblieben ist, so trittst du am besten rasch vor ihn und übst dich in Demut und Zerknirschung. Es wäre unnötig, das Schlimme noch schlimmer zu machen.«

Der Jüngling rappelte sich steif auf und wischte sich wortlos den Staub von der Kleidung. Er würde sich zwar zu seinem Vater begeben, hatte aber nichts mehr zu sagen und nichts mehr zu fragen. Das alles lag weit hinter ihm.

Neugierige, mitfühlende und fast fröhliche Aufregung begleitete ihn auf seinem Weg durch die Große Halle. Die Soldaten hielten in ihrem Würfelspiel inne, als er sich zwischen den sich balgenden Hunden einen Weg bahnte und dann die Stufen zum Söller hinaufstieg. Vor kurzem noch hätten solche Blicke seine Galle hochgebracht, doch nun war ihm alles egal.

»Wisch dir das Gesicht ab«, flüsterte ihm Ebrard zu, bevor sie den Söller betraten. »So kannst du unmöglich vor deine Mutter treten.« Er schob Harry sein Taschentuch in die Rechte und wartete, bis der sich Staub, Dreck und Tränen von den Wangen gerieben hatte. Einen Moment lang empfand Ebrard Zuneigung und Bedauern für seinen Bruder, aber das Gefühl verschwand rasch wieder.

Sir Eudo stand breitbeinig vor dem leeren Kamin und hatte die Hände hinter dem Rücken in die weiten Ärmel seines Waffenrocks geschoben. Lady Talvace saß kerzengerade auf einem Stuhl mit hoher Lehne, kaum einen Meter von ihm entfernt, damit sie ihn notfalls am Ärmel zupfen konnte, um seine Wut zu besänftigen.

»Hier ist er«, verkündete Ebrard, schloß die Tür, schob den Bruder vor den Vater und warf das Messer auf den Tisch. »Damit ist er auf mich losgegangen! Und er hat im Stall wie ein Teufel gewütet. Ich wäre wohl besser bei ihm geblieben.«

Daß der Ältere ihn gleich verpetzte, machte auch die kleinste Regung von Reue zunichte, die Harry vielleicht noch verspürt hatte. So stand der Jüngling, immer noch voller Dreck und Tränenbahnen, vor seinen Richtern, bot einen erbarmungswürdigen Anblick und blieb doch ganz und gar ruhig.

»Er hat das Messer gezückt? Gegen den eigenen Bruder? Das soll ihm nicht durchgelassen werden«, dröhnte der Ritter und starrte den zweiten Sohn aus blutunterlaufenen Augen an. »Tritt vor. Komm näher. Jetzt ist dir wohl die Lust vergangen, ein großes Geschrei anzustimmen, was? Bist du inzwischen wieder zur Vernunft gekommen? Du hast deinen Bruder mit dem Messer angegriffen. Nicht einmal ein Wilder würde so etwas tun! Du wirst Ebrard hier und jetzt dafür um Verzeihung bitten. Auf der Stelle, ehe du dich für den Rest deiner Missetaten verantworten wirst. Auf die Knie mit dir. Na los, sofort.«

Aber Harry blieb stocksteif stehen.

»Ich habe dir befohlen, um die Vergebung deines Bruders zu bitten, und das nicht irgendwann, sondern gleich!«

Der Jüngling schüttelte leicht den Kopf und starrte dann weiter stur geradeaus, ohne auch nur in die Richtung Ebrards zu schauen. Im nächsten Moment traf ihn eine Ohrfeige seines Vaters, und er landete auf dem Boden. Sir Eudo schleifte ihn vor Ebrard und hob ihn dort auf die Knie. Ebrard hatte diesen Gewaltausbruch mit Unbehagen verfolgt, wie man seiner unglücklichen Miene ansehen konnte. Harry starrte durch die zerzausten Haarsträhnen weiterhin vor sich hin, preßte die aufgeplatzten Lippen aufeinander und gab keinen Ton von sich.

»Er hat im Affekt gehandelt«, meinte Ebrard, »und wußte nicht recht, was er tat. Wir wollen es gut sein lassen, Sir.«

Der Burgherr schleuderte den knienden Jüngling in hilfloser Wut zu Boden und stampfte durch die Kammer. Lady Talvace erhob sich und legte ihre sanften, schönen Hände auf Harrys Schultern.

»Nun komm schon, mein Junge; was du tust, ist nicht recht«, ertönte die leise, liebkosende Stimme an seinem Ohr. »Jeder macht mal einen Fehler, das ist nur zu menschlich. Doch es ist den Tieren eigen, auf denselben Fehlern zu beharren. Ich kenne deine aufbrausende Art, und ich weiß, daß du jetzt glaubst, wir wären alle gegen dich; aber laß dir versichert sein, daß dem nicht so ist. Unterwirf dich wie ein gehorsamer Sohn, nimm deine Bestrafung entgegen, und laß ab von deinen rebellischen Gedanken, dann wird rasch alles vergessen sein.«

Die Mutter zog den Jungen behutsam auf die Beine und legte einen Arm um ihn, während sie ihm über das schwarze Haar fuhr und etwas getrocknetes Blut unter seinem Auge wegwischte. Offenbar verlangte Lady Talvace von ihm das gleiche wie der Vater, nur versuchte sie ihn auf sanftere Weise dazu zu bewegen. Während Harry ihre Worte hörte, empfand er eine unbestimmbare Freude und gleichzeitig einen stechenden Schmerz; doch er hatte keine Absicht, sich dem Willen seiner Eltern zu unterwerfen.

»So, du bist jetzt wieder mein lieber Junge und wirst aus freien Stücken Besserung geloben. Du hast uns allen großen Kummer bereitet, und ich weiß, daß du dich nach Gnade sehnst. Um die zu erlangen, brauchst du nur darum zu bitten, und schon wird sie dir gewährt. Wohlan denn, Harry, zuerst trittst du vor deinen Vater; denn dem hast du am meisten Ungemach zugefügt. Geh zu ihm, Junge, erkläre ihm, wie sehr dir deine Verfehlungen leid tun, und bitte dann um seine Vergebung.« Noch während sie sprach, zog sie ihn mit sich. »Das ist gar nicht schwer. Ich helfe dir sogar dabei. Nur ein paar kleine Worte, und der Friede ist wiederhergestellt.«

Tatsächlich klang die Mutter sehr überzeugend. Der Jüngling war müde, fühlte sich am ganzen Körper zerschunden und hatte großen Hunger. Außerdem erwartete ihn noch die Strafe für die Hirschkuh. Wie einfach wäre es jetzt, sich dem Willen der Familie zu unterwerfen und die Zauberworte zu sprechen, welche ihn in Ehren in den Kreis der Familie zurückführen würden, wo er wußte, was auf ihn zukommen würde. Er bräuchte nur zu gehorchen und nicht mehr nachzudenken.

»Tu es, Harry, zeig deinen guten Willen, und danach sollst du dein Abendbrot bekommen. Und wer weiß, vielleicht wird dir sogar die Strafe erlassen, wenn du ernsthaft Besserung versprichst.«

Der Jüngling mußte sich gewaltsam von ihr losreißen, sonst hätte sie ihn noch dazu gebracht, vor Bruder und Vater auf die Knie zu fallen; damit hätte er seine Ehre, seine Selbstachtung und seine neue traurige Freiheit verloren.

»Ich kann nicht!« schrie er, sträubte sich und stieß die Mutter von sich. »Mir tut nichts leid, überhaupt nichts. Ich muß mich für nichts entschuldigen, außer dafür, den Mut nicht aufzubringen, mir auch die Rechte abhacken zu lassen. Und ich bleibe dabei, daß dieses Gesetz falsch und niederträchtig ist, und nichts weiter.«

»Ihr seht, Mylady«, erklärte der Burgherr grimmig, »wie sehr Eure Mühen bei ihm vergeblich sind. Für einen, der sich nicht beugen will, gibt es nur ein Mittel: seinen Willen zu brechen. Und bei Gott, ich will zusehen, daß genau das passiert. Zeit genug dafür haben wir ja.«

»Eudo, Ihr werdet ihn doch nicht etwa zu hart behandeln!«

»Zu hart? Haben wir ihn nicht schon zu lange zu nachsichtig behandelt und nichts damit bewirkt? Ich schwöre Euch, ich erkenne ihn nicht als meinen Sohn wieder. Aber das werden wir jetzt ändern.« Er machte mit finsterer Miene vor Harry halt und starrte ihn mit funkelnden Augen an. »Dann wollen wir doch mal sehen, wer hier der Herr ist und nach wessen Musik getanzt wird. Du wirst nicht mehr zu uns in den Söller treten oder mit uns in der Halle zusammensein. Und du bekommst auch nichts mehr zu essen, bis du dich besonnen hast und bereit bist, vor uns zu knien und um Gnade zu bitten. Nun begib dich auf dein Zimmer, und warte dort, bis ich zu dir komme. Fort mit dir, aus meinen Augen! Und zieh dir diese dreckigen Sachen aus!« knurrte er, packte den Jüngling am Kragen und Gürtel und beförderte ihn zur Tür hinaus.

Die Mutter kam, wie er gehofft und worum er gebetet hatte. Harry fürchtete sie nicht mehr; Lady Talvace konnte ihn nicht mehr zurückholen, dafür hatte er sich zu weit von seiner Familie entfernt, sogar von ihr. Selbstverständlich vermochte Mutter es noch, ihn zu verletzen oder ihm Freude zu machen; aber sie konnte ihn nicht mehr beeinflussen oder ihn dazu bewegen, von seinem Vorhaben abzulassen. Jetzt brauchte er sie zu einem ganz anderen Zweck; Mutter war die einzige in der Familie, die er ein wenig um den Finger wickeln konnte.

Der Jüngling lag nackt auf seinem Bett, als sie draußen den Riegel beiseite schob und dann leise die Tür öffnete. Er erkannte ihre Schritte und spürte ihre Anwesenheit genau. Langsam hob er den Kopf, den er auf die verschränkten Arme gelegt hatte, und verfolgte ihre schemenhafte Figur, als sie näher kam. Harry drehte sich um, setzte sich aufrecht hin, wobei er bei jeder Bewegung vor Schmerz zusammenzuckte, und bedeckte seine Blöße mit dem Laken.

»Mutter!«

»Harry, mein armer, dickköpfiger und böser Junge! Ach, wie kann ich dich nur berühren, ohne dir weh zu tun? Mein Lieber, wie konntest du es nur so weit kommen lassen und dir selbst so etwas antun? Ich habe versucht, dir beizustehen, bei Gott, das habe ich. Aber du wolltest ja keine Hilfe! Wolltest du verprügelt werden? Das könnte man wirklich beinahe glauben, du hast ja geradezu darum gebettelt. Warum mußtest du deinen Vater auch zum Äußersten treiben? Er liebt dich doch, Harry. Und das würde er dir zeigen, wenn du ihn nicht so gereizt hättest. Nun, ich habe etwas mitgebracht, um deine Leiden zu lindern. Komm, laß dich angucken. Ja, leg dich wieder hin. Ich helfe dir, dich umzudrehen.«

»So schlimm ist es gar nicht, Mutter«, entgegnete der Jüngling, als er auf seiner Wange ihre Tränen spürte, die bei ihr so rasch kamen und gingen wie ein Frühlingsregen.

»Oh, wie brutal er dich behandelt hat. Armer Harry, armer Junge. Lieg ganz still, das ist nur mein Kräutermittel. Es fühlt sich kühl an und wird dich heilen. Ach, es hätte dich nur ein paar Worte gekostet, und du hättest dir das erspart. Ich würde dich am liebsten auch schlagen wegen deiner Verbohrtheit. Na, fühlt sich das gut an?«

»Wunderbar, Mutter!« Die Paste roch gut und fühlte sich

kühl an auf seinen wunden Schultern. Selbst das leichte anfängliche Stechen war ihm angenehm. »Mutter?«

»Ja, mein Junge?«

»Geht es Adam sehr viel schlechter als mir?«

Die Lady schwieg für einen Moment. Sie zog das Laken bis zu seiner Hüfte hinunter und rieb ihn auch dort sanft ein. »Das kann ich nicht sagen, denn ich war nicht dabei. Wenn wir hier fertig sind, mußt du etwas essen und danach schlafen. Ich habe dir ein paar Gerstenküchlein und etwas Brot mitgebracht. Aber denk bitte daran, daß dein Vater davon nichts erfahren darf.«

»Hat Adam auch etwas zu essen erhalten? Seit Mittag hat er nichts mehr zu sich genommen.«

»Ja«, antwortete sie nach kurzem Zögern. »Ich habe einen der Küchenjungen mit etwas Brot und Fleisch zu ihm geschickt.« Die Mutter verschwieg ihm aber, daß Adam noch nichts davon angerührt hatte. Als der Pförtner zum letzten Mal nach ihm gesehen hatte, hatte der Junge noch immer bäuchlings im Stroh gelegen und schien noch nicht so recht das Bewußtsein wiedererlangt zu haben. »Ich nehme an, daß du gleich etwas essen möchtest. Ach, Harry, wo kommt nur diese Widerspenstigkeit her? Es ist doch nicht deine Schuld, daß das Gesetz ihn härter bestraft als dich.«

»Was er getan hat, habe ich auch getan, sogar noch vor ihm. Ach, Mutter, wenn du gesehen hättest, wie er herangestürmt kam, um mich zu retten!«

»Ich werde sehen, was ich für ihn tun kann«, entgegnete sie bekümmert, doch nicht zu sehr ergriffen.

»Er soll später eine Unterkunft bekommen und irgendeine einfache Arbeit, die geeignet ist für einen ...« Sie schwieg, aber Harry glaubte, ihre Gedanken hören zu können: »... für einen Einhändigen.«

»Hat man ihm ein Lager gegeben?«

»Hör jetzt endlich auf damit!« fuhr sie ihn an. »Dieses Spielchen von dir werde ich nicht länger mitmachen. Wäre es dir etwa lieber, ich würde mich hinunter in die Stallungen begeben und ihn statt deiner pflegen? Verlangst du von mir, Wein über den

Außenhof zu tragen, und das auch noch in dunkelster Nacht? Ja, wahrhaftig ...«

»Dann hat man Adam also in den leeren Stall in der einen Ecke des Außenhofs gesperrt?« fragte der Jüngling, hielt sich aber das Kissen vor den Mund, weil seine Stimme so zitterte. Solche Hinweise wie die, welche seine Mutter ihm gerade gegeben hatte, setzte Harry zu einem Gesamtbild zusammen. Also die Stallungen, quer über den Außenhof, und das auch noch im Dunkeln ... »Dann hat Vater sicher ein Schloß vor der Tür anbringen lassen. Wie, nur ein sechs Zoll dicker Riegel aus Eichenholz steht zwischen Adam und der Freiheit? Ich schätze, er kann doch noch laufen, und wenn nicht, dann zumindest kriechen. Aber sicher läßt Sir Eudo den Stall von einem halben Dutzend bewaffneter Soldaten bewachen. Bei so einem gefährlichen Gewaltverbrecher, stimmt's?«

»Ach, Junge, ich gehe gleich wieder, wenn du weiterhin so bitter von deinem Vater sprichst! Langsam begreife ich, wie du ihn dazu hast treiben können, dich so mit Schlägen zu traktieren. Nein, natürlich stehen keine Wachen vor dem Stall. Niemand wird den Riegel entfernen, wozu auch? Und wenn es doch jemand versuchen sollte, würde ihm das nicht viel einbringen, denn er kann ja doch nicht –« Die Lady unterbrach sich schuldbewußt, als sie spürte, wie Harry zusammenzuckte und scharf einatmete. »Oh, ich habe dir weh getan.« Das hatte sie auch, aber nicht mit ihrer Berührung. Der Jüngling vergrub das Gesicht im Kissen und kämpfte die Tränen zurück, welche vielleicht seinen Vater erweicht hätten, wenn er sie um seiner selbst willen vergossen hätte.

Die Mutter beugte sich vor und küßte ihren Sohn aufs Ohr. Harry drehte sich zu ihr um, schlang ihr einen Arm um den Hals und zog sie zu sich herab.

»Aber, aber, mein Junge, das wird schon vorübergehen. Wart nur ab, morgen geht es dir schon viel besser.«

Er rollte sich auf die Seite und umarmte die Mutter mit beiden Armen. »Ja, Mutter, ja, dann wird alles besser sein.« Der Jüngling mußte all seine Kraft aufbieten, um nicht in Tränen auszubrechen. »Ich glaube, etwas Schlaf würde mir jetzt guttun.«

»Soll ich noch ein wenig an deiner Seite wachen?«

»Nein, Mutter, du brauchst selbst deine Ruhe. Ich werde ganz fest schlafen, das verspreche ich dir.«

»Und morgen wirst du deinen Vater nicht mehr ärgern und noch weiter gegen dich aufbringen, ja?«

»Ich werde ihm gegenüber kein falsches Wort von mir geben. Bitte, Mutter, denk nicht schlecht von mir!« Jetzt weinte er tatsächlich. Er wünschte, sie würde endlich gehen, und konnte es doch nicht ertragen, daß sie von seiner Seite wich. Harry küßte ihre warme Wange, löste dann abrupt die Hände von ihr und ließ sich seufzend zurückfallen. Als die Lady sich über ihren Sohn beugte und ihn ganz genau betrachtete, schloß er die Lider fast gänzlich und atmete tief und regelmäßig, als ob er schon im Halbschlaf wäre. Beruhigt küßte sie ihn auf die Stirn, zog sich mit dem Nachtlicht zurück und schloß die Tür leise hinter sich.

Kaum war die Mutter draußen, öffnete Harry die Augen – sie waren trocken, klar und hellwach. Der Jüngling lag ganz still da und wartete ein paar Minuten, für den Fall, daß sie noch einmal zurückkäme. Dann schob er sich mit steifen Gliedern aus dem Bett und zog sich wieder an.

Vater hatte den Eisenhaken am Schloß entfernen lassen und mitgenommen, so daß man die Tür nur noch von außen öffnen konnte. Aber Harry hatte nicht zum ersten Mal Stubenarrest, und schon vor längerem hatte er Vorkehrungen getroffen, um diesem Gefängnis doch noch entkommen zu können. Der Schmied des Dorfes hatte ihm einen neuen Haken angefertigt, ein leichteres und kleineres Stück, das sich sowohl von der einen wie von der anderen Seite einschieben ließ.

Als der Jüngling endlich wieder angezogen war – und das hatte ihn mehr Zeit gekostet als erwartet, weil ihn jede Bewegung und jede Berührung des Stoffes schmerzten –, besorgte er sich den Schatz aus seinem Versteck im Bettstroh und schob ihn in das Loch im Schloß. Der schwere Innenriegel hob sich.

Harry drückte die Tür vorsichtig auf und horchte nach draußen. Niemand war in der Nähe. Von den Schritten des Wachmanns oben auf dem Turm konnte man hier kaum etwas hören, und auch in den unteren Stockwerken regte sich nichts. Der Jüngling nahm nur die Kleider mit, die er am Leib trug, dazu einen Umhang und das bißchen Geld, welches er beiseite gelegt hatte, und das war recht wenig. Schon vor Stunden war ihm wieder eingefallen, daß sich ihre Pferde noch auf der Weide bei der Mühle aufhielten. Er hoffte es jedenfalls sehr und betete darum. Die Rösser gehörten ihm und nicht dem Burgherrn. Den Grauen wollte er selbst reiten, und Adam sollte das Halbblut nehmen. Die Gäule würden jetzt frisch und ausgeruht sein.

Er zog die Tür hinter sich zu und schob mit dem Eisenhaken den Riegel vor. Der Schmied Matthew Smith hätte nie geahnt, welch verbotenes Werkzeug er da hergestellt hatte. Er steckte es ein, denn wenn jemand den Haken am Schloß entdeckt hätte, hätte man gleich die Hunde dem Flüchtling hinterher gehetzt. Außerdem konnte Harry ja nicht wissen, ob Sir Eudo vielleicht dem Turmwächter aufgetragen hatte, bei seinen Rundgängen einen Blick auf die Kammer seines Sohnes zu werfen. Der Vater würde morgen als erster Harry in seinem Exil aufsuchen wollen, dessen war der Jüngling sich ziemlich sicher. Nach einer unruhigen Nacht, in der sein Zorn schließlich verraucht sein würde, würde er mit tiefstem Bedauern über seine Strenge den Jungen sehen wollen; und sicherlich wäre er auch fest entschlossen, den trotzigen Bengel nicht mehr gar so hart anzupacken und viel mehr Geduld aufzubringen. Aber natürlich würde es doch wieder damit enden, daß er Harry schlug. Doch sein Sohn würde dann nicht mehr da sein, um sich beschwatzen oder verprügeln zu lassen, morgen nicht und nie mehr.

Harry wußte nicht, welche Stunde es geschlagen hatte, aber Mitternacht mußte längst vorüber sein. Seine Mutter wäre nicht gekommen, bevor ihr Gemahl in tiefstem Schlummer lag. Außerdem war der frühe Mond schon fast untergegangen, und nur das Sternenlicht erhellte die Nacht.

Der Jüngling schlich die Außentreppe hinunter und setzte

schließlich den Fuß auf den warmen, sonnenverbrannten Boden des Außenhofs. Der Schatten der Mauer gab ihm ausreichenden Schutz, bis er die Außenecke der großen Halle erreicht hatte. Ab da mußte er offenes Gelände kreuzen, um zu den Schuppen, den Waffenwerkstätten, den Ställen und Lagerhäusern zu gelangen, welche an der windgeschützten Außenseite der Burgmauer errichtet waren. Harry atmete tief durch, rannte über die schmalste Stelle und sprang unter das herabhängende Dach der Pfeilmacherwerkstatt. Die Nacht war ruhig und windstill. Nach einem Moment wagte der Jüngling es, sich zu erheben und weiterzulaufen. Er bewegte sich von einer Deckung zur nächsten, bis er die hinterste Ecke am Wassertor erreicht hatte.

Adams Gefängnis befand sich nicht weit davon entfernt und lag im tiefsten Schatten. Die vollkommene Stille, die Harry hier umgab, bewies, daß seine Mutter ihm die Wahrheit gesagt hatte: Der Häftling wurde nicht bewacht. Niemand, und ganz gewiß nicht sein Freund, schien mit der Möglichkeit gerechnet zu haben, jemand könne versuchen, den Missetäter zu befreien.

Der Jüngling schob eine Schulter unter den Eichenholzriegel, der die Tür versperrte, und hob diesen vorsichtig an. Dann öffnete er die Tür nur so weit, daß er gerade eben hindurchschlüpfen konnte. Als er drinnen war, zog er die Tür hinter sich zu.

»Adam!« flüsterte er und blieb ganz still stehen, bis seine Augen sich etwas an die Finsternis gewöhnt hatten.

Zur Antwort ertönte nur ein Rascheln von Stroh. Harry tastete sich barfuß Stückchen für Stückchen über den Boden vor und erschrak immer wieder über das laute Hämmern seines Herzens.

»Adam? Ich bin's, Harry.«

Etwas Blasses unter ihm am Boden regte sich leicht, und wieder raschelte Stroh. Er stellte die Schuhe und den zusammengerollten Umhang ab, kniete sich hin und tastete sich mit den Fingern bis zu dem Strohhaufen vor, der den halben Boden des Stalls bedeckte. Harry bekam einen Fuß zu fassen, welcher sofort vor seiner Hand zurückzuckte und heftig nach ihm trat. Im nächsten Moment raschelte es wieder, so als entferne sich jemand. Der Jüngling folgte der Bewegung und murmelte beruhigende Worte und Versprechungen, ohne so recht zu wissen, was er da sagte. Harry berührte einen nackten Arm und einen Körper, der auf dem Bauch lag. Der Kopf war hartnäckig von ihm abgewandt. Irgendwer, vermutlich einer der Soldaten, hatte ein Leinentuch in kaltes Wasser getaucht, es ausgewrungen und dem Jüngling auf den Rücken gelegt. Harry wußte, daß keinem der Bogenschützen gefallen hatte, was mit Adam geschehen war. Als der Rittersohn versehentlich den Rücken berührte, strömte Wärme von ihm aus, so als brenne das Fleisch im Fieber.

»Adam!« Er ließ sich neben dem Freund im Heu nieder, rüttelte ihn leicht am Arm, weil er hoffte, ihm dort am wenigsten Schmerzen zu bereiten, und näherte sein Gesicht dem Nacken des Jungen. »Ich bin's, Harry. Willst du denn nicht mit mir sprechen? Wie geht es dir, Adam? Kannst du aufstehen und laufen, wenn ich dich stütze? Ach, Adam, dreh dich doch endlich zu mir um, du machst mir angst! Kennst du mich nicht mehr?« Harry fing an zu zittern und zu weinen und konnte beim besten Willen nicht mehr aufhören. Er redete weiter auf ihn ein, die Worte kamen gepreßt heraus und wurden von Schluchzern unterbrochen, die seinen ganzen Körper durchschüttelten. Da drehte sich Adam endlich um und versetzte ihm mit der Faust einen bösen Hieb.

»Geh weg von mir!« zischte der Junge matt. »Ich hätte es besser wissen müssen. Wie konnte ich nur auf die Freundschaft mit einem Talvace vertrauen?«

»Adam, ich bin gekommen, sobald mir das möglich war …«

»Und aus welchem Grund?« gab der Jüngling rauh zurück. »Ich gehöre weder deiner Familie noch deinem Stand an. Geh besser wieder zurück zu den Deinen!«

Harry rückte noch näher heran und konnte gerade noch die Faust, die erneut nach ihm ausholte, mit beiden Händen abfangen. Er zog sie an seine Brust, hielt sie dort fest und vergoß seine hilflosen Tränen darüber. »Ich bin doch gerade zu den Meinen zurückgekehrt. Schick mich bitte nicht fort. Nie wieder gehe ich zu meiner Familie zurück, sondern fort mit dir, Adam. Wir verlassen die Burg. Aber wir müssen uns beeilen. Kannst du aufstehen? Komm, stütz dich auf mich. Versuch es wenigstens. Leg den Arm um meinen Hals.«

Adam hob den Kopf und bedachte Harry mit einem mißtrauischen Blick. »Was soll das heißen? Sprichst du auch die Wahrheit? Du läßt mich entkommen?«

»Nein, ich gehe mit dir. Wir laufen gemeinsam davon. Niemand hat das Recht, dich deiner Hand zu berauben, Adam, und jeder, der das wünscht, gehört nicht mehr zu meinesgleichen. Zieh dich an mir hoch, damit wir feststellen, ob du auf deinen Beinen stehen kannst. Nur ein kurzes Stück. Lediglich raus aus dem Stall und weg von der Burg. Dann magst du dich ausruhen, und ich hole in der Zwischenzeit die Pferde. Dem Himmel sei Dank, daß wir sie an der Mühle zurückgelassen haben. Man würde uns unweigerlich entdecken, wenn wir mit den Rössern aus der Burg fliehen würden. Und zu Fuß kämen wir nicht weit.«

»Meine Mutter«, flüsterte Adam und brach nun seinerseits in Tränen aus, als Erleichterung, Hoffnung und Trauer ihn übermannten. »Sie wird sich um mich sorgen … und weinen …«

»Bis spätestens am Abend wird sie erfahren haben, daß wir fort sind, und dann weiß sie, daß wir zusammen die Flucht ergriffen haben. Nun mach schon, leg deinen Arm um meinen Nacken, stütz dich auf mich, lehn dich mit deinem ganzen Gewicht auf mich … Deine Mutter wird erfahren, daß du noch im Besitz deiner Hand bist. Sie kann sich denken, warum wir gemeinsam weggelaufen sind und daß wir immer zusammenbleiben werden … Ja, so ist's recht. Siehst du, du schaffst es.« Harry weinte immer noch und stammelte weiterhin voller Eifer Unzusammenhängendes vor sich hin, aber es gelang ihm, den Freund hochzubekommen und vor sich zu halten. »Dein Hemd, wo steckt es? Und deine Kragenkapuze. Gib sie her, ich wickle sie in meinen Umhang. Im Moment brauchst du sie ja doch nicht. Meinst du, du kannst dein Hemd anziehen?«

Das Leinentuch klebte an den blutigen Striemen. Harry zog ihm behutsam Hemd und Tunika über und litt dabei noch mehr als sein Freund. Aber er konnte zu seiner Freude feststellen, daß Adam mit jedem Moment mehr zu sich kam. Schließlich stieß sich der Junge von Harrys stützendem Arm ab und stand ganz ohne Hilfe aufrecht.

»Wohin willst du denn? Wo können wir überhaupt hin?«

»Nach Shrewsbury, zu Vater Hugh. Er wird uns nicht ausliefern und uns Unterschlupf gewähren, bis wir zur Weiterreise ausreichend bei Kräften sind. Glaubst du, du kannst dich bis zum Kloster im Sattel halten?«

»Aber, Harry, deine Familie ...«

»Welche Familie? Mein Vater ist Steinmetz, und meine Mutter ...« Er unterbrach sich. Nein, diesem Gedankengang durfte er nicht weiter folgen. »Du bist mir immer mein wahrer Bruder gewesen, und jetzt sind du und die Deinen meine einzigen Geschwister. Ich kehre nie mehr hierher zurück. Selbst wenn du nicht mitkämst, würde ich nicht länger bleiben. Jetzt auf, und bleib immer in meiner Nähe. Du darfst dich gern an mir festhalten. Es ist nicht weit, nur bis zum Wassertor. Zu dumm, daß wir das Boot nicht nehmen können, aber darin würde man uns zu leicht entdecken.«

»Harry ... es tut mir leid, daß ich dich geschlagen habe ... ganz furchtbar leid ...«

»Denk nicht mehr dran, ich habe es längst vergessen. Schließlich weiß ich doch, wie übel man dich behandelt hat. Komm jetzt, sachte, ganz sachte ...«

Der Jüngling öffnete die Tür, glitt nach draußen und streckte dem Freund eine Hand entgegen, für den Fall, daß dem die Beine wegknicken sollten. »Komm zu mir, schling deine Arme um meinen Hals, und häng dich an mich.«

»Ich kann allein gehen, sieh nur, es klappt.«

Trotz seiner Schmerzen und Schwäche wirkte er fast wiederhergestellt. Er drängte hinaus in die wohltuende Kühle der Nacht und sah mit jedem Meter, den sie hinter sich brachten, frischer aus. Im tiefen Bogen des Wassertors konnten sie von niemandem gesehen werden. Harry öffnete die kleine Tür, und schon standen sie draußen auf der Wiese. Von hier aus war es nicht weit bis zur Uferböschung, und die Außenmauer bot ihnen zusätzlichen Schutz. Zögernd taten beide ihren ersten Atemzug in der Freiheit, wußten aber, daß sie sich noch lange nicht in Sicherheit befanden. Arm in Arm humpelten sie unter die Bäume.

KAPITEL VIER

Gegen sieben Uhr am Morgen, als die Glocke zur Prim läutete, hörte der Pförtner am Torhaus der Abtei Hufgetrappel, das sich von der staubigen Straße näherte. Dem Laienbruder fiel gleich auf, wie sonderbar der kleine Zug herankam. Die Rösser bewegten sich in einer Schlangenlinie oder blieben stehen, so als zöge niemand an ihren Zügeln. Als die beiden vor dem Tor ankamen, reckte der Pförtner gleich den Hals, um festzustellen, was für Reiter das denn sein mochten. Da entdeckte er die zwei Jünglinge: Der eine hing im Sattel, als habe er das Bewußtsein verloren oder stünde kurz davor, während der andere ihn mit einem Arm stützte. Die Pferde hingegen, welche gut aufeinander eingespielt zu sein schienen, bewegten sich aus eigenem Antrieb Flanke an Flanke gemächlich im Schritt und wichen bald hierhin und bald dorthin aus, je nachdem in welche Richtung ihre Last aus dem Gleichgewicht geriet.

Bei näherem Hinsehen erkannte der Wachmann, daß der zweite Junge sich in einem beinahe ebenso beklagenswerten Zustand befand wie der erste. Anscheinend schien die Abtei das Ziel ihrer Reise zu sein, und dank irgendwelcher Umstände hatten sie es tatsächlich bis hierher geschafft. Doch als der zweite jetzt abzusteigen versuchte, besaß er nicht mehr die Kraft, dabei auch noch den ersten zu stützen.

Der Pförtner stellte nicht erst lange Fragen, sondern lief gleich auf die andere Seite, hob den Ohnmächtigen behutsam aus dem

Sattel und hielt ihn dann in den Armen wie einen Säugling. Durch Tunika, Hemd und den darunterliegenden Stoff spürte er Verkrustungen und wußte sofort, daß es sich dabei um getrocknetes Blut handelte.

»Warte noch einen Moment, junger Mann«, sagte der Laienbruder dem anderen, der mit steifen und ungelenken Bewegungen versuchte, die Füße aus den Steigbügeln zu befreien. »Ich helfe dir gleich. Bleib nur noch einen Moment ruhig sitzen.« Nachdem er die Last auf sein eigenes Bett im Wachhaus abgelegt hatte, kehrte er zu Harry zurück und streckte die Arme aus. Der Pförtner hob ihn wie ein Kind unter den Achselhöhlen vom Pferd und stellte ihn ab. Doch die Beine des Jünglings gaben sofort nach, und so hielt er sich am starken Arm des Laienbruders fest. Dabei hob er den Kopf, und der Pförtner erkannte das Gesicht gleich wieder.

»Junger Talvace, Ihr hier? Warum seid Ihr gekommen, und das auch noch in solchem Zustand? Ja, ja, haltet Euch an mir fest, und laßt Euch von mir hineinführen.« Nun schwante dem Mann auch, um wen es sich bei dem anderen Reiter handeln mußte, obwohl er ihn sich noch nicht näher hatte ansehen können. »Was ist Euch widerfahren? Hat man Euch überfallen? Wo war Euer Verstand abgeblieben, als Ihr Euch entschlosset, des Nachts über diese Straße zu reiten, wo sich doch heutzutage so viele Wegelagerer an der Grenze herumtreiben?«

»Nein, keine Strauchdiebe haben uns überfallen«, entgegnete Harry und setzte ein schiefes Grinsen auf. »Die Verletzungen haben uns andere beigebracht, Edmund. Ich muß dringend mit dem Abt reden. Bitte, sobald er mich empfangen kann.«

»Nun das sollt Ihr auch, wenn er die Zeit dafür findet. Aber das geht frühestens nach der Kapitelversammlung, und Ihr seht mir ganz so aus, als würdet Ihr beide dringende Ruhe benötigen. Ist der junge Adam ernsthafter verletzt, als es auf den ersten Blick aussieht? Oder haben ihn nur die Kräfte verlassen?« Der Pförtner beugte sich über den schlaffen Körper des Jungen, aber als er den gleichmäßigen Atem hörte, lächelte er beruhigt. »Ach ja, wenn man noch jung ist ... Eben noch eine Ohnmacht, und kaum liegt man auf dem Bett, ist's schon Schlaf. Und recht tut er damit. Kein Mittel könnte ihm mehr helfen.«

»Bis zur Furt hat er sich tapfer wie ein Trojaner gehalten«, erklärte Harry, und man hörte ihm deutlich die Erschöpfung an. »Dann ließen seine Kräfte deutlich nach, und wir mußten die Reise verlangsamen. Die Pferde liefen im Schritt, und das belastete ihn nicht so sehr. Doch ich weiß nicht, was ihn während der letzten Meile im Sattel gehalten hat; oder mich, wenn ich ganz ehrlich sein soll. Edmund, versorg bitte die Pferde, ja? Ich könnte ihnen selbst dann nicht den Sattel abnehmen, wenn mein Leben davon abhinge. Gott, was bin ich steif und wund. Ohne dich wäre mir wohl nichts anderes übriggeblieben, als mich herunterfallen zu lassen. Anders wäre ich wohl nicht vom Pferd gekommen.«

»Ich übernehme die Rösser, gar keine Frage. Zuerst suche ich aber den Bruder Krankenpfleger, damit Adam und Ihr im Infirmarium ein Lager erhaltet. Wenn Ihr ausgeschlafen seid, ist immer noch Zeit genug zu erfahren, was über Euch gekommen ist, daß Ihr mitten in der Nacht übers Land gezogen seid. Bleibt bei ihm, bis ich zurückkehre.«

Nichts hätte Harry dazu verleiten können, auch nur einen Schritt von der Lagerstatt seines Freundes zu weichen. Erst wenn sie einen sicheren Zufluchtsort gefunden hätten oder viele Meilen vom Förster des Königs entfernt wären – womöglich in einem fernen Land –, würde er in seiner Wachsamkeit etwas nachlassen.

Der Jüngling hockte mit bleischweren Lidern auf der Bettkante und starrte in das schmutzige, erschöpfte Gesicht Adams, dessen Züge sich langsam im Schlaf entspannten. Endlich erschien der Bruder Infirmarer mit zwei Krankenhelfern. Zusammen trugen sie die beiden Jünglinge in eine der kühlen, sauberen und engen Kammern des Infirmariums. Harry holte schon zu einer längeren und umständlichen Erklärung aus, aber niemand schien ihm zuzuhören. Bald murmelte er nur noch Unzusammenhängendes vor sich hin und verstummte dann ganz. Dankbar übergab er den Menschen die Verantwortung für seine

Person und ließ sich von ihnen wie ein kleines Kind ausziehen, waschen und mit warmer Milch und Brot füttern. Der letzte halbbewußte Gedanke, den er hatte, nachdem man ihn bäuchlings auf ein hartes, aber wohlriechendes Bett gelegt hatte, war, daß Adam glücklicherweise viel zu tief schlief, um Schmerzen zu spüren. Denn die Brüder schnitten das Leinentuch auf seinem Rücken auf, lösten es mit Wasser und behandelten dann die Wunden.

Wenn der Junge erwachte, würde er sich etwas besser fühlen und sich in Sicherheit befinden. Tränen der Dankbarkeit traten in Harrys Augen, als er selbst in einen tiefen Schlaf fiel. Darin ließ er die eigenen Schmerzen hinter sich wie die abgestreifte Haut des alten Lebens, das endgültig sein Ende gefunden hatte.

Der Krankenpfleger erstattete danach dem Abt in dessen Arbeitszimmer Bericht über die neuesten Ereignisse. Hugh de Lacy schob Feder und Tintenfaß auf dem langen, polierten Tisch von sich, saß für eine endlose Minute reglos da und starrte hinaus in den von einer Mauer umgebenen Garten, der feucht und funkelnd vom frühen Morgentau war.

»So bald schon!« rief er dann, um nach einem Moment seufzend hinzuzufügen: »Armer Harry.« Der Abt stieß seinen Stuhl zurück und stand auf. »Ich komme mit dir, Bruder Denis, und sehe mir die beiden Ausreißer einmal an.«

»Sie schlafen tief und fest, Vater, und Ruhe brauchen sie am dringendsten. Man hat die zwei ganz furchtbar zugerichtet.« Der Krankenpfleger war alt und sanft; er mißbilligte sogar die leisesten Disziplinierungsversuche, die der Subprior an den Novizen und Schülern durchführte.

»Dann wollen wir sie auch nicht stören. Aber ich will mir selbst einen Eindruck verschaffen.« Wenn Hugh mit einer kniffligen Angelegenheit konfrontiert war, versuchte er immer, so gut es ging, alle Umstände in Erfahrung zu bringen. Bruder Denis' Empörung über das, was den Jünglingen widerfahren war, half ihm da wenig weiter. Dennoch waren gewisse mögliche häßliche Hintergründe nicht von der Hand zu weisen. Der junge Harry verstand sich allzugut darauf, seine Mitmenschen herauszufordern; ein unglückseliger Charakterzug bei jemandem, der noch so jung und wehrlos war.

Der Abt humpelte neben dem Mönch über den großen Hof, betrat das Infirmarium und ließ sich in die Zelle führen, in welcher die Knaben schliefen. Die schmalen Betten hatte man zusammengeschoben.

»Junker Harry wollte es so haben«, erklärte Denis. »Er hat Adam einfach nicht losgelassen, und wir konnten ihn kaum ausziehen, also haben wir ihm den Willen gelassen. Ich dachte mir, wahrscheinlich wäre es auch besser so. Wenn der beste Freund nicht in seiner Nähe wäre, hätte er keine Ruhe gefunden, und was er jetzt dringend braucht, ist heilsamer Schlaf.«

Mit gerötetem Gesicht und feuchten Lippen lag der junge Talvace da und hatte seinen schmalen bloßen Arm über Adams Bett ausgestreckt. Die Finger waren zu einer halboffenen Faust gekrümmt, die ganz nah beim Handgelenk seines Freundes ruhte. Denis zog das Laken zurück und entblößte Harrys Rücken und Oberschenkel. Dann deckte er ihn wieder zu.

»Der andere sieht noch schlimmer aus.«

Man hatte dem Jungen eine Kompresse mit Weißwurz und Tausendgüldenkraut aufgelegt, um die offenen Wunden zu kühlen und zu heilen. Er lag verkrampft und in unbequemer Stellung auf dem Gesicht, schlief aber dermaßen tief, daß er sich weder regte noch den Rhythmus seines tiefen, schweren Atmens änderte, als der Krankenpfleger ein Stück Decke zurückzog, um die dunkelrot verfärbten Striemen auf seinem Rücken bloßzulegen.

»Wie die beiden in solchem Zustand so weit reiten konnten, ist mir ein Rätsel. Die Anstrengungen der Reise, die Erschöpfung und die Reibung des Stoffs gegen die wunden Körperstellen haben ihre Schmerzen erheblich vermehrt. Aber, dem Himmel sei Dank, bei ihnen handelt es sich um kräftige junge Männer, und nach ein paar Tagen der Pflege werden all ihre Wunden geheilt sein.«

»Man könnte fast meinen«, bemerkte der Abt mit gerunzelter Stirn und traurigen Augen, »daß Verzweiflung sie dazu getrieben hat. Wenn die jungen Männer aber nicht geflohen sind, um den Peitschenhieben zu entrinnen, was verfolgt sie dann?«

Der Mönch rückte die Kompresse gerade und schüttelte den Kopf, weil ihn eine schlechte Vorahnung plagte. »So schlimm sehen normalerweise verurteilte Verbrecher aus. Was kann zwei jungen Burschen wie diesen bloß Schlimmes widerfahren? Natürlich konnten wir sie noch nicht befragen, aber eines scheint auf der Hand zu liegen: Auf Burg Sleapford weiß man noch nicht, daß die beiden sich zu uns begeben haben. Natürlich habe ich noch nichts unternommen, um Sir Eudo davon in Kenntnis zu setzen. Und da Harry um ein Gespräch mit dir bat, Vater, hielt ich es für besser, erst einmal in Ruhe abzuwarten, bis du dir ein Urteil bildest.«

»Eine kluge Entscheidung, Denis. Ich vermute, wir dürfen wohl davon ausgehen, daß man inzwischen nach den beiden fahndet. Doch die Suche nach ihnen dürfte sich heute und morgen auf die Umgebung der Burg beschränken ...« Nach einer kurzen Pause fügte der Abt trocken hinzu: »Sir Eudo ist sicher nicht entgangen, daß die Jünglinge sich nicht in der körperlichen Verfassung befanden, einen längeren Ritt zu unternehmen.«

»Aber wenn sie dann die Suche ausdehnen«, warf Bruder Denis ein, »gehören wir sicher zu den ersten Orten, an denen sie nach den Jungen suchen werden. Allerdings gehe ich davon aus, daß Sir Eudos Männer erst dann hier nachsehen werden, wenn sie das Tal und die Wälder durchforstet haben. Damit dürften uns zwei bis drei Tage Ruhe zur Verfügung stehen.«

»Gut, das sollte reichen. Bis dahin habe ich in Erfahrung gebracht, was der Grund zu dieser Flucht gewesen ist. Sobald Harry wach ist, sich gestärkt hat und wieder klar denken kann, schickst du ihn gleich zu mir. Und wenn er bis morgen durchschläft, dann laß ihn eben. Bis dahin werden Talvace' Soldaten uns nicht behelligen. Und selbst wenn, kann ich ja wohl kaum über einen Sachverhalt aussagen, von dem ich überhaupt nichts weiß, oder?«

Eine Fliege ließ sich in diesem Moment auf Harrys roter Wange nieder. Hugh beugte sich über ihn, um sie zu verscheuchen. Den Jüngling durchfuhr ein Schauder, und er stieß im Schlaf einen leisen ängstlichen Schrei aus. Seine ausgestreckte Hand griff nach etwas Unsichtbarem und fand nur die kühle, raschelnde Strohmatratze. Harrys Wimpern flatterten, und seine Lippen öffneten sich; doch nur ein leises tierisches Winseln entfuhr ihnen. Schließlich nahm Hugh de Lacy die suchende Hand und schloß ihre Finger um Adams Handgelenk. Dort blieb sie dann ruhen und lockerte den Griff nicht mehr. Der junge Talvace seufzte und schlief dann tief und fest weiter.

Der Abt kehrte mit schwerem Herzen in seine Kammer zurück. Auf dem schmalen Handgelenk, welches Harry so liebevoll umschlossen hielt, hatte er einen blauen Streifen entdeckt. Solche Spuren hinterließen normalerweise die Eisenringe an einem Schandpfahl.

Harry klopfte am nächsten Morgen zur Stunde der ersten Messe an die Tür von Hughs Arbeitszimmer. Draußen auf dem großen Hof herrschte Stille, denn alle Laienbrüder, Diener und Arbeiter der Abtei befanden sich beim Gottesdienst. Der Jüngling fürchtete sich nicht vor dem Abt; dennoch näherte er sich dessen Kammer mit einem inneren Beben, welches von den vielen Erinnerungen an die Tage herrührte, als man ihn, was eher selten vorgekommen war, zum Abt geschickt hatte, um einen strengen Tadel für eine seiner jungenhaften Sünden zu erhalten. Dieses innere Zusammenzucken verdroß ihn sehr, denn gerade heute hatte er das sichere Gefühl, frei von aller Schuld zu sein. Nun ja, manchmal in den alten Tagen war er mit einem ähnlichen Gefühl der Unschuld hierhergekommen, um die Kammer dann etwas später zerknirscht und den Tränen nahe vor Reue über neu erkannte Sünden zu verlassen. All das vermochte der Abt mit seiner Redegewandtheit zu erreichen und mußte dabei nicht einmal die Stimme heben.

Als Harry dann hereingebeten wurde, betrat er den Raum zögernd und etwas ängstlich. Hugh saß an seinem Tisch am Fenster, drehte sich zu dem Jüngling um und lächelte, wenn auch mit einigen Sorgenfalten auf der Stirn.

»Tritt näher, Harry. Hast du schon gefrühstückt?«

»Ja, Vater, ich danke Euch dafür.« Der junge Mann trat zu dem Abt und küßte dessen vorgestreckte Hand. »Ich wollte schon letzte Nacht zu Euch, kurz nachdem ich erwacht war, aber Bruder Denis meinte, dafür sei es schon zu spät und Ihr wäret viel zu beschäftigt. So bitte ich um Vergebung, bereits einen vollen Tag Eure Gunst genossen zu haben, ohne bei Euch vorstellig geworden zu sein, aber ...«

»Kein Wort mehr darüber, Harry. Ich weiß, wie müde du gewesen bist, und ich war froh, daß du bei uns die Ruhe des Schlafes finden konntest. Wie geht es Adam denn heute? Ich vermute, er hat sein Lager noch nicht verlassen, nicht wahr?«

»Nein, noch nicht, Vater, aber Bruder Denis meint, er könne vielleicht im Lauf des späteren Morgens aufstehen und wenigstens für ein Weilchen herumlaufen. Die Brüder Krankenhelfer haben ihn wundervoll versorgt.« Er sah dem Abt in das ruhige Gesicht und wurde verlegen. »Ich weiß nicht, Vater, ob man Euch bereits berichtet hat ...«

»Ich bin euch letzte Nacht besuchen gekommen«, erklärte Hugh rasch, »während ihr noch im Schlaf lagt, und ich konnte mir ein Bild von eurer Lage machen. Aber komm doch, setz dich zu mir. Dann magst du mir alles erzählen, was euch dazu gebracht hat, uns hier aufzusuchen.«

Harry zog den Hocker heran, auf welchen der Abt gedeutet hatte, und ließ sich in Reichweite dessen langer, schlanker und muskulöser Hände nieder, welche auf den übereinandergeschlagenen Knien lagen.

»Vater Hugh, Adam und ich sind in die Abtei gekommen, um uns hier Eurer Gnade zu unterwerfen. Als wir Euch verließen, sagtet Ihr, wenn wir je in Not gerieten, stündet Ihr als unser Freund bereit, gleich zu welcher Zeit, Vater. Wir bedürfen dieser Freundschaft jetzt sehr dringend.«

»So weit war ich in meinen eigenen Überlegungen auch schon gelangt, mein Sohn. Doch jetzt berichte mir von allem.«

»Vorgestern hatte ich den Tag von der Erntearbeit frei bekommen, und Adam und ich zogen mit unseren Armbrüsten zu den

Feldern, die gerade abgeerntet wurden, um dort Hasen und Kaninchen zu schießen. Ihr wißt doch, daß man immer recht viele dort antrifft. Wenn die Sicheln näher kommen, verlassen sie ihre Verstecke. Nach einer Weile hatten wir einige Tiere erlegt und waren dieses Vergnügens müde geworden. Also ritten wir zur Mühle, ließen unsere Pferde dort zurück und gingen zu Fuß in den Forst. Dort liegt auch das Gehege von Sir Roger le Tourneur. Wir waren den ganzen restlichen Tag unterwegs, und als wir am frühen Abend durch den Wald zurückkehrten ...«

Bis dahin hatte er die Sätze nur zögerlich hervorgebracht, weil er versuchte, Hunyate und den geheimen Grund der Reise nicht zu erwähnen. Harry war zufrieden mit sich, denn bislang schien sein Bericht keinerlei Lücken aufzuweisen. So gewann er allmählich mehr Zuversicht und gab den Rest wahrheitsgetreu von sich. Der Jüngling verschwieg auch seinen Wutanfall im väterlichen Stall nicht, auf den er nun wirklich nicht stolz war. Seine Stimme gewann einen verärgerten Unterton, und seine Empörung über die Ungerechtigkeit des Urteils gegen Adam brach sich von neuem Bahn. Der Abt hörte ihm bis zum Ende höflich schweigend zu, wenn auch mit besorgter Miene. Die Geschichte hörte sich noch schlimmer an, als er befürchtet hatte. »Und so hast du also Adam aus seinem Gefängnis befreit und ihn hierher zu mir gebracht, ich verstehe.«

»Ja, denn ich wußte, die Kirche würde ihn nicht angesichts einer solchen Ungerechtigkeit im Stich lassen.«

»Ungerechtigkeit. Mir will scheinen, dieses Wort kommt dir recht leicht von den Lippen, Harry. Nun sei mir bitte nicht böse, mein Sohn. Und wenn ich dir jetzt mit ein paar Fragen komme, denk bitte nicht gleich, daß ich dir meine Freundschaft verweigere. Aber einiges muß ich noch erfahren, und dabei handelt es sich um Fragen, welche du dir selbst wohl noch nicht gestellt hast.«

Der Jüngling hob ruckartig den Kopf, und das Sonnenlicht, welches von dem umwallten Garten hereinströmte, schlug goldene Funken auf Harrys glänzenden, verwirrend schönen Augen. »Ich werde alle nach bestem Wissen beantworten, Vater.«

»Zum ersten stell dir doch bitte einmal vor, du seist der Förster des Königs. Da hast du also mit deinen Forstgehilfen zwei junge Burschen erwischt, die mit Armbrust und Bolzen durch deinen Wald spazieren, was für sich genommen schon einen schweren Verstoß gegen das Forstgesetz darstellt. Aber mehr noch, du ertappst sie auch noch dabei, wie sie einer verwundeten Hirschkuh die Kehle durchschneiden. Die beiden Jünglinge bestreiten nun, die Hindin gejagt zu haben, und erklären, sie hätten das Tier verletzt im Busch entdeckt und es von seiner Pein erlösen wollen. Um diese Aussage zu bekräftigen, behaupten sie auch noch, daß sie sich erst höchstens eine Stunde im Wald aufhalten; schließlich kann jeder sofort erkennen, daß die Hirschkuh schon seit mehreren Stunden den Bolzen in ihrer Seite trägt. Aber die Kerle weigern sich beharrlich, einen Zeugen zu nennen, der angeben könnte, sie hätten sich zu dieser oder jener Zeit da oder dort aufgehalten. In gleicher Weise schweigen sie sich darüber aus, wo sie davor gewesen sind. Also, Herr Förster, nun sag mir, wem du mehr Glauben schenken würdest, der Geschichte dieser Burschen oder dem, was du mit eigenen Augen gesehen hast?«

»Sir Roger hatte Grund, uns zu verdächtigen, das will ich gar nicht abstreiten. Aber ich schwöre Euch, wie ich es auch schon vor ihm beschworen habe, daß wir das Tier nicht gejagt haben.«

»Und ich als Abt Hugh glaube dir natürlich aufs Wort. Doch ich befinde mich in einer Position, in der mir das möglich ist, Sir Roger hingegen nicht. Er hat vom König Amt und Verantwortung erhalten und darf daher nur Beweisen Gewicht beimessen.«

»Ich habe doch schon gesagt, Vater, daß sein Verdacht gerechtfertigt gewesen ist. Aber man hat uns ohne Gerichtsverfahren gleich abgeurteilt und bestraft.«

»Harry, man hat euch in seinem eigenen Herrschaftsgebiet aufgegriffen. Obwohl Sir Roger es sich zur Angewohnheit gemacht hat, ertappte Missetäter vor das Forstgericht zu stellen – was ich für einen seiner Vorzüge halte, denn es beweist, wie gut und gewissenhaft er sein Amt ausführt –, ist er nicht dazu verpflichtet. Er hätte euch auch auf seine Burg mitnehmen und dort als Herr des Hauses über euch zu Gericht sitzen können. Denn dazu besäße er Fug und Recht. Glaubst du denn wirklich, daß es euch vor dem Forstgericht besser ergangen wäre?«

»Damit hätte uns zumindest mehr Zeit zur Verfügung gestanden, in welcher wir uns auf die Suche nach Zeugen hätten machen können ...« Der Jüngling unterbrach sich gerade noch rechtzeitig, hob den Kopf und sah Hugh voller Zweifel und Unsicherheit an.

»Mein Sohn, ich will dich doch nicht in eine Falle locken. Wenn du mir sagen möchtest, was du ihm verschweigen mußtest, nämlich wo ihr euch den ganzen Tag herumgetrieben habt, dann bitte. Und wenn du es mir nicht ...«

»Ich vermag es nicht, Vater, denn dabei geht es nicht allein um ein Geheimnis von mir. Jemand anderer verläßt sich darauf, daß ich ihn nicht verrate, denn es handelt sich um eine überaus wichtige Angelegenheit. Doch über kurz oder lang, vielleicht schon in ein paar Tagen, werde ich von dieser Pflicht befreit sein und reden können.«

»Das ist schade, aber doch wohl kaum Sir Rogers Schuld, und auch nicht die deines Vaters. Aber meinetwegen. Gut, halten wir also fest, daß du die Beschuldigung abstreitest, das Tier gejagt zu haben. Auf der anderen Seite stimmst du aber zu, daß die Umstände eurer Ergreifung diesen Anklagepunkt durchaus glaubwürdig erscheinen lassen ... Laß dir versichert sein, mein Sohn, daß vor Gericht die Beweislage, so wie sie sich uns bis zur Stunde darstellt, durchaus genügt, um euch zu verurteilen. Bist du auch darin meiner Meinung?«

Zögernd, aber ehrlich, gab der Junge zu: »Ja, Vater.«

»Kommen wir damit zum nächsten Punkt der Anklage, nämlich den tätlichen Angriff auf die Person Sir Rogers. Streitest du den etwa auch ab?«

»Nein, Vater, ich bin ja auf ihn losgegangen. Aber ich hatte Angst und wußte, daß man uns niemals glauben würde. Außerdem hatte ich keine Ahnung, wen ich da vor mir –«

»Dummheit schützt vor Strafe nicht, Harry. Bestreitest du denn, daß Adam ihn ebenfalls angegriffen hat?«

»Nein, Vater, doch das hat er nur getan, um –«

»Er hat es also getan. Ich fürchte, in diesem Fall mildern Adams Beweggründe die Schwere der Tat nicht. Damit bekennt ihr euch in diesem Punkt beide schuldig. Nun sag mir doch, mein Junge, worüber du dich eigentlich beschwerst?«

Harry hob wütend den Kopf. »Ich verstehe Euch nicht, Vater. Sie wollen Adam die Hand abschlagen!«

»Harry, mein Junge, wann wirst du endlich lernen, die Wirklichkeit zu akzeptieren? Du kennst das Forstgesetz so gut wie ich. Du gibst ein Verbrechen der höchsten Schwere zu, denn so bewertet es das Gesetz. Was sagt nun das Forstgesetz darüber, wie mit jemandem zu verfahren ist, der gegen einen obersten Förster gewalttätig wird?«

»Wenn er ein Freier ist, so soll er die Freiheit und allen Besitz verlieren.«

»Und wenn er ein Leibeigener ist?«

»Wenn er ein Unfreier ist, so soll er die rechte Hand verlieren. Aber, aber ...«

»Kein Aber. Du weißt also ganz genau, welches Urteil dich und auch Adam erwartet hätte, wenn ihr euch vor einem Gericht hättet verantworten müssen. Was hätte es deinem Freund genutzt, wenn zum Verlust seiner Hand auch noch der deiner Freiheit gekommen wäre? Und wenn man euch auch noch wegen der Hirschkuh verurteilt hätte – Gott bewahre, daß jemals ein Unschuldiger solche Strafe auf sich nehmen muß, aber der Herr weiß wohl, daß es manchmal leider auch dazu kommt –, so dürfte dir auch die Strafe bekannt sein, welche das Gesetz in einem solchen Fall vorschreibt. Für dich als Freien, und dazu auch noch von Stand, gäbe es eine saftige Geldstrafe. Und was würde Adam als Unfreien erwarten? Der Tod durch den Schinder, der ihm mit dem Messer die Haut in Streifen schneidet! Willst du mir jetzt etwa weismachen, der oberste Förster habe nicht außerordentliche Nachsicht bewiesen, indem er es bei einer Auspeitschung bewenden ließ? Sir Roger hat von seinem Recht nicht im vollen Maße Gebrauch gemacht, mehr noch, er hat euch *beide* verschont. Und dennoch beschwerst du dich über ihn.«

Aber der Jüngling war aufgesprungen und stand bebend vor dem Abt. »Wollt Ihr mir damit etwa sagen, es sei recht und billig, Adam die Rechte zu nehmen?«

»Ob das meiner Meinung entspricht oder nicht, tut hier nichts zur Sache. Ich will dir damit nur sagen, daß der Verlust der Rechten im Einklang mit dem Gesetz steht.«

»Im Einklang mit dem Gesetz!« schnaubte Harry und verzog den Mund. »Ihr sprecht immer nur vom Gesetz, mir geht es aber um Gerechtigkeit. Sir Roger mag dem Gesetz Genüge tun, wenn er mir die Freiheit läßt. Aber es scheint ihm nicht zu gefallen, Adam die Rechte zu belassen. Und das empfinde ich als ungerecht, auch wenn Ihr das für gesetzlich richtig haltet. Nun, ich akzeptiere dieses Gesetz nicht! Mir erscheint jedes Gesetz falsch, welches zwischen Händen unterscheidet. Ihr ermahnt mich, ich solle mich endlich der Wirklichkeit stellen, aber wenn meine Rechte und die Adams abgeschlagen vor Euch lägen, könntet Ihr dann unterscheiden, welche dem Freien und welche dem Unfreien gehört? Welche Achtung kann ich schon für ein Gesetz aufbringen, das dort Unterschiede festzustellen meint, wo ich keine sehen kann?«

»So weit ist es also gekommen«, tadelte der Abt milde. »Du hast den Mut, dein eigenes Rechtsempfinden über das Gesetz des ganzen Landes zu stellen.«

»Vater, wenn ich über einen Verstand verfüge und auch über die Gabe, zu beurteilen, was recht und unrecht ist, muß ich das dann nicht als Geschenk Gottes ansehen? Soll ich diese Gabe etwa vergraben und verrotten lassen? Bei der Liebe Gottes, wie könnte ich denn anders, als meinen Verstand nach bestem Wissen und Gewissen zu gebrauchen, so gut ich eben vermag?«

»Sehr wohl gesprochen, mein Sohn! Aber darauf will ich dir dies erwidern: Das Gesetz ist nie mehr als ein Kompromiß, etwas künstlich Festgelegtes – es ist sozusagen das Beste, was sich mit den vorhandenen Mitteln erreichen läßt, und es ist immer unfertig. Männer, welche, mit Verlaub, älter, weiser und größerer Gedanken fähig waren als du, haben dieses Gesetz zusammengestellt. Und ich bin der festen Überzeugung, daß niemand, der je damit zu tun hatte, auch nur für einen Moment der Meinung gewesen ist, es könne nicht noch verbessert werden. Du hast natürlich jedes Recht, deine Stimme zu erheben, wenn du glaubst, das Gesetz erfülle seinen Zweck nicht, und dieser ist vornehmlich, Gerechtigkeit zu gewährleisten. Aber du darfst deswegen noch lange nicht glauben, daß deine Kritik immer gerechtfertigt sei. Ganz zweifelsohne kennen wir einige Gesetze, welche schlecht sind – und wenn ich ganz offen sein soll, das von dir so wütend bekämpfte Gesetz zählt nicht dazu –, und zu gegebener Zeit wird man sie ändern und verbessern. Ich halte es für ein löbliches Unterfangen, daran mitzuwirken. Aber solange das Gesetz in der gegenwärtigen Form besteht, sind wir daran gebunden, du genauso wie ich, und wir haben uns daran zu halten. Ein schlechtes Gesetz wird nicht besser, wenn man es mit Füßen tritt.«

»Vater, was bleibt uns denn zu tun? In einem Jahr, in zwei oder in zehn wird eine solche Strafe, welche ich für schlecht halte, vielleicht abgeschafft. Aber Adams Hand wäre trotzdem unwiederbringlich verloren gewesen, wenn ich nicht zusammen mit ihm davongelaufen und zu Euch gekommen wäre!« Der Jüngling stand schweratmend da und starrte in Hughs ruhiges, trauriges Gesicht. Im nächsten Moment weiteten sich Harrys grüne Augen vor Entsetzen. »Ah ja, ich verstehe. Dabei handelt es sich wohl um eine der Wirklichkeiten, welche ich hinzunehmen habe. Dann laßt Euch gesagt sein, daß ich mich nie und nimmer damit abfinden werde. Niemals!« Seine Stimme klang jetzt kalt und ruhig und fiel wie ein Eisregen auf das lauschende Herz des Abtes. »Was habt Ihr nun mit uns vor? Wollt Ihr uns ausliefern?«

»Setz dich wieder hin, Harry, und hör mir gut zu. Du bist zu vorschnell in deinen Schlußfolgerungen.«

»Ich habe auch allen Grund zur Eile, weil wir uns nur einen Schritt von der Henkersaxt entfernt befinden«, erwiderte der Jüngling mit der gleichen verächtlichen Stimme. Aber er setzte sich gehorsam wieder hin und erwartete gefaßt und müde die Worte des Abtes.

»Ich werde dich nicht aufgeben, mein Sohn, denn du selbst

wirst es gar nicht so weit kommen lassen. Nein, laß mich ausreden! Du hast Schuld auf dich geladen, mein armes Kind, als du von zu Hause fortgelaufen bist. Und eine Schuld, mögen die Gründe dafür auch noch so nachvollziehbar sein, muß gesühnt werden. Ich kann und werde die Rebellion eines Sohnes gegen seinen Vater niemals ermutigen oder auch nur gutheißen; genausowenig wie die Flucht eines Leibeigenen vor seinem Herrn. Ich bin an das Gesetz gebunden, und ich habe gegenüber den Mächtigen Verpflichtungen. Aber ich will und werde für dich eintreten und versuchen, Sir Roger zu bewegen, seine Milde noch weiter unter Beweis zu stellen und Adams Rechte zu verschonen. Auch will ich deinen Vater bitten, dir deinen Ungehorsam nachzusehen. Aber wenn beide auf ihr Recht pochen, kann ich weder den Sohn noch den Unfreien vor Sir Eudo versteckt halten; genausowenig vermag ich ihn dann daran zu hindern, euch beiden die gerechte Strafe zukommen zu lassen. Doch sollst du dich darauf verlassen, daß ich meine Überredungskünste und alle anderen Mittel einsetzen werde, über die ich verfüge, um Milde für euch beide zu erwirken. Allerdings nur unter einer Bedingung, Harry: Ihr müßt euch vorher beide freiwillig zu ihm begeben und um seine Gnade bitten.«

»Vielen Dank auch«, entgegnete der Jüngling und war schon wieder aufgesprungen. »Ich habe die Gnade Sir Eudos am eigenen Leib spüren dürfen. Und eigentlich war mir, als hätte ich nicht ihn, sondern Euch eben um Gnade und Verständnis gebeten.«

»Du mußt mir zuhören, Junge, und darauf vertrauen, daß ich um euretwillen allen Einfluß geltend machen werde. Aber solange du dich in offener Rebellion befindest, kann ich rein gar nichts für euch tun. Das Gesetz ist das Gesetz und muß befolgt werden. Die Autorität deines Vaters ist heilig, und ich werde dir nicht dabei helfen, sie in den Schmutz zu ziehen!«

Harry hatte sich ein Stück weit von ihm entfernt, und seine meergrünen Augen starrten jetzt in das Gesicht des Kirchenmannes. Alle Wärme, welche der Jüngling beim Eintreten ausgestrahlt hatte, war gewichen und hatte einen angespannten, starren Körper zurückgelassen; trotz der Sommerwärme fröstelte es den Abt unter dem Blick seines ehemaligen Schülers. Er hatte mit einem neuerlichen Wutanfall gerechnet, doch der junge Talvace blieb ruhig. Harry war nicht mehr nach Tränen oder Flehen zumute. Weder die Kirche noch das Gesetz schützten die Schwachen. Da blieb einem wohl nichts anderes mehr übrig, als nach Mitteln und Wegen zu suchen, alle Schwäche hinter sich zu lassen und sich und die Seinen fortan aus eigener Kraft zu schützen.

»Ich kann und will mich nicht mit Euch streiten, Vater; aber ich weiß, daß ich recht habe und Ihr nicht. Und mit dieser Erkenntnis werde ich wohl den Rest meines Lebens verbringen müssen. Nie wieder will ich Euch um etwas bitten. Auch wünsche ich nicht, daß Ihr Euch in irgendeiner Weise für mich einsetzt; denn ich werde mich irgendwie selbst behelfen. Wenn das alles ist, was Ihr mir zu sagen hattet ...« Der Jüngling wartete darauf, entlassen zu werden. Die Lippen hielt er aufeinandergepreßt, und sie wirkten so schmal und gerade wie eine Schwertklinge. Mit seinen bebenden Nasenlöchern sah er ganz wie ein Talvace aus und hatte solch eine einschüchternde Ausstrahlung, daß Hugh vergeblich nach dem Jungen suchte, welcher eben zu ihm gekommen war.

Der Abt erhob sich, trat wieder ans Fenster und kehrte dem Besucher den Rücken zu. Lange stand er da, hielt die Augen vor der Sonne geschlossen und versuchte, die Furcht und Besorgnis zu ergründen, die er bei dem Gedanken an die verwegene Furchtlosigkeit dieses Jünglings empfand, der sein Banner gegen die Kraft eines übermächtigen Sturms hielt. Was konnte man nur tun, um den jungen Talvace zu zähmen? Wie konnte man den bereits abgeschossenen Pfeil abwenden? Wie die hoch aufschießende Flamme bändigen?

Streite dich nicht mit mir, dachte Hugh. Ach, mein armes Kind, wenn du nur wüßtest! Mir weht der Sturm ins Gesicht, nicht dir.

»Habe ich Eure Erlaubnis, mich zurückzuziehen, Sir?« fragte die kalte Stimme des jungen Mannes, in welcher der ganze Hochmut seiner Abstammung mitschwang, die er so beharrlich leugnete; man konnte das stählerne Wesen und die Arroganz des Geschlechts von Belesme, von Ponthieu und von Alençon heraushören.

»Harry, um Gottes und um deinetwillen, lerne endlich, den Nacken zu beugen, bevor das Schicksal dies für dich tut oder dir gar den Kopf von den Schultern reißt. Das Leben, welches du anstrebst, kannst du nicht führen, es ist einfach unmöglich. Im Leben eines jeden Mannes kommt der Moment, in dem er sich beugen muß. Könige, Päpste und alle anderen Menschen sehen sich von Zeit zu Zeit gezwungen, einen Schritt zurückzutreten, um weiterhin den Kopf aufrecht halten und tief durchatmen zu können. Lerne Demut, solange dir noch Zeit dazu bleibt und das Leben sie dir nicht mit harten Schlägen beibringt. Laß jetzt den Stolz fahren, und du wirst feststellen, daß dir das gar nicht so schwerfällt und dir auch nicht soviel Scham bereitet, wie du vielleicht noch glaubst. Du mußt auch nicht allein in die Knie gehen, mein Sohn, denn du wirst mich demütig an deiner Seite finden. Und ich schwöre dir, daß ich irgendeinen Weg entdecken werde, wie man Vergebung für Adam erlangen kann, und sollte ich dafür deinem Vater und Tourneur auf den Knien durch die ganze Grafschaft folgen …«

Der Abt hielt inne, weil ein kalter Windzug in seinen Rücken und Nacken blies. Als der Mönch sich umdrehte, hatte sich die Tür schon wieder geschlossen. Die Schritte des Jünglings verhallten draußen auf den Steinplatten des Gangs, bis die Stille wie eine heranwogende Flut auch die letzten Geräusche fortspülte.

Der Jüngling taumelte durch das Halbdunkel des Gebäudes wie jemand, der einen harten Schlag erhalten hat. Sein Herz schien zerschmettert worden zu sein. Irgendwann gelangte er ins Freie, und da empfing ihn die Morgensonne und umfaßte ihn wie eine warme Hand. Als Helligkeit und Farben im großen Hof wie Zimbel- und Glockenklang auf ihn einstürmten, glaubte er im ersten Moment, ihm würden Sommer, Leben und Fröhlichkeit vorgegaukelt und dies diene allein seiner Verspottung und Folter. Wütend schritt er durch die Gruppen von Leibeigenen der

Abtei, die lachten oder sich stritten, während sie die Vorbereitungen für die heutige Feldarbeit trafen; vorbei an den Bettlern, welche an der Wand des Almosenhauses hockten und sich sonnten; und vorbei an den Trödlern und Händlern, welche auf den Prior warteten, um mit diesem vor der Kapitelversammlung über den Preis für Töpfe, Tuch, Vieh und Bauholz zu verhandeln; und mitten durch die freien Pächter, welche erschienen waren, um Abgaben zu entrichten oder eine Beschwerde vorzubringen ... Und trotz seiner Überzeugung, betrogen worden zu sein, taute Harry ebenfalls langsam auf. Obwohl er Zorn empfand, strebten seine Sinne hungrig nach dem Gewimmel auf dem Hof, labten sich daran und genossen es. Die Welt war geschäftig, wunderschön und mannigfaltig, auch wenn der Abt ihn enttäuscht hatte. Und Harry konnte nicht umhin, sich daran zu erfreuen.

Doch irgendwann kam ihm zu Bewußtsein, wie aussichtslos seine und Adams Lage war. Sie waren vollkommen allein und verloren. »Lerne Demut, solange dir noch Zeit dazu bleibt –«: Diese Worte waren das letzte, was er vom Abt erwartet hätte. Schön und gut, dachte er, die eigenen Schmerzen und Verluste klaglos hinzunehmen, mag ja eine Tugend sein, doch welches Recht haben ich und er, aus Unterwürfigkeit eine Tugend zu machen, wenn es doch Adam ist, der darunter zu leiden hat? Solche Demut will mir doch recht gering erscheinen. Wir haben jetzt niemanden, auf den wir uns verlassen können, außer uns selbst. Gut so, denn nun wird uns keiner mehr verraten oder täuschen.

Der junge Talvace blieb stehen und betrachtete, wie die Reisenden aus dem Gästehaus sich gerade bereitmachten, das Kloster zu verlassen. Aus den bescheideneren Unterkünften traten zwei Hausierer, ein heruntergekommener Gaukler und ein Blechschmied, der seine ganze Habe auf dem Rücken trug.

Dann erschien ein sehr junger kecker Ritter, nicht älter als Ebrard, der eine brokatene Cotte trug, die kürzer geschnitten war als sonst üblich; auf diese Weise sah man seine gerade gewachsenen Beine, die in neuen, edlen Reitstiefeln steckten.

Der Edle zog beim Aufsitzen den Zügel stramm, so daß sein Fuchs den Kopf zurückwarf, sich seitwärts bewegte und tänzelte. Offensichtlich wollte der Ritter allen zeigen, auf welche Reitkünste er sich verstand, und Harry verspürte kurz die Versuchung, beim Vorübergehen dem Pferd auf die glänzende Flanke zu schlagen, um es richtig zum Tanzen zu bringen. Doch er widerstand dem Impuls mannhaft. Schließlich war er etwas reifer geworden, zumindest glaubte er das, seit Ebrards Mißgeschick während der Weihnachtsfeier auf Burg Shrewsbury. So war es nun unter Harrys Würde, öffentlich die Würde eines anderen Ritters zu verletzen, selbst wenn er es verdient hätte. Aber im Falle dieses marinierten Adelssprößlings hätte er gerne eine Ausnahme gemacht. Der aufgeblasene, eitle Bursche ließ den Fuchs nun unnötigerweise auf den Hinterbeinen einen Kreis drehen und zwang damit zwei ältere Händler und den Gaukler, sich rasch in Sicherheit zu bringen. Reitern, welche ihre Sporen gebrauchten, um auf einem überfüllten Hof ihre Reitkünste vorzuführen, sollte man selbst die Sporen zu spüren geben.

Ein Mädchen von zehn oder elf Jahren, das bis vor kurzem ein Wollknäuel gegen die Wand des Refektoriums geworfen hatte, ließ den Ball nun schreiend fallen und flüchtete sich hinter einen Strebepfeiler, um den Hufen auszuweichen. Harry holte sie aus ihrer Ecke, hob sie hoch und setzte sie ein gutes Stück entfernt wieder ab, als der Ritter im Galopp aus dem Hof davonpreschte. Der Ball der Kleinen war unter einen Wagen gerollt, welcher unterhalb der Fenster des Refektoriums stand. Der Jüngling zog ihn hervor und warf ihn dem Mädchen lächelnd zu.

»Narren auf Pferderücken brauchen mehr Platz als andere«, grinste er.

Sie hielt das Spielzeug an die Brust gepreßt und betrachtete ihn aus großen dunklen Augen nachdenklich und ernst. Die Kleine trug einen Kittel aus blauem Leinen und darüber eine geblümte Schürze. Die Zehen ihrer blauen spitzen Stoffschuhe, welche züchtig nebeneinander standen, lugten gerade eben unter dem Saum hervor. Das schwarze Haar hatte man ihr zu zwei kurzen Zöpfen geflochten und mit Goldfäden durchwirkt. Ihre

Lippen sahen aus wie zwei aufeinanderliegende Blütenblätter einer roten Rose.

»Ich fürchte mich nicht vor Pferden«, gab sie hochmütig zurück. »Wir haben nämlich fünfzehn Rösser, ohne die mitzuzählen, auf welchen die Bogner reiten.«

»Da habt ihr aber großes Glück«, entgegnete Harry beeindruckt, »denn ich besitze nur zwei.«

Die Kleine legte den Kopf schief und sah ihn durch ihre langen Wimpern an. Sie streckte einen Fuß unter ihrem Gewand hervor und zog nachlässig halbe Kreise im Staub. Das Mädchen war kurz davor, zur Frau zu erblühen, und Harry konnte man ohne weiteres als gutaussehend bezeichnen.

»Aber ich fahre auf dem Wagen, weil all unsere Pferde zu groß für mich sind. Zu Hause habe ich jedoch ein kleineres. Wirst du mir deine Rösser zeigen, wenn ich dich zu unseren führe?«

»Das würde ich wirklich gern«, antwortete der Jüngling, der den Kopf voller anderer Gedanken hatte, »aber mein Freund ist krank – ich muß ins Infirmarium und nach ihm sehen.«

»Aber danach, ja?« rief sie ihm hinterher. »Wir sind noch eine ganze Weile hier, weil der Karren beladen und die Pferde angeschirrt werden müssen. Danach kommst du wieder, ja, Junge?«

»Ja, später«, antwortete er lachend über die Schulter, während er fortging. Ständig mußte er Arbeitern ausweichen, die Stoffballen aus dem Gästehaus trugen und sie auf den wartenden Wagen luden.

Ein zweites Fuhrwerk wurde gerade aus dem Stall gerollt, und lebhaft stampfende Pferde, welche die Nacht ebenfalls dort verbracht hatten, folgten über das Kopfsteinpflaster.

Das Geräusch ließ Harry herumfahren. Es fiel ihm plötzlich ein, wie wenig Zeit ihnen blieb, sich von diesem Ort zu entfernen, der inzwischen nur noch gefährlich für sie war. Zum Glück gab es seine beiden Pferde, die noch die einzige Fluchtmöglichkeit darstellten. Da überkam ihn die irrationale Angst, die beiden Rösser könnten nicht mehr da sein. Schon rannte der Jüngling über den Hof und in den Stall und sah in jedem Stand nach.

Sie waren nicht mehr da! Kein Zweifel, die Pferde waren fort.

Er suchte den Raum noch einmal von vorn bis hinten ab, und dann ein weiteres Mal. Aber weder von seinem Apfelschimmel noch von dem schweren braunen Halbblut Adams war die geringste Spur zu sehen. Als der Jüngling sich sicher war, daß seine Rösser verschwunden waren, rannte er wutentbrannt in Richtung Wachhaus, um von Edmund zu erfahren, was aus seinem Eigentum geworden war. Aber kaum hatte Harry ein Dutzend Schritte hinter sich gebracht, da blieb er erneut stehen. Ihm war nämlich eben klargeworden, in wessen von Wällen umgebenem Hof die Tiere inzwischen untergebracht waren. Der Jüngling machte kehrt und stampfte zu den Räumen des Abtes, um den Dieb anzugehen. Vater Hugh hatte offenbar sofort Maßnahmen ergriffen, damit seine beiden Ausreißer nicht ein weiteres Mal das Weite suchten. Der letzte logische Verrat des Kirchenmannes.

Aber wenn er dem Abt entgegentrat und seinen Besitz zurückforderte, was wäre damit schon gewonnen? Ohne Zweifel würde man ihm die Rösser auch weiterhin vorenthalten, und er hatte schließlich nicht die Macht, Hugh zu zwingen, sie herauszurücken. Nein, auf diesem Weg kam er nicht weiter. Ein falsches Wort dem Abt gegenüber, und der würde jeden seiner Schritte überwachen lassen. Dann hätte er sich auch die letzte Möglichkeit verscherzt, Adam hier herauszubekommen. Nein, er durfte weder zum Wachhaus noch zum Abt. Und auch sonst mußte er tunlichst alles unterlassen, was die Mönche argwöhnisch machen und auf eine Flucht hinweisen konnte. Adam und er mußten nämlich heimlich, still und leise aus der Abtei entkommen … aber wie ließe sich so etwas bewerkstelligen?

Mittlerweile hatte Harry seine Schritte verlangsamt und war neben dem Gästehaus stehengeblieben. Inzwischen standen hier drei Wagen hintereinander aufgereiht. Den ersten hatte man bereits beladen, und über die Ballen war eine grobe Decke gebunden, welche man zum Schutz vor Regen mit Pech bestrichen hatte. Das dritte Fuhrwerk wies eine Plane aus dem gleichen Tuch auf; vorne befand sich eine Sitzbank mit Kissen. Die Plane umspannte die ganze Breite des Wagens und war über gebogenen Holzstreben angebracht. Hinten und vorne war sie offen. Die Ladefläche war ziemlich groß, und wenn man sie ebenfalls mit Stoff füllte, konnte man sich weich darauf betten. Ein Leuchten trat in Harrys Augen, in denen goldene Reflexe aufblitzten.

»Das sind unsere Fuhrwerke«, sagte eine freundliche Stimme hinter ihm. Das Mädchen mit dem Wollknäuel besaß auch eine Puppe, ein hölzernes Ebenbild ihrer selbst, das sogar dieselben blauen Schuhe trug. Sie sah ihn erwartungsvoll mit ihren langen Wimpern an, und als er lächelte, fing sie an zu strahlen. »Und unsere Pferde«, fügte die Kleine hinzu.

»Ihr müßt aber sehr reich sein«, gab der Jüngling voller Respekt zurück. »So viele Rösser und Tuchballen. Wohin reist ihr denn?«

»Nach Hause«, antwortete sie nur, als erkläre das schon alles.

»Und wo liegt euer Zuhause?«

»In London. Mein Vater hat dort eine Stoffhandlung. Er kommt einmal im Jahr nach Shrewsbury, um den Webern an der Grenze ihre wollenen Stoffe abzukaufen. Er ersteht sie auch bei den Walisern. Und nun fahren wir alle fertigen Ballen zurück nach London. Ein paar Bund Stoff verkaufen wir aber schon unterwegs. Mein Vater sagt, die hiesigen Tuche seien allemal so gut wie die aus dem Norden. Er meint auch, die Händler auf den Märkten mögen sich noch so brüsten, aber fertige Waren, fertige Kleidungsstücke seien das Geschäft der Zukunft. Wir handeln nur mit fertigen Stücken. Und in welchem Beruf bist du tätig?«

»Ach, das Rechte habe ich noch nicht gefunden«, antwortete Harry. »Wie bald brecht ihr denn mit den Wagen auf? Und wie weit kommt ihr an einem Tag?«

»Oh, es geht noch in dieser Stunde los. An schönen Sommertagen legen wir über zwanzig Meilen zurück. Heute dürften wir das auch schaffen, denn uns erwartet eine gute Straße. Was treibt denn dein Vater?«

Der Jüngling hielt es nicht für geboten, seinen wahren Namen und Stammsitz bekanntzugeben. Gut möglich, daß dieser Tuchhändler schon von den Talvaces gehört hatte. Deswegen entgegnete er: »Er ist Steinmetz.«

»Dann wirst du sicher auch einer werden, oder?«

Das Mädchen besaß eine frische und ehrliche Stimme, obwohl sie sich auch darauf verstand, ihm verschämte Seitenblicke zuzuwerfen und auf schlaue und gleichzeitig natürliche Art und Weise mit Gesten seine Aufmerksamkeit zu erringen. Mochte ihr kleiner Mund an eine knospende Rose erinnern, so ähnelten ihre Wangen der runden Fülle einer aufgegangenen Blüte. Harry sah sie an und setzte ein verlegenes Lächeln auf, weil er ihre Frage noch nicht beantwortet hatte. »Ja, natürlich, ich werde bei ihm in die Lehre gehen. Ein kluger Gedanke von dir. Du scheinst mir überhaupt sehr gescheit zu sein.«

»Möchtest du gern mit mir Ball spielen?« bot sie ihm durch diesen Erfolg ermutigt an, machte mit dem Ball eine einladende Geste und tänzelte ein oder zwei Schritte von ihm fort.

»Das würde mir wirklich sehr gefallen, aber einige Pflichten warten auf mich, die erst erledigt werden wollen, ehe ich die Muße zum Ballspiel finde. Gut möglich jedoch, daß ich noch vor eurer Abreise meine Aufgaben erledigt habe.«

»Dann kommst du also wieder?« fragte sie. Ihre Miene verfinsterte sich ein wenig, aber ihre Augen schauten hoffnungsvoll drein.

»Wenn ich alles rechtzeitig schaffe, ja, dann kehre ich bestimmt zurück.«

Sie schaute ihm mit zusammengezogenen Brauen hinterher, und ihre kleinen weißen Zähne kauten gedankenverloren auf einem ihrer Zöpfe herum. Ohne den Blick von dem Jüngling zu wenden, der sich allmählich entfernte, warf sie die Puppe über die Heckklappe in den Wagen. Der Ball folgte sogleich. Für beides hatte sie nun kein Interesse mehr.

Harry betrat das Infirmarium und fragte sich zu Bruder Denis durch. Dieser bereitete sich gerade darauf vor, die Messe und danach die Kapitelversammlung zu besuchen. Der Krankenpfleger begrüßte ihn mit gesenktem Haupt und einer bekümmerten Miene.

»Bruder Infirmarius, wenn Adam aufstehen und sich ankleiden könnte, würde ich mit ihm gern nach dem Gottesdienst die

Kirche aufsuchen. Das macht dir doch nichts aus, oder? Während der Kapitelversammlung ist es im Gotteshaus immer so schön still, und ich möchte gern beten ...« Er senkte erneut den Blick und preßte die Lippen zusammen »... auf daß unsere Schwierigkeiten ein gutes Ende nehmen mögen.« Wenn es den Brüdern Freude bereitete, ihn für einen Moment unterwürfig zu sehen, dann wollte er ihnen die gern verschaffen; denn dann würden sie ihn wenigstens während der Kapitelversammlung allein lassen; diese halbe Stunde, wenn alle Mönche zusammenkamen, um die täglichen Geschäfte und Angelegenheiten zu beraten, war für ihn entscheidend. Nur die Laienbrüder, die Arbeiter und die Bediensteten hielten sich dann noch draußen auf und konnten ihn sehen.

Doch dann bebte Harry innerlich vor Scham, als Bruder Denis, statt ihn nur rasch anzublicken und sein Einverständnis zu geben, ihn sanft an sich zog, umarmte und auf die Stirn küßte. »Gott segne dich, du guter Junge. Ich habe auch für euch gebetet. Fürchte dich nicht, denn du sollst der Gnade des Herrn teilhaftig werden. Aber würde es für diesen Zweck denn nicht ausreichen, die Kapelle des Infirmariums aufzusuchen?«

»Nein, denn ich möchte eine ganz besondere Fürbitte an die heilige Jungfrau Maria richten. Seit ich ihr meinen Engel widmete, liebe ich diesen Altar am meisten von allen.«

»Meinetwegen, dann sollst du deinen Willen haben. Ich werde dem Vater Prior davon berichten, dann wird ihm vor Freude das Herz übergehen. Aber achte auf Adam, er darf nicht zu lange knien. Danach mag er sich im Garten in die Sonne setzen.«

Sanft, besorgt und glücklich. Das war Denis, der Krankenpfleger, der vielen ein Vater gewesen war – angefangen vom jüngsten Schulbuben, der vor Zahnschmerzen weinte, bis zu den Alten und Sterbenden, welche sich gleichsam in Kinder zurückverwandelten. Der Mönch blickte noch einmal liebevoll auf sein sauberes, aber leeres Königreich zurück und machte sich dann auf den Weg zur Messe. Es war nicht verwunderlich, daß öfters Novizen Krankheiten und Leiden vortäuschten, um wenigstens für eine Weile in den Genuß seiner Fürsorge zu kommen; denn der Subprior regierte mit gestrenger Hand, und so war manchmal etwas Erholung nötig.

Ein Junge beispielsweise, den Einsamkeit und Heimweh plagten, hatte sogar einmal giftige Beeren zu sich genommen, um für eine längere Zeit von Bruder Denis umsorgt zu werden. Dafür hatte er gerne die Leibschmerzen und die sonstigen Unannehmlichkeiten auf sich genommen. Als der Knabe wieder gesundet war, hatte der Krankenpfleger sich persönlich dafür eingesetzt, daß jener keine Strafe erhielt. Dabei hatte doch jeder gewußt, daß die Behauptung des freundlichen alten Bruders, daß sein Patient die Beeren versehentlich verschluckt habe, eine gnädige Lüge war. Man erzählte sich, daß Denis jeden seiner Kranken aus tiefstem Herzen vermißte, sobald dieser entlassen wurde. Harry sah ihm mit schlechtem Gewissen hinterher und fragte sich, ob auch er, ohne es verdient zu haben, mit seinem Verschwinden dem Bruder Herzschmerz bereiten würde.

Man hatte Adam die Wunden neu verbunden und ihm tüchtig den Magen gefüllt. Pfeifend lag er auf dem Bett und stützte das Kinn auf die Hände, so daß die Sonnenstrahlen, die durchs Zellenfenster fielen, auf sein Gesicht schienen. Seine bloßen Zehen klopften auf der Strohmatratze den Takt zur Melodie. Der Junge hatte die Augen geschlossen, und alles in seiner Miene drückte wohlige Zufriedenheit aus. Offensichtlich hatte er keine Angst, und die verbliebenen Schmerzen schienen ihn nicht zu bedrücken. Sein Vertrauen in den Abt war so unerschütterlich wie das von Harry noch vor einer Stunde.

Der junge Talvace hockte sich zu dem Freund auf die Bettkante. »Steh auf, und zieh dich an. Du hast Bruder Denis' Erlaubnis, mit mir nach der Messe die Kirche aufzusuchen, um dort für unsere Rettung zu beten.«

Adam öffnete erstaunt eines seiner blauen Augen und schien nach einer schnippischen Antwort zu suchen. Aber dann öffnete er rasch das zweite Auge, um genauer hinzusehen, und da wurde ihm klar, daß sein Freund es ernst meinte und nicht auf Albereien aus war. Adam richtete sich auf, schwang die Beine aus dem Bett und musterte Harry mit besorgtem Blick. »Was ist denn geschehen? Was hat der Abt zu dir gesagt?« Er sprach leise, für den Fall, daß einer der anderen Krankenpfleger vorbeikam.

»Das erzähle ich dir alles später. Jetzt beeil dich. Warte, ich helfe dir beim Anziehen. Wie fühlst du dich? Kannst du schon wieder ohne Schmerzen laufen?«

»Mir geht es ganz erträglich, ich fühle mich nur steifgliedrig wie ein alter Mann. Die Übung wird mir guttun.« Adam stampfte probehalber mit den Füßen auf, während er sich das Hemd über den Kopf zog. Harry zog das Kleidungsstück behutsam über die faltigen Striemen, die sich bereits vom anfänglichen Dunkelrot in ein bleigraues Blau zu verfärben begannen. Die frischen Wunden hatten sich geschlossen, und die Haut wirkte rosig wie eine Blume. Doch die schlimmsten Verletzungen waren nur von einer dünnen Hautschicht überzogen und würden schon bei der geringsten Belastung wieder aufbrechen.

»Das tut dir doch bestimmt weh! Ist es schlimm? Kannst du es aushalten?«

»Aber klar, sogar gut. Ich habe mich einen Tag und eine ganze Nacht lang pflegen und umsorgen lassen, was könnte ich noch mehr verlangen? Und übrigens, wenn du sehr weit weg willst«, fügte der Junge noch leiser hinzu, »solltest du deinen Umhang hier nicht liegenlassen.«

»Gut nachgedacht!« Harry war sehr froh darüber, daß sie sich so gut verstanden. Sie kannten einander so gut, daß es zwischen ihnen nur weniger Worte bedurfte.

»Gewobene Wolle ertrage ich noch nicht auf meiner Haut«, lächelte Adam. »Und zu dieser frühen Stunde ist es in der Kirche sicher noch recht kalt. Würdest du mir wohl freundlicherweise deinen Umhang borgen, damit ich ihn mir um die Schultern legen kann?«

Harry rollte ihrer beider Gugel und Adams Hemd zu einem festen Bündel zusammen und schob dieses in seine Cotte und unter die Achselhöhle. Wenn er den Arm an die Seite preßte, war nichts mehr zu erkennen. Adam stützte sich auf denselben Arm, und auf diese Weise schritten sie langsam hinaus und über den großen Hof zur Kirche. Der Umhang, den man nicht so leicht hätte verbergen können, hing an seiner Kette lose von Adams Schultern. Als sie in die Vorhalle gelangten, hüllte sich Adam fester in seinen Mantel.

»Wohin sind wir wirklich unterwegs?« flüsterte er während des Schlußgesangs.

»Raus hier. Sie wollen uns zwingen, uns zu stellen.«

»Wer, Vater Hugh?« fragte Adam ungläubig und sog den Atem scharf ein.

»Er selbst wollte mich dazu bringen, mich und dich auszuliefern. Ich soll vor meinem Vater hinknien und mich ihm unterwerfen. Wenn ich mich demütige und Gnade erflehe, will der Abt großzügigerweise für uns ein Wort einlegen.«

»Damit verschwendet er nur seinen Atem«, murmelte Adam zitternd und mit weit aufgerissenen Augen im Halbdunkel des Seitenschiffs.

»Genau meine Meinung.«

Der Gottesdienst war beendet. Aus dem Gemeindeteil der Kirche, der hinter den beiden lag, entfernten sich schweigend einige Stadtbürger. Die Mönche hingegen zogen nacheinander durch den Kreuzgang zur Kapitelversammlung. Die Jünglinge blieben noch eine Weile im Halbschatten und knieten dort nebeneinander, bis die Tür zum Kreuzgang zum letztenmal ins Schloß gefallen war und sie allein waren.

»Behalt du die hintere Tür im Auge«, sagte Harry und erhob sich.

»Was hast du denn vor?« fragte Adam, erhob sich aber gehorsam und stellte sich an eine der großen runden Säulen unweit der Vorhalle. Harry erreichte die Almosenkästen. Im nächsten Moment hörte Adam Holz splittern und drehte sich entsetzt zu seinem Freund um. »Um Gottes willen, was treibst du denn da?«

»Ich nehme mir das als Entschädigung für meinen Besitz.« Harry schob seinen Dolch, der demjenigen glich, den Ebrard ihm vor zwei Nächten abgenommen hatte, unter den Deckel des Kastens und stemmte ihn auf. Rasch griff er hinein. Pennies rieselten durch seine Finger. »Pah, nicht mal ein Bruchteil des Wertes der Pferde. Mal sehen, ob sich im nächsten mehr finden läßt.«

»Harry, das ist Entweihung, das ist Kirchenraub!« Adam schüttelte sich.

»Soll der Abt mich doch deswegen verfolgen, wenn er das für richtig hält, dann verklage ich ihn sofort wegen des Diebstahls meiner Rösser. Welches Recht hatte er, sie einzuziehen? Ich schulde ihm doch nichts!« Er stieß die Klinge unter den Deckel des nächsten Kästchens und riß den Stahl ruckartig hoch. Die Scharniere krachten. Harry nahm auch hier den Inhalt an sich, zählte sorgfältig den unrechtmäßig erworbenen Betrag und legte dann die Deckel wieder obenauf, so daß einem flüchtigen Beobachter nichts auffallen würde. »Elf Schillings und sieben Pennies. Damit steht Hugh immer noch in meiner Schuld.«

»Harry, irgendein armer Teufel wird in Verdacht geraten, die Almosen gestohlen zu haben, und dafür im Gefängnis landen!«

»Nein, bei Gott, dazu soll es nicht kommen!« entgegnete der Jüngling aufgebracht, weil ihm diese Vorstellung zuwider war. »Ich lasse dem Abt eine Nachricht zurück, aus der er entnehmen kann, an wen er sich wenden muß, wenn er diese Gelder zurückhaben will. Niemand darf mehr wegen mir leiden!«

Er nahm Adam am Arm und zog ihn mit in den westlichen Kreuzgang. Über diesem Teil der Anlage stand den ganzen Morgen die Sonne, und deswegen hatte bestimmt irgendein Mönch in einer der Nischen, welche den Innengarten umgaben, das eine oder andere Blatt Pergament zusammen mit Feder und Tintenhorn liegenlassen, um nach der Kapitelversammlung mit der Kopierarbeit fortzufahren.

Tatsächlich stieß Harry auf drei Schreibpulte, auf denen noch Schreibgerät stand. Er nahm sich das Blatt, welches ihm am wenigsten wichtig vorkam, weil es aussah, als sei es mehrmals beschrieben worden, und verfaßte folgenden Brief:

»An den Lord Abt Hugh de Lacy, vernehmt bei allem gehörigen Respekt dies:

Da es Eurer Lordschaft gefallen hat, meine Pferde zu beschlagnahmen und mir so die Möglichkeit zu rauben, mich ihrer zu bedienen, bin ich doch ihr alleiniger Herr, sah ich mich gezwungen, mir einen Kredit von Seiner Lordschaft in Höhe von elf Shillings und sieben Pence zu nehmen. Dies sei Euch hiermit kundgetan.

Da wir bei der heiklen Besitzfrage sind, so soll Euer Lordschaft versichert sein, daß diese Rösser über jeden Zweifel erhaben mir gehören und weder Eigentum meines Vaters noch meines Bruders noch sonst jemandes sind. Sollten die Tiere an einen anderen als an mich gegeben oder veräußert werden, so werde ich von Euch ihren vollen Wert zurückverlangen.

Daß Euer Lordschaft weiterhin mit Gesundheit gesegnet sein möge, bis Eure Schulden bei mir beglichen und Euer Diebstahl gesühnt ist. Darum betet zu unserem Herrn Euer untertänigster Diener
Henry Talvace.«

»Deine Unverschämtheit wird ihm den Atem stocken lassen«, bemerkte Adam, der seinem Freund halb entsetzt, halb bewundernd über die Schulter schaute.

»Das glaube ich kaum«, entgegnete Harry und dachte dabei an die Szene, die sich am Morgen zugetragen hatte. »Setz dich in die Sonne, Adam, und warte dort auf mich. Ich bin im Nu wieder da. Du kannst mir den Umhang wiedergeben.« Der Jüngling nahm den Mantel unter den Arm und rannte in die Kirche zurück. Das zusammengerollte Schreiben steckte er in einen der aufgebrochenen Almosenkästen und begab sich dann in die Muttergotteskapelle.

Auf dem Altar brannte das Ewige Licht, und die kleine rote Flamme hauchte dem Gesicht des Holzengels die Wärme des Lebens ein. Harry kniete auf den Stufen vor dem Altar nieder und blickte hinauf zu der uralten steinernen Jungfrau Maria, deren verwitterte Züge und plumper Körper für ihn die ganze Schönheit eines Monuments besaßen. Oft, wenn er sich zutiefst unglücklich gefühlt hatte, hatte er sich gewünscht, auf ihren breiten Schoß hinaufzusteigen, um dort Trost zu finden.

»Heilige Mutter Gottes, vergib mir, wenn ich das zurücknehme, was ich Dir einst schenkte, und sei versichert, daß Du es eines Tages zurückerhalten wirst. Aber Du weißt gewiß, wie sehr ich meiner Schnitzerei bedarf, ich habe doch keine andere Arbeit, welche ich als Beweis meiner Kunst vorzeigen kann. Eigentlich borge ich mir den Engel nur aus, bis ich hierher zurückkehre. Heilige Maria, sei mir bitte nicht böse, sondern hilf mir, daß ich diese Tat ins Gute umwandeln kann.«

Zu längerem Gebet blieb ihm keine Zeit. Er stieg die Stufen hinauf und hob den Engel aus seiner Verankerung. Die sonnenbestrahlte Statue schien sich regelrecht zu ihm hin zu drehen und umfaßte den Jüngling mit ihren schmalen, ausgebreiteten Armen. Harry wickelte rasch den Umhang um die Figur, nahm sie unter den Arm und rannte zu seinem Freund zurück. Kaum tauchte er wieder im Kreuzgang auf, erhob sich Adam von der Steinbank und sah ihm nervös und mit großen Augen entgegen.

»Was trägst du da? Was hast du nun schon wieder angestellt? Harry, das wird noch ein böses Ende nehmen!«

»Schweig, und komm mit mir. Hurtig! Später werde ich dir alles erklären.«

Wenigstens hatte sein Freund diesmal nichts angestellt, sagte sich der junge Talvace. Wenn es ganz schlimm kommen sollte, wenn der Wagenzug bereits aufgebrochen war und man sie ergriff, ehe sie das Weite suchen konnten, dann durfte Adam sich sicher sein, daß die Strafe diesmal denjenigen ereilen würde, der sie sich allein zuzuschreiben hatte. Dann würde allein Harry für die getötete Hindin und auch für den Kirchenraub ausgepeitscht. Diesmal war ihm bewußt, daß seine Tat nicht rechtmäßig war. Wenn man ihn faßte, würde er sich nicht beklagen, und sollte ihm zur Strafe auch alles Geld genommen werden bis zum letzten Heller. Schließlich hatte der Jüngling die Untaten in vollem Bewußtsein begangen.

Doch als die beiden aus dem Kreuzgang auf den großen Hof zurückschlichen, standen die drei Fuhrwerke noch da. Man schirrte gerade die Pferde am ersten an. Harry schlüpfte in den schattigen Eingang des Refektoriums, zog Adam mit sich und verfolgte, wie die Fuhrknechte das Gespann mit guten Worten und Schnalzern in die richtige Stellung bewegten. Alle auf dem großen Platz schauten dabei zu. Sogar die Laienarbeiter und die Hunde hatten sich eingefunden. Ein großer stämmiger Mann mit lauter Stimme und froher, frischer Miene gab seinen Männern mit humoriger Leichtigkeit Anweisungen, die von langer Übung zeugten. Der dritte Wagen stand unweit des Eingangs. Man hatte eine große Decke über die Stoffballen geworfen, und die hintere Planenöffnung befand sich keine drei Meter von den Jünglingen entfernt. Der schwere Wagen schützte sie vor allen neugierigen Blicken.

»Rasch!« drängte Harry. »Spring auf den Karren, und deck dich zu!«

Adam schwang sich ohne zu zögern in den Wagen. Mit einem Seufzer verschwand er unter den lockeren Stoffballen. Harry wartete im Schatten, bis wieder alles ruhig war, dann hob er den verpackten Engel und verstaute ihn in einer Ecke des Wagens. Die vier Pferde vor dem ersten Fuhrwerk waren mittlerweile eingespannt. Sie stemmten sich ins Geschirr und zogen den Wagen an; zunächst fuhren sie nur bis zum Torhaus, um dort auf die anderen zu warten. Die Gruppe von Bogenschützen und Knechten machte ein paar Schritte zurück, als nun das zweite Gespann aus dem Stall geführt wurde. Als auch dieses Quartett eingeschirrt wurde, nutzte Harry den Moment, in dem wieder alle hinsahen, um sich ebenfalls in den Wagen zu wuchten.

Unter dem Sackleinen war es stickig und roch nach Haarfasern und gewebter Wolle. Der Jüngling nahm den Engel zu sich in sein Versteck, schob die Stoffbünde auseinander, versenkte das Schnitzwerk in die Grube und bedeckte es anschließend mit dem Tuch, damit es den Blicken verborgen blieb. Neben ihm arbeitete Adam schwer atmend und mit schmerzverzerrter Miene daran, für sich eine Kuhle zu schaffen. Harry zerrte einen Ballen fort, der seinem Ziehbruder gegen die Schulter drückte, und ließ sich dann neben ihm nieder. So lagen sie dann zitternd nebeneinander, umgeben von den heißen Bündeln. Harry verschob noch einen Ballen, bis sie sich berührten. Danach regten sie sich nicht mehr, schwitzten unter der Decke und bekamen kaum genug Luft. Aber wenigstens waren sie nicht mehr zu sehen.

Drei Minuten später ritt Sir Eudo Talvace höchstpersönlich und in Begleitung von Ebrard und vier berittenen Bogenschützen seiner Burg durch das Tor. Laut ließ er verlauten, daß er unverzüglich Seine Lordschaft den Abt zu sprechen wünsche.

Das Kapitel war noch nicht vorüber, als ein Knecht eintrat und Hugh die Nachricht überbrachte. Der Abt schloß sein Buch und schob seinen Stuhl zurück, blieb aber noch einen Moment nachdenklich sitzen. Er hatte den Herrn von Sleapford nicht so früh erwartet. Was für ein Glück, daß er bereits mit dem Jüngling geredet hatte.

»Also gut«, erklärte Hugh nun zu dem Laien, »dann führ sie herein. Aber such mir zuerst Harry, und bring ihn hierher. Aber wohlgemerkt, nur den jungen Talvace! Den anderen bringst du an einem sicheren Ort unter, bis ich nach ihm schicke. Sag dem Bruder Infirmarius, daß ich es so wünsche. Und Harry soll ohne Umschweife zu mir kommen, verstanden? Niemand darf ihn unterwegs aufhalten.«

»Jawohl, Vater.« Der Bote machte sich ohne übertriebene Eile auf den Weg zur Krankenstation, um Harry abzuholen. Als er ihn dort nicht antraf, begab er sich, ebenso gemächlich, zur Kirche.

Dort war der Gesuchte ebenfalls nicht zu finden, was den Mann allerdings noch nicht übermäßig beunruhigte. Also kehrte er zum Infirmarium zurück, weil sich ja die Möglichkeit nicht ausschließen ließ, daß sie einander verfehlt hatten und die beiden Jungen sich wieder bei den Krankenhelfern aufhielten. Und wenn nicht, so konnten die zwei nicht weit entfernt sein. Mittlerweile hatte sich in der Abtei herumgesprochen, daß dem Torwächter aufgetragen worden war, auf die beiden Jünglinge zu achten und sie nicht hinauszulassen. Auch vor der Gemeindetür der Kirche stand ein Diener mit dem Befehl, den Jünglingen den Weg nach draußen zu verwehren. Im Infirmarium sagte man dem Boten, daß die zwei sich noch nicht wieder hätten sehen lassen. Irgendwo mußten die beiden doch zu finden sein. So lief er vom Torhaus zum Garten, vom Teich zu den Ställen, von den

Wiesen zum Gästehaus und endlich zum drittenmal zur Krankenstation. Mittlerweile rannte der Mann und schwitzte bereits, weil er wußte, daß der Abt es nicht gerne hatte, wenn man ihn warten ließ.

Bruder Denis war inzwischen von der Kapitelversammlung zurückgekehrt. Als der Bote dort anlangte, stand der Krankenpfleger mit besorgter, fast schon erzürnter Miene in der Tür.

»Sein Umhang ist fort. Wozu braucht der Bengel einen Umhang? Was haben die beiden nun schon wieder ausgeheckt?«

Sie durften nicht länger damit warten, das Verschwinden von Harry und Adam zu melden. Bruder Denis entließ den Diener und übernahm selbst diese Aufgabe. Als er das Arbeitszimmer des Abtes betrat, reichte schon seine Miene aus, um alle Anwesenden verstummen zu lassen. Dabei mußte es hier gerade eben noch recht laut zugegangen sein. Der Blick des Krankenpflegers drückte schweren Tadel für sie alle aus: »Ihr alle gemeinsam habt das Seil bis zum Zerreißen gespannt«, schien er zu sagen, »daher tragt ihr auch allein die Verantwortung für die Folgen.«

Statt dessen meldete er: »Es tut mir leid, mitteilen zu müssen, daß Harry verschwunden und nirgends zu finden ist. Wir haben überall nach den Jungen gesucht, fanden jedoch keine Spur von ihnen.«

»Fort? Verschwunden? Aber wie sollte das möglich sein? Die Tore werden doch bewacht.« Hugh wirkte verwirrt, denn Sir Eudo befand sich nicht in der Stimmung für Scherze und war auch nicht gewillt, Nachsicht mit einem Sohn zu haben, welcher ihm schon soviel Scherereien bereitet hatte.

»Wie dem auch sei, wir konnten sie nicht entdecken. Ich habe ein halbes Dutzend Männer ausgeschickt, am Bach und am Teich nach ihnen zu suchen«, erklärte Bruder Denis so ungehalten, wie man es von diesem so freundlichen Mann gar nicht gewöhnt war. »Außerdem habe ich die Müller verständigt, den Mühlbach im Auge zu behalten.«

»Die Mühe hättet Ihr Euch sparen können«, knurrte der Herr von Sleapford, der bereits rot angelaufen war, »mein Junge wurde nicht dazu geboren zu ertrinken.« Doch man merkte ihm an, daß sich hinter seinem Zorn hauptsächlich Sorge verbarg.

Auch Ebrard blickte unglücklich drein. »Die zwei Tunichtgute haben sich einfach irgendwo versteckt. Laßt mich nach ihnen suchen, Hugh, und ich ziehe sie im Handumdrehen aus ihrem Loch. Wenn die Tore bewacht sind, müssen die beiden sich ja noch irgendwo auf dem Areal aufhalten. Und ganz gleich, ob Ihr im Recht seid oder ich, gefunden werden müssen die Burschen.«

»Das ist unbestritten«, entgegnete der Abt. »Doch haltet zu Gnaden, Sir Eudo, da die Jünglinge sich hier auf meinem Grund befinden, unterstehen sie auch meiner Verantwortung. Wenn man sie also findet, sind sie mir zu unterstellen, bis wir beide uns mit kühlerem Kopf beraten und dann entschieden haben, wie wir mit ihnen verfahren wollen. Seid Ihr einverstanden? Dann leiht mir Eure vier Bogner, und du, Bruder Denis, sagst Edmund, er soll ein halbes Dutzend verläßlicher Männer zusammenrufen. Dann kämmen wir diese Abtei durch, und zwar jedes einzelne Gebäude vom Keller bis zum Dachboden.«

»Doch zuerst laßt die Tore schließen, damit niemand den Hof verlassen kann!« rief Sir Eudo der Tonsur des Mönchs und dessen vor Zorn steifem Rücken hinterher. »Ich werde meinen Strolch nicht deswegen entwischen lassen, weil ich es versäumte, unter eine Kapuze zu schauen.« Damit rauschte er aus der Kammer des Abtes wie eine purpurfarbene Gewitterwolke, die bis zum Bersten mit Blitzen gefüllt ist. Höchstpersönlich wollte Sir Eudo überwachen, daß keine Maus durch das Haupttor hinauskonnte.

Ihm folgte Hugh, der stärker als sonst humpelte, wie es ihm stets widerfuhr, wenn er sich aufregte. Harry war wirklich ein Satansbraten; nach diesem neuesten Streich würde er ihm gewiß nicht mehr aus der Patsche helfen können. Daß Bruder Denis den Bach und den Mühlbach absuchen ließ, besorgte den Abt wenig. Der Jüngling war gewiß nicht ertrunken, dafür war er viel zu sehr verliebt in das Leben.

Doch wenn man davon absah, daß er sein Leben aufgeben

wollte, gab es unzählige Dinge, die Harry tun würde, um seinen Kampf zu gewinnen. Und wer weiß, welche Torheit er nun schon wieder ausgeheckt hatte.

Das Geschrei am Tor drang bis zu den beiden Jungen durch, die unter ihren erdrückenden Tuchballen im dritten Fuhrwerk lagen. Harry spitzte die Ohren und schwitzte vor Angst, aber er konnte durch die Lücke zwischen zwei Ballen kaum etwas sehen, nicht mehr als ein wenig Luft und Licht drangen zu ihm. Wenn der Jüngling den Kopf so weit wie möglich verrenkte, konnte er ein Stück blauen Himmel und ein Teil vom Dach des Almosenhauses erblicken. Von Zeit zu Zeit schob sich irgend etwas oder irgend jemand davor und verdunkelte die Sicht. Jemand saß vorn auf der gepolsterten Führerbank.

Ansonsten hörte er nur verschiedene Geräusche, vor allem die donnernde Stimme seines Vaters, die lautstark verlangte, daß man sofort das Tor schließe. Dieses einschüchternde Brüllen wieder zu hören war für Harry schier unerträglich – seine Eingeweide schienen sich vor Schrecken und Verzweiflung aufzulösen, und er konnte kaum noch etwas anderes wahrnehmen als Sir Eudos Stimme. Ein neues Entsetzen breitete sich in seinem Herzen aus, das nichts mit der Strafe zu tun hatte, welche ihn erwartete, und auch nichts mit dem, was Adams rechte Hand erwartete; vielmehr fürchtete er sich davor, wieder in das steinerne Gemäuer zurückgezerrt und eingesperrt zu werden, aus dem er gerade erst ausgebrochen und in die Freiheit gelangt war. Der Jüngling fühlte sich so hilflos, daß er in Tränen ausbrach.

»Junge Männer?« dröhnte die Stimme, welche vorhin so fröhlich die Pferde angetrieben hatte. »Hier bei uns findet Ihr keine Jünglinge, sondern nur die ehrlichen Männer zu Pferde, welche Ihr rings um Euch sehen könnt. Und ich warne Euch, Ihr Herren, jagt bloß meiner Tochter im letzten Wagen keine Angst ein. Wenn Ihr sie belästigt, sollt Ihr mich kennenlernen! Von mir aus kontrolliert, wenn es Euch unbedingt danach verlangt, aber sputet Euch. Mit Eurer Zeit könnt Ihr ruhig tun und lassen, was Ihr wollt, aber hütet Euch davor, die meine zu vergeuden! Eine lange Reise wartet auf mich.«

Sir Eudo war es nicht gewöhnt, in solch ungebührlicher Weise angeredet zu werden; deswegen brüllte er gleich zurück: »Bursche, du weißt wohl nicht, wen du vor dir hast!«

»Nach allem, was ich mitbekommen habe, müßt Ihr Sir Eudo Talvace sein. Und ich weiß, was Ihr sucht, denn diese Geschichte ist Euch vorausgeeilt. Doch laßt Euch gesagt sein, daß ich ein ehrenwerter Händler bin und mich nicht damit aufhalten muß, vor Euch zu kriechen. Nun seht schon in den Wagen nach, und dann laßt es gut sein. Und paßt auf, daß Ihr meine Stoffballen nicht zu sehr durcheinanderbringt, sonst laß' ich mir den Schaden von Euch ersetzen.«

All dies gab der Vater des Mädchens nicht wütend, sondern heiter und gelassen von sich. Und das erhöhte die Wirkung seiner Worte auf beeindruckende Weise. Dennoch stieß dieser unerschrockene, ehrenwerte Kaufmann, ohne es zu wissen, die Jünglinge wieder in das Feuer zurück, dem sie so verzweifelt zu entfliehen versucht hatten. Nur wenige Augenblicke noch, und man würde sie wie Dachse aus ihrem Bau ziehen.

Wieder schob sich ein Schatten vor den kleinen Lichtausschnitt, und noch einer und noch einer. Harry konnte nichts mehr sehen, und um ihn herum war es ein einziges tösendes Streiten von Stimmen, Stampfen von Rössern und Geklapper von Bognern, die auf die Radnaben des ersten Fuhrwerkes stiegen. Der Jüngling legte wieder den Kopf in den Nacken und sah etwas Buntes und Rundes, das durch die Luft tanzte. Dann tauchten zwei kleine Hände auf, die es auffingen und wieder hochwarfen.

»Hier ist niemand, Sir Eudo.«

»Habe ich Euch nicht gesagt, daß Ihr hier nur Zeit und Mühe verschwendet? Ich führe keine Ausreißer bei mir. Während der ganzen letzten Stunde haben wir die Wagen beladen, da hätten uns zwei junge Burschen doch auffallen müssen.«

»Geht zu den anderen Karren. Ich bezweifle deine Worte ja gar nicht, Mann, aber wenn du trotzdem die Freundlichkeit hättest ...«

Harry schob seine zitternden Lippen so weit wie möglich an das kleine Guckloch und flüsterte heiser: »Mistress?«

Das Mädchen zuckte zusammen, der Ball fiel ihr aus der Hand und flog auf die Tuchbünde. Sie griff danach, aber er rollte nur weiter von ihr fort und landete in der Kuhle dicht vor Harrys Gesicht. Im nächsten Moment berührte sie seine heiße, zitternde Wange. Sie gab einen leisen Schrei von sich und wollte die Hand zurückziehen, aber der Jüngling war schneller und hielt sie fest. Ihr Gesicht tauchte wie eine sich öffnende Blüte vor dem Guckloch auf; sie sah erschrocken und wild aus – ihre schwarzen Augen waren weit aufgerissen und mondrund, und ihr hübscher Mund stand offen vor Staunen. Die Kleine beugte sich vor, um genauer hinschauen zu können, und erblickte eine gerötete Wange, eine mit winzigen Schweißperlen besetzte Oberlippe und blaugrüne Augen, die sie um Schweigen und Mitgefühl anflehten. Sie erkannte ihn wieder, starrte ihn für einen kurzen Moment an und wagte nicht zu atmen. Aus einem Instinkt heraus, der weit gerissener und grausamer war, als Harry selbst ahnte, drückte er ihre kleine Hand an seine Lippen.

Im ersten Moment schien das Mädchen zu erstarren. Dann zog sie leise die Hand zurück und legte den Zeigefinger an die Lippen, um ihm zu bedeuten, ganz still liegenzubleiben. Ihre Augen leuchteten, und die überraschten knospenförmigen Lippen formten ein entschlossenes O. Mit Verschwörermiene und aufgeregtem Blick legte sie ihre Kissen über das Guckloch und beugte sich vor, um die Decke glattzustreichen. Dann breitete sie noch die Felldecke aus, auf der sie bislang gehockt hatte, und machte darauf für ihre Stoffpuppe ein Lager. Kurzerhand nahm sie auch noch das weiße Leinentuch ab, welches sie als Kopftuch trug, und deckte die Puppe damit zu. Als die Bogenschützen den dritten Wagen erreichten, thronte das Mädchen auf den Stoffbünden, hatte ihre Röcke so weit wie möglich darauf ausgebreitet, schaukelte die Puppe wie einen Säugling und sang ihr ein wenig hastig ein Wiegenlied.

»Wenn du gestattest, kleines Fräulein«, lächelte einer der Bogner ihr zu, stellte einen Fuß auf die Radnabe und griff zwischen die Ballen im hinteren Teil.

Das Mädchen unterbrach sofort ihren Gesang, starrte den

Mann aus großen Augen an und blieb auf ihrem Platz sitzen wie eine empörte Prinzessin; dabei legte sie schützend einen Arm um die Puppe. »Was willst du hier? Komm mir nicht zu nahe, du bist so laut!«

»Bist du schon lange hier, mein kleiner Schatz?« fragte der Soldat freundlich. »Du hast nicht zufällig die zwei jungen Burschen gesehen, nach denen wir suchen, oder? Du würdest deinem Vater doch sofort Bescheid geben, nicht wahr, wenn ein Fremder in euren Wagen zu steigen versuchte?«

»Das würde ich natürlich«, erklärte sie, setzte sich kerzengerade hin und beäugte den Bogner argwöhnisch. »Und das werde ich auch jetzt tun, wenn du nicht gleich wieder verschwindest. Ich habe keine jungen Burschen gesehen, und bis zu diesem Moment hat mich hier auch niemand gestört. Andernfalls hätte ich sofort Vater gerufen. Ich bin nämlich die Herrin dieses Fuhrwerks und lasse nicht zu, daß jemand die Ware meines Vaters berührt.«

Sie schob etwas unsicher ihre Unterlippe vor. Als ein zweiter Bogenschütze ein Bein über den Rand schwang und weitere Ballen durchsuchte, öffnete die Kleine den Mund und kreischte: »Vater, Vater! Sie wollen unser Tuch stehlen!«

Die Hand des zweiten Mannes berührte plötzlich Harrys Ärmel. Aber sie fühlte nur Stoff, und das war ja hier nicht anders zu erwarten. Im nächsten Moment zog der Soldat sich zurück, weil das Geschrei des Mädchens unerträglich wurde. Und da stapfte auch schon der Tuchhändler heran, um nachzusehen, was mit seiner Tochter geschehen war.

»Ach, lassen wir es dabei bewenden«, meinte der erste Bogenschütze und sprang vom Rad. »Wie könnten die zwei sich hier versteckt haben, wenn doch eine so pfiffige kleine Mistress hier aufpaßt? Die Burschen hätten nicht einmal die Finger auf den Stoff legen können, da hätte sie schon den ganzen Wagenzug zusammengeschrien.«

Die Stimmen entfernten sich, und als nächstes hörte Harry das laute Lachen des Tuchhändlers. »Ja, das ist mein kleines Vögelchen! Und nun, mein Herr und mein verehrungswürdiger

Abt, wenn Ihr jetzt endlich überzeugt seid, daß wir keine Ausreißer bei uns führen, dann würden wir gerne unsere Reise antreten.«

Hugh de Lacy rief mit klarer, aber vor Gereiztheit leicht schriller Stimme: »Öffnet das Tor!«

Hufe stampften auf dem Pflaster, und die Räder rollten knarrend los. Nach einigen Momenten, als die Wagen in die große Kurve nach rechts abgebogen waren, wußten die Jünglinge, daß sie das Tor passiert hatten und sich auf der Landstraße befanden.

KAPITEL FÜNF

Ein einzelner Sommersonnenstrahl hatte sich in ihrem drückend heißen und dunklen Gefängnis gefangen. »Junge!« flüsterte die atemlose helle Stimme. »Du kannst jetzt hervorkriechen. Bleib aber unter der Decke, denn es könnte ja sein, daß jemand zufällig hereinschaut. Ich sage dir schon rechtzeitig Bescheid, wenn Gefahr droht.«

Kaum hatten sie die Abtei hinter sich gelassen, hatte sich das Mädchen mit ihrer Puppe wieder nach vorn verzogen. Nun lag auch der Außenwall weit hinter ihnen, und die hochliegende Silhouette von Shrewsbury, einem girlandenähnlichen Hügel gleich, der von einem silbernen Wassergraben umgeben war, versank tiefer und tiefer in der grünen Senke der Flußauen.

Die Jünglinge arbeiteten sich aus ihrer stickigen Mulde unter den Wollbünden ans Tageslicht und blieben keuchend auf den Ballen liegen. Sie waren schweißgebadet und zitterten immer noch. Harry half Adam dabei, eine bequeme Stellung zu finden und breitete sich dann neben ihm aus. Zwei oder drei der Striemen auf Adams Rücken waren wieder aufgebrochen und bildeten rote Streifen auf dem Hemd. Die Kleine verfolgte mit ihren klaren, klugen Augen die Bewegungen der beiden Jungen und bemerkte Harrys Sorge um den Freund. Natürlich wollte sie sofort Näheres erfahren.

»Er ist verletzt!« sagte sie aufgebracht und mitfühlend. »Was ist ihm zugestoßen?« Aber sie wartete die Antwort gar nicht erst ab. »Habt ihr euch deswegen vor dem bösen alten Mann versteckt? Doch meine ich, gehört zu haben, daß er der Vater eines von euch sei!«

»Er ist mein Vater«, bestätigte Harry, wischte sich über das verklebte Gesicht und atmete immer noch gierig die frische Luft ein.

»Und mein Herr«, fügte Adam hinzu, der vor Erleichterung nur schlaff daliegen konnte.

Die beiden spähten vorsichtig durch die vordere Öffnung in der Plane und sahen die breiten Rücken der Zugpferde und das beständige Mahlen der Hinterräder am vorderen Wagen. Zwei Männer liefen neben dem Fuhrwerk her, und der eine trug eine lange zusammengerollte Peitsche über der Schulter.

Vier weitere Knechte ritten neben den Wagen, gemächlich, aber bereit, sofort nach vorn zu preschen oder zurückzufallen, wenn sie gebraucht wurden. Der Händler befand sich natürlich an der Spitze der Kolonne. Die Jünglinge erhaschten immer mal wieder einen kurzen Blick auf die große Feder an seinem Hut.

»Ich würde niemals vor meinem Vater davonlaufen«, erklärte das junge Fräulein und beobachtete die beiden genau, wie sie mit Gier die neue Welt der Freiheit und der Wunder jenseits der Plane in sich aufnahmen. »Ihr müßt etwas sehr Schlimmes angestellt haben, um ihn so zu erzürnen.« Ihre Augen glänzten vor Neugier, aber sie traute sich nicht so recht, die Jungen direkt auszufragen. Andererseits hatte sie ihnen geholfen, also hatte sie das Recht, zu erfahren, was passiert war. Stolz wartete die Kleine darauf, daß die Ausreißer ihr die Wahrheit anvertrauten.

»Auf mein Wort«, entgegnete Harry, »wir haben nichts getan, was dich dazu bringen könnte, zu bedauern, uns bei der Flucht beigestanden zu haben. Und eigentlich haben wir uns noch gar nicht bei dir bedankt, und wir finden sicher nicht die geeigneten Worte, um dir unsere Dankbarkeit auszusprechen. Wenn du nicht das kühnste und scharfsinnigste Mädchen wärst, welches je das Licht dieser Welt erblickt hat, hätte man uns gewiß aus unserem Versteck gezerrt und mit der Peitsche nach Sleapford zurückgetrieben und dort vor ein Gericht gestellt, dessen Urteil schlimmer ausgefallen wäre als das erste. Mein Freund Adam hier hätte seine rechte Hand verloren, und mich hätte man ausgepeitscht, eingesperrt und so lange ohne Nahrung gelassen, bis ich auf Knien um Gnade gefleht hätte. Junge Dame, mein Name lautet Harry Talvace, und bis an mein Lebensende will ich dein getreuer Diener sein. Dieser hier ist mein Milchbruder Adam Boteler, und ich habe wohl auch in seinem Namen gesprochen. Willst du uns nun verraten, wie man dich heißt?«

»Ich bin Gilleis Otley. Mein Vater heißt Nicholas Otley, und er ist Ratsherr in London«, fügte sie mit sichtlichem Stolz hinzu.

»Wohlan, Mistress Gilleis, du hast alles Recht dieser Welt, von unseren Missetaten zu erfahren, und magst hernach selbst urteilen, ob es recht von dir war, uns zu helfen, oder nicht.«

Harry breitete die Arme wohlig auf dem weichen Wollstoff aus, legte die Wange darauf und begann mit leiser Stimme, denn es hätte ja einer der Reiter zu nahe an den Wagen kommen können, die ganze Geschichte zu erzählen; selbst das geheime Treffen mit Stephen Mortmain in Hunyate verschwieg er nicht.

»Bei meiner Seele!« entfuhr es Adam, als der Name des Schuhmachers fiel, und er hob den Kopf. »Die ganze Zeit über habe ich mich über nichts anderes als mich selbst gesorgt und darüber die beiden ganz vergessen. Harry, eins steht fest: Wir haben den beiden geholfen, sicher aus der Grafschaft zu kommen. Gott, bei dem Aufruhr, den wir ausgelöst haben, hätten die zwei bei hellem Tageslicht Hand in Hand aus Sleapford hinausspazieren können, und niemand hätte sich etwas dabei gedacht. Jeder Hund im ganzen Land war uns auf der Fährte und wird das wohl immer noch sein. Man wird die beiden erst dann suchen, wenn die Hunde unsere Witterung verloren haben.«

»Daran habe ich auch schon gedacht. Das ist sicher: Sie sind längst über alle Berge. Vielleicht haben wir all unser Leid doch nicht so ganz umsonst durchgemacht!«

»Ich hätte gern etwas weniger abbekommen«, grinste Adam. »Aber ich will ihnen gewiß nicht nachtragen, daß man mir das Fell gegerbt hat.«

Der Schatten, welcher auf Adams Miene gelegen hatte, schien sich verflüchtigt zu haben, noch bevor Shrewsbury außer Sicht war. Er schaute auf die Grünstreifen an den Straßenrändern, auf denen sich die Hufabdrücke der Reiter abzeichneten wie dunkle Flecken im vergehenden Tau. Der Wrekin's Bulk lag wie ein Riesentier, das in der Sonne döst, am Horizont. Bald fing der Freund an zu pfeifen, und daran ließ sich erkennen, wie munter er sich wieder fühlte.

Harry berichtete von den weiteren Ereignissen nach dem Treffen mit Stephen. Nur als er die Stelle erreichte, an der er eigentlich seinen Diebstahl aus den Almosenkästen hätte beichten müssen, zögerte er; nicht weil er sich dieser Tat schämte, aber in diesem Kind mochten abergläubische Ängste erwachen, wenn es davon hörte. Harry wollte ihr weder zu nahetreten noch Vorurteile gegen ihn in ihr wecken. Er konnte diesen Vorfall ja einfach auslassen und ihr lediglich mitteilen, daß sie durch die Kirche zum Kreuzgang geschlichen waren, um zu den Fuhrwerken zu gelangen. Er erzählte ihr also die leicht abgeänderte Fassung, doch nicht ohne ein brennendes Gefühl der Scham, weil er sie ja belog. Am Ende seiner Erzählung sah sie ihn mit großen gescheiten Augen und geröteten Wangen an.

»In dem Fall wäre ich auch weggelaufen!« erklärte Gilleis und blickte zitternd auf ihre eigene kleine rechte Hand. »Ich hatte Angst vor dem alten Mann, weil er so herumgebrüllt hat. Wenn er zu meinem Wagen gekommen wäre, hätte ich wie am Spieß geschrien. Er war sehr grausam zu dir.«

Jetzt wo die Angst vor einer Niederlage und erneuter Gefangennahme ihm nicht mehr in den Knochen steckte, fühlte der Jüngling sich verpflichtet, seinen Vater zu verteidigen. Die Ausübung des Rechts oblag schließlich jenen, welche das Gesetz verwalteten, mochte die Bestrafung auch nicht frei von Irrtümern sein.

»Sir Eudo wäre sicher entsetzt, wenn er dich jetzt hören

könnte. Er will eigentlich nicht Angst oder Schrecken verbreiten, aber gelegentlich geht sein Temperament einfach mit ihm durch. Und von frühester Kindheit habe ich schon eingebleut bekommen, daß das Recht auf seiner Seite steht. Recht und Gesetz! Glaub mir, ich bin froh, daß wir das hinter uns haben.«

»Und was wollt ihr nun unternehmen?« fragte Gilleis.

»Nun, als erstes werden wir die gesamte Breite Englands zwischen uns und Sleapford bringen, und dann suchen wir uns einen Steinmetz, bei dem wir in die Lehre gehen können. Wir besitzen bereits einige Kenntnisse in diesem Handwerk, denn wir haben Adams Vater bei der Arbeit geholfen, seit wir alt genug waren, ein Werkzeug in der Hand zu halten. Wir würden jedem Steinmetz gewiß gute Dienste leisten. Wir könnten ein Jahr und einen Tag in einer Stadtgemeinde arbeiten, und nach Ablauf dieser Frist ist Adam nach altem Recht ein freier Mann. Dann könnte mein Vater ihn nicht mehr zurückholen, selbst wenn er ihn fände.«

»Der beste Plan wäre«, meinte das Mädchen keck und zupfte an den kurzen, dicken und schwarzen Zöpfen, »mit uns nach London zu kommen. London ist der beste Ort, um sich zu verstecken, weil es sich bei dieser Stadt um die größte und geschäftigste im ganzen Land handelt. Und gute Arbeiter werden dort immer gesucht.«

Noch lagen die beiden Jünglinge nebeneinander auf der weichen Unterlage. Sie hatten die Decke bis zu den Schultern heruntergeschoben und spähten über den Rand der Heckklappe auf das gerade, staubige Band der Straße. Sie fühlten sich leicht wie Luft, nachdem mit dem alten Leben, welches sie abgeschüttelt hatten, auch alle Last von ihnen abgefallen war. Der klobige, viereckige Turm der Atcham-Kirche kam in Sicht und mit ihm die niedrigen Dächer der Dorfhäuser, welche sich darum scharten. Dahinter, in weiter Ferne, eröffneten sich ihnen einladende Möglichkeiten, und wie ein Traum winkte ihnen die wundervolle Stadt: London mit dem großen Turm im Osten, welchen noch der alte König Wilhelm erbaut hatte, und den beiden starken Festen Baynard's Castle und Montfichet's Tower im Westen.

Und dann war da der London Wall in der Mitte mit seinen sieben Doppeltoren und den Türmen an der Nordseite. Harry und Adam erblickten zwischen den Wolken die Themse, auf der es vor Schiffen wimmelte, und die belebten Vororte mit ihren Gärten, die sich außerhalb der Stadtmauern befanden und sich am Flußufer entlang bis zum Palast des Königs in Westminster erstreckten. Über ihnen tat sich ein gewaltiger und wunderbarer Ort auf, der wie ein Riesenbaum aussah und das ganze Jahr über neue Gebäude, Kirchen, Läden und Herrenhäuser hervorbrachte, um immer wieder neue Mitbürger aufzunehmen. Wo könnte es einem Maurer bessergehen?

»Wir haben Geld«, erklärte Harry. »Nicht eben viel, aber genug, um für die Reise zu bezahlen. Wenn wir uns heute abend zu deinem Vater begeben und ihn fragen, ob er uns mit in den Süden nimmt, glaubst du, daß er einwilligt? Wir könnten für ihn arbeiten, wir verstehen uns auf den Umgang mit Pferden, und wir sind jung und stark.«

Gilleis schüttelte heftig den Kopf. »Nein, nein, nicht heute abend, das wäre noch viel zu früh. Da hätte mein Vater noch die Möglichkeit, euch nach Sleapford zurückführen zu lassen. Ich sage euch, was ihr tun sollt. Keine Bange, das ist gar nicht schwer. Heute nacht machen wir in Dunnington halt, im Hospiz der Abtei Lilleshall. Der Ort liegt noch viel zu nahe an Shrewsbury, und Hugh de Lacy könnte den dortigen Abt bereits von eurer Flucht verständigt haben. Aber ihr könntet euch in den Wäldern verstecken, und ich bringe euch etwas zu essen. Normalerweise wäre es nicht so schlimm, wenn ihr hier im Wagen bliebet, denn heute werden die nicht entladen. Wir verkaufen erst, sobald wir St. Albans erreicht haben. Doch wenn man euch überall in der Gegend sucht, kommt bestimmt auch jemand hierher, und dann ...«

»Du hast vollkommen recht«, meinte Harry. »Wir sind noch nicht weit genug von zu Hause entfernt, um ein Wagnis einzugehen. Einverstanden, gegen die Wälder haben wir nichts.«

»Aber morgen kommt ihr doch zu uns zurück, oder?« Sie sah ihn ängstlich an. »Ich halte nach euch Ausschau und helfe euch natürlich. Heute abend zeige ich euch, wo ihr morgen auf uns warten müßt, nämlich gleich hinter Dunnington im Forst. Morgen abend befinden wir uns dann schon in Lichfield, und dann dürfte es kein Risiko mehr für euch sein, vor meinen Vater zu treten. Ihr braucht ihm ja nicht auf die Nase zu binden, wer ihr seid. Macht euch am Abend bei ihm vorstellig, und gebt euch als junge Burschen vom Ort aus. Dann könnt ihr ihm auch sagen, daß ihr nach London und dort bei einem Meister in die Lehre gehen wollt ... Am besten denkt ihr euch neue Namen aus.« Gilleis verstummte plötzlich und sah die beiden mit erwachendem Zweifel an. Die Jünglinge strahlten erst sie und dann einander mit funkelnden Augen an, bevor sich einen Moment später ihre Gesichter zu einem Grinsen verzogen. Gewiß lag das auch teilweise daran, daß sie hysterisch vor Freude waren darüber, wieder frei zu sein und sich auf neuem Kurs zu bewegen; am meisten begeisterten sie aber die schamlosen Ränke des Mädchens. Gekränkt und beleidigt lief Gilleis rot an und fragte mit bebenden Lippen: »Was gibt's denn da zu lachen? Habe ich etwas Dummes gesagt?«

»Ach, Gilleis, Gilleis, wie alt bist du eigentlich?« fragte Harry und prustete schon wieder los.

»Zehn Jahre, fast elf«, antwortete sie, setzte sich aufrecht hin und schob beleidigt die Unterlippe hoch.

»Und wie hast du in zehn, fast elf Jahren gelernt, eine so gerissene Füchsin zu werden? Hast du dich vielleicht schon früher in der Kunst der Verschwörung geübt? Und täuschst du deinen Vater regelmäßig in solcher Weise?«

»Oje!« kicherte Adam, der das Gesicht in seine Armbeuge vergraben hatte. »In der großen Stadt werden wir noch viel zu lernen haben. Die Menschen dort sind mit allen Wassern gewaschen. Wir aus Salop müssen Gilleis wie Einfaltspinsel vorkommen.«

Ein gedämpftes Geräusch ließ Harry ruckartig aufblicken und blies alle Heiterkeit aus seinem Gesicht. Gilleis hatte den beiden den Rücken zugekehrt, hatte die Arme auf der Wagenkante verschränkt und die Stirn darauf gelegt. Die beiden dicken, kurzen Zöpfe hingen jämmerlich an den Seiten ihres schlanken weißen Nackens herab, und in der Mitte kringelte sich eine einzelne rebellische Locke. Die blaue Kutte und die geblümte Schürze darüber hoben und senkten sich, als schluchze sie.

»Gilleis!« Der Jüngling empfand tiefe Scham und Bedrücktheit. »Junge Lady!« Aber nicht einmal diese Schmeichelei konnte sie dazu bewegen, sich ihnen wieder zuzuwenden. Harry vergaß alle Vorsicht, kroch zu ihr hin, legte ihr beide Hände auf die Schultern und versuchte, sie zu sich umzudrehen, um in ihr Gesicht zu blicken.

»Ich bin ein unfreundlicher, ungehobelter Klotz, und es würde mir nur recht geschehen, wenn du mir ein paar Ohrfeigen verpassen würdest. Gott bewahre mich davor, über dich zu lachen, und glaube mir, daß wir nicht gekichert haben, um dich zu beleidigen. Willst du mich denn gar nie wieder ansehen? Ich schäme mich. Bitte verzeih mir!«

Aber Gilleis schüttelte ihn unwirsch ab und schluchzte, ohne das Gesicht von den Armen zu nehmen: »Geh weg! Ich mag dich nicht!«

»Und damit hast du vollkommen recht, ich kann mich selbst nicht leiden. Begreifst du jetzt, wieviel ich noch lernen muß?«

»Ich wollte euch nur helfen«, gab sie kaum hörbar zurück, »aber ich betrüge meinen Vater nicht. Nie-, nie-, niemals! Nur wegen euch habe ich Lügen erzählt, und dafür erwartet mich die ewige Verdammnis. Aber was tut ihr? Ihr macht euch über mich lustig, jawohl! Dabei habe ich solche schlimmen Dinge nie zuvor getan. Ich wollte euch doch nur helfen.«

»Und ich habe deine Hilfe nicht verdient. Adam und ich waren deine Mühe nicht wert. Doch glaub mir, niemand würde es je übers Herz bringen, dich zu verdammen, auch wenn du mehr Unwahrheiten erzähltest, als eine Wiese Grashalme hat. Aber soll ich dir mal etwas sagen? Du hast nicht eine einzige Lüge erzählt. Dem Bogner hast du gesagt, niemand sei zu dir in den Wagen gestiegen. Nun, wir waren ja auch schon drinnen, als du uns entdeckt hast. Du sagtest ihm, du würdest sofort deinen Vater rufen, wenn jemand sich dem Fuhrwerk näherte. Aber hast du etwa gesehen, wie wir hereingestiegen sind? Natürlich hättest du uns sofort gemeldet, doch wir haben uns hereingeschlichen, als du noch gar nicht da warst. Also hast du nicht einmal gelogen.«

»Und du willst noch viel zu lernen haben?« murmelte Adam und konnte nur mit Mühe sein Lachen unterdrücken. »Bei allen Heiligen, du scheinst mir ziemlich schnell zu lernen.«

Gilleis hatte aufgehört zu weinen und hörte Harry zu, aber sie war noch nicht bereit, ihn anzusehen. Der Jüngling versuchte noch einmal, sie umzudrehen, aber sie wehrte sich wie ein störrischer Esel und hielt auch weiterhin das Gesicht in den Armen verborgen.

»Nun gut, wenn du mir nicht vergeben willst, dann ruf die Soldaten, und laß mich von ihnen nach Shrewsbury abführen. Oder soll ich mich selbst stellen, um dir zu beweisen, wie sehr mir meine Unfreundlichkeit leid tut?«

»Bei meiner Seele«, bewunderte Adam ihn. »Wenn es um List geht, seid ihr beide so wenig voneinander zu unterscheiden wie zwei Stecknadeln.«

Aber der Steinmetzsohn konnte sagen, was er wollte, Gilleis hörte ihm gar nicht zu. Sie hatte nur Harrys Angebot vernommen, auch wenn dieser das sicher nicht ehrlich gemeint hatte. Nun drehte das Mädchen sich zu ihm um, funkelte ihn wütend an, schob immer noch beleidigt die Unterlippe vor und schlug mit ihrer kleinen Faust nach ihm.

»Runter mit euch! Versteckt euch geschwind! Gleich kommt die Brücke!«

Harry ließ von ihr ab und zog sich gehorsam unter die Decke zurück. Sie prügelte weiter voller Rachsucht auf ihn ein, bis sein Kopf unter der Plane verschwunden war; selbst dann ließ sie nicht von ihm ab, denn es gefiel ihr, ihn zu strafen, denn er hatte sie schließlich zutiefst verletzt. Außerdem war Gilleis schon Frau genug, um ihn für diese Kränkung bezahlen lassen zu wollen. Aber das bedeutete noch lange nicht, daß das Mädchen ihn verraten würde.

Bei seinem Versuch, Gilleis zu besänftigen, hatte Harry ganz vergessen, daß sie sich dem Fluß Atcham näherten und diesen überqueren würden. Das erste Fuhrwerk rumpelte bereits auf den unfertigen Steinbögen, wo der Zöllner der Abtei von Lilleshall bereits darauf wartete, von ihnen die Maut zu erheben. An Brücken traf man stets ausreichend Volk an, das auf einen Schwatz aus war; und regelmäßig kam es vor dem Mauthäuschen zum Streit über die Gebühr für beladene Fuhrwerke; denn die Forderung des Abtes war ein ständiges Ärgernis sowohl für die Dorfbewohner wie auch für die Händler und die sonstigen Reisenden. Der Kirchenmann selbst erklärte dazu gern und oft, daß die Gebühren ihm keinen Profit einbrächten und kaum ausreichten, den Brückenbau endlich zu vollenden. Die Bürger und Händler hielten dagegen, daß der letzte Bogen immer noch aus Holz und nicht aus Stein war und daß dieser Zustand sich schon seit einem Jahr so hielt, ohne daß man dort jemals eine arbeitende Hand erblickt habe. Dennoch mußte jeder beladene Wagen einen ganzen Penny entrichten, um über die Brücke zu gelangen, und ein unbeladener immerhin noch einen halben. Die Händler und Reisenden behaupteten, die Maut werde in Wahrheit nicht für die Brücke, sondern für die neuen Anbauten der Abtei von Lilleshall verwendet. Aber was könne man schon von Fremden erwarten, welche von Dorchester her in den Norden gezogen waren?

Aus der dunklen Höhle ihres Verstecks nahmen die Jünglinge mit gespitzten Ohren alle Geräusche wahr, welche sich nun vernehmen ließen: das dunkle, hohlklingende Rumpeln der Räder, als sie den Landweg verließen und auf Stein fuhren; das leise Plätschern des seichten Flusses gegen die Pfeiler; dann den Halt vor dem Mauthäuschen, den Harry und Adam mit angehaltenem Atem und neu aufflackernder Angst erlebten. Die Warterei erschien ihnen endlos.

Die Rösser stampften und schnaubten, um die Fliegen zu verscheuchen. Fröhliche, laute Stimmen tauschten die neuesten Gerüchte vom Markt in Shrewsbury gegen die Neuigkeiten von der Überlandstraße aus, hie und da wurde ein Geschäft getätigt, und man entrichtete die Gebühr. Die Fuhrknechte schnalzten, und die Hufe bohrten sich wieder willig in den Boden, verließen den Steingrund und klapperten über die Holzkonstruktion am Ende des Bauwerks. Endlich hatte der Zug die Brücke hinter sich gebracht und fuhr auf die einladende, große, gerade und imposante Straße zu, welche die Römer gebaut hatten.

»Gilleis?« Harry schob vorsichig den Kopf unter der Decke hervor.

»Noch nicht!« zischte sie und schlug noch einmal nach ihm; fest genug, um ihm begreiflich zu machen, daß sie noch nicht wieder in versöhnlicher Stimmung war. Aber der Jüngling ergriff ihre Faust, bevor das Mädchen wieder damit ausholen konnte, und zog sie zu sich unter die Decke. Nach einem Moment entspannten sich ihre Finger und umschlossen langsam die seinen in einer vertraulichen Geste. Harry rollte sich auf den Rücken, lag lächelnd da und legte ihre Hand an seine Wange.

Nicholas Otley hatte gut gespeist und saß immer noch vor einem Becher Bier an seinem Tisch im Gästezimmer, als die beiden Jünglinge mit der Kappe in der Hand vor ihn traten und ihr Anliegen vorbrachten. Adam übernahm das Reden, denn er konnte mehr Erfahrung vorweisen und von der Ausbildung berichten, die er bei seinem Vater erhalten hatte. Er mußte nur erfinden, daß er aus einem nahe gelegenen Dorf kam und daß er mit Zunamen nicht Boteler, sondern Lestrange hieß. Darüber hinaus konnte er eigentlich nur wenig falsch machen. Munter teilte er dem Tuchhändler mit, was er bei seinem Vater gelernt hatte und bei welchen einfachen Arbeiten im Dorf er bereits hatte mithelfen dürfen. Davon abgesehen besaß der Junge ein gewinnendes Wesen, war größer als Harry und sah auch älter aus, obwohl die beiden doch nur einen Tag auseinander waren. Aber wenn sie als Brüder auftreten wollten, gebührte es dem scheinbar älteren, das Wort zu ergreifen.

»Und mein Bruder Harry hier versteht sich meisterlich auf Schnitzarbeiten, sowohl an Holz wie auch an Stein. Ich selbst bin in dieser Kunst nicht ganz unerfahren, doch er übertrifft mich bei weitem. Wir beabsichtigen, Sir, nach London zu reisen und dort in die Lehre zu gehen. Wenn Ihr uns gestatten würdet, uns Eurer Gesellschaft anzuschließen, so wären wir Euch zu großem Dank verpflichtet. Und wenn Ihr für uns etwas zu tun hättet, würden wir auch gern unterwegs die eine oder andere Arbeit übernehmen. Solltet Ihr aber über genügend Knechte verfügen, so daß für uns nichts zu tun übrig bliebe, könnten wir auch für den Schutz bezahlen, in den wir uns während der Reise zu begeben wünschen. Eine so weite Strecke sollte man nicht allein bewältigen, es heißt, daß an gewissen Stellen Gefahren lauern, sogar auf der Königsstraße. Womöglich würden wir, allein auf uns gestellt, niemals in London eintreffen.«

Der Kaufmann studierte die beiden aus seinen freundlichen dunklen Augen, welche Gilleis von ihm geerbt hatte. Nicholas zählte fast fünfzig Jahre, befand sich in seinem besten Alter und strotzte vor Kraft. Jede Bewegung dieses Hünen schien in Zaum gehaltene Stärke auszudrücken, seine Gesten und sein Mienenspiel waren so rasch und frisch wie der Flügelschlag eines Vogels. Der Tuchhändler strich sich über den gepflegten braunen Bart und streckte die langen Beine aus. Das Mädchen, welches bereits zweimal zu Bett geschickt worden war, stellte sich an seine Seite, während er die jungen Burschen in Augenschein nahm, und schlang ihm die Arme um den Hals. Nicholas lächelte, ohne sich jedoch zu ihr umzudrehen. Er umfaßte ihre Taille und zog sie zu sich heran. Sie war sein einziges Kind, und seine Frau hatte die Geburt der Kleinen nicht überlebt.

»Schatz, habe ich dich nicht schon vor längerem gebeten, schlafen zu gehen? Wir haben hier Männerangelegenheiten zu regeln, und da haben Kinder nichts verloren.« Aber sie schmiegte sich immer noch an ihn und schien nicht gewillt, seinem Wunsch zu folgen. Außerdem war da ja noch sein starker Arm, der sie nicht losließ. »Dann sag mir doch, Täubchen, ob dir diese beiden großen Jungen gefallen? Sollen wir sie mit nach London nehmen?«

»Wenn es dir gefällt, Vater«, antwortete Gilleis züchtig und sah Adam und Harry an, als bemerke sie die beiden zum ersten Mal. Klug wie sie war, bedachte sie den jungen Talvace nur mit einem kurzen Blick, während sie Adam etwas länger musterte. »Es spricht doch für ihren Verstand«, bemerkte das Mädchen dann altklug, »daß sie nach London zu ziehen wünschen.« Nicholas lachte, denn sie hatte seine eigenen Worte gebraucht. Es war ein offenes Geheimnis zwischen den beiden, daß er nichts mehr liebte, als von ihr zitiert zu werden.

»Dann darf ich also feststellen, daß die zwei nicht deinen Widerwillen erregen. Gut, tretet näher, ihr Burschen, damit ich euch besser sehen kann. Ihr seid also Brüder. Und du da, der du der Ältere zu sein scheinst, wie lautete doch noch dein Name? Adam?«

Der Jüngling bestätigte, daß er auf diesen Namen getauft und auch der ältere von beiden sei. Allerdings behauptete er, er sei ein ganzes Jahr älter.

»Und welcher von euch beiden sieht der Mutter ähnlicher? Denn zwei Brüder, die sich im Gesicht so wenig ähnlich sind, habe ich mein Lebtag noch nicht erblickt.«

»Mutter ist blond«, antwortete Harry wahrheitsgemäß.

»Und der Vater?« Das Lächeln des Kaufmanns war etwas starrer geworden, und die Augen hatten sich ein wenig zusammengezogen. Harry hätte besser weiterhin Adam das Reden überlassen sollen.

»Vater ist tot«, antwortete der Jüngling etwas zu hastig und erbleichte, als ihm bewußt wurde, was er da gesagt hatte.

»Ach, so plötzlich? Gestern kam er mir noch sehr lebendig vor, wie er da im Hof der Abtei von Shrewsbury herumschrie.«

Die beiden sahen ihn mit vollkommen verständnisloser Miene an und runzelten die Stirn, wie um hinter den Sinn seiner Worte zu gelangen; doch innerlich zitterten sie wie Espenlaub.

»Ich verstehe Euch nicht, Sir«, begann Adam langsam.

»Doch, Bürschlein, du verstehst mich sehr gut. Lügt mich niemals an, ihr beiden, denn ich habe eine feine Nase dafür. Komm her, und stell dich vor mich.« Als Adam voller Unbehagen näher trat, schlug ihm Nicholas mit der Hand auf die Schulter und fuhr dann unvermittelt mit den Fingern seinen Rücken hinab. Der Junge zuckte zusammen, atmete scharf zwischen zusammengebissenen Zähnen ein und krümmte sich vor Schmerzen. Otley zog die Hand zurück und umfaßte den Arm des Burschen, ehe er ihn sanft von sich stieß. »Verzeih mir, Adam, das war nicht sehr nett von mir, aber du solltest im Gedächtnis behalten, daß es sich nicht empfiehlt, einen Mann zu belügen, der seine fünf Sinne noch beisammen hat. Vor allem dann nicht, wenn die Male, an denen man dich wiedererkennen kann, noch nicht verheilt sind. Eure Geschichte ist in diesen Tagen jedem bekannt, der durch Shrewsbury gekommen ist, oder Salop, wie ihr diesen Landstrich nennt. Deswegen kennt man auch eure Namen, nicht wahr, junger Herr *Lestrange*?« Nicholas Otleys Stimme klang jetzt hart, aber nicht wütend, und er bedachte die beiden mit einem nachdenklichen Blick, so daß sie wieder ein wenig Hoffnung zu schöpfen wagten.

»Du sollst ihm nicht weh tun«, schimpfte Gilleis. »Ich glaube nicht, daß sie schlechte Menschen sind.«

»Ich werde ihm nichts mehr zuleide tun, sorg dich nicht, mein Täubchen. Ich suchte nur nach der Antwort auf eine Frage, und die habe ich nun erhalten. Und was dich angeht, kleines Vögelchen, ab mit dir ins Bett, damit ich mich in aller Ruhe mit den beiden befassen kann. Los, es ist mir ernst! Hinfort mit dir!«

Er wirbelte seine Tochter ein Stück herum, schob sie in Richtung Tür und gab ihr einen leichten Klaps, damit sie sich in Bewegung setzte. Es mußte die dritte Aufforderung gewesen sein, die sie so überzeugt hatte, aber vielleicht war es auch der scharfe, bestimmte Ton ihres Vaters, der unmißverständlich klarmachte, daß ihre Anwesenheit nicht mehr erwünscht war – wie dem auch sei, Gilleis stand tatsächlich auf und trottete davon; aber nicht ohne an der Tür aus dem Augenwinkel einen letzten Blick auf die Jungen geworfen zu haben. Dann war Gilleis verschwunden.

»So, nun da wir das Weibsvolk los sind, mögt ihr euch hier zu mir setzen und noch einmal ganz von vorn anfangen. Stellt euch vor, ihr wärt gerade ins Hospiz gekommen, hättet nach mir gefragt und mich hier angetroffen. Jetzt beginnt ganz von vorn, und haltet euch diesmal streng an die Wahrheit.«

Die Jünglinge berichteten ihm alles, was sie schon seiner Tochter erzählt hatten. Einem Mann wie Nicholas konnte man tatsächlich die Wahrheit nicht vorenthalten. Allerdings galt es, bei einigen Details vorsichtig zu sein. So blieb ihnen nichts anderes übrig, als die Geschichte an der Stelle zu Ende zu bringen, an der sie noch in den Mauern der Abtei gefangensaßen. Schließlich war es den beiden nicht recht, Gilleis in ihre Fluchterzählung einzubeziehen, und Nicholas hätte es gewiß als Beleidigung empfunden, wenn er erfahren hätte, daß sie seinen Wagen genutzt hatten, um ihre Flucht zu ermöglichen – selbst ohne Beihilfe seiner Tochter. Männer von Welt, welche mit einer gehörigen Portion Selbstachtung ausgestattet sind, reagieren ziemlich empfindlich darauf, wenn sie übertölpelt werden.

»Wir haben die erstbeste Gelegenheit zur Flucht beim Schopf ergriffen«, meldete sich Harry rasch zu Wort, als Adam stockte. »Dann sind wir Euch bis hierher gefolgt, wie Ihr ja leicht sehen könnt. Und wenn Ihr uns mit Euch reisen laßt und mit nach London nehmt, könnt Ihr ja selbst feststellen, ob wir ehrliche Menschen sind oder nicht.«

Die Jünglinge fragten sich mit angehaltenem Atem, ob sie die Neugier des Händlers endlich geweckt hatten. Doch der schwieg weiterhin und sah sie abwechselnd mit leicht verzogenem Mund und ruhigen, leuchtenden Augen an. Nachdem er lange genug nachgedacht hatte, antwortete er ernst: »Ich bin Ratsherr zu London, sitze jeden Montag im Husting, dem Rats- und Gerichtshof der Stadt, und höre mir dort Fälle an. Als Ratsherr bin ich auch ein Mann des Gesetztes und so fest an die Urteile eines Gerichts gebunden wie Seine Lordschaft der Abt von Shrewsbury. Aber in eurem Fall hat kein Gerichtshof ein Urteil gefällt, nicht einmal le Tourneur. Und daher bin ich nach meinem Verständnis an nichts gebunden. Le Tourneur hat als Amtmann ein Urteil gefällt, obwohl er gleichzeitig der Beschwerdeführer war. Nun bezweifle ich nicht, daß er nach seinem Dafürhalten bei euch Gnade vor Recht ergehen ließ, und gewiß hat er euch gegenüber keine Boshaftigkeit bewiesen, dennoch halte ich dieses Gesetz für schlecht. Offiziell ist keine

Anklage gegen euch erhoben worden, und niemand anderer als Sir Eudo, Vater des einen und Herr des anderen, besitzt das Recht, euch zu verfolgen und zu bestrafen. Aber ich bin nicht vom Gesetz her gezwungen, ihn bei seinen Maßnahmen zu unterstützen. Seid froh, daß ihr an mich geraten seid, Burschen, und nicht an einen Edelmann. Wenn ich nämlich die Ritterwürde besäße, bliebe mir nichts anderes übrig, als euch zwei zu packen und Sir Eudo auszuliefern. Glaubt mir, der ganze Adel hält zusammen wie Pech und Schwefel. Doch ich bin nicht von Stand, sondern ehrbarer Kaufmann, und stolz auf mein Gewerk. Und ich kenne den Wert einer Hand, ich weiß, was sie für ein wertvolles Werkzeug sein kann; da muß man sie nicht abhacken, wie das ein Metzgergeselle mit einem abgestochenen Schwein tut. Mit allem Willen erkläre ich, behalte deine beiden Hände und setze sie zum besten Nutzen ein. Die Welt hat sicherlich mehr davon.«

Nicholas war während der Rede aufgestanden und lief mit langen, kraftvollen Schritten auf und ab. Endlich blieb er vor Harry stehen und betrachtete ihn mit ruhigem Auge von Kopf bis Fuß.

»Und du, mein junger Springinsfeld, laß dir gesagt sein, daß du mir gefällst, weil du so unerschütterlich zu deinem Freund gestanden hast. Und noch mehr schätze ich dich dafür, daß du genug Mut und Witz aufgebracht hast, auf eigenen Füßen stehen und ein Handwerk erlernen zu wollen. Ich kann nur hoffen, daß es dir wirklich ernst damit ist. Wirst du bei deinem Entschluß bleiben? Und glaubst du, in diesem Gewerk bestehen zu können?«

»Ja, Sir, dessen bin ich mir gewiß. Alles, was Adam Euch zunächst erklärte, entsprach der Wahrheit, außer daß ich nicht sein leiblicher, sondern lediglich sein Milchbruder bin. Seine Mutter gab uns beiden die Brust, und sein Vater hat uns gemeinsam sein Handwerk gelehrt. Seit ich acht oder neun Jahre alt bin, habe ich Hammer, Meißel und Zange geschwungen. Nun gut, in Sleapford haben wir nicht viel Gelegenheit zu Schnitzereien gehabt, aber wir haben an der Steinbank von Adams Vater gestanden und darauf Stein geschnitten. Und wir haben ihm dabei geholfen, Mauern, Torpfosten und alles andere zu errichten, wozu er in der Gemeinde gerufen wurde. In Shrewsbury haben wir uns dann mit Meister Robert angefreundet, der dort an der Kirche arbeitet. Als wir ihm zeigten, was wir bereits gelernt hatten, durften wir bei ihm mitmachen. So haben wir an den Schnitzwerken des Lettners mitgewirkt, und ich habe ganz allein zwei Kapitelle für die Kapelle im Infirmarium angefertigt.« Harry war inzwischen ebenfalls aufgesprungen und redete sich selbst in Eifer, dennoch war ihm etwas unbehaglich bei der Vorstellung, daß er sich diesem Kaufmann so sehr anvertraute. Aber er konnte einfach nicht damit aufhören, und schließlich platzte es aus ihm heraus: »Ich habe eine meiner Arbeiten mitgenommen, um vorzeigen zu können, wozu ich imstande bin. Leider hatten wir keine Gelegenheit mehr, ein Werk Adams einzupacken, deshalb verlaßt Euch bitte auf mein Wort, wenn ich Euch sage, daß er sich in dieser Kunst ebenso gut auskennt wie ich, denn wir haben von frühester Kindheit an alles gemeinsam gemacht. Darf ich Euch das Stück zeigen?«

»Ja, laß mich sehen, worauf du dich verstehst.«

Harry rannte hinaus zum Stall und holte vorsichtig seinen Engel aus dem Versteck. Damit kehrte er dann rasch zu Nicholas zurück und stellte ihn auf den Tisch. Zwei Tage und eine Nacht in dem Wagen hatten dem Engel nicht geschadet, und er erstrahlte immer noch in seiner heiligen Gloria. Das goldene Haar wehte, als sei er eben erst gelandet, und die leuchtenden Schwingen schienen noch vor Anspannung zu zittern. Das Stück verbreitete ein geheimnisvolles Licht, als berge es eine unbekannte Lichtquelle in seinem Inneren. Der Raum schien wie von goldenem Glockenklang erfüllt. Harry machte es in diesem Moment wenig aus, daß der Engel nun vor einem Tuchhändler aus London das Haupt beugte und die Arme ausbreitete.

Otley stieß einen Laut der Verwunderung und Begeisterung aus. Behutsam berührte er das Kunstwerk. »Das hast wirklich du gemacht? Dies ist wahrhaftig deine Arbeit? Verzeih, wenn ich frage, aber hast du da auch wirklich nicht das Meisterwerk eines anderen kopiert?« Nicholas nahm den Engel in die Hände, drehte ihn und betrachtete voller Vergnügen das schmale, grimmige Gesicht. »Du hast diesem Himmelswesen einen Ausdruck verliehen, wie er mir noch bei keinem Stück aufgefallen ist. So manche Kirche oder Abtei wäre beglückt, dir dieses Kunstwerk abkaufen zu dürfen, mein Wort darauf. Hast du mir auch ehrlich die Wahrheit gesagt, mein Junge? Dein Meister Robert hat dir nicht ein wenig dabei geholfen?«

»Alles daran stammt allein von mir. Und ich glaube, dies ist das beste Werk, welches mir je gelang. Glaubt Ihr, daß ein Meister sich davon überzeugen ließe, mich in seine Dienste aufzunehmen? Leider ist der Engel nur aus Holz angefertigt, aber ein Werk aus Stein konnte ich kaum während der Flucht mit mir herumschleppen. Und meine Zeichnungen konnte ich auch nicht mitnehmen. Allerdings muß ich wohl noch viel lernen, was die Verarbeitung von Stein angeht. Aber ich bin festen Willens, mir alles beibringen zu lassen. Ja, ich möchte mich weiter ausbilden lassen.«

»Der Wille zu lernen gilt als der beste Lehrmeister. Erhalte ihn dir, das rate ich dir sehr. Ob ein Meister daran seinen Gefallen hätte? Aber gewiß doch, wenn er sein Salz wert ist. Ich war einst in Canterbury und habe dort vielgepriesene Kunstwerke gesehen, die es jedoch alle nicht mit diesem Engel aufnehmen könnten. Junger Talvace, du solltest dich zu einer der großen Kathedralen begeben und dort von den Besten ihres Fachs das Handwerk erlernen. Du hast nämlich das Zeug dazu.«

Die beiden Jünglinge waren vor lauter Aufregung näher getreten und standen jetzt rechts und links von ihm.

»Glaubt Ihr wirklich, man würde uns dort nehmen? Ach, ich würde ohne weiteres halb Europa durchreisen, um bei einem solchen Meister in die Lehre zu gehen. Und erst an einer wunderbaren Kathedrale bauen zu dürfen! Meister Robert hat uns einige Zeichnungen von den neuen Bauten in Canterbury gezeigt. Und ich habe gehört, daß man auch in Wells wunderschöne Dinge vorhat. Abt Hugh hat uns manchmal davon erzählt.«

»Und Frankreich, Herr, habt Ihr vernommen, was man alles

in Frankreich plant? Meister Robert berichtete uns, man wolle die Kathedrale in Chartres wiederaufbauen, nachdem ein Brand dort alles zerstört hat. Und erst in Paris …«

»Ach ja, Frankreich«, seufzte der Kaufmann und setzte den Engel ab. »Ihr müßt euch vom Kapitän meines Schiffs von den Domen und Münstern in Frankreich erzählen lassen.«

»Dann treibt Ihr also auch mit dem Festland Handel?« fragte Adam mit weitaufgerissenen Augen.

»Gewiß, das tue ich. Mit Frankreich und sogar mit deutschen Städten, bis hinauf nach Köln am Rhein. Gelegentlich auch mit den flämischen Städten, obwohl die kein Tuch wollen; denn sie versorgen selbst ganz Europa mit den feinsten Stoffen. Aber auch wenn man sich keine herrlicheren Wandteppiche, Samtstoffe und Stickereien denken kann als die der Flamen, so geht doch nichts über die gute englische und walisische Wolle, wenn man sich vor der Kälte schützen will. Die vornehmen Handelsherren vom Londoner Markt glauben, nirgendwo ließe sich besser Geld verdienen als mit Rohwolle, aber glaubt mir, Jungs, wenn ich euch sage, daß ich mir eines Tages mit gutem englischen Tuch noch einen Namen machen werde.«

»Aber da wir doch mit dem französischen König im Krieg liegen«, wandte Harry ein, »erhebt der doch sicher hohe Zölle auf alle fremden Schiffe, welche an seinen Gestaden landen.«

»Ja, das tut er, und ich glaube nicht, daß man das schon Handel mit dem Feind nennen kann. Und bei Gott, von Tag zu Tag steht jeder Kaufmann vor der schwierigen Frage, ob das Ufer, welches er heute ansteuert und das gestern noch freundlich gesonnen war, inzwischen die Seiten gewechselt hat. Doch laßt euch gesagt sein, Zölle zu erheben und sie dann tatsächlich einzutreiben, sind zwei Paar Schuhe. Der König kann nicht überall gleichzeitig sein, und seine Beamten ebensowenig. Was nun Frankreich angeht, so erwarten uns dort zur Zeit keine Behinderungen. Am Tag Christi Himmelfahrt haben der englische und der französische König sowie der Herzog der Bretagne ein Abkommen geschlossen. Wenn es denn nur lange genug hält! Das läßt sich bei Majestäten nur schlecht vorhersagen. Ich handle mit einem französischen Kaufmann, und wir halten uns an unsere Abmachungen wie Ehrenmänner. Doch wenn ich mit einem Fürsten Geschäfte tätige, verlange ich von ihm hohe Sicherheiten. Und von einem englischen Baron sogar Vorkasse.«

»Aber seid Ihr selbst denn schon einmal in Frankreich gewesen?« verlangten die beiden mit strahlenden Gesichtern von ihm zu erfahren.

»Bei meiner Seele, ja, und das mindestens schon ein dutzendmal. Aber nun habe ich einen erwachsenen Neffen, der meine Geschäfte in Frankreich für mich besorgt.«

»Habt Ihr denn auch Paris besucht? Vielleicht sogar die Notre Dame gesehen?«

»Oder die Kirche St. Denis?«

»Und die Kathedrale von Chartres?«

»Vor drei Jahren führten meine Wege mich nach Paris. Und ja, auch Chartres habe ich besucht, allerdings war das vor dem großen Feuer. Und ebenso Bourges, wo sie eine so gewaltige Kirche bauen, wie ich sie mir nie hätte erträumen lassen. So riesengroß ... Man sollte sich unter das mächtige Gewölbe stellen und den Blick langsam an ihr hinaufwandern lassen. Selbst die Seitenschiffe sind so hoch wie in unseren Kirchen der Altarplatz ...« Otley malte die Ausmaße des Gebäudes mit dem Finger auf den Tisch, und die beiden Jünglinge sahen ihm ergriffen zu. »In der ganzen Normandie wird gebaut. Die Kirchen scheinen dort über Nacht zu sprießen; wie Gras im Frühling oder wie Pilze nach einem Regen.«

Die Jungen hatten bereits alles vergessen, was in den letzten Tagen geschehen war: die jüngeren Geschwister, um die Adam in den Nächten noch ein paar heimliche Tränen vergossen hatte; das Bild der hübschen, lieben Mutter, welches Harry in seinen Träumen heimgesucht hatte; die Schmerzen, die Wut und die Furcht; auch die abenteuerliche Flucht und Reise, bei der sie endgültig ihre Kindheit hinter sich gelassen hatten – all das war aus ihrem Gedächtnis wie fortgeweht. So saßen sie zusammen mit Gilleis' Vater unter den brennenden Blicken des hölzernen

Engels am Tisch und überschütteten Otley mit einer endlosen Flut von Fragen. Als der Kaufmann dann das vergehende Licht des Abends bemerkte und sich erinnerte, daß sie am nächsten Morgen früh aufbrechen mußten, war Harry bereits in ein glühendes Schweigen verfallen. Sein leuchtender Blick war in weite Fernen gerichtet.

»Jetzt ist schon die Sonne untergegangen, ihr habt mich mit eurer Wißbegierde so lange aufgehalten! Zu Bett mit euch, aber hurtig. Morgen sind wir länger unterwegs als heute, also müssen wir mit den Hühnern aufstehen. Los, ihr Burschen, gesellt euch zu meinen Halunken in der Halle. Keine Bange, wir nehmen euch mit nach London. Meldet euch bei meinem Vorarbeiter, Peter Crowe, und sagt ihm, daß ihr mit uns auf die Reise geht.«

Und während die Jünglinge ihm beim Weggehen ihren Dank stammelten, rief er ihnen gutgelaunt zu: »Und wenn einige von meinen Schurken glauben sollten, mit euch ihre Spielchen treiben zu müssen – denn sie sind recht übermütige Kerle, und bei Neulingen sticht sie bisweilen der Hafer –, dann laßt es über euch ergehen. Doch gebt es ihnen auch zurück. Keine Sorge, sie meinen es nicht böse.«

Die beiden versicherten ihm, daß sie es sich schon nicht verdrießen lassen würden. Otley hatte diesen Rat jedoch vor allem an Harry gerichtet, weil er der festen Überzeugung war, daß Adam als Sohn eines Leibeigenen sich schon nicht ins Bockshorn jagen lassen würde; gewiß hatte er eine harte Schule hinter sich und gelernt, sich nach Kräften zu wehren und ansonsten alles mit Humor zu nehmen. Anders sah die Sache hingegen beim Sohn eines Ritters aus. Dem hatte man Privilegien, Ehrbewußtsein und aufbrausenden Stolz mit auf den Weg gegeben, und das alles würde ihm gewiß nur hinderlich sein bei seiner Initiation. Harry und Adam lächelten sich zu, denn sie wußten es besser. Der Rittersohn hatte schon als kleiner Junge mit den Dorfknaben gerauft; es wäre ihm dabei nie in den Sinn gekommen, von ihnen Respekt für seinen höheren Rang oder irgendwelche Vergünstigungen zu verlangen.

Als Ebrard entdecken mußte, was für ein Wildfang aus seinem jüngeren Bruder geworden war, und ihm das Bewußtsein für seinen Rang einbleuen wollte, ließ sich an Harry nicht mehr viel umerziehen.

»Eine gute Nacht wünsche ich, ihr ehrbaren Maurer!«

»Eine ebenso gute Nacht, Sir.«

Als sie über den Hof zu der Halle liefen, in welcher die Gewöhnlichen die Nacht verbrachten, packte Harry seinen Freund ergriffen am Arm. Golden strahlten seine Augen im Dämmerschein.

»Adam, ich bin fest entschlossen! Wir reisen nach Frankreich!«

Jeden Sommer machte Otley sich auf die Reise und kaufte die Tuche auf, welche an den langen Wintertagen gewebt worden waren. Von Shrewsbury aus zogen seine Beauftragten in das umliegende Hügelland und kehrten mit Packpferden voller Stoffballen zurück, die sie zur Tuchbörse in die Stadt brachten. Hier auf der Römerstraße lud man die Ware auf Karren um; mit denen kam man zwar nicht so rasch voran, aber auf diese Weise war der Zug kompakter. Außerdem konnte man die Stoffe in einem Wagen besser vor Unwetter und Überfällen schützen. Die Straße, welche eigentlich Watling Street hieß, aber allgemein nach ihren Erbauern Römerstraße genannt wurde, stand unter dem Frieden des Königs. Wer hier ein Verbrechen beging, wurde von den Beamten des Herrschers verfolgt; doch deren Überwachung war viel zu nachlässig, und herrenloses Gesindel trieb sich überall herum. So blieb Nicholas Otley nicht viel anderes übrig, als seinen Zug von seinen eigenen Bewaffneten begleiten zu lassen. Lieber wollte er sich und sein Gut selbst schützen, als sich auf das königliche Gesetz verlassen.

Es war eine wohlgenährte, glückliche kleine Mannschaft, angefangen beim Vorarbeiter Peter Crowe, der fünfundfünfzig Jahre zählte, bis hinab zum jüngsten unter den Bogenschützen, einem aufgeblasenen Sechzehnjährigen. Zwei neue kräftige Burschen wurden gern in ihren Reihen gesehen, und niemand mußte befürchten, deswegen weniger Nahrung zu bekommen. Die Gebrüder Lestrange, als welche Harry und Adam sich vorstellten, mußten natürlich wie alle Neulinge zuerst einigen Proben unterzogen werden, ehe man sie aufnahm. Adam, der ältere, erwies sich dabei als jemand, der das Herz auf dem rechten Fleck hatte und der genauso bereitwillig die Fäuste gebrauchte wie sein Lachen. Der Jüngere hingegen verstand sich weniger auf den Gebrauch der Hände und bekam deswegen das meiste ab; doch nahm es Harry bereitwillig mit jeder Herausforderung auf und zeigte sich nicht nachtragend; und so konnte es nicht verwundern, daß man die beiden noch in derselben Nacht in die Gemeinschaft aufnahm. Als eingeschworene Fuhrleute schliefen sie schließlich auf den Binsen in der Halle ein und waren froh, daß diese Ehre sie nur wenige Beulen und Schrammen gekostet hatte.

Genau das hatten die beiden angestrebt: als Männer unter Männern zu leben. Sie fütterten, wässerten und versorgten die Pferde, säuberten die Geschirre, erledigten Botengänge für den Kaufmann, flickten Pfeile und schoben mit den Kameraden; wenn ein Wagenrad irgendwo steckenblieb. Und am Abend gesellten sie sich dann zu den anderen Fuhr- und Pferdeknechten in der Halle, wo Peter Geschichten erzählte, wo man miteinander rang, wo man an Tischen würfelte oder einfache Brettspiele spielte und wo die Bogner immer neue Lieder anstimmten. Überall waren die zwei gern gesehen, und man machte ihnen bereitwillig Platz. Sie ließen es sich in diesem Kreis gutgehen, und Herz, Geist und Körper blühten ihnen auf.

Am vierten Abend trauten sie sich, etwas intensiver an den Abendvergnügungen teilzunehmen; anfangs noch zögerlich, denn sie fürchteten, die anderen könnten glauben, daß sie sich in den Vordergrund spielen wollten. Ermutigt wurden die beiden durch Peter, der Adams liebliche Gesangsstimme pries. Harry meldete sich sogleich zu Wort und behauptete, sein Bruder kenne eine Unzahl von Liedern, sowohl in Latein als auch in Englisch. Adam wehrte mit ungewohnter Schüchternheit gleich ab; er meinte, nur über mäßige Gesangskünste zu verfügen, und wollte sich auch sonst nicht in den Mittelpunkt stellen. Doch als die anderen nicht aufhörten, ihn zu bedrängen, rächte er sich an seinem Milchbruder, indem er sagte, daß ihn in der Regel Harry begleite, der sowohl die Laute als auch ein mit ihr verwandtes Instrument, die Cister, spiele, ja beide geradezu meisterlich beherrsche. Einer der jungen Bogenschützen hielt auch schon eine Laute bereit und erklärte, er selbst beherrsche das Instrument nur ungenügend. Er warf Harry das Stück zu, und diesem blieb nichts anderes übrig, als es aufzufangen. Jetzt war es an ihnen, sich zu beweisen.

Nervös tuschelnd berieten sich die beiden, während Harry die Laute stimmte. Ebenso leise wie heftig beschimpften sie einander und fühlten sich doch wie die zwei glücklichsten Menschen auf der ganzen Erde. Als sie sich dann zu Ende beraten hatten, lief Adam rot an wie ein Mädchen, während Harry erbleichte und eine grimmig-verkniffene Miene aufsetzte. Sie entschlossen sich für ein eindeutig weltliches Lied, das sie überraschenderweise außerhalb des Unterrichts Bruder Anselm gelehrt hatte, der junge Vorsänger in der Abtei von Shrewsbury; doch es wurde allgemein im Kloster gemunkelt, der Teufel der menschlichen Versuchung habe diese Seele noch nicht so ganz aufgegeben.

Nun begann Adam zu singen; zunächst zitternd, doch bald mit wachsender Zuversicht und frischer Stimme:

»Suscipe flos florem,
quia flos designat amorem.
Illo de flore
nimio sum captus amore.
Hunc florem, Flora
dulcissima, semper odora –«

Harry beugte sich über die Laute, und das Haar fiel ihm in die Stirn. Er wandte sich halb von der Menge ab, um alle Gedanken allein auf das Spiel zu konzentrieren; und so fiel sein Blick zufällig auf eines der hohen Fenster, das man wegen der lauen Sommernachtluft nicht geschlossen hatte. Als der Jüngling den letzten Ton angeschlagen hatte, konnte er genauer hingucken. Das Fenster öffnete sich auf ein Rechteck von blaßgrünem Dämmerlicht, aus dem aber ein dunkler Schatten auftauchte.

Zwei runde Arme hatten sich von draußen auf die Fensterbank gelegt, und auf denen ruhte ein Kinn mit einem Grübchen. Das Mädchen hatte die Kapuze tief ins Gesicht gezogen, und die Zöpfe waren für die Nacht gelöst. Aber eigentlich hätte Gilleis längst im Bett liegen sollen, schon seit über zwei Stunden.

Erschrocken fuhr Harry herum, weil der Beifall ihn aus seinen Gedanken riß. Er bedankte sich artig mit einem Nicken. Dann gab der Jüngling rasch das Instrument seinem Besitzer zurück und verschwand aus dem Kreis der Kameraden. »Einen Moment nur, ich bin gleich wieder da. Leider vergaß ich, eine Besorgung zu erledigen.« Damit huschte Harry zur Tür, schlich auf Zehenspitzen an der Außenwand entlang und packte das Mädchen, noch bevor es ihn bemerkt hatte. Gilleis stand barfuß im taufeuchten Gras, und als er sie erwischte, stieß sie einen schrillen Schrei aus, entwand sich ihm wie ein Aal und rannte davon. Doch der Jüngling holte die Kleine schon nach wenigen Schritten wieder ein und packte sie diesmal fester.

»Gilleis, was treibst du hier? Und das auch noch ohne Schuhe! Was würde dein Vater wohl sagen, wenn er entdeckt, daß du um diese Stunde barfuß hier herumläufst? Jetzt marsch zurück ins Bett, aber hurtig!«

Sie schaute ihn unter dem Kapuzenrand mit großen, funkelnden Augen an, und ihre kleine Brust hob und senkte sich: »Laß mich sofort los! Du hast mir gar nichts zu sagen; du bist nicht mein Vater!«

»Darüber solltest du froh sein«, entgegnete Harry und setzte die strengste Miene auf, zu der er jetzt fähig war. »Wenn ich nämlich dein Vater wäre, kleines Fräulein, würdest du jetzt mit einer Standpauke zu Bett gehen, und die würdest du so bald nicht vergessen. Und wenn du dir auch noch eine Erkältung einfangen würdest, weil du barfuß durchs Gras geschlichen kommst, dann würde ich dir die bitterste Arznei verabreichen, welche sich erhalten ließe. Und nun los mit dir, bevor dich noch jemand anderes sieht.«

»Ich werde mich erkälten!« schimpfte sie und brach in Tränen aus. »Jawohl, ich werde krank. Aber dir ist das ja vollkommen gleichgültig! Du spielst ja auch nicht mehr mit mir! Du willst nie, daß ich dir helfe. Und so schöne Lieder singst du mir ebenfalls nicht vor!«

Harry war darüber so verdutzt, daß ihm keine gescheite Antwort einfallen wollte. So brachte er nur stammelnd hervor, daß er ja gar nicht gesungen, sondern nur die Laute gezupft habe. Aber solches Gerede nahm Gilleis gar nicht zur Kenntnis, weinte dafür um so heftiger und bemühte sich dabei vergeblich, ihn von sich fortzustoßen. Schließlich zog sie sich die Kapuze noch tiefer ins Gesicht.

Der Jüngling bückte sich, schob einen Arm um ihre Knie und hob sie hoch. Dann setzte er sich auf den Mauereckstein und nahm sie auf den Schoß.

»Gilleis, wie kannst du solche Sachen nur sagen? Als wenn ich mich nicht mehr um dich kümmern würde, also wirklich! Du weißt genau, daß du mir nicht egal bist. Leider bleibt mir wenig Zeit, sonst würde ich mit dir spielen. Dabei weißt du ganz genau, daß ich arbeiten muß, damit ich bei deinem Vater mitreisen darf. Außerdem habe ich dir meinen Engel zu treuen Händen übergeben, damit du auf ihn aufpaßt, oder etwa nicht? Würde ich so etwas denn tun, wenn ich dich nicht lieben und dir nicht vertrauen würde? Doch nun bin ich einer der Knechte deines Vaters und muß meinen Anteil an der Arbeit erledigen. So kann ich keine Kinderspiele mehr spielen.«

»Nein, du willst bloß nicht!« schluchzte sie kaum verständlich in seine Schulter. »Und ich bin kein Kind mehr! Außerdem hast du gerade eben nicht gearbeitet. Immer sagst du zu mir: Später, wenn ich mit der Arbeit fertig bin. Doch wenn du dann nichts mehr zu tun hast, kommst du trotzdem nicht zu mir!«

Mädchen! dachte der Jüngling und seufzte voller Zärtlichkeit für sie. Welcher Mann weiß schon, wie man Frauen zu nehmen hat? Während der letzten Tage war Gilleis ständig in meiner Nähe. Nun ja, hier in der Reisegesellschaft gibt es keine Gleichaltrigen, mit denen sie sich die Zeit vertreiben könnte. Adam und ich kommen vermutlich dem am nächsten, was die Kleine sich unter Spielkameraden vorstellt. Er drückte sie an sich, schaukelte sie sanft auf seinem Schoß und flüsterte ihr durch die Kapuze beruhigende Worte zu.

»Wenn du jetzt wieder mein liebes Mädchen bist, verspreche ich dir, noch vor unserem Eintreffen in London ein Stück Holz zu suchen und daraus eine Puppe nach deinem Ebenbild zu schnitzen. Und ich will dir auch auf der Laute vorspielen, zusammen mit Adam, der dir etwas singt. Aber wein jetzt nicht mehr, mein kleiner Schatz. Ganz ruhig. Wegen dir handle ich mir noch den größten Ärger ein, wenn ich dich noch lange hier mitten in der Nacht auf meinem Schoß sitzen lasse.«

Doch je mehr er sie zu trösten versuchte und sie wie ein kleines Kind wiegte, desto untröstlicher heulte das Mädchen. Ihr weiches schwarzes Haar roch nach Rauch. Einige Strähnen kitzelten ihn an der Nase, so daß er niesen mußte. Bald wurde er auch seiner Rolle als beruhigender Vater überdrüssig. Mochte Gilleis ihm auch noch so lieb und teuer sein, wäre er ihr leiblicher Vater gewesen, hätte er sie für ihre Ungezogenheit längst übers Knie gelegt.

Aber dann erinnerte er sich wieder daran, wie die Wagen am Tor der Abtei von Shrewsbury aufgehalten worden waren und das Mädchen ihr Kleidchen über seinem Versteck ausgebreitet hatte. Alle ärgerliche Ungeduld wich sofort von ihm, und er empfand etwas, das viel mehr als Dankbarkeit war.

»Gilleis, mein Honigvögelchen, ich trage dich jetzt zu deiner Kammer zurück, und dort huschst du schleunigst ins Bett, einverstanden? Was soll ich nur machen, wenn du wirklich krank wirst? Dann sind bestimmt alle ganz traurig, und ich am allermeisten, weil ich mir die Schuld daran gebe.«

Der Jüngling erhob sich und verschob seine Last ein wenig, um sie besser halten zu können. Das Mädchen war für ihr Alter nicht sehr groß und wog recht wenig; doch Harry besaß nicht die Muskeln und die Kraft seines Freundes Adam, und Gilleis war fast zu schwer für ihn.

»Du läßt mich noch fallen«, bemerkte die Kleine, die aufgehört hatte zu weinen. Machte sie sich sogar etwas über ihn lustig, oder waren es nur die letzten Schluchzer, die ihren kleinen Körper durchschüttelten? Harry konnte es nicht recht ausmachen.

»Das werde ich schon nicht, denn so groß bist du nun auch wieder nicht.« Mit neuer Entschlossenheit trug er sie über den Hof und bis zur Tür, die zu den Kammern der Reichen und Vornehmen führte. Ihr Körper lag ruhig und kühl in seinen Armen, und er spürte, daß sie unter dem Umhang nichts anhatte. Vermutlich fühlte Gilleis sich von ihm beleidigt, weil er sie in solch unschicklichem Aufzug erwischt hatte. So, wie Harry sie mittlerweile kannte, konnte ihn das kaum verwundern. Also behandelte er sie voller Taktgefühl und benahm sich ihr gegenüber auch sonst so, als habe er eine Prinzessin im goldenen Gewand vor sich.

Als der Jüngling sie endlich sachte vor der Tür absetzte, schlang sie ihm die Arme um den Hals und preßte ihre weiche Wange an die seine. Das Mädchen roch nach Kind und der Nachwärme von untergegangener Sonne und taufrischem Gras.

»Und du wirst eine Puppe schnitzen, die so aussieht wie ich? Ganz ehrlich?«

»Versprochen, wenn du augenblicklich ins Bett gehst.«

»Fängst du gleich morgen damit an?«

Wenn es denn unbedingt sein mußte! Viel Zeit würde ihm dann für die Abendvergnügungen mit den Kameraden in der Halle nicht mehr bleiben. Ach, warum konnte er nicht zehn Jahre mehr auf dem Buckel haben und einen Bart tragen? Dann würde das Mädchen statt seiner einen anderen plagen und mit ihm spielen wollen.

»Nur wenn du sofort schlafen gehst! Und zwar ohne ein weiteres Wort.« Er küßte sie auf die Stirn. »So, und jetzt gute Nacht.« Harry schob das Mädchen die Stufen hinauf. Als sie dann damenhaft den Umhang zusammenzog und die erste Stufe nahm, gab er ihr einen herzhaften Klaps auf den kleinen runden Po, um sie zur Eile anzutreiben.

Das hätte Harry besser nicht getan, wie er gleich erfahren mußte. Gilleis fuhr wie eine Furie herum und schlug mit aller Kraft zu. Ihre kleine Faust traf ihn am Wangenbein, und vor lauter Schreck prallte er einen Schritt zurück.

»Wag das ja nicht wieder! Niemals!« Ihre Augen funkelten ihn an. Sie waren jetzt vollkommen trocken, aber voller verzweifelter Traurigkeit. Harry sah jetzt eine Frau vor sich, die ihn mit hilfloser Empörung aus einem Mädchengesicht anstarrte, aber er verstand nicht, was er da sah.

»Gilleis? Was habe ich getan? Bei meiner Seele, ich hatte nie vor …«

Sie kehrte ihm wieder den Rücken zu, rannte, so schnell sie konnte, die Treppe hinauf und war im nächsten Moment verschwunden. Harry kehrte zu seinen neuen Freunden zurück und rieb sich die schmerzende Wange. Vermutlich, so sagte er sich, hatte er sich mit dem Klaps auf den Hintern eine Freiheit herausgenommen, die allein ihrem Vater zustand. Und selbstredend handelte sie wie alle Mädchen nach dem Grundsatz: Wenn zwei das gleiche tun, ist das noch lange nicht dasselbe; mit anderen Worten, während sie sich großzügig bei ihm alle Freiheiten herausnahm, die ihr gerade in den Sinn kamen, konnte sie es nicht ausstehen, wenn er dasselbe tat. Dabei wollte Harry Gilleis um nichts in der Welt verletzen oder beleidigen. Wenn er doch nur vorher wüßte, wo ein Fettnäpfchen auf ihn wartete, damit er ihm aus dem Weg gehen konnte!

Aber sobald Mädchen ins Spiel kamen, verloren Gesetz und Ordnung sofort jegliche Gültigkeit. Als Mann blieb einem wohl nichts anderes übrig, als die damit verbundenen Risiken zu akzeptieren. Und man mußte ständig darauf gefaßt sein, in einem Moment zu einer Handlung aufgefordert zu werden und im nächsten für genau dieselbe Tat Prügel zu beziehen.

Sei's drum, Harry würde morgen wieder mit ihr Frieden schließen und den mit der selbst geschnitzten Puppe besiegeln, die er ihr versprochen hatte. Und in einer Woche würden sie nach London kommen. Als er die Halle erreichte, konnte er schon wieder lachen, nicht nur über sich, sondern auch über das Mädchen. Und als man ihm dann erneut die Laute reichte und ein Trinklied verlangte, hatte er Gilleis bereits vollkommen vergessen.

Am letzten Abend der Reise unterbreiteten die beiden Jünglinge Meister Otley ihre Frankreich-Pläne. Die Wagen waren im Kloster St. Albans eingekehrt, und die drei saßen im Gästehaus zusammen. Harry malte gerade die Holzpuppe des Mädchens an, die eigentlich erst morgen in London fertig sein sollte; doch Otley konnte es kaum abwarten, bis auf der neun Zoll hohen Figur endlich das Gesicht erblühte und das Haar in seiner schwarzen Pracht entstand. Er hatte die Klosterbrüder um etwas Farbe gebeten, damit die Arbeit schneller voranging. Die Brüder hatten ihm sogar einen Tisch in die Ecke gestellt, in der es am längsten hell sein würde, damit Harry in Ruhe sein Werk vollenden konnte. Doch es konnte von Ruhe nicht die Rede sein, weil ihm auf der einen Seite Nicholas und auf der anderen Adam beharrlich über die Schulter schauten und oft genug ihrer Verwunderung Ausdruck gaben. Wenn die zwei ihn zu dicht bedrängten, beschwerte er sich nicht, sondern hielt in der Arbeit inne und hob den Kopf, um sie mit dem typischen wütenden Talvace-Stirnrunzeln zu bedenken, das meist nichts Gutes verhieß. Dann zogen die beiden Schaulustigen sich rasch ein Stück zurück, bis ihre Neugier sie wieder übermannte.

Gilleis saß ihm mehrfach Modell und führte sich dabei so auf, als habe sie in seiner Gegenwart nie eine Träne vergossen; oder ihn geschlagen; oder jemals anders als formell mit ihm verkehrt. Harry reproduzierte in seinem Schnitzwerk diese steife Würde. Es entstand eine kleine, aufrecht stehende Gestalt mit sittsam gefalteten Händen und einem hochmütig erhobenen Kinn. Ihre Ernsthaftigkeit belustigte ihn sehr, aber er war klug genug, sich nichts davon anmerken zu lassen.

Und dann brachte er die Angelegenheit zur Sprache.

»Meister Otley, wir beide, Adam und ich, haben ein wenig

nachgedacht. Ihr erinnert Euch doch sicher, wie wir Euch nach den Kirchenbauten in Frankreich befragt haben, nicht wahr?« Währenddessen malte er eine zierliche und geschwungene schwarze Braue – gespannt wie ein Bogen – und runzelte gedankenverloren die Stirn, als Gilleis' Gesicht immer mehr zum Leben erwachte. Daß er sie so stolz und abweisend dargestellt hatte, fiel ihm jetzt besonders auf, und er fragte sich zum ersten Mal, warum er sie so sah. Wenn er die Figur nur lange genug betrachtete, würde sich ihm vielleicht das Geheimnis des Mädchens offenbaren. »Nun haben wir uns überlegt, daß es vielleicht das beste für uns wäre, nach Frankreich weiterzureisen.«

Der Jüngling hörte, wie Gilleis sich regte, und warf ihr einen ungeduldigen Blick zu. Sie hatte den Kopf gedreht und den Mund geöffnet, und damit war der besondere Glanz in ihren Augen verschwunden.

»Sitz still!« fuhr Harry sie an, stand auf, legte zwei Finger unter ihr Kinn und drehte ihren Kopf in seine ursprüngliche Stellung zurück; nicht gerade barsch, aber ganz gewiß nicht sanft. »So bleibst du jetzt hocken, und fang ja nicht an zu zappeln!«

Ohne sich zu beschweren, verharrte sie von nun an in dieser Haltung. Erst nach einer Weile fiel Harry mit einiger Überraschung und noch mehr Gewissensbissen ein, daß sie kein lebloser Gegenstand, sondern ein lebendiges Kind war, das er zudem auch noch sehr gern hatte. Er wunderte sich, daß Gilleis an diesem Abend nicht bereits mindestens ein dutzendmal in Tränen ausgebrochen war. Für gewöhnlich fiel ihm erst abends ein, wenn sie schon zu Bett lag, daß er eigentlich sein schlechtes Gewissen erleichtern sollte und Gilleis mit Komplimenten überschütten und sie achten wollte.

»Da habt ihr euch aber einiges vorgenommen«, bemerkte der Kaufmann. »Sprecht ihr denn überhaupt die dortige Sprache?«

»Wir beide beherrschen sie sehr wohl, Adam sogar noch besser als ich. Das dürfte uns also keine Schwierigkeiten bereiten. Außerdem spricht vieles dafür, daß wir die Heimat verlassen. London liegt zwar sehr weit von unserem Salop entfernt, und in einer so großen Stadt kann ein junger Mann auch sicher leicht untertauchen. Doch wohin wir uns auch in England wenden, Adam wird sich stets in Gefahr befinden. Selbst in einer freien Stadt, ja sogar in London, würde er erst nach einem Jahr und einem Tag frei sein. Entflohene Leibeigene sind sogar noch zu ihrem Herrn verschleppt worden, als das Jahr fast durchgestanden war. Von solchen Vorfällen hat man doch oft gehört. Einige Entlaufene hat man selbst nach Ablauf dieser Frist festgenommen; und die armen Teufel hatten dann die größten Schwierigkeiten, ihrem Herrn ein weiteres Mal zu entkommen, um ihren Fall vor Gericht zu bringen. In einem kleinen Dorf wie dem unseren hätte Adam erst recht keine Aussicht, den ersehnten Freibrief zu erhalten. Aber als Ratsherr wißt Ihr das sicher besser als wir. Wäre es da nicht das Klügste, nach Frankreich zu gehen? Wir werden dort sicher bei einem der großen Baumeister oder Maurermeister aufgenommen und können dort unser Handwerk genauso gut erlernen wie hier in England.«

Der Kaufmann verfolgte, wie die Züge seiner Tochter allmählich unter dem Pinsel und Harrys erfahrener Hand wie Sterne aufgingen. Er lächelte in seinen Bart. »Die Gründe sind gut, das will ich nicht verhehlen, auch wenn ich glaube, daß der Wunsch der Vater des Gedankens war. Junger Mann, vor mir brauchst du deine Reiselust nicht unter wohlfeilen Gründen zu verstecken. An deiner Stelle und in deinem Alter wäre ich längst wie ein Pfeil über das Meer geflogen. Mein Schiff läuft aus, sobald wir es beladen und mit Vorräten versorgt haben. Habt ihr zwei etwa vor, auf ihm mitzufahren? Nun, es segelt die lange Route nach Le Havre, einem Ort, von dem aus sich vortrefflich Handel mit Paris wie auch der Bretagne treiben läßt. Vor allem zu dieser Zeit, da der junge Herzog sich mit seinem Onkel ausgesöhnt hat und beide zu der Erkenntnis gelangt sind, daß man auch mit Handel einiges verdienen kann.«

»Glaubt Ihr, wir könnten uns an Bord verdingen, um für die Überfahrt aufzukommen?« fragte Harry und verlieh dem strengen und doch weichen Mund einen sanfteren Ausdruck. Verblüfft stellte er fest, wieviel Traurigkeit aus den Lippen sprach.

»Die habt ihr zwei euch längst verdient. Über eure Arbeit kann ich mich wirklich nicht beschweren. Warum soll ich euch da die Schiffspassage verwehren? Obwohl ich euch warne, daß eure Munterkeit rasch vergehen dürfte, sobald ihr das Auf und Ab der Wogen unter euch spürt. Doch versuchen sollt ihr es gern, alle beide.«

Harry hielt in seiner Arbeit inne und starrte Nicholas an. Adam hielt die Luft an, brachte kein Wort hervor und strahlte über das ganze Gesicht.

»Dürfen wir wirklich auf Eurem Schiff übersetzen? Wenn wir uns an Bord irgendwie nützlich machen können ... oder wir bezahlen dafür ...«

»Das werdet ihr hübsch bleiben lassen. Behaltet euer Geld, ihr Burschen, das braucht ihr in der Fremde sicher dringender. Aber zeigt es dort nicht herum, und haltet immer eine Hand am Griff eures Dolchs. Und wenn ihr euch einen fairen Preis ausgedacht habt, für den ich dieses schöne Kunstwerk hier erstehen kann ...«

»Nein!« rief Harry rasch. »Diese Figur habe ich bereits Mistress Gilleis als Geschenk versprochen. Eine höchst ungewöhnliche Dame, wenn ich so sagen darf; denn seit einer halben Stunde hat sie keinen Mucks von sich gegeben.« Er wandte sich ihr zu und lächelte sie frech an. Eigentlich erwartete der Jüngling, daß ihre Mundwinkel nun zucken und sich zu einem kurzen, sofort unterdrückten Lächeln verziehen würden. Aber das Mädchen gab weder einen Laut von sich, noch regte sie sich; sie zuckte nicht einmal mit den Wimpern. Statt dessen sah sie ihn weiterhin bewundernd und voller Zuversicht aus ihren großen Augen an.

»Eine fürstliche Gabe«, entgegnete Nicholas. »Wenn du ihr das Reden wieder gestattest, wird sie sich bestimmt artig bedanken. Wenn ihr bei eurem neuen Meister fünf Tage lang so arbeitet, wie ihr es hier bei mir getan habt, dann wird er erkennen, was für einen wertvollen Fang er mit euch gemacht hat. Damit ist die Sache also beschlossen. Ihr kommt erst mal mit uns nach Hause und bleibt dort, bis meine *Rose of Northfleet* ausläuft, und dann sollt ihr auf ihr nach Frankreich segeln. Und das mit meinen besten Wünschen und meinem Segen. Möget ihr in der Fremde euer Glück machen.«

»Sir, wir dürfen uns glücklich preisen, so viele Wohltaten von Euch entgegennehmen zu dürfen, und wir sind Euch auch für Eure früheren Freundlichkeiten zu größtem Dank verpflichtet. Glaubt uns, das werden wir Euch nie vergessen. Und wenn sich morgen eine Gelegenheit ergibt«, fügte Harry hinzu und streckte seinen steifen Rücken, »möchte ich die Figur gern dann beenden. Das Licht läßt deutlich nach, und ich kann ohnehin dem Gesicht nichts mehr hinzufügen, solange die Farben nicht getrocknet sind. Außerdem scheint Gilleis mir sehr müde zu sein.«

Eigentlich hatte er etwas ganz anderes sagen wollen, aber die rechten Worte waren ihm einfach nicht eingefallen. Die großen Augen des Mädchens, die ihn heute abend so vielsagend angeblickt hatten, teilten ihm jetzt etwas in einer unbekannten Sprache mit und trübten seine Freude und Aufregung.

»Geh jetzt zu Bett, Gilleis. Wir bemalen die Puppe ein anderes Mal zu Ende.«

»Komm, sieh dir dein süßes Ebenbild an, mein Täubchen«, forderte ihr Vater sie auf. »Schau, was für ein hübsches Mädchen du bist.«

Sie erhob sich von ihrem Hocker und betrachtete die Figur mit der gleichen unergründlichen Nachdenklichkeit, mit welcher sie den Künstler die ganze Zeit über schweigend angesehen hatte. An der Schönheit der Puppe gab es wirklich nichts auszusetzen. Das frisch bemalte Gesicht hatte sich unter den Pinselstrichen verändert: Verschwunden war alle sanfte, vertrauensselige Unschuld, dafür trat ein neuer Hochmut hervor, der in diesem Antlitz etwas Anrührendes besaß.

Selbstsicherheit und Melancholie schienen darin mitzuschwingen. So hatte der Künstler sie heute abend gesehen. Und solange er an dieser Statuette arbeitete, würde er wohl stets wütend und verwirrt sein darüber, daß er zu seinem Verdruß nicht ergründen konnte, was er da abgebildet hatte.

»Nun, hast du denn gar nichts dazu zu sagen?« drängte Nicholas.

»Ich glaube, ich weiß, was mit ihr los ist«, erklärte Harry statt ihrer. »Und mich sollte man schelten, denn ich habe ihr doch so lange Schweigen geboten, daß sie darüber ganz das Sprechen vergessen hat.«

»Dann wollen wir sie jetzt lieber in Ruhe lassen. Bis morgen hat Gilleis sicher wieder die Sprache zurückgewonnen und plappert uns wie gewöhnlich die Ohren voll, bis wir taub sind.«

»Ich könnte sprechen«, meldete das Mädchen sich zu Wort, »wenn ich etwas zu sagen hätte.«

»Das hört sich schon viel besser an. Gott sei's gelobt, sie besitzt immer noch eine Zunge. Nun sprich ein paar Dankesworte für ein so hübsches Geschenk, und daß es ja artige seien.«

»Das mußt du nur, wenn die Puppe dir auch wirklich gefällt«, sagte Harry und packte Pinsel und Farben weg. Ihr hartnäckiges Schweigen verriet, daß die Figur ihr nicht zusagte. Vielleicht erinnerte das Stück Holz sie auch allein daran, wie viele Stunden sie still hatte dasitzen müssen und wie sehr sie sich dabei gelangweilt hatte. Ganz zu schweigen davon, wie oft der Jüngling streng die Stirn gerunzelt oder sie getadelt hatte. Selbst mit seinem Geschenk hatte er dem Mädchen keine Freude bereiten können.

»Du solltest ihm danken, junges Fräulein, denn er hat dich als das hübsche und lustige kleine Eichhörnchen dargestellt, welches du bist. Gib Harry einen Kuß, und dann sag gute Nacht.«

Gehorsam hob sie das Gesicht und bot ihm die Lippen zum Kuß dar. Als er die Arme ausbreitete und sie frohen Herzens an sich drückte, schlang sie die ihren um seinen Hals und vergrub die Finger in die dichten Locken in seinem Nacken. Ihr Mund fühlte sich kühl, glatt und fest an. Er küßte sie, aber sie erwiderte seine Geste nicht, sondern ließ seinen Kuß in königlicher Herablassung über sich ergehen. Doch ihre Finger in seinem Haar hielten sich keinesfalls derart vornehm zurück. Harry blickte in ihre ernste Miene, als sie sich von ihm löste, und konnte kaum glauben, daß Finger und Antlitz zu ein und derselben Person gehörten. Dann wurde ihm bewußt, daß sie ihm am liebsten so fest wie möglich an den Haaren gezogen hätte, um ihm die vielen Abende heimzuzahlen, in denen er sich zu wenig um sie gekümmert hatte. Doch vor ihrem Vater durfte sie so etwas natürlich nicht wagen. Damit hätte sie sich unweigerlich entblößt, und das durfte niemals geschehen.

Voller Bedauern schaute Harry ihr hinterher, wie sie sich zu Adam begab und ihm einen lauten Schmatzer auf die Wange gab. Als sie sich auch von ihrem Vater verabschiedet hatte, begab Gilleis sich mit ungewohnter Fügsamkeit aus der Kammer, um ihr Bett aufzusuchen.

Das alles tat Harry nun leid, obwohl fast all seine Gedanken sich inzwischen um seine Zukunft und die Reise nach Frankreich drehten. Es ärgerte ihn, sich ihr gegenüber so unbeholfen verhalten zu haben, denn nun konnte sie ihn nicht mehr leiden.

Aus seinem dunklen Versteck, in Filztuch gewickelt, breitete der Engel die Flügel gen Le Havre aus. Der Stoff sollte seine Farben und seine zarten Gliedmaßen vor Salzluft und Stößen an Bord schützen. Wie das wunderbare unsichtbare Wesen, das in einer Schmetterlingslarve schlummert, so schlief und träumte der Engel. Und das angedeutete Lächeln auf seinen leidenschaftlichen Lippen ließ das verborgene Antlitz furchtbar und schön zugleich erscheinen. Staunen und Wildheit wohnten in seinen Zügen, und auch das geheime Wissen um alles, was war, was ist und was sein wird.

Der Engel sah im Traum alles, das sich rings um ihn herum tat und der durchdringenden Klugheit seiner bedeckten Augen zu entkommen wähnte: Er sah Gilleis, die sich mit einer Hand am Rand des Kahns festhielt, der leicht auf und ab schaukelte, und mit der anderen an der starken Hüfte ihres Vaters hing; er sah die belebten Weinstuben am Hafen; die nadelspitzen Giebel, welche wie Reihen von schiefen Zähnen am perlgrauen Septemberhimmel nagten; die beiden Jünglinge, wie sie trunken vor Aufregung und halb krank vor Ungeduld dem Tower den Rücken zukehrten und den Blick fest flußabwärts gerichtet hielten, wo das

Meer, ihre Zukunft und das Land ihrer Phantasie lagen. Dort gab es lebendigen, wachsenden Fels – es gab dort einen Baum, einen Hain, einen Wald von Steinen.

Der Engel sah auch den kühlen, hastigen Kuß auf die gespitzten Lippen des Mädchens, die rasche Umarmung und die gutgelaunte Weise, wie der Jüngling sich bückte, damit sie ihm die Kette mit dem Medaillon der Muttergottes umlegen konnte; und er sah ebenso, wie das Kind ihnen ohne Unterlaß zuwinkte, während sie mit ihrem Vater zurück an Land gerudert wurde. Gilleis winkte noch, als die Jünglinge sie längst vergessen hatten und ihre Neugier dem Schiff und seiner Besatzung zuwandten. Es gab hier vieles zu sehen: die Seile, die Takelage, die fremden Gerüche, die Salzkruste auf allem und das geheimnisvolle Leben im Bauch des Schiffs.

Später, nachdem die Flut und der aufkommende Wind die *Rose of Northfleet* hinaus aufs offene Wasser getragen hatten, nachdem die Flußmündung sich geweitet und ins Meer übergegangen war und der Wellengang wuchs mit seinen Schaumkronen und den Wogen, die sich wie Rösser aufbäumten, da erblickte der Engel seinen Schöpfer in all seiner Not. Harry hing an der windabgewandten Seite über der Reling und schien in hilflosen Krämpfen sein Herz hinauswürgen zu wollen. Währenddessen stand Adam munter wie ein Heuhüpfer daneben und freute sich immer noch wie verrückt auf das Abenteuer. Gleichzeitig sah er seinen Freund aber besorgt an, hielt ihn, redete ihm gut zu und konnte sich nicht entscheiden zwischen Bekümmertheit und dem Wunsch, laut zu lachen.

Der Engel wurde in seiner Finsternis hin und her geworfen, lächelte aber immer noch und war weit davon entfernt, Mitleid zu empfinden. Die Hände, welche gerade matt Tränen der Schwäche fortwischten, zitternd die schweißfeuchte kalte Stirn rieben und Tröpfchen des sauren Erbrochenen von den aschfahlen Lippen wischten, waren eben die seines Schöpfers. In diesem Moment schienen diese Hände viel mehr und viel weniger als seine Schöpfung zu sein – viel verletzlicher und doch auch auf unermeßliche Weise wunderbarer.

Irgendwo jenseits des Wassers, jenseits der schmerzlichen Seekrankheit und der Bitterkeit einer solchen Erfahrung wuchs die goldene Phantasie an und gedieh zu einem vollkommen stillen Bild von einem steinernen Baum, der bis in den Himmel hinaufragte und das ganze Jahr hindurch auf wundersame Weise neue, prächtige Früchte der Verehrung, der Sehnsucht und der Weisheit hervorbrachte.

TEIL ZWEI

PARIS

1209

KAPITEL SECHS

Das Haus in der Rue des Psautiers, der Psalmenstraße, wies einen doppelten Giebel auf und wirkte auch sonst breiter als die benachbarten Gebäude. In die angrenzende Mauer war eine mit Eisen beschlagene Tür eingelassen, durch die man in den Hof mit seinen Stallungen gelangte. Die tiefhängenden Regenrinnen an den spitzgiebligen Dächern wirkten wie gesenkte Lider und tauchten die Haustür in Schatten. In einem der oberen Fenster brannte ein Licht, doch der zugezogene Vorhang gewährte keinen Blick ins Innere.

Früher hatte das Haus Claudien Guiscard gehört, einem reichen Witwer in den mittleren Jahren, der mit Parfüm, Silber, Edelsteinen, Teppichen und anderen Waren handelte. Diese bezog er über Venedig aus der Levante, wie man die Mittelmeerküste des Morgenlandes nannte. Zu seinen Lebzeiten hatte niemand, der durch die Straße kam, einen zweiten Blick auf dieses Anwesen geworfen. Doch nun, da er gestorben war und es seiner Geliebten hinterlassen hatte, stand das Haus im Mittelpunkt eines ganz besonderen Interesses. In diesen Tagen war die Rue des Psautiers ungewöhnlich belebt. Junge Männer erschienen zu Dutzenden, um ihr Glück zu versuchen und einen Blick auf die Schöne zu erhaschen oder gar die beleuchtete Kammer im ersten Stockwerk betreten zu dürfen. Alte Männer, welche auf solche Gunst nicht mehr hoffen durften, machten dennoch gern einen Umweg und suchten die ansonsten verschlafene Straße auf, um sich in einen Hauseingang zu stellen und darauf zu warten, daß die neue Bewohnerin sich am Fenster zeigte oder zusammen mit ihrer Magd das Haus betrat oder verließ. Claudiens nächster Verwandter, ein Vetter zweiten Grades, hatte angeblich bereits eine Klage vor Gericht eingereicht, um der Buhle ihren in seinen

Augen unrechtmäßig erworbenen Besitz abzunehmen. Und ganz gewiß hatte dieser Mann damit nicht dazu beigetragen, den Skandal einzudämmen, der sich um ihre Person rankte. Nach dem Tod ihres Liebhabers hatte man allgemein angenommen, sie würde das Haus rasch verkaufen, solange es sich noch in ihrem Besitz befand, und dann nach Venedig zurückkehren, von wo Claudien sie mitgebracht hatte. Doch statt dessen ließ die Geliebte sich in ihrem neuen Wohnsitz häuslich nieder, führte den Lebensstil einer Herzogin und schenkte jedem, der ihr gefiel, ihre intime Gunst, selbst wenn es sich um einen Unvermögenden handelte. Wer ihr nicht zusagte, wurde gnadenlos abgewiesen, auch wenn er von vornehmstem Geblüt war oder die Taschen voller Gold hatte, mit dem er ihre Gunst gewinnen wollte.

Die Venezianerin konnte singen und beherrschte mehrere Instrumente. Sie nahm es mit jedem Dichter im Verseschmieden auf und debattierte mit den Gelehrten über alle Fragen der Philosophie. Neben ihrer Muttersprache konnte sie fließend Latein und Französisch und sogar etwas Englisch; so wurde zumindest gemunkelt. Sie gab sich das Gehabe einer maßvollen und würdigen verwitweten Edelfrau, hielt sich aber nie mit ihrer Klugheit zurück und nahm sich auch sonst gleich einer altgriechischen Hetäre alle Freiheiten. Vor allem fiel den Menschen jedoch ihre wunderliche Geringschätzung für den Zauber des Geldes auf; man nahm allgemein an, das liege vor allem daran, daß Claudien ihr mehr als genug hinterlassen habe. Wie dem auch sei, dieser Umstand ließ auch diejenigen Jünglinge Hoffnung schöpfen, die es sonst nie gewagt hätten, auch nur den Blick auf eine so vielumschwärmte Frau zu richten. Und so kam es, daß sich bald jede Nacht Edle wie Gemeine vor ihrer Haustür einfanden.

An einem Abend Ende April nun prallten zwei Parteien vor ebendiesem Gebäude aufeinander. Sie näherten sich von entgegensetzten Seiten der Rue und hielten im selben Moment vor besagter Haustür. Von Norden kam ein junger Sproß aus der edlen Familie de Breauté gezogen, natürlich zu Pferd und begleitet von einem Leibdiener und einer Gruppe Mietmusikanten mitsamt ihren Instrumenten. Der Edelmann trug seine besten Gewänder und war sich seines gehobenen Standes sehr bewußt. Aus der anderen Richtung, also von Süden, marschierten vier junge Männer nebeneinander zum Haus der Schönen und sangen in bester Laune eine skandalöse Parodie von Sigeberts Hymne auf die Märtyrerjungfrauen; wo der Künstler ursprünglich endlos lange die Namen der Gemeuchelten aufgezählt hatte, fügten sie einer jeden eine schamlose Eigenschaft hinzu.

Angeführt wurde dieser Zug von Adam Lestrange, dem englischen Maurer. Er und seine drei Spießgesellen waren aus ihrer Dachkammer in der Ruelle des Guenilles, der Lumpengasse, losgezogen.

Rechts hatte sich sein Milchbruder eingehakt und zur Linken Élie aus der Provence, welcher einerseits das liebliche Gesicht eines Chorknaben und andererseits das unverschämte Mundwerk eines Straßenarabers besaß. Vierter im Bunde und außen an Élies Seite lief der düstere Bakkalaureus Apollon mit seiner über die Schulter gehängten Laute. Sie fühlten sich bestens gerüstet, um der schönen Venezianerin ihre Aufwartung zu machen: Adam konnte sein gutes Aussehen und seine wunderbare Stimme vorweisen und Harry seine neuen Verse zu einer Melodie des zeitgenössischen Pierre Abelard, welche Apollon noch aus seiner bretonischen Heimat kannte. Dieses Quartett hatte in den letzten zwei Jahren das Repertoire der Pariser Straßenlieder entscheidend vergrößert.

Angelockt von diesem unkeuschen Gesang, dem besagten Haus in der Rue des Psautiers und der Aussicht auf Schabernack und sonstige Kurzweil, folgten ihnen ein gutes Dutzend weiterer Studenten. Sie hatten bis vor kurzem noch in der Schenke Nestor gesessen und sich am Wein gelabt. Doch diese Unternehmung schien ihnen vielversprechender zu sein.

Apollon gewahrte den Reiter als erster, entdeckte auch dessen Diener und Musikanten, stockte im Gesang und rief den anderen zu: »Der Feind naht!« Beim Anblick der vielen Instrumente im Gefolge des Edelmanns vergaß er beinahe, den Mund wieder zu schließen. »Bei den Wundern Gottes, da rückt ja eine ganze Gesellschaft heran! Wollen die denn *alle* heute nacht ins Paradies?«

»Ein Rivale!« entfuhr es Adam, und er grinste noch breiter. »Die letzte Herausforderung, welche mir noch fehlte!« Er löste sich rasch aus Harrys und Élies Armen und stürmte auf die Haustür zu. Die anderen folgten ihm auf dem Fuß und wurden von dem lustigen Studentenvolk angefeuert.

Dem Edelmann ging ein wenig zu spät auf, was sich da vor ihm zusammenbraute. Doch dann gab er seinem Roß die Sporen und preschte voran, wobei die Hufe seines Pferdes Funken sprühten. Erst unmittelbar vor Madonna Benedettas Schwelle zog er am Zügel. Doch Adam war ihm zuvorgekommen und versperrte ihm nun mit ausgebreiteten Armen den Zutritt.

»Aus dem Weg, Bursche«, befahl de Breauté sogar recht freundlich, denn er vertraute der Macht seines Standes. »Oder erkennt Ihr nicht, wenn Ihr einen Edelmann vor Euch habt?«

Der Maurer stellte sich auf die zweite Stufe, um dem Reiter ins Angesicht blicken zu können, und drohte ihm spielerisch mit dem Zeigefinger. »Aber, aber, Monsieur. Ihr solltet wissen, daß es an diesem Ort keine Standesunterschiede gibt. Hier gilt allein, wer die Dame erfreuen kann und wer nicht. Ich gebe zu, das Rennen ging knapp aus, doch ich bin vor Euch am Ziel eingetroffen. Zieht Ihr Euch zurück, wie jemand, dessen vornehme Gesinnung ihm sagt, wann er verloren hat. Ihr mögt Euer Glück an einem anderen Abend versuchen. Ich für meinen Teil werde mir mein Recht nicht nehmen lassen.«

»Schert Euch zum Teufel!« rief de Breauté grimmig und drängte sein Pferd noch näher heran, um den Frechling einzuschüchtern und beiseite springen zu lassen. Doch Élie schnippte vor den Nüstern des Rosses laut mit den Fingern, und das edle Tier fuhr erschrocken zwei Ellen weit zurück. Seine Hufe rutschten und klapperten über das Kopfsteinpflaster. Wenn die Dame des Hauses sich tatsächlich in dem beleuchteten Raum aufhielt, mußte sie spätestens jetzt mitbekommen haben, daß sich etwas unterhalb des Fensters tat. Selbst wenn Benedetta in tiefem Schlummer gelegen hätte, wäre sie jetzt hellwach.

Der junge Adlige hatte einen Moment lang das Gleichgewicht verloren, faßte sich dann aber wieder und schwang voll aufflammenden Zornes die Reitgerte nach Élies Schädel. Doch der zog rasch den Kopf ein und sprang beiseite. Apollon, der Jungakademiker, hob eine Hand, um Ruhe zu schaffen, und rief: »Haltet ein, nicht gleich so hitzig! Oder wollt Ihr Euch bei Madonna Benedetta etwa beliebt machen, indem Ihr Euch unter ihren Augen rauft? Glaubt Ihr etwa, die Dame sei nicht in der Lage, ihre eigene Wahl zu treffen? Und findet sich unter uns einer, der zu widersprechen wagte, wenn sie sich für einen entschieden hat? Seid Ihr also bereit zu einem edlen Wettstreit in der Sangeskunst? Lied um Lied?«

Der studentische Haufen hatte sich zu gleichen Teilen hinter den beiden Parteien aufgebaut und bildete mittlerweile einen dichten Halbkreis um die Haustür. Apollons Vorschlag löste Jubel bei ihnen aus, denn jetzt erwartete sie köstlichste Unterhaltung, selbst dann, wenn die Verliererseite die Abmachung nicht einhielt.

»Lied um Lied! Würfelt darum, wer beginnen mag, und gewährt der gegnerischen Seite die Gunst Eurer Aufmerksamkeit! Und wenn die Dame der einen Partei ein Zeichen ihres Vorzugs gibt, muß die andere sich trollen und verschwinden, und das ohne Widerrede. Einverstanden?«

»Recht so!« rief der vom Wein angeheiterte Haufen und drängte schwankend vor, um besser sehen und hören zu können. Andere, harmlosere Stadtbürger, die des Wegs kamen, blieben beim Anblick dieser lärmenden Versammlung zunächst stehen und warteten einen Moment, um festzustellen, was sich dort tat. Als man ihnen dann erklärte, worum es hier ging, reihten sie sich in den Halbkreis ein. Bald war dieser auf drei Reihen angewachsen, und die hinteren reckten die Hälse, um über die Schultern der vorderen etwas zu erkennen. Seit einiger Zeit pflegten gewisse Bürger am Abend einen Spaziergang in die Psalmenstraße zu unternehmen, weil sie wußten, daß sich dort häufiger etwas Spannendes ereignete, und sie sich davon Kurzweil erhofften.

Die Begleiter des Adligen grinsten schon, weil sie sich als Berufsmusikanten natürlich diesem Haufen von Studenten und Gesellen haushoch überlegen fühlten. Ihr Herr hatte nicht das Geringste zu befürchten. Offensichtlich dachte der Edelmann ebenso, denn er hatte die Gerte längst weggesteckt und lachte über das ganze Gesicht. Wie auch seinem Rivalen Adam hatte ihm eine Flasche Wein den Mut gegeben, hierher zu kommen; und bislang versetzte der Wein ihn immer noch in beste Stimmung.

»Einverstanden!« entgegnete de Breauté. »Wenn die Dame Euch ihre Gunst schenkt, werde ich mich zurückziehen und Euch den Freuden der Nacht überlassen. Doch müßt Ihr dasselbe versprechen.«

»Nur zu gern!« rief Adam. »Und mehr noch, ich lasse Euch den Vortritt. Singt Ihr zuerst, und wir wollen schweigen, damit Ihr gehört werdet.«

»Du gerissener Teufel!« flüsterte Harry ihm ins Ohr. »Auf dem ganzen Erdenrund gibt es wohl keine Frauensperson, die sich für das erste Lied entscheiden würde, solange sie nicht das zweite gehört hat. Und an das letztere kann sie sich dann besser erinnern, weil es ihr noch im Ohr klingt.«

»Ruhe, Freunde!« rief Adam. »Schweigt nun stille. Jeder soll eine redliche Gelegenheit erhalten.« Leise fragte er dann seinen Freund und Bruder: »Soll ich ihr gleich das neue Lied zum Vortrag bringen, oder lieber erst mit einem anderen beginnen?«

»Unbedingt das neue! Setz aufs Ganze!« riet Apollon ihm im Flüsterton.

Der Kreis der Studenten, die sich in einem weinseligen Durcheinander befanden, versuchte mühsam, so etwas wie Ordnung in seine Reihen zu bringen. Ein jeder gebot dem anderen, still zu sein, und so verging etwas Zeit, bis auch das letzte Getuschel in die Schatten entschwunden war. Die Musikanten stellten sich nun am Fuß der Treppe auf, stimmten ihre Instrumente und spielten dann ein altbekanntes Lied:

»Hätt' ich Lilien zu bringen,
oder wenn dies die Zeit der Rosen
wär' ...«

»Hier haben wir wieder unseren alten Fortunatus«, empörte sich Élie leise, »der Veilchen für Radegunde pflückt. Beim Erbarmen Gottes, kennen sie denn keine moderneren Weisen?«

»Pst! Der Mann soll seine Chance erhalten.«

Der junge Mann gab seufzend Ruhe und hörte zusammen mit seinen Kameraden dem Sänger mit kritischer Aufmerksamkeit zu. Auch wenn das Lied schon recht betagt war, wußte der Vortrag doch zu gefallen. De Breauté hatte für die Musik bezahlt und sah sich deshalb nicht genötigt, die eigene Stimme zu bemühen. Vermutlich war er sich auch seiner Sangeskünste schmerzlich bewußt; schließlich ist nicht jedem eine schöne Stimme gegeben. Und wenn man über die nötigen Mittel verfügte, konnte man sich für Geld die Stimme eines anderen mieten. Der Sänger in der Musikantenschar besaß ein ebenso ausdrucksstarkes wie liebliches Organ, und seine Kollegen an den Instrumenten verstanden sich bestens darauf, ihn zu begleiten.

De Breauté saß mitten auf der Straße auf seinem Roß, schien dem Vortrag aber nur mit einem Ohr zu folgen. Dafür ließ er keinen Moment das Fenster im oberen Stockwerk aus den Augen, wo die Kerzenflamme ein wenig im aufkommenden Nachtwind flackerte. Der Vorhang bewegte sich immer mal wieder sacht, und der Edelmann konnte sich vor gespannter Erwartung kaum noch rühren. Jeden Moment hoffte er, daß dort oben ein huldvoll lächelndes, betörend schönes Gesicht erscheinen würde. Doch schließlich erreichten Fortunatus' Veilchen Radegunde, und Madonna Benedetta hatte sich noch immer nicht gezeigt.

»Pech gehabt, junger Freund!« johlten die Studenten in falschem Mitgefühl. »Denn merke, Falkinnen lassen sich niemals vom ersten Köder anlocken!«

»Dann laßt uns hören, was der andere zu bieten hat!«

»Sie ist dort oben«, meldete ein Student, der ebenfalls das Fenster im Auge behalten hatte. »Ich habe soeben einen Schatten gesehen, der sich dort bewegte. Die Schöne hat Euch längst bemerkt, Ihr Herren. Euer Bemühen wird nicht umsonst gewesen sein.«

»Ein gutes Omen!« rief ein Jüngling aus der dritten Reihe, der sich auf die Zehenspitzen gestellt und Adams Lautenspieler erkannt hatte. »Apollon selbst wird ihn begleiten!«

»Das will mir nicht recht erscheinen«, entgegnete ein anderer mit gespielter Empörung. »Welche Aussichten hat der andere denn noch, wenn die Götter selbst gegen ihn antreten?«

»Dann blüht ihm wohl das Schicksal des Marsyas!« schrie einer von hinten, und die Studenten lachten schallend; denn sie wußten, daß der phrygische Satyr aus der antiken Sagenwelt einst Apollo zum Flötenwettstreit herausgefordert und verloren hatte.

»Werdet ihr wohl endlich das Gelärme einstellen, damit Apollon sich vernehmlich machen kann? Oder muß er euch erst wie einst den Marsyas enthäuten?«

Gutgelaunt und in freudiger Erregung gab die Menge Ruhe. Die meisten grinsten noch, als Apollon die vergessene Weise Abelards anstimmte. Einer der Zuhörer schien sich an etwas vor langer Zeit Gehörtes zu erinnern, legte nachdenklich den Kopf schief und hörte auf zu lachen. Bald wiegten sich auch andere Häupter im Takt zu der Melodie. Die Menschen in Paris wußten eine ins Ohr gehende Weise durchaus zu schätzen, und binnen kurzem schwiegen alle. De Breauté sagte gezwungenermaßen kein Wort und runzelte die Stirn, als er das ergriffene Schweigen der Menge bemerkte; besorgt schaute er hinauf zum Fenster.

Adam fing an zu singen, und seine Stimme stieg frisch, fröhlich und ungekünstelt zwischen den Hauswänden hinauf.

»Gekommen ist des Maiens Zeit.
Schön unter Deinem grünen Baum
Voll Sehnen leg ich ab mein Kleid,
Doch Du willst nicht mal schau'n.

Des Frühlings Säfte ringsum wallen,
Mit Balztanz wollen sie berauschen;
Dein Name will aus mir erschallen,
Doch Du willst nicht mal lauschen.

Und unter Deinem schützend Kleid
Der Hase baut sein Nest,
Der Vogel an Deinem Busen freit,
Doch mich hältst Du nicht fest.

Doch wenn das Laub ist fort …«

Der Vorhang zitterte. Adam konnte es deutlich erkennen. Kurz bebte seine Stimme, dann fuhr er triumphierend und kraftvoll fort:

»Doch wenn das Laub ist fort,
Mit Sommers Pracht vergangen,
Dann steh' ich noch an diesem Ort
Und werd' von Dir empfangen.

Und färbt dann Herbstens Tupfen
Dein süßes Blattwerk meisterlich,
Laß Deine gold'nen Äpfel lupfen,
Senk Deine Brüst' herab auf mich.«

Für einen Moment traten Stille und Schweigen ein, dann erhob sich ein erregtes Murmeln, und endlich schrie jemand:

»Schaut hinauf, ihr Herren, der Mond ist aufgegangen!«

Eine Hand erschien am Vorhang, und ein Arm streckte sich hinaus auf die Straße. Alle starrten auf den weißen, wohlgeformten Arm, der jetzt entblößt war, weil der fellbesetzte Ärmel bis zum Ellenbogen zurückgefallen war. Die Hand ließ etwas aus den Fingern fallen, das jetzt sanft in Adams geöffnete Hände segelte. Einer der Musikanten des Adligen sprang nach dem Gegenstand, als seinem Herrn ein Wutschrei entfuhr. Doch

Adam wich ihm geschickt aus und hielt dann seinen Preis hoch, auf daß alle ihn sehen konnten.

»Veilchen! Dieselben, welche Eure Musikanten noch vor einer Minute an ihr Fenster warfen. Sie hat sie mir zugedacht. Gebt Ihr Euch nun geschlagen?«

»Sie hat ihr Urteil gefällt! Die Sache ist entschieden!« riefen die Umstehenden im Chor. »Verzieht Euch, die Dame hat ihre Wahl getroffen.«

Der Wein, den de Breauté genossen hatte, machte ihn jetzt wütend; voller zorniger Ratlosigkeit zögerte er, während sein Pferd unruhig tänzelte. Oben zog sich die Hand wieder zurück. Der Vorhang fiel wieder zu und verbarg alles vor den Blicken der Anwesenden.

»Madonna Benedetta hat kein Wort gesprochen«, wandte der Edelmann nun ein. »Woher wollen wir da wissen, ob das Sträußlein wirklich für Euch bestimmt war und nicht für mich?«

Alle schrien gegen ihn, doch nun war de Breautés Stolz erwacht, und er konnte nicht mehr nachgeben. »Lied um Lied, so lautete der Handel, bis sie einen von uns erhört hat!« rief der Edle und gab den Musikanten das Zeichen, ihre Instrumente wieder anzusetzen. Beharrlich kämpfte eine neue Melodie gegen das Stimmengewirr an; es war wieder eine Weise, die jeder Spielmann weit und breit kannte.

»Bleib in der Nähe der Tür, denn ich glaube, sie wird die Tür öffnen, sobald sie von diesem Spektakel genug hat«, drängte Harry und wollte Adam am Arm zurückhalten. Doch der wehrte sich und starrte wütend in Richtung seines Widerparts.

»Laß mich in Ruhe!« knurrte Adam. »Ich werde ihn von seinem hohen Roß stoßen, diesen Falschspieler, diesen betrügerischen Hund!«

Harry holte die anderen zu Hilfe, und gemeinsam packten sie den Freund, schoben ihn an den Eckstein der Tür und schüttelten ihn, um ihn zur Vernunft zu bringen. »Was willst du von dem Mann, du Narr? Die Dame hast du bereits erobert, also überlaß den Schurken uns.«

Trotz der allgemeinen Empörung beruhigte sich die Menge

rasch, um den Musikanten zu lauschen. Immerhin handelte es sich bei diesem Lied um ein altbekanntes und beliebtes, und wenn man es recht bedachte, ging sie der Streit zwischen diesen beiden Hähnen doch nichts an. Die Studenten und anderen Gaffer wollten sich schließlich vergnügen; und wenn das Feuer zu rasch auszugehen drohte oder zu sehr herabbrennen sollte, würden sie nicht zögern, etwas Öl hineinzugießen.

»Nun wieder Sommern naht mit Pracht,
Des Jahres Glanz und Zier;
Des Winters Frost, er weicht mit Macht
Vor Phoebus' Feuerspeer.«

»Was für ein stumpfsinniger Mist«, murmelte Harry und legte den Kopf schief. »Mal sehen, ob wir die Weise nicht verschönern können. Apollon, leih mir deine Laute.« Seine Augen funkelten, und er trug ein schlaues Katzenlächeln im Gesicht, als er sich über die Saiten beugte und die Melodie nachspielte. Für die erste Strophe war es bereits zu spät, an der ließ sich nichts mehr ändern. Aber für das Folgende würde ihm sicher etwas einfallen.

»Doch ich, der ich im Trauerflor
Begehr' Dich so und fleh' auf Knien …«

Schon schlug Harry seine Saiten lauter an, trommelte mit den Fingerspitzen auf den Bauch der Laute und sang mit einer Stimme, welche viel lauter und durchdringender, wenn auch weniger melodisch war als die seines Bruders:

»… So wie ich schick' die Herren vor,
Soll doch ein anderer Dich lieben!«

Die Umstehenden klatschten und johlten. De Breautés Leibdiener stürmte auf die Treppe zu und wollte mit der Scheide seines Dolchs auf das Musikinstrument einschlagen. Doch Apollon und Élie stellten sich schützend vor den Freund, fingen den

Angreifer ab und hielten ihn wie einen Gefangenen fest. Der Edle schäumte vor Wut und gab seinem Roß erneut die Sporen.

Aber einer der Studenten packte die Zügel und hängte sich mit seinem ganzen Gewicht daran. Die Musikanten verdoppelten ihre Anstrengungen und bliesen, strichen und schlugen noch heftiger auf ihren Instrumenten, um nicht übertönt zu werden. Ihr Sänger schrie geradezu;

»O meines Herzens Freudenborn,
Ich hoff' auf Zeichen Deiner Gunst ...«

An dieser Stelle fing er jedoch an, lächerlich zu krächzen, und sein Gesang ging in Husten unter. Harrys Stimme ertönte nun fröhlich und triumphierend in der Luft. Sie war laut und frisch wie saure Äpfel:

»... 'nen and'ren schickte ich nach vorn,
Der auch im Bett besitzt mehr Kunst!«

Die Umstehenden heulten vor Vergnügen, und die in der zweiten und dritten Reihe verlangten sofort, daß man sie aufkläre, was gerade gesungen worden war. Und so gaben die ersten die beiden Zeilen nach hinten weiter, und die Verse machten die Runde, bis auch der letzte sie gehört hatte. Jeder, der sie vernahm, brach sofort in Gelächter aus, und je nachdem, wo gerade am lautesten gelacht wurde, ließ sich feststellen, wo die zweite Strophenhälfte angelangt war. Doch das lieblichste, offenste und klarste Lachen schallte über ihren Köpfen in die Pariser Nacht hinein. Wie gelbe Rosenblätter, die von einem Sonnenstrahl erfaßt werden, perlte es aus dem Fenster von Madonna Benedetta.

Alle blickten hinauf, doch am Fenster war niemand zu sehen. Und während noch alles hinstarrte, wurde von innen der Riegel leise zurückgezogen und die Tür geöffnet. Adam hörte das leise Geräusch und wirbelte herum. Ein Mädchengesicht erschien im Türspalt, und eine Hand suchte nach der seinen, um ihn hereinzuziehen. Überwältigt von der Tatsache, daß der Himmel selbst sich für ihn aufgetan hatte, starrte er nur noch reglos und staunend. Schließlich reichte Harry Apollon die Laute zurück, legte dem verwirrten Eroberer die Hände auf die Schultern und stieß ihn ins Haus. Sofort schloß sich hinter ihm die Tür wieder, und der Riegel wurde geräuschvoll vorgeschoben.

Der junge Edelmann war viel zu sehr damit beschäftigt gewesen, sich im Sattel zu halten. Erst jetzt starrte er zur Tür und mußte mit Entsetzen feststellen, daß sein Widersacher verschwunden war. Außer sich vor Wut und verletztem Stolz schlug er nach dem Studenten, der an seinem Zügel hing, doch der tauchte gleich unter dem Roß weg, und so bekam das Tier den Schlag zu spüren. Das Pferd stellte sich wiehernd auf die Hinterbeine, so daß sich die erste Reihe der Zuschauer erschrocken nach hinten flüchtete. Der Student ließ sich behende wie eine Katze fallen, rollte außer Reichweite der Hufe und wurde von seinen Freunden aufgefangen und hochgezogen. De Breauté, dem jetzt niemand mehr an den Zügeln hing, konnte plötzlich sein Roß kaum mehr unter Kontrolle halten, als es voller Panik auf die Stufen zustürmte.

Die Musikanten preßten ihre Instrumente an den Leib, versuchten zu entkommen und stießen sich gegenseitig an. Élie und Apollon, der seine Laute wie seinen Augapfel hütete, sprangen, jeder nach einer anderen Seite, von den Stufen. Harry war vor der Tür gefangen. Mit einem Arm versuchte er, die Peitschenschnur zu erfassen, um seinen Kopf zu schützen. Mit der anderen packte er den Griff der Peitsche. Dann riß er heftig daran. Eigentlich hatte er nur beabsichtigt, dem Reiter die Waffe abzunehmen, doch de Breauté hatte die Schlaufe am Ende des Griffs fest um sein Handgelenk gewickelt. Der Reiter geriet nun völlig aus dem Gleichgewicht und fiel vom Pferd direkt auf den Jüngling. Die beiden rollten die Stufen hinunter, während die Hufe des nervösen Rosses nur eine Elle von ihnen entfernt auf das Straßenpflaster aufschlugen. Irgendwann bekam Élie die Zügel zu fassen und zog das zitternde und schnaubende Tier von ihnen fort. Doch kaum hatte er das Pferd sicher aus dem Getümmel fortgeführt, da riß es sich von ihm los, schüttelte ihn wie eine Geiferflocke ab und galoppierte zum heimischen Stall zurück. Élie, schon immer ein praktisch veranlagter Mann, der niemals Zeit auf ein Problem vergeudete, das er nicht lösen konnte, rappelte sich auf, rieb sich die Beulen und Schrammen und kehrte zu der lachenden, schreienden, fluchenden und grunzenden Menge zurück, die mittlerweile die Rue des Psautiers in ihrer gesamten Breite verstopfte.

Die Klügeren unter den Stadtbürgern machten, daß sie von hier verschwanden, denn alles deutete auf eine Straßenrauferei hin. Die Studenten feuerten mit Freudenrufen und aufs Geratewohl die eine oder die andere Seite an und scharten sich um die beiden Kämpfer. Monate mußte es her sein, seit ihnen zum letzten Mal ein solches Schauspiel geboten worden war. Und das Beste war: Jeder durfte in die Balgerei eingreifen. Die jungen Männer waren fest entschlossen, sich diesen Spaß nicht entgehen zu lassen.

Die Musikanten mußten erkennen, daß sie mitten im Handgemenge feststeckten. Also ließen sie jeglichen Fluchtgedanken fahren und stürmten ihrem Herrn zu Hilfe, um ihn mit Zähnen und Klauen zu verteidigen.

Ihre Instrumente würden diese Schlacht wohl kaum überstehen, also benutzten sie die einfach als Waffe. Schließlich würde de Breauté sie ihnen ersetzen, da sie für ihn gespielt hatten und sich auch noch um seiner Ehre willen zertrümmern ließen.

Élie schlug man eine Flöte auf den Schädel, so daß er hart auf dem Kopfsteinpflaster landete. Apollon, der mit dem Körper seine Laute schützte, weil er keinen Herrn hatte, welcher ihm eine neue kaufen würde, wurde von einer Armgeige gefällt. Er vernahm das Splittern des dünnen Holzes, als der Klangkörper auf seinem Schädel zerbrach; und das bereitete ihm genauso großen Schmerz, als hätte es sein eigenes Instrument erwischt.

Doch erst nachdem er vorsichtig mit den Fingern ertastet hatte, daß seiner eigenen Laute nichts geschehen war, nahm er die dröhnende Musik in seinem armen malträtierten Schädel wahr. Der runde Bauch einer Cister flog zielsicher auf Harrys

Hinterkopf zu, doch dieser konnte gerade noch rechtzeitig von seinem Gegner wegrollen. Das Instrument verfehlte ihn um Fußbreite und zerschellte wie eine Eierschale an einer Steinkante. Harry stürzte sich sofort darauf und nahm den Hals der Cister an sich, um endlich eine Waffe zu besitzen. Dann nutzte er seine erhöhte Position auf der Treppe und schleuderte den Musikanten mit einem Fußtritt gegen die Brust zurück in das Gemenge. Daß Harry das Stück Holz an sich gebracht hatte, sollte sich gleich als Vorteil erweisen. Denn inzwischen war de Breauté wieder aufgestanden und hatte seine Klinge gezogen.

»Ein Schwert!« schrie jemand, und wer konnte, der suchte das Weite. In seinem Zorn war de Breauté nämlich unberechenbar, und selbst der größte Raufbold unter den Studenten wollte es nicht darauf ankommen lassen, dem Rasenden in die Quere zu kommen. De Breauté griff sofort an. Statt mit dem Instrument die Klinge beiseite zu schlagen, hielt Harry es wie einen schmalen Schild vor sich. Die Schwertspitze durchstieß den Hals der Cister, blieb stecken und ritzte einen von Harrys Fingern auf. Dieser drehte das Holz rasch einmal um seine Achse. Der junge Edle schrie erschrocken auf und ließ seine Waffe fahren, denn er riskierte sonst, daß die Umdrehung sein Handgelenk zerbrach.

Harry stieß einen Triumphschrei aus, schwang Stahl und Holz hoch über seinem Kopf und wollte beides über die Köpfe der Ringenden hinfort wegwerfen, damit die Klinge keinen Schaden mehr anrichten konnte. Doch im selben Moment ertönte der durchdringende Laut einer Pfeife vom Nordende der Rue des Psautiers, und augenblicklich drehte sich jeder Kopf nach dem Geräusch um.

»Alles auseinander!« schrie Apollon. »Fort von hier! Die Wache!« Das unentwirrbare Gewimmel von Leibern und Gliedmaßen löste sich wie durch ein Wunder, und alle rannten in verschiedene Richtungen davon; nur nach Norden nicht. Das Getrampel rennender Füße hörte sich an wie ein plötzlicher Regenguß.

Élie sprang sofort auf die Mauer, welche Guiscards Stallungen umgab. Wie von Sinnen zog er sich mit Knien und Schuhspitzen daran hoch. Schon saß er oben und sprang auf die andere Seite. Apollon verdrückte sich in eine schmale Lücke zwischen zwei Häusern, kroch auf allen Vieren hindurch, wurde halb ohnmächtig von dem widerlichen Gestank des Unrats, durch den er waten mußte, erreichte endlich die Rue du Lapin und befand sich somit in Sicherheit. Harry ließ rasch die durchbohrte Cister fallen, rannte die Stufen hinunter und wollte Apollon folgen. Aber die Musikanten wähnten sich in Anwesenheit ihres adligen Herrn sicher und ergriffen sofort die Gelegenheit, sich bei ihm beliebt zu machen. Sie fielen über den flüchtenden Harry her und zwangen ihn auf das Straßenpflaster nieder.

Als er wieder zu Atem kam, hatten sie ihn bereits auf die Füße gestellt und vor den Provost gezerrt, das Polizeioberhaupt der Stadt. Gerade berichteten sie ihm eifrig, daß Harry den ganzen Aufruhr angezettelt habe. Er und seine Spießgesellen hätten ohne Grund den Edelmann und seine Musikanten belästigt. Zuerst hätten sie das unschuldige Abendständchen ihres Herrn mit zotigen Zwischenrufen gestört, dann seinen Diener angegriffen und dann eine Schlägerei vom Zaun gebrochen, zu der sich rasch das ganze Gesindel vom Studentenviertel gesellt habe.

Harrys Augen wurden bei dieser Darstellung immer größer. »Bei meiner Seele!« entfuhr es ihm schließlich. »Mir wird ja bang vor mir selbst. Niemals hätte ich geglaubt, daß ich ein solcher Teufelskerl bin!«

Einer der Sergeanten schlug ihm mit dem Handrücken auf den Mund; nicht zu fest und nur um ihm zu bedeuten, daß er erst dann zu sprechen habe, wenn er dazu aufgefordert würde. Harry nahm ihm den Hieb nicht übel und ließ den Blick über die leere Straße wandern, in welcher es plötzlich ganz ruhig geworden war.

Bis auf ihn hatten sich alle gerade noch rechtzeitig in Sicherheit bringen können. Und bis auf die zerschmetterten Musikinstrumente und dem von der Schwertklinge durchbohrten Hals der Cister deutete nichts darauf hin, daß sich hier bis vor kurzem eine Massenprügelei ereignet hatte.

Der Provost hockte nachdenklich auf seinem schmalen Rotschimmel, betrachtete ebenfalls das Schlachtfeld und bedauerte, daß er mit dem Einschreiten nicht gewartet hatte, bis genug Büttel am Südende der Rue des Psautiers eingetroffen waren. Dann hätte er nämlich die Sauf- und Raufbrüder aus der Studentenschaft, welche ihn schon lange plagten, von zwei Seiten in die Zange nehmen können. Aber was hätte ihm das schon eingebracht? Die Hälfte von ihnen hätte sicher sofort das Kirchenprivileg für sich in Anspruch genommen. Als Mitglieder der von der Kirche geleiteten Universität hätten sie sich höchstens vor einem Klerikalgericht zu verantworten gehabt. Und wenn der Provost sie dennoch ins Loch gesteckt hätte, wäre wenig später unweigerlich ihr Kanoniker oder Professor erschienen, um sie dort herauszuholen. Na ja, sagte er sich, wenigstens hat es diesmal keine Toten gegeben. Und anscheinend auch keine Schwerverletzten.

»Monsieur de Breauté, könnt Ihr das alles bestätigen?« fragte der Provost den Edelmann. »Erkennt Ihr in diesem Burschen den Anführer der Bande wieder?«

»Der da war der Unverschämteste von allen«, schimpfte der Mann, und wenn Blicke hätten töten können, wäre Harry auf der Stelle leblos zu Boden gesunken. »Er war derjenige, der mich vom Pferd zerrte«, fügte de Breauté hinzu, während er sich von seinem Leibdiener abbürsten ließ. Allerdings verschwieg der Adlige vollständig Adams Anteil an der ganzen Geschichte. Vielleicht besitzt er ja doch eine vornehme Gesinnung dachte Harry, doch viel eher fürchtet er wohl, das Eingeständnis seiner Niederlage würde ihn zum Gespött von ganz Paris machen.

»Nun, Schurke, was hast du dazu zu sagen? Hast du den Edlen vom Pferd gerissen?«

»Ja, gewiß«, bestätigte Harry, »doch erst, nachdem er mit der Peitsche auf mich einschlug. Um der Wahrheit willen muß ich allerdings hinzufügen, daß dieser Erfolg größer ausfiel, als ich erhofft hatte. Ich wollte nur seine Gerte, aber nicht den Mann gleich mit. So war ich sicher noch überraschter als er, als er gleich mitgeflogen kam und mich zu Boden warf.«

»Aha, du wolltest also die Peitsche«, lächelte der Provost

grimmig. »Nun, es sollte uns nicht schwerfallen, dir diesen Wunsch zu erfüllen, du Halunke. Was hattest du überhaupt hier verloren, und wie kamst du dazu, auf einer öffentlichen Straße eine Rauferei zu beginnen und einen ehrlichen Edelmann mit anstößigen Liedern und Geschrei zu behelligen? Ich bin festen Willens, in meiner Stadt den öffentlichen Frieden aufrechtzuerhalten. Das könnt du und deinesgleichen euch hinter die Ohren schreiben.«

»Nun, werter Herr, ich streite ja gar nicht ab, daß es zu Händeln gekommen ist, aber zu einer Schlägerei gehören immer zwei Seiten, und man wird von mir ja wohl kaum annehmen wollen, ganz allein beide Parteien verprügelt zu haben. Dieser ehrenwerte Monsieur hier hatte mit uns eine Wette abgeschlossen, weigerte sich aber nach seiner Niederlage, sich von hier zu verziehen. In dem Durcheinander, das danach entstand, flogen dann irgendwann die Fäuste. Nehmt ihn auch mit, auf daß uns beiden Gerechtigkeit widerfahren mag. Und davon abgesehen«, fügte Harry munter hinzu, »dürftet Ihr von ihm weit mehr Silber als Strafe erhalten als von mir; denn nach meinem heutigen Abendbrot trage ich nicht einmal mehr einen Denier bei mir, geschweige denn einen Sou.«

»Und selbst wenn du die halbe Münzpräge des Königs besäßest, junger Mann, wir würden dich dennoch mitnehmen, damit du dir eine Nacht lang das Mütchen kühlen kannst. Außerdem wird es dir wohl kaum schaden, auch einmal auf einem harten Lager zu liegen. Es sei denn, du kannst ein paar Zeugen aufbieten, welche deine Fassung der heutigen Vorfälle bestätigen.«

Nun, zwei Zeugen gab es, und die befanden sich sogar in Rufweite, doch die beiden bei ihren nächtlichen Vergnügungen zu stören wäre Harry als großes Unrecht vorgekommen. Er sah, daß das Licht im ersten Stockwerk gelöscht war. Der Jüngling lächelte und schüttelte den Kopf. Mochte ihn selbst eine harte Nacht erwarten, wenn Adam dafür eine weiche gefunden hatte; das war ihm nur recht.

»Aber, lieber Herr, wenn Ihr mir schon ein Nachtlager verheißt, wie könnte ich dann so unhöflich sein, dies abzulehnen? Eurem Hotel eilt der Ruf voraus, selbst dem niedersten Vaganten Obdach zu gewähren.«

»Deiner Sprache ist ein Unterton anzuhören, der nicht hier nach Paris gehört«, entgegnete der Provost, sah ihn nachdenklich an und zupfte sich an der großen, pockennarbigen Nase. »Wie heißt du, Bursche? Hast du dich hier als Student eingeschrieben, oder bist du am Ende gar ein Vagus?« fragte er und verwendete dabei den lateinischen Begriff für das Vagantenvolk.

»Ich bin nicht als Student eingetragen, besitze jedoch die Erlaubnis, mir Vorlesungen anzuhören, sobald meine sonstigen Pflichten erledigt sind. Was nun meinen Namen angeht ... Meister Provost, könnt Ihr ein Geheimnis für Euch behalten? Unter dem Siegel der Verschwiegenheit teile ich Euch mit, daß man mich Golias nennt und ich der Herr der Vaganten bin, des *Ordo Vagorum*. Doch halte ich mich unter falschem Namen in Paris auf, will ich doch nicht erkannt werden. Ihr müßt mir nun versprechen, niemandem auch nur ein Sterbenswörtchen davon zu verraten.«

»Bezahlt ihn für diese freundliche Auskunft«, befahl der Polizeihauptmann, allerdings nicht zu streng, und seine Sergeanten beließen es dabei, Harry ein paarmal mit ihren schweren Lederhandschuhen aufs Ohr zu schlagen.

»Wenn du dich auf das Kirchenprivileg berufen willst, solltest du das besser gleich und hier vor Zeugen tun«, gebot der Provost dann.

Harry senkte das Haupt und schüttelte empört seine dichten Locken vor dem Mann. »Sieht das vielleicht nach einer Tonsur aus?«

»In meinem Gewerbe kann es vorkommen, daß eine Tonsur wie durch ein Wunder plötzlich erscheint. Sogar während einer Nacht in der Zelle. Da möchte ich natürlich schon vorher sichergehen.«

»Ich erwürge jeden, der es wagt, mir das Haupt zu scheren«, verkündete Harry munter, »selbst wenn mich das aus dem Gefängnis bringen sollte.«

»Führt ihn ab«, befahl der Provost. »Wir wollen morgen feststellen, ob er dann eher gewillt ist, vernünftige Antworten auf unsere Fragen zu geben.« Damit wendete der Hauptmann der Wache sein Roß, verabschiedete sich von de Breauté mit einem knappen Kopfnicken und ritt dann durch die Rue des Psautiers davon. Harry folgte ihm gehorsam und in sein Schicksal ergeben. Die beiden Sergeanten hielten ihn fest zwischen sich. Wenn er zu langsam lief, bekam er gelegentlich einen ermunternden Faustschlag in den Rücken. Es war nicht gerade lustig, für andere den Sündenbock zu spielen, aber eigentlich hätte es jeden von ihnen treffen können. Und davon abgesehen, war der zurückliegende Abend die jetzige Behandlung wert. Nein, Harry hatte keinen Grund, sich zu beschweren.

Die Heiterkeit, welche der Wein und der bewegte Abend in ihm ausgelöst hatten, hielt noch die halbe Nacht an. Allerdings beschwerte er sich, wenn auch eher verdrossen als zornig, bei den Sergeanten über die enge, feuchte und stinkende Zelle, in welche man ihn geworfen hatte. Die Büttel antworteten ihm zu Recht, daß er ihnen eigentlich dankbar sein müsse, daß sie ihn nicht in eines der unterirdischen Löcher gesperrt hatten. Immerhin sitze er jetzt ebenerdig ein und habe sogar ein Fenster in seiner Zelle. Es war zwar klein und ziemlich hoch angebracht und außerdem vergittert, aber ohne Zweifel war es ein Fenster, durch welches er frische Luft von draußen bekam. Bevor die Sergeanten ihn verließen, stießen und traktierten sie ihn noch ein wenig für seine Unverschämtheiten; doch ihre Schläge waren nicht hart, eher spielerisch. Selbst Büttel fühlten gelegentlich eine gewisse Seelenverwandtschaft mit Halunken, die dem Wein ein wenig zu sehr zugesprochen hatten. Außerdem staunten die beiden ein ums andere Mal über seine Heiterkeit. Rührte die nur vom Trank her oder eher von der Genugtuung, einem Edelmann eins ausgewischt zu haben?

Als Harry allein war, tastete er sich zu der in der Wand eingelassenen kalten Steinbank vor und ließ sich darauf nieder. Durch das hohe Fenster konnte man ein halbes Dutzend Sterne erkennen, und die Luft, welche hereindrang, war zwar geladen mit üblen Gerüchen, aber durchaus atembar. Die Wächter hatten nicht übertrieben, er hätte sich wirklich glücklich schätzen müssen. Die Sergeanten hätten auch schlechte Laune haben und ihn zuerst verprügeln und dann in das stinkendste Loch auf der untersten Ebene werfen können, wo ein Gefangener weder aufrecht zu stehen noch sich lang auszustrecken vermochte.

Dennoch stand Harry vor einem großen Problem: Wie sollte er nur die Zeit totschlagen und auch seinen Geist beruhigen, der ihn mit einer Rastlosigkeit erfüllte, die ihm den Schlaf raubte? Der junge Mann rutschte hin und her, bis er eine halbwegs bequeme Stellung auf dem Stein gefunden hatte, und entdeckte dabei einige blaue Flecke, von deren Vorhandensein er vorher nichts gespürt hatte. Nach einer Weile beschloß er, all die frechen Lieder aus seinem schier unerschöpflichen Fundus eins nach dem anderen zu singen. Zuerst leise und dann allmählich immer lauter, um festzustellen, wann die Wärter es für notwendig hielten, ihn mit Schlägen zum Schweigen zu bringen.

Nachdem er das erste Lied ungestört zu Ende gebracht hatte, wurde er immer kühner und sang bald aus Leibeskräften. Er fing an, eine Ballade über eine Äbtissin und deren unziemlichen privaten Lebenswandel zu schmettern; dabei spitzte er die Ohren und behielt die Tür im Auge, um herauszufinden, wie weit er es treiben konnte. Da drehte sich endlich ein Schlüssel im Schloß, und einen Moment später fiel ein Lichtspalt in seine Zelle.

Nun schien der entscheidende Moment gekommen zu sein. Harry hörte sofort auf zu singen, bedauerte ein wenig seine Tollkühnheit und frohlockte doch innerlich darüber; er fragte sich, ob er sein Glück zu sehr herausgefordert hatte. Doch im Licht der Laterne erschien nur ein einziger Mann, der Schreiber des Provosten, ein Bursche mit einem Raubvogelgesicht in der Tracht der Gelehrten und mit einer Kappe auf dem Kopf.

»Ich bin gekommen, dich darüber aufzuklären, welcher Betrag für deine Strafe festgesetzt wurde«, begann der Schreiber und stellte die Lampe auf den Hocker in der Ecke der Zelle. Gleichzeitig gab er dem Schließer das Zeichen, die Tür hinter ihm zu versperren. Erst wenn er ihn riefe, solle wieder aufgetan werden.

»Dann spar dir lieber deinen Atem«, riet Harry ihm, schwang die Beine von der Bank und setzte sich aufrecht hin, »denn ganz gleich, wie hoch die Strafe ausfällt, ich kann sie nicht bezahlen.«

Der junge Mann konnte sich endlich im Laternenlicht in seiner Zelle umsehen, was ihm vorhin nicht möglich gewesen war, als die Gendarmen ihn rücksichtslos hineingezerrt und -gestoßen hatten. Das Licht und die neue Gesellschaft waren ihm jetzt höchst willkommen. Bis zu diesem Moment war ihm nicht bewußt gewesen, daß er nicht nur über die Steinbank, sondern auch über einen Schemel verfügte. Und was für einen schönen noch dazu: grob, stabil und mit einer Sitzfläche so dick wie die Tischplatte in einem Refektorium. Außerdem bemerkte Harry, daß er nicht allein war: Zum einen wimmelte es von Ungeziefer; zum anderen waren die Wände über und über mit Klagen, Flüchen und Schlüpfrigkeiten bedeckt, welche seine Vorgänger gekritzelt, geritzt oder geschrieben hatten. Harry entdeckte auch eine höchst lesenswerte Abhandlung über die biologische Abstammung des Provosten, welche mit einer Messerspitze oder einem Nagel in die Wand über der Bank geritzt worden war.

»Dann magst du hier drin verrotten, mein Freund. Dennoch gebietet mir die Pflicht, dir die Entscheidung des Gendarmenhauptmanns zu überbringen. Deine Freiheit erhältst du gegen Zahlung von zwölf Pariser Livres oder zwölf englischen Pfund wieder. Wenn du die Strafe gleich bezahlst, darfst du schon morgen früh als freier Mann nach Hause gehen. Sollte dir das nicht möglich sein, magst du einen Brief an jemanden schreiben, der diese Summe für dich aufbringen kann. Du hast doch sicher Freunde, die in der Not für dich einstehen.«

»Meine Freunde sind allesamt so sehr mit Reichtümern gesegnet wie ich. Von allen zusammen wirst du genauso schwer zwölf Livres herausholen können, wie es dir gelingen wird, ins Himmelreich zu gelangen.«

»Das ist deine Angelegenheit, nicht meine. Doch solange die

Strafe nicht entrichtet ist, mußt du hierbleiben. Hast du denn überhaupt nichts bei dir?«

Harry leerte alle Taschen und stieß tatsächlich auf ein paar kleine Münzen, den traurigen Rest, welcher vom Schmaus bei Nestor übriggeblieben war. Doch dann fand er etwas, von dem er gar nicht gewußt hatte, daß er es noch bei sich führte. Wenn die Sergeanten ihn etwas gründlicher durchsucht hätten, hätten sie ihm diesen Gegenstand sicher ebenso abgenommen wie den Dolch: Es war sein kleines Lieblingsschnitzmesser, das er in der abgegriffenen Scheide unter dem Hemd im Gürtel trug. Offensichtlich hatten die Gendarmen es übersehen. Natürlich zog Harry das gute Stück jetzt nicht heraus, denn man hätte es ihm sicherlich abgenommen. Aber es bloß zwischen den Fingern zu fühlen, mit seinem vertrauten Griff, erfüllte ihn mit Ruhe und Zuversicht.

»Damit kannst du dich kaum freikaufen«, bemerkte sein Gegenüber mit einem säuerlichen Lächeln, »aber das dürfte reichen, etwas Brot und ein Stück Käse zu erstehen, wenn der Hunger dich befallen sollte. Und womöglich noch einen Becher billigen Weins. Ich bin nicht verpflichtet, dir solches zur Verfügung zu stellen, und auch nicht, dir gute Ratschläge zu geben. Aber aus Nächstenliebe besorge ich dir gern etwas für den Magen, wenn du mit diesen Münzen bezahlen möchtest.«

Harry wollte schon einschlagen, aber da spürte er wieder das kleine Messer an seiner Seite, und im gleichen Moment fiel ihm das gute dunkle Holz des Hockers ins Auge. Da überkam ihn ein anderer Hunger und gleichzeitig eine große Vorfreude. Er nahm die Münzen in die Hand und lächelte fröhlich.

»Ich sage dir, was ich statt Brot und Käse lieber hätte; aber nur, wenn du das für mich besorgen kannst. Fürchte dich nicht, ich habe kaum vor, dein Gewissen zu belasten, das schwöre ich. Ein Licht käme mir gelegen. Eine Kerze, aber eine große, keinen von deinen heruntergebrannten Stummeln. Oder borg mir die Laterne hier für eine Nacht. Nun, was hältst du davon? Das Geld hier sollte dafür reichen. Den Rest magst du für deine Freundlichkeit behalten.«

»Ein sonderbarer Wunsch«, entgegnete der Schreiber und zog die Augenbrauen hoch. »Wer möchte schon dieses Loch nicht nur riechen und schmecken, sondern auch noch die ganze Zeit über im Laternenlicht sehen? Aber wenn dies wirklich dein Begehr ist, sehe ich kein Hindernis, es dir zu erfüllen. Behalte die Laterne, sie wird die ganze Nacht hindurch brennen. Und wenn du morgen jemandem eine Nachricht schicken möchtest, sorge ich dafür, daß er sie erhält. Nein, dafür mußt du mir nicht danken; denn bedenke, wie sonst sollten wir je das Strafgeld für euch Hungerleider von der Akademie bekommen? Keinem von euch fällt jemals ein, für seine Unterkunft hier zu bezahlen.«

»Das mag daran liegen, daß der hiesige Herbergsvater soviel für eine Übernachtung verlangt«, grinste Harry. »Da müßte er uns eigentlich doch das Brot und den Käse umsonst draufgeben. Und bei allem, was recht ist, ich würde den Beifall meiner hungernden Gefährten erwerben, wenn ich hier auf dieses Recht pochen würde. Wenn ich nicht bald eine Verköstigung erhalte, werde ich nicht aufhören zu singen, so daß in dieser Nacht niemand hier ein Auge zumacht.«

»Das steht dir natürlich frei«, entgegnete der Mann mit einem trockenen Lächeln, »allerdings wird dir das nicht viel einbringen. Der Provost schläft weit von hier entfernt, so daß du ihn mit deinem Geblöke gar nicht zu stören vermagst. Und die Wärter vertreiben sich noch die Zeit mit Würfeln. Sie denken noch gar nicht an Schlaf. Andernfalls wären sie längst erschienen, um dir das Maul zu stopfen. Und wenn ich in meine gelehrten Schriften vertieft bin, stört mich nichts und niemand auf der Welt. Ich gebe dir also folgenden Rat: Wenn du fortfährst zu schreien, werden die Gendarmen über kurz oder lang mit ihren Stöcken erscheinen und dich in Eisen legen, damit dir die Lust vergeht.«

»Sprich nicht weiter, du hast mich überzeugt. Laß mir nur das Licht da, dann will ich auch schweigen wie ein Grab.«

So trennte Harry sich von seinen letzten Münzen, tat dies jedoch ohne Bedauern. Als er wieder allein war und der Schließer abgesperrt hatte, stellte er die Laterne auf die Bank und drehte den Schemel um, um ihn genau in Augenschein zu nehmen.

Die Sitzfläche war mindestens sieben oder acht Zoll dick und ragte an beiden Seiten weit über die grob gedrechselten Beine hinaus. Damit stand ihm eine hübsche Menge Holz zur Verfügung. Harry stellte ihn wieder gerade hin. Die Oberfläche war vom vielen Draufsitzen glatt poliert. Um das Licht am besten zu nutzen, hockte er sich auf den schmutzigen Boden und lehnte sich an die Steinbank. Die Laterne brannte über seiner linken Schulter und befand sich fast auf gleicher Höhe mit dem Hocker, den er jetzt zwischen seine Knie zog. Als Harry die Sitzfläche ans Licht hielt, konnte er auf dem Holz bereits das breite, plumpe Profil erraten, welches teuflisch hervortrat. Harry nahm das Messer, und seine Hand schloß sich um den Griff wie um die Schnauze eines Lieblingshundes, der bereit und begierig war, endlich wieder etwas zu unternehmen.

Der junge Talvace tat die ganze Nacht kein Auge zu, und dennoch hatte der Provost noch nie einen so stillen und glücklichen Häftling bei sich beherbergt.

KAPITEL SIEBEN

Adam lief im ersten Morgengrauen zur Ruelle des Guenilles zurück und schwebte auf einer rosigen Wolke des reinen Vergnügens. Als er die Stufen zur Dachkammer hinaufstieg, sang er leise vor sich hin und öffnete im Gehen den Gürtel seiner besten Cotte. Kaum vernahm Élie seine Schritte, da riß er auch schon von innen die Tür auf und stürmte ihm entgegen.

»Ich warte schon die ganze Zeit auf dich. Apollon hatte eine Vorlesung um sechs Uhr, die er nicht verpassen durfte. Adam, sie haben Harry verhaftet!«

»Wer, sie?« fragte der, noch ganz in angenehmen Erinnerungen versunken und daher nicht in der Lage, die Katastrophe in seinem ganzen Ausmaß zu erfassen. »Was plapperst du denn da, Mann?«

»Der Provost und seine Gendarmen! Hast du denn nicht einmal mitbekommen, wie sie auf der Straße herangestürmt gekommen sind? Ach, was rede ich, woher solltest du? Also, kaum warst du im Haus verschwunden, rückten die Sergeanten an. Wir haben uns natürlich sofort verdrückt. Alle konnten entkommen, nur der arme Harry nicht. Die Büttel haben ihn wegen Ruhestörung und Landfriedensbruch ergriffen, und de Breauté und seine Musikanten haben Stein und Bein geschworen, er sei der Rädelsführer. Also haben sie ihn abgeführt und ins Gefängnis des Provosten gesperrt. Dort hockt Harry jetzt immer noch! Wie sollen wir ihn da bloß herausbekommen? Wir haben hier doch nichts mehr, was wir noch ins Pfandhaus tragen könnten. Und wenn ich meinen Vater vor seiner nächsten Zahlung an mich um Geld angehe, wird er mich zu sich nach Hause bestellen und dann Rechenschaft über meinen Lebenswandel fordern. Ach herrje, wahrscheinlich muß ich dann die Fakultät verlassen und werde in eine Schreibstube gesteckt. Als Vater mir das letzte Mal aus der Klemme helfen mußte, hat er geschworen, mir nichts mehr durchgehen zu lassen. Was sollen wir nur tun?«

Adam nahm ihn am Arm und führte ihn in die Dachkammer. Dort entledigte er sich rasch seiner guten Sachen, zog den Arbeitskittel über und überschüttete Élie, der mit schwarzgeränderten Augen und bleichem Gesicht vor ihm stand, mit einem Regen von Fragen.

»Woher weißt du überhaupt davon? Hat Harry etwa eine Nachricht geschickt?«

»Nein, aber ich habe mitbekommen, wie sie ihn abgeführt haben. Schließlich hatte ich mich im Mietstall versteckt.«

»Was, dann hast du alles von Anfang an mitbekommen? Du Narr, warum bist du nicht gleich zu mir gekommen und hast mir von dem Vorfall berichtet?«

Der junge Mann preßte die Hände an den Kopf und verdrehte die Augen zum Himmel. »Sei doch vernünftig, Freund. Wie hätte ich das denn tun sollen? Stell dir nur einmal vor, ich hätte tatsächlich an die Tür gehämmert: ›Ich bitte vielmals bei Madonna Benedetta um Vergebung, aber ich muß den Jüngling, welcher sich gerade bei ihr aufhält, leider wieder zurückfordern. Sein Bruder ist nämlich gerade von der Stadtwache verhaftet worden.‹ Davon ganz abgesehen, hatte ich ja keine Ahnung, wo sie Harry hinbringen würden. Also blieb mir nichts anderes übrig, als dem Zug zu folgen, um das herauszufinden.«

»Haben sie ihn mißhandelt? Und hat Harry auch hoffentlich sein närrisches Mundwerk gehalten?«

»Nein, sie haben ihn ein wenig hin und her gestoßen, sich ansonsten aber zurückgehalten. Aber du kennst Harry ja. Als der Provost ihn nach seinem Namen fragte, gab er sich als Golias aus, und das hat die Gendarmen nicht gerade erheitert.«

»Das sieht ihm ähnlich!« schimpfte Adam halb krank vor Sorge und zog seinen Kittel gerade. »Er kann es einfach nicht lassen, er muß sich immer wieder den Mund verbrennen. Wenn wir ihn erst aus dem Gefängnis geholt haben, kann er sich aber auf etwas gefaßt machen! Golias! Bei allem, was recht ist! Er weiß doch ganz genau, wie sehr die Stadtwache in der letzten Zeit hinter allen Vagabunden her ist! Wenn er schon im falschen Moment einen Scherz machen muß, warum dann ausgerechnet den dümmsten und gefährlichsten? Aber berichte weiter, was hast du dann unternommen?«

»Ich bin hierher zurückgekommen, zu Apollon. Er versteht sich besser darauf, mit Amtspersonen zu reden, als ich. Also ist er los zum Gefängnis und hat mit ihnen verhandelt. Apollon hat den Gendarmen mit allen Stiftsherren und Kanonikern von Notre Dame gedroht. Aber sie wollten ihn nicht freilassen, und er durfte Harry nicht einmal sehen. Die Wärter verlangen zwölf Pariser Livres, sonst darf er nicht heraus. Apollon hat also angefangen zu feilschen. Du weißt ja, daß er leicht so tun kann, als führe er mehrere Livres mit sich, auch wenn er keinen Sou in der Tasche hat. Aber die Burschen ließen sich nicht erweichen. So bleibt es bei den zwölf Livres, oder wir haben keinen Harry mehr. Ach, was sollen wir jetzt nur tun? Bis zum nächsten

Monat bekommen wir doch kaum zwei Livres zusammen. Apollon meinte, wenn wir für den Rest sorgten, würde er seine Laute versetzen.« Élie riß beim Sprechen wie ein Kind die Augen auf, weil alle wußten, wie lieb und teuer ihm das Instrument war. Auch Adam geriet angesichts solchen Opfermuts in Verwunderung. Impulsiv legte er dem Freund einen Arm um die Schultern und drückte ihn an sich.

»Wir dürfen Apollon nicht das Herz herausschneiden. So schlimm wird es schon nicht kommen. Nein, ich werde zum alten Bertrand gehen und ihm mein Herz ausschütten. Er wird sicher in Zorn geraten, aber dann zu der Erkenntnis gelangen, daß es ihn immer noch billiger zu stehen kommt, für seinen besten Steinhauer ein Lösegeld zu zahlen, als ohne ihn auskommen zu müssen. Nicht einen Tag könnte er auf ihn verzichten. Ich werde mich vor ihm demütigen und klein machen, und Harry auch, sobald er wieder frei ist, doch das sollte es uns wert sein. Leg du dich jetzt wieder hin und schlaf«, riet er Élie und schob ihn zum Bett. »Du siehst aus wie ein Gespenst. Wahrscheinlich hast du die ganze Nacht kein Auge zugetan.«

»Du etwa?« fragte der Freund mit einer ganz anderen, neuen Wißbegier, und ein verschwörerisches Leuchten trat in seine Augen.

Adam bedachte ihn nur mit einem Grinsen und verzichtete fürs erste auf jeglichen Bericht. Für solche Albereien war jetzt keine Zeit, denn seine Gedanken beschäftigten sich mit nichts anderem als mit Harrys Befreiung.

In aller Eile rannte er in die Innenstadt, zur Ile de la Cité, und dort zur Kirche Notre Dame, wo er zwischen den Bauhütten nach Meister Bertrand suchte. Die Hütten der einzelnen Handwerksmeister schienen sich wie Efeu an der Basis der neuen Westfassade zu ranken.

Der Meister hielt sich oft zu solch früher Stunde an der Baustelle auf und erschien dort gern noch vor Arbeitsbeginn, um seine Gesellen tüchtig auszuschimpfen, wenn sie spät eintrafen; auch wenn sie pünktlich kamen, hielt er es so. Doch an diesem Morgen war Bertrand nicht hier. Adam wartete vergeblich darauf, daß er sich zeigte, und wandte sich schließlich an den Knaben, welcher den Maurern die Hütte fegte und für sie Besorgungen erledigte. Dann machte Adam sich an seine Arbeit. Eine Stunde verging, ehe der Junge zu ihm hinaufpfiff. Der Geselle ließ sich sofort an den Seilen vom Gerüst hinab, das am Fuß des Südwestturms angebracht war, und unten fing der Bube ihn auf.

»Der Meister ist gerade eingetroffen, zusammen mit Kanonikus d'Espérance. Und mit ihnen kam ein Fremder, der sehr wichtig zu sein scheint. Gewiß kein Kirchenmann, sondern viel eher ein Lord. Die drei wirst du doch jetzt wohl nicht stören wollen, oder?«

»Muß leider sein«, entgegnete Adam. »Und wenn der Meister mich in Stücke reißt, kannst du ja meine Reste zusammenfegen und Harry übergeben, damit er mich christlich bestattet.« Er strich dem Jungen rasch über das kornblonde Haar, das vom Wind zerzaust und vom Steinstaub grau gefärbt war, und klopfte sich dann selbst das Grau vom Arbeitskittel, ehe er sich den drei Männern näherte, welche sich mitten auf der Baustelle versammelt hatten und das Westportal betrachteten.

»Meister Bertrand, gestattet mir, das Wort an Euch zu richten ...«

Der Baumeister bot mit seinem Patriarchenbart einen ehrfurchtgebietenden Anblick und war sich seiner Würde durchaus bewußt. Er drehte sich um, sah den Gesellen tadelnd an und winkte ihn verärgert weg. »Komm zu einem günstigeren Zeitpunkt, ja? Siehst du denn nicht, daß ich gerade in ein Gespräch verwickelt bin?«

»Doch, das ist mir nicht entgangen, aber Vergebung, Meister, ich trete in einer sehr dringlichen Angelegenheit vor Euch, von der ich glaube, daß Ihr sie sofort erfahren möchtet. Es geht um meinen Bruder. Wahrscheinlich ist es Euch noch nicht aufgefallen, aber Harry ist heute nicht zur Arbeit erschienen. Und er wird wohl auch nicht kommen, ehe wir keine zwölf Livres aufgetrieben haben, um ihn auszulösen. Um ganz offen zu Euch zu sein, Monsieur, mein Bruder sitzt im Gefängnis, und der Provost will ihn für keinen Denier weniger herauslassen.«

»*Wo steckt Harry?*« donnerte Bertrand. Der Kanonikus und der Fremde hatten sich ein paar Schritte entfernt und unterhielten sich leise. Ob sie nun wollten oder nicht, das Ochsengebrüll des Maurermeisters konnten sie kaum überhören.

»Im Gefängnis«, antwortete Adam schon etwas kläglicher. »Letzte Nacht wurde er nach einer Rauferei in der Rue des Psautiers von den Sergeanten festgenommen. Dabei hatte mein Bruder sich keines schlimmeren Verbrechens schuldig gemacht als weitere dreißig von uns; doch leider war Harry der einzige, der sich erwischen ließ. Das tut mir sehr leid, vor allem weil die ganze Geschichte mehr meinet- als seinetwegen passierte. Doch nun ist das Kind in den Brunnen gefallen, und wenn Ihr den Großmut aufbrächtet, uns die Strafsumme sozusagen als Vorschuß zu gewähren, könnten wir meinen Bruder gleich holen gehen.«

Adam atmete tief durch und wartete mit einiger Neugier auf das Donnerwetter, welches nun unweigerlich folgen mußte. Aber der Himmel bezog sich nicht. Bertrand schluckte seinen Gallenzorn hinunter; es schien ihm zwar schwerzufallen, aber am Ende gelang es ihm.

»Du und ich, mein lieber Geselle Adam«, entgegnete der Meister dann mit gepreßter Stimme, der man den unterdrückten Zorn anhörte, »werden diese Angelegenheit später ausführlicher bereden. Und ich habe auch deinem verdorbenen Bruder etwas zu sagen, wenn er mir das nächste Mal unter die Augen tritt. Harry hat es nicht verdient, daß ich ihm auch nur einen Sou Vorschuß zubillige; denn er besitzt weder die Tugend noch den Verstand, sich von Ärger fernzuhalten. Aber der Schurke weiß, daß ich ohne ihn nur schlecht auskomme, und darauf baut er wohl! Jawohl, er nutzt meine Gutmütigkeit schamlos aus! Ich warne ihn, eines Tages treibt er es zu weit, und dann muß er die Suppe allein auslöffeln, welche er sich eingebrockt hat!«

»Ich kann mich nicht entsinnen, daß Harry schon einmal im Gefängnis gesessen hat!« schmollte Adam. »Die zwölf Livres wollen wir als Vorschuß auf unseren Lohn, und von dem mögt Ihr dann soviel einbehalten, wie Ihr wollt, bis wir unsere ganze

Schuld beglichen haben. Ich bedaure zutiefst, daß ich die Ursache für Harrys Ungemach war, aber in Zukunft will ich aufpassen, daß ihm solches nicht noch einmal widerfährt. Und mehr weiß ich nicht zu sagen.«

»Du könntest kaum weniger Worte gebrauchen, um deiner Beschämung Ausdruck zu verleihen. Wie ist es überhaupt dazu gekommen, daß ihr zwei in eine Straßenschlägerei verwickelt wurdet? Habt ihr beiden denn überhaupt kein Gefühl für Anstand? Müßt ihr euch denn unbedingt in den verrufensten Straßen der Stadt herumtreiben?«

Bertrand wußte sich in seiner Not nicht anders zu helfen, als sich mit äußerster Selbstbeherrschung an den Kanonikus zu wenden: »Euer Ehren, habt Ihr diesen Burschen gehört? Wundert es Euch jetzt noch, wenn es mir mitunter so schwerfällt, die Termine einzuhalten – denn diese Halunken spielen mir ein ums andere Mal irgendwelche Streiche! Mein Geselle Harry Lestrange zum Beispiel wurde nach einer Straßenrauferei von der Stadtwache verhaftet, und in ein paar Wochen laßt Ihr bei mir nachfragen, warum der Kalvarienberg nicht zu dem versprochenen Termin fertiggestellt wurde. Ach, Euer Ehren, heutzutage findet sich weit und breit kein zuverlässiger Handwerker mehr. Je mehr Talent sie für ihr Gewerk mitbringen, desto größer ist ihre Neigung zum Unruhestiften. So sieht es doch aus, habe ich nicht recht?«

Damit sah sich der Kirchenherr in die Auseinandersetzung einbezogen. Er bedachte Bertrand mit einem beschwichtigenden Lächeln und meinte milde: »Aber, lieber Meister, mir will scheinen, ein ganz so unzuverlässiger Arbeiter ist er nicht gewesen. Und Harry Lestrange dürfte nicht der erste junge Bursche sein, dem ein solches Schicksal widerfährt.«

Da unterbrach der fremde Herr unvermittelt die Betrachtung der neuen Portale, trat zu den Männern und fragte mit klarer, tiefer Stimme, die wie der Klang einer großen Glocke anmutete: »Habe ich da recht gehört? Lestrange? Etwa derselbe, von dem wir eben gesprochen haben?«

Sie haben über Harry geredet? schoß es Adam durch den

Kopf, und er drehte sich zu dem Fremden um. Weswegen wohl?

»Ja, eben derselbe«, bestätigte der Kanonikus. »Derjenige, welcher zur Zeit im Gefängnis schmachtet. Dieser junge Mann hier ist sein Bruder.«

»Ich habe schon eine Menge von Euch beiden gehört«, erklärte die sonore Stimme, »und zwar von diesen beiden Herren hier. Wie es scheint, stammt Ihr aus England.«

»Das ist richtig, Sir«, bestätigte Adam und fragte sich, warum der Fremde ihn mit »Ihr« anredete, wo er doch nur Geselle und nicht Meister war.

»Landsleute sollten in der Fremde zusammenhalten«, fuhr der Unbekannte mit einem schiefen Grinsen fort. »Ich bin selbst Engländer, und ich würde gern die ganze Geschichte von Euren nächtlichen Unternehmungen hören, wenn Meister Bertrand Euch so lange entbehren mag.« Adams Wangen liefen rot an, weil er sich gezwungen sah, auch davon zu berichten, wie das Abenteuer für ihn ausgegangen war. Der Mann bemerkte dies und fügte hinzu: »Natürlich nur dann, wenn die Geschehnisse dem ehrwürdigen Kanonikus nicht zu profan in den Ohren klingen.« Sein Lächeln verzog den einen Winkel seines langen, ausdrucksvollen Munds, während der andere unbewegt blieb, was ihm insgesamt ein verbittertes Aussehen verlieh. »Ihr dürft die unschicklichen Stellen selbstverständlich auslassen.«

Die Worte klangen an der Oberfläche wie eine freundliche Aufforderung, doch dahinter steckte ein strenger Befehl. Dieser Fremde schien gewohnt zu sein, Befehle zu erteilen, und gewiß wurden die dann auch in der Regel befolgt. Ehe Adam sich versah, berichtete er schon von dem doppelten Abendständchen für Madonna Benedetta. Seltsamerweise war er dabei kein bißchen verlegen, im Gegenteil, er erzählte frisch und munter, sogar mit einer gewissen Selbstgefälligkeit. Und während er redete, betrachtete der Jüngling den Fremden genauer.

Mit seinen vielleicht fünfundvierzig Jahren, seiner prächtigen dunklen Kleidung und seiner großen, schlanken und vornehmen Gestalt bot er einen beeindruckenden Anblick. Das Haupt thronte auf dem starken, geraden Hals, der einer antiken Säule glich. Er trug den Kopf sehr hoch, wie überhaupt eine gewisse herausfordernde Arroganz aus all seinen Zügen und aus jeder seiner Bewegungen sprach, als sei er damit auf die Welt gekommen. Er trug das Haar in der altmodischen Weise der Normannen, kurz und rundgeschnitten. Vorne fiel es ihm in die Stirn, doch die war so mächtig, daß dieser Pony sein Antlitz nicht im geringsten gedrungen erscheinen ließ. Die Brauen waren von einem noch dunkleren Braun als das Haar, verliefen lang und gerade und wuchsen über der Nasenwurzel fast zusammen. Seine Augen lagen tief in den großen, überschatteten Höhlen und blickten klug, fragend, prüfend und analysierend drein. Eine hungrige Neugier leuchtete in ihnen und richtete sich auf alles Umstehende. Ihr Blick konnte einen beunruhigen; er wirkte desillusioniert und doch begierig, ruhig und gleichzeitig von geheimem Zorn erfüllt; klar, aber auch melancholisch; und dennoch konnte man über diese Augen nichts anderes sagen, als daß sie wunderschön waren.

Das Gesicht war glattrasiert und von einer dunklen Bräune, welche er unmöglich in Frankreich erworben haben konnte; und erst recht nicht in England, von wo er herzustammen vorgab. Adam überlegte, wo dieser Unbekannte sich zuletzt aufgehalten haben mochte. Das sonnengoldene Braun, welches so augenfällig die gespannte Haut um die Wangen und das breite Kinn färbte, würde in der hiesigen Witterung bald verbleichen; obwohl mit etwas Glück der nahende Sommer es erhalten würde.

Der Mann trug einen rotbraunen Wappenrock, und die weiten Ärmel und die Gugel waren mit hellbraunem Fell gesäumt. Wenn er die bronzebraune Rechte bewegte, funkelten an den Fingern zwei Ringe golden und rot. Der Wappenrock war an den Seiten bis zu den Hüften offen, und darunter zeigte sich eine teure Cotte. Die Beine steckten in kniehohen Stiefeln aus weichem Leder und von ausländischem Schnitt. Wie die Sonnenbräune mußte er auch diese in einem Land erworben haben, welches weit östlich von Paris lag.

Adam fragte sich im stillen, ob es weise wäre, diesen Männern die Liedzeilen, mit welchen er den Gesang der Musikanten gestört hatte, Wort für Wort zu wiederholen. Doch dann blieb ihm nichts anderes übrig, und während er sie vortrug, senkte er züchtig den Blick vor dem Domherrn. Wunderbarerweise lösten Harrys Frechheiten auch in dieser Runde größte Heiterkeit aus. Der Kanonikus beschränkte sich zwar auf ein strenges Lächeln, doch in seinen Augen leuchtete für einen winzigen Moment ein besonderes Licht auf. Der braungebrannte Fremde hingegen warf den Kopf in den Nacken und lachte schallend.

»Ach, Meister Bertrand, Ihr habt mir die Hälfte über diesen Burschen verschwiegen. Allem Anschein nach habt Ihr hier ein ganz besonderes Talent vor Euch. Und, junger Mann, wie ging es dann weiter?«

»Nun, die Haustür öffnete sich, und man ließ mich ein. Offenbar hat unmittelbar darauf ein heftiges Gerangel auf der Straße begonnen, bei welchem jeder mitgemischt hat. Doch wer damit begann und wer den ersten Schlag führte, vermag ich beim besten Willen nicht zu sagen; denn ich habe von dem ganzen Tumult erst heute morgen erfahren, als ich nämlich nach Hause kam und dort gleich hören mußte, daß man meinen Bruder verhaftet hatte. Gott sei's gedankt, daß niemand bei der Rauferei ernstlich zu Schaden gekommen ist, und die Wache hat auch bis auf Harry niemanden verhaftet. Also begreife ich nicht, warum man ihn nicht wieder ziehen läßt. Weder die Büttel würden sich damit etwas vergeben, noch entstünde für die öffentliche Ordnung dadurch ein Schaden. Aber die Wärter wollen ihn nur gegen Zahlung der Strafe aus der Zelle lassen.«

»Unverantwortlich wie die Kinder«, beschwerte sich Bertrand. »Ihr alle beide! Ich hätte nicht übel Lust, deinen Bruder einen ganzen Tag in seinem Loch schmoren zu lassen. Das würde ihm bestimmt eine Lehre sein. Allerdings erschiene mir das nur dann fair, wenn wir dir, Adam, zu einer ähnlichen Strafe verhelfen könnten. Da dies jedoch kaum möglich ist, bleibt uns wohl kaum etwas anderes übrig, als die Summe gleich zu bezahlen.«

»Jemanden im Gefängnis zu besuchen ist rechte Christenpflicht«, bemerkte der Fremde mit einem schiefen Grinsen. »Ich glaube, es würde mir gefallen, mich selbst dorthin zu begeben und Euren begnadeten Gesellen dort herauszuholen. Borgt Ihr mir für eine Stunde seinen Bruder aus, damit er mich zum Gefängnis führt? Ich schicke ihn Euch danach sofort zurück.«

Er sprach höflich wie jemand, der einen Gefallen erbittet. Doch wenn man dazu seine Miene und Körperhaltung beobachtete, erkannte man, daß er damit nur eine Forderung hervorbrachte, der niemand ernsthaft zu widersprechen hatte.

»Ihr seid zu zuvorkommend, Mylord, und das gegenüber zwei so schamlosen jungen Schurken. Aber nehmt Adam ruhig mit, wenn dies Euer Wunsch ist. Ja, laßt Euch nur von ihm führen.« Bertrand ist mehr als erleichtert, dachte der Jüngling, von der Zahlung der Strafe entbunden zu sein, doch auf der anderen Seite behagt ihm das besondere Interesse des Fremden an Harry überhaupt nicht. Handwerksmeister kannten den Wert ihrer Gesellen sehr genau und waren sich ihrer Fähigkeiten wohl bewußt. Doch sie ertrugen es nur schwer, von diesen übertroffen zu werden. Und Adam war beileibe nicht der einzige, welcher die Meinung vertrat, Harry könne von seinem Lehrmeister nicht mehr viel lernen. Auch andere, welche nicht so parteiisch waren wie er, hatten dies schon kundgetan.

»Mylord, Euer Angebot ist in höchstem Maße großzügig«, rief Adam. »Vor allem, wenn man bedenkt, daß Ihr uns beide nicht einmal kennt. Doch weiß ich leider nicht, wie wir diese Schuld bei Euch begleichen können.«

»Ihr schuldet mir nichts.« Kurz leuchtete Mißvergnügen in seinen bemerkenswerten Augen auf – wie ein einzelner Blitz an einem Gewitterhimmel. Dann löste die Wolkendecke sich auf, und der Fremde lachte wieder. »Damit wollt Ihr wohl vor allem sagen, daß ich Euch vollkommen unbekannt bin. Ihr sucht Euch Eure Wohltäter lieber vorher aus, nicht wahr? Nun, ich glaube doch, daß mein Ruf und Name vor Eurem gestrengen Auge bestehen können. Wie ich hörte, stammt Ihr aus den walisischen Grenzmarken. Nun, von dort bin ich auch. Wenn Euch die Orte Mormesnil, Erington, Fleace oder auch Parfois etwas sagen, dann habt Ihr auch schon einmal von mir gehört: Ich heiße Ralf Isambard. Seid Ihr nun zufrieden?«

»Mylord!« rief der Jüngling überwältigt; denn wer rechnete schon damit, hier in der Fremde einem Adligen zu begegnen, dessen Name in den Marken so laut und voller Ehrfurcht genannt wurde wie der eines FitzAlan oder FitzWarin?

»Dann auf, wir wollen Euren Bruder doch nicht länger in seiner Not belassen. Meister Bertrand, vor Ablauf einer Stunde sollt Ihr sie beide zurückerhalten.«

Mit der Ruckartigkeit, welche alle seine Bewegungen kennzeichnete, und der Anmut, welche seine Arroganz verhüllte und sie nicht beleidigend erscheinen ließ, schritt er schon kraftvoll voran und bewegte sich elegant zwischen den Arbeitern, den Holzhaufen und anderen Baustoffen hindurch. Die Schöße seines Wappenrocks wehten hinter ihm her, und seine fremdländischen Stiefel wirbelten Staub auf. Adam folgte ihm willig und konnte den Blick nicht von der barhäuptigen Figur mit den kurzen Locken über den enganliegenden Ohren wenden; unter den dichten Haaren konnte man die nobel geschwungene Kopfform genau erkennen, jetzt wo das aufkommende Morgenlicht jede Erhebung hervorhob und auf jede Vertiefung Schatten senkte. Harry braucht ihn nur einmal anzusehen, dachte er, und er wird diesen Kopf sofort in Stein meißeln wollen. Unter seinen Händen wird daraus ein furchtbar grimmiger kämpfender Heiliger entstehen. Oder ein prachtvoller Teufel!

Bei Tagesanbruch löschte Harry, der schon seit langem daran gewohnt war, mit Kerzen sparsam umzugehen, die Laterne und benutzte das Morgenlicht, das durch das hohe, vergitterte Fenster eindrang, um weiterzuarbeiten. Dazu stellte er den Schemel auf die Steinbank und kniete davor auf dem harten, unebenen Zellenboden. So tief war er in sein Werk versunken, daß er weder Hunger noch Müdigkeit verspürte.

Wenn er in den ersten Stunden seiner Schnitzerei den Schlüssel im Schloß gehört hätte, hätte er den Hocker sofort in seine Ecke zurückgestellt und sich draufgesetzt. Im selben Moment wäre auch das kleine Messer unter dem Hemd verschwunden. Doch als nun am Morgen tatsächlich die Tür geöffnet wurde, nahm er das nur wie aus großer Ferne wahr.

Harry drehte sich nicht einmal um, sondern fuhr damit fort, den breitlippigen Mund in dem dichten Bart zu schnitzen. Als der junge Mann hinter sich Schritte hörte, ließ er sich auch dadurch nicht von der Arbeit abhalten. Er hatte den Kopf etwas schief gelegt, damit alles Licht auf den Schemel fallen konnte. Sein Gesichtsausdruck ähnelte dem eines Kindes, das vollkommen in seinem Spiel aufgeht; oder dem eines frommen, im Gebet versunkenen Mannes. Erst als ein Schatten zwischen ihn und sein Werk fiel, nahm er die Besucher wahr. Doch auch jetzt hielt seine Hand nur einen Moment inne, und er machte sich nicht die Mühe, den Kopf zu wenden.

»Geht mir aus dem Licht!« befahl er ungehalten.

Der Schatten verzog sich sofort, doch nur, um einem noch breiteren Platz zu machen.

»Bei Gott!« ließ der Provost sich vernehmen. »Du besitzt wirklich die Unverschämtheit Satans!« Er trat bedrohlich noch einen Schritt näher und konnte so das Gesicht erkennen, welches ihn aus dem Holz des Schemelrands anblickte. Der Gendarmenhauptmann hielt den Atem an, als er die gerunzelte Stirn, die große, pockennarbige Nase und das hervorstehende bärtige Kinn wiedererkannte. Mit einem Wutschrei riß er seinen Stock hoch und schlug damit auf die Hand, welche gerade an seinen Lippen schnitzte.

Der kräftige Hieb, Harrys Schmerzensschrei und das Klappern des Messers über den Zellenboden schienen alle im selben Augenblick zu passieren. Der Jüngling drehte sich rasch auf den Knien und kroch über den Boden, um mit der Linken das Messer zu ergreifen, denn die Rechte war vor Schmerz wie gelähmt. Schon hob der Provost zum zweiten Schlag den Stock. Aber an der Tür befand sich ein weiterer Schatten, und der bewegte sich jetzt schneller als die zwei.

Harrys Fingerspitzen waren nur noch um Haaresbreite vom Messergriff entfernt, als ein Stiefel sich auf die Schneide senkte.

Durch den Schleier aus Wut und Schmerz nahm Harry mit unnatürlicher Klarheit wahr, daß der Stiefel von fremder Machart war. Ein solches Stück Schuhwerk hatte Harry nur einmal in seinem Leben erblickt, und das auch nur auf einer Zeichnung von Caen, die ein Steinmetz zurückgelassen hatte, bevor er mit Richard zum Kreuzzug aufgebrochen war und dort bei der Belagerung von Akkon zwei Finger der linken Hand verloren hatte; ein Sarazene schlug sie ihm mit seinem Schwert ab. Das Leder war so weich wie Tuch und an den Zehen hochgebogen, und weiter oben verlief ein Rautenmuster, wie man es sonst nur an persischem Schuhwerk sah.

Harry hob langsam den Kopf und gewahrte ein langes, muskulöses Bein in einer dunkelbraunen, feingeschnittenen Hose, zwei schlanke Hüften, die von einem vergoldeten Gürtel umschlungen wurden, an dem zwei juwelenbesetzte Dolche hingen, dann ein drahtiger, kräftiger Oberkörper und darüber ein im Schatten liegendes Gesicht, so dunkel wie Bronze. Eine Hand, ebenso sonnenverbrannt, fing die Rechte des Provosten mitten im Schlag ab und drehte in einer einzigen gewaltsamen Bewegung Hand und Stock vom jungen Künstler weg, auf daß er nicht ein weiteres Mal getroffen wurde.

»Wenn Ihr ihm die Hand gebrochen habt!« wütete Isambard, biß dann aber die Zähne zusammen und verschluckte den Rest der Drohung.

Harry rappelte sich verwirrt auf und starrte den vornehmen Fremden verwirrt an, während er gleichzeitig mit der Linken die taube Rechte hielt und rieb, damit der Schmerz nachließ. Isambard hingegen besaß den Vorteil, sein Gegenüber im Licht zu sehen. Er erblickte einen jungen Burschen von vier- oder fünfundzwanzig Jahren in einem schäbigen Hemd vom allergewöhnlichsten Braun, welches von der Nacht in der dreckigen Zelle und der Rauferei in der Rue des Psautiers verschmutzt und zerrissen war. Der Kragen wirkte ebenfalls mitgenommen, und das dunkle Haar auf dem Haupt des schlanken jungen Mannes war zerzaust. Was mochte der Fremde an diesem Anblick so bemerkenswert finden? Warum betrachtete er Harry so lange und eingehend? Man hätte den Jüngling auf den ersten Blick für einen armen Goliarden halten können, einen umherziehenden Dichter, welchen es von einer Stadt in die nächste, von einem Gönner zum anderen trieb. Oder für einen Schreiber, der nach ein paar aufmüpfigen Schriften lieber sein Heil in der Flucht gesucht hatte. Dies dachte nämlich der Hauptmann der Stadtwache von ihm. Doch dieses Gesicht verriet mehr: Es war ein entschlossenes Gesicht, scharf wie ein Schwert, und es verriet, daß der Mensch dahinter zielstrebig wie ein Raubtier sein Ziel verfolgte und erst Ruhe gab, wenn dieses erreicht war. Dieser junge Mann würde sein Vorhaben verfolgen, und mochte der Rest der Welt rings um ihn in Trümmer gehen.

Als Kanonikus d'Espérance vor zwei Nächten den hölzernen Engel bewundert hatte, hatte er gemeint: »Ihr werdet selbst feststellen müssen, nach welchem Gesicht er dieses Antlitz geformt hat.« Mit elf Jahren hatte Harry, als auf seiner kindlichen Miene höchstens eine zarte Andeutung seiner zukünftigen fiebrigen Entschlossenheit zu entdecken gewesen war, bereits vorhergesehen, wie er später aussehen würde.

»Ihr dürft das Messer jetzt wieder an Euch nehmen«, erklärte Isambard und zog den Stiefel zurück. »Aber steckt es ein. Ihr benötigt nun keine Waffe mehr, und wenn ich es recht sehe, ist der Kopf bereits fertiggestellt. Wenn Ihr weiter dran arbeiten würdet, täte Euch das später bestimmt leid.«

»Ich fürchte, daß ich den Kopf selbst in seinem jetzigen Zustand noch bitter zu bereuen habe«, entgegnete Harry, während er das Messer in die Scheide schob. Er nickte mit einem bösen Grinsen in Richtung des Provosten, der keuchend vor Wut auf sein Ebenbild starrte und dem dabei die Augen aus den Höhlen zu fallen drohten.

»Du solltest dich lieber glücklich preisen, Bube«, erklärte der Gendarmenhauptmann grimmig, »daß deine Strafe bezahlt wurde und du nicht mehr meiner Obhut unterstehst. Wenn ich das hier entdeckt hätte, bevor man die zwölf Livres hinterlegte, hätte ich mir zum Lohn für diese Frechheit deine Haut genommen. Das wäre dich teuer zu stehen gekommen. Wenn du mir jemals wieder in die Hände fallen solltest, lasse ich dich in die tiefste Zelle werfen und dort in Eisen legen. Dann wollen wir mal sehen, wieviel Übermut noch in dir verblieben ist. Mylord, ich wünsche Euch viel Freude an Eurem schlechten Geschäft.«

»Ich bin damit vollauf zufrieden«, entgegnete Isambard nur. Dann betrachtete er einige Minuten lang das Abbild des Provosten und veränderte zweimal seine Stellung, um das Schnitzwerk jeweils in einem anderen Licht zu sehen. Dann setzte er das eigentümliche Lächeln auf, von welchem nur die eine Mundhälfte erfaßt wurde.

»Bei allem, was recht ist, Mann, Ihr seid im höchsten Maße undankbar. Dieser junge Künstler hier hat Euch unsterblich gemacht. Er hat Euch wahrheitsgemäß wiedergegeben und nicht im mindesten entstellt. Könnt Ihr mir einen anderen Mann nennen, der solch ein Meisterwerk bei Laternenlicht und mit nicht mehr als einem kleinen Schnitzmesser vollbringen kann? Zeigt mir einen zweiten, und ich heiße ihn ebenso herzlich willkommen wie diesen hier. Und wenn Euch Bedenken kommen sollten, ihn zu billig entlassen zu haben, so vergeßt nicht, daß Ihr hier noch etwas von Wert habt. Ich habe gewiß nicht vor, um das Strafgeld zu feilschen. Doch noch ein Wort an Euch: Wenn Ihr den Schemel an den richtigen Plätzen zeigt, wird er Euch einen hübschen Preis einbringen. Schließlich sollt Ihr uns nicht nachsagen, daß wir uns bei der Bezahlung für dieses Nachtquartier als knickrig erwiesen hätten.«

Er drehte sich zu Harry um, der ihn mit schweigendem Staunen betrachtete und immer noch seine Rechte rieb.

»Hat er Euch etwas gebrochen?«

»Ich glaube nicht. Scheint alles noch heil zu sein. Aber für die nächsten paar Tage werde ich die Hand wohl kaum gebrauchen können.« Seine Augen schimmerten im hereinfallenden Sonnenlicht meergrün und suchten nach einer Antwort, die sie jedoch nicht finden konnten. »Eigentlich war ich davon ausgegangen, daß Meister Bertrand kommen und die Kaution bezahlen würde. Deshalb verstehe ich nicht, Monsieur, warum Ihr Euch so für mich eingesetzt habt. Und ich mag gar nicht daran denken, wieviel Geld ich Euch gekostet habe. Warum tut Ihr dies alles für mich?«

»Sagen wir, aus einer Laune heraus. Ich stand gerade mit Kanonikus d'Espérance und Eurem Meister auf der Baustelle, als Euer Bruder herangelaufen kam, um Bertrand von Eurem Mißgeschick zu berichten. Da beschloß ich, mich von ihm hierherführen zu lassen, um Euch herauszuholen. Adam wartet jetzt draußen auf Euch, und ich habe dem Meister versprochen, Euch binnen einer Stunde zu ihm zurückzuschicken. Und nun verabschiedet Euch von dieser gastlichen Stätte«, schloß er mit seinem typischen Grinsen, als ob er mit einem Kind spräche.

Harry öffnete den Mund, weil ihm noch weitere Fragen auf dem Herzen lagen, schloß ihn dann aber hilflos wieder. Er sah den Provosten an, warf auch einen Blick auf dessen verdrießlich aussehendes ausdrucksvolles Ebenbild und setzte endlich sein schalkhaftes, unschuldiges Lächeln auf, das er stets parat hatte, wenn ihm etwas besonders gut gelungen war und er die Mattigkeit danach spürte.

»Lieber Hauptmann der Stadtwache, laßt uns als Freunde scheiden! Ich gebe freimütig zu, daß mich anfangs der Hafer stach, aber für die Zeit danach habe ich mir nichts mehr vorzuwerfen, das schwöre ich. Wenn Ihr mir etwas schuldig gewesen seid, so habt Ihr jetzt alles reichlich heimgezahlt.«

Er reichte ihm die geschwollene Rechte, welche sich bereits verfärbte, und wirkte jetzt trotz seines Lächelns ein wenig vorwurfsvoll. »Ich trage Euch deswegen nichts nach.«

»Raus mit dir!« knurrte der Provost. »Und halte dich von nun an von mir fern, Schurke.« Aber Isambards Bewunderung des Schnitzwerks hatte seine Wut noch mehr als die entrichteten zwölf Livres gelindert. Als er die beiden aus dem Gefängnis führte und hinter ihnen die Tür schloß, hatte es für einen Moment den Anschein, als würde ein Lächeln über sein Gesicht huschen.

Harry schaute fröhlich in den strahlenden Himmel und atmete tief ein. Mit einemmal wurden ihm seine Müdigkeit und sein leerer Bauch überdeutlich bewußt.

»Ihr habt weder gegessen noch geschlafen«, bemerkte Isambard mit einem ausgesprochenen Sinn fürs Praktische. »Seid Ihr schon wieder bereit zu arbeiten? Ich würde an Eurer Stelle nicht gleich auf ein Gerüst steigen.«

»Ach, macht Euch deswegen keine Sorgen. Außerdem werde ich mir zunächst Bertrands Strafpredigt anhören müssen. Und wenn sein Zorn verraucht ist, wird er mich nach Hause schicken, damit ich mich ausschlafe. Gewährt mir bitte die Möglichkeit, Euch zu danken, und teilt mir ebenfalls mit, wem ich meine Freiheit zu verdanken habe. Ich fürchte, vorhin in der Zelle war ich ein wenig verwirrt, weil Ihr so unerwartet in mein Leben tratet; da habe ich es wohl an der gebotenen Höflichkeit mangeln lassen.«

»Ihr habt in keiner Weise mein Mißfallen erregt«, entgegnete sein Retter ruhig. »Ich heiße Ralf Isambard von Parfois und stamme aus dem Shrewsbury-Land. Wir sind also beide Salopianer. Im biblischen Sinne dürft Ihr mich Euren Nächsten nennen, und damit will ich es zufrieden sein. Nun will ich Euch verlassen, doch wenn Ihr heute abend nichts Besseres vorhabt, so kommt mich doch gegen acht Uhr besuchen, dann werde ich Euch gern von einer Angelegenheit berichten, welche mir auf dem Herzen liegt. Ich bin übrigens im Maison d'Estivet abgestiegen.«

»Ich komme gern«, versprach Harry. »Und seid nochmals bedankt.«

Auf der Straße wartete Adam mit bewölkter Miene. Als er Harry sah, hellten sich seine Gesichtszüge wieder auf.

»Ach ja, die Kreuzzüge!« brummte Isambard, hielt den goldenen Kelch zwischen den beiden langfingrigen Händen und starrte mit säuerlichem Lächeln in den Wein. »Niemals sollte man vor dem davonrennen, was einen mit Abscheu erfüllt, und am anderen Ende der Welt nach einem edleren Ziel suchen. Merkt Euch das, mein junger Freund. Ich nahm das Kreuz, weil ich die Nase vom ständigen Zank und den ewigen Spitzfindigkeiten der irdischen Königreiche gestrichen voll hatte. Als König Johann König Philip im Tausch für den Frieden Evreux und viele andere gute Städte überließ und ihm auch noch in der Frage der Bretagne sehr entgegenkam, brachte mir das die Galle hoch. Und dann ergriff unser gnädiger Herrscher auch noch für Llewelyn Partei und sicherte ihm all seine räuberischen Eroberungen zu – dabei hat jener walisische Edelmann auf seinem Zug nach Mold die Stadt Fleace in Brand gesetzt und die Besatzung meiner dortigen Feste bis auf den letzten Mann niedergemacht. Nun, das brachte bei mir endgültig das Faß zum Überlaufen. Der Waliser wurde nicht nur zum Lehnsfürsten von König Johann, sondern auch zu dessen Schwiegersohn und Busenfreund. Daraufhin verließ ich England und nahm das Kreuz, denn ich dachte, der Kampf gegen die Heiden gäbe mir die Hoffnung und Sicherheit zurück und endlich wieder festen Grund unter den Füßen. Damals war ich noch deutlich jünger als heute mit meinen gut vierzig Jahren, Harry. Seitdem bin ich weiser geworden. Wir brachen auf, das Heilige Grab zu befreien, doch wir kamen nicht weiter als Rialto.«

Der Jüngling starrte ihn verständnislos über die Breite des Tisches an. »Nach Venedig? Aber, Sir, Ihr müßt doch zumindest bis Konstantinopel gelangt sein …«

»Nur eine Redensart, mein Sohn. Wo immer zwei Venezianer zusammenkommen, ist für sie Rialto, und jeder Fremde, den es dorthin verschlägt, tut gut daran, eine Hand auf seinen Geldbeutel und die andere auf seinen Schwertgriff zu legen. Ja, wir sind nach Konstantinopel gelangt und haben die Stadt sogar eingenommen. Stellt euch das einmal vor, wir, ein christliches Heer, erobern einen anderen christlichen Ort, und dazu noch die Hauptstadt eines christlichen Reiches! Ein sonderbarer Beutezug für Kreuzfahrer, nicht wahr? Wir nahmen die Stadt einem fähigen Fürsten ab, der sie seinerseits seinem unfähigen Bruder entrissen hatte; und wir setzten den Trottel wieder auf den Thron, damit er sein Reich in den Ruin herunterwirtschaftete.«

»Entspricht es denn der Wahrheit«, wollte Harry wissen, »daß dieser den Usurpator blenden ließ?«

»Ja, das hat er«, antwortete Isambard unbewegt. »Aber er war nicht der erste, der einem anderen solches oder Schlimmeres antat. Und dazu mußte nicht einmal ein heiliger Krieg ausgerufen werden. Sogar Fürsten desselben Glaubens haben sich so etwas oder Schlimmeres angetan. Bei Gott, viel zu oft haben weit geringere Anlässe genügt. Wie dem auch sei, wir haben den alten Narren, dem wir durch einen Lehnseid verbunden waren, wieder eingesetzt, und binnen eines Jahres hatte sein undankbares Volk endgültig genug von ihm und seinem idiotischen Sohn. Letzterer ließ sich mit den Venezianern ein, und die Griechen, so nennen wir die Byzantiner, wollten ihn erst recht nicht mehr haben. Er war dran schuld, daß ihre Hauptstadt erneut belagert und erobert wurde. Nachdem wir also Konstantinopel ein weiteres Mal eingenommen hatten, blieb uns nichts anderes übrig, als einen der unseren zum Kaiser auszurufen und ihm genug Soldaten dazulassen, um das Reich mit Gewalt zu regieren. Ja, mein junger Freund, weiter bin ich nicht an die Heilige Stadt Jerusalem herangekommen. In der Hagia Sophia, der prächtigsten Kirche von Konstantinopel, wird die Messe wieder nach dem lateinischen Ritus gelesen, aber die Griechen gehen lieber zu ihren im Exil lebenden Popen. Wer hat also aus der ganzen Unternehmung etwas gewonnen? Niemand außer den Venezianern. Ihnen ging es um Märkte, nicht um heilige Reliquien und Wunder, und dank unseres Heeres haben sie dieses Ziel auch erreicht. Heute reicht ihre Macht bis in jede Stadt der Romania, also Griechenlands mit allen seinen Inseln.«

Isambard schüttelte den Kopf. »Wißt Ihr, Harry, was mich dann endgültig dazu bewogen hat, nach Hause zu kehren? Ein weiterer Vertrag, ähnlich dem, der mich aus den walisischen Marken vertrieben hatte. Unser neuer Herrscher des oströmischen Kaiserreichs in Konstantinopel, die Leuchtgestalt des Christentums im Osten, fühlte sich auf seinem Thron nicht sicher genug. Und bei Gott, dazu hatte er Grund genug! Deshalb verbündete er sich mit dem Sultan der Rum-Seldschuken in Kleinasien, also mit einem Moslem, gegen die christlichen Griechen in Nikäa! Das war vielleicht an sich gesehen nicht sehr schlimm, doch nachdem ich schon so viel hatte herunterschlucken müssen, drehte mir das endgültig den Magen um. Aber findet Ihr nicht auch, daß das irgendwie ein passendes Ende war für jemanden, der auszog, eine bessere Welt zu finden?«

»Wenn man Euch so reden hört«, entgegnete Harry langsam, »beschleicht mich das Gefühl, daß mir großes Glück beschieden war, mich all die Jahre nur um Stein und Holz statt um die Angelegenheiten der Menschen gekümmert zu haben. Und dennoch stehen uns lediglich diese Menschen als Baumaterial zur Verfügung, wenn wir die Welt jemals verbessern wollen. Und ich nehme an, Ihr habt sowohl im Osten wie auch in der Heimat etwas Besseres als nur Abscheu empfunden. Wenn schon nicht im Umgang mit Dogen, Kaisern und Fürsten, dann doch wohl im Umgang mit den gewöhnlichen Menschen.«

Isambard legte ruckartig den Kopf in den Nacken, leerte seinen Kelch in einem Zug und stellte ihn leer auf den Tisch zurück. »Glaubt Ihr das wirklich? Leiht mir Euer Auge, damit wir gemeinsam einen Blick auf das England werfen können, in welches ich zurückzukehren gedenke. Was werde ich dort vorfinden? Und in welchen Haushalt werde ich einziehen?«

Derart herausgefordert, dachte Harry an die Heimat zurück und mußte zu seiner Verwunderung und Scham entdecken, daß er in seinen mittlerweile neun Jahren in Frankreich nur selten einen Gedanken an England verloren hatte. »Ihr werdet ein von Unruhen geschütteltes und deutlich zusammengeschrumpftes Reich vorfinden«, antwortete Harry mit Traurigkeit in der Stimme. »Ihr habt doch sicher erfahren, daß der Papst das Land mit seinem Interdikt belegt hat, oder? König Johann und er streiten sich darum, wer der neue Erzbischof von Canterbury werden soll. Sogar innerhalb der Kirche herrscht Uneinigkeit darüber, vor allem zwischen den Bischöfen und den Mönchen. Unser König hat sich auf die Seite der ersteren gestellt, und die haben sich für den Bischof von Norwich entschieden. Doch der Papst weigert sich, diese Wahl gutzuheißen, und will seinerseits Kardinal Langton einsetzen. Beide beharren unerbittlich auf ihrem Standpunkt. König Johann weigert sich, Langton auch nur zu empfangen, und daraufhin hat uns der Papst mit dem Interdikt belegt. So haben sich beide Seiten in eine ausweglose Lage gebracht. Aber Ihr kennt Euch in solchen Fragen sicher besser aus als ich. Ach ja, inzwischen hat England auch die meisten seiner hiesigen Besitzungen verloren: die Länder Maine und Touraine und natürlich die Normandie …«

»Verloren!« Isambard lachte kurz und hart auf. »Ihr redet wie ich in Eurem Alter. Gott weiß, daß ich Euch deswegen keinen Vorwurf machen darf. Nichts ist verloren, mein junger Freund. Die Normandie liegt immer noch dort, wo sie sich immer schon befunden hat, und das gleiche läßt sich über Maine und Touraine sagen. Nicht mehr und nicht weniger hat sich getan, als daß der Realität endlich ins Auge geblickt worden ist. Alle diese Länder sind Bestandteil des französischen Gebiets. Das waren sie immer schon und werden es auch bis in alle Zeit bleiben, solange Gott nicht ein Wunder bewirkt und sie über das Meer nach England schickt.« Isambard füllte seinen Kelch nach. »Was starrt Ihr mich so verständnislos an? Euer freiwilliges Exil ist Euch besser bekommen als mir das meinige, sonst hättet Ihr längst zurückgeblickt und Euch besonnen. Ich für meinen Teil habe drüben im Osten sehr viel nachgedacht, und ich bin zu der Erkenntnis gelangt, daß es falsch von mir war, dem König Vorwürfe dafür zu machen, Evreux abgegeben zu haben. Es wäre auch klüger gewesen, schon in jenen Tagen auf all das zu verzichten, was er notgedrungen seitdem aufgeben mußte. Wißt Ihr, was in den letzten hundertfünfzig Jahren den Untergang meiner Familie und so vieler anderer meines Standes bewirkt hat? Daß wir auf zwei Pferden gleichzeitig reiten wollten. Der Zeitpunkt ist gekommen, nein, es ist sogar höchste Zeit, daß wir uns entscheiden, was wir sein wollen, Normannen oder Engländer; denn beides zusammen ist uns unmöglich. Ich weiß auch nicht, warum das Schicksal mich erst nach Konstantinopel schicken mußte, damit ich zur Erkenntnis gelangte, daß ich Engländer bin.«

Isambard erhob sich von seinem Stuhl und lief rastlos im Raum auf und ab, von einem Wandvorhang zum nächsten. Die

Kerzen flackerten, wenn er an ihnen vorbeirauschte, und Harry folgte mit dem Blick jeder seiner Bewegungen. Er fragte sich, worauf sein Retter eigentlich hinauswollte. Was konnte ein solcher Mann von ihm verlangen, was nicht gleich und ohne lange Vorrede zur Sprache gebracht werden konnte? Aus welchem Grund zog Ralf Isambard ihn so sehr in sein Vertrauen? Was hatte der Herr von Mormesnil, Erington, Fleace und Parfois in den Grenzmarken von Wales, der Gebieter über ein Dutzend weiterer Güter im Norden und Südwesten von England und Gott weiß wie vieler weiterer Besitzungen in der Bretagne, der Gascogne, in Maine, Poitou und Anjou mit ihm zu schaffen?

»Ich bin gerade aus der Bretagne zurückgekehrt«, fuhr Isambard jetzt fort und blieb unvermittelt vor seinem Gast stehen, so als habe er dessen Gedanken gelesen, »wo ich Abschied von einem meiner beiden Pferde genommen habe. Ich bin Engländer, Harry, aber mein ältester Sohn fühlt sich durch und durch als Franzose. Überrascht Euch das? Habe ich versäumt zu erwähnen, daß mir zwei Söhne geschenkt wurden? O ja, ich habe Söhne. Der ältere ist ungefähr in Eurem Alter. Ich wurde mit siebzehn verheiratet und mit fünfundzwanzig zum Witwer. Wenn ich mich recht entsinne, hat weder das eine noch das andere Ereignis in mir nachhaltiges Bedauern ausgelöst. Von nun an soll Gilles der Herr über alle meine Güter in Frankreich sein und König Philip getreulich und gerne dienen. Ich selbst kehre nach England zurück und werde mit all meinen dortigen Besitzungen König Johann zur Seite stehen. Und dafür will ich mein Leben einsetzen. Man kann nicht zwei Pferde gleichzeitig reiten. Ich glaube, ich habe damit den Knoten gelöst, der meine Familie gefangenhielt. Der König wäre gut beraten, diesem Beispiel zu folgen und seinen Knoten zu durchtrennen. Er soll sich ausschließlich England widmen und alle Kraft und allen Willen dazu aufbringen, dem Land zu Stärke und Wohlstand zu verhelfen. Alle Ecken und Enden seines Reiches muß er unauflöslich an sich binden. Doch dazu ist er nicht imstande. Selbst wenn König Johann die Notwendigkeit dazu einsähe und sich auch noch dazu entschließen könnte, würde er das dennoch nicht wagen. Und wißt Ihr, warum? Weil sein Volk – nicht unbedingt wir, die wir ihm nahestehen, sondern die gewöhnlichen Menschen, welche Ihr vorhin im Munde führtet – ihn dafür zerreißen würde!«

Isambard lachte laut und krächzend und stellte sich dann ans Fenster. Er zog den Vorhang beiseite und schaute hinaus auf den taubengrauen Himmel und den aufgehenden Mond. Im weichen, silbrigen Licht ragten die hohen Türme von Notre Dame hoch über den Dächern von Paris empor und spiegelten sich schwankend wie eine Kerzenflamme im Luftzug auf den Wassern der Seine wider. »Der Wein im zweiten Kelch ist für Euch, Harry.«

»Vielen Dank, Monsieur«, entgegnete der junge Mann, rührte den Trank aber nicht an.

Isambard drehte sich unvermittelt zu Harry um und sah ihm direkt in die strahlenden jungen Augen. Diese wichen ihm nicht aus, noch verlor ihr Glanz etwas von seiner Kraft.

»Ihr fragt Euch jetzt sicher, ob ich mit allen Fremden so redselig bin«, begann Isambard. »Nun, um ganz ehrlich zu sein, ich habe ein ehrenvolles Anliegen an Euch, Meister Lestrange. Bevor Ihr Euch verpflichtet fühlt, darauf mit ja oder nein zu antworten, möchte ich, daß Ihr das eine oder andere über mich erfahrt; und zwar aus meinem Munde und nicht von anderen.«

»Ich weiß, daß Ihr mich sehr ritterlich und großzügig behandelt habt«, entgegnete Harry, »und mehr muß ich eigentlich gar nicht wissen.«

»Dann seid Ihr ein großer Narr, denn ich kann auch ganz anders sein.«

»Und was wißt Ihr denn schon von mir«, erwiderte der junge Mann freundlich, »außer daß Ihr mich aus dem Gefängnis des Provosten geholt habt und daß ich mich ein wenig aufs Schnitzen verstehe, eine hohe Meinung von meiner Arbeit habe, mich nicht gern unterwerfe und von einem unbezähmbaren Eigensinn bin? Fragt nur Meister Bertrand, er wird Euch letzteres bestimmt bestätigen.«

»Glaubt Ihr wirklich, er spräche so schlecht über Euch? Da

tut Ihr ihm aber unrecht. Natürlich neidet er Euch Eure Fertigkeiten, das merkt man ihm deutlich an, und er nennt Euch auch dickköpfig, selbstsüchtig und außerdem jemanden, der zu streng und dünkelhaft anmaßend über das Werk anderer urteilt. Doch dann sagte Bertrand auch, Ihr wärt der begabteste Schüler, welchen er je unterrichtete. Und er, nicht etwa Kanonikus d'Espérance, meinte, ein Dämon wohne Euch inne.«

Isambard lächelte wieder, doch diesmal vor Vergnügen, als er bemerkte, wie Harry vor Freude und Erstaunen rot anlief.

»Hat er das wirklich über mich gesagt?«

»Das und noch vieles mehr, sowohl Gutes wie auch Schlechtes. Doch wenn es um die Qualität Eurer Arbeit geht, hört man von Eurem Meister nur Lobendes. Wie lange seid Ihr schon bei ihm?«

»Bald vier Jahre. Ich hätte nie gedacht, daß er eine so hohe Meinung von mir hat.« Harry war immer noch zutiefst verwundert. »Mir gegenüber läßt er nichts dergleichen verlauten.«

»Und wo habt Ihr vorher gearbeitet?«

»Wir waren gut vier Jahre in Caen und haben dort unter der Leitung von Meister William an der Abteikirche von St. Étienne mitgewirkt. Er gehört zu den Besten, und man kann ihn nur schwer zufriedenstellen. William duldete bei der Arbeit keinen Schabernack und keine Flausen – er verlangte uns unser ganzes Können ab.«

»Und was war davor? Aber da wart Ihr eigentlich noch ein Kind.«

»Als wir England gerade verlassen hatten, hielten wir uns in Lisieux auf. Ich kann nicht behaupten, daß wir dort sonderlich viel gelernt hätten, außer Gehorsam und den Anordnungen des Meisters sofort Folge zu leisten. Ich war damals froh, daß wir noch im selben Jahr nach Caen weiterkamen.«

»Verstehe, Ihr habt demnach Eure erste Ausbildung bereits in England erhalten. Wer war dort Euer Meister? Er muß Euch schon sehr früh in die Lehre genommen haben.«

»Adams Vater«, antwortete Harry, ohne nachzudenken, und hätte sich am liebsten gleich auf die Zunge gebissen. In seinen ganzen neun Jahren in Frankreich war ihm so etwas noch nie herausgerutscht, und jetzt konnte er diesen Patzer nicht wieder rückgängig machen. Doch Isambard, der zwar kurz die Augenbrauen hochgezogen und ihm rasch einen Blick zugeworfen hatte, schien nicht mehr über die Verwandtschaftsverhältnisse erfahren zu wollen. »Er war im Dorf der Steinmetz und hatte immer wieder etwas auf dem Gut unseres Herrn zu tun«, fuhr Harry fort und versuchte, den Ausrutscher geradezubiegen: »Ich bin nicht sein leiblicher Sohn. Er hat mich zusammen mit seinen drei eigenen Kindern großgezogen.«

»Also habt Ihr zuerst das Handwerk erlernt und nicht am Zeichenpult begonnen. In dieser Reihenfolge ist das auch recht, und ich bin froh, daß es sich bei Euch so verhalten hat.« Isambard füllte seinen Becher noch einmal und begann wieder, im Raum auf und ab zu gehen.

»Nun hört, Harry, worum es mir geht: Ich beabsichtige, neben meiner Burg Parfois eine Kirche zu errichten. Dies Unterfangen habe ich schon einmal begonnen, doch alle Anstrengungen haben zu nichts geführt. Kennt Ihr Parfois? Die Burg ist benannt nach dem Landstrich gleichen Namens in der Normandie, wo sich der Stammsitz meiner Familie befindet.«

»Ja, ich bin schon einmal dort gewesen«, antwortete Harry und erinnerte sich an die hohen grauen Steinwälle, welche sich aus einem steinigen Land erhoben und wellenförmig wie eine sich windende Schlange den Berg krönten. Zwei Doppeltürme mit Tor ragten über einem Graben auf, einer natürlichen Schlucht, die den Fels spaltete. Sie mußte gut vierzig Fuß tief sein. Nur zweimal war Harry dort vorbeigekommen, als er mit Ebrard nach Nordwesten geritten war, um Ponys zu kaufen. Aber einen solchen Anblick vergaß man sein Lebtag nicht mehr.

»Dann sind Euch sicher auch die dortigen Gefahren vertraut. Vor Zeiten sind wir beinahe täglich von den walisischen Banden überfallen worden, mal von Powis und mal von Gwynedd aus. Die Schurken waren zwar schlau genug, die Feste selbst nicht anzugreifen, ist sie doch für diese Banden uneinnehmbar. Aber die Baustelle der Kirche liegt außerhalb der Burgmauern, und die Waliser haben uns immer wieder Holz und Steine gestohlen und meine Maurer in Furcht und Schrecken versetzt. Ich weiß auch nicht, warum alle feigen Handwerker im Land ausgerechnet zu mir gekommen sind. Einer nach dem anderen haben meine Baumeister es mit der Angst zu tun bekommen und sind bei Nacht und Nebel auf und davon. Dreimal widerfuhr mir das, dann hatte ich genug. Ich ließ alles auf der Baustelle dem Erdboden gleichmachen und bin zu meinem Kreuzzug aufgebrochen. Doch wie Ihr wißt, will ich nun in die Heimat zurück und die Kirche endlich richtig in Angriff nehmen. Ich habe alle großen Bauwerke rings um Paris aufgesucht und dort nach einem geeigneten Baumeister Ausschau gehalten ... und ich glaube, ich habe ihn gefunden.«

Harry sprang auf und bebte am ganzen Leib.

»Junger Freund, ich möchte Euch diese Arbeit übertragen. Dazu biete ich Euch einen jungfräulichen Bauplatz, freie Hand in allen Entscheidungen und ausreichend Geld für alle Eure Erfordernisse. Materialien, Handwerker, Geräte, was immer Ihr wollt, sollt Ihr auch erhalten. Doch eine Bedingung stelle ich: Ihr sollt mir schwören, an dem Bau zu arbeiten, bis er fertiggestellt ist, mögen Llewelyn und seine Banden Euch noch so zusetzen.«

In dem hungrigen jungen Gesicht, das unter der Wetterbräune vor Begierde aschfahl geworden war, blitzten die Augen wie Topase auf. Mehr als ein heiseres Krächzen bekam Harry nicht heraus, als er antwortete: »Diese Bedingung nehme ich gern an, und ich schwöre Euch zu bleiben.«

Isambard rannte geradezu durch die Kammer, baute sich vor dem jungen Mann auf und suchte mit strengem Blick dessen Miene ab. »Ihr scheint nicht den geringsten Zweifel zu hegen. Und Ihr wißt bereits, daß Ihr das vollbringen könnt.«

Der Edelmann stellte keine Fragen, er las das alles in Harrys Blick und Gesichtszügen. »Wie rasch könnt Ihr nach Parfois kommen? Ich habe hier in Frankreich noch einige Geschäfte zu erledigen, welche ich rasch hinter mich bringen muß, solange ich noch unter dem päpstlichen Kreuzfahrersegen stehe. In drei bis vier Wochen dürfte alles erledigt sein, und dann segle ich von Calais ab. Ich würde euch dann gern mitnehmen.«

»Da hat Meister Bertrand natürlich auch noch ein Wörtchen mitzureden. Ich muß erst für ihn den Kalvarienberg fertigstellen, an dem ich gerade arbeite.« Harry hatte seine Sprache wiedergefunden, und sie klang fest, hell und voller Eifer. »Das hieße, in etwa einem Monat könnte ich Euch zur Verfügung stehen. Und wenn Bertrand mich dann ziehen läßt, was er, um Eurer Lordschaft zu gefallen, sicher tun wird, komme ich mit Freuden zu Euch an Bord. Ich möchte Euch nur um eines bitten: ob ich nämlich meinen Bruder mitnehmen darf.«

»Natürlich dürft Ihr das. Ich habe Euch doch eben gesagt: was immer und wen immer Ihr wollt. Wenn Ihr noch weitere Bedingungen im Sinn habt, dann stellt sie jetzt, bevor Ihr Euch an mich bindet.«

»Dann nehme ich mir die Kühnheit, von Euch zu verlangen, mich aus keinem Grund zu entlassen – es sei denn, Ihr seid mit meiner Arbeit nicht zufrieden.«

»Was das angeht«, gestand ihm Isambard zu, »braucht Ihr Euch nicht die geringsten Sorgen zu machen.« Die Leidenschaft und Selbstsicherheit, mit welcher Harry diese Forderung vorgebracht hatte, verwunderte ihn ebenso wie der Stolz, welcher nun in seinen meergrünen Augen aufging.

»Gut, nicht die geringsten. In Chartres, in Caen und in Bourges habe ich die Pracht und Hingabe in den Schöpfungen anderer Künstler gesehen, und seitdem brennt in mir der Wunsch, mein eigenes Werk zu beginnen. Alles, was ich gelernt habe, während ich nach den Vorgaben anderer arbeitete, war nur die Nahrung für das, was schon so lange in mir wächst. Diese Pläne trage ich schon seit vielen Jahren mit mir herum. Wie oft habe ich über sie nachgedacht und wie sehr mich danach gesehnt, sie endlich in die Wirklichkeit umzusetzen! Wenn Ihr mich nur machen laßt, werdet Ihr bestimmt nicht enttäuscht sein.«

»Ich glaube Euch«, entgegnete Isambard, »aus ganzem Herzen.«

»Mylord, es gibt da einen Steinbruch, wo sich der Stein findet, den ich mir für mein Bauwerk wünsche und immer schon gewünscht habe.« Seine Stimme geriet ins Schwärmen, als sie einer verzauberten Erinnerung nacheilte. »Es ist ein Stein von einem warmen Grauton mit einer hellgelben Körnung, die ihn im Sonnenlicht in Gold zu verwandeln scheint. Die einzige Schwierigkeit besteht darin, daß dieser Steinbruch sich recht nahe an der walisischen Grenze befindet.«

»Macht nichts, dann gebe ich Euch eben genug Soldaten, um den Ort für die Dauer Eurer Arbeit bewachen zu lassen.«

»Wenn es Euch möglich sein sollte, noch vor Eurer Abreise Boten nach England zu schicken, könnte ich eine Liste der Baustoffe zusammenstellen, die wir gleich zu Anfang benötigen. Damit sparen wir Zeit. Ich brauche Pfähle, Stangen und Seile, um die Fundamente abzustecken, dann Lederriemen und Holz für das Baugerüst, dazu Balken und Bretter zur Abstützung der Bögen, dann Blei, Glas, und … und natürlich Fuhrwerke. Wenn wir das noch in diesem Sommer zusammenbekommen, sparen wir ein ganzes Jahr; denn dann können wir Hütten und Mauern errichten, um im Winter drinnen weiterarbeiten zu können, das heißt Steine zuschneiden und so weiter. Könnt Ihr mir in ausreichender Menge Wagen und Fuhrknechte zusichern, um die Steine und die anderen Materialien heranzuschaffen?«

»Alles, worum Ihr mich bittet, sollt Ihr auch bekommen. Mein Truchseß wird sich um alles kümmern, was Ihr ihm vorab an Bestellungen schickt.«

»Welchen Boden finde ich dort vor?«

»Soliden Fels, bereits von Euren Vorgängern eingeebnet und begradigt. Natürlich steht es Euch frei, weiteren Boden abzutragen, wenn die vorhandene Fläche für euren Entwurf zu klein sein sollte.«

»Ausgezeichnet, dann verankern wir die Fundamente der Kirche im Fels. Einen besseren Boden gibt es nicht, und wir brauchen so kaum zu befürchten, daß der Untergrund irgendwo nachgibt und absackt.«

»Ich merke Euch an, daß Ihr Euch nicht im mindesten vor den

walisischen Banden fürchtet«, meinte Isambard lächelnd, »denn dazu habt Ihr noch kein Wort geäußert.«

»Ach, wißt Ihr, ich bin in diesem Grenzland aufgewachsen. Walisische Überfälle gehören da draußen zum täglichen Brot. Ich würde ein solches Angebot wie das Eure nicht einmal dann ausschlagen, wenn die ganze Armee von König Philip anrücken würde. Warum sollten mir da ein paar walisische Wilde angst machen? Ich verspreche, Euch das Beste zu geben, was in mir steckt!« rief er aus, und jetzt hob er den bislang unberührten Kelch. »Und Ihr habt mein Wort, daß ich Euch erst dann verlassen werde, wenn die Kirche in all ihrer Pracht und Herrlichkeit dasteht. Darauf wollen wir trinken!«

»Und ich werde Euch niemals das nehmen, was ich Euch anvertraute, bis es vollendet ist. Das schwöre ich!«

Harry und Isambard setzten schon beide den Kelch an die Lippen, als letzterer unvermittelt und ruckartig innehielt und seine beringte Hand sinken ließ.

»Wartet!« befahl er rauh. »Das geht mir für meinen Geschmack zu leicht und zu rasch!«

Er stellte sein Gefäß auf den Tisch zurück und marschierte mit langen, kraftvollen Schritten zum Fenster zurück, wo er den Vorhang mit seinen starken, sehnigen Händen zurückriß. Ohne sich zu dem jungen Mann umzudrehen, erklärte Isambard jetzt freundlicher, wenn auch mit deutlichem Ernst: »Harry Lestrange, Ihr geht jetzt besser nach Hause und überschlaft die ganze Sache. Ich habe die Segel Eures Verlangens gehißt und Euch davongeweht. Bei Gott, so will ich nicht beginnen. Ich will Euch als meinen Baumeister haben, aber nur unter fairen Bedingungen. Es war ein dummer Fehler von mir, Euch heute schon meinen Wunsch vorzutragen, wo Eure törichte Dankbarkeit mir gegenüber noch frisch in Eurer Brust brennt und Euch vor Müdigkeit die Augen zuzufallen drohen. Hört, mein Freund, wenn Ihr mir Euer Wort gebt, bekommt Ihr es mit einem harten Herrn zu tun, welcher Euch keine Gnade gewährt, solltet Ihr sein Vertrauen mißbrauchen. Fügt Ihr Euch meinen Bedingungen, sollt Ihr dagegen meine volle Unterstützung erhalten. Doch wenn Ihr falsch spielt, bekommt Ihr die ganze Wucht meiner Faust zu spüren. Verzeihliche Sünden sind etwas anderes, doch bei Verrat kenne ich keine Milde. So bin ich nun einmal, und einen anderen werdet Ihr aus mir nicht machen können. Tretet Ihr also in meine Dienste, müßt Ihr Euch damit abfinden. Schwört deshalb noch nicht heute nacht! Geht erst nach Hause, und denkt gründlich nach. Dann kommt morgen wieder her.«

»Nein, Mylord!« rief Harry voll unbändiger Freude. »Ich weiß jetzt schon, wie ich mich entscheiden werde. Selbst wenn Ihr der Teufel persönlich wärt, würde ich mich Euch bei einem solchen Vorhaben verpflichten. Herr, ich schwöre Euch hier und jetzt die Treue.«

Isambard drehte sich um und betrachtete ihn streng. Ein Hauch verwunderten Mißvergnügens verschleierte seinen Blick, und die Brauen rückten noch enger zusammen; denn er war es nicht gewöhnt, auf eine seiner Anordnungen ein Nein zu hören. Doch er schwieg und blickte Harry aus tiefliegenden, ernsten Augen an. Harry hingegen legte den Kopf in den Nacken, leerte den Kelch und stellte ihn geräuschvoll auf den Tisch zurück. »Ich bin Euer Mann. Bei meinem schlagenden Herzen schwöre ich, daß ich bei Euch bleiben und mir keinen anderen Herrn suchen werde, bis die Kirche fertiggebaut ist. Und sollte ich Euch hintergehen, mögt Ihr mir dieses Herz aus dem Leib reißen!«

Für einen langen Moment sprach niemand ein Wort, dann trat Isambard langsam zum Tisch, trank seinen Kelch ebenfalls aus und stellte ihn neben den des Gefährten. »So sei es!« sagte er.

Bei der brodelnden Gerüchteküche von Paris konnte es natürlich nicht ausbleiben, daß Madonna Benedetta Foscaris ebenso prunkvoller wie lockerer Lebensstil auch Isambard zu Ohren kam. Auch wenn der Baron nicht viel auf solches Gerede gab, erwachte doch eine belustigte Neugierde in ihm.

»Ich habe gehört, daß sie als Beute von einem der Kreuzzüge heimgebracht worden sein soll«, erklärte er Adam eines Tages, als sie alle drei bei einer langen Unterredung waren, in der es um die Briefe und Listen ging, welche vorab nach England geschickt werden sollten. »Mir gefällt die Vorstellung, daß Venedig am Ende doch eine seiner Kostbarkeiten verloren hat. Ein schwerer Verlust, der die Stadt tief getroffen haben muß, wenn die Berichte über Madonna nicht übertreiben. Mich deucht, der alte Guiscard hatte bei seinen Handelsunternehmungen in der Adria nicht nur ein Auge für günstige Warenangebote. Ist die Dame wirklich so schön, wie die Gerüchte einen glauben machen wollen?«

»Sogar noch viel schöner«, antwortete Adam und lächelte voller Sehnsucht bei der Erinnerung an die eine Nacht, in welcher er ihre Gunst hatte genießen dürfen. Mehr verlangte der junge Mann auch gar nicht von ihr, und dennoch bekam er mehr, als er sich jemals erträumt hätte, denn sie lud ihn gelegentlich am Abend zu sich ein, damit sie gemeinsam singen konnten.

»Und Ihr, Harry, gehört Ihr ebenfalls zu der Heerschar ihrer Bewunderer?«

»Mylord«, entgegnete der abwesend und brütete weiter über seinen Listen, »ich habe nie mehr als ihre Hand und ihren Arm zu Gesicht bekommen, und die wollten mir so außergewöhnlich nicht erscheinen.«

»Ihr habt sie demnach nie gesehen, obwohl Ihr doch ihretwegen soviel in Kauf genommen habt? Das schreit nach Wiedergutmachung! Adam, Ihr verschafft uns eine Einladung bei diesem Wunderwesen!«

Das klang nach einer scherzhaften Bemerkung. Doch als Adam sich später wieder in ihrer Dachkammer in der Ruelle des Guenilles befand, meinte er zu seinen Freunden gewandt, bei einem Mann wie Isambard sollte man besser auch den im Spaß geäußerten Befehlen Folge leisten.

»Es wäre sicher klüger«, stimmte Apollon zu, »ihn auch in dieser Frage nicht zu vergrätzen. Ich habe schon von seinem Ruf vernommen. Nicht weit von meiner Heimat besitzt er ein Gut. Von ihm sagt man, er werde gefürchtet, man solle ihm besser nicht in die Quere kommen und seine Untertanen behandle er ohne Gnade.«

»Das mag ja alles sein«, entgegnete Adam unbekümmert, »aber uns hat er bislang ganz erträglich behandelt, und man muß ihm zugute halten, daß er sich den besten Maurer auszusuchen wußte.« Harry war zur Zeit abwesend, und so durfte man ihn nach Herzenslust preisen. »Wie dem auch sei, wir haben uns ihm verpflichtet, ganz gleich, ob die Unternehmung einen guten oder einen schlechten Ausgang finden wird. Und wenn seine Lordschaft während der Wochen, in welchen er darauf warten muß, daß wir bei Bertrand fertig werden, nach Unterhaltung gelüstet, werde ich mich ihm als dienstbar erweisen und ihm zumindest eine Gelegenheit verschaffen.«

»Das nehme ich dir aber übel«, beschwerte sich Élie, sah von seinen Büchern auf und bedachte ihn mit einem tadelnden Blick. »Für ihn willst du Dinge erledigen, welche du für mich nie getan hättest. Dabei sind wir doch Busenfreunde, wenn auch solche, die kurz davor stehen, Abschied voneinander nehmen zu müssen.«

»Mein Lieber, du wirst dich wohl nie in der Lage befinden, mir einerseits meinen Lohn zu bezahlen und mich andererseits, wenn nötig, die Peitsche spüren zu lassen. Wenn es so wäre, würde ich dir nämlich jeden Wunsch von den Augen ablesen. Doch freue dich, denn wenn Mylord, Harry und ich Paris in Richtung England verlassen haben, liegt dein Weg wieder frei vor dir. Und dann wirst du auch ein wenig erwachsener geworden sein.«

Adam fuhr dem Freund dabei übermütig und frech über die

rotbraunen Locken, welche der beim Studium nervös in alle möglichen Richtungen zerzaust hatte. Das hätte Adam besser nicht getan, denn Élie klappte sofort sein Buch zu, umfaßte die Knie seines Gefährten und zog ihn vom Stuhl, so daß dieser auf seinem Hinterteil landete. Schon rollten die beiden über den ganzen Boden; Apollon beachtete sie kaum, wich ihnen, ohne hinzusehen, geschickt aus und ließ sich nicht dabei stören, seine geliebte Laute zu stimmen.

Bald dachte der Musikant, würden sie sich nach zwei weiteren Kameraden umsehen müssen, um die leeren Betten von Adam und Harry zu belegen. Doch es würde nicht leicht sein, sie zu ersetzen.

Als die beiden Brüder das nächste Mal im Maison d'Estivet vorstellig wurden, brachte Adam die versprochene Einladung mit.

»Mylord, Madonna Benedetta Foscari schickt ihre besten Grüße und bittet uns, morgen zur achten Abendstunde zu Speise und Trank in ihr Haus zu kommen. Die Lady bat mich, ihr die ganze Geschichte zu erzählen«, fügte der Jüngling grinsend hinzu, »und jetzt verlangt sie, daß wir ihr ›Euren so lebhaften Bildhauer‹ vorstellen. Ich gebe hier nur ihre Worte wieder. Ich kann mich des Eindrucks nicht erwehren, daß Madonna mehr von den Ereignissen jener Nacht mitbekommen hat, als ich ursprünglich dachte.«

Isambard lachte so ungezwungen, daß Harry zu der Einsicht gelangte, er habe nie ernsthaft damit gerechnet, daß sein im Scherz vorgebrachter Wunsch für bare Münze genommen und umgesetzt werden würde. Doch auf der anderen Seite hatte der Edle seine Geschäfte in Frankreich so gut wie abgeschlossen. Während sein Geist sich bereits auf die Rückkehr nach England eingestellt hatte, mußte er noch einige Tage müßig in Paris herumsitzen, bis seine beiden Handwerker ihre Arbeit beendet hatten. Die Dame in der Rue des Psautiers, die ganz Paris in Atem hielt, würde ihm sicher für einen Abend genügend Ablenkung verschaffen. »Madonna ist zu großzügig«, erklärte Isambard. »Teilt ihr mit, daß wir nur zu gern kommen.«

»Warum, zum Teufel, mußtest du mich da hineinziehen?« murrte Harry undankbar, als er wieder mit Adam allein war. »Auf meinem Tisch liegt noch eine halbfertige Zeichnung für das Ostfenster, doch nun bleibt mir nichts anderes übrig, als mit Isambard zu dieser Dame zu gehen und einen ganzen Abend zu vergeuden.«

In dieser Mißstimmung kam er dann bei Benedetta an, wogegen sein Herr amüsiert und neugierig war. Für Harry war seine Arbeit wesentlich reizvoller als die schönste unter den Frauen. Hinter Adam trat Harry vor Benedetta; sie empfing die Herren in eben derselben Kammer, aus welcher sie als kurzes Zeichen ihrer Gunst die Veilchen hatte fallen lassen. Meister Guiscard mußte bei seinen Handelsgeschäften mit Venedig enorme Reichtümer erworben haben, wie man an den vielen morgenländischen Teppichen erkennen konnte, welche hier die Wände zierten. Auf dem Boden lagen bearbeitete Felle, den Tisch zierte ein Tuch aus reinem Damast, und die dünnen Weinpokale waren ganz aus Kristall angefertigt. Die Dame des Hauses, welche sich nun von ihrem Fensterplatz erhob und durch den Raum schwebte, um ihre Gäste zu begrüßen, strahlte etwas von der Selbstsicherheit einer Äbtissin aus.

»Mylord Parfois, seid in meinem bescheidenen Heim willkommen.«

»Madam, Eure Freundlichkeit läßt sich nicht mit Worten beschreiben. Denn mein Anspruch auf Eure Aufmerksamkeit ist wahrlich so gering, wie mein inneres Streben nach Eurer Gunst groß ist. Hinzu kommt, daß ich im Begriff stehe, Euch in Kürze Eures Sängerknaben zu berauben.«

»Davon hat er mir berichtet«, entgegnete sie und reichte ihm zum Kuß die Hand.

Was hatte Isambard hier vorzufinden erwartet, daß er ihre Züge jetzt so offenkundig erforschte? Selbst die vornehmste und teuerste Buhle hätte ihm dank seiner unerschöpflichen Mittel jederzeit zugänglich sein müssen; doch statt dessen hatte er sich lieber darauf verlegt, sein Geld für feingeschmiedete Schwerter, exotische Tiere, feine Schnitzarbeiten, heilige Reliquien und andere Heiligenandenken auszugeben, wie leicht an den Unmengen Gepäck zu erkennen war, das er aus dem Osten mitgebracht hatte. Und um die Wahrheit zu sagen, so war er nur aus Neugier Benedettas Einladung gefolgt; und diese war noch nicht einmal besonders groß gewesen, sondern eher einer Laune entsprungen. Doch jetzt schien sein Blick nicht mehr von ihr lassen zu können. Seine Miene verriet denselben Ernst und dieselbe Leidenschaft, mit welchen er sonst nur Kunstwerke in Augenschein nahm. In solchen Fällen urteilte er rasch und hart, sparte nicht an Kritik und wies alles von sich, was ihm nicht einzigartig erschien. Wenn man nun die Zeichen richtig deutete, hatte er keinesfalls vor, diese Frau von sich zu weisen.

»Und Ihr müßt der junge Mann sein«, wandte die Dame sich an den dritten im Bunde, »welcher danach trachtete, das Lied ›Dum estas inchoatur‹ zu verbessern.« Harry hatte eine volle, sinnliche und weiblich gekünstelte Stimme erwartet, doch sie klang klar und hell wie die eines Kindes; ja, sie war dermaßen unbefangen, daß sie fast schon zu laut für diese Kammer zu sein schien. Sie klang nicht so sehr wie Gold, sondern eher wie Silber. »Dennoch gabt Ihr ihm eine etwas anzüglich neue Bedeutung.«

»Dessen bin ich mir bewußt«, gab er zu und wußte nicht so recht, was er davon halten sollte. Sollte er nun beleidigt sein oder vielmehr über sich selbst und seine Verse lachen? »Ich mußte aus dem Stegreif und auch noch gegen eine starke Konkurrenz andichten. Und sicher werdet Ihr längst bemerkt haben, daß ich nicht wie Adam bin.«

»Nein, wenn mein Auge mich nicht täuscht, seid Ihr gewiß nicht wie Adam.«

»Dennoch scheine ich Euch mit meinen neuen Versen erheitert zu haben.«

Welche Macht wohnte dieser Frau inne, da sie selbst den unwilligsten Menschen anzuziehen vermochte, der sich in ihrer Anwesenheit lieber im Hintergrund gehalten hätte, um in aller Stille statt dem Schwung eines Frauenfußes den eines Kirchenbogens zu bewundern? Alles an ihr war überraschend herausfordernd; vor allem aber ihre offene, deutliche und klare Stimme, die nichts

Kokettierendes an sich hatte. Dabei hätte sie weich, verlockend und verführerisch auftreten müssen. War es denn völlig falsch, so etwas von einer Kurtisane zu erwarten? Doch Benedetta kam ihm stolz und selbstbewußt vor, in ihrem Innern so unbeugsam wie ein Mann, und ähnlich wie ein solcher offen und geradeheraus. Harry war mit der Vorstellung hierhergekommen, von ihm würde nicht mehr verlangt, als einen Körper zu bewundern, der einfach von Natur aus wohlgestaltet war. Doch zu seiner Verwunderung empfand er es als schmerzlich, seine Aufmerksamkeit von dem Rätsel abwenden zu müssen, welches ihr Geist und ihr Wesen ihm stellten. Wieviel geringer erschien ihm angesichts dessen der wundervolle Leib, in dem sie sich im Raum bewegte!

Sie war genauso groß wie er, was für einen Mann bestenfalls mittelgroß, für eine Frau dagegen eher zu groß war. Beide betrachteten sich mit suchenden Blicken und gegenseitiger Wißbegier. Benedetta war stattlich gebaut wie ein Turm: vornehm und erhaben. Sie bewegte sich mit einer kraftvollen Grazie, welche sich zwar den beengten Platzverhältnissen in dieser Kammer anzupassen schien, aber gleichzeitig vermuten ließ, daß sie in größeren, freieren Räumlichkeiten erst recht wachsen und aufblühen würde.

Adam hatte ihn schon auf ihr dunkelrotes Haar vorbereitet, aber Harry fand, daß es mit seinen purpurdunklen Schatten und flammenhellen Spitzen die Beschreibung des Freundes bei weitem übertraf. Doch hatte ihm niemand gesagt, wie strahlend weiß ihre breite Stirn unter dem Haaransatz leuchtete; und ebenso der Hals, auf welchem die roten Locken Schimmer warfen, die ihn rot erglühen ließen wie einen mit Wein gefüllten Kristallkelch. Unter den breiten, kräftigen Brauen standen die Augen weit auseinander; sie wiesen eine volle und klare Form auf, und ihre Färbung war von reinstem Grau mit einem Stich ins Violette. Das Kinn mochte für wahre Schönheit etwas zu rund ausgefallen sein und die Lippen zu voll; dennoch fügten sie sich auf wunderbare Weise in die klassischen, üppigen und wohlgeformten Züge ein. Körper und Antlitz hätten weiblicher nicht sein können, und dennoch hätte Harry ebensogut auch einem

Mann gegenüberstehen können und zwar solch einem, welcher ihm entgegengesetzt und gleichzeitig ebenbürtig war. Sein Herz und sein Geist flogen ihr zu, während sein Körper und sein Blut seltsam unbewegt blieben.

»Und Euer Lied, denn Adam erzählte mir, es stamme von Euch«, fuhr sie fort und wies den Gästen den Weg zu den Stühlen, »hat Euch sicher schon viele andere Türen außer der zu mir geöffnet, oder?«

»Nicht, daß ich davon wüßte. Als ich es Adam weitergab, erwarb er damit auch alle Rechte daran.«

»Und ich habe es erst zweimal vorgetragen«, ergänzte sein Bruder, »und zwar jedesmal Euch; denn niemandem sonst mag ich es anbieten.« Adam schien sich in diesem Haus zu Hause zu fühlen, vielleicht wie ein Vetter oder ein Gefolgsmann, und er akzeptierte diese Stellung wohlgemut. Als alle Platz genommen hatten, erbot er sich als Mundschenk und betrachtete dabei neugierig Isambards Gesicht. Voller Vergnügen beobachtete er, daß Benedettas Schönheit, welche ihn selbst so verzückt hatte, auch andere zu blenden verstand.

»Ich habe dieses Lied noch nie gehört«, erklärte Isambard, ohne den Blick von der Gastgeberin abzuwenden. Ein leises und schiefes Lächeln erschien in seinen Mundwinkeln. »Für mich schreibt er keine Weisen.«

»Dieses Lied war ja auch nicht für mich bestimmt«, entgegnete Benedetta, »sondern für seinen Bruder. Und alle Leidenschaft darin entstammte allein seiner Vorstellungskraft. Auf jeden Fall ist es eine gute Weise. Adam wird uns sicher die Freude machen und sie uns noch einmal vorspielen. Bedient Euch nur, nehmt meine Cister, ganz wie es Euch beliebt.«

»Er spielt diese Instrumente nicht so gut«, wandte Harry ein und griff nach der Cister. »Laßt mich es tun.«

Er beugte sich zärtlich über die Saiten und schob den Stuhl vom Tisch zurück. Als er feststellen mußte, daß die Armlehnen ihn in seiner Bewegungsfreiheit behinderten, stand er auf und ließ sich auf dem Hocker am Fenster nieder. Die Melodie kam ihm gleich wieder in ihrer ganzen Traurigkeit und Zärtlichkeit in den Sinn und wisperte unter seinen Fingern. Isambards gebieterisches Profil, das sich scharf vor dem Kerzenlicht und den glitzernden Kristallgläsern abzeichnete, wirkte auf eine Weise still, der nichts Natürliches mehr anhaftete. So als hielte er den Atem an oder als habe er sich in Stein verwandelt, in die marmorne Büste, welche er von Griechenland mitgebracht und die einmal zu einer wunderschönen Götterstatue gehört hatte.

Adam ließ seine Lerchenstimme ertönen, in der nichts von dem Herzeleid eines Liebenden zu erkennen war, von welchem die Strophen und die Melodie eigentlich kündeten. Seine Leidenschaft blieb einzig eine geistige; und dennoch verwöhnte er damit die Ohren der Anwesenden:

»Doch wenn das Laub ist fort
Mit Sommers Pracht vergangen,
Dann steh' ich noch an diesem Ort
Und werd' von Dir empfangen.

Und färbt dann Herbstens Tupfen
Dein süßes Blattwerk meisterlich,
Laß Deine Äpfel lupfen,
Senk Deine Brüst' herab auf mich.«

Plötzlich fühlte Harry die Sommerwärme der besungenen Brüste zwischen seinen Handflächen und spielte die letzten Töne falsch. Hitze strömte durch seinen Körper und ließ ihn erröten. Doch rührte dies nicht von Benedettas Brüsten her. Er konnte sie ansehen, ohne daß sich viel in ihm regte oder daß er in Wallung geriet. Harry begehrte die Venezianerin nicht. Ihre bloße Anwesenheit bezauberte ihn, und ihre Schönheit begeisterte ihn, aber in ihrer Gegenwart drohte ihm nicht die Gefahr, die Beherrschung über sich zu verlieren. Aber Benedetta trug in sich Züge von anderen Frauen. Manchen von ihnen war er nur flüchtig begegnet, andere hatten seinen Weg noch nicht gekreuzt, und wieder andere hatte er recht gut gekannt, dann verlassen und schon vergessen, ehe er sich dessen bewußt geworden war. Was Benedetta darstellte und verhieß und was sie vielen Männern bedeutete, würde eine Schöne eines Tages auch ihm bedeuten. Sie war nur das Versprechen, beinahe die Gewißheit, daß auch er eines Tages solche Erfüllung finden würde. Und gleichzeitig gab sie ihm indirekt zu verstehen, was er verpassen würde, wenn er die Flut dieses Frühlings unbemerkt an sich vorübergehen ließ.

Er schloß die zitternden Finger um den Hals der Cister, und das polierte Holz fühlte sich unter seinen heißen Handflächen kühl und glatt an. Warum überkam ihn mit einemmal dieser Ansturm der Sinne, der ihm so schmerzhaft begreiflich zu machen schien, daß das Begehren allein schon begehrenswert sei?

»Ihr versteht Euch auf das Musikspielen«, lobte Isambard, »und aufs Verseschmieden scheint Ihr Euch auch zu verstehen. Allem Anschein nach habe ich mir einen Phönix herangeholt.«

»Ich bin doch sehr außer Übung«, entgegnete Harry. »Das war nicht wohl gespielt. Dabei ist die Melodie sehr hübsch. Doch da ich Euch neulich ›Dum estas inchoatur‹ verdarb, darf ich es Euch nun noch einmal vortragen? Diesmal ohne meine ›Veränderungen‹?«

Adam sang das Lied und schien nichts von der Unruhe im Raum zu spüren. Wie wunderbar und einfach mußte das Leben für Adam sein, der allein in der Gegenwart lebte und für den Vergangenheit und Zukunft gar nicht zu bestehen schienen.

»Das gleiche Versmaß«, bemerkte Benedetta danach. »Dabei war Monsieur de Breauté kein sonderlich erfindungsreicher Freier. Er lieh sich nicht nur das Lied, sondern auch die Stimme der Sänger aus und sah sich danach nicht einmal zu einem Wort des Dankes an seine Musikanten verpflichtet.«

»Nun, er hatte für ihre Kunst bezahlt«, wandte Isambard ein, »und deswegen glaubte er, beides gehöre nun ihm.«

»So wie es Paulus mit seinen Gedichten hielt«, entgegnete Benedetta, und als sie das Leuchten in seinen tiefliegenden Augen sah, lachte sie erstaunt: »Überrascht Euch etwa, daß auch ich mich mit Marcus Valerius Martialis auskenne, den man auch Martial nennt? Aus welchem Grund? Etwa weil ich eine Frau bin? Oder weil ich die Frau bin, die ich nun einmal bin? Habe ich recht, wenn ich behaupte, daß Euch gerade folgendes Reimpaar durch den Sinn ging?

›*Carmina Paulus emit, recitat sua carmina Paulus.*
Nam quod emas possis iure vocare tuum.‹

Wie könnte man diese Zeilen übertragen? Vielleicht so:

›Paulus kauft Verse, um sie in eigenem Namen zu singen.
Denn was gekauft ist, gehört fortan rechtmäßig ihm.‹«

»Martial ist ein arg trockenes Studium für eine Frau«, entgegnete Isambard. »Und wir zeigen uns beim Unterrichten unserer Töchter nicht so großzügig, wie wir das eigentlich sollten. Laßt es Euch gesagt sein, daß Ihr die Ausnahme von der Regel zu bilden scheint.«

»Ich war die Schwester von zwei begabten Brüdern, und ich habe mit ihnen zusammen die alten Texte gelesen. Das geschah einfach und nicht etwa auf Drängen unseres Vaters. Ich war einfach zu neugierig auf diese Verse, und ehe meine Brüder sich versahen, waren wir bereits mitten in der Lektüre. Möchtet Ihr, daß ich Euch eines der Liebesgedichte von Catullus singe? Von unserem Catullus, der aus dem Norden Italiens stammte? Nun, sein Werk ist wahrlich für Frauen. Ich habe einmal sein Heim in Sirmio besucht. Die Olivenhaine, der See und die lange Landzunge zeigen sich einem noch genau so, wie sie zu seinen Lebzeiten waren.«

Benedetta hatte sich erhoben und die Laute genommen. Damit ließ sie sich auf den Kissen auf der Fensterbank nieder. Ihre langen Finger flogen schnell und ungestüm über die Saiten. Sie verstand etwas vom Spielen, auch wenn sie nicht immer ganz bei der Sache war. Harry vernahm in ihrer Flut von Klängen den einen oder anderen falschen Ton, so als sei sie mit ihren Gedanken nicht ganz bei dem, was sie tat, und als seien ihre Hände für einen Moment sich selbst überlassen.

»Ille mi par esse deo videtur,
ille, si fas est, superare divos
qui sedens adversus identidem te
spectat et audit
dulce ridentem …«

Benedetta brach hier ab und merkte gleich an: »Natürlich hat er das Versmaß und auch alles andere von der Dichterin Sappho übernommen. Aber kennt Ihr auch dies, das ›Pervigilium Veneris‹, die ›Nachtfeier der Venus‹, welches für das Nachtfest der Göttin in Hybla auf Sizilien geschrieben wurde? Auf seine Weise ein ganz wundervolles Gedicht:

›Cras amet qui nunquam amavit,
quique amavit cras amet!
Illa cantat, nos tacemus.
Quando ver venit meum?
Quando fiam ceu chelidon
ut tacere desinam? …‹

Morgen lieb', wer nie geliebt hat,
und wer liebte, liebe dann!
Jene singt, wir aber schweigen.
Wann wird Frühling auch für mich?
Wann bin ich ganz gleich der Schwalbe,
daß ich nicht mehr schweigen muß?

Eine eigenartige Version, nicht wahr? Die Schwalbe ist natürlich die sagenhafte Fürstin Prokne aus der griechischen Mythologie, welche von den Göttern in einen solchen Vogel verwandelt wurde und also über eine süße Stimme verfügte; und unter der Schweigenden dürfen wir ihre Schwester Philomele verstehen, welcher die Zunge herausgeschnitten wurde. Viele kluge Gelehrte haben daran herumgedeutelt und sind zu unterschiedlichen Ergebnissen gelangt.«

Sie hatte sich so in Eifer geredet, daß ihre Finger unabsichtlich gegen die Saiten schlugen und einen Mißklang erzeugten. Sofort legte sie die andere Hand beschwichtigend darüber.

»Davon bin ich auch überzeugt«, erklärte Isambard und lächelte ihr dunkel über den Kelchrand zu, »und Ihr braucht mich auch nicht weiter mit Eurem Wissen zu verwirren. Ihr seid ebenso gelehrt wie schön. Und wenn Ihr tiefer in die antiken Texte einsteigen wollt, kann ich Euch leider nicht folgen. Vergessen wir also Venus. Erzählt mir lieber etwas von Euch.« Und leise fügte er hinzu: »Denn gern möchte ich an der Pervigilium Benedettae teilnehmen.«

Harry saß stumm da, beschäftigte sich mit der Cister und wünschte sich weit weg von hier. Wozu brauchten die beiden schon ihn oder Adam, wenn sie doch lieber unter sich ein Duell mit Liebesgedichten und lateinischen Texten führten; wenn sie sich anstellten wie zwei übereitle Gelehrte, welche einander mit ihrem Wissen auszustechen versuchten? Dennoch gelangte Harry zu der Überzeugung, daß Benedetta nicht nur mit ihren Kenntnissen prahlen wollte. In ihrer Stimme und den sie begleitenden Gesten schwang ein Unterton mit, als mache die Madonna sich selbst über ihr eigenes Wissen lustig. Die Venezianerin erschien ihm mehr wie eine Frau, welche alte Briefe einer längst verflossenen, schwärmerischen Jugendliebe noch einmal mit Belustigung, aber auch Mitgefühl durchliest, um sie danach ohne Bedauern zu zerreißen und ins Feuer zu werfen; in ein kleines Fegefeuer, mit dem man einen bestimmten Abschnitt des eigenen Lebens – eine Narretei, eine bloße Zeitverschwendung – endgültig abschließt; so wie man das Unkraut auf einem brachliegenden Feld verbrennt, um es von neuem zu besäen und Frucht tragen zu lassen.

Die beiden Turteltauben unterhielten sich jetzt auf ebenfalls höchst gelehrte Weise über Venedig und das Morgenland, über die Kreuzzüge und ihre Folgen, über Höfe, Märkte und die Grillen und Zänkereien von Königen. Benedetta erhob sich, ließ ihre Laute auf den Kissen der Fensterbank zurück und trat zum Tisch, um den Gästen Wein nachzuschenken; aber Adam war schneller als sie, füllte die Kristallgläser und reichte Naschwerk.

Harry zog sich mit seinen Gedanken aus dieser Welt in seine eigene zurück; denn eigentlich hätte er in diesen Stunden an seinem Arbeitsplatz sitzen und Feder und Zeichengerät schwingen müssen, um die letzten Zeichnungen fertigzustellen und zu den vielen anderen zu gesellen.

Der junge Mann wußte genau, wie er den Kirchenbau angehen würde; schließlich arbeitete er in Gedanken schon seit über sieben Jahren daran. Und in Parfois würde er, den dortigen Gegebenheiten gemäß, nur wenig an seinem ursprünglichen Konzept ändern. Natürlich mußte der frischbestellte Baumeister zunächst feststellen, wieviel Fläche ihm zur Verfügung stehen würde; doch weder Schönheit noch Pracht haben etwas mit Größe und Ausmaßen zu tun. Harry ging es in erster Linie um Licht, um viel Licht und freien Raum. Seine Steine sollten von den Grundmauern bis unters Dach wie ein wachsender Baum nach oben streben. Seine Kirche sollte weder schwer noch finster noch durch dicke Säulen und tiefe Decken erdrückend wirken wie eine Sündenlast aus Stein.

Harry konnte die Kirche vor seinem geistigen Auge schon fertig sehen. Die dem Morgenlicht zugewandte Ostseite sollte nicht wie sonst üblich halbkreisförmig oder verwinkelt und von vielen Säulen gesäumt sein, sondern aus einem rechteckigen freien Raum bestehen, damit sich alles hereinströmende Licht über den Hochaltar ergoß. Ein kurzes, kräftiges Querschiff sollte es geben, dazu luftige Mittelgänge und hohe Lichtgaden über einem Relief-Triforium. Die Westseite sollte ein großes, tiefliegendes Portal mit einem großen Fenster darüber erhalten, damit das Licht den ganzen Tag über auf diesen steinernen Saiten wie auf einer Harfe spielen konnte und selbst die grauere Nordluft klar und hell leuchten würde wie die im Süden. Über dem Westportal würden zwei Türmchen entstehen, welche sich zu schlanken Steinfingern verjüngten. Über dem Kreuzbau würde der große Turm, wie in der Normandie üblich, das Ganze miteinander verbinden; das gesamte Bauwerk würde somit unverwüstlich mit der Erde verankert sein und sich dennoch gerade und schlank in den Himmel erheben.

Dieses Spannungsverhältnis würde die Bedeutung des Lebens widerspiegeln; denn außer einem lichtdurchfluteten Gebäude war dem Baumeister besonders wichtig, die Dualität von Fleisch und Geist, von Menschlichem und Göttlichem und überhaupt die Anspannung des Menschen auf seinem Weg zu Gott darzustellen. Einen vornehmen Turm sollte es geben, hoch und spitz zulaufend; dessen Oberfläche wollte Harry so geschickt bearbeiten, daß Licht und Schatten zu den verschiedenen Tagesstunden ihm hundert immer wieder neue, majestätische Formen verleihen würden. Beständigkeit und Wandel, Verschiedenartigkeit und Einheit sollten diesen Turm charakterisieren, dessen grauer, goldgekörnter Stein in Harrys Erinnerung wie ein – wie hatte Adam es noch genannt? – Stollen aus Sonnenschein erstrahlte. Nichts konnte wachsen oder Frucht tragen, es sei denn aus dem Zusammenfinden der Gegensatzpaare Licht und Dunkelheit, Erde und Himmel. Während meine Füße der Erde verhaftet sind, strebt meine Stirn der Sonne zu. Dieser Turm würde seine Kirche einerseits im Fels verankern und sie andererseits in einen Pfeil aus Licht umwandeln, der direkt aufs Firmament zielt.

Und im Innern sollte das Hauptschiff drei Gänge aufweisen, aber ohne nüchtern-strenge Wände, die ungebrochen vom Boden bis zum Dachgewölbe hinaufragen; und ganz gewiß ohne diese widernatürlichen korinthischen Kapitelle, welche so großes Unbehagen auslösen; ohne deren seichte Ornamentik, die sinnlos den Blick des Betrachters auf dem Weg nach oben aufhält; nein, niemals korinthische. Dafür Kapitelle so lebendig wie Blumen, Tiere und Menschen, die alles enthalten, was auf der Erde kreucht und fleucht und die Sonne begrüßt. Sie sollten kräftig aus den Säulen entspringen und geradezu nach oben streben; den Abakus, die Säulenplatte, würden sie so weit wie möglich hinauftragen, gleich wachsenden Bäumen, so daß man glauben konnte, sie vermöchten die Last des Gewölbes nicht zu tragen. Keine durchgehende Linie sollten die Pfeiler bilden, sondern einen einzigen ungebrochenen Impetus, einen einheitlichen Strom von Lebens- und Glaubenskraft, dem die Spannung einer

Bogensehne innewohnt und der dennoch so sicher ist wie ein Regenbogen.

Schönheit kann nicht bestehen, wo Zweifel oder Unsicherheit regieren. Ein Gefühl der Unausgewogenheit bringt aller Kunst den Tod.

Benedettas Haar, vom Wind nach oben geweht, konnte mit seinen Locken durchaus ein Kapitell sein; genauso wie die tanzenden Flammen, denen es so sehr glich. Oder auch eine sich brechende Welle. Alles, was nach oben strebt, alles, das sich regt und das frohlockt, eine Hand oder ein Arm, die zu einem Abakus hinaufreichen; der gebogene Schwanz eines Eichhörnchens; ein hüpfendes Kind; ein sich aufrichtender Farnwedel; eine aufsteigende Weinranke; überhaupt alle Arten von Blättern, welche sich dem Licht entgegenrecken. Und natürlich der hochfahrende Stolz von Mylord; diese unsichtbare, aber dafür um so deutlicher spürbare Gegenwart, welche wie sein eigener schwarzer Schatten über ihm schwebte; wie in diesem Moment, da er sich über die Kerzen beugte.

Der gesamte Haushalt im Maison d'Estivet fürchtete sich vor ihm; selbst seine fünf Knappen, von denen drei ihm an Stand und Abstammung ebenbürtig waren, lebten in Schrecken vor ihm. Warum? Harry konnte an ihm nichts Angsteinflößendes erkennen.

Zusammen mit all diesen aufsteigenden Lebensformen steigen dann Engel hernieder, wie mein allererster hölzerner Himmelsbote; deren Haar und Gewänder werden vom Flugwind nach oben flattern. Isambard würde ebensogut einen emporstrebenden Dämon wie einen fallenden Engel abgeben. Vielleicht sogar beides. Er besitzt wirklich einen wunderbaren Kopf.

Die Hausdame bewegte Arm und Hand auf eine Weise, die Harry dazu brachte, sich ihr zuzuwenden. Was ging nur von ihr aus, das so beharrlich an den Saiten seiner Erinnerung zupfte und ein Echo auslöste, das er längst vergessen hatte? All ihre Bewegungen bargen eine Form von Schönheit, welche er schon einmal gesehen hatte; so als vereine sie in sich alle Frauen, welchen er in seinem Leben begegnet war oder die er gekannt hatte.

Die Üppigkeit und Weiche ihres Fleisches riefen ihm seine Mutter ins Gedächtnis zurück. Und ihre Stimme hatte er ebenfalls früher schon vernommen; vor langer Zeit und weit weg von hier. Sie klang genauso klar, offen und ungekünstelt, wie ihre Augen dreinblickten. Auf der Höhe der Augen wies das Gesicht von Schläfe zu Schläfe eine Breite auf, welche exakt der Länge von Kinn bis Brauen entsprach. Stellten diese etwa fünfeinhalb mal fünfeinhalb Zoll die idealen Proportionen der Schönheit dar? Sicherlich, doch wo wohnt die Schönheit? In dem, was das Auge sieht, oder in dem, was der Geist aus dem Gesehenen macht? Und konnte man beides in einem steinernen Abbild wiedergeben?

Ich muß vor der Abreise unbedingt eine Zeichnung von ihr anfertigen, nahm Harry sich fest vor. Hoffentlich gestattet sie es mir. Zu gern wüßte ich allerdings, wo ich diese Stimme schon einmal gehört habe. Was bewegt mich nur so sehr an ihr? Warum glaube ich, sie nicht von ihr zu vernehmen, sondern aus dem Mund von jemandem, den ich vor langer Zeit gekannt habe; so als spräche eine Frau aus meiner Vergangenheit Worte zu mir, die Madonna Benedetta nie von sich gegeben hat?

»Harry!« mahnte Adam und stieß den Bruder freundschaftlich an den Ellenbogen. »Bist du etwa eingeschlafen? Madonna Benedetta spricht zu dir.«

Der Jüngling erwachte aus seinen Tagträumen, hob rasch den Kopf und blickte unvermittelt in ihre grauen Augen. Sie sahen ihn so offen und klar an, daß er darin sein eigenes Spiegelbild erkannte. Doch in diesem Moment, in dem Benedetta zu ihm gesprochen und er sie nicht gehört hatte, begriff er endlich, was ihn an ihrer Stimme so stutzig machte. Die Madonna redete mit der unerschrockenen Aufrichtigkeit eines Kindes; mit einer erbarmungslosen Offenheit, welche davon kündete, daß sie keine Ahnung davon hatte, welche Reaktionen sie damit auslöste. So hatte schon einmal ein Kind zu ihm gesprochen, ein Mädchen ... Wie lange war es her, wieviel Zeit war vergangen, seit er zum letzten Mal an Gilleis gedacht hatte?

Harry öffnete den Mund, um sich für seine Geistesabwesenheit zu entschuldigen, schwieg dann aber plötzlich, als sein Blick auf Isambards Miene fiel. Während die Hausdame sich von dem Edelmann ab- und dem Jüngling zugewandt hatte, glühten seine tiefliegenden Augen aus ihren schattigen Höhlen. Auf der bronzefarbenen Maske seines Gesichts glühte für einen Moment die nackte Begierde wie geschmolzenes Metall. Dann schlossen sich die schweren Lider darüber, löschten das Feuer und warfen das Antlitz in Finsternis zurück.

Das Fieber der Abreise lag schon seit längerem über der Dachkammer in der Ruelle des Guenilles und auch über dem Maison d'Estivet, trat aber erst verhältnismäßig spät in die geschäftigen, staubigen und bevölkerten Bauhütten bei der Notre Dame; allerdings brachten die Abreisevorbereitungen eine sonderbare Anhäufung von vergessenen Gegenständen zutage. Zuallerletzt stieß Harry in einer Truhe auf ein Stück Stoff. Über ein Jahr mußte es dort unbeachtet gelegen haben. In dieses Tuch hatte er vor neun Jahren seine wenige Habe eingewickelt und aus England mitgebracht. Der junge Mann nahm es heraus und schüttelte es aus. Mit einemmal befiel ihn zärtliche Neugier, und er versuchte, sich den Jüngling ins Gedächtnis zurückzurufen, der es einst über der Schulter getragen hatte. Seine Finger fanden ganz unten in dem Stoff etwas, das sich wie eine Münze anfühlte; doch noch während er den Gegenstand herauszog, wußte Harry, daß es sich um ein Medaillon handelte. Und tatsächlich, unter Firnis und Staub erkannte Harry die Jungfrau mit dem Kind, auch wenn die Oberfläche fast glattgerieben war. Das kleine Bild hing immer noch an der goldenen Schnur, welche Gilleis ihm beim Abschied im Boot um den Hals gehängt hatte, bevor Harry an Bord der *Rose of Northfleet* gestiegen war. Damals hatte er vor lauter Aufregung kaum einen zweiten Blick auf das Geschenk verschwendet und infolgedessen nicht erkannt, woraus die Schnur bestand. Jetzt betrachtete er die Kordel und entdeckte, daß es sich dabei um eines der vergoldeten Bänder handelte, welche sich das Mädchen in ihre kurzen schwarzen Zöpfe geflochten hatte.

Wie Harry so dastand und Schnur und Medaillon in der Hand hielt, befiel ihn mit einemmal ein so starkes Heimweh, daß ihm Tränen in die Augen traten. Wie alt mochte Gilleis jetzt sein? Sicher schon neunzehn, oder? Eine erwachsene Frau! Ob sie immer noch mit ihrem Vater bis nach Wales reiste, um dort Tuche aufzukaufen? Wohl kaum, sagte er sich. Mittlerweile war sie bestimmt die Herrin des Haushalts in London und hatte alle Hände voll mit anderen Dingen zu tun. Vermutlich hatte sie längst geheiratet und führte für einen anderen Mann den Haushalt. Harry versuchte, sie sich als erwachsene Frau vorzustellen, doch wollte ihm das nicht gelingen. In seinen Gedanken sah er sie ständig nur als das kleine bezaubernde Mädchen mit den großen Augen, dem blütenförmigen Mund und den handgelenkdicken, kurzen schwarzen Zöpfen. Gilleis hatte geweint, weil er immer zu beschäftigt gewesen war, um mit ihr zu spielen. Der junge Mann erinnerte sich, wie er das Mädchen auf dem Schoß gehalten hatte … damals auf dem Steinvorsprung an der Außenmauer des Gästehauses. So sehr er sich bemüht hatte, sie zu trösten, so stark war auch in ihm der Wunsch gewesen, sie durchzuschütteln. Vielleicht hatte er wirklich zu wenig Zeit für sie aufgebracht, dachte Harry voll Reue – nach allem, was Gilleis doch für ihn und Adam getan hatte.

Und bis heute hatte er nicht erkannt, was sie ihm da geschenkt hatte, geschweige denn sich bei ihr dafür bedankt!

Er hielt immer noch das Medaillon in der Hand, als einer der Lehrjungen herangelaufen kam und offensichtlich zu ihm wollte. »Meister Harry, da fragt jemand nach Euch!«

»Nach mir? Was will er denn?«

»Kein er, sondern eine sie«, entgegnete der Junge und versuchte, das wissende Grinsen zu unterdrücken, das sich in seinen leuchtenden Augen widerspiegelte. »Ich dachte, es sei schicklicher, sie nicht nach ihrem Begehr zu fragen. Das war doch recht von mir, oder?«

»Ein gesunder Vorsatz«, entgegnete Harry gutgelaunt und tat so, als wolle er dem Knaben für seine Frechheit eine Maulschelle verpassen. Der Junge verstand und duckte sich, wie es von ihm erwartet wurde. »Ist sie denn hübsch?«

Hochgezogene Brauen und verdrehte Augen gaben ihm zu verstehen, daß die Unbekannte durchaus einen Blick wert war. Dennoch erwartete Harry, sich gleich der ältlichen Haushälterin des Kanonikus gegenüberzusehen; oder vielleicht der ebensowenig ansehnlichen Magd von Meister Bertrand. Nachdem er aus der Bauhütte getreten war, konnte er daher nur ungläubig staunen, als er Madonna Benedetta erblickte, die in ihrer Vornehmheit völlig unpassend zwischen Steinhaufen und Holzstapeln herumschritt, sich aber gefaßt und mit hochgehaltenen Übergewandschößen den Hütten der Handwerker näherte. Endlich entdeckte sie ihn und kam gleich mit einer Entschiedenheit auf ihn zu, als habe sie tatsächlich etwas Dringliches mit ihm zu bereden.

»Madam, Ihr wollt wirklich zu mir? Nun, ich stehe Euch zu Diensten.«

»Ich sollte Euch eigentlich nicht bei Eurer Arbeit stören«, begann sie mit der klaren Stimme, die mittlerweile für ihn einen vertrauten Widerhall hatte und ihn nicht mehr vor ein Rätsel stellte, »und ich will Euch auch gewiß nicht lange stören. Bald werde ich keine Gelegenheit mehr haben, mit Euch zu reden, denn ich erfuhr von Mylord Isambard, daß Ihr in zwei Wochen mit ihm Paris verlassen werdet. Dem ist doch so, oder?«

»Ganz recht, Madonna, denn wir haben unsere Arbeit hier so gut wie beendet. Meister Bertrand war so freundlich, Adam und mich aus seinen Diensten zu entlassen, und je eher wir wieder in England sind, desto glücklicher bin ich; denn ich kann meinen Bauplänen erst den letzten Schliff verpassen, wenn ich den Ort mit eigenen Augen gesehen habe. Verzeiht bitte, wenn ich Euch hier weder Erfrischungen noch Bequemlichkeit anbieten kann …«

»Ich bedarf weder der einen noch der anderen«, entgegnete sie rasch. »Aber es würde mir doch sehr schmeicheln, wenn Ihr die Güte hättet, mir Euren Kalvarienberg zu zeigen. Um die Wahrheit zu sagen, ich habe noch nie eine Eurer Arbeiten gesehen.«

»Nur zu gern, Madam! Dann wißt Ihr also, daß er fertiggestellt ist?« Er führte sie in die Bauhütte, nicht mehr als ein Verschlag, wo sie wenigstens etwas ungestörter sein konnten und der Lärm der Baustelle nicht ganz so plagend war. »Mylord hat Euch also auf dem neuesten Stand gehalten. Darf ich daraus schließen, daß er Euch des öfteren besucht?«

»Ja, das tut er«, antwortete sie mit einiger Belustigung und deutlicher Trockenheit in der Stimme. Danach trat Schweigen ein. Die Venezianerin hatte noch keinen Blick auf die Gruppe von Steinfiguren geworfen. »Im Gegensatz zu Euch«, fügte Benedetta dann hinzu.

Harry wußte nicht, was er darauf sagen sollte oder welche Antwort von ihm erwartet wurde. Für einen längeren Moment konnte er nur unbehaglich schweigen und sich vergeblich fragen, aus welchem wahren Grund Benedetta ihn hier aufsuchte. »Habt Ihr mich denn erwartet?« fragte er schließlich zögernd.

»Erwartet? Nein, das war es nicht. Ihr schuldet mir nichts. Vielmehr wurdet Ihr herbeigewünscht.« Benedetta kehrte ihm den Rücken zu und schritt langsam an der Steingruppe entlang. Mit ihren klugen, ruhigen Augen studierte sie den toten Christus am Kreuz. Das Gewicht seines herabgesackten Körpers hing schwer an den von Nägeln durchbohrten Händen. Die Muttergottes und der heilige Johannes standen auf der einen Seite am Fuße des Kreuzes, die Heiligen Frauen auf der anderen. Sie alle waren gefangen im Moment ihrer größten Trauer, allein mit ihrem Schmerz, und jeder war eine Statue der Einsamkeit und fern jeden Trosts. Sie berührten einander und waren doch unwiderruflich voneinander getrennt.

»Da Ihr nun nicht zu mir gekommen seid«, bemerkte Benedetta dann, ohne ihren nachdenklichen Blick von den Figuren zu wenden, »mußte ich mich zu Euch begeben. Nicht allein aus dem Grund, dieses Meisterwerk zu sehen, obwohl ich mich jetzt glücklich schätzen darf, es geschaut zu haben. Wie ist es Euch möglich, soviel vom menschlichen Leiden zu verstehen? Kennt Ihr es aus eigener Erfahrung zur Genüge, oder haben sich hier lediglich Wille und Vorstellungskraft vereint? Die meisten Christusabbildungen stellen lediglich symbolisch den Tod des Herrn dar. Ihr aber habt Ihm die Züge von jemandem verliehen, der die ganze grausame Hinrichtung hinter sich hat.«

»Habe ich übertrieben?« fragte Harry mit echter Besorgnis.

»Nein, denn nur so kann es damals gewesen sein. Dessen bin ich mir ganz sicher. Man hat dem Messias nichts erspart. Doch Ihr habt Ihm die Gänze Seines Geistes belassen. Alles steht in Eurem Werk niedergeschrieben, die ganze Pein, und doch schleudert der Herr sie uns nicht entgegen. So bleibt es allein uns überlassen, ob wir sehen und erkennen oder weitergehen wollen. Etwas Furchtbares ist Jesus widerfahren, doch Er hat es ertragen und durchgestanden. Deswegen steht es uns nicht zu, Mitleid mit Ihm zu empfinden.«

»Ihr macht mich glücklich«, freute sich der Künstler, »auch wenn ich nicht weiß, ob das Eure Absicht gewesen ist. Und um auf Eure erste Frage zurückzukommen, nein, ich habe das Leiden nicht aus eigener Erfahrung dargestellt. Bei diesem Werk versuchte ich mir vielmehr selbst zu verdeutlichen, wie ein Mensch all diese Pein ertragen kann und doch heil und unversehrt daraus ersteht. Er mag tot gewesen sein, aber nicht zerstört.«

»Genau das ist es, was der Gottessohn für uns getan hat«, bestätigte die Venezianerin.

»Wenn Ihr dieser Ansicht seid, dann scheine ich es ja richtig dargestellt zu haben. Gelitten habe ich natürlich nur in meiner Einbildungskraft, und ich weiß für mich selbst noch immer nicht, ob ich solche Prüfungen durchstehen könnte, ohne daran zu zerbrechen. Aber die Vorstellung allein reicht nicht. Vielleicht überstehen diejenigen solche Qualen am besten, welche sich vorher nie Gedanken darüber gemacht haben.«

»Aber es ist doch ganz natürlich, sich vor seinen eigenen menschlichen Schwächen zu fürchten«, entgegnete Benedetta, »nur sollte man sich davor hüten, zu lange über Fragen zu brüten. Das hebt man sich besser für den Zeitpunkt auf, in welchem sie sich wirklich stellen. Wenn man sich den Schmerz nicht in seiner ganzen Macht vorstellen kann, dann gewiß auch nicht die

Kräfte, derer es bedarf, ihn zu ertragen und zu überwinden. Glaubt Ihr wirklich, Ihr hättet dieser Figur etwas verleihen können, an dem es Euch selbst mangelt?«

Harry lächelte. »Das scheint mir eine künstlerisch ungeheuer spitzfindige Frage zu sein, und ich sehe mich nicht in der Lage, sie zu beantworten.«

Die Venezianerin blieb noch einige Minuten vor der Gruppe stehen, um die einzelnen Figuren länger zu betrachten. Von den Laufgängen am Gerüst drangen gedämpft die Stimmen der Maurer zu ihnen herab.

»Es wird den Menschen nicht gefallen«, bemerkte Benedetta und schüttelte den Kopf. »Ihr ladet die Gläubigen nicht ein, Teil dieser Szene zu werden, und das mögen sie kaum. Ihr fordert sie heraus, sich Gedanken über das zu machen, was damals geschehen ist, und darauf wollen sie lieber verzichten.« Benedetta wandte sich von dem Kalvarienberg ab und sah dem jungen Mann gerade ins Gesicht. »Harry?«

Sie gebrauchte den Namen mit der Vertrautheit und Selbstverständlichkeit, die, wie er sich sagte, davon herrühren mußte, daß Isambard ihr soviel von ihm berichtet hatte. Der Edelmann hatte von Anfang an in Gegenwart der Lady die beiden beim Vornamen genannt. »Harry, Ihr müßt wissen, daß ich bislang mein ganz eigenes Leben geführt habe. Ich gab mich und alles, was mir gehörte, immer, wenn mir das geboten erschien. Und als Preis dafür habe ich mir das genommen, was mir gefiel. Versteht, daß ich dann gab, wenn es mir gefiel zu geben. Dafür schäme ich mich nicht im mindesten, und ich will mich hier auch nicht verteidigen, denn dazu besteht kein Anlaß. Schließlich sehe ich nichts Ehrenrühriges darin, sich zum Teil oder zur Gänze zu geben, wenn man das wünscht und will. Ebenso habe ich mir auch immer nur selbst, und das ganz und gar, gehört. Falsch will es mir hingegen erscheinen, mit dieser Fülle auch noch dann verschwenderisch umzugehen, wenn diese einem längst nicht mehr gehört. Harry, seit dem Abend, als Ihr mit Eurem Lord bei mir wart, hat sich meine Tür in der Nacht nicht mehr geöffnet und ist mein Bett leer geblieben. Ich will mich keinem anderen Mann mehr hingeben, denn das, was ich bislang besaß, gehört nicht länger mir, sondern einem ganz bestimmten allein.«

Die Venezianerin kam ihm bei diesen Worten näher, blieb vor ihm stehen und suchte sein verwirrtes Gesicht offen und voller Stolz ab. Harry begriff nicht, was sie ihm damit sagen wollte. Er gelangte schließlich zu dem Schluß, daß sie ihm von Isambard berichtete, und fragte sich, aus welchem Grund sie dann ausgerechnet ihn in ihr Vertrauen zog.

»Madam, worum immer Ihr mich auch bitten möchtet ...« entgegnete er zögernd.

»Ich erbitte nichts von Euch. Im Gegenteil, ich will Euch etwas anbieten, nämlich mich selbst, mich ganz und gar. Ohne Einschränkungen und für immerdar will ich die Eure sein. Wenn es Euch gefällt, mich zu erhören, so will ich bis zu meinem Ende treu an Eurer Seite stehen, niemals einen anderen Mann an mich lassen und nie einen anderen lieben. Wenn Ihr mich aber nicht wollt, so sagt es mir jetzt bitte geradeheraus, denn soviel darf ich wohl von Euch verlangen, und danach werde ich Euch nie wieder mit meiner Liebe behelligen.«

Der junge Mann stand wie betäubt sprachlos da und konnte Benedetta nur mit offenem Mund anstarren. Ihm wollte nach dieser Eröffnung nichts anderes einfallen, als daß sie ihren Spott mit ihm trieb. Und es erfüllte ihn erst recht mit Zorn, daß die Venezianerin dies mit ihrer hellen, spontanen, zum Herzen durchdringenden Kinderstimme tat, welche ihm so süß in den Ohren klang. Er hielt das Medaillon immer noch in der zur Faust geballten Hand, und die Silberränder bohrten sich in seine Handfläche.

»Ich vermag das einfach nicht zu glauben«, platzte es schließlich aus Harry heraus, und er schüttelte in übermächtigem Ärger den Kopf. »Ihr habt mich nicht öfter als einmal gesehen und wißt überhaupt nichts von mir!«

»Oh, ich kenne von Euch all das, was ich wissen muß, und das ist mehr, als Ihr Euch vorzustellen vermögt. Als Ihr mein Haus betratet, kam mein Leben von seinem bisherigen Weg ab. Und selbst bevor ich Eurer ansichtig wurde, hatte bereits Eure Stimme mir meinen Frieden genommen. Adam ist eben Adam«, fuhr sie fort und lachte mit den Augen, »und welche Frau könnte es jemals übers Herz bringen, ihm weh zu tun? Doch wenn Ihr es ganz genau wissen wollt, so habe ich in jener Nacht nicht ihm, sondern Euch die Tür aufgetan.«

Benedetta hätte in diesem Moment die Hand ausstrecken und ihn berühren können, doch das unterließ sie. Nun stand es an ihm, sie zu nehmen oder sie abzuweisen.

»Ich kenne mich und meinen Geist«, fuhr die Venezianerin fort. »Wenn er sich einmal entschieden hat, gibt es für mich keinen Weg mehr zurück. Als Ihr in jener Nacht in mein Leben getreten seid, verschrieb sich mein Herz Euch ganz und gar. Lange genug bin ich mit meinem Herzen zusammen, um zu wissen, daß ich es nicht anzweifeln oder ihm mißtrauen darf. Oder glaubt Ihr etwa, ich wäre eine Frau, welche sich Selbsttäuschungen hingibt? Oder die in Herzensangelegenheiten von geringer Erfahrung wäre? Nein, ich habe es mir nicht ausgesucht, Euch zu lieben. Wer, wenn nicht ein Narr, vermöchte das schon? Aber so verhält es sich nun einmal mit mir, und mir bleibt nichts anderes zu tun, als das anzuerkennen. Und wenn das Herz sich erst einmal entschieden hat, kann man daran auch nichts mehr ändern. Selbst wenn Ihr mich jetzt zurückweist, dürftet Ihr mir dennoch nicht verbieten, Euch zu lieben. Denn lieben werde ich Euch, solange mir noch ein Atemzug beschieden ist, ganz gleich, ob Euch das nun gefällt oder nicht ... ganz gleich, ob es mir gefällt oder nicht. Ich erkenne ein Absolutum, wenn ich eines sehe, und ich bin eine praktisch veranlagte Frau, welche keine Zeit damit vergeudet, Gott oder dem Schicksal zu trotzen.«

Die Venezianerin las den Zweifel und das Unbehagen auf seiner bewölkten Miene. Und sie erkannte auch ein jungenhaftes Mißtrauen an ihm. Ihr Mund verzog sich zu einem zärtlichen und gleichzeitig belustigten Lächeln.

»Fürchtet nicht, daß ich vor Euch getreten bin, um für Liebe zu betteln. Vielmehr bin ich erschienen, um Euch das zu geben, was Euch gehört. Doch wenn Ihr es nicht wollt, nehme ich es eben wieder mit. Ihr seid mir zu nichts verpflichtet, aber vielleicht darf ich Euer Vertrauen fordern und dort Aufrichtigkeit von Euch verlangen, wo ich aufrichtig zu Euch gewesen bin. Seht mich an, und sagt mir, was Ihr zu entgegnen habt, und entscheidet dann, ob es mir an dem mangelt, was ich Euch versprochen habe.«

Harry hob den Kopf und sah ihr ins Gesicht. Ihm waren in der Tat einige der Ausflüchte in den Sinn gekommen, welcher Männer sich gern bedienen, wenn sie sich einem so befremdlichen Ansinnen gegenübersehen und sich herauszuwinden versuchen: Beteuerungen des Respekts und der Bewunderung für ihre Person, welche dazu dienen sollten, sie zu beschwichtigen und heiter gestimmt fortzuschicken, ohne sich ihr in irgendeiner Weise verpflichtet zu haben; und sei es nur, um Zeit zu gewinnen, bis er sich frohgemut und erleichtert nach England eingeschifft hatte. Doch Harry schob all dies von sich, denn Benedetta war es wert, nicht so abgespeist zu werden. Als er ihre stolzen und furchtlosen Augen sah, fühlte er wieder – und zwar stärker als sonst – die Freude, sich in ihrer Gegenwart zu befinden und von ihr als Gleicher behandelt zu werden. Kein Wort und keine Geste von ihm durfte dieses Gleichgewicht zwischen ihnen stören. Er schuldete ihr und sich selbst die Wahrheit, und die sollte sie auch erhalten.

»Ich liebe Euch nicht«, erklärte Harry. »Gott weiß, ich wäre der glücklichste Mann auf dem Erdenrund, wenn ich mich in Euch verliebt hätte. Doch leider verhält es sich nicht so. Aus tiefstem Herzen danke ich Euch für die Großzügigkeit des Geschenks, das Ihr mir eben dargeboten habt. Doch leider kann ich es nicht annehmen. Ich will Euch auch keine Leidenschaft vorgaukeln, wo keine vorhanden ist; denn weder liebe noch begehre ich Euch.«

Benedetta senkte nicht den Blick, und ihre Miene veränderte sich nicht. Für einen Moment stand sie schweigend da, um ihre Wunde voll zu erfassen, während sie die Hände unter der Brust gefaltet hielt. Gleichzeitig bemerkte sie, wie sein Blick klarer wurde und das Stirnrunzeln über seinen Brauen sich auflöste. Indem er sich ihr verweigert hatte, hatte er ihr gleichzeitig ein winziges Stückchen seines Herzens überreicht. Er spürte, wie es ihn verließ, und war erleichtert und froh, daß alle Großzügigkeit in dieser Stunde nicht allein von ihr gekommen war.

»Ich habe mich nicht in Euch geirrt«, erklärte die Venezianerin nach diesem langen Moment, und das mit einer leisen und seltsam zufriedenen Stimme. »Nachdem ich so lange allein gelebt habe, stelle ich mir eben hohe Ziele. Nun gewährt mir noch mehr von der Gunst Eurer Ehrlichkeit, und verratet mir offen heraus, ob ich Euch wirklich so gleichgültig bin. Danach seid Ihr bis in alle Ewigkeit von mir befreit.«

Er hob ruckartig den Kopf, und seine Augen blitzten auf, als ein Lichtstrahl sich in ihrem erstaunlichen Grün verfing. Nur ein paar Worte, dachte Harry, mögen sie auch schwer auszusprechen und noch schwerer anzunehmen sein. Doch danach würden sie beide frei sein. Ich werde aus ihrem Leben verschwinden, so wie sie aus dem meinen; denn ihr Geist und ihr Herz werden sie unmöglich kalt und ungeliebt durch den Rest ihres Lebens begleiten. Schließlich liegt es nun einmal in der Natur des Menschen, eines Tages jemanden vollständig zu vergessen. Ich muß ihr jetzt nur schonungslos offen die Wahrheit darlegen, und schon sind wir beide wieder frei ... Doch als Harry den Mund öffnete, wollten diese Worte nicht aus ihm heraus. Es gelang ihm einfach nicht, denn eine Lüge kam ihm so verächtlich vor wie die andere. Zwischen ihm und Benedetta waren Falschheiten ebenso unwürdig wie undenkbar.

»Nur einem Holzklotz könntet Ihr vollkommen gleichgültig sein«, entgegnete der junge Mann mit neuer Entschiedenheit. »Eure Schönheit entzückt mich, Eure Klugheit ehre ich, und Eure Anmut sucht ihresgleichen. Madonna Benedetta, ich mag Euch, und mehr als nur das. So wie ich Euch nicht etwas vortäusche, was ich nicht empfinde, so halte ich auch nichts von dem zurück, was ich in mir fühle. Wenn es Gott gefallen hätte, daß ich mich in Euch verliebte, wäre ich der allerglücklichste Mann gewesen; und selbst durch Eure Freundschaft und Euer Vertrauen fühle ich mich vor allen anderen privilegiert.«

Nun berührte sie ihn ganz kurz. Doch ihre Fingerspitzen auf

seiner Brust drückten auf unbeschreibliche Weise ihren Dank aus und auch, daß sie seinen Vorschlag annahm. »Damit darf auch ich mich zu den gesegneten Frauen zählen«, erklärte sie. »Ich werde nie wieder zu Euch von Liebe sprechen, es sei denn, Ihr selbst wünscht es. Doch das, was Euch von mir gehört, wird immerdar das Eure sein. Und sollte der Tag kommen, an dem Ihr es wirklich haben wollt, so braucht Ihr mich nur zu rufen, und ich komme sofort zu Euch. Streckt nur die Hand aus, und ich gebe Euch bereitwillig all das, was Euch gehört. Nun gehe ich. Nein, laßt mich von hier entschwinden, und das allein. Fürchtet nicht, daß Ihr mich verletzt, beleidigt oder mir sonstwie ein Unrecht zugefügt habt. Ihr seid genau so, wie ich mir Euch wünsche, und ich labe mich an meiner Liebe zu Euch.«

Damit nahm sie die Rockschöße wieder hoch, legte sie sich mit einer ihrer unvergleichlichen Gesten über den Arm und wäre erhobenen Hauptes und mit einem Lächeln auf den Lippen von ihm gegangen, wenn er nicht seine Rechte ausgestreckt hätte. Sie hielt einen Moment inne und legte dann ihre Hand auf die seine.

»Lieber Freund«, sagte Benedetta nur und zog ihre Finger zurück, ehe er sie küssen konnte. Dann rauschte die Venezianerin hinaus, und er konnte nichts anderes tun, als ihr hinterherzustarren.

Nun würde Harry ihr nie mehr entfliehen können; genausowenig wie sie ihm. Nicht einmal das teure Medaillon, welches er noch immer so fest in der Hand hielt, konnte ihn von ihr befreien. Niemals würde er Benedetta lieben können, aber ebensowenig konnte er das Stückchen von seinem Herzen jemals wiederbekommen.

»Der Sommer in Paris ist mitunter einfach wunderbar«, sagte Isambard, streichelte den Schädel seines Hundes mit der beringten Hand und blickte mit einem leisen, erinnernden Lächeln in den Wein des Kristallkelches. »Doch trotz der Regenfälle kann es auch bei uns sehr schön sein. Das Land eignet sich ausgezeichnet zum Reiten, und in den Wäldern wimmelt es von Wild. Ich habe dort gelegentlich den Wolf und den Keiler gejagt, doch solches Getier trifft man heute nicht mehr so häufig an, nicht mal in den Grenzmarken.«

»Ihr freut Euch wohl schon sehr darauf, nach Hause zu kehren«, bemerkte Benedetta. »Das hört man Eurer Stimme deutlich an. Ich glaube, Ihr liebt Euer England sehr.«

»Nach all den Jahren der Selbsttäuschung, in denen ich mir vormachte, ich wäre überall zu Hause, habe ich endlich entdeckt, wo meine wahre Heimat liegt. Spät kehre ich dorthin zurück«, fuhr er mit einem traurigen Lächeln fort, »denn heute erwartet mich dort ein Heim ohne Familie. Mein Sohn Gilles bleibt hier in Frankreich, wie er es immer schon gewünscht hat, und nun obliegt es allein ihm, die Aufgaben zu erledigen, welche früher die meinen waren. Da bleibt ihm wohl keine Zeit mehr, mich einmal besuchen zu kommen. Selbst dann nicht, wenn König Philip es uns mit seiner Politik nicht so schwermachen würde, frei zwischen beiden Ländern zu reisen. Mein Jüngster, William, steht in den Diensten FitzPeters, des Grafen von Essex, und kommt nur dann nach Hause, wenn er seine Taschen wieder mit meinem Geld füllen will. Und warum auch nicht? Was mir in England gehört, wird eines Tages das seine werden. William kommt ganz nach seiner Mutter, und auf Parfois hat es ihm nie gefallen. Die Burg war ihm zu abgelegen. Da konnte der Hof des Königs ihm mehr Begeisterung entlocken als der meine. Wer weiß, vielleicht erwartet auch mich da draußen nur Enttäuschung.«

»Ihr verlangt zuviel«, entgegnete die Venezianerin. »Menschen, Länder, Ziele und Ideale enttäuschen Euch zwangsläufig, weil Ihr zuviel von ihnen erwartet.«

»Da könnte etwas dran sein«, sagte er ohne große Überzeugung. »Ich bin eben so, wie ich bin. Ob es nun die Gefährten waren, welche mich im Stich ließen, oder ich es war, welcher sie abschüttelte, ich fange an, mich auf bestürzende Weise allein zu fühlen. Und gelegentlich befällt mich der heiße Wunsch, jemanden an meiner Seite zu wissen, der mich nicht verläßt.«

Benedetta drehte sich zu ihm um und sah ihn vom anderen Ende der Kammer an. Isambard saß in dem Stuhl mit der hohen

Lehne und stützte sein Kinn auf eine Handfläche. Das Kerzenlicht flackerte über seine braungoldenen Schläfen, seine Wangenknochen und die feine Linie seines Unterkiefers. Ein Mann voller Gegensätze, in dem sich Licht und Dunkelheit abwechselten. Aus den schattigen Höhlen blickten wunderschöne Augen, rotbraun wie Levkojen, und ihr Blick ruhte intensiv auf ihrem Antlitz. Isambard trug eine Halskette aus ungeschnittenen, polierten Edelsteinen, die in Gold gefaßt waren. Wie sein Lehnsherr und Freund, König Johann, liebte er das Geschmeide und war sehr wählerisch und anspruchsvoll, wenn es um sein Äußeres ging. Wie viele seiner Kameraden auf den Kreuzzügen hatte auch er die Kultiviertheit der moslemischen Feinde teilweise übernommen. Doch kein Luxus würde jemals die rastlose Kraft in ihm abstumpfen können. Selbst die Momente des Luxus nutzte er als Wetzsteine, um seinen Geist zu schärfen; sogar Mußestunden sah er als bloße Möglichkeit an, seinen Körper zu üben und auf die Probe zu stellen, solange ihn keine ernsthafteren Herausforderungen erwarteten. Die Venezianerin begriff sehr wohl, daß er seine Gefährten und Kameraden abnutzte wie Schuhwerk, weil er feststellte, daß sie seinen Ansprüchen nicht mehr genügten. Mit den Frauen hielt er es wohl kaum anders, auch wenn sie bezweifelte, daß er jemals besonders viel hinter den Weiberröcken her gewesen war. Seine Frau, die aus politischen Gründen mit ihm verheiratet worden und neun Jahre älter als er gewesen war, hatte früh das Zeitliche gesegnet und ihn jung, frei und reicher als je zuvor zurückgelassen. Vermutlich hatte sich seine Trauer in Grenzen gehalten. Dafür war er seitdem ausreichend wohlhabend, um Liebe zu bekommen, wenn ihm danach war. Gleichzeitig hatten ihn seine Jugend, sein vielschichtiges Wesen und seine innere Energie davon abgehalten, ein Übermaß seiner Zeit für Frauen aufzuwenden oder ihnen gar den Hof zu machen.

»Kommt mit mir nach England«, überraschte Isambard sie nun.

Benedetta schwieg so lange, daß er ungeduldig wurde. Rastlos saß er da, schob den Kopf des Hundes von seinem Knie und umklammerte mit beiden starken Händen die Armlehnen seines Stuhls. Es schien, als verwandle er jeden Sitzplatz über kurz oder lang in einen Thron.

»Warum antwortet Ihr mir nicht? Gewiß kann Euch mein Antrag nicht überrascht haben. Sicher habt Ihr längst erkannt, daß ich Euch begehre, und dies seit dem Moment, in dem mein Blick zum ersten Mal auf Euch fiel. Es gehört nicht zu meiner Art, viele Worte zu machen, wenn man mich auch nach wenigen versteht. Reist mit mir nach Parfois, und dort sollt Ihr in Ehren gehalten und fürstlich ausgestattet werden. Alles, was mir gehört, will ich mit Euch teilen und Euch lieben und ehren. Nun antwortet mir doch!«

»Ich frage mich«, entgegnete sie sanft, »ob Ihr wirklich gründlich über Euren Vorschlag nachgedacht habt. Wenn Ihr mir gesteht, einen gewissen Wunsch nach einer dauerhaften Verbindung zu verspüren, was verleitet Euch denn zu glauben, ich sei die Geeignete, um mit Euch das Leben zu teilen? Wie kommt Ihr auf den Gedanken, ich sei bei meinen Liebhabern für Beständigkeit bekannt? Da seid Ihr leider schlecht informiert.«

»Das paßt nicht zu Euch, mir so die Worte im Mund herumzudrehen«, entgegnete er stirnrunzelnd. »Was Ihr Euch vornehmt, das tut Ihr auch, wie Euch selbst sicher am besten bekannt sein dürfte. Wo Ihr nur ein flüchtiges Abenteuer in Aussicht stellt, versprecht Ihr auch nicht mehr. Aber ich fordere hier nach mehr. Kommt mit mir, und ich werde nie eine andere auch nur ansehen. Ihr sollt meine Geliebte und mir gleichgestellt sein.«

»Ihr führt mich in Versuchung«, sagte die Venezianerin. »Zugegeben, Ihr seid mir teuer, Mylord, und ich erfreue mich gern Eurer Gesellschaft. Und in dem, was Ihr mir antragt, findet sich vieles, das mich anzieht. Dennoch gibt es bei mir Dinge, von denen Ihr nichts ahnt. Wenn Ihr nur wie die anderen zu mir gekommen wärt, um ein Vergnügen für eine Nacht zu finden und dafür zu bezahlen, hätte sich auch nie die Notwendigkeit ergeben, Euch diese Geheimnisse zu gestehen.«

»Schreibt mir bitte weder Kälte noch Keuschheit zu«, entgegnete er stolz, »weil ich mich bis jetzt zurückgehalten habe. Denn fürwahr, ich will Euch mit Leib, Geist und Herz. Und wenn ich das nicht alles bekommen kann, so will ich gar nichts von Euch. Mich in die Schar der Narren einzureihen, welche Euch für eine Nacht in den Armen halten durften und deswegen schon glauben, Euch zu besitzen, wäre mir unerträglich. Mich verlangt nach einer Gefährtin für meine Tage und meine Nächte, einer Frau, welche meines Besitzes und meiner Stellung würdig ist.«

»Um so mehr fühle ich mich verpflichtet«, erwiderte Benedetta, »Euch offenzulegen, was ich Euch zu geben vermag und was nicht.«

Die Venezianerin erhob sich unvermittelt und trat zur Tür, um den Vorhang zuzuziehen, so als sei die Mainacht plötzlich kalt geworden. Benedettas langes Gewand raschelte wie Herbstlaub, und als sie an ihm vorbeirauschte, blieb etwas von ihrem Parfüm in der Luft zurück. Sein Blick folgte jeder ihrer Bewegungen und verharrte auf ihr, als sie jetzt reglos an der Tür stand und ihre Hand noch auf dem schweren Vorhang lag. Im Schatten wirkte ihr Haar dunkler als Granat.

»Mylord, ich habe einen Mann geliebt und liebe ihn immer noch. Er hat mir nie gehört, und in dieser Welt wird er das wohl auch nie. Zu meinem großen Kummer muß ich gestehen, daß dieser Mann mich weder liebt noch begehrt. Dennoch habe ich ihm mein Herz verpfändet, wie man das in seinem Leben nur einmal kann. Wenn es dieses Herz ist, das Ihr wollt, dann solltet Ihr besser auf der Stelle gehen und nicht mehr an mich denken. Mein liebendes Herz ist vergeben und kann nicht mehr zurückgeholt werden. Was von mir übrigbleibt, ist die Frau, welche Ihr vor Euch seht. Ich gehöre auch nicht zu denen, welche sich aus unerfüllter Leidenschaft zu Tode grämen, obwohl der Verlust mich schmerzt und mein restliches Leben ärmer macht. Ich achte und mag Euch, mein Verstand und Witz stehen Euch zu Diensten, auch mein Leib steht Euch zur Verfügung, wenn mir der Sinn danach steht, und mein Lebenshunger darf als beachtlich bezeichnet werden. Wenn Ihr mich zu diesen Bedingungen immer noch wollt, können wir einen Handel schließen. Doch werde ich Euch gegenüber nicht unehrlich handeln und Euch etwas vorgaukeln, das ich nicht empfinde.«

Isambard war ebenfalls aufgestanden und hatte den Hund mit einem Fußtritt fortgestoßen. Jetzt schritt er langsam auf sie zu. Verdruß und Eifersucht standen in seiner Miene geschrieben, und in seinen Augen blitzte kühle Berechnung, aber auch brennende Leidenschaft und bedingungslose Zärtlichkeit, welche durch die Mauer seines Stolzes zu ihr vordrangen. Benedetta ließ den Vorhang los und ging ihm mit einem bedauernden Lächeln einige Schritte entgegen; doch ihr Blick wirkte hart wie ein Eisenspiegel, in welchem sich Isambards eigenes begieriges Antlitz widerspiegelte.

»Ich vermag es nicht zu glauben; denn ich will Euch in Eurer Gänze.«

»Aber ich kann nicht alles von mir geben, weil das Beste mir schon genommen ist. Dann heißt es jetzt, lebt wohl, Mylord.«

»Nein, wartet!« Er legte ihr die Hände hart auf die Schultern und hielt sie fest. Sie spürte, wie sehr er vor Ärger und verletztem Stolz zitterte. Er wollte sie ganz oder gar nicht, und dennoch konnte er nicht von ihr lassen.

Die Venezianerin hatte nicht vor, ihn in irgendeiner Weise zu beeinflussen; schließlich ging es hier auch um ihre Ehre. So stand sie ruhig vor ihm und ertrug seinen hungrigen Blick. Dank ihrer Erfahrung konnte sie jetzt ehrliches Mitgefühl für ihn empfinden.

»Lebt er noch, dieser Mann, von dem Ihr eben gesprochen habt?« fragte Isambard.

»Ja, er lebt noch.«

»Wo, hier in Frankreich? Oder kanntet Ihr ihn schon früher, in Venedig?«

»Ich habe Euch alles gesagt, was Ihr über ihn wissen müßt«, antwortete sie, »und mehr werdet Ihr nicht aus mir herausbringen.«

Seine langen Finger bohrten sich schmerzhaft tief in ihr Fleisch und zogen sie an seine Brust. Benedetta war noch nie in England gewesen, und das Gespenst ihrer unglücklichen Liebe würde ihr nicht dorthin, in ein anderes Land, folgen. Und er, Isambard, würde stets an ihrer Seite sein, sie mit seinem Körper verwöhnen, sie verehren und mit Liebkosungen bedenken und sie mit seiner ganzen Seele lieben. Und dann würde dieses Gespenst wie ein alter Traum verschwinden. Sie würde nicht allzulange ausschließlich in Erinnerungen leben können, dafür war sie zu gescheit, zu ehrlich zu sich selbst und zu lebenshungrig. Mit all den neuen Eindrücken und all seinen Geschenken würde sie in absehbarer Zeit gar nicht mehr anders können, als sich in ihn zu verlieben.

»Ja, kommt mit mir!« flüsterte er heiser und legte seine glatte Wange an ihr Haar. »Zieht mit mir nach England. Auch unter diesen Bedingungen will ich Euch bei mir haben. Wenn Ihr nur wüßtet, wie sehr ich mich nach Euch verzehre ...«

»Wartet! Hört erst, was ich Euch gelobe, ehe Ihr euch bindet.« Benedetta legte ihm ihre Hände an die Brust, um ihn ein Stück von sich fernzuhalten. »Wenn Ihr mich immer noch begehrt, so komme ich mit Euch. Ich will mich in Treue und Ehre an Euch binden, und nur an Euch, bis einer von uns beiden in aller Offenheit und Deutlichkeit unseren Bund für beendet erklärt. Dann soll es nämlich zwischen uns zu Ende sein und kein Bereuen und Bedauern geben. Wenn Ihr mich verstoßt, so will ich mich dem fügen und mich niemals beschweren. Und wenn ich es bin, die Euch verläßt, sollt Ihr das ebenso hinnehmen und ertragen. Doch eines will ich Euch geloben: Ich werde Euch niemals im Stich lassen, es sei denn um des Menschen willen, welchen ich mehr liebe als mein eigenes Leben. Und sollte es je dazu kommen«, fügte sie mit einem bitteren Lächeln hinzu, »auch wenn Gott weiß, wie unwahrscheinlich das sein dürfte, dann müßt Ihr mir zum Abschied ein ›Gott steh ihr bei‹ wünschen, und kein ›Gott verfluche sie!‹; denn Ihr dürft gewiß sein, daß ich Euch alles geben werde, was ich Euch schulde.«

»Ja, so will ich Euch denn haben«, erklärte er mit halberstickter Stimme. »Zu diesen Bedingungen nehme ich Euch und werde Euch vor aller Welt die meine nennen und beschützen.« Isambard riß sie an sich, seine Arme umschlossen sie, er küßte ihren

Hals und murmelte etwas gegen ihre Wange. Der andere, der Feind, der Mann aus ihrer Vergangenheit, sollte niemals Gelegenheit erhalten, zwischen sie beide zu treten. Für Isambard war er längst ein blutleerer Schatten, ein armer Narr ohne Verstand, weil er Benedetta nicht zu lieben vermochte. Und auch wenn er endlich zu Verstand kommen sollte, würde sie nicht mehr für ihn dasein. Das Meer, das Schweigen und seine eigene Gleichgültigkeit würden ihn auf immer von der Venezianerin fernhalten. Und würde er sich dennoch eines Tages auf die Suche nach ihr begeben – was kaum wahrscheinlich erschien –, so mußte man bedenken, daß auch er zu den Sterblichen gehörte und sein Leben enden konnte. So ein armseliger, herzloser Mensch würde gewiß nicht allzulange leben. »Haltet mich!« flüsterte Isambard in ihren Hals. »Um der Liebe Gottes willen, haltet mich fest.«

»Bis zum Tod oder bis meine Liebe mich ruft oder bis Ihr mich nicht mehr haben wollt«, schwor Benedetta.

Ein wenig staunte sie schon über sich selbst, daß sie, die Tochter eines kleinen seefahrenden Handelsmannes, die keine Ambitionen hegte, einmal in den Adelsstand aufzusteigen, sich nun einem Mann verpflichtete, dessen Position ihr unwiderstehlicher erschien als seine Arme oder all seine Mittel.

Die Finger seiner Hand vergruben sich in ihrer Lockenpracht und fingen an, die Beinnadeln zu lösen, welche die Frisur zusammenhielten; die schwere Pracht fiel über ihre Schultern und legte sich dunkel schimmernd zwischen ihr Gesicht und seinen küssenden Mund. Sie umarmte ihn, hielt ihn fest und strengte sich von Herzen an, ihm ihre Reize zu öffnen und sich ihm nützlich und ergeben zu erweisen. Sie spürte weder Furcht noch Bedauern über den Handel, auf den sie sich gerade eingelassen hatte.

Harry bahnte sich einen Weg über den Hof des Maison d'Estivet, wo Diener herumeilten, Packpferde warteten, zusammengebundene Lasten den Weg versperrten und das typische Gelärme eines Aufbruchs die Luft erfüllte. Auf der schiefen Fassade des Hauses hinterließen blasses Sonnenlicht und Wolkenschatten abwechselnd helle und dunkle Streifen. Der weit hervorstehende

Dachvorsprung schützte die Möbelstücke und Kleidertruhen aus dem Schlafgemach und dem Schrank des Edelmannes; es handelte sich um die wertvollste Fracht, und die wurde eben verladen. Drei geplagte Knappen überwachten die Arbeit der Träger und schwitzten Blut und Wasser vor Furcht, ein paar Staubkörner könnten sich auf die erlesenen Seiden und Felle Isambards legen. Das schwerere und weniger wichtige Gepäck hatte man schon vor ein paar Tagen in Wagen nach Calais schaffen lassen. Doch diese edlen und streng bewachten Güter reisten auf Lasttieren zusammen mit Seiner Lordschaft und dessen persönlichem Gefolge. Die langsameren Packtiere würden noch an diesem Morgen aufbrechen, die Reiter hingegen erst am Nachmittag, um sie am Abend einzuholen. Auf diese Weise sollte der erste Abschnitt der Reise zurückgelegt werden. Danach lag nur noch das Meer zwischen ihnen und England; eine kurze, aber wenig erheiternde Überfahrt, wie Harry sich mit Unbehagen erinnerte.

Adam, der sich nach einer rauschenden Abschiedsnacht, die er mit Apollon und Élie bei Nestor verbracht hatte, heute nicht ganz auf der Höhe fühlte, war schon mit ihren Instrumenten, dem Großteil von Harrys Zeichnungen und dem guten Geist ihrer gemeinsamen Reisen – dem hölzernen Engel – vorausgeritten. Die Farben des Himmelsboten waren in den vielen Jahren verblaßt. Schließlich hatte er drei Kirchenbauten gesehen und die Bewunderung vieler Fachmänner genossen, vor allem bei ihrem letzten Gastgeber, Kanonikus d'Espérance. Nun befand sich also auch der Holzengel auf der Heimreise, als Symbol einer Schuld, die schon vor langem hätte beglichen werden müssen.

Ein halbes Dutzend Hunde rannten zwischen den stampfenden Pferden und geschäftigen Menschen umher. Flüche wurden den Kötern hinterhergeschickt, nicht selten empfingen sie einen Tritt, und manchmal stolperte sogar jemand über sie. Die meisten dieser Tiere blieben hier, doch drei seltsam aussehende Jagdhunde sollten mit ihrem Herrn eingeschifft werden. Von dem jüngsten unter den Knappen hatte Harry erfahren, daß sie dem König Johann zum Geschenk gemacht werden sollten. Ihre Körper waren länglich wie bei Windhunden, die Köpfe lang, schmal und hochmütig wie Saladin selbst, und sie besaßen lange Ohren und Läufe. Laut Walter Langholme konnten sie jeden Leoparden einholen und sogar reißen. Die drei schlichen argwöhnisch durch die von Menschen wimmelnden Hallen des Maison d'Estivet, bewegten sich zierlich und vornehm, wirkten nervös, aber nicht ängstlich, und wurden von allen mit Ehrfurcht und Staunen angesehen. Nur ein Tier fürchteten die Menschen hier mehr: den großen arabischen Wolfshund, Isambards ganzer Stolz. Man hatte das Tier so abgerichtet, daß es nur einen Herrn anerkannte, und auf dessen Befehl hin tötete der Hund alles und jeden, ob Mensch oder Leopard. Man sah den Hund ausschließlich an der Leine seines Herrn; und manchmal lief er neben seinem Pfleger, einem Griechen aus der Romania, welchen Isambard zusammen mit dem Hund gekauft hatte. Niemand sonst durfte dem Tier etwas befehlen, denn er kannte sich mit der hiesigen Hierarchie aus und anerkannte nur seinen Herrn oder dessen griechischen Stellvertreter.

Auch Falken gab es und selbst einen kleinen, grün und golden gefiederten Singvogel in einem Käfig; der war für die Königin bestimmt. Zwei vergoldete Schatullen voller Intarsien enthielten Stücke von den zerschmetterten Gebeinen des heiligen Stephanus und eine rote Locke der heiligen Maria Magdalena, welche diese sich in der übernatürlichen Dunkelheit, die sich nach Christi Tod über den Kalvarienberg gesenkt hatte, vom Kopf gerissen hatte. Doch am kostbarsten von allen war eine Amethyst-Flasche mit Wasser aus dem Fluß Jordan. Der letzte Prälat von Jerusalem hatte es gesegnet, bevor die Heilige Stadt Saladin und seinen Horden in die Hände gefallen war. Und der Papst in Rom hatte es ein zweites Mal gesegnet. Man sagte dem Inhalt der Flasche nach, schon einige Wunder bewirkt zu haben, und sie sollte als fürstliches Geschenk der Kathedrale von Gloucester übergeben werden. Man hatte das Gefäß in eine verzierte Ledertasche gesteckt und diese am Sattel eines der Packtiere festgebunden; unnötig zu erwähnen, daß man sie sehr aufmerksam im Auge behielt.

Als Harry auf das Hauptgebäude zuging, hörte er schon von weitem Isambards laute, zornige Stimme. Kurz darauf kam ein Diener herausgerannt. Blanke Furcht stand in seinen Augen, und ein roter Peitschenstriemen zog sich ihm über Wange und Kinn. De Guichet, der älteste unter den fünf Knappen, folgte ihm kurz darauf, zwar gemessenen Schritts, aber ebenfalls darauf erpicht, so schnell wie möglich dem Wutausbruch seines Herrn zu entkommen. Der angehende Ritter war bis zum Haaransatz rot angelaufen und wirkte derart geladen, daß über kurz oder lang unweigerlich jemand, der im Rang unter ihm stand, seine ganze Wut zu spüren bekommen würde. Als de Guichet vor dem Haus Harry entdeckte, hob er die Brauen und schüttelte hilflos den Kopf, blieb aber nicht stehen, um ein paar Worte mit dem Baumeister zu wechseln. Dies blieb Langholme vorbehalten, der nun neben Harry auftauchte, bedeutungsvoll in Richtung des Haupthauses nickte und leise meinte: »Haltet Euch von ihm fern. Ich kenne die Anzeichen. Sie bedeuten ein Gewitter.«

»Was ist ihm denn über die Leber gelaufen?« wollte der junge Mann wissen, denn er konnte einen solchen aufziehenden Sturm nicht so recht ernst nehmen. Schließlich war über ihn noch nie ein isambardisches Unwetter gekommen.

»Im Grunde etwas Unbedeutendes. Einer der syrischen Falken ist gestorben, und niemand weiß, warum. Und nun lahmt auch noch das Roß, auf dem die Lady reiten sollte. Noch einer solcher Vorfälle, und jemand wird mit seinem Blut bezahlen müssen.«

»Die Lady? Was denn für eine Lady?«

»Natürlich diese Venezianerin, wer denn sonst?«

»Madonna Benedetta?« rief Harry ungläubig.

»Wußtet Ihr etwa nicht davon? Sie ist schon vor drei Tagen hierher zu ihm gezogen. Wo habt Ihr Euch denn versteckt gehalten, daß Ihr nichts davon wißt? Die Schöne hat Guiscards Haus verkauft und wird nun unsere neue Herrin auf Parfois.«

Im ersten Moment fühlte sich Harry verletzt, tat dann aber dieses Gefühl als bloße Eitelkeit ab. Wenn Benedetta den Lord von Parfois eingefangen hatte, würde sie wohl kaum noch einen Gedanken an den neuen Baumeister verschwenden. Und sicher würde sie auch nicht mehr daran erinnert werden wollen, sich einmal Harry dargeboten zu haben. Nein, er würde von ihr keinen Ärger und keine Rache zu fürchten haben. Benedetta würde sich rasch in ihre neue Rolle als Burgherrin einfinden und ihn mit besonderem Hochmut behandeln, um ihn zu warnen, daß er sich ja nichts auf die Begegnung einzubilden brauche, welche einmal zwischen ihnen stattgefunden hatte.

An diesem Punkt seiner Überlegungen angekommen, hielt er beschämt über seine Dummheit inne. Nein, er besaß zwar noch wenig Erfahrung mit Frauen, aber die Venezianerin würde gewiß nicht so auftreten. Mit diesen Gedanken hatte er sich selbst getäuscht und dabei sie als Person beleidigt. Wenn Benedetta etwas tat, dann sehenden Auges und mit all ihrer Kraft. Und so durfte er sich darauf verlassen, daß alles, was sie ihm gesagt hatte, auch weiterhin Bestand haben würde. Sie würde kein Wort davon zurücknehmen und hatte sicher auch nichts davon bereut.

Dann fiel ihm ein: Seinetwegen reiste sie mit nach England! Zu welchem Zweck, konnte er jedoch nicht einmal erahnen. Doch Harry spürte, daß es etwas mit ihm zu tun haben mußte.

»Ich hielt mich im Auftrag unseres Herrn ein paar Tage außerhalb von Paris auf«, antwortete er Langholme. »Deswegen habe ich noch nichts davon vernommen. Ist sie denn nun dort drinnen bei ihm?«

»Ja. Und er ist gerade dabei, ein neues Pferd für sie auszusuchen. Gott gnade den Stallknechten, wenn er kein Roß findet, welches ihm zusagt. Wenn ich könnte, würde ich ganz Paris zwischen mich und Seine Lordschaft bringen. Schon früher mußte ich erleben, wie seine Blitze einschlugen.«

Harry verzog den Mund, weil er das für eine maßlose Übertreibung hielt. »Wie denn, hier in Paris, wo die Männer des Gesetzes sich nur einen Steinwurf entfernt aufhalten?«

»Glaubt Ihr wirklich, es kümmere die Sergeanten, wie Parfois seine Leibeigenen behandelt? Oder auch seine Freien? Oder meint Ihr, selbst wenn es sie kümmerte, würden sie auch nur einen Finger heben? Für alle, die unter Isambards Herrschaft stehen, ist er das Gesetz, das hohe, das mittlere und das niedere Gericht. Bei uns in Flint hat einmal ein Sheriff es gewagt, gegen ihn einzuschreiten«, vertraute Langholme ihm an. »Und wißt Ihr, wie die Geschichte ausgegangen ist? Der Mann wurde seines Amtes verwiesen und ruiniert. Seit jenem Tag hat das Gesetz bei uns in den Grenzmarken einiges von seiner Kraft verloren, das kann ich Euch versichern. Und nun tretet zurück. Unser königliches Paar zeigt sich.«

Die Bediensteten hatten sich noch nicht an die neue Herrin gewöhnt. Getuschel und allgemeine Aufregung eilten ihr voraus, als sie auf die Stufen trat, und aller Augen richteten sich verstohlen auf sie. Doch als dann Isambard an ihrer Seite erschien, senkten sich die Häupter. Sein strenger Blick und seine gerunzelte Stirn schüchterten ein, so daß jeder anfing, sich zitternd vor Angst mit etwas zu beschäftigen; hier wurde ein Gurt strammgezogen, dort wurden Kisten und Truhen zurechtgerückt.

Harry hätte ahnen sollen, daß die Venezianerin die neue Herrin werden würde, obschon die Umstände sich auf irritierende Weise geändert hatten. Benedetta bewegte sich mit ihrer fürstlichen Ausstrahlung über den bevölkerten Hof. Die vielen Blicke schienen an ihr abzuprallen. Als sie den Baumeister bemerkte, grüßte sie ihn mit einem höflichen und gefaßten Nicken, so wie jeden anderen unter den höhergestellten Dienern ihres Herrn. Benedetta trug ein schlichtes Reitgewand und hatte das Haar unter einem weißen Tuch verborgen. Zum ersten Mal konnte Harry ihr schönes, wohlgeformtes Gesicht betrachten, ohne von ihrer Haarpracht abgelenkt zu werden. Ihre Kleidung hatte etwas von der nüchternen Strenge einer Klostertracht, und ihre Miene drückte Macht und Selbstvertrauen und keinerlei Furcht vor dieser Welt aus.

Isambard hingegen war von Kopf bis Fuß in Braun und einem stumpfen Gold gekleidet. Er hielt den arabischen Hund an einer starken, kurzen Leine. Der Hund war dunkel wie sein Herr, und im Sonnenlicht schimmerten das Fell des einen und die Haut des anderen golden. Die beiden wirkten wie Bronzestatuen, wenn sie standen, und wie flüssiges Metall, wenn sie sich bewegten. Das Maul des Hunds ähnelte dem eines Mastiffs und reichte Isambard bis zur Taille. Mochte sein Gesicht auch abstoßend und häßlich sein, so konnte man nicht dasselbe von seinem eleganten Gang sagen. Zurückgehaltene Kraft trug den mächtigen Körper ohne Geräusch oder Anstrengung. Daß alle auf dem Hof ehrfurchtsvoll vor ihnen zurückwichen, löste bei Isambard nur ein säuerliches Lächeln aus; aber es war nur ein huschender Blitz auf seiner umwölkten Miene. Die Peitsche, mit welcher er gerade eben den Diener geschlagen hatte, hing noch von seiner behandschuhten Hand. Wenn man ihn ansah, vermochte man sich leicht vorzustellen, daß er sie ohne Zögern gegen jeden schwingen würde, der ihm in die Quere kam, angefangen von de Guichet bis zum niedersten Diener.

»Aha, Ihr seid zurück«, brummte er, als er Harry ausmachte. »Besitzt Ihr ein geübtes Auge für Pferde?«

»Nein, Mylord, meine Kenntnisse auf diesem Gebiet sind bestenfalls bescheiden zu nennen.«

»Macht nichts. Begleitet uns trotzdem. Ich fürchte, ich bin der am schlechtesten bediente und versorgte Herr der gesamten Christenheit. So kann ich nur hoffen, daß Ihr Eure Aufträge besser erledigt habt als Despard, als er mir den Stall mit Rössern füllte. Sind alle Rechnungen bezahlt?«

»Ja, Mylord, und alle Belege befinden sich bei Eurem Schreiber.«

»Gut, dann können wir wenigstens schuldenfrei abreisen. Habt Ihr auch solche Todesangst vor dieser Kreatur wie alle anderen hier?«

»Ich vermute, Euer Hund wurde dazu abgerichtet, durch seinen bloßen Anblick Angst einzujagen«, antwortete der Baumeister. »Warum also sich beklagen, wenn an ihm gute Arbeit geleistet wurde?« Doch dann stellte er sich neben den Hund, um das Spiel der Muskeln unter dem seidigen Fell besser beobachten zu können. Dabei hielten sich Bewunderung und Furcht die Waage.

Entlang einer langen Wand, die den Hof säumte, lagen die

Stallungen. Benedetta setzte sich auf einen Steigblock, und der Edelmann ließ ein Pferd nach dem anderen vorführen. An jedem hatte er etwas auszusetzen. Die beiden unglücklichen Knappen, welche er vor einiger Zeit in die Stadt geschickt hatte, um dieses Haus zu mieten und die Ställe mit Pferden zu füllen, sahen schweißgebadet und demütig zu, wie Isambard all ihre Mühen zunichte machte. Harry kam es allerdings so vor, als sei an den meisten Rössern nichts auszusetzen. Isambard hatte sich jedoch die arabische Stute in den Kopf gesetzt, welche jetzt leider lahmte. Gewiß war dieses Tier von ausgesuchter Schönheit, doch auch andere im Stall besaßen durchaus ihre Vorzüge, vorausgesetzt die Lady käme mit ihnen zurecht. Der Baumeister fragte sich müßig, ob Benedetta sich aufs Reiten ebenso gut verstand wie auf so viele andere Dinge. Die Venezianerin auf einem Damensattel, das mußte ein herrlicher Anblick sein.

»Der Schwarze da scheint mir noch der beste von all den Kleppern zu sein«, brummte Isambard schließlich. »Führt ihn auf den Hof, und laßt ihn ein paar Schritte gehen, damit wir sehen können, wie er sich macht.«

»Der Rappe?« De Guichet zögerte. »Mylord, das ist ein anstrengendes Tier für jeden Reiter, und wenn Mylady –«

»Führt ihn auf den Hof, habe ich gesagt«, befahl Isambard barsch, und aus seinen tiefliegenden Augen blitzte es gefährlich. »Oder soll ich Mylady etwa auf eine der jämmerlichen Schindmähren setzen, die Ihr für sie ausgesucht habt?« Damit trat er selbst vor, packte die Zügel und führte das Tier mitten auf den Hof. Er ließ es im Kreis um sich herumtraben, und zum ersten Mal hellte sich seine Miene auf. Benedetta sah mit unbewegter Miene von ihrem Steigblock aus zu, und nur der Hauch eines Lächelns zeigte sich auf ihren Lippen. Harry fand, daß der Rappe viel zu groß und nervös für die Lady war. Zudem machte es das Tier nervös, hier vor so vielen Menschen und den störrischen Lasteseln paradieren zu müssen. Irgendwo fiel eine Kiste herunter, und Pelze rollten über das staubige Pflaster. Ein Packpony scheute, und der Wolfshund, welchen Isambard inzwischen dem Griechen übergeben hatte, stellte die

Nackenhaare auf und stieß ein leises Knurren aus der Tiefe seiner Kehle aus.

»Hier, nehmt Ihr ihn, damit ich mehr von ihm sehen kann.«

De Guichet ergriff vorsichtig die Zügel, und in diesem Moment schien das Pferd die weniger harte Hand zu spüren. Jedenfalls scheute es vor dem fremden Hund und stellte sich, teilweise aus echter Nervosität, teilweise aber wohl auch aus Übermut, auf die Hinterbeine, wieherte und riß den Knappen mit sich. Der Mann flog gegen die Lasttiere, und die liefen sofort erschrocken laut wiehernd auseinander. Das lebhafteste unter den Ponys verdrehte die Augen, legte die Ohren zurück und sprang seitwärts. Laut stampften die schwarzen Hufe auf dem Boden, und der Diener, der es hielt, konnte es nicht mehr bändigen. Schon rutschte die Last vom Rücken des Tieres, und ein Tragekorb fiel aufs Kopfsteinpflaster. Brokatstoffe und Edelsteine kullerten heraus, und der unglückselige Diener stürzte sich, um Schlimmeres zu verhindern, ihnen hinterher und breitete die Arme aus, um soviel wie möglich aufzufangen. Die Hufe des Ponys verfingen sich in den Tuchen, und voller Panik trat es nach links und rechts aus. Irgendwann gerieten die Hufe auf den Lederbeutel mit dem Wasser des Jordan, der sich ebenfalls gelöst hatte, und zertrampelten ihn. Trotz des allgemeinen Getöses von schreienden Menschen und wiehernden Pferden hörte man das Geräusch der zersplitternden Kristallflasche schrecklich klar auf dem ganzen Hof. De Guichet brachte den Rappen fluchend und springend wieder zu Boden und führte ihn fort. Roß wie Knappe zitterten wie Espenlaub. Jemand fing das Pony ein, und ein Stallknecht hielt es jetzt sicher fest. Schwitzend und sich schüttelnd stand es da. Währenddessen bildete sich zwischen den Pflastersteinen eine kleine staubige Lache und versickerte langsam im Boden, bis nur noch ein dunkler, feuchter Fleck übrig war.

Nun trat Stille ein, jeder schien den Atem anzuhalten. Isambard gab ein leises Knurren von sich, welches wie ein furchtbares Echo auf das Gebell seines Hundes klang. Im selben Moment stieß der Diener, welcher noch zwischen Korbteilen und Kleidungsstücken lag, einen heiseren Entsetzensschrei aus.

»Gnade, Mylord, ich konnte es doch nicht verhindern!«

Das bronzefarbene Gesicht Isambards blickte gräßlich erstarrt auf die zerschmetterte Amethystflasche und dann auf den wimmernden Mann. Dann beugte er sich mit einer einzigen fließenden Bewegung über den Hund, löste ihm die starke Messingschnalle vom Halsband und hielt ihn an den immer noch aufgerichteten Nackenhaaren fest. Dann zeigte er auf den unseligen Diener am Boden und flüsterte dem Tier ein paar Worte in einer heidnischen Sprache ins Ohr. Ob es sich dabei um Griechisch, Arabisch oder eine andere fremde Zunge gehandelt hatte, die Bedeutung des Befehls mußte den Anwesenden nicht übersetzt werden.

Harry stieß einen erstickten Entsetzensschrei aus und wollte sich schon dazwischenwerfen, aber Langholme schlang ihm von hinten die Arme um den Leib und zog ihn zurück. Je mehr der Baumeister sich wehrte, desto fester hielt der Knappe ihn und flüsterte ihm dabei zu: »Laßt gut sein, Ihr Narr! Oder wollt Ihr als nächster zerrissen werden?«

Reißen und Töten, darauf war der Wolfshund abgerichtet, und nach dem Befehl machte er sich wie ein eifriger Handwerker gleich an die Arbeit. Die schweren Pfoten setzten zum Sprung an und trugen ihn in einem eleganten, scheinbar mühelosen Bogen ein gutes Stück nach vorne. Kreischen und Rennen erfüllte den Hof, als Menschen und Ponys vergeblich nach einem Unterschlupf suchten.

Der unglückliche Diener hatte sich inzwischen aufgerappelt, sah sich mit wirrem Blick um und rannte dann los, als ginge es um sein Leben. Doch statt ins Haus zu rennen, steuerte er Madonna Benedetta an, die immer noch fürstlich auf dem Steigblock thronte.

Mit einem kühnen Sprung warf er sich ihr zu Füßen, umfaßte ihre Knöchel und barg das Gesicht zwischen ihren Schuhen. Mit einer raschen Bewegung hob die Venezianerin den Saum von Gewand und Umhang und warf beides über den Diener. Der weite Saum des Umhangs streifte die verdutzte Schnauze des Jagdhundes, der ein, zwei Meter auf dem glatten Kopfsteinpflaster zurückschlitterte. Die Lady saß noch immer unbewegt da, hielt den rechten Arm schützend um die sich hebenden und senkenden Schultern des Dieners und wandte sich langsam mit ruhigem, aber wachsamem Gesicht dem Hund zu. Das Tier schien zu spüren, daß es hier auf unerlaubten Grund vorgedrungen war und eine Strafe zu befürchten hatte, weigerte sich aber andererseits, von seiner Beute abzulassen. So schlich der Hund mit gesenktem Kopf und geifernden Lefzen um Madonna herum, starrte sie aus seinen bernsteingelben Augen an und schien nicht recht entscheiden zu können, was nun von ihm verlangt wurde.

Diese Ungewißheit würde kaum länger als eine Sekunde anhalten, doch dieser winzige Zeitraum reichte Isambard, dem alle Farbe aus dem Gesicht gewichen war, zu seiner Dame zu springen und dem Tier einen heftigen Peitschenschlag auf die Schnauze zu versetzen. Benedetta hob den Kopf, als er schweratmend über ihr stand und vor Zorn und Furcht nicht sprechen konnte. Dann sagte sie mit der Andeutung eines Lächelns und der allersanftesten Stimme: »Ja, ich bitte Euch, ruft Euren Hund zurück. Er zertrampelt mir noch mein Gewand.«

Isambard fand noch immer nicht zu seiner Sprache zurück, so sehr schnürten ihm die Todesangst, welche er um sie gehabt hatte, und im gleichen Maße die Wut auf das, was sie getan hatte, die Kehle zu. Liebe und Haß rangen in ihm und lähmten ihn. Groß und mächtig ragte er in seiner Starre über ihr auf, während der Grieche heranschlich, den Hund anleinte und sich dann mit angehaltenem Atem Schritt für Schritt mit ihm zurückzog. Langholme ließ Harry wieder los, und dieser trat wortlos einen Schritt beiseite. Er atmete tief ein, doch seine Brust blieb weiterhin verkrampft. Bis die Spannung zwischen Herr und Herrin sich gelöst hatte, wagte niemand, sich zu bewegen, es sei denn heimlich und leise.

Die Falten, welche sich um den grauen, schmallippigen Mund Isambards gebildet hatten, verschwanden langsam, und das Blut kehrte unter die angespannte Haut der Wangen zurück. Hinter den schweren Lidern erlosch endlich das Feuer und hinterließ nur noch zwei kohlschwarze Höhlen. Benedetta hielt seinem Blick stand, bis aller Grimm daraus entschwunden war und sein Atem wieder ruhig und gleichmäßig ging.

»Mylord«, sagte sie dann mit so natürlicher Stimme, als sei nichts Ungewöhnliches geschehen, »wenn Ihr für diesen Mann keine Verwendung mehr habt, so überlaßt ihn mir. Ich glaube, ich kann ab und an einen zusätzlichen Diener gebrauchen.«

Sehr lange gab Isambard keine Antwort. Dann richtete er sich mit einer ruckartigen Bewegung, die seinen ganzen Körper zu erfassen schien, gerade vor ihr auf. »Er soll Euer sein«, entgegnete er ruhig, drehte ihr den Rücken zu und stampfte zurück ins Haus. Menschen, Hunde und Ponys stoben auseinander, als er über den Hof ging.

Die Herrin wartete, bis er nicht mehr zu sehen war, und schickte dann die Knappen, Diener, Träger und Stallknechte mit einer Kopfbewegung und einem scharfen Blick an ihre Arbeit zurück. Erst jetzt hob sie Gewand und Umhang von dem Kauernden und schaute ernst und nachdenklich zu ihm hinab. Seine Hände umklammerten noch immer ihre Knöchel, und das Gesicht hielt er weiterhin gegen ihr Schuhwerk gepreßt. Er lag reglos und wie tot da.

»Steh auf«, gebot Benedetta ihm freundlich. »Der Herr ist gegangen. Niemand wird dir nun, da du mir gehörst, mehr ein Leid zufügen.«

Der Mann hob die verschmutzte und tränenüberströmte Miene. Er hatte sich so heftig in die Unterlippe gebissen, daß immer noch Blut in seinen kurzen braunen Bart tropfte. Die Erleichterung über seine Rettung überkam ihn mit solcher Macht, daß er sich vor Schwäche nicht rühren konnte. Harry hatte sich von Benedettas herrischem Blick nicht angesprochen gefühlt und trat jetzt zu ihr, um dem Mann einen Arm hinzuhalten, an dem er sich hochziehen konnte.

»Du warst Isambards Leibeigener?« fragte die Herrin. »Bist du Franzose?«

»Nein, Engländer, Mylady.« Seine Stimme klang matt und benommen. »Ich komme aus Fleace in Flintshire.«

»Wie ruft man dich?«

»John, Mylady, John der Pfeilmacher.«

»Nun, John der Pfeilmacher, von nun an bist du mein Diener und mir zur Treue verpflichtet. Aber du sollst kein Leibeigener mehr sein, sondern ein Freier. Ich werde dir wohl kaum jemals auftragen, mir Pfeile anzufertigen, aber wer weiß, vielleicht kannst du mir eines Tages auf andere Weise nützlich sein.«

»Ich bin Euer Mann«, erklärte John heiser, führte den Saum ihres Umhangs an die Lippen und küßte ihn, »mit Leib und Seele, Mylady, und solange ich lebe.«

»Dann geh nun, und wasch dir das Gesicht. Besser, du gehst Mylord für eine Weile aus dem Weg. Du bist zwar jetzt sicher vor ihm, aber man sollte ihn einstweilen nicht unbedingt daran erinnern.«

Als der Mann über den Hof davongehumpelt war, erhob sich Benedetta, begegnete Harrys Blick und lächelte traurig. Keine Befangenheit herrschte zwischen ihnen. Die Freiheit, welche Harry jetzt in ihrer Gegenwart verspürte, beruhigte und verwirrte ihn zugleich. Wie hatte er jemals, auch nur für einen Moment, befürchten können, daß sie ihn wegen der Liebe verfolgen würde, welche er verschmäht hatte? Was sich nun zwischen ihnen entwickelte, würde frei von Zwang sein und sich von Moment zu Moment immer wieder neu entscheiden. Benedetta wirkte stets vollständig und unversehrt, ganz gleich ob sie eine Welt gewonnen oder verloren hatte. Diese Frau war ihre eigene Festung und ihr eigener Zufluchtsort.

»Wir nehmen mitunter ganz unabsichtlich eine solche Haltung an«, erklärte die Lady. »Jetzt, im nachhinein, komme ich mir doch ein wenig töricht vor.«

»Ihr habt Euer Leben aufs Spiel gesetzt«, entgegnete Harry und betrachtete sie ernst.

»Das glaube ich weniger. Wißt Ihr, ich bin mit einigen Unfähigkeiten zur Welt gekommen. Unter anderem bin ich zum Beispiel nicht in der Lage, vor Hunden Angst zu haben; selbst dann nicht, wenn ich eigentlich vorsichtig sein sollte. Manchmal verwirrt es die wildesten Bestien, wenn man vor ihnen keine Furcht zeigt. Davon abgesehen hatten wir das Vergnügen, mit ansehen zu dürfen, wie rasch Mylord sich bewegen kann, wenn es ihm gefällt. Er hätte, wenn er gewollt hätte, den Hund mit seinem Schwert durchbohren können, noch bevor der Zeit hatte, seine Zähne in meinen Umhang zu schlagen. Doch um der Wahrheit willen, in jenem Moment ging mir nichts davon durch den Sinn«, gestand sie. »Manchmal werden Gedanke und Handlung eins, und dann bleibt wenig Raum für alles andere. Davon abgesehen konnte ich gar nicht fliehen, so sehr hat John der Pfeilmacher mich festgehalten.«

»Nein, das hat Euch nicht zurückgehalten«, erwiderte Harry und fügte nach einem Moment ernst hinzu: »Seid bei einem solchen Mann vorsichtig.«

»Ein guter Rat, den ich Euch aber gleich zurückgeben kann«, entgegnete sie mit einem durchdringenden Blick. Dann wurde ihre Miene weicher, und sie setzte ein bedauerndes Lächeln auf: »Mylord hat Euch überrascht, nicht wahr? Das tut mir leid für Euch. Was mich angeht, so wußte ich längst, daß er keine Moral beachtet, wenn er die Nerven verliert. Außer beim Bruch eines Schwurs, die einzige Todsünde, welche für ihn Bedeutung hat.« Benedetta wischte sich ein paar Staubflecken vom Umhang und ging in Richtung Haus. »Bittet Bertrand de Guichet, ein Pferd für mich auszusuchen. Er muß keinen Weibergaul auswählen, Harry, denn ich verstehe mich aufs Reiten. Doch nun muß ich hinein, um mit ihm meinen Frieden zu schließen.«

Madonna entfernte sich in der vornehmen, geraden Haltung, welche so typisch für sie war, und drehte sich nicht mehr zu ihm um. Doch Benedetta hatte eine weitere Erinnerung in ihm hochkommen lassen, die bedeutendste und wichtigste von diesen so unglaublich lieblichen Erinnerungen, welche sie jedesmal in ihm zu wecken schien. Harry sah wieder vor sich, wie ihre Hand kühn das Gewand über den fliehenden Diener warf; und vor seinem geistigen Auge verwandelte sich diese Frauenhand in die dickliche kleine Patsche eines Mädchens, welches so ritterlich ihre Röcke ausbreitete, um darunter zwei Jünglinge vor ihren Verfolgern zu verbergen. Solche Zuneigung empfand er jetzt, daß er vor lauter Tränen nichts mehr sehen konnte. Dies war Benedettas Geschenk an ihn, das Erkennen des Bandes zwischen ihm und Gilleis.

Harry öffnete seinen Geist vorbehaltlos dieser Liebe, und sie durchflutete sein ganzes Wesen und erfüllte ihn mit einer süßen und wunderbaren Freude, gegen die kein Schmerz ankam. Körper und Geist verlangten nach Gilleis. Sein Verlangen nach ihr heute war genauso ungezügelt, wie damals seine Vernachlässigung ihrer Person unabsichtlich und anhaltend gewesen war. Gilleis, ich muß dich finden, und ich werde dich aufspüren, schwor er sich im stillen. Ach, meine Liebste, warte auf mich, denn ich bin schon auf dem Weg!

Höchste Zeit, nein, allerhöchste Zeit für ihn, endlich heimzukehren.

TEIL DREI

DIE WALISISCHEN MARKEN

1209–1215

KAPITEL NEUN

Durch das schmale, gen Osten ausgerichtete Fenster der hochgelegenen Kammer fielen die ersten Sonnenstrahlen auf Adams Gesicht und weckten ihn. Als er die Augen aufschlug, sah er, daß Harry auf dem Bettrand saß und sich seine Hose anzog. Wohlig reckte Adam sich, gähnte ausgiebig und blieb noch einen Moment liegen, während er sich mit einem Gefühl unbestimmter Zufriedenheit fragte, wo sie sein mochten. Dann erinnerte er sich, wie sie nach Einbruch der Dunkelheit im sanften Sommerregen nach Shrewsbury hineingeritten waren, wie sie unten im Gasthaus müde zu Abend gespeist hatten und wie er sich mit Genuß, schon halb schlafend und erschöpft bis ins Knochenmark, neben seinen Bruder in dieses breite Bett hatte fallen lassen. Sie hatten einen Umweg über die Bleiminen eingeschlagen, denn Harry mochte mit der Bestellung des schweren Metalls für seine Dächer nicht warten, sondern wollte es bereits jetzt dort ordern, von wo es herkam, noch ehe er seinen Bauplatz überhaupt inspiziert hatte.

»Wohin wollen wir so früh am Tage?« fragte Adam schläfrig und tastete mit einer Hand auf dem kahlen Boden nach seinen Schuhen.

»Nicht wir – ich. Du magst gehen und dir die Stadt ansehen, nachdem du so lange fort gewesen bist. Wir treffen uns in ungefähr einer Stunde wieder hier.«

Da fiel Adam alles wieder ein. Der Nebel des Schlafes wich aus seinem Blick. Weit riß er die Augen auf, die in seinem sonnengebräunten Gesicht kornblumenblau leuchteten. »Ebensogut könnte ich mit dir kommen. Wer wird sich heute noch an die alten Geschichten erinnern?«

»Nein«, entgegnete Harry bestimmt. »Du wirst keinen Fuß durch ihre Pforte setzen. Ich werde nicht lange brauchen.«

»Und wenn sie gegen dich vorgehen? Mir will scheinen, daß du sehr besorgt um mich bist, aber recht leichtsinnig, wenn es um dich selbst geht.«

»Diese Schuld muß ich selbst begleichen«, erinnerte ihn Harry kurz angebunden und sprang mit einem Satz, der den hölzernen Rahmen zum Knarren brachte, von ihrem Lager. Die Arme gemütlich hinter dem Blondschopf verschränkt, lag Adam ruhig weiter da und schaute ihm beim Anziehen zu. Es sah Harry ähnlich, daß Adam ihn in London fast mit Gewalt hatte zwingen müssen, sich neu einzukleiden. Harry wollte einfach den Bezug nicht verstehen zwischen Würde und Ansehen eines Maurermeisters und der Länge und Weite seiner Kleidung. Das stattliche Gewand des stets auf seine Wirkung bedachten Meisters hatte er verächtlich als Mantel der Schwäche bezeichnet. Kurzum, der Mann verlangte von seinen Sachen allein Bewegungsfreiheit, und alle anderen Fragen interessierten ihn nicht. Adam hatte ihn geradezu hinters Licht führen und umschmeicheln müssen, damit er diese schmucke hellbraune Cotte und das dunkelgrüne Übergewand mit den weiten Ärmeln und der elegant drapierten Kapuze erstand. Nun betrachtete er zufriedenen Blickes sein Werk, während Harry sich das Haar kämmte und seinen Gürtel umschnallte. Der Ernst, die Entschlossenheit und die Kraft, die sein Gesicht ausstrahlten, waren immer schon über jeden Zweifel erhaben gewesen. Trotzdem sah Adam es gern, wenn sein Freund seiner Rolle Ehre machte. Nicht jeder Mann brachte es bereits mit vierundzwanzig Jahren zum Maurermeister.

Harry fing den selbstgefälligen Blick aus Adams blauen Augen auf und grinste spöttisch über das Bild seiner Herrlichkeit, welches er darin widergespiegelt fand. »Sie werden mich nicht wiedererkennen.«

»Doch, verlaß dich darauf«, entgegnete Adam bestimmt und voller Stolz und Befriedigung. Dann schloß er die Augen und schlief weiter.

Harry ging zu Fuß durch die Stadt. Hügelabwärts führte ihn im klaren, kühlen Licht des frühen Morgens der Weg durch die gewundenen Straßen. Shrewsbury hatte sich in den vergangenen neun Jahren nicht sehr verändert. Die schmalen Ladeneingänge zwischen den dunklen Holzportalen und die vornübergeneigten Giebel, deren gezackte Silhouette sich vor dem blassen perlgrauen Himmel abhob, sahen genauso aus wie in seiner Erinnerung, und die Menschen, die er streifte, verhielten sich nur insoweit anders, als daß sie ihm still und zurückhaltend, ja beinahe argwöhnisch begegneten, so als wären Fremde hier nicht mehr so häufig anzutreffen und nicht mehr ebenso willkommen wie früher. Ein Zeichen der Zeit, dachte Harry, genau wie das Schweigen der Kirchenglocken. Hier, in der Stadt, die einmal sein Zuhause gewesen war, empfand er diesen Mangel an Geläut von neuem wie einen nagenden Hunger. Zu dieser frühen Morgenstunde hätten die Dächer normalerweise vom Klang der Kirchturmspiele widerhallen müssen. Doch seit über einem Jahr schwiegen nun schon alle Glocken in England. Die Kirchen waren geschlossen; Bräute wurden nach heimlichen Zeremonien oder auch ohne diese in die Ehe geführt, und die Toten verscharrte man ohne Begräbnisriten in Löchern neben der Straße. Der König gebärdete sich ebenso anmaßend wie der Papst, denn auch er interessierte sich kaum für die Auswirkungen seiner Handlungen auf die Unschuldigen und Hilflosen. König Johann hatte sich, mit dem Argument, die Kirche erfülle nicht länger die Pflichten, in Anerkennung derer sie ihre Privilegien genoß, sämtlicher kirchlicher Ländereien, Pachteinkünfte und Besitztümer bemächtigt. Ohne Einkommen vermochten sich jedoch weder Geistliche noch Mönche zu ernähren und waren erst recht nicht in der Lage, für die Kranken und Armen in ihrer Gemeinde zu sorgen. Am Ende trugen immer die Niedrigsten und Geringsten die Last, so wie die Schulden vom König auf seine Barone, von diesen auf ihre Oberpächter und weiter auf deren Unterpächter, dann auf die freien Bauern und schließlich auf die leibeigenen Bauern mit ihren winzigen Landparzellen abgewälzt wurden. Papst Innozenz III. schlug auf den König ein, König Johann zahlte es ihm mit gleicher Münze heim, und beider Hiebe trafen den armen Mann auf seinem Feld. Bischöfe und Äbte konnten sich ins Ausland begeben, bis der Sturm vorüber war, aber dem elenden kleinen Dorfpfarrer, der ebenso ärmlich lebte wie seine Schäflein, stand diese Möglichkeit nicht offen. Inzwischen waren es die Armen, die ihre Priester ernährten, und nicht umgekehrt. Und das alles wegen der Einsetzung eines Erzbischofs, jenes Stephen Langton, den der Papst gegen den Willen des Königs für Canterbury durchsetzen wollte.

Aber nein, so einfach verhielt sich die Angelegenheit nicht. Dieser Streit war nur der Anlaß gewesen, doch nicht der eigentliche Grund. An diesem Papst, einem fähigen, brillanten und ehrgeizigen Menschen, war ein Kaiser verlorengegangen. Er betrachtete die Christenheit nicht nur als spirituelles, sondern auch als weltliches Reich. Und König Johann, der halsstarrigste aller christlichen Monarchen und zugleich derjenige, welcher am ehesten dazu neigte, sein Inselkönigreich als eine eigenständige säkulare Macht zu betrachten, stand ihm dabei unmittelbar im Weg. Die Menschen in England stellten in diesem Machtkampf nichts weiter als Geiseln dar. Sie war entbehrlich, diese Bevölkerung, solange ihre Anzahl nicht so sehr dezimiert wurde, daß darüber das Spiel zu enden drohte.

Isambard sprach oft von König Johann und von anderen politischen Angelegenheiten. In Harrys Gegenwart ließ er seinen Gedanken freien Lauf und äußerte seine Ansichten mit einer Offenheit, die dieser als Kompliment, zugleich aber auch als Belastung empfand. Diese treffsicheren Reden, die von beißender Klarheit zeugten und für einen so frommen Mann ungeheuer unorthodox waren, hatten Harry die Augen für neue Ideen geöffnet und ihn dazu bewogen, alles, was er bis jetzt als selbstverständlich betrachtet hatte, ein zweites Mal und kritischer in Augenschein zu nehmen. Doch die Tugend, alles in Frage zu stellen, konnte auch zur Gefahr werden, denn sie führte einen früher oder später dazu, Dinge anzuzweifeln, die nicht angezweifelt werden durften, und dann war man nicht in der Lage, guten Gewissens alles beim alten zu lassen.

Am Fuß der abwärts führenden Straße versperrte die Mauer dem Sonnenschein den Weg, und der goldene Lichtstrahl, welcher zwischen den beiden Türmen durch den Torgang nach draußen fiel, wirkte wie ein Speer, der die schattige Stadt durchdrang. Harry trat durch das Portal und überquerte die steinerne Brücke. Unter ihm floß ruhig und grün der Severn dahin, der seinen sommerlichen Wasserstand führte. Als er zurückblickte, sah er die mit Stützpfeilern versehene rückwärtige Mauerseite und die schmalen Terrassen des Weinbergs, welche sich vom Fuß des Walles bis zu dem Schleppfad am Flußufer erstreckten. Hatte man Vater Hugh wenigstens seinen Weingarten gelassen, oder erhob der König auch darauf Anspruch?

Harry schaute wieder nach vorn. Auf der anderen Seite des Wasserlaufs lagen die Umgrenzungsmauer der Abtei, die Mühle und das langgestreckte Dach des Krankenquartiers, und hoch darüber erhob sich massig und im Morgenlicht rosiggrau schimmernd der schweigende Kirchturm.

Von den Bleiminen kommend, waren sie über die nach Wales führende Brücke von der anderen Seite auf die Stadt zugeritten, so daß Harry jetzt zum ersten Mal seit nunmehr neun Jahren wieder einen Blick auf das Kloster werfen konnte. Er hatte damit gerechnet, daß das Wiedersehen ihn erschüttern würde und Erinnerungen ihn regelrecht überfallen würden; denn die fünf Jahre, welche er hier verbracht hatte, schienen ihm jetzt rückblickend glücklich und fruchtbar gewesen zu sein.

Die Rückkehr nach einer so langen Abwesenheit hätte ihn eigentlich tief bewegen müssen; aber nun, da der Augenblick gekommen war, überraschte ihn einzig, wie selbstverständlich ihm alles vorkam. Harry war, als sei er nur ein paar Wochen fort gewesen und kehre von einem langen Urlaub zurück. Während er auf das Pförtnerhaus zuhielt, warf eine aufwühlendere Erinnerung ihren Schatten über ihn: Es war nicht der Gedanke an die an diesem heiligen Ort verbrachten Kinderjahre, sondern an die Art und Weise, wie er ihn verlassen hatte.

Vor seinem inneren Auge schwebte von neuem das liebreizende, teure Antlitz, welches sich halb aus dem sanften, hübschen und rundlichen Kindergesicht seiner Erinnerung zusammensetzte und zur anderen Hälfte aus seinen verschwommenen

Träumen, in denen es ihm bestürzend weiblich erschien. Auf der Herreise aus London hatte ihm nur ein Blick auf ein kleines Mädchen am Straßenrand genügt, auf das geflochtene Haar einer Frau oder einen Ball, den ein Kind in die Höhe warf, um den Gedanken an sie in ihm aufflammen zu lassen wie ein Feuer, das um sich griff und seinem Herzen einen heftigen, süßen Schmerz bereitete. In jeder Herberge am Weg hatte Harry nach ihr gefragt, nur für den Fall, daß jemand sich noch an ihre früheren Reisen mit ihrem Vater erinnerte und wußte, wann sie das letzte Mal über die Watling-Straße gefahren war. Aber niemand hatte ihm Kunde von ihr geben können. Verzweifelt wünschte der Meister sich, im Kloster eine andere Auskunft zu erhalten; an diesem Ort, wo er ihr zum ersten Mal begegnet war und den Schatz, den er in Händen hielt, nicht erkannt hatte. Ach, könnte er doch von neuem den Weg zu ihr finden! Aber nun, da er in den Schatten des Torhauses trat, verspürte er Angst.

Harry war sich auch sicher gewesen, daß sie in London auf ihn warten würde und daß ihre Lebensverhältnisse sich in dieser sich rasch wandelnden Welt nicht verändert hatten. Selbst als die Frau ihres Vetters ihm die Tür geöffnet hatte und das Ehepaar bedauernd die Köpfe geschüttelt und seine Fragen nach bestem Wissen beantwortet hatte, war er kaum in der Lage gewesen zu begreifen, daß Nicholas Otley vor zwei Jahren verstorben und Gilleis kurz darauf aus London verschwunden war. Ihr Vater hatte sie wohlversorgt zurückgelassen, doch sie hatte beschlossen, ihren Anteil an dem Stoffhandel an ihren Vetter zu veräußern und als Gesellschafterin in den Dienst einer adligen Dame zu treten – eine kluge Entscheidung für eine elternlose junge Frau, die über einige Mittel verfügte. Aber wer ihre Herrin war oder in welchem Teil Englands sie jetzt lebte, vermochten Gilleis' Verwandte nicht zu sagen, denn sie hatte London nur wenige Wochen nach dem Tod ihres Vaters verlassen, und seither hatten sie nie wieder etwas von ihr gehört. Die junge Ehefrau meinte, sie sei von einigen aufdringlichen Freiern bedrängt worden. Die seien noch lästiger geworden, nachdem Nicholas am Fieber gestorben war und das Mädchen durch das Erbe wohlhabend geworden war. Das, so glaubte sie, war der Grund, weswegen Gilleis nicht verraten hatte, wo sie hinfuhr.

Wie betäubt hatte Harry sich verabschiedet. Immer wieder war er die kärglichen Auskünfte in Gedanken durchgegangen wie die Perlen eines Rosenkranzes und hatte ihre Bedeutung lange Zeit nicht erfassen können. Dies war das einzige Geheimnis in seinem Leben, das er Adam niemals anvertraut hatte. Nun war er froh darüber, obwohl er sich selbst nicht erklären konnte, warum er es verschwiegen hatte. Harry hätte es nicht ertragen, diesen Kummer mit einem anderen zu teilen. So hatte er auf ihrer ganzen Reise gen Norden nach Spuren von ihr Ausschau gehalten und keine entdeckt. Den gesamten Ritt über war er aufs äußerste angespannt gewesen und ständig von Übermut in Verzweiflung, von Freude in Niedergeschlagenheit und von strahlendem Licht in tiefste Finsternis gefallen. Harry konnte nicht glauben, daß er sie verloren hatte, obwohl er sich jeden Tag weniger Hoffnungen machte. Die Welt blieb weiterhin schön, die Freundschaft köstlich und seine Zukunft und die Arbeit, die ihn erwartete, begeisternd und voller Wunder. Nur sie fehlte. Die stille Pein, welche in seinem Herzen wohnte, hatte sich in eine innere Wut verwandelt, die ihn antrieb, eine dunkle Kraftquelle, von der selbst Adam nichts ahnte.

Sobald Harry in den Hof trat, kam Edmund aus dem Torhaus geeilt. Er ging ein wenig gebeugter, und sein Haar war grauer, aber ansonsten hatte er sich seit dem Tag kaum verändert, an dem er Harry an diesem Tor aus dem Sattel gehoben und auf dem Arm nach drinnen getragen hatte. Der Pförtner wandte sich dem eintretenden Fremden zu und betrachtete ihn fragend. Zuerst schien er ihn nicht zu erkennen, aber als Harry sich näherte, zog er die Augen zusammen und sah ihn durchdringend an. Die Lippen des Mannes öffneten sich zum Gruße, doch immer noch zögerte er, den Namen auszusprechen.

»Sag es nur, Edmund«, forderte Harry ihn auf und spürte, wie die Tatsache, daß er wiedererkannt wurde, sein Herz vor Glück und Hoffnung hüpfen ließ. »Du irrst dich nicht.«

Der Pförtner verzog das Gesicht zu einem breiten, freudigen Strahlen.

»Meister Talvace! Seid das wahrhaftig Ihr? Nach all dieser Zeit!«

»Vielleicht sollte ich zuerst meinen Hut ins Haus werfen«, meinte Harry, »um zu sehen, wie er empfangen wird.« Und doch hegte er jetzt keine Bedenken mehr. Auf unerklärliche Weise hatte der Anblick eines alten Freundes alle Dinge einfach gemacht. Alle bis auf eines jedenfalls. »Außerdem hast du mich früher Harry gerufen«, sagte er und streckte die Hand aus.

»Ja schon; aber da wart Ihr noch ein kleiner, gewitzter Knabe, der mir gerade bis zum Ellenbogen reichte.« Vergnügt ergriff Edmund die dargebotene Rechte. »Aber nun seid Ihr Meister Harry und endlich heimgekehrt, nachdem Ihr so lange durch die Welt gezogen seid. Ihr habt Euch überhaupt nicht verändert, junger Mann!«

»Oh, ich hoffe, ein wenig doch! Und das war auch notwendig. Aber bei euch hat sich vieles verändert, und ich fürchte, nicht zum Besseren.« Harry blickte sich auf dem Hof um. Verglichen mit dem geschäftigen Treiben, das früher hier geherrscht hatte, wirkte der Platz bedrückend ruhig. Eben führte ein Knecht zwei Reitpferde aus dem Stallhof zum Gästehaus, und ein Packmaultier, das einem Kleinhändler gehören mußte, stand da und wartete darauf, beladen zu werden. Die Kirchentüren waren geschlossen und die Bauhütten und Gerüste verschwunden, obwohl man die Arbeiten noch nicht abgeschlossen hatte. Hierzulande baute man immer gemächlich, und nun hatte das päpstliche Interdikt dem Kloster die Mittel abgeschnitten und einen weiteren Fortschritt unmöglich gemacht. Rund um das Almosenhaus hockten ein paar Bettler und Krüppel und sonnten sich. »Wie ich sehe, bringt ihr es immer noch zuwege, die Hungrigen zu ernähren. Doch ich fürchte, die Zeiten sind für euch ebenso schwer wie für sie.«

»Ach, verglichen mit den meisten anderen Klöstern haben wir noch Glück gehabt. Shrewsbury ist stets eine Hochburg des Königs gewesen und war damals durch Schutzbriefe, Schenkungen und dergleichen eine Goldgrube geworden. Daher sind wir recht gut davongekommen. Alle Ländereien der Abtei hat der König an sich gebracht, nur die Gutshöfe nicht. Dort läßt man uns in Ruhe, und durch die Mühlen, die wir hier besitzen, kommen wir einigermaßen zurecht und behalten sogar noch ein wenig übrig, um es herzuschenken. Das heißt allerdings, daß wir uns bis auf ein paar freie Männer von allen Arbeitern, die sich hier ihren Lebensunterhalt verdient haben, trennen mußten, und sie traf es hart. Aber wir werden es überleben, wir haben schon manch anderes überstanden. Die neuen Verhältnisse können nicht ewig andauern.«

»Und die Reisenden kommen immer noch«, bemerkte Harry mit einem Blick auf den Mann, der sein Maultier belud.

»Bis jetzt haben wir unsere Tore noch niemandem verschlossen. Ihr fragt nach Reisenden? Im Augenblick ist es ruhig, aber manchmal könnte man meinen, das ganze Land sei in Bewegung geraten. Die Straßen wimmeln nur so von Menschen, die dem Beispiel des Königs folgen. Meiner Treu, inzwischen muß König Johann jeden Zoll seiner Straßen kennen, denn er bleibt nie lange an einem Ort. Und die Straßen Frankreichs kennt er wohl ebenso gut, denn tatsächlich hält er sich öfter dort auf als zu Hause, um sich seinen Besitz zurückzuholen. Dazu schickt noch jeder Baron im Reich seinen halben Haushalt als berittene Kuriere auf die Straße, um Neuigkeiten einzuholen und Briefe zu überbringen – so begierig sind die hohen Herren darauf, Bündnisse zu schließen. Dann beginnen sie rasch, die Pakte, welche sie eingegangen sind, zu fürchten, und senden von neuem aus, um weitere zu schließen. Harry, mein Junge, kein Mann, der seinen Verstand beisammen hat, wagt es hier noch, seinem Nachbarn zu trauen.«

»Edmund!« unterbrach Harry den Alten, indem er ihm die Hand auf den Arm legte. »Erinnerst du dich noch daran, wie ich von hier verschwunden bin? Es ist lange her, aber das wirst du nicht vergessen haben. Kannst du dich noch auf einen Händler entsinnen, der an jenem Tag hier Station machte und mit drei Karren voll Stoffballen nach London unterwegs war? Sein Name lautete Nicholas Otley. Er kam jeden Sommer, und möglicherweise ist er noch vor drei Jahren hier bei euch gewesen. Weißt du, von wem ich spreche?«

Nachdenklich kratzte Edmund sich am Kinn und kniff die Augen zusammen, um seinen Blick in die Vergangenheit zu richten.

»An den Tag, an dem wir Euch verloren haben, erinnere ich mich allerdings; das war ein Aufhebens, welches niemand je wird vergessen können. Schließlich haben wir den Teich geleert. Mann Gottes, war ich froh, daß uns bloß Fische und Wasserpflanzen in die Netze gingen! Sir Eudo stand kurz davor, das Kloster Stein für Stein abtragen zu lassen, um Euch zu finden, und wenn er Euch entdeckt hätte, hätte ich nicht allzuviel auf Eure Haut gewettet, auch wenn der Abt sich für Euch eingesetzt hätte. Aber ein Stoffhändler mit seinen Karren ... so also seid Ihr uns entwischt! Ja, jetzt sehe ich ihn vor mir. Ein hübsches kleines Mädel pflegte mit ihm zu reisen.«

Bei diesen Worten tat Harrys Herz einen Satz. »Seine Tochter«, sagte er mit trockener Kehle. »Inzwischen dürfte sie zu einer jungen Frau herangewachsen sein. Ist sie im vergangenen Jahr oder so hier gewesen, Edmund?«

Er hielt den Atem an und spürte, wie ihm eine schmerzliche Hoffnung die Kehle zuschnürte, als Edmund mit einer Bedächtigkeit, die ihn halb wahnsinnig machte, von neuem seine Gedanken schweifen ließ. »Das letzte Mal müssen sie vor drei Sommern durchgezogen sein. Seither habe ich weder den Mann noch das Mädchen gesehen.«

Jedesmal war die Enttäuschung schlimmer, und doch hatte Harry tief in seinem Inneren nicht mit einem Erfolg gerechnet. »Und du hast deinen Posten während dieser Zeit niemals verlassen? Du hättest es mit Bestimmtheit erfahren, falls sie hier gewesen wäre?«

»Das will ich meinen. Ich kenne jede Seele, die durch dieses Tor tritt, und Ihr wißt genau, daß ich die, welche uns regelmäßig besuchen, niemals vergesse. Wenn sie hier gewesen wäre, wüßte ich es. Dann hegt Ihr also den Wunsch, das Mädchen zu finden, Harry?«

»Ich habe noch eine Schuld bei ihrem Vater zu begleichen«, entgegnete Harry und wandte den Kopf ab, weil er spürte, daß ihm das Blut in die Wangen stieg. »In London habe ich ihn gesucht und vernommen, daß er seit zwei Jahren tot ist. Wenn ich seine Tochter fände, würde ich mich freuen, ihr die Summe, die ich ihm schulde, zurückzuzahlen.«

»Wahrscheinlich ist sie inzwischen verheiratet«, meinte Edmund gelassen, da er nicht ahnte, welchen Stich er Harry damit versetzte. »Denn jetzt fällt mir ein, daß in den letzten ein oder zwei Jahren ein junger Bursche mit den beiden ritt, der anscheinend ein Auge auf das junge Fräulein geworfen hatte. Sie war ja auch ein hübsches Ding. Bleibt Ihr ein, zwei Tage bei uns, Harry? Ihr seid mehr als willkommen.«

»Nein, ich muß weiter nach Parfois. Aber den Abt will ich sehen, falls er Zeit hat und bereit ist, mich zu empfangen. Würdest du ihm Bescheid geben? Solange du fort bist, will ich ein wenig mit Bruder Denis plaudern.«

»Dem Krankenpfleger, hm?« Edmund hielt Harry, der sich schon dem Krankenquartier zuwenden wollte, sanft am Arm zurück. »Es tut mir leid, Harry, doch den guten Alten werdet Ihr nicht mehr antreffen. Er ist vor fünf Jahren von uns gegangen.«

»Tot?« Harry hatte gelernt, den wiederholten Schmerz um Gilleis' Verlust zu ertragen, aber dieser Schlag, den er niemals erwartet hätte, traf ihn bis ins Mark. Alte Männer starben; darin lag nichts Verwunderliches. Doch kein Omen hatte ihn vorgewarnt, daß Bruder Denis nicht mehr unter den Lebenden weilte. Diese vertraute Luft hätte anders riechen müssen, die Wiesen am Fluß hätten in blasserem Grün leuchten und die Sonne etwas von ihrer freundlichen Wärme einbüßen sollen. Nun konnte Harry den Alten nie mehr um Verzeihung bitten, weil er ihn ohne Abschied und mit einer Lüge auf den Lippen verlassen hatte. Neun Jahre hatte er darauf gewartet, sein Herz von dieser Schuld zu reinigen, und nun war er fünf Jahre zu spät gekommen. »Ich bin in Unfrieden von ihm gegangen, Edmund, wie ein Dieb. Hat er mir mein Handeln übelgenommen? Jeden anderen hätte ich lieber getäuscht als ihn, aber ich stand unter großem Druck.«

»Bei der Liebe Gottes, Bursche, Ihr kanntet ihn doch lange genug. Hat er jemals ein Kind getadelt, weil es sich mit aller Kraft gewehrt hat? Auch Ihr würdet es einer gehetzten Katze nicht übelnehmen, wenn sie ihre Krallen ausfährt.«

»Hat er von uns gesprochen ... nachdem wir fortgelaufen sind?«

»O ja, oft, und er hat Euch immer nur Gutes gewünscht. Noch Wochen danach pflegte er, wenn es stark regnete, zu sagen: ›Ich will nur hoffen, daß die Kinder heute nacht ein festes Dach über dem Kopf haben.‹ Und im Winter hat Denis sich bei jedem Frost gesorgt, ob Ihr für dieses Wetter wohl warm genug gekleidet wäret. Euer Vater war derjenige, dem es schwerfiel zu vergeben. Aber um Bruder Denis macht Euch keine Sorgen. Er ist bei den Heiligen und weiß besser, was Euch quält, als Ihr ihm je mitteilen könntet. Keinen Menschen, der aus diesem Haus gegangen ist, hat man jemals mehr entbehrt. Die Knaben haben es schwer, seit er nicht mehr da ist, um sie ein wenig zu schützen, wenn Bruder Martin den Wind von Nordosten wehen läßt.«

Schnell und intensiv kehrten nun die Erinnerungen zurück und erschienen Harry unerträglich nah. »Sieh nach, ob der Abt mich empfangen mag, Edmund«, sagte er und versuchte, die Bilder aus der Vergangenheit zu verscheuchen. »Ich will noch in dieser Stunde wieder in die Stadt.«

»Ich hatte gerade vor, es Euch zu berichten, Harry, bevor wir auf Bruder Denis zu sprechen kamen. Der Abt ist ein kranker Mann. Seit Ostern liegt er nun schon danieder, obwohl wir inzwischen glauben, daß er durchkommt. Oh, man wird Euch schon zu ihm lassen; wahrscheinlich wird er sogar darauf bestehen, sobald er erfährt, daß Ihr hier seid. Inzwischen ist er bei einigermaßen klarem Bewußtsein. Aber das Fieber hat lange gewährt, und er ist schwach und mager wie eine streunende Katze.«

»Es tut mir leid, das zu hören«, meinte Harry. »Wenn er Besuch empfangen darf, würde ich mich tatsächlich freuen, ihn zu sehen. Doch ich mag mich nicht aufdrängen, wenn er dazu nicht in der Lage ist.«

»Geht Ihr mit mir, oder soll ich Euch später abholen?«

»Ich werde in der Kirche sein«, antwortete Harry und wandte sich mit diesen Worten von dem alten Pförtner ab.

Er betrat den Bau auf demselben Weg, auf dem er ihn vor neun Jahren verlassen hatte: durch die südwestliche Tür, welche vom Kreuzgang abging. Alle anderen Zugänge waren verschlossen und das Hauptportal verriegelt und verrammelt. Die Luft im Innern war kalt und stickig zugleich, und das dumpfe Zwielicht legte sich wie eine drohende Wolke über Harry. Die uralte bedrückende Atmosphäre aus Stein, Dunkelheit und Grabeskälte ließ ihn erschauern, obwohl er die majestätische Ausstrahlung zu würdigen wußte. Er beugte das Haupt vor dem Hochaltar und schritt durch das Ambulatorium in die Marien-Kapelle. Das Grab des Begründers erhob sich wie eine Barrikade, die ihm den Weg versperrte, und schob sich vors wertvolle Licht. Licht, Licht! Wie konnten die Mönche es nur ertragen, sich davon abzuschotten? Wie konnten sie die Seele lehren, sich zum Himmel aufzuschwingen, wenn hier nicht mal genug Platz war, um einen Flügel auszubreiten, oder genug Luft, um ihn zu tragen? Harry lächelte der alten Madonna zu. Stumpfnasig und massig erhob sie sich vor ihm, eine kräftige Bauersfrau, doch ihm war sie teuer, weil sie ihm bei vielen Gelegenheiten Trost gespendet hatte.

»Heilige Jungfrau, ich habe Dir Dein Eigentum zurückgebracht. Nimm diese Gabe in Gnaden wieder auf und halte sie in Ehren. In seinem Herzen ist er kein Vagabund, und er wird nie wieder auf Wanderschaft ziehen.« Er schlug das Tuchbündel auseinander, das er unter dem Arm getragen hatte, und setzte den kleinen Engel behutsam an seinen Platz auf dem Altar. Die zarten Schwingen reckten sich und prüften die dumpfe Luft, und die schmalen, zerbrechlichen Füße strebten mit Inbrunst nach unten. Der Himmelsbote leuchtete und hing reglos da, bebend vor Freude, mit ausgestreckten Händen, die glänzenden Augen von dem rubinroten Licht der Lampe abgewandt. Wo immer er auch hingehen mochte, seine Stunde war auf ewig im Jubel der Ankunft festgefroren. Er kannte weder Trennungen noch Aufbrüche.

»Nimm meinen Dank«, sagte Harry zu der müden, geduldigen und soliden Matrone aus Stein, »für alles, was ich gesehen und erfahren habe, und für alles, was ich geschaffen habe und in Zukunft noch vollbringen werde. In meiner Kirche sollst Du einen Altar bekommen, der ganz in Gold und bernsteinfarbenem Licht erstrahlt und wo Du alle Farben des Frühlings und des Sommers sehen und niemals Kälte spüren wirst.« Das antike, nachsichtige Lächeln der Muttergottes schloß ihn ebenso ein wie den Rest der Schöpfung. Sie erwartete sich nichts von kindlichen Versprechungen. Harry sprach noch ein Gebet für Bruder Denis' gesegnete Seelenruhe und war davon überzeugt, daß der alte Mann sie genoß. Dann kniete er nieder und dachte an Gilleis, doch für sie betete er nicht. So fand ihn Edmund, als er ihn holen kam, um ihn in die Kammer des Abtes zu führen.

Im Schlafgemach waren die Vorhänge zugezogen. Ein junger Novize saß da und las dem Kranken vor, aber als der Fremde eintrat, stand er auf, entfernte sich leise und schloß die Tür hinter sich. Harry ging hinein, blieb neben dem breiten Bett stehen und blickte in das eingesunkene Gesicht, in dem einzig die tief in den Höhlen liegenden Augen hell strahlten. Schweigend studierte der Abt einen Moment lang Harrys Antlitz, und seine grauen Lippen verzogen sich zittrig zu einem schwachen Lächeln.

»Du bist gewiß gekommen, um deine Pferde zu holen«, sagte er mit einer Stimme wie das trockene Rascheln des Windes im abgestorbenen Laubwerk. »Das kleinere Tier ist gestorben. Du wirst dir an seiner Stelle wohl eines meiner Pferde aussuchen müssen, oder wir können dir seinen Preis auszahlen.«

Hugh de Lacys Gesicht auf dem Kissen glich einer Maske aus edlem, abgegriffenen Elfenbein. Darüber spannte sich die Haut wie straffes Pergament. Die alabasterfarbene Hand, die schlaff auf der Bettdecke lag, sah aus, als könnte das Licht hindurchscheinen. In den alten Tagen hatte Harry nie bemerkt, welch schönen Knochenbau der Prior besaß; aber nun war kaum noch etwas anderes von ihm übrig.

»Setz dich, Harry«, ließ sich die Stimme des Alten vernehmen, und die dürren Finger wiesen auf den Schemel, den der Vorleser geräumt hatte.

Harry blieb stehen und blickte mit regloser Miene auf den Abt hinunter. Aus der Börse, die an seinem Gürtel hing, zog er ein kleines Ledersäckchen und legte es neben die erschlaffte Hand auf das Bett.

»Elf Shillings und sieben Pence. Und noch einen kleinen Aufschlag für die Wiederherstellung Eures Almosenstocks. Ihr werdet sehen, daß die Summe stimmt, doch wenn Ihr sie überprüfen lassen möchtet, kann ich den Bruder, der Euch vorgelesen hat, zurückrufen. Wir wollen den Preis des Pferdes als Spende für das Kloster betrachten. Ich hege keinen Zweifel, daß hier gut für das Tier gesorgt worden ist.«

Die lächelnden Lippen des Alten zogen sich schmerzlich zusammen, doch er nahm die spitze Bemerkung klaglos hin. Nach kurzem Schweigen versetzte er: »Wir könnten für die Summe auch Kerzen für die Seele deines Vaters anzünden. Im Augenblick ist es natürlich unmöglich, eine Messe für ihn lesen zu lassen.«

»Die Seele meines Vaters!« wiederholte Harry leise und trat ein Stück vom Bett zurück. Vater Hugh war selbstverständlich davon ausgegangen, daß er ihn zuvor in Sleapford aufgesucht hatte – ebenso wie Edmund, denn sonst hätte dieser ihm als erstes von dem Tod des Ritters berichtet. Das Ereignis mußte schon eine ganze Weile zurückliegen, sonst hätten ihm auf jeden Fall beide Männer rasch ihr Beileid ausgesprochen, sobald sie seiner ansichtig geworden wären. Sir Eudo war also zu seinen Vorfahren zurückgekehrt. Und an seiner Stelle saß nun Ebrard Talvace, der Lord von Sleapford.

Zweifellos hätte Harry erschüttert sein müssen; doch wenn er darüber nachdachte, so stellte er fest, daß er nichts empfand, weder Befriedigung noch Trauer. Alte Menschen starben eben – Männer wie Bruder Denis und wie Sir Eudo gleichermaßen. Dies war das Los aller Lebewesen. Harry hegte keinen Groll gegen seine Familie, und gewiß hatte er seinem Vater niemals übel gewollt. Neun Jahre lang hatte er kaum an ihn gedacht, weder in Rachsucht noch in Zuneigung. Sein Tod schien ihm so weit entfernt, daß er keinerlei Bedeutung für ihn besaß. Und um ganz aufrichtig zu sein, hatten sich Vater und er einander niemals das geringste zu sagen gehabt.

»Wie Ihr wünscht«, erklärte er Hugh de Lacy. »Meiner Meinung nach wäre es zwar besser, das Geld auf die Lebenden zu verwenden, aber Eure Kerzen werden der Seele des Alten nicht schaden, auch wenn sie ihm nichts nützen.« Seine Antwort war barscher ausgefallen, als er beabsichtigt hatte, aber Harry mochte keinen Kummer vortäuschen, den er nicht empfand. »Ich habe auch den Engel an seinen Platz zurückgestellt«, fügte er hinzu.

»Ach, der Engel! Ich habe ihn vermißt, Harry.« Hugh de Lacys Hand tastete auf dem Bett herum, als wollte er sie dem Jüngeren entgegenstrecken, aber seine Finger stießen auf den Geldbeutel, und er zog sie mit kurzem Stirnrunzeln zurück. »Setz dich zu mir«, sprach er mit leiser Stimme weiter. »Tu mir den Gefallen. Die Brüder sagen zwar, dies komme von meiner Schwäche, aber ich sehe nicht mehr so gut wie früher. Ich kann nicht mit dir reden, wenn du vor mir stehst wie ein rauchumwölktes Orakel.«

Harry zog den Schemel heran, nahm darauf Platz und errötete ein wenig. Waren diese hohlen Augen zu schwach, um zu erkennen, daß ihm das Blut ins Gesicht gestiegen war?

»Und wie geht es deinem Bruder?« fragte der Abt.

Wie oft, dachte Harry, bin ich früher darauf hereingefallen, weil ich nicht genau sah, wohin ich trat. Ich weiß noch, daß der Abt immer verärgert darüber war. Jetzt weiß ich, was ich will, und ich werde es geradeheraus und ohne Umschweife aussprechen.

»Danke der Nachfrage, mein Bruder besitzt immer noch beide Hände.« Er unterbrach sich kurz und fügte dann schneidend hinzu: »Dieses Mal habe ich ihn nicht ins Innere Eurer Mauern gebracht. Ich hielt es für das Beste, Euer Gewissen kein zweites Mal zu belasten – er kann noch nicht nachweisen, ein Jahr und einen Tag als freier Mann in einer englischen Gemeinde gelebt zu haben. Und ich erinnere mich noch gut daran, wie ergeben Ihr den Buchstaben des Gesetzes folgt, Vater.«

Heftig preßte der Abt die blutleeren Lippen zusammen. Sein Gesicht hätte nicht bleicher werden können. Sein Antlitz war zu steinerner Schönheit erstarrt und zu verhärmt, um durch ein Zucken oder eine Veränderung der Gesichtszüge die Regungen seines Geistes widerzuspiegeln. Er starrte lange Zeit nach oben, an die Decke. Endlich sagte er so leise, daß Harry den Kopf neigen mußte, um ihn zu verstehen: »Kannst du uns das Unrecht, das wir dir vor all diesen Jahren angetan haben, denn nicht vergeben?«

»Doch, ich kann verzeihen«, entgegnete Harry, »falls meine Vergebung für Euch von Wert ist, denn ich brauche von Euch nichts mehr.«

»Und auch von Gott nicht?« verlangte der Abt zu wissen.

»Das ist eine Angelegenheit zwischen Gott und mir.«

Harry wartete und beobachtete, wie ein schmaler Sonnenstrahl, der durch die Vorhänge fiel, auf das Bett zukroch. Das Schweigen zog sich in die Länge wie ein feingesponnener Faden oder wie hauchdünne Gaze, die schwerelos in der Luft schwebt. Wieder sah er den Mann an, der auf dem Bett lag. Jetzt hatte Hugh die durchscheinenden, bläulichen Lider gesenkt und hielt sie geschlossen, und sein Gesicht war so reglos und fern, daß Harry schon glaubte, der Abt sei in einen Dämmerschlaf gesunken. Leise stand er von seinem Platz auf und ging langsam zur Tür. Hier blieb ihm nichts mehr zu tun. Er war gekommen und hatte seine Schuld beglichen, und der Abt hatte gestanden, daß er ihm seinerseits etwas schuldete. Was wollte Harry noch mehr?

Seine Hand lag schon auf dem Türriegel, als er hörte, wie der Kranke mit einem herzzerreißenden Schluchzer die Luft einsog, diesen dann aber ebenso schnell und heftig unterdrückte. Wie eine Flamme durchdrang der Laut den Eispanzer, der Harrys Herz umgab, und glühendheiß überfluteten ihn Reue und Liebe. Der junge Mann fuhr herum, stürzte zum Bett, fiel auf die Knie und umschlang den Abt. Er preßte zuerst die Wange und dann die Lippen an die knochige Hand.

»Vater, verzeiht mir, verzeiht mir! Bis jetzt gab es nichts, wofür ich um Vergebung hätte bitten müssen! Warum solltet Ihr Euch um mich grämen, hochmütig und vermessen, wie ich bin? Ich hatte niemals vor, Euch so zu verletzen.« Leidenschaftlich verbesserte er sich: »Doch! Doch! Ich wollte Euch verletzen, und ich bin gekommen, um Euch weh zu tun. Gott möge mir verzeihen!«

Der langgestreckte, bis auf die Knochen abgezehrte Körper lag so federleicht in seinen Armen, daß er fürchtete, ihn mit seinem Gewicht zu erdrücken. Die aschgraue Maske des Antlitzes verkrampfte sich, entspannte sich dann zu einem müden Lächeln und wurde ganz ruhig. Der Abt öffnete die Augen und sah in das junge, leuchtende Gesicht, das vor Scham, Selbstvorwürfen und Zärtlichkeit verzerrt war. Nun endlich erkannte er seinen Harry wieder. Hugh hatte nicht absichtlich Mitleid hervorrufen wollen, um Harry wieder zurückzugewinnen, doch es hatte funktioniert. Harry war hochfahrend, eine wahre Festung der Arroganz gegen jede Macht, die sich ihm in den Weg stellte, doch schon die leiseste Andeutung von Schwäche oder Leid konnte in ihm einen Anfall von Demut auslösen, der ebenso leidenschaftlich war wie der Stolz, der ihn zur Raserei gebracht hatte.

»Sogar jetzt tue ich Euch weh«, flüsterte Harry reumütig. »Ihr bräuchtet Ruhe und Frieden, und die habe ich Euch geraubt. Ich werde gehen und Euch nie wieder belästigen. Sagt mir nur, daß Ihr mir meine Hartherzigkeit verzeiht, denn es tut mir aufrichtig leid, und ich schäme mich. Ich habe ja nicht einmal geahnt, daß ich all diese Zeit einen Groll gegen Euch hegte. Es war so leicht, denjenigen zu vergeben, von denen ich mir nichts erhoffte, aber in Euch hatte ich solches Vertrauen gesetzt!«

»Und ich wollte dich nicht enttäuschen«, entgegnete Hugh de Lacy betrübt, »aber die Sache ist nun einmal geschehen und kann nicht rückgängig gemacht werden.« Seine schmale Hand, die so gewichtslos war wie ein verwelktes Blatt, ruhte auf Harrys braunem Schopf. Mit einer Stimme, die jetzt nicht mehr trocken und zerbrechlich klang, erklärte der Abt sanft: »Ich vergebe dir, wenn du mir verzeihst, Junge. Mein Segen hat immer auf dir geruht. Ich bin so froh, daß ich meinen Frieden mit dir gemacht habe und wir in Freundschaft scheiden, denn dies mag das letzte Mal sein.«

Harry lächelte ihm zu und beugte sich hinunter, um die kraftlose Umarmung entgegenzunehmen. »Wie denn, Vater, Ihr werdet noch viele Jahre leben und die Geschicke des Klosters lenken. Vielleicht legt Ihr ja noch mich ins Grab.«

»Gott behüte, Harry! Komm, setz dich eine Weile zu mir. Lang werde ich dich nicht aufhalten, denn ich ermüde schnell. Berichte mir, wie es dir seit dem Tag, an dem wir dich verloren haben, ergangen ist; denn ich habe oft an dich gedacht und keinen Trost gefunden.«

»Ach Vater, vielleicht war alles zum Besten. Ich bin aus einem Leben herausgerissen worden, in dem ich nutzlos war, und auf einen fruchtbaren Pfad gedrängt worden. Denn ich habe Gott mit meinen eigenen Händen herrliche, prachtvolle Gaben dargebracht und werde in Zukunft noch mehr und bessere Werke schaffen.«

Er saß neben dem Bett des Abtes, hielt seine zerbrechliche Hand und erzählte von Caen und Paris, von Saint Étienne und Notre Dame, bis die schwachen bläulichen Lider sich von neuem ruhig über den jetzt friedlichen Augen schlossen. Die messerscharfen Konturen von Hugh de Lacys Gesicht wurden weicher, und die pergamentartige Haut hatte einen leisen, frischen und rosigen Schimmer angenommen. Harry war, als wäre durch die Umarmung des Abtes eine Wunde in seinem Inneren auf wundersame Weise geheilt worden. Er spürte, wie das tiefreichende Narbengewebe mit jedem entspannten Atemzug des Kranken geschmeidiger und weicher wurde. Mit äußerster Behutsamkeit küßte er ihn auf die trockene Stirn und schlich auf Zehenspitzen hinaus.

Erst als der junge Mann auf das Stadttor zuschritt, fiel ihm auf, daß er vergessen hatte, sein Pferd mitzunehmen, doch er kehrte nicht um. Schließlich war er nicht wegen des Rosses gekommen.

Bei Sonnenuntergang gelangten sie über einen grünen Pfad auf die Hügelkuppe. Als sie die bewaldete Flanke umrundeten, erkannten sie von der Seite des sanft geschwungenen Höhenrückens aus das Flußtal, welches zur Linken unter ihnen lag. Vor ihnen ragte die Felsnase aus Sandstein auf, an deren zerklüfteten Rändern in Spalten und Vorsprüngen Bäume Wurzeln geschlagen hatten. Und auf der Spitze des Felsens thronte Parfois.

Das ebene Gelände auf der Hügelkuppe war weiträumig, aber nicht zu groß für den Ehrgeiz der Isambards, die es vollständig eingenommen hatten. Um die Kuppe wand sich wie eine Schlange die Umfriedungsmauer, welche die Bäume überragte und aus dem Felsgestein jäh in die Höhe schoß. Sechs runde Türme gab es, von denen aus man jeden Fußbreit Boden ins Kreuzfeuer nehmen konnte; nicht einmal ein Rabe hätte unbehelligt landen können. Hinter den Wällen fing der gewaltige sechseckige Bergfried mit seinen drei vorspringenden Ecktürmen die letzten Sonnenstrahlen ein und erglühte rötlich im untergehenden Sonnenlicht. Langsam, Zoll für Zoll, erkletterten die purpurvioletten Schatten aus dem Tal die Felsvorsprünge und tasteten gierig nach dem Fuß der Außentürme.

Drei Meilen weiter schlummerte im Schatten der Wales-Fluß, und nur hier und da war eine ferne Hügelkuppe von einem goldenen Hauch umhüllt. Unten im Tal fristete ein halbes Dutzend Dörfer seine Existenz im ewigen, dunklen Schatten jenes klobigen Felsmassivs, das ihnen Schutz und Bürde zugleich war. Ein Dutzend weiterer Ansiedlungen auf der englischen Seite der Burg suchten in deren Schatten vor den Übergriffen der Waliser Schutz, doch sie fürchteten ihren Schutzherrn kaum weniger als ihre Feinde.

Die Schatten stiegen höher, wurden dunkler und verschlangen eine nach der anderen die Schießscharten an den runden Türmen. Die Ecktürme flammten wie hohe Kerzen. Hinter dem leuchtenden Verteidigungserker der Burg mit seinen Pechnasenreihen wies der Abendhimmel eine blaugrüne Färbung auf; genau dieselbe Farbe hatten die Augen, welche von der Straßenbiegung aus ebenso eifrig wie argwöhnisch zur Feste von Parfois hinaufspähten.

Der pyramidenförmige Hügel mit seiner steinernen Krone, jenem wohlgeformten Hort der Sicherheit, verjüngte sich zu einem brennenden Gipfel aus rosafarbenem Licht; ein Feuer, das nicht länger von dieser Erde zu sein schien, sondern einem Stern ähnelte, welcher an dem makellos grünlichen Himmel hing. Ehe sie ihn erreichten, würde er ganz im Dunkeln liegen. Tiefe Stille herrschte bereits.

Der Pfad schlängelte sich am Abhang entlang, um dann nach rechts abzubiegen und über die am leichtesten begehbare Seite des Hügels anzusteigen. Als sie sich den Mauern näherten, verschwand der Bergfried aus ihrem Blickfeld, und schließlich verschwanden auch die Türme auf beiden Seiten, so daß sie nur noch die oberen Stockwerke des Torhauses mit seinen Ecktürmchen erkennen konnten.

Als sie sich auf halber Höhe befanden, rückten die Bäume an den Weg heran, so daß sie mit einemmal die Feste nicht mehr sehen konnten und sich durch einen dunklen Wald bewegten. Dann ritten sie von neuem auf eine Wiese hinaus – und da kamen auch schon rechts und links des Pfades die beiden äußeren Wachtürme in Sicht. Der Weg verbreiterte sich und ging in eine Hochebene über, die wie eine grüne Insel in der Luft zu schweben schien, denn die zerklüftete Felsformation schnitt sie durch eine vierzig Fuß tiefe Schlucht von dem Gelände ab, auf dem die Burg selbst stand. Auf der anderen Seite erhob sich das Torhaus mit seinen Türmen. Die Zugbrücke war heruntergelassen, und über dem dunklen Bogengang, der in den äußeren Burghof führte, hatte man das Fallgitter hochgezogen.

Harry zügelte sein Roß, als er am Rand des grünen Plateaus angelangt war. Der Pfad führte quer hindurch, direkt auf die Brücke zu, und auf beiden Seiten erstreckte sich das Gras, das in der Dämmerung zu einem einheitlichen Grau verblaßt war. Zur Linken des Weges lag der größere Teil des Geländes, und hier breitete sich vor Harrys Blicken im eigentümlich widerspiegelnden Zwielicht der halb freigerodete, rechteckige Felsgrund aus, auf dem vor ihm drei Maurermeister mit dem Kirchenbau begonnen hatten. Dahinter bezeichneten unregelmäßig verteilte, formlose helle Flecken die Stellen, wo altes Baumaterial aufgehäuft war. Isambards Zimmerleute hatten bereits Hütten für die neuen Maurer errichtet, welche sich bald hier versammeln würden. Daß hier schon gearbeitet wurde, bewegte und erregte Harry, doch ihn interessierten nicht die Bauhütten. Sein Blick wurde von dem blanken Fels angezogen, von dem Grundriß, den man tief durch das Gras, die Büsche und den Boden gezogen hatte.

Die Maße waren großzügig und die Lage herrlich. Das schwache Leuchten des Steins, der den Sonnenschein des Tages gespeichert hatte, schien einen oder zwei Fuß hoch über dem Boden zu schweben, so als hätten die Mauern schon zu wachsen begonnen. Die Nordfassade würde vom Schloß aus zu sehen sein und die Südseite vom Bergpfad aus. Er mußte beides – Schloß und Kirche – beim Bau berücksichtigen. Wichtig war das Wechselspiel, welches die beiden Bauwerke hier oben eingehen würden, und die Einheit, die sie für den Betrachter bilden würden, der aus den Niederungen zur Rechten und zur Linken zu ihnen aufblickte. Im Westen lag das breite Tal des Severn, im Osten das flache, von hohen Felswänden eingeschlossene Tal mit dem Bach. Ein Baumeister arbeitete wie ein Bildhauer, nur in größerem Maßstab. Ein Gebäude ist ebenso vielseitig, wandlungsfähig und komplex wie ein Mensch; und genau wie dieser muß es einheitlich sein, und alle Teile müssen aufeinander abgestimmt und im Einklang mit ihrer Umgebung sein.

Hoch zu Roß blickte Harry in dem verblassenden Licht vor sich hin, und die gewaltige Ehrfurcht, welche er für Form und Proportionen und für das Zusammenspiel jedes Details empfand, seine Leidenschaft für Festigkeit und Schönheit, Zurückhaltung und Harmonie schlossen die Burg und den Fels mit ein, wuchsen über beide hinaus, umfaßten die Hügel von England auf der einen Seite und die von Wales auf der anderen und fanden keine Feindschaft zwischen ihnen. Seine Phantasie trug ihn weiter als der Horizont, der sich in grüngoldenem Nachglühen vor ihm erstreckte, und hinauf in den weiten, tiefen Himmel mit seinem zarten Sternenschleier. Der junge Mann sah, wie die Mauern seiner Kirche Gestalt annahmen und zu den zögerlichen Sternen aufragten. Der gewaltige Vierungsturm reckte sich in die Höhe und stand stramm da wie ein Betender, der sein Antlitz ruhig im strahlenden Licht der Gnade badet.

Ihm war, als müßte er, um seinen Traum zu verwirklichen, seine Sinne und seine Empfindungen bis in die entlegensten Winkel der Welt aussenden und jeden Stein seines Werkes mit allem in Zusammenhang bringen, was sich regte und atmete, hoffte und lebte und eine Gestalt oder Verstand besaß. Nur so würde seine Schöpfung perfekt sein.

So etwas lag nicht in der Macht des Menschen. Doch Harry erschien es in diesem Moment, als dürfe er wagen, darauf zu hoffen, und solange er diese Hoffnung hegte, brauchte er keine Erfüllung.

»Laß uns hineinreiten«, meinte Adam gähnend, denn sein Pferd tänzelte schon unruhig am Wegesrand. »Sonst ziehen sie noch die Zugbrücke hoch. Ich weiß ja nicht, wie es dir ergeht, aber ich bin mehr als bereit, meinem Abendessen die Ehre zu erweisen.«

Lachend riß Harry sich von seiner Vision los, und sie ritten über die Zugbrücke nach Parfois hinein.

Isambards Haushalt brodelte vor Menschen. Er hielt sich einen Hofstaat wie ein Paladin aus alter Zeit und war ständig umgeben von Knappen, Truchsessen und Rittern, die ihm aufwarteten, sowie Pagen, Musikanten und einer Vielzahl weiterer Besucher und Gäste. Aber dennoch brachte er es zuwege, zurückgezogen wie ein Einsiedler zu leben. Die Große Halle, die sich in der Ecke, an welcher der Hauptturm stand, an die Umfriedungsmauer schmiegte, war so bevölkert und geschäftig wie jeder Marktplatz. Dort führte Isambard den größten Teil seiner täglichen Geschäfte, und dort speiste er wie jeder Mann seines Ranges; manchmal aßen an seiner Tafel bis zu eintausend Menschen. Aber wenn er sich in seine Privatgemächer zurückzog, wagte es keiner von ihnen, sich ihm aufzudrängen. Niemand fühlte sich befugt, ihm dorthin zu folgen und ihn zu behelligen. Isambard besaß treue Diener, aber keine Freunde, denen er vertraut hätte, und dies gewiß nicht aus Angst wie sein Herr, der König, der Geiseln aus anderen Familien sammelte wie ein Geizhals Geldstücke, sondern aus der langen, von enttäuschten Erwartungen gezeichneten Erfahrung eines Menschen, der stets zuviel verlangte.

Er hatte sich die Art, wie Parfois angelegt war, zunutze gemacht und seine persönlichen Räume im Frauenturm eingerichtet, der über eine steil abfallende Felswand hinausragte und von keinem Punkt und keiner Erhebung außerhalb des Schlosses unter Beschuß genommen werden konnte. Hier waren die schmalen Schießscharten durch großzügige Spitzbogenfenster ersetzt worden, und statt im düsteren Halbdunkel zu liegen, waren die Gemächer von reichlich Licht und Luft durchflutet. An den Steinwänden hingen Gobelins, und die kalten, unebenen Böden waren mit gewebten Läufern und Fellen bedeckt, die Isambard aus dem Orient mitgebracht hatte. In diesen Räumen residierte Madonna Benedetta durch seine Gnade fast wie eine Königin. Doch geschah es selten, daß jemand anderer dort empfangen wurde; daß Harry vorgelassen wurde, bedeutete, daß er sich außerordentlicher Gunst erfreute. Offensichtlich war Isambards Baumeister ein Mann, den man im Auge behalten mußte – falls er den Bogen überspannte.

»Ich bitte um Vergebung, Mylord«, begann Harry, der mit hochroten Wangen und leuchtenden Augen in den von Kerzenlicht erhellten Turm schritt. »Nur ungern störe ich Euch derart und zu so später Stunde. Aber ich komme in einer Angelegenheit von einiger Bedeutung. Seit dem Abendessen habe ich die erste Gelegenheit dazu genutzt und mit Eurem Bediensteten Richard Knollys die Register durchgesehen. Er ist ein ausgezeichneter Schreiber und weiß zu organisieren, und ich bin dankbar für die Arbeit, welche er hier geleistet hat, um mein Kommen vorzubereiten. Doch in gewissen Punkten stimmen wir nicht überein, und ich sehe mich gezwungen, mir ohne Verzug von Euch bestätigen zu lassen, daß es hier nur einen Baumeister gibt, und zwar mich. Wenn Knollys als Schreiber und vertretender Bauleiter für mich tätig sein möchte, so habe ich nichts dagegen. Aber wir werden nichts erreichen, wenn er sich als mir gleichgestellt betrachtet.«

Isambard rückte seinen Stuhl von dem Schachbrett weg, an dem er mit Benedetta gesessen hatte. Sie hatte ihr Haar gelöst, so daß es ihr wie ein dichter, dunkelroter Seidenvorhang bis auf die Taille fiel. Die Venezianerin strahlte eine tiefe Gelassenheit aus, so als wäre ihre Stellung als Herrin von Parfois so selbstverständlich und unbestreitbar, daß dies nichts Neues oder Besonderes für sie mehr darstellte. Die Lady wirkt, dachte Harry bei sich, wie eine Ehefrau, und eine hochgeborene dazu. Und genauso wie die Gattin eines Edelmannes traf sie keine Anstalten, sich zurückzuziehen, wenn ihr Mann sich mit jemandem beriet, sondern lauschte aufmerksam und ernst dem Gespräch, immer bereit, eine Meinung zu äußern, sollte sie danach gefragt werden. Bis dahin würde sie ein kluges Schweigen bewahren. Wer eine solche Gattin besaß, würde sich beeilen, sich ihren Verstand zunutze zu machen, es sei denn, er wäre ein Tor.

»Ich hatte nicht die Absicht, Eure Autorität zu untergraben«, entgegnete Isambard ein wenig trocken, »und ich dachte, ich hätte Knollys seine Stellung klargemacht. Er ist der tüchtigste Helfer, den ich für Euch finden konnte, aber die Verantwortung für den Bau liegt bei Euch. Worum geht es denn nun genau bei dem Streit zwischen Euch?«

»Mylord, ich habe festgestellt, daß einige der Zimmerleute und Maurer, welche er für mich zusammengeholt hat, zur Arbeit gezwungen worden sind. Einige hat man aus so weit entfernten Gegenden wie Somerset hergebracht. Drei von ihnen sitzen gegenwärtig im Kerker, weil sie versucht haben fortzulaufen. Von meiner Meinung einmal ganz abgesehen, Mylord – es besitzt doch gewiß niemand außer dem Beauftragten des Königs das Recht, Zwangsarbeiter auszuheben?«

»Da zieht Ihr einen etwas übereilten Schluß«, klärte Isambard ihn auf, »denn ich genieße dasselbe Recht, welches der König selbst mir verliehen hat. Kraft dieses Privilegs steht es mir zu, einen Handwerker nach Belieben von einem Ende Englands ans andere zu holen, sofern er nicht bereits an einem Bauwerk für den König beschäftigt ist. Früher betraf das auch die Kirche«, setzte er mit einem schiefen Lächeln hinzu, »aber seit König und Kirche im Streit liegen, hat sich die Rechtslage geändert. Außerdem, Harry, darf ich Männer, die einen Fluchtversuch unternommen haben, einsperren und sie, wenn dies mein Wille ist, in Ketten an die Arbeit schicken, damit sie nicht wieder fortlaufen. Ich habe von dieser Sache gewußt, und Knollys hat mit meiner Zustimmung gehandelt.«

»Aber nicht mit meiner, Mylord.« In Harrys Ton lag, obwohl dies nicht seine Absicht gewesen war, ein Hochmut, der Isambard ruckartig den Kopf heben und die Stirn in unheilverkündende Falten legen ließ. »Mylord, ich will Euer gesetzmäßiges Recht nicht bestreiten, obwohl ich bis jetzt tatsächlich nichts davon wußte. Aber ich für meinen Teil wünsche nicht, daß Zwangsarbeiter für mich schaffen. Meiner Meinung nach ist es unter Gottes Würde, wenn Sein Haus von bekümmerten Seelen errichtet wird, die hassen, was sie tun. Ein Mann sollte in der Lage sein, seine Arbeitskraft einzusetzen, wo es ihm beliebt.«

»Ihr wollt Gott und mich unsere Pflichten lehren?« fragte Isambard mit stahlharter Stimme. Seine Hände öffneten und schlossen sich über den Lehnen seines Sessels wie über dem Heft eines Dolches.

»Ich will mir nur Gewißheit darüber verschaffen, daß ich selbst meine Pflicht erfüllen kann, nichts weiter. Ich bin hier, um Euch eine Kirche zu bauen und das Beste zu geben, das mir innewohnt. Daher muß ich mein Werk vor Einflüssen schützen, die es verunstalten würden. Keine Zwangsarbeiter. Es ist weder meiner noch Eurer noch des Werkes, das wir beginnen wollen, würdig, Dienste zu erzwingen, die unwillig gewährt werden.«

»Ich habe Euch angestellt, um zu bauen«, brauste Isambard auf und war jetzt aufgesprungen. »Bleibt bei Euren Leisten, und mischt Euch nicht in Dinge ein, die Euch nichts angehen.«

»Dies betrifft mich sehr wohl. Niemand, weder Ihr noch ich,

kann Männer dazu bewegen, gute Arbeit zu leisten, wenn es gegen ihren Willen geht. Ihr habt mir freie Hand bei diesem Unterfangen zugesichert, Mylord, und nun bitte ich Euch, zu Eurem Wort zu stehen!«

Beide hatten die Stimmen gehoben. Die zornigen Worte entfuhren ihren Lippen mit gleicher Heftigkeit, und in den hellen und den dunklen Augen blitzte derselbe Zorn.

»Da ist eine andere Sache«, sprach Harry eilig weiter, »die mir noch weniger gefällt. Ich habe entdeckt, daß wir täglich mehrere hundert Männer auf dem Bauplatz beschäftigen, welche, abgesehen von den Kosten für ihre Nahrung, nicht unter unsere Ausgaben fallen. Knollys behauptet, er besitze Eure Genehmigung, für das Räumen des Bauplatzes wöchentlich zwei zusätzliche Arbeitstage von Euren Leibeigenen einzufordern, und wenn dies abgeschlossen sei, gelegentlich einige zusätzliche Tage, um Baumaterial zu schleppen und für andere Hilfsarbeiten. Ich konnte nicht glauben, daß Ihr ihm jemals eine solche Erlaubnis erteilt habt, und bin gekommen, um zu erfahren, ob das stimmt.«

»Ich habe dies sehr wohl gestattet, und dabei bleibe ich auch. Was findet Euer empfindsames Gewissen daran auszusetzen? Steht es unter Eurer Würde, wenn die Hände von Unfreien die Erde von Eurem Bauplatz abtragen?«

»Ganz im Gegenteil, Mylord. Ich wünsche nur, daß Ihr mir gestattet, hier keine Unterschiede zwischen freien und unfreien Männern zu machen. Jeder einzelne soll mir willkommen sein, sofern er aus freien Stücken kommt. Aber den Bauern ausgerechnet jetzt, da die Ernte bevorsteht, zwei volle Arbeitstage abzuverlangen, bedeutet, sie ihres Lebensunterhalts zu berauben. Ihr müßt doch wissen, Mylord, daß die Zeiten schon hart genug für sie sind. Vier Tage für die Ernte auf Euren Besitzungen und zwei für Eure Kirche … Wann sollen sie denn auf ihren eigenen Feldern die Sichel schwingen? Vielleicht des Nachts? Selbst wenn in einem Haushalt zwei oder drei erwachsene Söhne leben, ist Arbeit genug für alle da, und ihre Einkünfte sind dennoch gering. Wenn diese Menschen Euch ihre Zeit schenken, dann verdienen sie es, dafür entlohnt zu werden.«

»Lohn? Ich soll meine Leibeigenen für ihre Dienste bezahlen?« Isambard warf den Kopf zurück und lachte laut und ehrlich erheitert. Doch auch Zorn klang in seiner Stimmte mit. »Harry Lestrange, Ihr seid hier, um eine neue Kirche zu bauen, keine neue Welt. Wenn Ihr ein kluger Mann seid, dann kümmert Euch um Hammer und Meißel und mischt Euch nicht in die Anordnungen ein, die ich meinen Leuten gebe. Wenn Ihr Euch wie ein Armenpriester aufführt, werdet Ihr auch wie einer enden, und das wäre ein Jammer, denn Ihr seid auf Eurem Gebiet ein begabter junger Mann. Ich schätze Euch, Harry, aber ich bin der Herr meiner Güter, und es würde Euch gut anstehen, wenn Ihr mich nicht allzu häufig darüber belehren würdet, was ich mit meinem Eigentum tun darf und was nicht. Seid versichert, nicht immer bin ich so nachsichtiger Stimmung wie heute abend.« Unvermittelt wandte er sich zu dem Tisch, der an der Wand stand, und schenkte sich Wein ein; seinen Ärger schüttelte er mit einem Achselzucken ab. »Nun dämpft für eine oder zwei Stunden Euren edlen Eifer, und genehmigt Euch rasch ein paar Becher hiervon. Ihr werdet sehen, daß Ihr Euch dann weniger ernst nehmt. Als ich Euch im Kerker des Provosts entdeckte, habt Ihr die Dinge nicht so ergrimmt gesehen.«

Lachend drehte der Herr sich um und reichte Harry den Becher. Verblüfft und gekränkt bemerkte er, daß dessen Gesicht bis an die Haarwurzeln rot angelaufen war. Kalkweiß war dagegen die Haut um Mund und Nase.

»Es war nicht notwendig, Mylord, mich daran zu erinnern, was Ihr für mich getan habt. Ich bin mir dessen durchaus bewußt und habe vor, meine Schuld zu begleichen.«

»Um des Himmels willen, Junge«, fuhr Isambard von neuem erzürnt auf. »Das sollte keine Anspielung sein. Bei meiner Seele, einen Stolz wie den Euren können sich nur Fürsten erlauben.«

Ein Augenblick unheilschwangeren Schweigens folgte, während die beiden einander verbittert anstarrten wie Feinde, die zum Todesstoß ausholen. Dann hob Benedetta in einer trägen Bewegung den Arm und unterdrückte ein Gähnen; ihre Handbewegung zerriß die Spannung wie ein Spinnennetz.

»Ich bitte um Vergebung«, sagte Harry leise. »Es war nicht recht von mir, Euch mangelnde Großmut zu unterstellen. Ich weiß, daß Ihr nie eine Gegenleistung für Eure Freundlichkeit verlangt habt. Doch ich fühle, daß ich in Eurer Schuld stehe, und um meines eigenen Seelenfriedens willen strebe ich danach, sie auf ehrenhafte Weise abzutragen.« Sein Antlitz war jetzt bleich und seine Lippen nicht länger schmal vor Zorn. »Ihr habt meinen Fähigkeiten vertraut, als Ihr mich beauftragt habt, dieses Werk für Euch zu erschaffen; und nun bitte ich Euch, auf dieselbe Weise meinem Urteil über meine Methoden zu vertrauen.«

»Wir sprechen hier nicht über Bautechniken, sondern über Verwaltungsangelegenheiten. Baut, wie Ihr wollt, doch mischt Euch nicht in andere Dinge ein.«

»Ich betrachte dies als Teil meiner Verantwortung, und die Einmischung ist schon geschehen. Besser, ich erzähle Euch, was ich getan habe, und dann mögt Ihr mir sagen, ob unsere Vereinbarung noch gilt. Von meiner Seite aus werde ich sie niemals brechen. Ich habe die drei Gefangenen freigelassen und allen Zwangsarbeitern erklärt, sie dürften frei entscheiden, in meinen Dienst zu treten oder heimzugehen. Falls sie beschließen zu gehen – ein paar, die verheiratet sind, werden das wohl, aber ich glaube, nicht sehr viele –, stünde ihnen ein Reisegeld für den Heimweg zu. Außerdem habe ich Eure Anordnungen an die Leibeigenen zurückgenommen und ihnen statt dessen mitgeteilt, daß, wer sich aus freien Stücken als Tagelöhner bei mir verdingt, genauso bezahlt wird wie die ungelernten freien Arbeiter. Zugegeben«, setzte er bedächtig hinzu und blickte unumwunden in die tiefliegenden Augen, die ihn über den Weinbecher hinweg anblitzten, »ich besitze nicht die Mittel, um auch nur eine dieser Zusagen zu erfüllen, außer Ihr gewährt sie mir. Diese Entscheidung liegt bei Euch. Aber falls ich wirklich der Meister Eures Bauvorhabens sein soll, wie Ihr es mir geschworen habt, dann werdet Ihr die Maßnahmen, die ich ergriffen habe, billigen und mir die Summe zur Verfügung stellen, die ich benötige, um meine Versprechen einzuhalten. Und wenn Ihr meine Beschlüsse rückgängig macht, dann habe ich offensichtlich meine Autorität verloren und bin nicht länger der Meister dieser Baustelle. Ihr habt mir freie Hand und alle Mittel zugesagt, die ich benötige. Nun bitte ich Euch, zu Eurem Wort zu stehen, so wie ich meines zu halten beabsichtige.«

Harry riskierte gerade, den Wein ins Gesicht gegossen zu bekommen, und wahrscheinlich wäre der Kelch noch hinterhergeflogen. Er sah, wie Isambards schlanke, gebräunte Finger sich entschlossen um den Stiel des Kelches legten und die rotbraunen Augen ihn zornig musterten. Isambard schien über die Art und Schwere des Hiebes nachzudenken und genoß die Strafe noch bevor er sie erteilt hatte. Benedetta, die hinter dem Schutzschleier ihres Haares die beiden Männer von der anderen Seite des Raumes aufmerksam beobachtete, legte eine Hand auf die Ecke des Schachbrettes. Doch etwas in Isambards Miene bewog sie, sich wieder zurückzulehnen und die Gelegenheit zum Eingreifen verstreichen zu lassen. Die Hand, welche den Kelch hielt, hatte sich entspannt. Harry stand reglos da und wandte die Augen nicht vom Gesicht seines Herrn, bis das Aufblitzen von Isambards Ringen im Licht seinen Blick nach unten zog.

»Ihr solltet den Wein doch trinken«, erklärte Isambard mit tiefgrimmigem Lächeln. »Die innerliche Anwendung dürfte Euch besser bekommen als die äußerliche. Kommt schon, ich beschwöre Euch! Zumindest besitzt Ihr mehr Herz als die meisten der Vornehmtuer, mit denen ich mich umgebe. Entweder das, oder Ihr seid ein vollkommener Narr, was ich nicht glauben mag. Nun nehmt! Ich spiele nur selten den Pagen für jemanden, also genießt es. Betrunken seid Ihr wahrscheinlich leichter zu ertragen«, sagte er dann und wandte sich abrupt ab. Sein Schatten, dem sein Umhang Flügel zu verleihen schien, huschte über den Boden. Im Vorbeigehen ließ er kurz eine zärtliche Hand über Benedettas sanft geschwungene Schulter gleiten. »Harry«, erklärte er gebieterisch und blieb stehen, »ich lasse mich nicht gern zu etwas zwingen, und ich rate Euch, diese Taktik nicht noch einmal anzuwenden. Ihr habt mir nur die Wahl zwischen zwei Extremen gelassen. Entweder ich werfe Euch in eine der Zellen unter dem Wachturm und mache alles, was Ihr bisher getan habt, rückgängig, oder ich heiße Euer Handeln gut und bestätige Euch in Eurem Amt. Bei Gott, ich bin wahrhaftig versucht, ersteres zu tun, aber ich könnte ein Meisterwerk nicht genießen, welches mir ein gebrochener Mann errichtet.«

»Ihr würdet keines bekommen«, entgegnete Harry. Jetzt war er froh über den Wein, der die unheilverkündende Kälte aus seinem Inneren vertrieben hatte. »Ich bin der aufrichtigen Überzeugung, Mylord, daß nur freie und bereitwillige Menschen Meisterwerke schaffen können. Aber Ihr tut mir wahrhaftig Unrecht, wenn Ihr behauptet, ich hätte zuerst gehandelt und Euch dann gefragt, um Euch eine Wahl aufzuzwingen; ich glaubte statt dessen, von Euch dazu befugt zu sein. Zu Euch bin ich nur gekommen, weil Knollys, der – das muß ich ihm jetzt zugestehen – nur seine Pflicht gegen Euch erfüllt hat, an meiner Autorität zweifelte.«

»Er wird es nicht wieder tun, denn ich will Euch nicht vor Euren Arbeitern beschämen. Nun gut, dann sei es so, wie Ihr angeordnet habt. Aber hört auf meine Worte, und stellt meine Geduld nicht zu sehr auf die Probe. Beschränkt Euch auf die Dinge, die Euch angehen, und haltet Euch aus meinen Angelegenheiten heraus.«

»Mylord, ich danke Euch.« Mehr brachte Harry nicht über die Lippen. Wofür sollte er Isambard dankbar sein? Er hatte sich nur an ihr Abkommen gehalten.

»Morgen früh spreche ich mit Knollys. Laßt uns jetzt allein.«

»Angenehme Ruhe, Mylord! Eine gute Nacht, Madonna Benedetta!«

Im Hinausgehen fing er einen kurzen Blick von ihr auf und las darin einen Gruß und ein Lächeln; dasselbe verlegene, belustigte Lächeln, welches sie ihm an dem Tag, an dem sie Paris verlassen hatten, über die gebeugten Schultern des Bogenschützen John hinweg, zugeworfen hatte. »Wie wir uns in einer bestimmten Lage verhalten«, hörte er sie von neuem seufzen, »ist beinahe vollständig vom Zufall bestimmt.« Beinahe, aber nicht ganz, dachte er. Sie, die alles über die Schwächen ihres eigenen Wesens wußte, konnte kaum erstaunt sein über die Widersinnigkeiten, zu denen seine Natur ihn gelegentlich trieb.

Über alle Maßen beruhigt, ging Harry hinaus. Adam hätte ihn fröhlich und von ganzem Herzen bei jedem noch so unerhörten Vorhaben unterstützt, aber ohne sich die Mühe zu machen, Harrys Handlungsweise zu ergründen. Benedetta hatte nicht mehr getan, als das Schachbrett ein paar Zoll näher an den Tischrand zu schieben, um es sofort hinunterzustoßen, sollte eine Ablenkung nötig werden. Aber das hatte ausgereicht, ihm zu beweisen, daß sie alles verstanden hatte. Er war froh, daß Benedetta dort gewesen war. Und glücklich, auf wundersame Weise glücklich, daß sie mit ihnen nach Parfois gekommen war.

Dank des sommerlichen Wetters machten sie gute Fortschritte, und die Leibeigenen stellten sich in großer Zahl zur Verfügung, sobald sich herumgesprochen hatte, daß man sie für ihre Arbeit wie freie Männer bezahlen würde, statt diese als Frondienst für ihren Grundherren zu betrachten. Der Bauplatz war innerhalb weniger Wochen vollständig geräumt und eingeebnet. Auf dem kahlen Fels hatten sich nur hier und da dünnes Gras und etwas spärliches Unkraut festsetzen können, und als man das Gelände frei machte, stellte sich heraus, daß nur wenige Unebenheiten des Bodens ausgeglichen zu werden brauchten. Als Isambard im September nach Woodstock an den königlichen Hof ritt, waren die Fundamente für die Mauern und Pfeiler schon ausgehoben. Die Steinmetze hauten fleißig auf ihren Arbeitsbänken Steine zu, und die Maurer legten bereits die ersten Reihen Steine für das Mauerwerk bereit. Die Zimmerleute trugen schon Stangen, Rüstbalken, Matten aus Weidengeflecht und Lederriemen für das Baugerüst zusammen, das erst im nächsten Frühjahr gebraucht würde. Der Zimmermannmeister, welcher einst unter Meister Robert als Helfer in Shrewsbury gearbeitet hatte, begann mit der hölzernen Stützkonstruktion für das große Westfenster und das Portal. Und immer noch blieben mit etwas Glück sechs oder sieben Wochen, ehe der Frost einsetzte und die Bauleute den Winter über die Arbeit einstellen mußten. Die

Mauersockel würden dann mit Heidekraut und Farn abgedeckt, um sie vor der Kälte zu schützen.

Harry hätte seine Belegschaft am liebsten den Winter über behalten, aber das war in diesem Jahr nicht möglich, da die Maurer noch keine Innenarbeiten verrichten konnten. Wenn alles gutging, hatte er im nächsten Winter einen Teil des Bauwerks unter Dach und Fach und konnte seine Männer weiterbeschäftigen. Seiner Erfahrung nach waren Sicherheit und Zufriedenheit die Garantie für gute Arbeit und rasche Fortschritte. Er war darüber beglückt, daß mehr als die Hälfte der Zwangsarbeiter, nachdem er sie freigegeben und vor die Wahl gestellt hatte, beschloß, bei ihm zu bleiben.

Die Kunde von seiner guten Behandlung verbreitete sich zu Anfang fast zu erfolgreich. Einige der Gewitztesten in den Dörfern, die den Long Mountain umgaben, hielten diesen jungen Meister für einen Einfaltspinsel und ließen sich in der Hoffnung auf ein leichtes Leben von ihm anheuern. Zwei verwandte Seelen, die einen leeren Handkarren zogen, konnten ein höchst überzeugendes Bild eifriger Geschäftigkeit abliefern, ohne sich allzusehr anzustrengen. Zu ihrem Pech stellte sich heraus, daß Harry durchaus Erfahrung mit derart schwierigen Fällen besaß. Die Faulenzer fielen innerhalb weniger Tage auf; die Männer, von denen man wußte, daß sie keine Leistung erbringen würden, wurden ohne viel Federlesens davongejagt. Diejenigen jedoch, von denen man glaubte, bei ihnen sei noch etwas herauszuholen, schickte man unter Adams direkter Aufsicht an die Arbeit. Dieser nahm sie hart heran, bis sie das, was sie dem Baumeister an Leistung schuldeten, durch Schweiß abgestattet hatten – und mit Zinsen obendrein. Wem diese Behandlung nicht paßte, machte sich in der Regel rasch davon, und allgemein herrschte die Meinung, an diesen Leuten sei nicht viel verlorengegangen. Aber einige wenige standen die Plackerei aus purer Dickköpfigkeit durch und waren entschlossen zu beweisen, daß sie, wenn sie nur wollten, alles konnten, was man von ihnen verlangte, und sogar noch mehr. Diese Männer behielt Harry gern, bewiesen sie ihm doch, daß der Aufwand sich gelohnt hatte. Wenn er damit aufhörte, sie anzutreiben, arbeiteten sie von allein weiter und nahmen es ihm nicht übel, daß er ihr Meister war, sondern schätzten ihn nur um so mehr.

Ein paar der Männer bereiteten Harry weit größeren Verdruß. So kamen zwei vierschrötige, bärtige und wettergegerbte Burschen zu ihm, die ihm gar nicht gefielen, doch er stellte sie trotzdem ein. Erst am Ende des Arbeitstages, als sie den Bauplatz schon verlassen wollten, ließ er die zwei durchsuchen und stellte fest, daß sie ihre Körper mit Tauen und Lederriemen aus seinen Werkstätten umwickelt hatten. Falls es sich bei ihnen tatsächlich um Vogelfreie handelte, welche gesetzlos im Wald lebten, dann war diese Beute zu gering, um dafür das Leben zu riskieren. Nach einigem Überlegen ließ Harry an den abgelegensten Stellen unter den glatten Felsstürzen, die den Rand des Plateaus bildeten, nachsuchen und fand heraus, daß die beiden eine große Menge Bauholz in das Gras einer baumbestandenen Mulde auf der englischen Seite hinabgeworfen hatten, wo man es bei Nacht leicht abtransportieren konnte.

Harry überstellte die Männer Sir Peter FitzJohn, Isambards Kastellan, doch noch vor Ablauf weniger Stunden wünschte er, er hätte das nicht getan. Denn den einen der beiden erkannte man als Räuber wieder, der seit mehr als zwei Jahren an der Römerstraße Reisenden auflauerte, und hängte ihn am nächsten Tag. Dem anderen, bei dem es sich mit großer Gewißheit um einen seiner Spießgesellen handelte, erging es nicht besser; denn als er versuchte, sich loszureißen, ließen seine Bewacher Isambards arabischen Jagdhund auf ihn los. Blitzschnell und gewandt brachte das Tier ihn zur Strecke und biß ihm die Kehle durch.

Harry beobachtete, wie der Hund gehorsam zurückgetrabt kam, als der Grieche ihn zu sich rief, und den Leichnam ohne Zögern liegen ließ. Das Tier hatte nur getan, wozu man es abgerichtet hatte. Das goldbraune Fell war an der Brust blutbefleckt, und sein schöner, elegant dahingleitender Körper bewegte sich stolz und froh, leuchtete geradezu vor Selbstzufriedenheit. Harry hatte das Gefühl, das heiße, klebrige Blut hafte an seinen eigenen Händen; denn er besaß nicht die bestürzende Unschuld des Hundes, die ihn hätte reinigen können.

»Worüber machst du dir Sorgen?« verlangte Adam ungeduldig zu wissen. »Sie waren eindeutig Diebe, und nach allem, was man hört, sogar Straßenräuber. Was zum Teufel hättest du sonst mit ihnen anstellen sollen, als sie dem Gesetz auszuliefern?«

Dieses ewige Gerede über Recht und Gesetz überzeugte ihn zwar nicht, aber im vorliegenden Fall konnte er Adam nur zustimmen. »Aber wie anders als durch Stehlen hätten sie ihren Lebensunterhalt bestreiten können?« fragte er unglücklich. »Der größere der Burschen war, so heißt es, Schmied in einem Dorf in der Nähe von Caus, bis er sich das Bein brach, nicht mehr arbeiten konnte und Corbett sein Eigentum beschlagnahmen ließ. Und der andere war ein entlaufener Leibeigener, und höchstwahrscheinlich hatte er guten Grund zur Flucht.«

»Ich wäre der letzte, der daran zweifelte«, entgegnete Adam ironisch, »aber du mußt mir zugestehen, daß ich mich zumindest niemals auf Raub und Mord verlegt habe, um meinen Unterhalt zu bestreiten. Auch ihn hat niemand dazu gezwungen.«

Harry mußte gestehen, daß Adam recht hatte, aber dennoch war er nicht glücklich mit der Rolle, die er in dieser Angelegenheit gespielt hatte. Kurz darauf erwischte er den Jungen, der ihm als Schreiber diente, in der Hütte, wo er seine Skizzen anfertigte. Er war dabei, gesäuberte Pergamentseiten, Kreiden und andere Kleinigkeiten für seinen eigenen Gebrauch abzuzweigen. Als erstes verriegelte der Baumeister von innen die Tür, damit niemand hereinplatzte und Wind von der Sache bekam. Harry konnte dem Knaben so etwas nicht durchgehen lassen, aber dieses Mal sorgte er dafür, daß das Gesetz sich nicht einmischte. Der Junge erntete für sein Vergehen nur eine halbherzig verabreichte Tracht Prügel, bei der keine Tränen flossen, und eine Strafpredigt, die allerdings einen Wasserfall auslöste. Die Sache endete damit, daß der Schreiber Harry ein paar seiner Zeichenversuche vorzeigte. Dieser begutachtete sie mit harter Kritik und sparsamem Lob, zeigte dem Knaben aber, wie er sie verbessern konnte, und stellte ihm alle Materialien zur Verfügung, derer er bedurfte, um seine Versuche fortzusetzen.

Damit zeigte er dem Missetäter, daß kein Anlaß bestand, das zu stehlen, worum er nur hätte zu bitten brauchen. Der Junge wurde zu Harrys ergebenem Schatten und hing ständig an seinen Fersen. Adam riß seine Scherze darüber, doch selbst seinen Freund weihte Harry niemals in die wahre Pointe dieses Witzes ein.

In diesem Herbst wurden die Wagenzüge, welche von den Steinbrüchen in den Hügeln von Bryn kamen, zum ersten Mal von den Walisern angegriffen. Die Steine wurden über eine Entfernung von etwa einer Meile zum Tanat-Fluß geschleppt und anschließend in Booten über den Tanat, den Vrnwy und den Severn zu einem provisorischen Kai in den Wiesen unterhalb des Long Mountain transportiert. Die fast zwei Meilen, welche die Steine von dort aus bis nach Parfois hinauf zurücklegten, waren steil und schwierig, aber gut zu schützen. Die Fahrt auf dem Wasser konnte als einigermaßen sicher und billig angesehen werden, obwohl es im Frühling während des Hochwassers zu Problemen kommen mochte. Aber der gefährlichste Teil der Reise war die erste Meile zum Tanat. Dort oben in den Hügeln, die nur einen Steinwurf weit von Wales entfernt lagen, fand sich außer dem Flüßchen Cynllaith keine Verteidigungsmöglichkeit gegen die Stammeskrieger.

Seit einem Jahr war der Fürst von Powis nun schon König Johanns Gefangener und fristete sein Leben von dessen Gnaden. Doch die Engländer hatten sich für den einen unberechenbaren Nachbarn einen neuen eingehandelt, von dem sie noch mehr zu fürchten hatten. Denn sobald Gwenwynwyn hinter Schloß und Riegel saß, war Llewelyn wie einer seiner eigenen Jagdfalken vom Eryri-Gebirge herabgestoßen und hatte Powis an sich gerissen, um es Gwynedd, seiner Hochburg im Norden, einzuverleiben. Es wäre kein Wunder, wenn er bald beginnen würde, sich Prinz von Wales zu nennen. Offensichtlich hegte er den Ehrgeiz, sein Land zu einigen. Und wer hätte es ihm verübeln wollen – obschon man all seine Phantasie aufbringen mußte, um sich selbst als Waliser und nicht mehr als Engländer zu fühlen.

Noch wichtiger für den Kirchenbau allerdings war, daß Llewelyn als geschworener Feind Isambards galt, und wenn die Hügelbewohner von Cynllaith seinem Gegner das Leben schwermachten, so würde das ihrem Fürsten gewiß nicht mißfallen.

Auf einem schnaubenden, torkelnden Pferd kam ein Bote vom Steinbruch hergeritten und meldete, Räuber hätten die Wagen eine halbe Meile vom Tanat entfernt überfallen, zwei der Fuhrleute getötet und die übrigen in die Flucht geschlagen. Dann hätten sie die Steinladung am Wegesrand liegen gelassen und sich mit den Ochsen und den Karren zurückgezogen. Die Gespanne waren gemietet gewesen, und man würde Ersatz für sie leisten und den Witwen der Männer, die gestorben waren, eine Unterstützung zahlen müssen. Sie konnten sich solche Verluste nicht häufiger erlauben; und Menschenleben mochte Harry ohnehin unter keinen Umständen aufs Spiel setzen. Eilig beriet er sich mit FitzJohn und brachte sein Anliegen so forsch vor wie ein General, der einen Feldzug plant.

Eine Kompanie Bogenschützen und eine weitere aus Kriegsknechten sollten auf Dauer in den Steinbruch verlegt werden. Dieser war zwar weniger leicht anzugreifen als der Konvoi, aber trotzdem würden die abenteuerlustigen Waliser mit Sicherheit als nächstes auf diese Idee verfallen. Jeder Karren mußte auf dem Weg zum Fluß von einem bewaffneten Schutztrupp begleitet werden, und am Ladeplatz sollte eine kleine Wachmannschaft postiert werden. Wenn der strenge Frost einsetzte, konnten alle Soldaten abgezogen werden, und sie hätten dann immer noch genug Steine zur Verfügung, um die Arbeiten den Winter über fortzusetzen.

Noch in derselben Nacht ritt Harry mit einer kleinen Gruppe von Bogenschützen und Kriegern zum Steinbruch. Der Haupttrupp sollte ihnen am nächsten Tag nachfolgen. Er fühlte sich unruhig, solange er sich nicht vollkommen davon überzeugt hatte, daß kein ausgewachsener Angriff auf den Steinbruch geplant war. Doch er fand den Ort so ruhig wie einen Kirchhof vor. Die Arbeiter schliefen nicht, sondern standen Wache. Beim ersten Morgengrauen ritt er mit William von Beistan, der das Lager befehligte, die Zufahrtsstraßen ab und bezeichnete die Stellen, an denen man auf der walisischen Seite Posten aufstellen sollte, um einen Überraschungsangriff auf den Steinbruch zu verhindern. Als die bewaffneten Trupps gegen Mittag eintrafen, übergab er sie William. Nachdem Harry ein paar Stunden lang wie ein erschöpfter Welpe geschlafen hatte, erwachte er etwas ausgeruht. In düsterer Stimmung überführte er zusammen mit drei Begleitern die beiden toten Fuhrleute nach Parfois.

Einer der Toten war ein Mann von zweiundvierzig Jahren und Familienvater gewesen, der andere ein junger Bursche von zwanzig. Harry suchte die Witwe und die Eltern auf und zweigte als Geschenk für die beiden Familien eine Summe aus den Baugeldern ab, was Knollys fast mit Sicherheit merken würde, wenn sie das nächste Mal die Listen durchgingen. Mehr vermochte er nicht zu tun. Er konnte den Familien nur die Toten übergeben, um sie zu begraben, und selbst das mußte ohne christlichen Ritus geschehen, denn die beiden Fuhrleute waren gestorben, ohne die Beichte abzulegen. Harry wurde das Herz schwer, als er die ärmliche Hütte der Witwe verließ und von neuem den Hügel hinaufritt. Er würde alles tun, was in seiner Macht stand, damit kein weiterer Mann mehr durch die Pfeile der Waliser verlorenginge.

Eine Woche später traf die Kunde ein, daß ein zweiter Angriff ohne Verluste auf englischer Seite abgeschlagen worden war. Die Räuber hatten ihre drei Verwundeten fortschaffen können, aber zumindest einer davon schien tödlich getroffen zu sein.

»Wohl getan!« rief Isambard. »Doch ich wollte, es wäre Gwynedd selbst gewesen!«

Harry wünschte, daß weder Waliser noch Engländer umkamen. Aber wenn die Gegner Isambard aus reinem Mutwillen reizten, obwohl für sie dabei wenig Beute heraussprang, dann durften sie sich über den Empfang, der ihnen zuteil wurde, kaum beklagen. Zweifellos würden sie mit der Zeit lernen, ihn in Ruhe zu lassen.

»Was für ein Mensch ist dieser Fürst von Gwynedd?« fragte Harry, während er auf sein Zeichenblatt mit Holzkohle die lange, schön geschwungene Linie zog, welche Benedettas Wange, ihren Hals und ihre Schulter umriß. »Seid Ihr ihm in Woodstock begegnet?«

»O ja. Nicht bei Hofe, denn selbst Ralf würde zögern, dem König seine Mätresse vorzustellen«, antwortete die junge Frau mit einer Offenheit, die Harry nicht länger erstaunte. »Ich habe die beiden einmal auf der Straße gesehen. Sie sind aneinander vorbeigeritten, und keiner wollte dem anderen Platz machen. Als sie einander passierten, war zwischen ihren Knien nur noch wenige Zollbreit Platz, aber keiner war bereit, sein Pferd zur Seite zu lenken. Der Fürst von Gwynedd besitzt eine impulsive, herzliche Art und ist von heftigem, aber fröhlichem Temperament. Er blickte uns neugierig an, und ich glaube, er hätte uns gern angesprochen, aber Mylord hat durch ihn hindurchgesehen, als gäbe es ihn gar nicht. Und einmal habe ich ihn mit seiner Fürstin am Arm im Garten spazierengehen sehen.«

»Und ist er wirklich der Teufel?«

»Nur für einen Engländer«, meinte Benedetta. »In meinen ausländischen Augen ist er ein stattlicher Mann. Für einen Waliser ist er ungewöhnlich hochgewachsen, so groß wie Mylord, und sehr dunkel. Er rasiert sich Wangen und Kinn, trägt aber einen langen, weichen Schnurrbart. Sein Antlitz scheint nur aus Licht und Schatten zu bestehen, so ausgeprägt sind seine Züge. Mir kam es stark und klug vor, aber trotz seiner Kühnheit zu gutmütig, als daß er der Teufel sein könnte. Dann habt Ihr ihn wohl nie gesehen? Es heißt, er habe den König oft in Shrewsbury getroffen.«

»Meine ganze Kindheit lang haben seine Schritte den Boden, auf dem ich ging, erbeben lassen, doch zu Gesicht bekommen habe ich ihn nie. Schon mehr als ein ehrbarer Feind hat die Gutshäuser von Mylord niedergebrannt oder Besatzungen von seinen Grenzposten mit Mann und Maus niedergemacht. Warum verfolgt mein Herr diesen Menschen so viel unnachsichtiger als all die anderen?«

Darüber dachte Benedetta eine Zeitlang eingehend nach. Vollkommen reglos, so wie Harry sie in Positur gebracht hatte, saß sie da, den Kopf gegen die hohe Rückenlehne ihres Stuhles gelehnt. Das graue Winterlicht fiel durch die Fenster des Schreibhauses, ein totes, stilles Januarlicht, das sich nur bis zwei Stunden nach Mittag hielt. Doch auf Benedettas roter Haarmähne, die sich an den Schläfen nach oben lockte wie eine Woge, flammte es zu lebendiger Wärme auf.

»Ich glaube, der Hauptgrund liegt darin, daß er in dem Waliser einen Mann erkennt, der ihm nicht nur an körperlicher Größe gewachsen ist. Solche Menschen trifft man nicht allzuoft an, Harry. Wenn Isambard einem davon begegnet, kann er nicht gleichgültig bleiben. Er mag ihn hassen oder lieben, aber Gleichmut stellt sich dann nicht bei ihm ein. In diesem ersten Moment liegt es oft an einer Kleinigkeit, ob Haß oder Liebe entsteht. Und sobald er sich einmal entschieden hat«, sagte sie und wandte plötzlich den Kopf, um Harry gerade in die Augen zu sehen, »dann begnügt er sich, wie Ihr wißt, nicht mit Halbheiten. Er liebt oder haßt bis in den Tod, den seinen oder den des anderen. Isambard hat dem König ins Gesicht gesagt, daß er nicht mehr bei Hofe erscheinen wird, solange Llewelyn, Fürst von Gwynedd, dort willkommen ist.«

»Was meint Ihr, ist Llewelyn auch solch ein Mensch?«

»Oh, Llewelyn ist ein Mann, den eine Mission erfüllt. Ich glaube, er ist gegen den Haß gefeit, weil er eine überwältigende Liebe in sich spürt. Meiner Meinung nach nimmt er Mylord nicht bewußter wahr als alle anderen Edlen, welche zwischen ihm und der Einheit von Wales stehen oder die Freiheit seines Landes bedrohen. In meinen Augen ist er der zielstrebigste Mensch, der mir je begegnete. Ralf würde für eine gute Sache vielleicht sein Leben opfern, aber für nichts, das ihm nähergeht.« Benedetta lächelte über das Paradox, ließ es aber im Raum stehen. »Er setzt alles auf Treue und Wahrheit, und erst recht auf seinen Stolz. Hinge König Johanns Leben davon ab, daß Ralf sein Wort bräche, so wäre der König des Todes. Könnte Ralf England für immer befrieden, indem er König

Philips Schuh küßte, dann wäre England immer noch in Gefahr. Aber …«

»Aber Llewelyn«, spann Harry ihren Gedanken mit ernster Miene weiter, »hat sich in Woodstock mit den anderen walisischen Fürsten niedergekniet und König Johann als seinem Lehnsherren gehuldigt.«

»Ich bin froh, daß ich dies nicht mit eigenen Augen sehen mußte«, meinte Benedetta. »Dennoch könnte ich darauf schwören, daß Llewelyn, als er vor König Johann kniete und die Hände in die seinen legte, kein Jota von seiner Würde eingebüßt hat; ebenso kann er sich immer noch der Treue seiner Clan-Krieger sicher sein, die ihn als ihren Prinzen betrachten. Mir will scheinen, Harry, daß die Ehre manchmal verlangt, daß man sich erniedrigt, statt seine Selbstachtung zu wahren; und Treue bedeutet oft, sein Wort zu brechen, und nicht, es zu halten.«

»Nicht für mich«, erwiderte Harry und verzog den Mund.

»Nein, das hatte ich auch nie angenommen«, gestand sie ihm lächelnd zu. »Ich weiß, Ihr seid vom selben Schlage wie Ralf.«

»Und auch Ihr würdet niemals lügen, die Treue brechen oder Euch demütigen«, rief der Baumeister heftig, während sein Blick feurig und ergriffen zwischen Benedettas Gesicht und seinem Zeichenbrett hin- und herhuschte. »Für keine Sache der Welt.«

»Tatsächlich?« fragte Benedetta milde.

»Ebensowenig wie ich. Und was den Fürsten von Gwynedd angeht, so ist er beim König wohlgelitten. Ich für meinen Teil glaube, daß er ihm die Lehnstreue in gutem Glauben geschworen hat und seinen Eid nicht brechen wird, solange ein gutes Verhältnis zwischen beiden herrscht. In Woodstock geschah es nicht zum ersten Mal, daß die walisischen Fürsten dem König von England gehuldigt haben. Im Sommer hat Gwynedd für den König tapfer gegen die Schotten gekämpft. Schließlich ist er mit der Tochter von König Johann vermählt.«

»Allerdings. Ich finde, sie trägt von allen Frauen dieses Landes das schwerste Los. Wenn sie Llewelyn nicht gewachsen wäre, würde sie mir leid tun, aber da sie eine starke Frau ist, glaube ich nicht, daß sie Mitleid braucht. Das Gleichgewicht zwischen einem solchen Vater und einem solchen Gatten zu wahren, beide zu lieben und jeden vor der Feindschaft des anderen zu schützen, das ist nur ein Leben für die größten unter den Frauen. Meint Ihr, sie hat sich nicht hundertmal vor ihrem Vater erniedrigt, um Llewelyn zu helfen, und vor Llewelyn, um für ihren Vater einzutreten? Denkt Ihr, sie hat noch nie gelogen und betrogen, um die beiden davon abzuhalten, einander an die Kehle zu gehen? Der Stolz einer Frau muß wohl von anderer Art sein als der eines Mannes«, sagte Benedetta und erschauerte ein wenig, denn in dem Schreibhaus im äußeren Burgbereich war es sehr kalt, und sie hatte für Harrys Zeichnung so lange reglos gesessen, daß sie trotz ihrer Pelze durchgefroren war.

»Und ihre Aufrichtigkeit ist ebenfalls von anderer Art?« Harry legte die Holzkohle fort und trat von seinem Werk zurück. »Kommt, und schaut Euch das Bild an! Meiner Treu, Euch ist ja kalt bis auf die Knochen! Es tut mir leid, ich habe nicht darüber nachgedacht. Wenn ich zeichne, vergesse ich alles.« In aller Unschuld hatte der junge Mann ihre Rechte genommen und rieb sie zwischen seinen Handflächen. Benedetta zog sie erst fort, um das Pergament hochzunehmen und genauer zu betrachten.

Die Zeichnung war kein Porträt, sondern der Entwurf für ein Kapitell. Aus dem Säulenhals erwuchs in einer langen Linie ihr schlanker Nacken wie der Stengel einer Lilie, welcher dann in den weißen Blütenkelch überging. Ihr Antlitz – stilisiert, und doch höchst lebendig dargestellt – blickte aus der roten Haarpracht zur Sonne empor. Die windzerzausten, verschlungenen Locken trugen den Abakus, der einem Rosenblatt glich, das auf dem kräftigen Strahl eines Springbrunnens tanzt.

»Das ist wunderschön«, lobte die Burgherrin, »und ich bin stolz darauf. Gewiß besitzt Ihr inzwischen Hunderte solcher Entwürfe, die nur darauf warten, in Stein gehauen zu werden. Seit Ihr die Mauern in den Winterschlaf gelegt habt, habe ich Euch jeden Tag beim Zeichnen gesehen. Aber viele werdet Ihr zur Ausführung anderen Händen anvertrauen müssen. Fürchtet Ihr nicht, sie könnten Eure Schöpfung verderben?«

»Ich werde bei allen Kapitellen die Vorzeichnungen übernehmen und darauf achten, daß die Arbeit ordentlich umgesetzt wird. Und die Pfeiler für das Kirchenschiff behalte ich mir alle selbst vor.« Harry hätte es nicht ertragen, die Arbeit an einer einzigen Säule abzugeben. Vor sich sah er das Mittelschiff wie einen weiten Gang durch einen steinernen Wald, in dem jeder schlanke Baum eine passende Baumkrone besaß.

»Würdet Ihr mir Eure Zeichnungen zeigen?« fragte Benedetta und warf ihm einen leuchtenden Blick zu, in dem sich Harrys innere Erregung spiegelte.

Freudig öffnete er die Truhe und breitete die Blätter eines nach dem anderen auf seinen Zeichentischen aus, damit die Herrin sie betrachten konnte: Es gab die vergilbten Entwürfe für das Längsschiff, den Chorraum und das Querschiff; den Plan für das Gewölbe, wo alle sechsfachen Baumkronen des heiligen Waldes sich endlich zu zarten, siebenfachen Ästen verzweigten, zusammengeschweißt von einer Dachrippe und verbunden durch sternförmig angeordnete Blumen. Da waren Zeichnungen der vielen verschiedenen Friese für das Westportal und des großen Fensters darüber mit seinen zahlreichen Spitzbögen und dem rosenförmigen Maßwerk. Skizzen zeigten einen Aufriß des Turms, der sich kaum merklich nach oben hin verjüngte und durch zarte vertikale Mauervorsprünge optisch elegant verlängert wurde, so daß er zu jeder Tagesstunde in einem herrlichen Spiel von Licht und Schatten stehen würde.

»Ich habe gehört«, meinte Benedetta, »daß Türme sehr langsam errichtet werden müssen. Man darf nicht mehr als vielleicht fünfzehn Fuß pro Jahr bauen, damit die Mauern sich einigermaßen setzen können. Stimmt das?«

»Das ist wahr, und Ihr erstaunt mich immer wieder durch Euer Wissen«, antwortete Harry lächelnd. »Aber hier befinden wir uns auf solidem Fels. Einen besseren Grund könnten wir gar nicht finden, daher werde ich rascher bauen können. Seht her, diese Bilder horte ich nur für mich selbst. Niemand sonst soll sie berühren, höchstens Adam. Nein, nicht einmal er! Ich mag sie einfach nicht aus der Hand geben.«

Liebevoll strichen seine Hände über die Zeichnungen. Harry

war errötet wie ein eifriges Kind, das jemandem seine Schätze zeigt; und ohne daß Worte nötig gewesen wären, wurde Benedetta sich plötzlich bewußt, daß er sie mit einem Geschenk ehrte, welches ihr unermeßlich kostbar war, obwohl er es völlig unüberlegt in ihre Arme gelegt hatte.

Eine nach der anderen, zärtlich und ehrfürchtig, breitete er die Skizzen für die Kapitelle des Hauptschiffs vor ihr aus, sechs an der Zahl für jede Säule. Sie sah, wie alles, was Atem hatte, Gott pries: ihre eigenen Arme und Hände, die in die Höhe griffen, um das Dach Seiner Wohnstätte zu stützen, Meereswogen, die kraftvoll nach oben schlugen, und Isambards Antlitz, das mit seinen geöffneten Lippen und der pulsierenden Kehle wie ein Engel der Verkündigung wirkte. Da waren sein Windhund, im Sprung festgehalten, sein Falke, der mit ausgebreiteten Flügeln dahinsegelte, vom Wind bewegte Äste und kraftvolle, lebenssprühende Blumen, das alles war wie durch einen Zauber in die reine, ungestüme Form einer aufsteigenden Fontäne zusammengefügt und so gebildet, daß die Kapitelle den Schwung der nach oben strebenden Säulen auffingen und ihn mit einem erneuten jubelnden Kraftstoß zum Scheitel des Gewölbes weiterleiteten. Die Herrin erschaute eine ganze Welt, welche in einem einzigen Aufschrei der Verehrung festgehalten war und Gott die herrliche Gabe ihrer wunderbaren Vielfalt darbrachte.

Überall gab es Gesichter, darunter auch Darstellungen wirklicher Personen. Sie erkannte die schmalen, spitzen und dunklen Gesichtszüge von Kindern aus den Dörfern in den Tälern des Hochlands wieder, wohin sie häufig ausritt, und den mißgebildeten Körper und die verkümmerten Beine des Zwergs, der manchmal an den Toren um Nahrung bettelte. Er schien zu wanken unter dem Gewicht seines gewaltigen Kopfes, dessen edles Antlitz Benedetta hier zum ersten Mal bemerkte. Eine andere Zeichnung zeigte eine alte Frau, die einen toten Jüngling im Schoß wiegte. Zuerst glaubte die Herrin, eine Pietà vor sich zu sehen, welcher der Künstler eine bodenständigere Gestalt verliehen hatte, um sie den Menschen hier vertrauter zu machen. Doch dann erkannte sie auf dem Bild die Mutter des jungen Fuhrmanns, die ihren toten Sohn in den Armen barg. Harry hatte so viel gesehen, seit jene Vision über ihn gekommen war, und vieles davon raubte ihm die Ruhe. Die unglücklichen, müden und keineswegs dummen Gesichter der Armen, welche Harrys Hände geschaffen hatten, blickten Benedetta so herausfordernd an, wie sie es im wahren Leben nie getan hätten. Wußte der Künstler überhaupt, was er tat, indem er seinem Herrn und dessen Umfeld seine Erkenntnis bildlich vor Augen führte? Hatte Harry selbst sein Werk als das erkannt, was es war? Nein, dachte sie, zumindest noch nicht mit dem Verstand, noch nicht mit dem Geist. Aber im Herzen wußte er, was ihn in seinem Schaffen bewegte, und seine Hände wußten, was sie taten.

»Eure Blätter sind unverkennbar«, sagte die Herrin. Sie waren überall, diese gewölbten, krausen, sprießenden Blätter: aufschießendes Leben, das unbezähmbar dem Licht entgegenstrebte. Aus dem Schutz des Laubwerks blickten Menschen, Tiere und Vögel hervor. »Sie sind völlig verschieden von allem, was ich anderswo – in Italien oder Frankreich – gesehen habe. Ich kenne die exakten römischen Kapitelle dort, aber diese hier stammen aus einer anderen Welt.«

»Und welche gefallen Euch besser?«

»Die hier«, antwortete sie sogleich ehrlich und warmherzig. »Sie sprießen aus dem Stamm. Sie sind lebendig. Die anderen sind bloß aufgesetzt.«

Inzwischen wußte Benedetta immer, wann sie ihm eine Freude bereitet hatte, obwohl er seiner Genugtuung nie Ausdruck verlieh. Wenn Harry froh und zufrieden war, wurde er ganz still.

»Sie leben und wachsen, doch sie ähneln keinem Blatt, das je auf unserer Welt entsprungen ist. Wie schade!« Mit ihrer kalten Fingerspitze zeichnete sie die kraftvollen, geschwungenen Umrisse nach und blickte mit einem schwachen, leicht ironischen Lächeln auf die Zeichnungen hinab. »Was sind das für Blätter? Ihr habt sie geschaffen, also müßtet Ihr das auch wissen.«

»Ihr habt recht«, gab Harry düster zurück. »Sie stammen

nicht von dieser Welt. Dies sind die Blätter des Himmelsbaumes, jenes steinernen Baumes, den wir vor den Toren pflanzen wollen.«

»Und welche Frucht bringt dieser Baum hervor?« Benedetta blickte ihn an und erhaschte gerade noch Ernst, Zweifel und Staunen auf seinem Gesicht, ehe er sich umwandte und ihr zulächelte.

»Königreiche. Kleine Königreiche der Hoffnung für die Leibeigenen, die Ausgestoßenen und die Landlosen. Freiheit für die Unfreien, Erlösung für die Überlasteten, Überfluß für die Hungrigen, Sicherheit für den Flüchtigen. Alles, was das Herz begehrt für diejenigen, deren Sehnsucht noch nicht erfüllt wurde.«

Harry verstummte, als er den Ausdruck in Benedettas Augen sah. Mit einemmal spürte er bis tief in die Seele all das, was sie ihm nicht gesagt hatte, all das, was sie sich geschworen hatte, nie wieder zu ihm zu sagen. Er fühlte, wie Gilleis ihre kleinen Finger in sein Herz grub, und erfuhr am eigenen Leibe die Pein, die Benedetta in sich trug, als ginge sie mit einem Ungeheuer schwanger. Noch nie war Harry einem lebenden Wesen so nah gewesen wie ihr in diesem Augenblick, nicht einmal Adam.

»Aber diese Früchte gelangen niemals zur Reife«, entgegnete die Herrin mit jenem leisen, traurigen Lächeln, das mit der Zeit zu einem der strahlenden Lichter seiner Welt geworden war. »Man verheißt uns, daß sie im Jenseits unser sein werden, wenn wir uns um sie verdient machen. Aber auf diesem Erdenrund tragen sie niemals Frucht. Ich sehe, daß Ihr das verstanden habt, denn Ihr habt nur die Blätter und niemals die Früchte gezeichnet.«

Sie zuckte mit den Schultern, um die plötzliche Trauer abzuschütteln, welche auf so eigentümliche Weise aus der Freude und Gewißheit seiner Abbilder erwachsen war. »Ich muß gehen, Isambard wird bald von seinem Ausritt zurück sein. Aber wenn Ihr es mir gestattet, würde ich gern manchmal herkommen und Euch bei der Arbeit zusehen.«

»Kommt, wann immer Ihr wollt«, entgegnete Harry. »Ihr seid hier stets willkommen.«

Die Herrin stand schon an der Tür, als er ihren Namen aussprach; es war das erste Mal, daß er es tat. »Benedetta!« rief er. Und als sie sich erstaunt und gerührt umwandte, kam Harry schnell auf sie zu, nahm ihre Hand und küßte sie. Die Worte fehlten ihm, doch er fand die ihren auf seinen Lippen, und sie waren gut genug. »Liebste Freundin!« sagte Harry.

KAPITEL ZEHN

Als Harry in der jungen Sommernacht plötzlich erwachte und sich in seinem breiten Bett umdrehte, vermißte er etwas neben sich, eine Wärme, einen leisen Atem, etwas, ohne das sein Frieden dahin war. Er streckte die Hand aus und tastete nach Adam, aber die andere Hälfte des Betts war leer und kalt.

Die Entdeckung weckte ihn endgültig, doch er machte sich keine Sorgen. Durch die Schießscharte sah er das helle Mondlicht, und die Nachtluft war so mild und voller Gerüche wie zur Mittagsstunde. Nach dem langen Winter und dem zögerlichen Frühling war es herrlich, nackt im höchsten Zimmer des Wachturms liegen zu können. Ohne besonderen Nachdruck fragte sich Harry, welche der vielen jungen Frauen vom Außenhof der Magnet sein mochte, welcher Adam aus dem Bett gezogen hatte. Höchste Zeit, daß der Junge sich von neuem verliebte. Verwunderlich war eigentlich, daß er so lange von allen Verlockungen ungerührt geblieben war. Élie hätte nie geglaubt, daß Adam ein ganzes Jahr lang an nichts anderes als seine Arbeit gedacht hatte.

Harry döste eine Zeitlang vor sich hin, doch als er von neuem erwachte, spürte er ein quälendes Unbehagen. Hatte er bei Adam in letzter Zeit gewisse Anzeichen übersehen? Harry hatte auch nichts von seinem alten Frühlingsfieber bemerkt. Wenn Adam verliebt war, verstummte er nicht etwa, sondern wurde gesprächig, und jeder wohlmeinende Mensch in seiner Umgebung erfuhr bald alles, was es über den Zustand seines Herzens zu wissen gab.

Harry schlüpfte aus dem Bett, warf seinen Mantel über und stieg die Turmtreppe hinab, deren schmale Stufen von vielen Füßen bereits leicht ausgetreten waren. Die bloße Reibung der Schritte eines Menschen, der einmal am Tag hier herunterkommt, dachte er, kann irgendwann Stein abtragen. Wetter, Wind und die Wurzeln winziger Samenkörner, die sich in den Rissen festsetzen, welche die Witterung erzeugt, werden auch mein Werk irgendwann abtragen. Aber dann bin ich schon lange tot, und meine Kinder und Enkel auch. Trotzdem stellte der Baumeister sich vor, wie die Zeit die klaren Linien seiner Skulpturen glätten, die tief eingekerbten Umrisse der Himmelsblätter abstumpfen und die scharfen, argwöhnischen Züge seiner Leibeigenen zu dumpfer Resignation abflachen würde, ehe sie alles in Stein zurückverwandelte. Wut und Eifersucht durchzuckten sein Herz wie ein feuriger Schmerz bei dem Gedanken, daß selbst diese Wesen, denen er ein Leben eingehaucht hatte, das länger währen würde als sein eigenes, am Ende sterben sollten. Sein Stein war gut und dauerhaft; aber selbst Berge wurden langsam abgetragen und zerfielen zu Staub.

Harry trat auf das Bleidach des Wachturms. Neben ihm erhoben sich die oberen Stockwerke des Bergfrieds, der im Mondschein riesig und blaß wirkte. Hier war kein Wachposten aufgestellt, weil der Eckturm des Hexenturms dasselbe Blickfeld abdeckte und man von dort sogar noch etwas weiter in beide Richtungen sah. Adam stand auf die Ellenbogen gestützt zwischen den Schartenbacken der Zinnen, die auf die walisische Seite hinaus gingen, und blickte ins Tal des Severn hinab. Es erstreckte sich vom flußaufwärts gelegenen Pool, wo Wales zum Greifen nahe schien, bis zum massiven grauen Umriß von Strata Marcella, welches flußabwärts zwischen seinen ebenen Wiesen lag. Silbrig und grün schimmerte das Tal unter ihm.

Harry, dessen bloße Füße lautlos über den Boden glitten, näherte sich Adam und legte ihm den Arm über die zusammengesunkenen Schultern. Der Freund fuhr hoch und starrte ihn mit weit aufgerissenen Augen an.

»Ach, du bist's!« sagte er leise lächelnd. »Wieso bist du zu dieser Stunde wach? Ich habe dich doch friedlich schnarchend zurückgelassen.« Stirnrunzelnd betrachtete er Harrys nackte Füße. »Hast du den Verstand verloren, aus einem warmen Bett zu steigen und barfüßig auf den Bleiplatten umherzuwandeln?«

»Ich bin aufgewacht und habe dich vermißt«, entgegnete Harry. »Was hast du, daß du so einfach mitten in der Nacht aufstehst?«

»Ach, ich konnte nicht schlafen. Wahrscheinlich fiel das Mondlicht direkt auf meine Bettseite.«

»Dich beunruhigt doch mehr als der Mond«, meinte Harry, umfaßte fest die Schultern seines Bruders und stützte den anderen Ellenbogen neben ihm auf die Steinmauer. »Ich habe das dumpfe Gefühl, daß mit dir schon längere Zeit etwas nicht stimmt und ich zu beschäftigt war, um es zu bemerken. Wenn ich Schuld daran trage, dich nicht danach gefragt zu haben, dann tut es mir leid. Aber ich möchte es jetzt wissen: Was treibt dich um?«

Mißlaunig stieß Adam ihn mit der Schulter fort und starrte den gewundenen Flußlauf in der weiten Tiefe an. Einen Moment lang schwieg er, dann fuhr er mit einemmal zu seinem Freund herum, und es platzte aus ihm heraus: »Harry, ich muß nach Hause!«

»Das ist es also!« rief der andere. »Gut, daß du es endlich ausgesprochen hast, statt es weiter in dir schwären zu lassen. Was ist in dich gefahren, daß du auf einmal Heimweh empfindest? Schließlich bist du zehn Jahre fortgewesen und hast keinen Gedanken an dein Zuhause verschwendet.« Er hatte nicht so barsch antworten wollen, aber Harry spürte bereits, wie er sich innerlich gegen diese Vorstellung sträubte, und sein rauher Ton entsprang lediglich seinem eigenen Unbehagen.

»O doch, ich habe oft an zu Hause gedacht«, entgegnete Adam erregt, »aber wir waren weit fort, und was hätte es für einen Sinn gehabt, herumzujammern oder mich zu beklagen, da jede Hoffnung auf Rückkehr sinnlos war?«

»Du warst doch in der Fremde ganz glücklich!«

»Natürlich war ich das. Habe ich etwas anderes behauptet? Wir haben gemeinsam Wunderbares gesehen und herrliche Dinge vollbracht, und ich habe jeden Tag genossen. Doch das heißt nicht, daß ich je vergessen hätte, eine Familie zu besitzen. Ich habe mich deswegen nicht gegrämt, weil ich nicht zu ihnen konnte. Aber jetzt sieht alles anders aus; sie leben sogar hier in derselben Grafschaft wie ich. Ich möchte sie sehen, Harry, ich muß! Meine Mutter hat mich seit zehn Jahren nicht zu Gesicht bekommen, und meine kleinen Brüder werden zu Männern herangewachsen sein. Und mein Vater wird auch nicht jünger. Ich weiß ja nicht einmal, ob er noch lebt! Länger halte ich es nicht aus, ich muß nach Hause.«

»Wenn deine Empfindungen so stark sind«, erwiderte Harry, und rasender Zorn wallte in ihm auf, »dann muß ich mich als dein Freund sehr wundern, daß du mir nie davon erzählt hast. Wenn du mich verlassen willst ...«

»Sei doch kein Narr!« rief Adam wütend. »Du weißt, daß ich so etwas nicht im Sinn habe! Ich möchte nur meine Mutter und meine Brüder wiedersehen und sie wissen lassen, daß ich noch unter den Lebenden weile. Und was den Vorwurf angeht, ich hätte dir nichts gesagt, so habe ich das oft genug versucht. Aber in dem Augenblick, in dem ich von etwas anderem als Stein zu dir spreche, hörst du einfach weg. Als ich dich gebeten habe, mir freizugeben, damit ich dorthin reiten und sie besuchen könnte, hast du mir fast den Kopf abgerissen!«

»Ich hatte ja keine Ahnung, daß du deswegen einen Tag frei haben wolltest. Wir waren gerade dabei, die Wölbsteine für den Portalbogen zuzuschneiden, und du wurdest gebraucht.«

»Du hattest keine Ahnung, weil du die Ohren davor verschlossen hast, denn ich habe es dir damals deutlich genug gesagt. Aber nein, du hast mir zu verstehen gegeben, daß meine Pflicht hier wichtiger sei, und ich habe dir das letzte Wort gelassen. Aber dieses Mal kannst du mich nicht länger vertrösten. Ich gehe.«

»Nirgendwohin wirst du gehen«, erklärte Harry kategorisch.

»Du bist immer noch Talvaces entlaufener Leibeigener, auch wenn du seit zehn Jahren nicht mehr in Sleapford gewesen bist. Es dürfte dir schwerfallen, vor dem Gesetz zu beweisen, daß du ein Jahr und einen Tag als freier Mann gelebt hast, denn wir beide sind noch kein Jahr hier in Parfois, und für den Rest der Zeit besitzen wir keine englischen Zeugen, die für uns aussagen könnten. Und selbst im besten Falle befinden wir uns hier nicht in einer ausgewiesenen Stadt, die einen Freibrief ausstellen könnte. Du könntest deine Sache gar nicht vor ein Gericht bringen. Bleib hier, und du bist in Sicherheit. Kein Mensch, der seinen Verstand beisammenhat, würde herkommen und versuchen, dich Isambard fortzunehmen. Aber sobald du dich in Sleapford zeigst, kann Ebrard dich in den Kerker werfen, wann immer es ihm beliebt …«

»Ebrard?« erwiderte Adam scharf, riß den Kopf hoch und starrte Harry an. Rasch sprang er von der Brüstung und faßte seinen Freund bei den Armen. »Wieso Ebrard? Haben wir nicht mehr mit deinem Vater zu tun?«

»Der ist tot, seit mehr als drei Jahren. Vater Hugh hat es erwähnt, als ich ihn besucht habe … er glaubte, ich käme aus Sleapford und wüßte es bereits. Und später hat Edmund mir von den näheren Umständen seines Todes berichtet. Er erlitt einen Schlaganfall und lag einen Monat zu Bett, und dann hat ein zweiter Anfall ihn dahingerafft. Wahrscheinlich ist meine Mutter inzwischen wieder verheiratet, denn sie besitzt aus ihrer Mitgift selbst einige Ländereien in Gloucester. Und falls Ebrard verheiratet ist oder an eine Ehe denkt, wird er Mutter aus dem Haus haben wollen. Überlegen wird er sich es zumindest, denn Land ist Land, und unter den Nachbarn wachsen ein paar reiche Erbinnen heran. Oder zumindest war dem so, als wir von daheim fortgegangen sind. Vielleicht sind inzwischen ja alle einem anderen versprochen. Aber wir haben es immer noch mit Ebrard zu tun, und der wird sich niemals etwas, das er besitzt, nehmen lassen, darauf kannst du Gift nehmen.«

»Und du hast nie ein Wort davon gesagt!« meinte Adam verwundert. »An jenem Tag habe ich in der Stadt zu erfahren versucht, was es Neues gab, aber ich mochte meinen Namen nicht nennen, und ich mußte feststellen, daß die Bewohner zu ängstlich waren, um einem Fremden auch nur die Tageszeit zu verraten. Siehst du, sogar ich kann mich in acht nehmen, wenn es um meine Freiheit geht.«

Adams gute Laune war zurückgekehrt. Er schüttelte Harry leicht bei den Schultern. »Aber jetzt bin ich entschlossen, und du wirst mich nicht umstimmen. Ehe Ebrard Wind davon bekommt, habe ich Sleapford schon unbemerkt betreten und wieder verlassen. Ich habe vor, meine Mutter wiederzusehen, und wenn der Teufel selbst sich mir in den Weg stellen sollte.«

»Du wirst nicht gehen! Ich werde nicht zulassen, daß du dich in solche Gefahr begibst!«

»*Ausgerechnet du* wirst mich nicht lassen?« spottete Adam. »Soll ich dich auf den Rücken werfen, Bürschchen, und dir die Ohren langziehen? Das kann ich immer noch, und zwar mit einer Hand, falls du möchtest, daß ich den Beweis liefere.« Adam hatte seinen Entschluß getroffen, und nun konnte ihn nichts mehr aus der Ruhe bringen. Nur Unentschiedenheit konnte sein Gemüt so verdüstern, daß er sich schweigend zurückzog.

»Ist dir eigentlich selbst klar, warum du mich nicht gehen lassen willst?« fragte er, schloß die Arme um Harry und hielt ihn fest. »Weil du, wenn ich reite, alles wohlbehalten finde, der Weg offen ist, und ich sehe, daß keine Seele uns grollt, keine Entschuldigung mehr dafür hast, nicht selbst nach Hause zu gehen. Du hast Angst vor dem, was du vorfinden könntest, fürchtest dich, zurückgestoßen zu werden und die Zuneigung, die du noch für deine Familie empfindest, zu verlieren und dafür nichts zu gewinnen. Du schreckst davor zurück, vernarbte Wunden aufzureißen und alte Haßgefühle aufleben zu lassen. Denn du spürst, daß du Ruhe und Konzentration brauchst, um zu tun, was du tun mußt, und es gut zu tun. Verstehst du denn nicht, daß du dich von deiner Familie nur dann befreist, wenn du zurückgehst und dich ihnen stellst? Dann könntest du endlich Ruhe finden, ganz gleich, wie die Sache ausgeht. Daß du das nicht wagst, Harry, das ist es, was dich quält.«

Harry wand sich verzweifelt in den Armen des Freundes, die ihn gefangenhielten, aber er vermochte sich nicht loszureißen. »Das ist nicht wahr!« versetzte er heftig und wandte den Kopf zur Seite, um Adams herausforderndem Blick auszuweichen. »Ich habe nicht ein einziges Mal, ob im Guten oder im Bösen, an meine Familie gedacht, und ich glaube nicht, daß sie alle zusammen auch nur einen Gedanken auf mich verschwendet haben. Warum sollten sie auch? All das ist seit zehn Jahren vergangen und vorüber.«

Trotzdem, was Adam ihm an den Kopf geworfen hatte, war die reine Wahrheit. Harry hatte tatsächlich nicht mehr bewußt an seine Familie gedacht; aber seit seiner Rückkehr nach England hatte sie ihm insgeheim auf dem Herzen gelegen wie eine schwere Last, wie eine Pflicht, die er versäumt hatte, oder eine Qual, der er nicht ins Auge blicken mochte. Adam hatte recht, er würde nicht frei sein, ehe er sie nicht wiedergetroffen hatte. Bei dem Gedanken, seiner Mutter gegenüberzutreten, verspürte er ein glühendheißes, schmelzendes Gefühl in seinen Eingeweiden, das sich aus Zärtlichkeit, Angst und Kummer zusammensetzte. Was, wenn sie einsam und vernachlässigt ihr Witwendasein fristete und er nicht zu ihr ging? Was, wenn er erfuhr, daß sie gestorben war und er den Rest seiner Tage in der Gewißheit verbringen mußte, daß er ihr Leben durch sein Fortlaufen verkürzt hatte?

»Mir fällt die Heimkehr leicht«, sagte Adam sanft, »denn ich habe zu Hause nichts als Liebe und Freundlichkeit empfangen, und das möchte ich ohne Wenn und Aber zurückhaben. Ich werde dir Nachricht bringen, mein Freund, und mit dir zurückreiten, wenn die Zeichen gut stehen.«

»Nein!« entgegnete Harry heftig und schluckte die Rüge hinunter. »Ich gehe zuerst. Bei der Frage deiner Freiheit steht die Antwort immer noch aus. Ich muß mit Ebrard sprechen und mir sein Wort geben lassen, daß er keinen Anspruch auf dich erheben wird. Heute noch reite ich nach Hause«, erklärte er entschlossen und legte die Hände fest um Adams Schultern, »und in zwei Tagen sollst du dann deinen Willen bekommen.«

Vom höchsten Punkt des langen, gewundenen Pfades aus, der durch das Dorf führte, erblickte Harry den Kirchturm und dessen mit Schindeln bedecktes Dach, welches in den zwei Jahren, die das Interdikt nun währte, halb eingefallen war. Zur Linken sah er die gestreiften Felder, die rot umrandet waren, weil die Landstreifen, welche die Höhen voneinander trennten, voller Mohnblumen standen. Auf der anderen Seite erstreckten sich die brachliegenden Landstreifen, auf denen hier und da ein paar gierige Seelen versuchten, sich eine zusätzliche Ernte zu ergaunern. Als er hier für eine kurze Zeit als Verwalter tätig gewesen war, wenn auch nur als Schreiberlehrling, und seine neuen Pflichten sehr ernst genommen hatte, war es ihm oft als ein Jammer erschienen, daß jedes Jahr eine ganze Hälfte der Ländereien des Dorfes ungenutzt dalag. Eine Dreifelderwirtschaft wäre allemal besser als die gewohnte Beackerung zweier Felder; und wenn die Dörfler ihren Verstand anstrengten und sich auf ihre Mittel besannen, könnte jeder von ihnen der Wildnis ein drittes Feld abringen und unter den Pflug nehmen.

Harry war an der Mühle vorbei und über das Land der Tourneurs geritten, und die Erinnerungen stürmten heftig auf ihn ein. Dort im Wald hatten Adam und er das Reh getötet. Hier, auf der Koppel bei der Mühle, hatten sie die Pferde zurückgelassen, und von hier aus hatten sie die Tiere tief in der Nacht zu dem Wäldchen am Fluß geführt. Ein junger Mann beugte sich über das oberschlächtige Rad der Mühle und hob gerade die Absperrung, die das Gerinne blockierte. An seinem roten Haar erkannte Harry, daß dies Wilfred sein mußte, aber es kam ihm vollkommen unwahrscheinlich vor, daß dieser junge Riese etwas mit dem Wilfred gemein hatte, an den er sich erinnerte. Außerdem warf der junge Mann ihm auf seinen Gruß einen so harten Blick ohne jede Vertrautheit zu, daß er es nicht wagte, sich zu erkennen zu geben. Auf seinem Weg durch das Dorf begrüßte niemand ihn mit seinem Namen, und als er einige alte Freunde anrufen wollte, klebte ihm die Zunge an seinem trockenen Gaumen fest. Nein, dafür war später noch Zeit, sobald er im Gutshaus gewesen war.

Harry erblickte die lange Mauer, welche sich vor ihm erhob,

und den gedrungenen grauen Turm, der darüber aufragte, und sein Herz krampfte sich zusammen. Der junge Mann wußte nicht, was er erwartet hatte, aber als er jetzt auf das Torhaus zuhielt, fühlte er sich verloren und getröstet zugleich. Von außen gesehen hatte sich hier nichts verändert, und seine Erinnerungen waren scharf und klar und seltsam ambivalent, voll heftiger Empörung und schmerzhafter Schuldgefühle. Doch der Pförtner, der heraustrat, um ihn nach seinem Begehr zu fragen, war ihm fremd und betrachtete ihn mit derselben vorsichtigen Neugier, die er jedem Reisenden gezollt hätte. Unter diesem unpersönlichen Blick spürte Harry, wie sich all seine Erwartungen von Schmerz und Glück zu verflüchtigen begannen.

»Sir Ebrard befindet sich in der Waffenkammer«, erklärte der Pförtner. »Wenn Ihr bitte warten würdet, Sir, bis ich ihm mitgeteilt habe, wer ihm seine Aufwartung macht?«

»Ich werde gleich zu ihm gehen«, entgegnete Harry beim Absteigen. »Den Weg kenne ich. Hier bin ich einmal zu Hause gewesen. Keine Sorge, Sir Ebrard kennt mich.« Die Waffenkammer hatte ein neues Dach erhalten, ebenso wie der Taubenschlag. Harry freute sich, daß Ebrard das Gut instand hielt. In der Schmiede fertigte jemand einen Griff für einen Dolch. Nicht der alte Schmied, sondern ein kräftiger junger Bursche, der nicht älter als fünfundzwanzig sein konnte. Wahrscheinlich hatte der Alte sich zur letzten Ruhe begeben, genau wie sein Herr. Ein Jahrzehnt ist durchaus in der Lage, eine ganze Generation alter Männer zu verschlingen.

Ebrard beugte sich gerade über den Amboß und verfolgte den Fortschritt der Arbeit. Er wandte der Tür den Rücken zu, bemerkte aber, wie der Schatten des Neuankömmlings in den Raum fiel, und blickte sich gelassen um, denn er rechnete damit, einen seiner Kriegsknechte zu erblicken. Zwischen seinem neunzehnten und seinem neunundzwanzigsten Jahr hatte er ziemlich zugelegt. Jetzt brauchte er gewiß ein stämmigeres Pferd, wenn er ausritt. Mit fünfzig, dachte Harry verblüfft, denn er hatte seinen Bruder immer um dessen elegante Erscheinung beneidet, wird er dicker sein als Vater. Aber bei Ebrards Größe und seinem feineren Knochenbau würde sich das Gewicht bestimmt besser verteilen.

Seine blauen Augen zogen sich zusammen und spähten ins Licht, das von der Tür kam. Der hochgewachsene Körper Ebrards richtete sich auf, denn er spürte jetzt, daß ein Fremder im Raum stand.

»Ich hoffe, Ihr befindet Euch wohl, Sir Ebrard«, sagte Harry.

»Du!« rief der Bruder aus und holte tief Luft. »Aha, so, so«, meinte er dann. »Mit solchem Besuch hätten wir nicht mehr gerechnet.«

»Bis letzten Sommer habe ich mich außerhalb Englands aufgehalten, und erst jetzt ergab sich eine Gelegenheit, dich aufzusuchen. Und es soll auch nicht mehr als ein Besuch sein«, fügte er hinzu, um alle Befürchtungen gleich zu zerstreuen, welche dem Herrn von Sleapford bei diesem unerwarteten Wiederauftauchen seines Bruders gekommen sein mochten. »Ich bitte dich, mach dir meinetwegen keine Umstände, denn ich habe in Parfois zu tun und kann meine Arbeit nicht für lange Zeit verlassen. Ich bin nur gekommen, um mich zu vergewissern, ob es hier dir und meiner Mutter gutgeht.«

Der Ritter legte den Dolch beiseite und trat in den Hof hinaus. Er nahm die Hand, die Harry ihm bot, und beugte sich vor, um seine Wange zu küssen. Doch tat er dies mit einer ausgesuchten Höflichkeit, die klarmachte, daß er das Gefühl hatte, einen Fremden zu empfangen, obwohl er bei einem Unbekannten weniger ratlos gewesen wäre.

»Hast du schon gehört, daß Vater tot ist?«

Der verwunderte Unterton in seiner Stimme galt dem Umstand, daß sie Brüder waren, verwandt, daß er aber, obwohl er diese Bande anerkannte, sie nicht mehr empfand. Der Gedanke, daß sie einen gemeinsamen Vater besaßen, vergrößerte die Distanz zwischen ihnen eher noch.

»Ich habe erst nach meiner Rückkehr nach England davon erfahren. Da war es zu spät, ihn zu beweinen. Solange er lebte, habe ich ihm, fürchte ich, nicht viel Freude gemacht. Ich hoffe doch, Mutter geht es gut?«

»Ausgezeichnet. Es wäre allerdings besser«, meinte Ebrard, verhielt auf ihrem Weg über den Hof den Schritt und warf seinem Besucher einen düsteren Seitenblick zu, »jemanden zu schicken und sie auf die Begegnung vorzubereiten, ehe du zu ihr gehst. Du verstehst, all diese Jahre hat sie nicht mehr geglaubt, dich jemals wiederzusehen. Zuerst haben wir dich für tot gehalten, und dann ...«

»... habt ihr geglaubt, ich würde niemals zurückkommen«, meinte Harry.

»Die Art deines Aufbruchs hat kaum den Eindruck hinterlassen, daß du jemals heimkehren würdest.« Wieder richteten die blauen Augen seines Bruders sich forschend und wissend auf ihn. »Jedenfalls, solange Vater noch lebte«, fügte Ebrard mit Nachdruck hinzu.

»Nicht die Angst vor ihm hat mich so lange von hier ferngehalten«, entgegnete Harry, der die Anspielung seines Bruders verstanden hatte, »und auch nicht der Zorn gegen ihn. Sobald Adam in Sicherheit vor ihm war, verrauchte meine Wut ziemlich schnell. Aber wir mußten weiterfliehen, bis wir die Verfolger abgeschüttelt hatten. Ehe wir anzuhalten wagten, befanden wir uns schon in Frankreich. Der Reiz des Neuen und die viele Arbeit, die wir hatten, um unseren Lebensunterhalt zu verdienen, ließen uns niemals Zeit, an Sleapford zurückzudenken. Ich glaube auch kaum, daß Vater wegen mir schlaflose Nächte gehabt hat.«

»Er war sehr verbittert wegen dir«, sagte Ebrard. »Das Ganze ist schon so lange her, daß ich mich an die Einzelheiten nicht mehr erinnere. Aber ich weiß noch, daß er uns, sobald er sich mit deinem Verschwinden abgefunden hatte, verbot, je wieder deinen Namen zu erwähnen. Die letzten Lebensjahre stimmten ihn ein wenig milder, aber ich würde nicht meinen, daß er dir je vergeben hat.«

»Dann bin ich besser dran als er, denn ich verzeihe ihm.«

»Das kannst du dir auch leisten, weil du die Oberhand über ihn behalten hast«, versetzte Ebrard trocken. »Wie ist es dir denn seit damals ergangen? Wovon hast du gelebt? Und ist dein Ziehbruder immer noch bei dir?«

Die letzte Frage überhörte Harry geflissentlich, doch auf die anderen antwortete er bereitwillig, während sie nebeneinander die Treppe zum Portal der Halle emporstiegen.

»Ich kann nur staunen, daß es dich gereizt hat, hierher zurückzukehren«, meinte Ebrard, als Harry seinen kurzen Bericht beendet hatte. »Vor allem, da du dich so gut in deinem Leben eingerichtet zu haben scheinst.« Der Name Isambard hatte ihn beeindruckt; ein Maurermeister, der unter einem solchen Herrn diente, war gewiß ein gemachter Mann.

»Gereizt? Immerhin bin ich ebenfalls ein Sohn dieses Hauses, und mein Name lautet auch Talvace, genau wie der deine.«

Wieder fing Harry einen mißtrauischen Seitenblick aus den blauen Augen seines Bruders auf und spürte, wie sich einen Moment lang Schweigen auf sie senkte, als wäre ein Messer zwischen sie gefahren. Dann hörte er plötzlich seine eigenen Worte mit Ebrards Ohren, und er hätte am liebsten laut herausgelacht.

Darüber also brütete sein Bruder hinter der blonden Stirn; *das* beunruhigte ihn, und *das* letztendlich steckte hinter seinen prüfenden Blicken! Ebrard fürchtete, Harry sei gekommen, einen Anteil an Sir Eudos Erbe einzufordern; deswegen gab er sich große Mühe, ihm zu zeigen, daß er das Wohlwollen des Alten und seine Rechte als Sohn verloren hatte. Und Harry selbst hatte mit Bemerkungen wie *Ich bin ein Sohn dieses Hauses* und *Mein Name lautet auch Talvace, genau wie der deine* unwillentlich den Boden unter den hochwohlgeborenen Füßen seines Bruders erbeben lassen. Ungeduldig wollte Harry schon den Mund öffnen, um ihn zu beruhigen, besann sich dann aber eines Besseren. Nein, sollte er doch schwitzen! Mochte Ebrard ruhig noch eine oder zwei Stunden am Haken zappeln. Harry war drauf und dran gewesen, verächtlich auszurufen, er wolle nichts von ihm. Aber wenn er es recht bedachte, gab es da zumindest eines, was er von ihm verlangen wollte, und Ebrard würde vielleicht nur zu erleichtert sein, diesen Kompromiß mit ihm einzugehen. Warum sollte Harry sich darauf beschränken, nur Adams Freiheit vor dem Gesetz zu verlangen? Er könnte durchaus auch dessen Eltern und kleineren Brüder in den Handel mit einschließen. Als zweiter

Sohn besaß Harry einen begründeten juristischen Anspruch auf einen Anteil des Guts, obwohl seit jeher als ausgemacht gegolten hatte, daß die Ländereien nicht aufgeteilt werden sollten. Harry würde alle Anzeichen des hiesigen Wohlstands zur Sprache bringen und ein ausgesprochenes Interesse an jeder Verbesserung auf dem Besitz und an jedem schönen Tier aus dem Viehbestand zeigen, bis Ebrard sich glücklich schätzen würde, ihm nur eine einzige Familie von Leibeigenen überlassen zu müssen. Auf lange Sicht würde der neue Herr von Sleapford dabei nicht einmal etwas einbüßen. Er würde Zins für das Pachtland einnehmen, und William Boteler und seine Söhne würden viel mehr Zeit ihrem Handwerk widmen und größere Einkünfte erzielen können, wovon letztlich das ganze Dorf profitieren würde.

Vielleicht würde auch einer der Jungen beschließen, nach Parfois zu kommen und mit Adam zusammenzuarbeiten. Aber zuerst mußte er sicher sein, daß Ebrard nach seiner Pfeife tanzte. Und auch wenn ihm dies ein diebisches Vergnügen bereitete, so steckte doch zumindest kein böser Wille dahinter: Er hatte nicht vor, dem armen Burschen auch nur einen Fußbreit seines Erbes zu entreißen.

In der Mitte der Halle erhob sich unter den rauchgeschwärzten Balken des hohen Dachs eine neue, aus Stein erbaute Feuerstelle, und die Treppe zum Söller hatte eine neue, geschnitzte Balustrade erhalten. Harry bewunderte beides und machte Ebrard mit strahlendem, zufriedenem Blick Komplimente über seine ausgezeichnete Gutsverwaltung.

»Mutter ist oben«, sagte Ebrard rasch und überging Harrys Lob. »Besser, ich gehe zuerst hoch und setze sie über deine Ankunft in Kenntnis.«

»Nein, nicht um alles in der Welt! Ich möchte nicht, daß man sie behutsam auf mein Kommen vorbereitet wie auf eine schlimme Kunde. Laß mich allein zu ihr gehen, und ich verspreche dir, daß ihr die Überraschung nicht weh tun wird. Ich möchte, daß sie mich erkennt und an ihr Herz drückt, und ich möchte nicht hereingeführt werden wie ein fahrender Händler, der versucht, ihr Nadeln zu verkaufen.«

»Vielleicht ist sie ja nicht allein«, meinte Ebrard mit argwöhnischem Blick. »Mein junger Schreiber liest ihr nachmittags manchmal vor. In letzter Zeit findet sie, daß Handarbeiten ihre Augen ermüden.«

Harry, der schon auf der Treppe stand, hielt inne, um seinem Bruder einen kurzen zweifelnden Blick zuzuwerfen. »Du sagtest doch, daß sie sich wohl befindet!«

»Es geht ihr gut. Sie ist geradezu aufgeblüht, du kannst dich selbst davon überzeugen. Lord Gloucester möchte, daß sie wieder heiratet. Er will sie einem seiner Ritter geben, und ich glaube, die Ehe soll schon bald geschlossen werden.«

»Wenn ihr der Bräutigam aber nicht zusagt ...«, begann Harry stirnrunzelnd.

Ebrard verzog den gutgeschnittenen Mund kurz zu einem zynischen und beinahe anzüglichen Lächeln. »Und ob er ihr gefällt! Er ist zehn Jahre jünger als sie und dazu noch ein gutaussehener Bursche. Der Bräutigam ist derjenige, dem man die Medizin wird versüßen müssen.«

Noch nie hatten sie so offen über ihre Mutter gesprochen, und Harry fühlte sich unbehaglich. Bisher hatte er jede enttäuschende Entdeckung, die er an ihr gemacht hatte, für sich behalten; und er hatte ihr immer vergeben, wenn auch manchmal nach schmerzlichem inneren Ringen. Hastig wandte er sich ab und rannte die Treppe hinauf. Er zitterte plötzlich vor Nervosität, als er an die Tür des Söllers klopfte. Einen Moment blieb es still, dann rief die Stimme seiner Mutter, die vor Überraschung ganz hell war, er möge eintreten.

Sie saß in einer Fensternische, so daß Harry sie zuerst als scharf von Licht umrissene Silhouette erblickte und sie ihm auf wundersame Weise unverändert erschien. Sie trug ein Gewand aus grünem Stoff und darüber einen Bliaut aus gelbem Brokat; das Gewand, die goldene Netzhaube und die Halskette aus ungeschliffenem Bernstein ließen sie mehr wie eine junge Braut denn wie eine Witwe aussehen. Der junge Schreiber, ein Jüngling von ungefähr zwanzig Jahren mit Kutte und Tonsur, saß, aufmerksam über sein Buch gebeugt, zu ihren Füßen auf einem

Schemel. Doch wenn er tatsächlich gelesen hatte, mußte er sehr leise gesprochen haben.

Mit einem überraschten, forschenden Ausdruck auf dem liebreizenden, sanften Antlitz spähte Lady Talvace zu ihm hin. Harry schloß die Tür hinter sich und trat ein paar Schritte in den Raum, so daß die Sonne auf ihn fiel. Blinzelnd sah sie ihn an, schaute noch einmal genauer hin und hielt den Atem an.

»Sir, ich hatte nicht erwartet ... meine Augen spielen mir einen Streich, denn einen Moment lang dachte ich ... Ihr seht genauso aus wie mein Harry!«

»Ich bin Harry«, sagte er ganz behutsam.

Die Herrin klatschte in die Hände und rang sie in so spontaner Freude, daß Harrys Herz vor Glück hüpfte. Dann sprang sie auf, stürmte an dem Jungen mit der Tonsur vorbei und warf ihn in ihrer Hast fast vom Schemel. Lachend und weinend lag sie in Harrys Armen, plapperte wie ein Kind und bedeckte sein Gesicht mit Küssen. Sie schlang ihm die Arme um den Hals, zog ihn zu sich hinab, so daß sie ihre Wange an die seine legen konnte, und drückte ihn mit aller Kraft an sich.

»Harry, Harry, mein lieber, lieber Hal ...«

Der Schreiber stand auf und versuchte, sich so unauffällig wie möglich an der Wand entlang an ihnen vorbei zur Tür zu pirschen. Aber über die Schulter seiner Mutter hinweg fing Harry den außerordentlich merkwürdigen Blick auf, welchen der junge Mann ihm zuwarf; es war ein verstohlenes, schiefes Grinsen, halb eifersüchtig und beleidigt und halb hämisch und verschwörerisch. Da wußte er, daß seine Mutter wieder einmal einen jungen Anbeter gefunden hatte, der ihr half, auf angenehme Weise ihre Zeit totzuschlagen, und den sie keineswegs auf Abstand hielt. Sie konnte nichts dafür, und es hatte keinen Sinn, sie dafür zu tadeln. Bei ihr war dieses Verhalten kein Laster, sondern nur ein Instinkt, eine Art Appetit. Lady Talvace brauchte diese Zerstreuungen wie die Erde den Regen. Ein Sohn, ein milchgesichtiger Schreiber oder ein neuer junger Ehemann waren ihr alle gleich recht. Wenn sie einen verlor, suchte sie sich halt einen anderen.

Der junge Edelmann hielt seine Mutter in den Armen und war von all seinen Ängsten erlöst. Als er hergekommen war, hatte er sich auf Tragödien und Spannungen gefaßt gemacht, aber er hätte wissen müssen, daß die Wirklichkeit klein, gewöhnlich und verworren sein würde, denn das war ja auch die übliche traurige *conditio humana*. Die Menschen waren zu flach, um die Leidenschaften, die er ihnen angedichtet hatte, auszuleben; es war wohl besser, er gestand sich seine eigene und ihre Unzulänglichkeit ein und fand sich damit ab.

»Harry, du böser, grausamer Junge, wie konntest du nur so lange fortbleiben? Wie konntest du mich verlassen? Du hast mir das Herz gebrochen, als du einfach so davongelaufen bist.«

Er hielt sie zärtlich in den Armen und lächelte über ihre Schulter hinweg. Bestimmt hatte sie bittere Tränen über seine Flucht vergossen, aber ihr Herz war heil geblieben. Seine Rückkehr machte sie glücklich, aber sie brauchte ihn nicht wirklich. Seine Mutter konnte auf tausend andere Weisen zu ihrem Glück kommen.

Als sie sich ausgeweint hatte, hielt sie ihren Sohn von sich und betrachtete ihn mit prüfendem Blick. Die Tränen hatten ihrer Schönheit nicht geschadet, und ihr Gesicht war nicht im geringsten vom Weinen verzerrt. Lady Talvace rief begeistert, wie stattlich und gutaussehend er sei; obwohl er genau wußte, daß dies nicht stimmte und nur ihre Augen ihm Schönheit verliehen. Und als Harry ihr alles, was ihm seit seiner Flucht zugestoßen war, berichtet hatte – bis auf den Teil der Geschichte, in dem Gilleis vorkam und welchen er um ihretwillen für immer geheim und heilig hielt –, bedachte die Mutter seine Tapferkeit und seine Abenteuer ebenso großzügig mit lauten Ausrufen der Bewunderung. Noch einmal küßte sie ihn und begann dann von sich selbst zu erzählen. Fand er, daß sie gut aussah? Lady Talvace wirkte wie ein junges Mädchen, und das sagte er ihr auch. Vielleicht war sie ein wenig rundlicher geworden, ein bißchen weicher, und ihre hübsche helle Haut war nicht mehr ganz so straff wie früher. Ein paar Linien umgaben ihre Augen, aber ihr Haar leuchtete wie immer, und ihr lächelndes Antlitz war ebenso bezaubernd wie früher. Es würde nicht allzuviel Überredungskunst kosten, Gloucesters jungen Ritter von dieser Verbindung zu überzeugen.

Sie setzten sich beide ans Fenster, und sie errötete, als sie ihm von ihrer baldigen Hochzeit erzählte. Sie lasse sich schon eine neue Garderobe anfertigen, sagte sie, sprang auf und drehte sich langsam vor Harry, damit er das Kleid bewundern konnte, denn es war neu.

»Ich habe jetzt eine so wundervolle Nähfrau, Harry. Sie versteht mehr von Stoffen als jede Zofe, die ich je gehabt habe. Erinnerst du dich noch an Hawis, die Wolle für mich zu weben pflegte, das Mädchen, das einen freien Mann aus Hunyate heiraten wollte? Sie ist mit ihm davongelaufen, das undankbare Ding, und hat mich mit einem halbfertigen Kleid sitzenlassen.«

»Hast du je wieder etwas von den beiden gehört?« fragte Harry mit gespielter Unschuld.

»Kein Wort, bis auf den heutigen Tag. Ich nehme an, sie haben die Grafschaft verlassen. Jahrelang konnte ich kein Mädchen bekommen, das sich auf seine Arbeit verstand, aber jetzt habe ich einen wahren Schatz aufgetan. Sie kennt die herrlichsten Schnitte – sieh dir nur die Form dieses Ärmels an! Ihr Vater war im Wollhandel tätig, daher weiß sie auch vorteilhaft einzukaufen. Im Moment näht sie mir ein grünes Gewand mit Pelzbesatz.« Die Mutter holte Stoffmuster herbei, um sie ihm zu zeigen. Dabei legte sie von neuem den Arm um seinen Hals und zog ihn zu sich heran. »Harry, willst du wirklich wieder fort?«

»Ja, Mutter. Ich muß zurück an meine Arbeit. Aber von jetzt an werde ich in deiner Nähe sein; du kannst nach mir schicken, wenn du mich brauchst.«

»Wenigstens heute nacht mußt du hier schlafen. Der Weg nach Parfois ist zu weit, und es wäre sträfliche Torheit, bei Nacht auf diesen Straßen unterwegs zu sein.«

»Von Herzen gern, Mutter. Kann ich mein Zimmer im Turm haben? Weißt du noch, wie du mich dort aufgesucht hast? In jener Nacht, als man mich dort eingesperrt hatte? Du bist gekommen, um mich zu trösten. Da wußte ich schon, daß ich dich verlassen würde. Ich habe dich gebeten, nicht schlecht von mir zu denken.«

»Das habe ich nie, lieber Hal!« rief sie aus und küßte ihn. Tatsächlich war Lady Talvace noch nie jemandem ernsthaft böse gewesen, zumindest nicht länger als eine halbe Stunde. »Warte hier eine kleine Weile auf mich, Harry. Ich muß dafür sorgen, daß dein Bett gemacht wird, und ich muß das Abendessen auf den Weg bringen. Ich bin sehr bald zurück.«

Als seine Mutter den Raum verlassen hatte, hob Harry müßig die Stoffstücke auf und nahm sie mit zum Fenster, um die Farben bei gutem Licht zu betrachten. Alle Spannung war von ihm gewichen. Jetzt lagen keine Prüfungen mehr vor ihm, er hatte weder Schmerz noch Freude zu erwarten, und vor Erleichterung fühlte er sich wie ausgebrannt. Gedankenversunken und planlos stand er da und blickte über den Hof hinaus, so zufrieden und matt, daß er nicht einen Augenblick lang an die Zukunft denken mochte. Harry mußte und würde Ebrard überreden, Adam und seiner ganzen Familie vollständig und unwiderruflich die Freiheit zu schenken. Bis dahin sollte der Bruder sich doch eifersüchtig um sein Erbe sorgen und ängstlich auf Harrys Attacke auf sein Hab und Gut warten. Jetzt aber empfand Harry nichts weiter als eine Art hilflose Mattigkeit, die angenehm und irgendwie enttäuschend zugleich war.

Harry hörte, wie die Tür sich öffnete, drehte sich jedoch erst um, als er bemerkte, daß es sich nicht um seine Mutter handeln konnte: Die Schritte waren leichter, länger, und der wallende Rock raschelte anders. Er wandte den Kopf und sah eine junge Frau, die mit dem Rücken zu ihm stand und eben die Tür schloß. Die Falten ihres grünen Umhangs waren sorgfältig über Schultern und Arme drapiert, und die Kapuze schwang leicht gegen eine Taille, die er mit beiden Händen hätte umspannen können. Das mußte die sagenumwobene Näherin sein.

In seine angenehme Trägheit versunken, bewunderte er die fließende, geschmeidige Bewegung ihres Arms und ihrer Hand in dem enganliegenden roten Ärmel und ihr schwarzes, lockiges Haar, welches eingeflochten und hoch auf ihrem Kopf mit einem schmalen Goldband befestigt war. Aber was für einen herrlichen Schatz seine Mutter hier eigentlich verborgen hielt, sah er erst, als die Frau sich umdrehte, um den Raum zu durchqueren und ihre Näharbeit auf dem Tisch auszubreiten. In diesem Moment erst bemerkte sie, daß sie nicht allein war.

Die Näherin gab keinen Laut von sich, sie blieb nur jäh stehen und zuckte mit dem Kopf so heftig und wild zurück wie ein Waldtier, welches vor der menschlichen Berührung flieht. Über den blassen Wangen, die mit einemmal feuerrot anliefen, starrten ihn weitaufgerissene, riesige schwarze Augen mit lebhaftem, edelmütigem Blick an. Ein Mund wie eine Rosenblüte öffnete sich, rief laut und fröhlich: »Harry!« und lachte vor Glück.

Zitternd und bebend sprang er von der Fensterbank. »Gilleis!« Mit einem Freudenschrei riß Harry sie in seine Arme.

»Wie bist du nur hierhergekommen?« fragte der junge Mann, sobald er wieder Atem für etwas anderes als Küsse hatte; dabei dachte er nicht im geringsten daran, sie aus seiner gierigen Umarmung zu befreien. Die blassen Abdrücke seiner Lippen auf ihren Wangen, ihrem Kinn und ihrem Hals röteten sich langsam. Gilleis hielt die Augen fest geschlossen. An seine Schulter gelehnt, lächelte sie freudig und triumphierend in sich hinein. Als die junge Frau wieder Luft bekam, lachte sie laut heraus.

»Ich habe in London nach dir gesucht. Deine Verwandten haben mir von deinem Vater erzählt. Von ganzem Herzen, Liebste, bedaure ich, daß ich nie gezeigt habe, wie dankbar ich ihm war. Und sie haben mir berichtet, du wärest in den Dienst einer Edeldame irgendwo außerhalb der Stadt getreten, konnten mir aber nicht sagen, wo. Unterwegs habe ich überall nach dir gefragt, aber niemand konnte mir Kunde von dir geben. Und jetzt finde ich dich hier!«

»Meine Verwandten haben dir nicht berichtet«, entgegnete Gilleis atemlos, »daß mein Onkel mich nach seinem Gutdünken verheiraten wollte. Und die arme Kreatur, mit der er mir drohte, war nicht der einzige Bewerber. Deswegen habe ich dafür gesorgt, daß nicht einmal mein Vetter, der eine vollkommen harmlose Seele ist, erfuhr, wo ich zu finden bin. Hätte ich dir eine Nachricht hinterlassen, hätte jemand anderer seinen Vorteil daraus ziehen können. Und ich wußte ja, daß du mich irgendwann finden würdest.«

»Aber wie hast du denn meine Mutter kennengelernt?«

»Das war ganz einfach. Du hattest oft von ihr gesprochen, daher wußte ich, daß sie Kleider liebt und ihr bestes Nähmädchen verloren hatte. Im nächsten Jahr habe ich meinen Vater überredet, mit einem Teil der flämischen Stoffe, die für den Norden bestimmt waren, einen Umweg über Sleapford zu machen, und Lady Talvace hat uns etwas Brokat und Samt abgekauft. Danach sind wir jedes Jahr hergekommen, und als ich älter war, begann ich ihr zu zeigen, wie man die Stoffe am besten zuschneidet und kombiniert. Schließlich pflegte ich eine oder zwei Wochen bei ihr zu bleiben und für sie zu nähen, während mein Vater seine Geschäfte in Shrewsbury tätigte; und am Ende konnte sie kaum noch ohne mich auskommen und flehte mich an, als ihre Schneiderin bei ihr zu bleiben. Doch ich wollte nie, weil ich Vater nicht allein lassen konnte.«

»Aber ... ich verstehe das nicht. Wozu das Ganze?«

»Um etwas über dich zu erfahren, du Einfaltspinsel«, sagte sie, zog Harrys Kopf zu sich herunter und küßte seinen Mundwinkel. »Und du brauchst dir nicht soviel Mühe zu machen, um mir solche Bekenntnisse zu entlocken, denn ich bin bereit, sie von den Zinnen herab zu verkünden.«

»Und ich habe niemals von mir hören lassen! Wenn ich nur gewußt, wenn ich geahnt hätte ...«

»Mich hat das nicht erstaunt. Ich wußte ja, daß du ein gefühlloser Schurke bist und weder Augen noch Gedanken für etwas anderes als deinen kostbaren Stein hast. Aber mir war klar, daß du irgendwann kommen würdest. Und dann starb mein Vater, und ich mußte mich irgendwo verkriechen, weil meine Freier es nun erst recht arg trieben. Und laß mich dir sagen, Master Harry Talvace, unter meinen Verehrern war mancher, mit dem ich ein besseres Geschäft gemacht hätte als mit dir, wenn ich nicht so töricht wäre, dich zu lieben! Also bin ich zu deiner Mutter gegangen. Sie hat mich freundlich aufgenommen, und seitdem habe ich hier gelebt. Lange hast du gebraucht, um dich zu erinnern, daß du eine Mutter hast!«

»Bis letzten Sommer war ich noch in Frankreich. Und seit meiner Rückkehr habe ich mich ferngehalten, weil ... ach, weil ich einfach nicht den Mut besaß, mich meiner Familie zu stellen. Hätte ich geahnt, welch köstlicher Lohn hier auf mich wartet, hätte ich schon vor Monaten auf der Türschwelle gestanden. Aber wie hätte ich das erraten können? Wie hätte ich mir auch nur im Traum vorstellen können, dich ausgerechnet hier zu finden?«

»Ausgerechnet!« entgegnete sie spöttisch. »Wo hätte ich wohl sonst sein sollen? Nur hier konnte ich gewiß sein, daß ich dir einmal wiederbegegnen würde. Ich wußte, eines Tages würdest du nach England zurückkehren, und dann würdest du mit Sicherheit herkommen, um deine Mutter zu sehen. Nicht um zu bleiben, das war mir klar. Nicht, um wieder in diesem Haus zu leben. Aber du würdest kommen! Zu dir konnte ich nicht gehen. Ich vermochte nur, mich dort bereitzuhalten, wo du eines Tages zu mir zurückkehren würdest.«

»Und wenn du dich geirrt hättest?« fragte er und umschlang sie bei der Vorstellung noch fester. »Wenn ich niemals gekommen wäre?«

»Wenn ich mich in dir geirrt hätte«, erklärte Gilleis, »dann hätte mir niemand helfen können. In diesem Fall hätte ich mein Leben ebensogut hier beschließen können wie irgendwo anders. Aber ich habe mich ja nicht geirrt.«

»Du liebst mich ja wirklich!« flüsterte er, nicht jubelnd, sondern eher verwundert.

»Immer schon, seit ich zwischen den Stoffballen nach meinem Ball gesucht und deine Wange berührt habe.« Sie berührte sie von neuem, ganz zart, und spürte, wie er erbebte. »Weißt du noch? Du konntest nicht sprechen, denn die Verfolger waren ganz nah am Wagen. Deswegen hast du meine Hand genommen und sie geküßt. Da habe ich begonnen, dich zu lieben. Ständig hast du mir solche Streiche gespielt«, erklärte Gilleis ärgerlich. »Als ich zornig auf dich war, weil du mich ausgelacht hattest, hast du es wieder getan. Oh, du hast dich gut darauf verstanden, bei mir deinen Willen durchzusetzen, aber du hast mir nie etwas dafür zurückgegeben. Sogar als du mein Bild gemalt hast, warst du so mißlaunig, daß ich Angst hatte zu blinzeln.«

»Du hast ja gar nichts vergessen!« rief Harry entgeistert.

»Nichts von den schlimmen Dingen. Deine guten Eigenschaften sind mir entfallen. Vielleicht hattest du ja keine.«

»Aber dennoch liebst du mich«, erklärte er triumphierend.

»Oh, ich behaupte ja auch nur, daß ich mutig und entschlossen bin. Ich habe niemals gesagt, ich wäre vernünftig.«

»Wenn du eine Xanthippe wirst«, drohte Harry, »werde ich dich verprügeln, sobald wir verheiratet sind.«

»Wer hat vom Heiraten gesprochen? Hast du nicht gehört, daß England mit einem Interdikt belegt ist? Trauungen werden nicht mehr durchgeführt, wir sind dem himmlischen Königreich einen Schritt näher gerückt.«

»Isambards Kaplan auf Parfois wird uns trauen. Er vertritt die Ansicht, sein Herr sei vom Interdikt entbunden, weil er außer Landes war und dem Kreuz gefolgt ist, als der Bann ausgesprochen wurde. Aber auch ohne Kreuzzug hätte dieser Geistliche sich einen Grund einfallen lassen, weswegen Parfois vom Interdikt ausgenommen ist. Der Papst sitzt in Rom und kann seine Seele bedrohen, aber Isambard befindet sich in seiner Nähe und würde ihm sehr viel eher ans Fell gehen.«

»Jedenfalls wäre ich nicht verwundert, wenn du mich prügeln würdest«, sagte Gilleis und vergrub ihre Finger in den kurzen Locken in Harrys Nacken. »Ich glaube, einmal stand ich schon kurz davor. Nämlich, als du mich dabei erwischt hast, wie ich in die Halle gespäht habe, wo du die Cister spieltest. Du hast mich ins Bett geschickt, und ich ...«

»Das lasse ich mir nicht gefallen!« rief Harry aufgebracht aus, hob Gilleis hoch und trug sie zum Fenstersims. Immer noch war sie so klein, daß sie ihm nicht einmal bis zum Kinn reichte; außerdem war sie schlank wie eine Gerte und machte ihm weniger Schwierigkeiten als damals. Trotzdem ließ sie sich die Gelegenheit nicht entgehen, ihn an jenen Abend zu erinnern.

»Außerdem hast du mich damals beinahe fallen gelassen.«

Harry ließ sich auf der holzgetäfelten Fensterbank nieder und nahm Gilleis auf seine Knie. »Jetzt will ich einmal meine Erinnerungen durchforschen. So habe ich dich in den Armen gehalten, und du hast mich angeschrien und beschimpft.« Lachend drückte er sie an sein Herz. Denn Lachen schien die einzige Sprache der Liebe zu sein. »Unter deinem Umhang hattest du nichts an. Und dein Haar war gelöst.« Er zupfte am goldenen Band, bis ihre schwarze Mähne schwer, seidig und wunderbar über sie beide fiel, über ihre Schultern und seinen Arm, der sie hielt. »So, das ist besser! Und soweit ich mich erinnere, Liebste, warst du es, die mich geschlagen hat, nicht umgekehrt. Wie eine Furie hast du mit Fäusten auf mich eingedroschen. Und nicht zum ersten Mal!«

»Und trotzdem liebst du mich«, frohlockte sie.

»Davon habe ich noch nichts gesagt!«

»Zu spät, um einen Rückzieher zu machen. Ich habe dein Gesicht gesehen, als du mich wiedererkannt hast. Es schien, als ob du nicht wußtest, ob du vor Freude schreien oder an meiner Brust in Tränen ausbrechen solltest.«

»Vielleicht tue ich das ja noch«, meinte Harry und legte die Lippen an den Ausschnitt ihres Gewands, zwischen ihre kleinen, festen Brüste. »Ich liebe dich aufrichtig und von ganzem Herzen, Gilleis. Doch erst, als ich zum Mann herangewachsen war, wurde ich so gescheit, das zu erkennen. O Gilleis, werde meine Frau! Mein Herr hält sich derzeit mit dem König in Irland auf und wird noch ungefähr einen Monat ausbleiben, aber sobald er heimkehrt, werde ich mit ihm über unsere Heirat sprechen. Ich bin sicher, daß er uns eine Wohnung im Schloß gibt, und wir können uns dort in der Kapelle trauen lassen. Ach, meine Liebste, wie soll ich es nur ertragen, morgen ohne dich zurückzureiten, nun, da ich dich gefunden habe? Aber ich muß Vorkehrungen für deinen Empfang auf Parfois treffen, und ich muß mit meiner Arbeit weiterkommen. Du bleibst besser hier bei meiner Mutter, bis ich dort alles für dein Kommen vorbereitet habe.«

»Ich kann warten«, meinte Gilleis. »Bis jetzt habe ich deiner geharrt und niemals geklagt, da kann ich auch noch ein paar weitere Wochen verstreichen lassen.«

»Du wirst nicht wieder verschwinden, sobald ich dir den Rücken zukehre?«

»Und du, wirst du nicht vergessen, zurückzukommen und mich zu holen?«

Harry vergrub sein Gesicht in ihr Haar und küßte durch den wallenden, seidigen Vorhang hindurch ihre Augen, ihre Wangen und ihr Kinn, den weichen rundlichen Hals und den begierigen Mund. Als er seine Lippen in die zarte Höhlung unterhalb ihrer Kehle gelegt hatte, begann er sich von neuem vor Lachen auszuschütten. Er lachte und lachte, und es schien, als könne er nicht mehr damit aufhören. Sie nahm sein Gesicht zwischen beide Hände und schüttelte ihn, bis er wieder zur Besinnung kam. »O Gilleis, was für eine Strafpredigt mir bevorsteht! Was wird meine Mutter mir wohl sagen, wenn sie hört, daß ich ihr die wunderbare Frau entführe, die ihre Kleider näht?«

Singend ritt Harry nach Parfois zurück. Seine Schulter war noch feucht von den Tränen seiner Mutter und seine Lippen noch warm von Gilleis' Küssen. Ebrard war mit ihm bis zur Grenze des Gutes geritten. Er war so überschwenglich erleichtert gewesen, als Harry sich von Herzen gern bereit erklärt hatte, seinen Besitztitel anzuerkennen, daß er ihn beim Abschied liebevoll umarmte und küßte, wie er es seit ihrer Kinderzeit nicht mehr getan hatte. Bei seinem erneuten Fortgang wurde der verlorene Sohn von jedermanns Segen begleitet; selbst der milchgesichtige Schreiber, der geschmollt hatte, als der Eindringling sich in Sleapford aufhielt, zeigte sich jetzt fremdlich.

In Harrys Satteltasche lag ein Dokument, aufgesetzt von eben diesem Schreiber und von Ebrard unterzeichnet, in dem bezeugt wurde, daß William Boteler und Alison, seine Gattin, samt all ihren Nachkommen künftig frei und aus der Leibeigenschaft entbunden waren. Alle Frondienste, aufgrund derer der besagte William Boteler bisher sein Land und seine Hütte genutzt hatte, wurden hiermit in eine jährliche Pacht von fünf Shillings umgewandelt.

Adam stand auf dem Baugerüst und beobachtete, wie der Zimmermannmeister das Entfernen des Stützgerüsts vom weit zurückgesetzten Bogen des Westportals überwachte. Harry schwang sich hinter dem Freund hinauf auf das Gestell. Unbemerkt schlich er sich in Adams Rücken, streckte den Arm über dessen Schulter und ließ das Pergament vor seinen Augen hin- und herbaumeln. Adam drehte sich mit einem verblüfften Lächeln zu ihm um, halb freudig, halb fragend, und las das Schriftstück zweimal durch, ehe er seine Bedeutung voll erfaßt hatte. Er schluckte und starrte stumm und mit bebenden Lippen darauf. Da zog ihn Harry in die Arme und herzte ihn stürmisch.

»Am liebsten wäre ich zu ihnen gegangen und hätte es ihnen gesagt, doch ich habe mich zurückgehalten. Das sollst du ihnen mitteilen, und zwar noch heute. Ich wünschte, ich könnte mit dir zurückreiten, aber wir dürfen gegenwärtig nicht beide fehlen. Du kannst ihnen ausrichten, daß ich bald komme und ihnen fürs erste meine Ehrerbietung und Liebe vorausschicke. Wenn du mit diesem Blatt in der Hand zu Hause eintriffst, wird sie das hoffentlich über all die Jahre hinwegtrösten, in denen sie dich entbehrt haben.«

Und Adam, der immer heitere Adam, der selbst als Säugling kaum geweint hatte, stand da und versuchte zu sprechen, doch es gelang ihm nicht. Seine Hände, in denen er das kostbare Stück Schafshaut hielt, zitterten. Dann legte er den Kopf an Harrys Schulter und weinte kurz und heftig schluchzend aus tiefster Seele.

»Du meine Güte, ich wollte dich nicht so erschüttern«, sagte Harry, der zu aufgeregt und bewegt war, um die Fassung zu verlieren, obwohl er in eine so ungewohnte Rolle gedrängt wurde. »Alles ist besser ausgegangen, als ich mir hätte träumen lassen. Und es ist viel leichter gewesen als erwartet – und, bei meiner Seele, ich bin darüber ebenso außer mir vor Freude wie du. Denk nur, wie es sein wird, in den Hof zu treten und deinem Vater dieses Dokument zu überreichen! Komm jetzt mit mir, wechsle deine Kleidung, und dann brich auf, um den Tag auszunutzen. Deiner Familie geht es gut, das schwöre ich dir. Ich habe die beiden Jungen gesehen und die Stimme deiner Mutter im Haus gehört. Im Gutshaus habe ich mich nach deinem Vater erkundigt, und er ist am Leben und wohlauf. Du brauchst dir also überhaupt keine Sorgen zu machen. Ranald ist, glaube ich, schon größer als du, und Dickon ist auch nicht viel kleiner. Und um dir die Wahrheit zu sagen, Adam, allzusehr hat man mich zu Hause nicht vermißt. Großes Unrecht habe ich ihnen nicht getan, und falls sie mir welches zugefügt haben, so ist das lange her. Ich bin zutiefst froh, daß du mich zu diesem Besuch bewogen hast. Ebrard war nur darüber besorgt, daß ich Anspruch auf einen Teil seines Besitzes erheben könnte, und meine Mutter denkt über eine zweite Ehe nach. Ob mit mir oder ohne mich, sie ist glücklich wie eine Lerche. Tatsächlich sagte sie, sie habe jetzt mehr noch als in der Vergangenheit einen Grund, mich zu hassen, denn ich beraube sie ihrer Näherin.«

Adam hob den Kopf und wischte sich hastig die Augen mit dem Ärmel. Sein Gesicht war vom Lachen, Weinen und von der Verblüffung seltsam verzerrt. »Um Gottes willen, Harry, entweder du hast den Verstand verloren, oder ich bin noch so durcheinander, daß ich kein Wort begreife. Ihre Näherin? Was könntest du von ihrer Nähfrau wollen?«

»Du hast sie halt noch nicht gesehen, Adam!« Harry faßte ihn bei den Schultern und schüttelte ihn fröhlich. Seine Augen tanzten im Sonnenlicht und leuchteten blau und grün. »Sie ist keine gewöhnliche Näherin. Ihr Name lautet Gilleis Otley, und ich werde sie heiraten.«

Ende August kehrte Isambard heim. Nach dem triumphalen Zug durch Irland und Südwales, wo der König seine Feinde verheert und in alle Winde zerstreut hatte, sprühte er vor Energie und strahlender Laune. Und besser noch, die kleinen Saatkörner des Argwohns betreffs Llewelyns Treue waren in König Johanns

Herz aufgegangen, und nachdem Isambard sie drei Monate lang hingebungsvoll gepflegt hatte, trugen sie jetzt schon die ersten Früchte. Die Anklage des Ehebruchs war wahrscheinlich niemals zu beweisen, aber die würde wohl auch niemand jemals offiziell erheben. Dafür sprach König Johann die Anklage und das Urteil in der Stille seines unergründlichen Geistes aus – und dagegen war keine Berufung möglich. Die Vollstreckung des Urteils war alles, was die Welt jemals von diesem Prozeß zu sehen bekommen würde. Selbst unter seinen ehemals engsten Freunden bewegte der König sich auf verschlungenen Pfaden, und zog er doch einmal jemanden beiseite, dann nur, um zwei Parteien gegeneinander auszuspielen. Falls er überhaupt noch einem Menschen auf der Welt traute, dann war dies Isambard. Sie hatten gemeinsam den Triumphzug von Fishguard über Wales nach Bristol gemacht – es handelte sich um eine Machtdemonstration, die dazu angelegt gewesen war, die Bewohner so zu beeindrucken, daß sie sich vollständig unterwarfen. Während der ganzen Reise hatte Isambard sich bemüht, den König davon zu überzeugen, daß es an der Zeit war, endgültig mit dem Fürsten von Gwynedd abzurechnen.

Der von König Johann zwar nicht offen angeordnete, aber geduldete Einfall des Grafen von Chester in das Territorium des Fürsten hatte sich als nützlich erwiesen, denn er hatte die vielen kleineren Feinde ermutigt, die Llewelyn selbst unter den walisischen Fürsten besaß. Der größte Schlag jedoch, den der König seinem Feind versetzen konnte, bestand darin, Gwenwynwyn freizulassen und ihn von neuem im südlichen Teil des Fürstentums Powis einzusetzen; denn dieser war ein heißblütiger Mensch und würde nicht ruhen, ehe er Llewelyn die Nordhälfte wieder abgenommen hatte. Wenn der König Gwenwynwyn diesen Herbst von der Leine ließ, damit er Gwynedd vom Süden her zusetzte, würde im kommenden Frühjahr die Bühne für einen königlichen Feldzug bereit sein, mit dem die Engländer westwärts bis zum Conway vorstoßen und den Falken aus seinen Felsen unterhalb des Berges Snowdon vertreiben würden.

Daher ritt Isambard hochzufrieden mit dem Ergebnis der

Arbeit heim, die er diesen Sommer geleistet hatte. Seine dreimal zwanzig Ritter und die Kompanie Bogenschützen führte er vollständig an Zahl im Eiltempo nach Parfois zurück, tauschte seinen Kettenpanzer gegen seidene Gewänder und setzte sich in seine Große Halle, um Klagen anzuhören und Recht zu sprechen. Als seine Heimkehr bekannt wurde, schienen die Dörfer, deren Bewohner im Schweiße ihres Angesichts die Mittel für Isambards Feldzug aufgebracht hatten, sich tiefer zwischen die Hügel zu kauern wie Hasen in der Ackerfurche; denn sie wußten: Nur allzubald würden neue Forderungen kommen.

»Heiraten?« fragte Isambard, als Harry mit seinen Neuigkeiten zu ihm kam. »Meiner Treu, und ich dachte, Ihr wäret mit Eurem Zeichenbrett verheiratet!«

Er blickte von dem fertiggestellten Bogen des Westportals zu den gewaltigen Balken, welche die Zimmerleute bereits für die Dachkonstruktion der Kirchenschiffe zurechtsägten, und wieder zurück in Harrys Gesicht; und seine Augen leuchteten dabei voller Freude.

»Offensichtlich hat die Liebe nicht an Euren Kräften gezehrt, selbst wenn Ihr Euch alle zehn Tage davongemacht habt, um Euer Mädchen zu besuchen. Noch nie habe ich ein Bauwerk von dieser Größe so schnell wachsen sehen. Ja, holt Eure Verlobte nach Parfois, wann immer Ihr wollt. Wenn Ihr sie bei Euch habt, werdet Ihr wenigstens keine Zeit mehr für die Reise zu ihr vergeuden müssen. Benedetta wird sich bis zum Hochzeitstag ihrer annehmen, und Ihr sollt ein eigenes Gemach im King's Tower bekommen. Meinen Glückwunsch.« Er legte Harry einen Arm um die Schultern. »Und unter welchem Eurer Namen habt Ihr vor zu heiraten, Master Henry? Lestrange … oder etwa Talvace?«

Harry starrte ihn an und riß auf so kindliche Weise Mund und Augen auf, daß Isambard den Kopf zurückwarf und in ein Gelächter ausbrach, das die Vögel auf den Bäumen erschreckte.

»Seht mich nicht so an, ich bin kein Magier! Seit fast einem Jahr bin ich schon im Bilde. Erinnert Ihr Euch nicht mehr, wie ich Euch letzten Herbst mitteilte, Hugh de Lacy hätte Euch

Grüße gesandt, als er sich schriftlich für den Wein bedankte, den ich ihm nach seiner Genesung geschickt hatte? Was glaubt Ihr denn, mit welchem Namen er Euch genannt hat?«

»Wohl wahr!« rief Harry. »Daran hatte ich nicht gedacht. Er kannte mich nur unter einem Namen, denn mir ist nie eingefallen, vor ihm den anderen zu erwähnen. Aber warum habt Ihr mich nie darauf angesprochen?«

»Warum hätte ich? Wenn Ihr mir etwas zu sagen gehabt hättet, dann hättet Ihr es getan. Der Name eines Mannes ist seine eigene Angelegenheit. Ich für meinen Teil ziehe es allerdings vor, wenn er nur einen führt, und zwar seinen richtigen.«

»Das finde ich ebenfalls«, meinte Harry, »obwohl es mir nichts ausgemacht hat, als ich ihn änderte. Aber: Ein Talvace bin ich, und Talvace soll von jetzt an mein Name sein.«

So kam Gilleis in der zweiten Septemberwoche nach Parfois, und zwei Tage später wurden sie und Harry in der Kapelle des Frauenturms von dem gutmütigen, spitzfindigen und fügsamen Mann getraut, der Isambards Kaplan war und vor ihm schon seinem Vater gedient hatte.

An diesem Abend saßen die beiden in der Großen Halle zwischen Isambard und Benedetta am Tisch des Burgherrn und waren zu erfüllt von ihrem Glück, um zu essen, zu trinken oder auch nur zu sprechen. Zu Isambards Linken glänzte Lady Talvace in dem prächtigsten Kleid, das Gilleis je für sie genäht hatte, und sonnte sich in den Aufmerksamkeiten ihres hochgeborenen Tischherrn. Rechts neben Benedetta saß Ebrard, der sein bestes blaues Samtgewand trug und für zwei soff. Unten in der Halle plauderte und speiste der gesamte Haushalt von Parfois. Aber inmitten so vieler Zeugen waren diese sechs allein.

Benedetta blickte auf die drei Profile, welche sich überschnitten wie drei Köpfe auf einer Münze. Isambard saß am weitesten von ihr entfernt. Unter der gebräunten Haut waren seine Wangen vom Wein gerötet und von einer tieferen Erregung, die nicht vom Trunk herrühren konnte. Mit blitzenden Blicken und beredten Kopf- und Handbewegungen lenkte er das Kommen und Gehen seiner Untertanen. Wenn er wie jetzt lachte und der Außenwelt mit Wärme und Klugheit begegnete, glühte er derart vor Schönheit und Lebendigkeit, daß er die Vögel auf den Bäumen in seinen Bann hätte schlagen können. Einen Grund für seine gute Laune begriff Benedetta eher mit dem Herzen als mit dem Verstand. Er erfreute sich daran, einen Mann um sich zu haben, der über beide Ohren verliebt war, aber nicht in sie, Benedetta. Außerdem war da noch das Vergnügen, das es ihm bereitet hatte, einen ganzen Sommer lang erbarmungslos gegen den walisischen Fürsten zu intrigieren. Aber Isambard strahlte noch etwas anderes aus: Er machte den Eindruck eines Menschen, der zu einer glücklichen Entscheidung gelangt ist und deswegen innerlich jubelt; und für diesen Jubel konnte die Venezianerin keine ausreichende Erklärung finden.

Vor Isambards dunkel-glühendem Antlitz hob sich das Profil von Gilleis mit ihrer rosigweißen Haut klar und blaß wie eine Perle ab. Ein winziges Ding war diese Braut, zierlich und wunderhübsch. Aus großen dunklen Augen blickte sie furchtlos in die Welt, und dahinter steckte ein Geist, der treffsicher und gnadenlos urteilte, so wie Kinder es tun. Als ich sie bei ihrem Eintreffen empfangen und geküßt habe, dachte Benedetta, sind diese Augen bis in mein Herz gedrungen, und sie hat zumindest einen Teil dessen begriffen, was mich umtreibt. Ich wußte, daß sie jung sein würde, und dachte, sie wäre sanft, liebreizend und ängstlich; aber sie ist beherzt, kühn und tapfer. Ich habe geglaubt, daß sie ihm nicht gewachsen wäre und er vielleicht eines Tages Ausschau nach einer anderen halten würde; aber sie kann ihm – und mir – das Wasser reichen, und sie wird ihn nicht enttäuschen. Dieses Mädchen ist der Tod all meiner Hoffnungen, falls das, was ich gehegt habe und jetzt nicht mehr, überhaupt Hoffnung war.

Was bleibt nun noch für mich, Harry?

Auf dem dritten Gesicht ruhte Benedettas Blick am längsten, denn es war ihr am teuersten und so nahe, daß sie Harrys gerötete Wange mit den Lippen hätte streifen können, wenn sie den Kopf wandte. Leidenschaftlich und verwundert betrachtete sie ihn. Seine Augen wiesen einen hellen, wechselnden Schimmer auf, eine verblüffende Mischung aus Topas und Aquamarin, und die von der Erregung hervorgerufene Blässe hob seinen gebieterischen Gesichtszug hervor. Harry, der sonst keinen Pfifferling darum gab, wie er auf andere wirkte oder wie alt seine Kleider waren, solange er ordentlich aussah und anständig bedeckt war, hatte sich große Mühe gegeben, sich für seine Braut herauszuputzen. Das dichte braune Haar war frisch geschnitten, die feingezeichneten Wangen und das selbstbewußte Kinn glatt wie Elfenbein rasiert, und unter dem hohen Kragen seines goldfarbenen Übergewands lag um seinen Hals eine Kette aus polierten braunen Steinen. Er war wieder ein Talvace. Neben ihm wirkte Ebrard trotz seines ritterlichen Gehabes wie ein Bauerntölpel.

Man kann ihn anfassen, wie man will, dachte sie, berauscht von der Liebe und dem Stolz, die um ihr Herz flammten wie ein Feuer und sogar die quälende Eifersucht, die sie gegen Gilleis empfand, niederbrannten; man kann sich nach Belieben auf ihn stützen – er bleibt immer standfest. Diese Glocke kann man anschlagen, wo man will, der Klang wird immer rein sein. Wer außer Harry hätte zu mir gehalten, sich niemals hinter Kälte versteckt, wer hätte seine Schwierigkeiten nicht durch eine freundliche oder auch grausame Lüge umgangen? Er hat nicht einmal meine Anwesenheit gemieden, mich niemals durch ein ausweichendes Kompliment oder eine unaufrichtige Liebkosung beschämt, niemals in irgendeiner Sache, die zwischen uns beiden stand, einen falschen oder einfachen Ausweg gewählt. Wer anderes als Harry wäre geradewegs zu mir gekommen und hätte mir von Angesicht zu Angesicht von seiner Liebe und seinen Heiratsplänen berichtet? Jeder einzelne dieser Ritter und Krieger hier wäre unter diesen Umständen vor mir geflüchtet, als hätte ich die Pest am Leib. Und dabei halten sie sich selbst für Helden und ihn für einen einfachen Handwerker, der für sich den schlechteren Teil des Lebens gewählt hat. Und daß er mich aufsuchte, war kein Akt der Höflichkeit oder Gnade. Er kam zu mir als einer Frau, die durch ihre Liebe Rechte an ihm erworben hat, der man aufrichtig begegnet und Auge in Auge die Wahrheit gesteht. Durch die Art seiner Zurückweisung hat er mir größere

Ehre erwiesen als jeder andere Mann, der mir sein Herz zu Füßen gelegt hätte. Und ich bereue meine Liebe nicht, sondern frohlocke darüber. Ich habe sie dem geschenkt, der ihrer würdig war, und bei Gott, ich werde sie niemals zurücknehmen!

Ich habe nichts verloren, versuchte sie sich einzureden, während irgendeine äußere Hülle ihrer selbst Ebrards Galanterien Aufmerksamkeit zollte. Harry nicht, denn er hat niemals mir gehört. Nicht die Hoffnung, ihn eines Tages für mich zu gewinnen, denn die hat es nie gegeben. Höchstens die Illusion einer Hoffnung. Wäre Gilleis eine geringere Frau gewesen, als sie es ist, dann hätte ich mich vielleicht sogar jetzt noch an diese Illusion geklammert. Doch sie ist ihm wahrhaft ebenbürtig, und darüber bin ich froh, obwohl es mich meines letzten Besitzes beraubt. Ein so edler Mensch hat eine ebensolche Gefährtin verdient. Hätte Harry sich eine unwürdige Gattin erwählt, so hätte er nicht nur sich selbst, sondern auch mich erniedrigt. Also ist die Zeit der Selbsttäuschungen vorüber, und ich empfinde meinen Verlust um so stärker, da ich Harry wegen seines edlen und rücksichtsvollen Handelns an mir noch stärker liebe und verehre als je zuvor.

Jetzt habe ich nichts mehr zu gewinnen. Nun, dachte sie und lächelte über ihr Weinglas hinweg, werden wir sehen, Benedetta, ob du ihm nach England gefolgt bist, um zu geben oder um zu nehmen.

In der Stille ihres Schlafgemachs saß Benedetta vor dem Spiegel aus poliertem Metall und kämmte ihr langes Haar. Aus der glänzenden Oberfläche blickten ihr ihre Augen mit einem düsteren metallischen Glanz entgegen. Langsam und matt fuhren ihre Hände durch die schweren roten Strähnen. Noch nie hatte sie sich so müde gefühlt.

In dem Gemach im Königsturm, das man für die Vermählten neu eingerichtet hatte, lagen sich Braut und Bräutigam jetzt eng umschlungen zwischen Wachen und Träumen in den Armen. Ihr Glück umgab sie wie ein undurchdringlicher Panzer, und sie schwebten so hoch über allen Dingen, daß die Welt sie nicht erreichte. Und doch teilte ein Teil ihrer Seligkeit sich ihrer Umgebung mit und erfüllte die Nachtluft mit einer köstlichen, betörenden Präsenz, welche jedes Begehren bis an die Grenze des Schmerzes trieb.

Nackt bis auf den pelzbesetzten Hausmantel, welchen er ausschließlich in seinem eigenen Gemach trug, trat Isambard hinter Benedetta und vergrub seine Hände bis zu den Gelenken in ihrer üppigen Haarmähne. Sie vernahm seinen beschleunigten Atem und den langen befriedigten Seufzer, mit dem er die Wange an ihren Hals schmiegte. Verschränkte Harry dort in dem Eckzimmer des Königsturms mit derselben Geste die Finger in dem schwarzen Haar seiner jungen Frau, glitten seine Hände genau so über die Knospen der jungen gerundeten Brust und an den elfenbeinfarbenen Hüften des Mädchens hinab? Seine Hand war wohl noch ungeübt, doch diese Kunst war angeboren; durch Übung wurde sie höchstens verfeinert und vervollkommnet. Ich wünsche den beiden nur Gutes, sagte sich Benedetta im stillen, und es kam aus dem Inneren ihres Herzens. Ich gönne ihnen diese wunderbare Freude und auch alles andere. Wie könnte ich Harry seine Lust mit ihr mißgönnen, wo ich ihm doch die Welt schenken würde, wenn es in meiner Kraft stünde? Ihr Glück ist mir Freude und Leid zugleich. Herr, schenk ihm alles, was das Leben einem Manne zu bieten hat, betete die Venezianerin inbrünstig, während sie im Spiegel dem dunkel lächelnden Gesicht zurücklächelte, das ihr über die Schulter blickte.

»Benedetta!« sagte Isambard leise, legte die Lippen an ihre Wange und küßte sie. Sie hob die Hand und fuhr mit den Fingern durch sein Haar. »Mylord?«

»Diese Hochzeit ist eine seltsame Angelegenheit! Wie oft habe ich gesehen, daß meine Freunde verheiratet wurden, und niemals habe ich dabei etwas anderes als Mitleid für sie empfunden, weil sie solche lustlosen Umarmungen mit unattraktiven Gefährtinnen in Kauf nehmen mußten, und das nur, um ihren Besitz um ein paar Felder oder ein weiteres Haus zu vergrößern. Nur ein Landloser kann sich erlauben, sich wie Harry in eine Ehe zu stürzen, bei der er keinen Fußbreit Boden gewinnt. Was soll aus unserer Moral werden, wenn junge Männer aus keinem stichhaltigeren Grund denn aus Liebe heiraten?«

»Und was würde dann aus Frauen wie mir?« fragte Benedetta. »Man sollte die Ehe praktisch betrachten, wie sich das gehört. Sir Ebrard, so erzählt man sich, führt seit langem umständliche Verhandlungen um die Tochter seines Nachbarn. Seit Tourneurs Sohn verstorben ist, wird sie ihrem zukünftigen Gatten drei Landgüter mit in die Ehe bringen. Dreizehn Jahre ist sie alt und pockennarbig, sonst wäre sie auch mit einer kleineren Mitgift längst versprochen. Ebrard hatte anscheinend schon einmal einen Heiratskontrakt geschlossen, aber das Mädchen ist gestorben, ehe sie das heiratsfähige Alter erreicht hatte. Dieser Talvace ist nicht mit schwarzen Augen und einem Rosenmund zu ködern. Keine Familie kann sich mehr als einen Toren leisten, wie dein Meister Harry einer ist.«

»Keine Familie wagt, sich mehr als einen dieser Narren zu erhoffen«, entgegnete Isambard lächelnd. »Ich bin froh, ihn so glücklich zu sehen. Mir scheint, daß ich etwas von ihm zu lernen habe, nämlich wie hoch man die Liebe, diese vertrackte Angelegenheit, schätzen soll.«

Seine Hände legten sich um ihre Schultern und zogen sie nach hinten an seinen Körper. Im Spiegel hefteten sich ihre Blicke aufeinander.

»Benedetta, ich verstehe jetzt, daß ich mir selbst und dir Unrecht tue, indem ich unserer Verbindung, die einer Ehe an Frieden, Sicherheit und Dauer in nichts nachsteht, diesen Namen verweigere. Ich begehre keine Frau außer dir, jetzt und in alle Ewigkeit. Von ganzem Herzen wünsche ich mir, daß du meine Gemahlin wirst.«

Ihr Gesicht zeigte keine Regung; nur schien es ihm, als würde ein Schleier das Leuchten ihrer Augen trüben. Sie saß ruhig unter seinen Händen, betrachtete ihn durch diesen Schleier hindurch und schwieg so lange, daß ein eisiges Gefühl ihn ergriff.

»Was hast du? Warum sagst du nichts? Bist du böse, weil ich erst jetzt zu dieser einfachen Entscheidung gelangt bin, die ich schon längst hätte fällen sollen? Aber ich bin nun einmal kein einfacher Mensch. Es bedurfte der Direktheit von Kindern, um mich so zu bezaubern, daß ich zu dieser simplen Einsicht gelangt bin. Eine Ehe hatte ich bisher mit dem Feilschen und der Gier nach ein paar unfruchtbaren Ländereien verbunden. Aber dies hier ist für mich eine ganz neue Vision eines unschuldigen Paradieses, wo jeder Kuß von Herzen kommt. Ich hätte dir keinen Gefallen getan und mir selbst keine Ehre gemacht, hätte ich dich gebeten, meine Frau zu werden, als ich noch so eine schlechte Meinung von der Ehe hatte. Aber tritt jetzt mit mir durch diese Tür, und wir werden sein wie die Kinder.«

Zum ersten Mal, seit er sie kannte, sah er Tränen in Benedettas Augen steigen und begriff nicht, daß sie um ihn weinte. Er sank an ihrer Seite auf die Knie und zog sie mit seinen langen Armen fest an sich. »Ach, habe ich dich auf irgendeine Weise verletzt? Was hast du? Liebste, Teuerste, was habe ich getan?«

»Nichts!« entgegnete sie. »Mich geehrt, so daß ich tiefer denn je in deiner Schuld stehe! Meine Seele zutiefst bezaubert! Nichts als Gutes hast du mir getan. Aber ich bin kein Kind, und solange das Rad der Zeit sich nicht rückwärts dreht, vermag ich nie wieder eines zu werden. Und ich kann und will nicht heiraten. Dich nicht, und auch niemand anderen.«

Die Wut, welche ihn immer so rasch überkam, flammte dunkelrot in seinem gekränkten Blick auf. »Warum nicht? Was soll das heißen? Du hast mich genommen; wieso weist du mich ab, da ich dir sogar meinen Namen und meinen Besitz schenken will? Ist dieser andere Mann der Grund? Hängst du immer noch an ihm? Hat er dir jemals so viel Liebe entgegengebracht wie ich?«

Benedetta legte ihre Hände um Isambards Nacken und drehte sein Gesicht zu sich, so daß sie einander direkt in die Augen sahen. »Eines gelobe ich dir, aber damit mußt du dich zufriedengeben. Noch nie zuvor habe ich mich dir im Geiste so nahe und so zu dir hingezogen gefühlt wie in diesem Augenblick. Das, was ich dir geschworen habe, wiederhole ich, und ich werde es halten, bei meiner Ehre, von der die Welt behaupten würde, daß ich sie nicht besitze, die du mir aber nicht absprechen wirst. Hätte ich je eines Mannes Frau werden wollen, dann wärest du dieser Mann gewesen, aber in mir wohnt etwas, das niemals zulassen wird, daß ich heirate. Warst du nicht zufrieden mit mir, so wie ich bin? Habe ich dir nicht treulich meinen Körper geschenkt, meinen Rat und den geringen Verstand, den ich besitze, um dir zu Diensten zu sein? Laß es dabei bewenden! Laß mich in Frieden!«

»Da ist ein Ort in dir, den ich nicht erreichen kann«, rief er aus, zog seinen Kopf zurück und sprang auf, wobei er sie mit sich zog. »Du berührst mich zärtlich mit deinen Händen, du öffnest mir deine Arme, du schenkst mir deinen Körper, aber an dein Herz komme ich nicht heran.«

»Das brauchst du auch nicht«, sagte sie. »Ein Stück meines Herzens habe ich dir schon vor langer Zeit geschenkt. Ich habe dir nichts mehr zu geben, das du nicht bereits besitzt. Gib dich damit zufrieden! Wäre es dir möglich, in mein Herz zu blicken und zu ergründen, was sich dort befindet, so würdest du gewiß dich dort sehen.«

»Dann schenk mir, worum ich dich bitte! Werde mein Weib!« Plötzlich wallte verzweifeltes Begehren in ihm auf, und er küßte sie von der Stirn bis zur Brust, versiegelte ihre Augen mit Küssen und preßte seine Lippen so lange auf die ihren, bis Benedetta sich aus seinen Armen wand, um zu Atem zu kommen.

Als er seinen Mund von ihrem löste, kam allmählich wieder Farbe in ihre bleichen Lippen. Blutrot waren sie jetzt, und als sie sich öffneten, war es nur, um mit der gleichen unbeugsamen Entschlossenheit wie er heftig zu wiederholen: »Nein, das werde ich nicht.«

KAPITEL ELF

»Madam und hochgeehrte Lady«,

begann das Schreiben, das Walter Langholme in der Mitte der Erntezeit durch einen Boten aus Aber geschickt hatte,

»nachdem dieser Feldzug nunmehr zu einem erfolgreichen Abschluß gebracht worden ist, hat Mylord mir aufgetragen, Euch einen vollständigen Bericht zu liefern, zu dessen Abfassung seine Pflichten bei Seiner Gnaden, dem König, ihm keine Muße lassen.

Hiermit entbiete ich Euch die untertänigsten Grüße Mylords und versichere Euch seiner Ergebenheit. Mylord befindet sich wohl und hat bei den Kämpfen, in denen wir tatsächlich nur leichte Verluste erlitten haben, keinen Schaden genommen, wenn auch einige Kompanien, die unter weniger guter Führung standen als die unsere, den geschickten walisischen Bogenschützen einen hohen Zoll entrichtet haben.

Wie Ihr wißt, haben wir Anfang Mai in Chester Aufstellung bezogen, nachdem unser Herr, der König, alle walisischen Anführer, ausgenommen den Fürsten von Gwynedd, dem unser Feldzug galt, dorthin berufen hatte. Diese folgten seinem Befehl und erschienen fast vollzählig, darunter sogar einige, die bisher fest zu Fürst Llewelyn gehalten hatten.

Nur vermag ich nicht zu beurteilen, ob sie aus Pflichtgefühl gegenüber unserem Herrn, dem König, oder aus Neid gegen Llewelyn kamen, denn in Wahrheit sind ihm viele mißlich gesonnen und würden mit Vergnügen seinen Sturz sehen. Doch bei diesem ersten Aufmarsch folgte Seine Gnaden, der König, unklugerweise nicht dem Rat von Mylord, sondern bestand darauf, ohne Verzug nach Tegaingl einzumarschieren, obwohl man ihn gewarnt hatte, unsere Nachschubwege seien für einen so raschen Feldzug nicht ausreichend gesichert.

Wie auch immer, wir rückten vor, und die Waliser wichen, wie es von alters her ihr Brauch ist, vor uns zurück und traten nicht zur offenen Feldschlacht an, sondern setzten uns von den Flan-

ken her zu. So zogen sie sich mit ihrem ganzen Troß, mit Vieh und Pferden, vor uns in die Berge zurück.

Bei Degannwy erreichten wir den Conway, nachdem wir, bedingt durch die Jahreszeit, den größten Teil unserer Vorräte aufgezehrt hatten; denn jene Landschaft lieferte keinerlei Nahrung, mit Hilfe derer wir unseren Proviant hätten sparen können. Nicht einmal Tiere ließen sich dort finden. Daher war offenkundig, daß wir einen längeren Feldzug nicht würden verkraften können; denn wir waren schon so weit gekommen, daß jedes bißchen Nahrung, welches sich auftreiben ließ, nicht einmal in Silber, sondern in Gold aufgewogen wurde, und weiterzuziehen hätte bedeutet, eine Hungersnot in Kauf zu nehmen. Daher befahl unser Herr, der König, der Armee, sich nach England zurückzuziehen. Auf diesem Marsch aßen wir alle Pferde, die wir entbehren konnten, und litten ansonsten Hunger.

Nichtsdestoweniger hielt Seine Gnaden, der König, an seiner Absicht fest, gegen den Fürsten von Gwynedd zu ziehen, und traf neue Vorkehrungen für ein besseres Gelingen, und wir wurden angewiesen, in der ersten Juliwoche zum erneuten Male in Oswestry Aufstellung zu nehmen. Nachdem wir nunmehr unserer Nachschubkolonne versichert waren, marschierten wir nach Gwynedd ein und rückten rasch auf die Mündung des Conway zu; da trieben wir Fürst Llewelyn über jenen Fluß und in die Berge von Arllechwedd hinein. Die Kampftaktik der Waliser war die übliche: Leichtbewaffnete Bogenschützen verwickelten uns in Scharmützel, während der Hauptteil des Heeres vor uns auseinanderlief, so daß wir dem Gegner nicht recht zu Leibe rücken konnten. Durch diese Methode vermeiden die Waliser schwere Verluste. Doch aufhalten konnten sie uns damit nicht, und wir zogen im Triumph in Fürst Llewelyns Hof auf Burg Aber ein und nahmen die Stadt in Besitz, nachdem der Fürst sich in die Berge zurückgezogen hatte.

Inzwischen sind Fürst Llewelyn und seine Gemahlin zurückgekehrt, und nun wird heftig um den Frieden gefeilscht. Unser Gebieter, der König, ist seiner Tochter wohlgesonnen, und ich hege keinen Zweifel, daß sie für ihren Gatten die bestmöglichen

Bedingungen aushandeln wird. Mylord hätte es am liebsten gesehen, wenn man Llewelyn seinen ganzen Besitz abgenommen hätte, doch solange Prinzessin Joan lebt, wird es niemals so weit kommen, denn sein Untergang wäre auch der ihre. Der Fürst beträgt sich in keinster Weise wie ein geschlagener Mann, sondern äußerst stolz, obwohl ich habe sagen hören, daß dieser Einfall in sein Reich ihn tief verbittert hat, und ich habe mit eigenen Ohren vernommen, wem er die Schuld daran gibt.

In Gegenwart des Königs wandte er sich an Mylord Isambard und sprach: ›Ich weiß wohl, Mylord, daß ich Euch dafür zu danken habe, daß Ihr mich bei Seiner Gnaden, dem König, verleumdet habt. Ihr habt ihm eingeflüstert, ich hätte mich mit de Breos gegen ihn verschworen. Derzeit bin ich an meinem eigenen Hofe nichts weiter als ein Bittsteller, daher kann ich Euch nicht zur Verantwortung ziehen. Doch die Zeit wird kommen, da ich mit Euch abrechnen werde. Bis dahin bewahrt dies für mich auf.‹ Mit diesen Worten zog er seinen Handschuh aus und warf ihn Mylord vor die Füße. Mylord hätte ihn aufgehoben, und dann hätten die Schwerter gesprochen, denn wie Ihr wißt, ist Mylord ein Mann, der selbst in Gegenwart von Königen sein Temperament nicht zügeln kann. Doch einige der Barone hielten die beiden zurück, und der König untersagte Mylord, den Fehdehandschuh aufzunehmen, und befahl den Widersachern, ihren Streit sogleich und für alle Zeit zu begraben. Nichtsdestoweniger hat keiner der beiden Gehorsam gelobt, obwohl sie ohne weiteren Verdruß auseinandergingen. So stehen die Dinge, und der König hat vor allen anderen angeordnet, daß sie einander nicht wieder begegnen dürfen, solange das Heer hier stationiert ist. Ich für meinen Teil – aber ich spreche nur für mich – glaube dem Waliserprinzen, wenn er schwört, daß zwischen ihm und de Breos, der geflüchtet ist, kein Pakt bestanden hat, auch wenn man Llewelyn möglicherweise ein Bündnis angetragen hat, und er vielleicht sogar in Versuchung geraten war.

Noch ist weder bekannt, wie die Bedingungen für den Frieden lauten, noch wann wir von hier aufbrechen werden. Gewiß ist dagegen, daß Seine Gnaden, der König, hochzufrieden mit dem

Erreichten ist und die Meinung vertritt, daß ganz Wales nun auf Dauer unterworfen sei und seine Kräfte nicht länger aufzehre, so daß er sich auf das Vorhaben konzentrieren kann, das ihm zutiefst am Herzen liegt: nämlich die Rückgewinnung der Normandie.

Seid versichert, hochverehrte Lady, daß ich den Grüßen und der Ehrerbietung, die Mylord Euch übermittelt, meine eigenen guten Wünsche hinzufüge und zu jeder Stunde für Eure Sicherheit und Euer Wohlergehen bete. So verbleibe ich als Euer tiefergebener Diener

Walter Langholme.

Gegeben am achten Tag des August, im dreizehnten Regierungsjahr Seiner Gnaden des Königs und dem Jahr des Herrn 1211 in Aber, Arllechwedd.

P. S.: Dies schreibe ich in Eile kurz vor dem Aufbruch des Kuriers. Madam, inzwischen sind die Bedingungen bekannt, denen der König zugestimmt hat, und ich muß Euch mitteilen, daß sie Mylord nicht behagen, denn er vertritt die Meinung, daß sie dem Fürsten von Gwynedd zu großen Spielraum lassen, um in Zukunft weiterhin Unheil zu stiften. Die vier Cantrefs in Mittelwales werden dem König übereignet, so daß Fürst Llewelyn nur die Gebiete jenseits des Conway-Flusses verbleiben. Wie Ihr sicher wißt, Madam, pflegen die Waliser die Eigenheit, ihre Grafschaften Cantrefs zu nennen. Zudem hat der Fürst von Gwynedd dem König einen übermäßig hohen Tribut in Form von Vieh, Pferden, Jagdhunden und Falken zu entrichten und Kinder aus adligen Familien als Geiseln zu stellen. Ich habe gehört, daß sich darunter auch Fürst Llewelyns illegitimer Sohn befinden soll, ein hübscher elf- oder zwölfjähriger Bursche. Er ist bei den Walisern sehr beliebt, weil seine Mutter eine hochrangige walisische Edeldame und Tochter eines Fürsten von Rhos war. Doch ob das Gerücht auf Wahrheit beruht, daß der Knabe Griffith namentlich als Geisel für die Lehnstreue seines Vaters gewählt worden sei, ist noch nicht gewiß. Insgesamt werden etwa dreißig adlige Kinder als Geiseln ausgeliefert.

Dennoch ist Mylord höchst erzürnt über diesen Friedensschluß, durch den seiner Ansicht nach der Sieg verschenkt wird, und hat offen kundgetan, daß man dieses ganze Unterfangen wohl in einem Jahr werde wiederholen müssen. Ich zumindest hoffe, daß die Zeit beweisen wird, daß er zu streng mit dem König ins Gericht gegangen ist. Hiermit sende ich Euch meine ergebenen Grüße und hoffe, Euch bei unserer Heimkehr bei bester Gesundheit anzutreffen.«

»Zumindest *eines* meiner Vorhaben macht Fortschritte«, meinte Isambard, »und wenigstens *ein* Mann versteht sein Geschäft. So etwas ist heutzutage selten genug. Habt Ihr wirklich vor, bis zum Winter das gesamte Dach des Mittelschiffs zu vollenden?«

»Allerdings, Mylord, und mit Eurer Erlaubnis würde ich in diesem Jahr gern all meine Steinmetze und Maurer über den Winter weiterbeschäftigen. Mit der Ausführung des Deckengewölbes dürften sie ausreichend zu tun haben, so daß wir keinen Verlust einfahren, wenn wir sie durch die kalte Jahreszeit hindurch bezahlen; ganz im Gegenteil: Wir werden sogar um Monate schneller vorangehen. Und mit der Sicherheit, welche wir den Männern bieten, gewinnen wir ihr Wohlwollen, glaubt mir. In diesen Zeiten bedeutet es für einen Steinmetz viel, zwölf Monate im voraus gewiß zu sein, Arbeit zu haben, und er wird Euch dafür die entsprechende Gegenleistung erbringen.«

»Seht zu, daß die Männer das wirklich tun, Harry. Denn ich finde, daß Ihr Eure Handlanger verhätschelt.« Isambard sprach ungehalten und schmallippig, als hätte er an jedem einzelnen Wort zu kauen.

»Auf mein Wort, Mylord, das stimmt nicht. Viele meiner Männer müssen von den wenigen Pennies, die sie täglich verdienen, eine Familie ernähren und unterhalten. Durch die gute Behandlung, welche sie bei Euch erfahren, sind sie dieser Sorge ledig. Und glaubt nicht, daß nur die Männer etwas davon haben. Ihnen ist damit eine so große Last genommen, daß sie Euch so rückhaltlos dienen, wie Ihr es von Ihnen verlangt. Und die Arbeiter achten Euch dafür. Ist das etwa nichts wert?«

»Oh, Ihr reitet wieder Euer altes Steckenpferd. Daß Ihr in Eurer Jugend Handwerker wart, läßt Euch die Dinge mit deren Augen sehen. Doch zumindest muß ich Euch zugestehen«, meinte Isambard, den Blick auf den hohen Doppelbogen des Portals und das darüberliegende Fenster gerichtet, »daß Eure Schöpfung ganz nach meinem Herzen ist. Der Wandel der Farbtöne vom Sonnenaufgang bis zur Abenddämmerung erscheint einem geradezu unfaßbar. Wenn das Licht schräg auf die Steinbögen fällt, vibrieren sie wie die Saiten einer Harfe; eine solche Spannung liegt in ihnen. Manchmal sehe ich sie, wenn ich früh am Tag ausreite, und dann schwingen sie und scheinen musikalische Harmonien hervorzubringen.« Lächelnd beobachtete Isambard, wie Harry das Blut ins Gesicht stieg und Freude in seinen Augen aufleuchtete. »Euch zu loben ist ein gar köstliches Vergnügen, denn Ihr strahlt ein so herzerwärmendes Glücksgefühl zurück. Ihr seid wie ein Kind, das seine Schularbeit besser erledigt hat, als es selbst ahnte, und Anerkennung erntet, wo es mit einem Tadel gerechnet hatte.«

»Das ist es nicht«, entgegnete Harry lachend. »Mich freuen die Worte, welche Ihr für Euer Lob gefunden habt. Wenn Ihr zufrieden mit Eurem Baumeister seid, dann empfinde ich dasselbe für meinen Herrn. Kommt, und seht Euch das Innere an.«

Harry schritt als erster zwischen den schlanken Säulen des Portals hindurch. Auf Isambards Blickhöhe sproß aus den zarten Säulen triumphierend das Blattwerk der Kapitelle. Auge in Auge mit sich selbst verharrte der Edelmann. Ein weiteres Mal versetzte ihn die wilde Schönheit seines eigenen stilisierten Abbildes in Staunen: das aufwärts wehende Haar, der leidenschaftliche Gesichtsausdruck und die steinerne Ruhe des Blickes, welcher zwischen den Blättern des heiligen Baumes hindurchspähte. Dieses Wesen hätte alles sein können: Engel, Mensch oder Dämon.

Von der anderen Seite des Portals sah Benedettas Antlitz auf sie nieder. Auf ihrer wirbelnden Haarmähne trug sie den Abakus und darüber, in luftiger Höhe, die Basis der Wölbsteine. Offensichtlich wollte Isambard vermeiden, sie im Vorbeigehen anzusehen, doch das vollbrachte er nicht. Im Eingang verhielt er den Schritt, wandte sich jäh und wie gegen seinen Willen um und streckte rasch die Hand aus, um sie auf den liebreizenden, langgereckten Hals zu legen. Die Art, wie Isambards kräftige Finger dort verweilten, vermittelte unwillentlich einen so tiefen Eindruck von Schmerz und Sehnsucht, daß Harry verblüfft aus seiner Versunkenheit gerissen wurde und seinen Herrn verwundert und beunruhigt betrachtete, während er sich ein paar Schritte von ihm entfernte und mit angehaltenem Atem wartete. Isambards glühender Blick ruhte auf dem geliebten Gesicht, in dem er begierig nach einer Antwort zu suchen schien, die ihm nicht zuteil wurde. Schließlich wandte er sich mit einer heftigen Geste ab, als koste es ihn übermenschliche Anstrengung, sich loszureißen, und trat ohne ein Wort in den hohen, erhabenen Rohbau der Kirche.

Über den noch nicht überwölbten Seitenschiffen ließen sich die Balkenkonstruktionen erkennen. Das Hauptschiff war noch nach oben hin offen, aber das Querschiff hatte man bereits gedeckt, und vor dem bewölkten Himmel zeichnete sich die quadratische Basis des Turms ab. An den Fenstern in den Seitenschiffen und von den Lichtgaden fielen die Sonnenstrahlen durch das leere Maßwerk und durch die schmiedeeiserne Gitterstruktur, an der eines Tages die bunten Platten aus bemaltem Glas befestigt würden.

»Jetzt seht Ihr nur die Umrisse und Proportionen«, erklärte Harry. »Gebt mir noch den kommenden Winter, dann befinden sich alle Gewölbe an ihrem Platz, zumindest die Rippenbögen. Nächsten Frühling werden wir im Turm die schwere Seilwinde aufbauen müssen. Wir haben sie aus Shrewsbury bestellt und bringen sie auf dem Wasserwege her. Warum sollten wir eine neue errichten, wenn die im Kloster stillsteht? Dieses Jahr komme ich noch mit den beiden kleineren Flaschenzügen aus, die mir zur Verfügung stehen. Richard, der Schmied, stellt die Stangen, Krampen und Dübel für die Gewölbe her und hat damit für den ganzen Winter eine Arbeit im Warmen, die wie für ihn geschaffen ist. Wenn es richtig anfängt zu frieren, wird er nur zu gern über seinem Talgfaß schwitzen und das Eisen einfetten. Ein guter Bursche ist er, und er beherrscht sein Handwerk wie kein zweiter. Ich brauche ihm bloß zu zeigen, was für ein Werkzeug ich brauche, und selbst wenn es völlig neuartig ist, fertigt er es nach meinen Angaben genauestens an. Gefällt Euch diese Linie? Denn darauf kommt es an. Linie, Form und Proportion bilden den Körper der Schönheit, und alles übrige stellt nur das Gewand dar.«

Isambard stand unter dem Westfenster und betrachtete die herrliche Struktur aus Licht und Luft, die sich vor ihm erstreckte. Er vernahm das Klingen der Hämmer auf den Balken über ihm, die Stimmen der Steinsetzer, welche an der Basis des Turms arbeiteten, und die Rufe der Männer, welche mit der Handwinde Quadersteine nach oben zogen. Die ganze Baustelle summte vor Geschäftigkeit wie ein Bienenstock; doch ihm kam es vor, als übertöne die vor Begeisterung bebende Stimme des Baumeisters alles andere.

»Ihr seid ein glücklicher Mann«, meinte Isambard staunend und neiderfüllt. »Ihr liebt Eure Arbeit. Ihr seid ein Schöpfer, und das, was Ihr schafft, hat Bestand. Eure Bemühungen werden nicht durch die Torheiten anderer zunichte gemacht, Ihr braucht nicht immer wieder von neuem zu beginnen und dabei erkennen, daß die Mühe dennoch zu nichts geführt hat.«

»Ich bin vom Glück begünstigt«, gab Harry zurück, »das weiß ich.«

»In Eurer Arbeit seid Ihr der glücklichste aller Männer.« Der Fürst tauchte das Gesicht in den Schatten und stützte sich mit der Hand an den Pfeiler zwischen ihnen beiden ab. »Aber auch in der Liebe, Harry?«

»Auch darin«, antwortete Harry leise.

»Alles zu haben!« In Isambards Stimme rangen Ergriffenheit und Verzweiflung miteinander. »Alles zu haben, was man sich vom Leben ersehnen kann, selbst dieses Letzte und Höchste! Welches Recht hat ein einzelner Mensch, so viel zu empfangen? Wo bleibt da Gottes Gerechtigkeit?«

Mit einemmal hatte ihr Gespräch eine gefährliche Wendung

genommen. Harry hätte sich gern auf sicheres Terrain zurückgezogen, doch das vermochte er nicht.

»Mylord, ich glaube, mir ist eher Gnade als Gerechtigkeit widerfahren«, entgegnete der Baumeister bedächtig. »Ich wage nicht zu behaupten, daß mir all dies aufgrund meiner Verdienste zuteil geworden ist.«

»Ah, Harry, ich muß Euch um Vergebung bitten! Niemanden würde ich lieber glücklich sehen als Euch. Und doch kann ich Euch nur beneiden, und Neid bringt einen dazu, daß man früher oder später dem anderen das Glück mißgönnt, welches einem selbst verwehrt bleibt. Doch, ich finde, Ihr habt dies alles wahrhaftig verdient.« Plötzlich fuhr Isambard herum, und seine heftige Gemütsbewegung ließ die Luft zwischen den beiden erbeben, erfüllte sie mit unfaßbarer Pein. »Und doch, Harry, woher wißt Ihr, wie könnt Ihr sicher sein ...«

Ein schneller, leichter Schritt und ein Schatten, der plötzlich auf der Schwelle erschien, ließen ihn verstummen. Gilleis' Silhouette zeichnete sich vor dem Portal ab. Mit ihren energischen, raschen Bewegungen erinnerte sie an ein Vögelchen, und auch ihr leuchtender, kühner Blick ließ an ein kleines Tier denken. Sie schaute schnell von einem zum anderen und trat in das offene, sonnenbeschienene Areal des Hauptschiffs.

»Mylord, Madonna Benedetta wartet mit Langholme und dem Falkner, wenn Ihr beliebt, zur Jagd bereit zu sein.«

Sie hatte zu Isambard gesprochen, aber es war Harry, den sie ansah. Etwas, das man mit dem Verstand nicht erfassen konnte, ging zwischen ihnen vor, wenn sie des anderen ansichtig wurden. Gilleis' lebhaftes Antlitz schien in Anwesenheit von Harrys stolzen, durchdringenden Zügen zu erstrahlen. Selbst die großen Augen, welche sich weitgeöffnet auf ihn richteten, spiegelten den veränderlichen Schimmer des Meeres wider. Und über Harry kamen eine Weichheit und ein Leuchten, daß es schien, als nehme er ihre Weiblichkeit in sein Wesen auf und verleihe ihr dafür einen Teil seiner stählernen Entschlossenheit. Der Fürst sah, wie ihr knospender Rosenmund erbebte und sich leicht öffnete, ohne einen Laut von sich zu geben, und einen sanften Ausdruck annahm, als küsse sie ihren Gatten über die aufgeladene Luft zwischen ihnen.

»Wie könnt Ihr sicher sein«, hatte Isambard wissen wollen, »daß Ihr geliebt werdet?« Als er jetzt die junge Braut sah, hatte er seine Antwort.

»Ich komme«, sagte der Herr und wandte sich zum Portal.

»Ihr wolltet mich etwas fragen«, meinte Harry, der ihm folgte. Hätte er seine Gedanken und seine Augen nicht ausschließlich auf Gilleis gerichtet, wäre er schlau genug gewesen, das Thema fallenzulassen.

»Ach ja? Macht Euch nichts daraus! Mir ist entfallen, was ich sagen wollte.«

Am Rand des Bauplatzes, dort, wo der Pfad das grasbewachsene Plateau kreuzte, saß Benedetta wartend auf einer großen Rotschimmel-Stute. Langholme hielt sein Pferd und das seines Herrn, und in gehöriger Entfernung sah John, der Pfeilmacher, schweigend, aber aufmerksam, vom Sattel eines mageren Grauen aus zu. Der Falkner war mit seinen Vögeln schon vorausgeritten, aber auf Benedettas Handgelenk saß, die lederne Kappe auf dem Kopf, ihr kleiner Merlin. Sie blickte von ihrem Damensattel mit dem hohen Knauf herab und lächelte freundlich, aber müde. In letzter Zeit war ihr Gesicht ein wenig schmaler und ernster geworden. Der Funke Fröhlichkeit, welcher immer noch in den klaren grauen Tiefen ihrer Augen aufblitzte, besaß etwas Ironisches, aber auch einen unbestimmt sanften Ausdruck.

»Ich wollte dich nicht stören, Ralf. Wenn du etwas mit Harry zu besprechen hast, werde ich warten.«

»Nicht nötig, ich bin soweit«, gab Isambard zurück, den Blick eindringlich auf ihr Antlitz gerichtet, das jedoch nichts weiter widerspiegelte als freundlichen Gleichmut. Er nahm Langholme das Zaumzeug ab, tat, ohne auf seine Hilfe zu warten, einen Satz und schwang sich leicht und behende in den Sattel. Mit einem Schenkeldruck trieb er das Pferd an, noch bevor er die Füße in die Steigbügel gesteckt hatte. Benedetta riß ihr Tier herum und folgte ihm. Ihre enganliegende weiße Haube leuchtete im Sonnenschein. In diskretem Abstand folgte Langholme ihnen im

Handgalopp. John, der Pfeilmacher, hielt sich unmittelbar hinter ihm. Das dumpfe Donnern der Hufe auf dem Graspfad brachte den Fels zum Beben und verhallte dann.

Gilleis sah der Gruppe nachdenklich nach. »Mir ist vollkommen unerklärlich«, meinte sie, »warum sie sich einen so verdrießlich dreinblickenden Mann zum Begleiter erwählt. Stets hängt er wie ein Schatten an ihren Fersen.«

»Sie hat guten Grund, Johns Treue wertzuschätzen, und er die beste Veranlassung, sie zu schützen und zu ehren. Der Mann hat es ihr zu danken, daß er noch unter den Lebenden weilt.«

Gilleis warf ihrem Gatten einen raschen Seitenblick zu und biß sich mit ihren weißen Zähnen auf die Unterlippe. »Madonna Benedetta reitet gut«, meinte sie sachverständig.

»Ja, wirklich«, gab Harry, ohne nachzudenken, voller Wärme zurück.

»Überhaupt versteht sie sich auf vieles.«

Harry hörte den bedeutungsvollen Unterton in Gilleis' Stimme, wandte sich ruckartig um und erforschte vorsichtig ihre Miene.

»Sie besitzt auch eine bewunderungswürdige Klugheit«, bemerkte Gilleis ernst. »Schau nur, wie sehr sie sich für deine Entwürfe interessiert und wie häufig sie dich in deinem Zeichenraum aufsucht.« Verstohlen verfolgte die junge Frau, wie nacheinander Zweifel und Bestürzung, dunklen Wolken gleich, über Harrys Gesicht zogen.

»Madonna Benedetta hat von Anfang an großes Interesse an der Kirche gezeigt«, entgegnete er. »Und warum auch nicht? Sie besitzt ebensoviel Verstand wie jeder beliebige Mann, und ich schätze ihr Urteil. Außerdem ist sie, ob nun gesetzmäßig oder durch Gewohnheitsrecht, die Herrin dieser Burg und geht, wohin es ihr beliebt. Mir gegenüber hat sie sich nie anders als großmütig und freundlich verhalten.«

»Und wie gern würde sie sich noch freundlicher und großzügiger zeigen«, versetzte Gilleis rundheraus, »wenn du sie nur ließest!«

Heiß stieg Harry das Blut in die Wangen, und er lief bis zum

Haaransatz feuerrot an. »Gilleis, du glaubst doch gewiß nicht ... Liebste, wann habe ich dir Grund gegeben ...« Er streckte den Arm aus, um nach ihren Händen zu greifen, doch sie entzog sie ihm und wandte ihm den Rücken zu. Harry konnte sie nur bei den Schultern fassen und Wange an Wange rücklings an seine Brust ziehen. Sie empfand die brennende Hitze seiner Berührung und bereute mit einemmal ihr ungerechtes Spiel.

»Ach, du Einfaltspinsel!« rief die junge Frau aus, drehte sich rasch um und küßte ihn aufs Geratewohl irgendwo auf den Kieferknochen. Dann riß sie sich los, raffte ihre Röcke zusammen und rannte wie ein Hase auf den Waldsaum zu, wobei sie ihn im Laufen über ihre Schulter hinweg auslachte. Hin und her gerissen zwischen überschwenglicher Erleichterung und echtem Zorn, vergaß Harry seine Pflichten und stürzte sich in eine wilde Verfolgungsjagd. Gilleis lief sicher und leichtfüßig, aber zwischen den Bäumen strauchelte sie – vielleicht mit Absicht –, und er umfing ihre Taille und zog sie auf das schon herbstlich trockene und farblose Gras hinunter.

»Du willst mich wohl necken und mich zum Narren halten, Weib?«

»Edle Frau, wenn ich bitten darf«, fauchte Gilleis erbost und griff nach ihrer Lieblingsstelle in seinem Haar. Er befreite sich, was weder einfach noch schmerzlos war, und drückte sie an den Handgelenken in das knisternde Gras hinunter. Sein Gewicht lastete auf ihr, und der keuchende Atem beider ging in atemloses Lachen über.

»Was soll ich nur mit dir anstellen, du freches Ding? Einem braven Ehemann derart zuzusetzen!«

Eine Zeitlang stemmte sie sich mit aller Kraft gegen ihn, und dann schlang sie mit gleicher Macht die Arme um seinen Rücken und zog ihn an ihre Brust. Engumschlungen lagen die beiden da, küßten einander, lachten und flüsterten. Schließlich sanken sie erschöpft für eine kurze Weile in einen süßen Dämmerzustand.

»Dennoch, du hast dich verteidigt«, meinte Gilleis, »noch ehe du angeklagt wurdest.« Sie wandte den Kopf und biß ihn leicht ins Ohrläppchen. »Ich habe ja gar nicht gesagt, daß du etwas für sie empfindest, sondern nur, daß sie ...«

Harry brachte sie auf die wirkungsvollste Weise, die er kannte, zum Schweigen. Als er den Kopf wieder hob, war ihm gerade noch genug Atem verblieben, um schuldbewußt zu keuchen: »Ich muß zurück auf die Baustelle! Was werden die Arbeiter denken, wenn sie uns gesehen haben?«

Er löste sich von ihr, doch Gilleis lag noch einen Augenblick reglos da, hielt seine Hand und lächelte. »Harry!« Noch einmal zog sie ihn zu sich herunter und hob ihm die Lippen entgegen.

»Ich liebe dich von ganzem Herzen, Gilleis, nur dich, und das für immer. Das weißt du doch wohl!«

»Ich weiß! Und ich liebe dich auch.« Doch an ihrem Lächeln erkannte Harry, daß sie sich jetzt einer Sache ziemlich sicher war: Diese Venezianerin, die ihr nichts bedeutete, liebte ihn nicht weniger als sie selbst, und Harry war sich dieses Umstands wohl bewußt. Wie hatte es nur dazu kommen können, daß er sich so leicht verraten hatte? Er vermochte einfach nicht, etwas vor Gilleis geheimzuhalten. Zu sehr war sie zu seinem eigenen Fleisch und Blut geworden. Zwar war sie vielleicht zu sehr Frau, um Mitgefühl zu empfinden, und vielleicht auch zu jung, um für dieses Gefühl in ihrem Herzen Platz zu haben; doch sie war sich wenigstens ihres Glückes zu gewiß, um eifersüchtig zu sein. Hatte die junge Frau nicht etwa allen Grund, sich seiner sicher zu sein?

Sanft zog er Gilleis auf die Füße. Die kleine Mulde, die ihre umschlungenen Körper in dem hohen Gras hinterlassen hatten, schien immer noch den Abdruck ihrer Leidenschaft zu tragen und eine eigene Wärme auszustrahlen. Hier konnte gewiß niemals Schnee fallen oder Frost die Gräser weiß überziehen. Harry dachte an Benedetta, die das Schweigen wahrte, das sie ihm gelobt hatte, und sich so weit zurückhielt, daß sie nicht einmal seinen Ärmel berührte. Von neuem hörte er in Gedanken Isambards Stimme, die voll unterdrückter Sehnsucht und Verzweiflung ausgerufen hatte: »Alles zu haben! Welches Recht hat ein einzelner Mensch, so viel zu empfangen?«

»Was hast du?« rief Gilleis und schlang in plötzlich aufwallender zärtlicher Besorgnis die Arme um ihn. »Du zitterst ja, Harry! Liebster, Teuerster, was ist geschehen?«

»Nichts!« erwiderte er und schüttelte hastig den Schatten ab. »Überhaupt nichts! Vielleicht ist eine Wildgans über mein Grab geflogen.«

Ehe das Jahr zu Ende war, begannen Isambards Prophezeiungen zur Lage in Wales sich zu bewahrheiten, doch brach nicht Llewelyn den Frieden. Die Anführer, welche sich bereitwillig gegen ihn gestellt und auf König Johanns Seite geschlagen hatten, machten bald einige bestürzende Entdeckungen. Zwar konnten sie noch nachvollziehen, daß der König es für notwendig hielt, Festungen in dem Teil von Wales zu errichten, welchen man Middle Country nannte; auf diese Weise wollte er das Gebiet besser schützen, das er dem Fürsten von Gwynedd abgenommen hatte. Doch auch in Powis und anderen Teilen von Wales schossen neue Burgen und hölzerne Befestigungsanlagen aus dem Boden, bis ein Clanführer dem anderen zuzuraunen begann, daß diese fremde Macht, der sie zum Sieg verholfen hatten, nicht nur dem Fürsten von Gwynedd an die Kehle wollte, sondern ihre Lanze auf das Herz von Wales selbst richtete. Wenn sie zuließen, daß der englische König überall im Land Festungen errichtete, dann konnte in Zukunft kein walisischer Fürst in der eigenen Heimat unbesorgt den Fuß vor die Tür setzen.

Ehe das Herbstlaub fiel, hatten Rhys Gryg und Maelgwyn, zwei Brüder aus dem Geschlecht der Deheubarth, die unvollendete Befestigungsanlage in Aberystwyth eingenommen und gebrandschatzt, und in Glamorgan befand sich Cadwallon von Senghenydd im Aufstand. Der Fürst von Gwynedd hatte keinen Finger gerührt, um den Frieden zu brechen, den man ihm im Sommer aufgezwungen hatte. Aber viele, die sich mit dem König verbündet hatten, waren inzwischen – ob offen oder insgeheim – zu Johanns Feinden geworden.

»Um der Normandie willen wirft König Johann Wales weg und setzt Englands Sicherheit aufs Spiel.« Isambard befand sich mit Harry im Zeichenraum und dachte wieder einmal laut nach. »In Wales lebt zwar nur ein einziger Mann, der das ganze Land gegen ihn zusammenrufen könnte, doch mit seiner Hast, die Grenze zu seinem Reich zu sichern, spielt der König ihm in die Hände, indem er sämtlichen kleineren Edelleuten auf die Füße tritt. Er hätte sie ein wenig länger umwerben sollen. Viel zu früh hat Seine Gnaden sie erschreckt, indem er das Land mit Befestigungen überzog.«

»Jedenfalls könnt Ihr nicht abstreiten«, wandte Harry ein, »daß der Fürst von Gwynedd getreulich Frieden gehalten hat. Nicht er ließ Aberystwyth niederbrennen.«

»Warum sollte er auch, solange andere bereit sind, für ihn die Kastanien aus dem Feuer zu holen? Aber seid versichert, daß ihm nichts entgeht. Wenn der Prinz die Zeit für reif hält, schwingt er den beleidigten Nationalstolz der Waliser wie eine Waffe, und wir, die wir dieses Schwert für ihn geschmiedet haben, werden die Narren sein.«

»Wie wäre dies möglich, da doch der König Gott weiß wie viele Geiseln in der Hand hat, darunter sogar den jungen Griffith?«

»Ha, Geiseln! Ich will Euch eines verraten, Harry: König Johann besitzt so viele Geiseln, Waliser wie Engländer, daß es in beiden Ländern kaum eine Familie gibt, die nicht in Gefahr schwebt, beim kleinsten Fehltritt einen Sohn zu verlieren. Wenn solche Dinge sich über Jahre fortsetzen, man nicht einmal weiß, wie man sich verhalten soll, um über jeden Vorwurf erhaben zu sein, und dazu noch sieht, wie andere, de Breos zum Beispiel, ruiniert und in den Tod getrieben werden, obwohl sie niemals eine beweisbare verräterische Handlung begangen haben – dann muß doch jeder Mann, der Söhne hat, bei dem Gedanken verzweifeln, wie er das Leben seiner Kinder retten kann. Irgendwann kommt eine Zeit, da scheint es weniger gefahrvoll zu sein, zu handeln und wenigstens die Hoffnung auf einen Erfolg zu hegen, als sich zurückzuhalten, dennoch des Verrats beschuldigt zu werden und denselben Preis zu zahlen. Und noch eines will ich Euch sagen! Unter allen Knaben, welche der König in

Gewahrsam hält, ist Llewelyns Sohn der einzige, dem er kein Haar zu krümmen wagt. Und das nicht aus Angst. Obwohl König Johann den Mann haßt, hegt er eine Art Respekt vor ihm, der ihn daran hindert, etwas zu mißbrauchen, das Llewelyn gehört. Ich kann doch wohl davon ausgehen, Harry, daß Ihr das, was ich hier sage, nicht weitertragt?«

»Das könnt Ihr allerdings, Mylord«, erklärte Harry, plötzlich hochfahrend.

»Ah, ich sehe, daß sich das Blut der Talvaces in Euch regt! Wenn ich es recht überlege, besaß ich bereits genügend Hinweise auf Eure Abstammung, noch bevor Abt Hugh mir seine Grüße an Euch aufgetragen hat. Wißt Ihr noch, wie wir nach Calais ritten und ich Euch in meiner Mißlaune vorwarf, Ihr rittet wie ein Bauernbursche? Ihr habt gelacht und erwidert: ›Genau das hat mein Vater auch immer gesagt.‹ Da hätten mir Eure Unverfrorenheit ebenso wie Eure Worte verraten müssen, wo ich nach Eurem Erzeuger zu suchen hatte. Nun, Ihr könnt beruhigt sein, ich spreche mit niemandem so wie mit Euch, Harry.«

Unruhig schritt Isambard auf und ab durch den Raum, doch schon einen Augenblick später setzte er, ohne den Kopf zu wenden, seine Überlegungen fort: »Als wir jünger waren, habe ich viel Zeit mit König Johann verbracht und war ihm recht zugetan. Ich sage Euch, er hatte das Zeug, ein guter König und ein glücklicher Mensch zu werden, doch heute ist er weder das eine noch das andere. Sein Bruder Richard hingegen wurde vom Volk gepriesen und verehrt; ausgerechnet dieser Löwenherz mit seiner Tollkühnheit und seinem leeren Rittergehabe, der in England nichts als eine Schatulle sah, aus der er Gelder für seine Heiligen Kriege herauspressen konnte. Johann hat seinen Untertanen zwar auch viel aufgebürdet, aber zumindest wußte er einiges über sie und ihre Sorgen, als er den Thron bestieg. König Johann hätte sie zu einer Nation und einer Großmacht zusammenschmieden können, wäre das Glück ihm auch nur ein wenig hold gewesen. Doch ihn haßt das Volk, und daran ist jetzt nichts mehr zu ändern. Und was seinen eigenen Seelenfrieden angeht, so ist dieser unwiderruflich dahin. Er vertraut niemandem und kann sich nicht mit dem Verlust eines einzigen seiner Gebiete abfinden. Der Besitz der Normandie wird ihn das Leben kosten. Wie eh und je träumt er davon, sie zurückzugewinnen, und um dieses Trugbilds willen setzt er alles aufs Spiel, was er besitzt. Was glaubt Ihr, zu welchem Zweck er jetzt diese neuen Truppen aushebt, was meinen Verwaltern zur Zeit so viel Verdruß bereitet? Er will seine Flotte und sein Heer für den Einfall in die Normandie vergrößern! Und mit welchem Ziel hat König Johann das Risiko auf sich genommen, die Waliser derart rücksichtslos zu bedrängen? Um den Rücken frei zu haben, während er in die Normandie segelt!«

»Der König scheint damit aber die gegenteilige Wirkung erzielt zu haben«, meinte der Baumeister, der an seinen Zeichentischen arbeitete, aber trotzdem aufmerksam zuhörte.

»Genau, denn er hat den Teufel, den er in Ketten schlagen wollte, aufgeweckt, ehe diese fertiggestellt waren. Doch ich versichere Euch, Harry, wenn diese walisischen Rebellen es vollbringen, für soviel Unruhe an der Grenze zu sorgen, daß der König von seinem normannischen Abenteuer abläßt – falls sie dazu in der Lage sind, und das rechtzeitig genug –, dann erweisen sie England einen großen Dienst.«

»Rechtzeitig! Und wie bald ist ›rechtzeitig‹?«

»Bis zum kommenden Sommer«, antwortete Isambard, »denn dann gedenkt der König loszusegeln. Und wenn er weiterhin so viel Kraft darauf verwendet, sich vergeblich an Gebiete festzuklammern, die bereits verloren sind, dann wird ihm nicht nur Wales, sondern auch England aus den Händen gleiten.«

In die Haine von Harrys steinernem Wald, der nun wundersamerweise kurz vor dem Eintreten des winterlichen Frosts im vollen Laubkleid stand, drang der Aufruhr der Welt nur als seltsamer, ferner Widerhall, und so gedämpft, daß er den Großteil seiner Bedeutung bereits verloren hatte, bis er Harrys Ohr erreichte. Doch wie die Unterströmung einer donnernden, gefährlichen Flut gelangte das langgezogene, erstickte Stöhnen derer, die letztendlich die Opfer waren, um so heftiger und verzweifelter an Harrys Sinne. Die Großpächter des Königs klagten über die Bürde, welche sie trugen, und tatsächlich konnte König Johann, sollte einer von ihnen sein Mißvergnügen zu deutlich kundtun, ihren Zins sehr rasch in ein Todesurteil verwandeln. Aber die kleinen Bauern und die Leibeigenen vermochten sich der Last nicht zu entziehen. Denn sie unterstanden nicht etwa einer Laune des Königs, sondern den Gesetzen des Rechts- und Lehnssystems und trugen letztendlich das volle Gewicht der königlichen Schulden. Über Barone, Pächter und Unterpächter wurde die gesamte Abgabenlast auf die Ärmsten abgewälzt und über sie schließlich auf ihre Ackerscholle.

Wie viele solcher Aufrüstungen des Heeres, wie viele solcher Unternehmungen konnten sie noch ertragen? Und wann würden sie zur Besinnung kommen und gegen den eitlen Ehrenkodex aufbegehren, im Namen dessen sie ausgebeutet wurden, und nicht bloß gegen die Zwangsabgaben? Sie jammerten und klagten über die Steuern und Zehnten, die ihnen das Blut aussaugten, doch im selben Atemzug wüteten sie wie aufgebrachte Fürsten gegen König Philip, der die Rechte Seiner Majestät beschnitten hatte, und taten großsprecherisch kund, daß man ihm seine französischen Eroberungen wieder entreißen solle. Falls jemand anderer Meinung war, so äußerte er diese lieber hinter verschlossenen Türen. Einzig die Frauen, welche sich mühten, ihre ständig wachsenden Familien satt zu bekommen, ließen gelegentlich ihrer Empörung freien Lauf. Die Normandie? Was scherte sie diese ferne Gegend? Die Weiber besaßen nur eine nebulöse Vorstellung davon, wo dieser Landstrich liegen mochte. Mit der Normandie konnten sie keinen Stoff bezahlen, und ihren Kindern konnten sie nicht des Königs Ehre zu essen geben.

Kurz vor Ostern kam aus Cambridge der Kurier des Königs geritten und brachte einen Brief, in dem Isambard aufgefordert wurde, die Feier am königlichen Hof zu verbringen. Der Burgherr bewirtete seinen Gast großzügig, traf jedoch keine Anstalten, sich für die Reise bereit zu machen. Zuvor verlangte Isambard zu wissen, wer noch dazu geladen war. Die beeindruckende Liste von Namen und Titeln, welche der Bote aufsagte, unterbrach er mit der trockenen Frage nach dem Fürsten von Gwynedd. Ja, Fürst Llewelyn und seine Gemahlin würden dort sein, da sie zum Gefolge des Königs gehörten.

»Dann vergeudet Seine Gnaden seine Zeit, indem er nach mir schickt«, erklärte Isambard. »Der König weiß genau, daß ich geschworen habe, ihm nicht mehr aufzuwarten, wenn der Fürst von Gwynedd bei Hofe empfangen wird. Teilt ihm mit, daß ich ihn in allen anderen Angelegenheiten meiner Ehrerbietung und meiner Dienste versichere. Aber bei dieser Gelegenheit bitte ich ihn, mich zu entschuldigen.«

»Eine solche Botschaft kann ich dem König nicht überbringen«, rief der Reiter entgeistert.

»Ihr werdet Seiner Majestät einen versiegelten Brief aushändigen. Er kann Euch nicht für das belangen, was ich schreibe.« Isambard rief einen Schreiber herbei und diktierte einen Brief, der so ausgesucht höflich und zugleich so unbeugsam und geradezu unverfroren war, daß sogar der Schreiber den Versuch wagte, seinem Herrn gegenüber den einen oder anderen Einwand vorzubringen.

»Mylord, sollte man nicht lieber ... könnte ich nicht anführen, Ihr wäret aufgrund dringender Angelegenheiten verhindert und daher nicht in der Lage zu kommen?«

»Schreib das«, erwiderte Isambard mit einem wölfischen Grinsen, »und ich lasse dich als Verräter hängen. Selbstverständlich *nachdem* du wegen Aufsässigkeit ausgepeitscht worden bist. Kritzel, was ich dir auftrage, und sei versichert, daß ich den Brief lesen werde, ehe ich ihn mit meinem Siegel versehe. Sieh also zu, daß du meine Worte genau wiedergibst. Du wirst Seiner Gnaden, dem König, deutlich machen, daß ich *nicht* komme. Und teile ihm auch mit, wenn er noch einmal nach mir schickt, damit ich ihn bei einem weiteren Feldzug gegen den Fürsten von Gwynedd begleite – was, wie ich erwarte, sehr bald geschehen wird –, werde ich der erste sein, der bei ihm antritt.«

Dies legte der eingeschüchterte Schreiber nieder, so gut er es mit zitternder Hand vermochte, und der Kurier steckte den Brief zögerlich ein. Isambard hegte allerdings Zweifel, ob er ihn je überbringen würde.

Lange brauchte der Burgherr nicht auf die Erfüllung seiner Vorhersage zu warten. Was Llewelyn auf dem österlichen Besuch bei seinem Schwiegervater sah und hörte, gab ihm keinen Grund, zu glauben, daß der König ernsthafte Maßnahmen gegen jedwede Vorstöße ergreifen würde, welche die empörten walisischen Häuptlinge vorhaben mochten. Im Gegenteil, er war geneigt, sich ernsthaft zu überlegen, ob er sich nicht mit ihnen gegen König Johann zusammentun sollte. In dem Friedensvertrag, der in Aber geschlossen worden war, hatte nichts von den neuen Befestigungsanlagen gestanden, welche die gesamte ungezähmte, stolze Bevölkerung von Wales mit Argwohn bedachte. Im Grunde lief alles nur noch darauf hinaus, wer als erster die Friedensvereinbarungen brechen würde.

Doch schließlich rief eine andere Stimme, weit entfernt und zugleich so nahe und drängend wie das Seelenheil, endgültig zur Rebellion auf. Papst Innozenz, jener Beinahe-Kaiser, ließ sich von dem ersten winzigen Funken walisischen Aufstands anstecken und holte zum letzten und schrecklichsten Schlag gegen seinen verstockten Gegner aus.

»Habe ich es Euch nicht gesagt?« Isambard platzte in die Hütte wie ein Sturm und war hin- und hergerissen zwischen Zorn, Verachtung und der puren Freude an der verwirrenden und skrupellosen Denk- und Handelsweise des Bischofs von Rom. »Habe ich Euch, Harry, nicht in Paris vorhergesagt, daß wir mit unserem Kreuzzug gegen einen christlichen Monarchen einen gefährlichen Präzedenzfall geschaffen haben? Habe ich Euch nicht erklärt, diese Waffe sei zu verführerisch, als daß sie lange unbenutzt bleiben würde? Dieser Papst hat aus unserem Beispiel gelernt und sich von der Versuchung überwältigen lassen. Wahrhaftig, in ganz Europa hat es keinen verschlageneren und fähigeren Halunken als unseren Papst Innozenz!«

Harry, der an einem Kapitell gearbeitet hatte, wandte ihm ein überraschtes Gesicht zu, das Isambard zum Lachen brachte. Das Erstaunen des Baumeisters war allerdings mehr dem Schrecken zuzuschreiben, den er stets empfand, wenn die Welt in seinen Zustand friedlicher Verzückung eindrang, als der Verblüffung über Isambards unverblümte Worte über den Papst.

»Der Stellvertreter des Herrn auf Erden predigt einen Heiligen Krieg gegen den Feind Gottes: König Johann. Nicht nur hat er den König von Frankreich ermutigt, in dessen Reich einzufallen, sondern auch die walisischen Fürsten von ihren Eiden entbunden und Wales vom Kirchenbann befreit. Jenseits der Grenze werden die Kirchenglocken läuten, Harry, und man wird wieder die Messe lesen. Die jungen Mädchen können sich trauen lassen, und die alten Männer werden in geweihter Erde begraben. Wenn die Waliser bislang gezögert haben, was könnte sie jetzt noch zurückhalten? Von Gwynedd bis nach Glamorgan stehen sie unter Waffen, um Gottes Werk zu verrichten. Llewelyn marschiert im Sturm durch das Middle Country und treibt die Engländer vor sich her. Alles, was wir ihm unter großen Mühen entrissen haben, ist nun wie eine reife Pflaume in seine Hand zurückgefallen. Rhys hat Swansea gebrandschatzt, und der Fürst von Powis steht vor den Toren von Mathrafal. Dann Lebewohl, Normandie! Wenn Johann jetzt einen kühlen Kopf behält, dann können wir endlich ein für allemal mit Llewelyn abrechnen.«

»Hat der König Euch schon zu den Waffen gerufen?« fragte Harry, der sich fast gegen seinen Willen in diesen Strudel der Aufregung hineingezogen fühlte.

»Noch nicht. Ich habe einen Boten zu ihm gesandt, um zu erfahren, welche Streitmacht ich ihm wann und wo zu stellen habe. O Gott!« rief Isambard dann und krallte die Finger mit eisenhartem Griff in Harrys Schulter, »laßt mich ihm dieses Mal Auge in Auge gegenüberstehen, ohne daß der König in der Nähe ist! Gebt mir Llewelyn, egal welchen Preis ich danach auch immer auf Erden oder im Fegefeuer dafür bezahlen muß, ich werde ihn lachend entrichten!«

Das Schreiben des Königs erwähnte mit keinem Wort Isambards unverfrorene Antwort auf seine letzte Botschaft. Diese Angelegenheit war zu bedeutend, um sich an solche kleineren Zerwürfnisse zu erinnern. König Johann rief sein Heer für den neunzehnten August zum Appell nach Chester und teilte Isambard die Größe der Streitmacht mit, welcher dieser zu stellen hatte. Ralf hob prompt mehr als die verlangte Anzahl an Rittern und Bogenschützen aus und die doppelte Zahl an Fußsoldaten und Kriegsknechten. Gleichzeitig zwang er die Bauern in allen Teilen seines weitverzweigten Besitzes zu Sonderabgaben auf Steuern und Zehnten, um für das Unternehmen aufzukommen. Isambard war wie besessen. Auf dem Marsch gegen seinen Erzfeind ließ er beschlagnahmte Güter, Gefangene, Ausgepeitschte und Erhängte hinter sich zurück. Als er Ende Juli mit seiner Streitmacht aus Parfois abrückte, waren die Dörfer so gut wie leer. Isambard hatte alles genommen: Geld und Proviant, die kräftigsten Männer und die besten Pferde. Selbst das wenige Eisen, welches die Dorfleute besaßen, wurde zu Waffen umgeschmiedet. Unmittelbar vor der Ernte hatten die Bauern die Hälfte der Werkzeuge verloren, die sie zu ihrer Einbringung benötigt hätten.

Harry mochte taub für das große Geschrei der Außenwelt sein, doch das unterdrückte Flüstern der hilflosen kleinen Bauern drang unfehlbar an sein Ohr. Und selbst wenn er es überhört hätte, Adam hätte schon dafür gesorgt, daß er es vernahm. An FitzJohn würde sich wohl niemand um Hilfe wenden. In Isambards Abwesenheit war er die Stimme seines Herrn; selbst wenn der Kastellan gewollt hätte, hätte er nicht gewagt, seinem Befehl zuwiderzuhandeln.

»Überall mangelt es an Arbeitskräften«, berichtete Adam. »Zumindest darüber verfügen wir ausreichend. Und die Eisenvorräte von Richard, dem Schmied, hat Mylord nicht angetastet. Ich bin nicht einer, der während der Arbeit etwas für sich abzweigt, aber hier geht es darum, ob die Menschen den Winter überleben. Gott weiß, daß Isambard sich das Material und die Arbeit, welche es kostet, ein paar neue Dreschflegel und Sicheln herzustellen, weit eher leisten kann als sie.«

Die Freunde sahen einander nachdenklich an und begannen

dann zu lächeln. »Die Meister sollen mit ihren Männern sprechen«, sagte Harry, »und so viele sie entbehren können und dazu bereit sind, auf die Felder schicken. Gebe Gott, daß Mylord mindestens zwei Monate fortbleibt. Dann haben wir die gesamte Ernte eingebracht, ehe er heimkehrt.«

Doch lange, ehe die Kornfelder abgeerntet waren, kam am zwanzigsten August Langholme mit der Kunde nach Parfois geritten, daß die Armee aufgelöst sei, der Feldzug nach Wales abgebrochen und Isambards heimkehrende Streitmacht nur noch einen Tagesmarsch entfernt. Er hielt sich nur lange genug auf, um die Pferde zu wechseln, und ritt dann mit seiner Kunde weiter nach Burg Erington. So hatten die Schloßbewohner sich in aller Eile auf eine Heimkunft vorzubereiten, deren Grund sie nicht begriffen, die aber nur Unheil bedeuten konnte.

Harry und Adam halfen in einem der Dörfer auf der englischen Seite des Long Mountain bei der Ernte. Gilleis selbst ritt hinüber, um sie vorzuwarnen, daß sie unbedingt ihre freiwilligen Erntehelfer nach Hause schicken und sich selbst an ihrem Arbeitsplatz einfinden sollten, ehe der Herr von Parfois heimkehrte. Harry stand mit nacktem Oberkörper, braungebrannt und von Insektenbissen übersät wie jeder beliebige Dorfbewohner im Stoppelfeld und starrte verständnislos zu ihr hoch. Dann kam er herbeigerannt, tat einen Satz und kletterte zu ihr auf den Pfad hoch. Beinahe abwesend küßte er sie.

»Wie, der Feldzug ist abgebrochen?« fragte er. »Nicht einmal aufgeschoben? Aber warum? Was ist geschehen?«

»Ich weiß nur, daß sie nach Hause kommen, nichts weiter. Langholme hat sich nicht länger als eine Viertelstunde im Burghof aufgehalten, und falls FitzJohn weiß, was geschehen ist, dann schweigt er sich darüber aus. Doch steht fest, daß der Heerzug morgen hier eintreffen wird.«

»Ach, dann bleibt uns Zeit genug. Noch vor dem Morgen wird jeder Mann wieder auf der Baustelle sein. Doch fällt es mir schwer, die Feldarbeit unvollendet zu lassen«, meinte er zögernd und blickte sich befriedigt auf den ausgedörrten, hellen Erntefeldern um. »Schon lange habe ich mir nicht mehr auf diese

Weise die Flausen aus dem Kopf geschwitzt. Nun gut, die Dorfbewohner werden ihre Männer und Pferde zurückbekommen und die Ernte abschließen können, doch hätte ich gern die Arbeit beendet, die ich begonnen habe. Nun ja, wahrscheinlich ist es besser, ihm keinen Anlaß zu geben, sein Mütchen an ihnen zu kühlen. Wenn ich jetzt mit dir komme und mein eigenes Gewand anlege, wird er nie etwas davon erfahren.«

»Du glaubst, Isambard kommt dir nicht auf die Schliche? Er braucht nur einen Blick auf deine Gesichtsfarbe zu werfen, um zu erkennen, daß du die Arbeit geschwänzt hast«, entgegnete Gilleis mütterlich streng. Sie ordnete mit den Fingern sein zerzaustes Haar und kämmte ein paar ausgebleichte Haferspelzen aus den verknoteten Strähnen. »Gesteh mir sofort, mit welchem Mädchen du dich auf dem Heuwagen herumgewälzt hast, um so viel Spreu in den Schopf zu bekommen! Wußte ich doch, daß ich mit dir hätte kommen sollen.«

»Du tust mir großes Unrecht«, erwiderte Harry beleidigt. »Frag Adam, er wird dir bestätigen, daß ich wie ein Ackergaul geschuftet habe. Aber meiner Treu, du hast mich da auf etwas gebracht. Noch habe ich Zeit, einige Dinge nachzuholen. Ich nehme doch an, daß du sogleich zurückreiten wirst, mein Herz?«

»Und du ebenfalls«, entgegnete Gilleis bestimmt. »Adam fragen, bei allen Heiligen! Der wird mir gerade die Wahrheit sagen, so oft, wie du ihn in vergangenen Zeiten gedeckt hast! Ich werde mich nicht von hier fortrühren, ehe du nicht dein Hemd angezogen hast und mitkommst!«

Fröhlich ritten sie gemeinsam in den sich dem Ende neigenden Nachmittag hinein. Manchmal lieferten sie sich wie Kinder Wettrennen, dann wieder trödelten sie wie Frischverliebte. Weder der Himmel noch die Freude, die sie aneinander hatten, wurden von einer einzigen Wolke getrübt. Erst als die Pferde den steilen Pfad nach Parfois hinauftrabten, senkte sich mit einemmal von neuem die Kälte der aufgewühlten Welt auf ihre Herzen, und Fragen und Vermutungen brachen die glatte Oberfläche ihres Glückes auf. Die innere Gewißheit jedoch, zueinander zu gehören, wurde von all dem nicht berührt.

Isambard traf, nur von einer Handvoll Ritter begleitet, am nächsten Tag gegen Mittag ein. Er stieg im Außenhof ab und entfernte sich von seinem dampfenden Roß, noch bevor die Stallknechte herbeigeeilt waren, um ihm das Tier abzunehmen. Mantel und Handschuhe warf er auf den Stufen zu dem Turm ab, in dem die Frauengemächer lagen; Langholme, der herankam, um ihm beim Auskleiden behilflich zu sein, sollte sie ruhig aufheben. Der Knappe war erst eine Stunde vor seinem Herrn aus Erington zurückgekehrt. Atemlos und nervös trat er in dessen Privatgemächer, um Isambard den Schwertgürtel abzuschnallen, das Kettenhemd aufzuschnüren und alles sonstige Kriegsgerät fortzuschaffen, da es nun ja doch keine Verwendung mehr hatte. Mit steinerner Ruhe drehte und wendete sich Isambard unter Langholmes zitternden Händen. Aus dem Körper, der sich dieser Zeremonie unterzog, schien der Geist gewichen zu sein.

Sobald der Burgherr aller nutzlosen militärischen Gerätschaften entledigt war, reckte er die langen Arme nach hinten, um sich in sein Gewand helfen zu lassen, und hüllte sich hinein. Mit einer knappen Geste entließ er Langholme, der dankbar aus dem Raum huschte. Bis jetzt war kein Wort gesprochen worden. Benedetta brachte Wein herbei und bot ihn ihrem Gönner an. Dann baute sie sich unmittelbar vor ihm auf, damit er nicht länger so tun konnte, als sei er allein.

»Also ist es nicht zu der Abrechnung mit Llewelyn gekommen?« fragte sie.

Ihr Geliebter, welcher bisher durch sie hinduchgeblickt zu haben schien, richtete langsam seine Augen auf näherliegende Dinge: Er nahm das Gemach wahr, den Weinbecher und endlich Benedettas Gesicht. Dann griff er nach dem Kelch, den sie ihm reichte, trat ans Fenster und schaute ins Flußtal hinunter.

»Der Feldzug war diesmal ausnahmsweise gut geplant«, begann er mit trockener, ruhiger Stimme. »Dieses Mal hätten wir nicht in Aber haltzumachen brauchen, sondern hätten Llewelyn den letzten Winkel von Anglesey entreißen können. Der König hätte am Neunzehnten in Chester zu uns stoßen sollen, doch schließlich brach ich, nur begleitet von de Guichet, von dort auf, um König Johann in Nottingham zu treffen. Die walisischen Knaben, die er als Geiseln hielt, waren alle dorthin gebracht worden. An dem Tag seiner Ankunft ließ er sie alle noch vor dem Frühstück nach draußen zerren und aufhängen.«

Isambard schloß seinen Bericht mit unbewegter Stimme, doch etwas an der Haltung seines Rückens, der Starre seiner breiten Schultern und der Art, wie er den Kopf angespannt gerade hielt, ließ Benedetta erkennen, daß er den König dafür verachtete. Nicht die Grausamkeit der Tat stieß ihn ab, sondern daß sie so gemein und völlig willkürlich gewesen war. Wenn Llewelyn lebte, wäre es eine Verschwendung von Kraft und Haß, sich auf solche kleinen Racheakte zu verlegen; und wäre der Waliser tot gewesen, hätte Seine Gnaden sich den Geiseln gegenüber ruhig großmütig zeigen können. Isambard sah den Mord an diesen Kindern als eine sinnlose und verachtungswürdige Vergeudung des Hasses an, der einem lohnenderen Gegner hätte gelten sollen.

»Alle?« fragte Benedetta leise.

Ein kurzes, hartes Auflachen entfuhr ihm wie ein Schrei. »Nein, nicht alle! Griffith nicht! Wenn der König schon töten mußte, dann hätte ich vielleicht einen letzten Funken Respekt für ihn bewahrt, wenn er Llewelyns Sohn ebenfalls umgebracht hätte. Sagte ich nicht früher schon, daß Johann dies niemals wagen würde? Die Hand seines Vaters schwebte über dem Knaben wie ein Schutzschild, er war unantastbar. Seine Gnaden hatte gerade noch genug Verstand, um zu erkennen, daß ihn auch der geringste seiner Untertanen verachten würde, wenn er nur einen einzigen verschonte, und besonders diesen einen. Nein, der König hat noch eine Handvoll Kinder am Leben gelassen, damit sie Griffith Gesellschaft leisten. Ich weiß nicht, wie viele überlebt haben, denn ich habe die traurigen kleinen Leichen nicht gezählt.«

»Die Kunde trifft uns nicht ganz unvorbereitet«, erklärte Benedetta düster, »denn in deiner Abwesenheit haben wir aus Shrewsbury eine Nachricht erhalten, die zu dem paßt, was du berichtest. Anscheinend hielt Robert de Vieuxpont dort auf seinem Schloß einen walisischen Fürsten gefangen. Er bekam von Seinen Gnaden den Befehl, ihn aufzuhängen, und so geschah es.«

»Vieuxpont ist der Statthalter des Königs und muß den Anordnungen König Johanns folgen oder sein Amt niederlegen. Aber nun will ich dir erzählen, wie die ganze Sache ausgegangen ist, jetzt kommt sozusagen die Pointe dieses Scherzes! Drei Tage nach dieser abscheulichen Dummheit setzte der König noch ein unfaßbareres Bubenstück obendrauf: Er befahl den Abbruch der Vorbereitungen für den Feldzug, schickte die aufgebotenen Kriegsknechte nach Hause und zog sich von uns allen zurück. Zwei Tage hat es gedauert, bis er mich wenigstens empfangen hat, den einzigen, dem er zumindest ein gewisses Maß an Vertrauen schenkt. Er hatte Briefe erhalten, unter anderem von der Fürstin von Gwynedd, und alle liefen auf dasselbe hinaus. Mit diesem Feldzug gegen Wales, so hieß es darin, begebe er sich in größte Gefahr, denn unter seinen eigenen Vasallen sei eine Verschwörung im Gange. Man wolle diese Gelegenheit ergreifen, um ihn an seinen Feind zu verraten oder ihn zumindest gefangenzunehmen. Seine Gnaden hat das alles geglaubt und das Heer nach Hause geschickt.«

»Aber wenn hinter diesen Nachrichten seine Tochter steckte«, meinte Benedetta mit einem schwachen, betretenen Lächeln, »kann man unschwer erkennen, was sie damit bezweckte. Mit einer solchen Phantasterei rettet sie ihren Gatten und ihren Vater zugleich.«

»Das habe ich dem König auch erklärt und ihn angefleht, weiterzumarschieren und nichts auf diese Botschaft zu geben. Doch König Johann meinte, auch andere hätten die Geschichte bestätigt, obwohl er mir nicht verraten wollte, wer. Und selbst wenn etwas Wahres daran sein sollte, was gewinnt der König schon durch den Abbruch des Feldzuges? Seine Feinde werden andere Gelegenheiten finden. Der springende Punkt ist doch, daß gewisse Kräfte ihn stürzen wollen. Und wenn das stimmt, werden seine Feinde nicht auf eine Gelegenheit warten, sondern sie selbst schaffen! Wenn eine Situation sich nicht von selbst ergibt, werden sie eben für das Nötige sorgen. Und wenn Johann von

Feinden geradezu umzingelt wäre, dann könnte er nur gewinnen, indem er einen kühnen Vorstoß täte und zumindest einen seiner Gegner, den übelsten von allen, auslöschte. Aber nein, er ließ sich nicht von seinem Entschluß abbringen. Der König hätte sich retten können. Er hätte zum Kampf antreten und seine Gegner zum Handeln herausfordern, ihnen die Stirn bieten und ihnen auf ihrem Terrain entgegentreten können. Dies wäre die einzige Möglichkeit für ihn gewesen, etwas zu retten, vor allem in seiner Lage, in der er alles zu gewinnen und nichts zu verlieren hatte. Aber der König wollte nicht handeln! Angefleht habe ich ihn um seiner selbst und um Englands willen, und um wenigstens den armen erhängten Knaben, die eben verscharrt wurden, und ihren Vätern, die jedes Recht hatten, sie mit dem Schwert zu rächen, Gerechtigkeit widerfahren zu lassen. Ich habe sogar vor ihm gekniet!« stöhnte Isambard und legte mit einemmal den Arm über die Augen, um das Bild abzuwehren, das in seiner Erinnerung vor ihm stand. »Auf die Knie bin ich gefallen und habe ihn beschworen, nun nicht die Hände in den Schoß zu legen. Aber er wollte nicht. Wir werden nicht mit Llewelyn abrechnen, nicht jetzt und auch in Zukunft nicht. Es ist vorbei.«

Herbst und Winter verstrichen, und unter dem Holzdach der Kirche erhoben sich anmutig, schwungvoll und erhaben die Gewölberippen, bis schließlich das Kirchenschiff – wie sein Name versprach – dastand wie das wunderschöne, fremdartige Skelett eines sagenhaften Seglers, der kieloben durch die Luft schwebt. Ehe der Frost vorüber war, hatten die Bauleute den freien Raum zwischen den Gewölberippen mit Mauerwerk ausgefüllt, so daß das herrliche Skelett allmählich wenig, aber wohlgeformtes Fleisch ansetzte.

Harry vernahm in seiner sicheren, selbstgenügsamen Welt die verwirrenden Gerüchte kaum, welche von jenseits der Mauern zu ihm drangen. An den Erbauern der Kathedrale ging alles vorüber wie trockenes Laub, das der Wind davonweht: die verzweifelten Manöver des Königs, einen Feldherrn zu finden, der an seiner Statt den Krieg gegen Wales führen sollte; daß König

Johann verschiedenen Vettern des Hauses Gwynedd walisische Cantrefs zum Lehen gab, die er nicht einmal besaß, und ihnen weitere versprach, falls sie diese eroberten; wie die Waliser die Verheißungen und Drohungen des Königs gleichermaßen verlachten, denn es waren nur niedere oder lächerliche Versuche, das Schicksal zu bestechen. Aber die Handwerker hatten an Wichtigeres zu denken.

Nur wenn Isambard – was er täglich tat – zur Kirche kam und ihnen bei der Arbeit zusah, dann wehte ihnen aus seinem Schweigen heraus ein unstillbarer Kummer entgegen, der sie beunruhigte und traurig machte.

Ein weiteres Osterfest kam und ging vorüber, und in Frankreich stellte verläßlichen Berichten zufolge König Philip eine Flotte und ein Heer für seinen Heiligen Krieg gegen England auf; das war seine verächtliche Antwort auf König Johanns gescheiterte Pläne für eine Invasion der Normandie. Wenn Seine Gnaden sich nicht bald rührte, würde ihm England ebenso aus den Händen gleiten wie die Normandie oder Wales. Doch dem König von England war kein Spielraum mehr verblieben.

Ein einziger und endgültig letzter Schachzug stand ihm allerdings noch offen, und am fünfzehnten Mai tat König Johann ihn – nach seinen unmittelbaren Auswirkungen zu urteilen, war es ein Meisterstück, das sich auf lange Sicht jedoch als Todesstoß erweisen sollte. Zwei Wochen zuvor hatte der König eine Anzahl Ritter des Templerordens empfangen, die kürzlich aus Frankreich eingetroffen waren. Doch nicht einmal seine Hofbeamten hatten erfahren, was zwischen ihnen besprochen wurde. Nach ihrer Audienz bei dem König von England segelten die Ritter heim nach Frankreich, kehrten jedoch kurz darauf nach Dover zurück. Sie eskortierten den päpstlichen Legaten Pandulf, dem König Johann, jener rebellische Sohn der Kirche, als Gegenleistung für den Schutz des Papstes das Königreich von England und Irland zu Füßen legte, um es aus Pandulfs Händen als Vasall der Kirche zurückzuerhalten. Zusammen mit diesem Lehnsgut bestätigte der König den neuen Erzbischof von Canterbury, welchen anzuerkennen er sich so lange geweigert hatte.

Mit dem Empfang der Krone aus kirchlicher Hand vollzog sich eine Art Zauberkunststück: Dadurch verwandelten sich die aufmüpfigen walisischen Fürsten in gewöhnliche Rebellen gegen den gesalbten König. Gleichzeitig entzog König Johann dadurch Philip jeden Anspruch auf den Preis, den man ihm verheißen hatte. Außerdem schob sich jetzt die schützende Autorität der Kirche zwischen den König und seine unzufriedenen Vasallen, sie verlieh ihm Sicherheit, gab ihm seine Rechte zurück, die man ihm beschnitten hatte, und verwirrte all seine Feinde.

Doch diese Unterwerfung unter die Kirche war ein harter Schlag für die Ehre des englischen Herrschers und brach ihm das Herz.

»Vor ihm zu knien, Harry, sich vor ihm niederzuwerfen und ihm die Krone darzureichen! Das war England, das da vor dem Papst kniete. Wie konnte der König uns das nur antun? Wie konnte er sich selbst und uns so erniedrigen? Wenn König Johann Innozenz die Stirn geboten hätte, wären wir höchstens umgekommen, doch wir wären wenigstens nicht ehrlos gestorben! Wer schert sich um den Tod? Jeder Mensch stirbt irgendwann, das ist nichts, was man fürchten müßte. Doch uns alle zu demütigen, das ist schlimmer als der Tod.«

Nachdem er sich sieben Tage lang aus der Kirche und von der Welt zurückgezogen hatte, erschien Isambard von neuem im Mittelschiff; in der Stille der Dämmerung stand er zwischen den steinernen Himmelsbäumen. Die herrlichen spitzen Fenster in den Lichtgaden, hinter denen ein Himmel von sanftem Grün lag, blickten auf ihn herab wie lange Reihen leuchtender, bleicher Augen in umschatteten Gesichtern, welche ihn staunend betrachteten.

Man erzählte sich, der Burgherr habe tagelang weder gegessen noch getrunken. Und kein Wort sollte er angeblich gesprochen haben seit dem einzigen, unterdrückten Schrei, den er ausgestoßen hatte, als man ihm die Kunde brachte; daraufhin sank er ohnmächtig nieder, und man trug ihn in sein Bett. Der Fürst sah heute so aus, als entspräche dieses Gerücht durchaus der

Wahrheit. Seine goldene griechische Sonnenbräune war schon lange verblaßt, und die kühlen englischen Sommer hatten ihm nichts weiter als die mattbraune Gesichtsfarbe eines Mannes belassen, der einen Großteil seines Lebens im Freien verbringt. Doch auch diese war jetzt zu einem fahlen Grau verblichen, und das Fleisch darunter war schlaff und leblos. Isambards Antlitz erschien nur noch als eine Maske aus Haut und Knochen, doch da er einen kräftigen, wohlgeformten Gesichtsschnitt besaß, vergrößerte dies seine Schönheit eher noch, als daß es sie beeinträchtigte. Die aristokratischen Augen, welche riesenhaft groß in ihren tiefen Höhlen lagen, waren wie Fenster, durch die man in rasende Pein blickte.

Doch den schlimmsten Schmerz bescherte Isambard seine von aller Verzweiflung unbeeinträchtigte Klugheit, die nicht zuließ, daß er auch nur eine einzige Folge dieser Katastrophe unbedacht ließ. Sein Körper war so abgezehrt, daß er selbst dem leidenschaftlichsten Asketen aus Clairvaux an Hagerkeit nicht nachstand. Ein solcher Verfall ließ sich auch nicht durch die sieben Tage Fasten erklären, sondern mußte seinen Grund in Geist und Seele haben.

»Harry, Harry, jede Nacht sehe ich das Bild wieder. Die Szene geht mir nicht aus dem Sinn. Die Krone lag zu Füßen des päpstlichen Gesandten am Boden, und er stieß mit dem Schuh dagegen. Dann zögerte er die Rückgabe hinaus, um sich seines Besitzes zu versichern. O England! Dazu haben wir unsere Zustimmung nicht gegeben! Wir haben unseren Namen umsonst verpfändet. Aber ach, Harry, jetzt können wir uns nicht mehr reinwaschen.«

Isambard hatte zu reden begonnen, als er genau die Mitte des Kirchenschiffs erreicht hatte. Hier, wo mit Einbruch der Nacht dem munteren, geschäftigen, fröhlichen Aufruhr, welcher üblicherweise herrschte, Ruhe und Frieden folgten, luden jetzt Stille und Einsamkeit zum Sprechen ein. Die ersten Worte brachen aus ihm hervor wie die Tränen eines Menschen, der sein Leben lang nicht geweint hat: gepreßt und qualvoll zuerst, als würde seine angespannte Kehle davon zerrissen, dann ungehemmter und schließlich wie ein Wasserfall. Er hob sein Antlitz dem letzten verbliebenen Licht entgegen und rang nach Atem, als könnte er nicht genug Luft einsaugen, um am Leben zu bleiben; doch ansonsten stand er völlig reglos da und preßte die verkrampften Hände vor der Brust zusammen.

»Mylord, mir steht nicht zu, unseren König anzuklagen oder zu verteidigen«, entgegnete Harry, den die Qualen seines Herrn zutiefst erschütterten. »Und doch weiß ich das eine, nämlich, daß König Johann ebenfalls leidet. Er hat die vielen Gefahren für England gesehen und beschlossen, diesen Weg einzuschlagen. Die Entscheidung war seine, ebenso wie die Bürde. Der König hat versucht, England aus der Not zu erlösen. Mein Herz und Verstand schreien mir ebenso wie Euch zu, daß er unrecht gehandelt hat, und doch fühle ich, daß er es nicht in niederer Absicht getan hat. Der König suchte nach einem Ausweg und fand ihn durch eine Tat, die ich um meines Lebens willen nicht fertigbringen würde. Haltet ihm dies zugute, und verzeiht ihm.«

»Nicht an mir ist es, zu vergeben, und England wird ihm dies nie vergessen. Ich hätte Pandulf eher ins Gesicht gespien, als vor ihm auf die Knie zu fallen.«

»Ich hätte nichts anderes getan«, erklärte Harry, »aber wer will behaupten, daß wir damit im Recht gewesen wären?«

»Alles bricht zusammen, Harry! Ich habe England geliebt, und er hat das Land so besudelt, daß ich mich darin nicht umsehen kann, ohne Ekel zu empfinden. Die Christenheit habe ich verehrt und auf sie gebaut. Und dies ist nun die Stimme der Christenheit, des Regenten Gottes: dieser gerissene Intrigant, der seinen Mantel einmal nach Osten und einmal nach Westen hängt, immer dorthin, wo sein Vorteil liegt. Und wie schamlos der Papst sich dreht und wendet! Letztes Jahr hat er den König in Grund und Boden verdammt, und allen ewige Seligkeit versprochen, die gegen Johann, Gottes Feind, zu den Waffen greifen. Dieses Jahr befiehlt er allen Fürsten, und droht dabei mit der Exkommunikation, die Hände von unserem geliebten Sohn Johann zu lassen. O Harry, Harry, haben wir wahrhaftig dem

Gott eines solchen wetterwendischen, dreisten Verbrechers ein Haus erbaut, das eigentlich für Erzengel geschaffen ist?«

Isambard umklammerte Harrys Arm. Der krampfhafte Griff der langen knochigen Finger, die einst so kraftvoll und jetzt so ohnmächtig waren und an denen die Venen wie blaue Schnüre zwischen eingesunkener Haut und vorstehenden Knöcheln lagen, ging Harry zu Herzen. Er spürte, wie Isambards bebende Anspannung sich auf seinen Körper übertrug, und wurde von so unerwarteter, unbezähmbarer Zärtlichkeit ergriffen, daß sich seine Zunge löste und er die Grenzen der Förmlichkeit übertrat. Harry legte den Arm um die steifen, mageren Schultern seines Herrn und zog ihn herzlich an sich.

»Was hat Innozenz mit unserer Kirche zu tun? Wieder und wieder habe ich mich dabei ertappt, während ich über genau dieselben Fragen nachdachte. Aber immer, wenn ich spürte, wie mein Werk unter meinen Händen wuchs, überlegte ich nicht länger. Wenn ich baue, fühle ich, daß weder Papst noch Priester zwischen mir und Gott stehen, und ich zweifle nicht länger daran, daß dieser Akt der Lobpreisung und des Glaubens gerechtfertigt ist. König Johann hat Euch enttäuscht, nicht England. Innozenz mag seine kleinlichen Segnungen und Bannsprüche skrupellos mischen wie gezinkte Karten, doch ich schwöre Euch, daß Gott dies nicht tut. Ich habe nicht für Papst, Bischof oder Priester gebaut. Dieses Haus gehört *tatsächlich* den Erzengeln.«

»Ach, Ihr habt leicht reden, habt Ihr doch nur mit gutem, ehrlichem Stein zu tun. Aber ich bin auf ewig gebunden, und zwar nicht an England, sondern an den König. Durch unseren Lehnseid, durch die Ländereien, die ich besitze, durch die vielen Male, welche ich meine Hände in die seinen gelegt habe, bin ich an ihn gefesselt. Ich bin sein Vasall, ob ich will oder nicht. Er hat mich erniedrigt und Schande über mich gebracht, aber dennoch bin ich sein Untertan. Daß er ein elender Wurm ist, entbindet mich nicht von meinem Eid. Nichts und niemand kann mich daraus entlassen. Meine Treue zu ihm entehrt mich und widert mich an, aber ich kann sie nicht abwerfen. Bis in den Tod bin ich sein Vasall, und ich vermag mich nicht von ihm zu befreien.«

Mit heiserer, gequälter Stimme, halb erstickt vor rasendem Zorn, hatte Isambard die Worte hervorgepreßt, krampfhaft und mühsam wie Blutstropfen, die aus einer Wunde quellen. Er warf den Kopf in den Nacken und wand sich verzweifelt hin und her, als kämpfe er gegen die Kraft an, welche ihn auf dem unentrinnbaren Pfad seiner Lehnstreue vorantrieb. Der Arm, welcher ihn hielt, verstärkte seinen Griff. Einen Moment lang schloß der Burgherr die Augen. Als er die schweren Lider wieder öffnete, blickte er in Harrys junges, ernstes und besorgtes Gesicht. Voller Zärtlichkeit betrachtete Harry ihn, wie ein liebevolles Kind einen Vater betrachtet, den ein ihm unverständlicher Kummer überwältigt.

»O Harry!« seufzte er laut und legte den Kopf für einen Augenblick an die mit grobem Tuch bekleidete Schulter. »O Harry, ich bin es so überdrüssig!«

KAPITEL ZWÖLF

Benedetta kam allein in die Hütte, in der Harry und Adam die frisch geschnittenen Laibungssteine für das letzte Turmfenster begutachteten. Es hatte gerade geregnet – es war das übliche unbeständige Aprilwetter, bei dem sich zwischen den Schauern immer wieder kurz die Sonne zeigte –, und der Rock von Benedettas grünem Gewand wies dunkle Flecken auf, wo er über das nasse Gras gestreift war. Sie ließ die Finger über die ungleichmäßigen Kanten der behauenen Steine gleiten, welche in tiefe, glatte Wellen geschnitten waren, und fragte neugierig: »Warum haut Ihr sie auf diese Weise zurecht?«

»So fügen sie sich besser ineinander. Schaut her, die Steine sind so geformt, daß sie exakt ineinandergreifen. Sobald sie eingesetzt sind, wird man keinen Spalt mehr zwischen ihnen entdecken können.«

Benedetta betastete die behauenen Steine und lauschte auf das Knirschen und Surren der Winde im Turm und auf die Stimmen, die der Wind vom Baugerüst herantrug. »Wie lange noch? Ein Jahr?«

»Vielleicht ein wenig länger. Aber ein Jahr ist eine ganz gute Schätzung.«

»Kaum zu glauben, daß die Kirche schon fast vollendet ist.« Gegen ihren Willen schlich sich Betrübnis in ihre Stimme. Unter halbgeschlossenen Lidern sah sie zu, wie Adam Holzhammer und Meißel nahm und sich pfeifend von neuem dem Kragstein widmete, an dem er gerade arbeitete. »Wann wird das Dach aufgesetzt werden? Noch vor dem Winter?«

»So Gott will! Wir errichten derzeit den letzten Abschnitt des Turms. Doch im Innenraum werden wir noch genug Arbeit für den ganzen Winter haben. Die Bodenplatten müssen verlegt und die Trennwände und das Chorgestühl eingepaßt werden, und die Altarsteine und die Sitze im Chorgestühl sind noch aufzustellen. Ich bezweifle, daß der Glaser alle Fenster bis zum Frühjahr eingesetzt haben wird, daher wird das Gerüst wohl noch im nächsten Jahr stehen. Ihr solltet den Glasermeister bitten, Euch die Tafeln zu zeigen, welche er bereits in Blei gesetzt hat. Sie sind ein wahres Wunder.«

»Nächsten Sommer ist also alles vorüber«, sagte Benedetta. Sie betrachtete die aufgestapelten Steine, denen die Phantasie sprießendes, knospendes Leben verliehen hatte, die Kriechblumen und Schlußsteine und die langen Holzverkleidungen, die für das Turmgesims bestimmt waren. »Wohin werdet Ihr Euch dann wenden?«

»Darüber habe ich noch nicht nachgedacht. Mylord hat angedeutet, er werde mich möglicherweise in seinem Dienst behalten. Jemand, der einen so großen Besitz sein eigen nennt, muß doch gewiß ständig hier oder dort Gebäude errichten. Genug Arbeit für mich wäre also vorhanden.«

»Ja«, meinte Benedetta. Das Wort blieb einsam und matt in der Luft hängen, obwohl es schien, als hätte sie noch etwas mehr sagen wollen. Doch sie lauschte Adams Pfeifen und wartete offensichtlich auf etwas, obwohl Harry nicht wußte, worauf. »Ihr wißt, daß der König von neuem die Hand nach Frankreich ausstreckt?«

»Davon haben wir gehört. König Johann ist nicht von seinem Vorhaben abzuhalten, sich die Normandie zurückzuholen. Seit seine Flotte letztes Jahr vor Flanderns Küste den französischen Schiffen ordentlich zugesetzt hat, hat er wieder Mut gefaßt, und wen wundert's? Die Geistlichkeit mag behaupten, diese Niederlage sei ein Gottesurteil gegen Philip gewesen, weil er versucht hat, England auf Umwegen anzugreifen, nachdem der Papst ihm den geraden Weg untersagt hatte; doch ich bezweifle, daß die Vorsehung ihr Werk hätte verrichten können, wenn der König nicht so energisch und tüchtig gehandelt hätte. Aber Johann wird feststellen, daß es weit schwieriger ist, Philip in seinem eigenen Land zu besiegen. Und ich selbst hätte mir nicht gerade den deutschen Kaiser Otto zum Verbündeten erkoren. Was sagt Mylord dazu?«

»Das müßte ich eigentlich Euch fragen«, entgegnete Benedetta trocken. »Solche Dinge vertraut er mir schon lange nicht mehr an. Aber Ihr wißt ja, daß seiner Meinung nach die französischen Besitzungen endgültig verloren sind. Er möchte auch, daß sich daran nichts ändert, so sehr es den übrigen Adligen auch mißfällt, auf die Hälfte ihrer Einkünfte zu verzichten. Ralf sieht Englands einzige Hoffnung darin, den Verlust der Normandie hinzunehmen. Ich nehme an, ein Sieg in Frankreich würde das Ansehen des Königs im Volk steigern, zumindest für eine gewisse Zeit. Doch ich bin sicher, daß Isambard um eine Niederlage betet.«

»Jedenfalls hat der König nicht nach Mylord geschickt«, meinte Harry.

»Gott sei's gedankt! Nein, dazu mißtraut er den Walisern zu sehr. König Johann möchte Ralf hier sehen, damit er die Grenzmark für ihn hält. Seine Gnaden setzt wenig Vertrauen in den Waffenstillstand zwischen Wales und England, welchen der Erzbischof mehr schlecht als recht ausgehandelt hat.«

Als Benedetta den schnellen Schritt des kleinen Schreibers aus dem Zeichenraum vernahm, der wie üblich im Laufschritt unterwegs war, blickte sie sich rasch um. Eifrig kam der Jüngling zwischen den aufgestapelten Steinen herangehüpft, sah, daß Harry beschäftigt war, und wandte sich also atemlos flüsternd an Adam.

»Teufel noch eins!« rief Adam fröhlich aus. »Hätte er sich nicht eine andere Zeit dazu aussuchen können? Schon gut, ich komme ja.« Er legte sein Werkzeug nieder und ging, die Hand auf die Schulter des Jungen gelegt, rasch hinaus.

Sobald die beiden sich außer Hörweite befanden, fuhr Benedetta, welche die bearbeiteten Steine betrachtet hatte, abrupt herum. »Harry, schickt Adam von hier fort!«

Ruckartig hob Harry den Kopf und starrte sie in vollkommenem Unverständnis an. »Ihn fortschicken? Aber warum?«

»Weil er sich hier in Gefahr befindet. Zumindest könnte es jeden Augenblick so weit sein. Ich hatte gehofft, die Sache könnte die gesamte Bauzeit hindurch gutgehen, aber jetzt bin ich mir nicht mehr sicher, und wir dürfen Adams Leben nicht aufs Spiel setzen. Gewiß könnt Ihr ihn doch anderweitig einsetzen? Schickt ihn auf Botengänge zu den Glasbläsereien oder in die Töpferwerkstatt, aus der Ihr Eure Bodenfliesen bezieht. Aber laßt ihn nicht hier auf Parfois, wo Mylord ihn ständig vor Augen hat.«

»Mylord?« Harry legte Hammer und Meißel zwischen die ordentlich aufgereihten Zangen auf seine Werkbank und starrte die Herrin zweifelnd und verwundert an. »Ist denn zwischen Adam und Mylord etwas vorgefallen? Ich weiß von nichts. Isambard hat die ganze Zeit über wenig Notiz von ihm genommen. Doch wenn er ihn ansprach, war er immer recht leutselig. Warum sollte er meinem Freund jetzt gefährlich werden?«

»Weil er darüber zu brüten begonnen hat«, erklärte Benedetta unumwunden, »daß ich Adam einst, um eines Liedes willen, in meinem Bett empfangen habe. Mit Sicherheit wird die Zeit kommen, da ihm diese Erinnerung unerträglich werden wird. Sorgt dafür, daß Adam sich nicht in Mylords Reichweite befindet, wenn dies geschieht.«

Es war schwer, all dies anzusprechen, und unangenehm, es zu hören. Hart und sachlich damit umzugehen war die einzige Weise, die Angelegenheit annehmbar zu machen. Aber Harrys Verblüffung und seine steife Haltung entlockten Benedetta ein Lächeln. So abrupt hatte sie ihn den glücklichen Fluren seines steinernen Waldes entrissen, daß er ratlos vor den Verwicklungen einer weniger perfekten Welt stand.

»Habt Ihr denn nicht bemerkt, daß er mich seit einiger Zeit mit rasender Eifersucht verfolgt? Mit Euch redet er mehr als mit jedem anderen. Hat er niemals ... merkwürdige Dinge über mich gesagt?«

»Nicht ein Mal!« Doch kaum hatte Harry dies von sich gegeben, wurde ihm klar, wie selten Isambard in den letzten Jahren Benedettas Namen auch nur erwähnt hatte. Auch erinnerte er sich nun, da er eingehender darüber nachdachte, an Situationen, bei denen Isambard tatsächlich eigenartige Dinge ausgesprochen hatte – nicht über sie, aber es waren doch Äußerungen, die sie ziemlich unmittelbar betrafen. Der Baumeister war viel zu versunken in sein eigenes Glück gewesen, um allzuviel Aufmerksamkeit für die Kümmernisse anderer aufzubringen. Nun schalt er sich für seine Blindheit. *Auch in der Liebe, Harry?* spottete ein fernes Echo seiner. *Alles zu haben, selbst dieses Letzte und Höchste! Welches Recht hat ein einzelner Mensch, so viel zu empfangen?*

»Ich sehe«, meinte Benedetta, »daß Euch etwas eingefallen ist.«

Hilflos schüttelte Harry den Kopf. »Ein Narr bin ich gewesen. Ich hätte bemerken sollen, daß hinter seinen Stimmungen etwas Ernstes steckte. Aber tatsächlich ist nur weniges je ausgesprochen worden, und niemals etwas über Euch. Und wir wußten alle, daß er immer wieder seine dunklen Launen durchlebt. Doch daß er eifersüchtig ist, kann ich kaum glauben. Ich schwöre, das hat er mir niemals angedeutet. Mylord weiß genau, wie aufrichtig Ihr seid, und Zweifel an Eurer Treue kann er gewiß nicht hegen.«

»Ach, Treue!« entgegnete Benedetta seufzend. »Ihr begeht

denselben Fehler wie ich, Harry. Ralf wollte mehr als Treue.« Sie hob die Hände und schob die langen Finger in das Haar, das ihren Schläfen so kraftvoll entsprang. Jetzt sah Harry, wie schmal ihre Finger geworden waren und daß sie vor dem dunklen Rot blaß wirkten. Und er wunderte sich darüber, daß er nicht früher bemerkt hatte, wie Benedetta abmagerte, als würde sie genau wie Isambard von der hoffnungslosen Leidenschaft zerfressen, welche die beiden zugleich vereinte und trennte.

»Besser, Ihr erfahrt, wie die Dinge stehen«, fuhr Benedetta beinahe barsch fort. »Ihr werdet Eure Handlungen danach richten müssen. Als Ralf mich damals bat, mit ihm nach England zu gehen, bedeutete ich ihm klar und deutlich, da sei jemand, den ich liebte, und zwar so sehr, wie dies nur einmal im Leben möglich sei. Ich erklärte ihm, wenn er bereit sei zu nehmen, was ich ihm zu geben hätte, dann wäre ich sein und würde ihn niemals verlassen; ich täte es nur für den, dem die Liebe meines Herzens gilt. Und Gott weiß, daß ich nicht gelogen habe, als ich Ralf sagte, daß dieser Mann mich wohl niemals von ihm fortholen würde! Dies sind die Bedingungen, zu denen er sich mit mir zusammengetan hat, und ich habe meinen Teil des Handels getreulich erfüllt. Wie töricht von mir zu glauben, er könnte sich lange an den seinen halten! Habt Ihr je erlebt, daß er sich mit dem zweiten Platz zufriedengibt? Ich hätte wissen müssen, daß unser Leben so nicht weitergehen konnte.«

Müde schüttelte die Lady den Kopf, welchen sie in die Hände gestützt hatte. Harry rührte sie nicht an. In der Vergangenheit hatte er sie häufig beiläufig gestreift, ohne darüber nachzudenken. Nun erkannte er, daß Benedetta ihm die schreckliche Macht verliehen hatte, ihr Freude oder Qual zu bereiten. So zögerte er, aus Furcht, die Qual könne sich als das stärkere Gefühl erweisen. Doch auch diese erzwungene Zurückhaltung zwischen ihnen erschien Harry falsch, nur wußte er nicht, wie er sie überwinden sollte.

»Langsam begreife ich«, sagte er leise, »welcher Täuschung Isambard erlegen ist. Oh, nicht durch Euch. Er hat sich auf das eingelassen, was Ihr ihm zu geben bereit wart, doch er hat darauf vertraut, daß die Zeit und seine starke Persönlichkeit schließlich alles richten würden. Mylord konnte ja nicht wissen, daß er eben den Mann, den er Euch vergessen machen wollte, mit nach England brachte. Und dies eine, daran zweifle ich nicht, habt Ihr ihm nicht verraten.«

»Ihr Männer seid doch alle gleich«, meinte Benedetta, die plötzlich wieder sie selbst war, und blickte mit einem zärtlich-herablassenden Lächeln zu ihm hoch. »Ich sehe, daß Ihr nicht mehr als Ralf auf die Beständigkeit einer Frau vertrauen könnt. Ich brauchte es ihm nicht zu sagen. Unter diesen Umständen machte es keinen Unterschied, ob Ihr mir nah oder fern wart, am Leben oder tot. Was ich Euch schenkte, gab ich für alle Zeit. Ich habe Ralf die ganze Wahrheit gesagt, nämlich daß er dieses letzte Heiligtum in meinem Herzen niemals besitzen könne. Meine Sünde bestand nicht darin, ihn belogen zu haben, sondern in meinem mangelhaften Begreifen. Ich hätte wissen müssen, daß dies ausreichte, ihn niemals zur Ruhe kommen zu lassen. Damals kannte ich Ralf noch nicht so gut wie heute. Aber jetzt ist es zu spät, etwas daran zu ändern.«

»Doch vielleicht täuscht Ihr Euch ebenfalls. Benedetta, ich bin ratlos. Wenn ich von hier fortgehen würde, dann würde vielleicht ...«

»Ihr könnt nicht fort«, wandte sie bestürzt ein. »Ehe Eure Arbeit nicht vollendet ist, seid Ihr durch Euren Eid gebunden. Doch selbst wenn dies möglich wäre, ist es bereits zu spät dazu. Ralf weiß, daß er ... nein, ich will nicht sagen *nicht geliebt wird!* Wie könnte ich umhin, nach allem, was geschehen ist, ein gewisses Maß an Liebe für ihn zu empfinden? Aber er weiß, daß er den Ort, dem seine Sehnsucht gilt, niemals betreten wird. Mylord ist sich gewiß, daß meine Gefühle für jenen anderen, von dem ich ihm erzählte, sich nicht geändert haben, und daß dies so bleiben wird. Aufgeben und sich fügen, nein, das ist nicht sein Ding. Der Kampf wird weitergehen, bis einer von uns vernichtet ist, oder auch beide. Meine einzige Angst besteht darin, daß andere mit hineingezogen werden, und ich möchte nicht, daß Adam dazugehört. Schafft ihn Ralf aus den Augen!«

»Ach, nichts wäre leichter als das. Ich kann Adam die militärische Leitung des Steinbruchs übertragen. Ihr werdet sicherlich gehört haben, daß wir erneut von den Walisern aus Cynllaith überfallen worden sind, und während der nächsten Monate brauchen wir weiterhin Steine. Doch was ist mit Eurer eigenen Sicherheit? Wenn Isambard dieses ... anderen nicht habhaft werden kann, wird er sich zum Schluß nicht gegen Euch wenden?«

»Ist das etwa wichtig?« entgegnete Benedetta gleichgültig, nicht um Harry zu treffen, sondern weil sie aufrichtig beiseite schob, was ihr unwesentlich erschien. Die Folgen ihrer Handlungen mußte sie schließlich selbst tragen.

»Das wißt Ihr ganz genau!« rief Harry ärgerlich. »Meiner Meinung nach solltet Ihr ihn verlassen ...«

»Dann vergeßt Eure Meinung rasch wieder, denn das werde ich nicht.«

»Nein«, pflichtete er ihr bei und preßte hilflos die Hände an die Schläfen. »Ich sehe schon, daß ich nur meinen Atem vergeude, wenn ich Euch dazu dränge. Ihr werdet zu Eurem Wort stehen, selbst wenn es Euch umbringt, so gut kenne ich Euch. Aber um Gottes willen, was können wir nur für Euch tun? So kann ich die Dinge nicht stehenlassen. Ich wünschte, Ihr hättet ihn lieben können, denn er war es wert. Und was ist nun aus Euch beiden geworden? Ach, Benedetta«, setzte er bedrückt hinzu, »wäret Ihr eine geringere Frau gewesen, hätte unser aller Leben leichter sein können.«

»Dasselbe könnte ich von Euch behaupten«, gab sie zurück. Als Benedetta aufblickte, sah er in ihren Augen dasselbe jähe, unbezwingbare Aufblitzen von früher, das jetzt nunmehr ein schwacher Abglanz ihres alten mutwilligen Lachens war. »Glaubt Ihr, ich wäre einem geringeren Mann durch ganz Europa gefolgt? Für jene, die wenig Verstand und noch weniger Herz besitzen, ist das Leben immer leicht. Doch Ihr braucht wirklich nicht um mich zu fürchten. Ralf liebt mich und vertraut mir. Er wird mir keinen Schaden zufügen, außer er verfällt in allertiefste Verzweiflung, und dazu ist er, glaube ich, nicht imstande, so wie er nicht imstande ist, sich geschlagen zu geben.

Inzwischen ist es für mich nicht einmal mehr eine Frage des Stolzes, ihm die Treue zu halten«, erklärte sie zärtlich. »Er ist mein, selbst wenn ich ihm nicht zu schenken vermag, was er unter Liebe versteht. Was mich angeht, so weiß ich nicht mehr, was Liebe ist. Sie besitzt so viele Gesichter. Selbst wenn ... jener andere mich jetzt zu sich riefe, könnte ich nicht gehen. Was ich Ralf zugefügt, habe ich unwillentlich getan, und doch habe ich mich dadurch so fest an ihn gebunden, daß ich mich bis zum Tode nicht von ihm lösen kann; es sei denn, er durchschlägt den Knoten und verstößt mich. Ihr seht also, daß Eure Sorge um mein Wohlergehen ohne Belang ist. Obwohl ich mich freue«, meinte sie mit einem langen Blick aus ihren lächelnden grauen Augen, »daß es für Euch von Bedeutung ist. Das stellt meine Selbstachtung wieder her.«

»Ich wünschte, jemand täte dasselbe für mich«, erklärte Harry bedrückt, »denn ich bin Euch wahrhaftig ein schlechter, wenig hilfreicher Freund gewesen. Versprecht mir zumindest, daß Ihr, solltet Ihr jemals einen Menschen brauchen, der Euch einen Dienst erweist, zuerst nach mir schicken werdet.«

»Gern, wenn Ihr ebenso an mir handelt. Im übrigen, Harry, glaube ich, daß ich mich Euch nicht mehr so häufig und ungezwungen nähern darf wie früher. Ich würde es begrüßen, wenn wir eine andere Möglichkeit hätten, miteinander in Verbindung zu treten. Oft schon habe ich mir gewünscht, Eure Gattin besser zu kennen. Würdet Ihr Euch bei Eurer Gemahlin für mich verwenden? Sagt ihr, daß ich mich einsam fühle und sie inständig bitte, mir die Ehre zu gewähren, täglich einen Teil ihrer Zeit mit mir zu verbringen.«

Benedetta lachte, als in Harrys reifes, entschlossenes und ernstes Antlitz plötzlich eine kindliche Röte schoß. »Mein Ansinnen hat nicht nur taktische Gründe, darauf gebe ich Euch mein Wort. Ich könnte Eure Gattin mögen, wenn sie mich nur ließe. Doch die Sache erfordert Geschick, das muß ich zugeben. Üblicherweise pflegen Ehefrauen und Mätressen keinen Umgang miteinander. Ich möchte nicht, daß Ralf an Eurer Stellung zweifelt, doch ich wünsche mir eine verläßliche Verbindung zu Euch, falls dies einmal notwendig werden sollte. Über meine Beweggründe erzählt Eurer Gemahlin, soviel Ihr mögt. Meinetwegen auch alles. Was Ihr verschweigt, wird sie, glaube ich, ohnehin erraten.«

»Ich spreche mit Gilleis«, versprach Harry leise. »Sie wird zu Euch kommen. Ich glaube, sie wird sich freuen.«

»Bittet sie, mich morgen aufzusuchen, während Ralf mit dem Verwalter die Bücher durchgeht. Und kümmert Euch um die Angelegenheit mit Adam. Ich muß zurück; meine vorgebliche Besorgung dauert schon länger, als ich vorhatte.«

»Benedetta«, platzte es aus Harry mit einem Mal heraus, als sie sich bereits von ihm abgewandt hatte, »wodurch ist Isambard aufmerksam geworden?«

Sie sah ihn an, und ihre Augen öffneten sich weit in raschem, argwöhnischen Erstaunen darüber, daß er so gezielt in den einen Winkel ihres Geistes vorgedrungen war, den sie vor ihm verborgen gehalten hatte. Zögernd fuhr Harry fort: »Ich könnte schwören, daß er glücklich war, als wir herkamen; zumindest in dem Maße, wie seine Natur es ihm gestattet. Ich mache mir Vorwürfe, weil ich seine Verwandlung nicht bemerkt habe, aber ich glaube, daß er keineswegs nach und nach den Mut verloren hat. Isambard hat ein viel zu starkes Selbstwertgefühl, als daß er glauben könnte, Ihr wäret in der Lage, Euch ein Leben lang gegen ihn zu stemmen. Wenn nicht etwas geschehen wäre, das ihm die Wahrheit aufgezeigt hat, würde er immer noch hoffen und glauben. Was war es also?«

Zum ersten und einzigen Mal war Benedetta versucht, ihn anzulügen. Harry sah, wie ihre grauen Augen sich einen Moment lang verschleierten und ihn mieden. Dann hellte sich ihr Blick auf, und ihre Augen leuchteten ihm entgegen; da wußte er, daß sie den Schatten beiseite geschoben hatte.

»Es war Eure Hochzeit«, sagte sie leise. »Die Vorstellung einer Ehe als Krönung der Liebe statt als Handel, den man schließt, um Land, Reichtum oder Verbündete zu gewinnen, war für Ralf völlig neu. Ich vermute, er hat eine solche Verbindung noch nie aus der Nähe gesehen. Das ist ihm zu Herzen gegangen. Noch in derselben Nacht machte er mir ein fürstliches Geschenk: Er bot mir die Ehe an, eine Heirat nach dieser neuen Auffassung.«

Harry stand da und starrte sie unverwandt an; sein Gesicht wurde kalkweiß. Er brachte kein Wort heraus, konnte ihr nichts erwidern. Immer hatte er den Narren Gottes gespielt, der ohne böse Absicht in ihrem Leben herumstolperte und in seiner Unschuld alles, was ihr wertvoll war, zertrümmerte, die Mauern, welche ihren Frieden umgaben, niederriß und ihren geraden Pfad zu einem Labyrinth verwickelte.

»Ich habe ihn abgewiesen«, fuhr Benedetta gleichmütig fort. »Anders vermochte ich nicht zu handeln. Daher konnte er kaum umhin zu verstehen.«

Sie blickte sich um und sah Adam über das zertrampelte, dünne Gras näher kommen. Sein munteres, unbekümmertes Pfeifen eilte ihm voraus wie das wohltönende Gezwitscher einer Amsel. Er hatte auf dieser Welt keine Sorge.

»Ich wünschte, ich hätte nie einen Fuß in Euer Leben gesetzt«, sagte Harry leise. »Nichts als Kummer habe ich Euch bereitet. Ich bitte Euch, vergebt mir.«

»Euch vergeben!« Ruckhaft wandte sie ihm voller Verblüffung ihr Gesicht zu, das jetzt leidenschaftlich glühte; die Augen hatte sie staunend aufgerissen. Unbesonnen öffnete Benedetta die Lippen, um den Gefühlen freien Lauf zu lassen, die wie ein Strom flüssigen Goldes aus ihrem Herzen sprudelten. Doch auf der gestampften Erde unter dem Vordach ließen sich bereits Adams leichter Schritt und ein Lachen vernehmen, gefolgt von einer Stimme, die ärgerlich die Unaufmerksamkeit und Leichtfertigkeit der Knaben von heute beklagte. Die Herrin drehte sich um und verließ ohne ein weiteres Wort die Hütte.

In diesem Frühling forderten die Scharmützel am Cynllaith keine Menschenleben. Allerdings gab es einen ordentlichen Schlagabtausch, ein paar Pfeilwunden mußten versorgt werden, und der ständige Verlust von Pferden und Ochsen blieb ein Ärgernis. Anscheinend wollte Llewelyn seinen Gegner nur etwas necken. Die Stammeskrieger unternahmen nur sehr selten einen offenen Angriff. Sie versenkten eine Ladung Steine im Tanat und unterbrachen damit die Transporte für zehn Tage, denn so lange dauerten die Räumungsarbeiten. Und nach Adams Eintreffen unternahmen sie versuchsweise einen Überfall auf die beladenen Karren, um festzustellen, mit welcher Sorte Mann sie es hier zu tun hatten; als sie allerdings erkannten, daß sie es mit einem Gleichwertigen zu tun hatten, zogen sie sich zurück. Doch meistens zogen sie es vor, bei Nacht durch die Wachposten-Stellungen zu schleichen und ein oder zwei Pferde zu stehlen, einen Baum quer über den Karrenpfad zu fällen oder die Geschirre zu mausen. Diebstahl, in ihrer Heimat das verachteste und am härtesten geahndete Verbrechen, wurde mit einemmal jenseits der Grenze zu einem ehrenhaften Zeitvertreib.

Abgesehen von diesem Geplänkel hatte der Fürst von Gwynedd keinen Finger gegen den Waffenstillstand zwischen England und Wales gerührt, den aufrechtzuerhalten sich Erzbischof Langton, sobald er in sein Amt eingesetzt war, zum Anliegen gemacht hatte. Solche kleinen Seitenhiebe konnten kaum als Verletzung der Bedingungen betrachtet werden. Warum auch hätte Llewelyn den Wunsch hegen sollen, die Feindseligkeiten wieder aufzunehmen, da er doch all seine Eroberungen gefestigt und bestens verteidigt hatte? Schließlich hatte Innozenz III. nicht ganz vergessen, welche Dienste ihm diese wilden Hügelkrieger einst geleistet hatten, die er nie zu Gesicht bekommen hatte.

Doch im Hochsommer gelang Adam, der an den Plänkeleien Gefallen gefunden hatte und sich wie ein Fisch im Wasser fühlte, am Flußufer ein besonders geschicktes Bravourstück: Er schlug nicht nur einen Angriff zurück, sondern machte auch drei Gefangene, die er unter Bewachung nach Parfois schickte. Ohne zu zögern oder auch nur einen Blick auf sie zu werfen, ließ Isambard die Männer hängen. Von diesem Zeitpunkt an begann die *Galanas*, eine Blutfehde, die in der Regel nicht durch ein Blutgeld beizulegen ist. Die Clans der drei Toten, welche allesamt in der näheren Umgebung beheimatet waren, begannen, jeden

Nachzügler des Konvois anzugreifen, der vom Steinbruch nach Parfois ging; und jeder Mann, der sich unachtsamerweise zu nahe an der Grenze sehen ließ, fiel unweigerlich einem Pfeil zum Opfer, der aus dem Gebüsch jenseits des Wasserlaufs abgeschossen wurde. Ehe der Juli verstrichen war, wurde klar, daß der Fürst von Gwynedd sich aus Solidarität zu seinen Männern ebenfalls an der Fehde beteiligte. Sein Land war befriedet, und er besaß eine kleine starke Gefolgsstreitmacht von einhundertfünfzig Mann, die sich nach Arbeit sehnten, sowie viele hundert Stammeskrieger, die bereit waren, ihm weitere Truppen zu stellen, falls diese gebraucht wurden. Der Prinz hätte sich nie durch persönliche Haßgefühle von den wichtigeren Anliegen seines Landes ablenken lassen; doch jetzt hatte er die Gelegenheit, seinen Launen nachzugeben, ohne Wales aufs Spiel zu setzen. Der Kleinkrieg am Cynllaith wurde allmählich ernst.

Adam behauptete sich gegen zwei bewaffnete Vorstöße und sandte Nachrichten nach Parfois, in denen er darauf hinwies, daß Llewelyns eigene Hausstreitmacht nach Cynllaith eingerückt sei – und das unter der Führung von Llewelyns Wachhauptmann, wenn nicht sogar des Prinzen selbst.

»Ausgezeichnet!« rief Isambard grimmig. »Dieses Mal stehen weder der König noch der Hofstaat zwischen uns. Wir werden ihn derart jagen und stellen, bis ihm kein Rückzug mehr möglich ist.«

»Soll ich Verstärkung zum Steinbruch schicken?« fragte de Guichet. Derzeit gab es in Parfois nur die übliche Burgbesatzung, welche jedoch eine durchaus beeindruckende Truppe darstellte.

»Nicht einen Mann! Nein, führt eine Kompanie über die Landstraße nach Oswestry. Mit der zweiten reite ich selbst nach Careghofa. Dann halten wir uns verborgen, bis Llewelyn heranrückt, und nehmen ihn von Norden und Süden in die Zange.«

Der Steinbruch geriet zunehmend unter Druck, wurde jedoch nicht direkt angegriffen. Währenddessen nahmen die beiden Kompanien unauffällig nördlich und südlich des Hügelrückens Aufstellung und warteten darauf, daß der Fürst von Gwynedd in die Falle ritt. Isambards Kundschafter pirschten sich über die

Grenze vor, entdeckten aber keine walisischen Truppen. Währenddessen saß Isambard unruhig in Careghofa, verzehrte sich in ohnmächtigem Zorn und wartete.

Am siebten Tag des August trafen zwei berittene Boten in Parfois ein. Der erste brachte die Kunde, daß König Philip von Frankreich einen gewaltigen Sieg über Kaiser Otto davongetragen und die große Koalition auf den französischen Schlachtfeldern in tausend Stücke geschlagen hatte; dadurch sähe König Johann sich gezwungen, in Verhandlungen über einen längeren Waffenstillstand zu treten. Der zweite Kurier sprengte von Süden auf einem schweißnassen, dampfenden Pferd heran, glitt im Außenhof aus dem Sattel und verkündete keuchend eine Nachricht, die Parfois weit unmittelbarer betraf. Während Isambard im Norden auf Llewelyn wartete, hatte dieser seine Streitmacht nach Süden verlegt und die Feste Erington an der Grenze zu Herefordshire angegriffen. Jeder Mann auf der Burg, der zu reiten imstande war und mit Waffen umgehen konnte, fand sich umgehend zu der bunt zusammengewürfelten Kompanie einberufen, welche FitzJohn innerhalb einer Stunde zusammentrommelte. Nur fünf Minuten hatte er gebraucht, um dem Kurier das beste Pferd zu geben, das sich noch in den Ställen befand, und ihn mit der Nachricht zu Isambard zu schicken. Aber Erington konnte nicht warten, bis die düpierten Kompanien des Herrn nach Süden gelangt waren. Die Waliser hatten die Palisade bereits durchbrochen, ehe der Bote entkommen war, um Hilfe zu holen. Die hölzernen Befestigungsanlagen, in denen die Garnison lag, würden einem Angriff nicht lange standhalten. Harry ließ sein Werkzeug fallen und stellte sich FitzJohn ebenfalls zur Verfügung. Etwa zwanzig seiner Männer folgten ihm auf dem Fuße. Er war kein besonders guter Schwertkämpfer, vermochte sich aber leidlich mit der Klinge zu wehren, und mit Waffen waren sie reichlich ausgerüstet.

Unter einem wolkenlosen Himmel, der nur von einem flirrenden Hitzeschleier überzogen war, verließen sie Parfois und galoppierten gen Süden auf der Straße, die über den Hügelkamm führte.

»Dieser August!« rief FitzJohn beim Aufstieg bitter. »Seit einem Monat kein Regentropfen, und Hochwürden brüstet sich damit, daß seine Gebete um gutes Erntewetter erhört worden seien. Wenn er noch einen Funken Verstand besitzt, liegt er jetzt auf den Knien und fleht um einen Wolkenbruch.«

In England läuteten wieder die Glocken; von allen Kirchen des Tales hörten die Reiter sie zum Vespergebet rufen, während sie den Clun durchquerten. Jetzt im Sommer war der Wasserstand so niedrig, daß sie kaum ihre Geschwindigkeit vermindern mußten, als sie durch den Fluß ritten.

»Alle Flüsse sind ausgetrocknet«, meinte FitzJohn sorgenvoll, »und der Brunnen der Feste wird kaum noch Wasser führen. Wenn den Verteidigern die Pfeile ausgehen, haben sie keine andere Wahl, als einen aussichtslosen Ausfall zu unternehmen. Oder sie bleiben hinter den Holzwällen und lassen sich rösten.«

Sie verließen das Flußtal und ritten den Hang hinauf. Vom Hügelkamm aus erblickten die Reiter düsteren schwarzen Qualm, der in den blaßblauen Himmel aufstieg. Über den Horizont trieb eine graue Schicht langgezogener Rauchfetzen, die sich in der fast reglosen Luft nur langsam auflösten. Die Pferde dampften bereits, so als hätten die Männer sie den ganzen Weg über angetrieben, doch bei diesem Anblick gaben sie den Tieren erneut die Sporen.

Sie waren wie der Wind geritten, doch sie kamen zu spät. Llewelyn hatte seine Karten gut ausgespielt, und wie immer hatte er sein Werk rasch verrichtet. Als die Retter zwischen den niedrigen, sanft wogenden Hügeln herangaloppierten, sahen sie, daß auf der gesamten Länge des breiten Umfriedungswalls der Burg Rauch aufstieg, und vernahmen das Knistern von Holz, das von der Feuerbrunst verschlungen wurde. Anscheinend stand das gesamte Herrengut in Flammen. Dann, als sie unter lautem Geschrei um die Felder bogen und auf die steilen Erdwälle zustürmten, sahen sie, wie die walisischen Stammeskrieger aus dem Graben gestürzt kamen und dorthin rannten, wo sie ihre Ponys angebunden hatten. Mindestens einer von ihnen ging zu Boden und blieb zuckend liegen. In seiner Brust steckte ein Pfeilschaft.

Also verfügten die Bogenschützen im Bergfried noch über Pfeile, obwohl kaum vorstellbar war, daß sie bei dem Rauch richtig zielen konnten.

Im Schutz der Rauchschwaden zogen die Waliser sich zwischen die Bäume zurück, doch nur wenigen gelang es, ihre Pferde loszubinden und aufzusteigen, bevor die zusammengewürfelte englische Truppe über sie kam und sie zum Kampf stellte. Von Radnor Forest her erstreckten sich zwischen den Hügeln breite Streifen bewaldeten Landes. Diejenigen Waliser, die sich absetzen und zu ihren Reittieren gelangen konnten, würden in dieser Deckung so schwer zu fangen sein wie Füchse.

Harry lehnte sich seitwärts aus dem Sattel, um einer gegen ihn gerichteten Lanze auszuweichen, dann riß er sein Pferd herum und traf seinen Gegner in den Oberarm, so daß dieser die Waffe fallen ließ. Sogleich preschte der Waliser auf ihn zu und umklammerte mit dem unverletzten Arm die Hüfte seines Feindes, um ihn vom Sattel zu zerren. Aber Harry drehte sein Schwert um und haute ihm mit dem Knauf auf die Stirn. Benommen lockerte dieser seinen Griff ein wenig, und Harry befreite seinen Fuß aus dem Steigbügel und schlug mit dem Knie unter das bärtige Kinn seines Gegners, so daß der davonflog wie ein Stein von einer Schleuder. Er krachte zwischen die Wurzeln einer Eiche und blieb atemlos liegen. Harry blickte zweifelnd auf den keuchenden Mann hinab. Er zögerte nur eine Sekunde und wendete dann sein Pferd, um Ausschau nach einem unversehrten Gegner zu halten.

In dem kurzen Schlachtgetümmel am Waldessaum verletzte Harry niemanden mehr. Zweimal verfolgte er fliehende Schatten, die, den Kopf an den Hals ihrer Ponys geschmiegt, kühn und gewandt wie Wölfe zwischen den schützenden Bäumen hindurchpreschten. Doch der erste entkam ihm mit Leichtigkeit, und den zweiten ließ er ziehen, als er FitzJohns Horn blasen hörte. Die Engländer zogen sich aus dem Wald zurück und ritten gemeinsam auf die geschwärzten Mauern von Erington zu. Sie führten sechs Gefangene mit sich; die übrigen Waliser waren entkommen, und ohne frische Pferde konnten die Männer aus Parfois sie nicht mehr einholen. Weit dringender erschien jetzt, der bedrängten Garnison – zumindest dem, was davon noch übrig war – zur Hilfe zu kommen.

Verkohlt und rotglühend hingen die Tore der Palisade in ihren mächtigen Scharnieren. Die lose schwingenden Flügel gaben den Blick auf das von Rauchschwaden gefüllte Innengelände frei. Die Männer schlugen sich zum Außenhof durch, wo sie darangingen, die Balken, die noch brannten, niederzuhauen und die Flammen zu ersticken, wo das Feuer sich noch nicht zu tief eingefressen hatte. Die Waliser hatten alle Ställe und Lagerhäuser entlang der Umfriedung geplündert und in Brand gesetzt. Dort war nichts mehr zu retten; den Männern aus Parfois blieb nichts anderes übrig, als an den Stellen, an die sie nahe genug herankamen, mit den Äxten die Schuppen einzureißen. Der Bergfried selbst war zwar rauchgeschwärzt und schwelte auf der Windseite schwach vor sich hin, schien aber ansonsten unversehrt zu sein. Die Stützbalken glühten so heiß, daß man sie kaum anzurühren vermochte, und der Bogenschütze, der hoch über ihnen die Tür aufriß und sich herauslehnte, um sie anzurufen, war geräuchert wie ein Hering. Aber die Soldaten im Innern des Turms waren am Leben. Sie ließen die Leiter herab und kletterten mit ihren Verwundeten nach draußen. Die Soldaten waren heiser und ausgedörrt und griffen begierig nach den Wasserflaschen, die ihre Retter ihnen reichten.

»Wären wir nicht so gut mit Pfeilen bestückt gewesen«, erklärte der Kastellan, »und wären vier von uns nicht wahre Meisterschützen, dann hätten sie die Festung schon lange bis auf den Grund niedergebrannt. Und ihr seid gerade zur rechten Zeit eingetroffen, denn wir besaßen kaum noch ein Dutzend Pfeile. Das Vieh haben die Waliser bereits vor Stunden fortgetrieben, sobald sie uns hier eingeschlossen hatten.«

Nun kümmerten sich die Männer um die Verletzten und die Toten und trugen sie aus dem erstickend heißen Turm auf die offene Weide. Sieben englische und vier walisische Leichen lagen einträchtig nebeneinander auf dem kühlen Rasen. Drei Verteidiger waren schwer verwundet, und fünf weitere hatten leichtere Blessuren davongetragen. Zwei überlebende Stammeskrieger wurden nach draußen geführt und gesellten sich zu den sechs Gefangenen, welche die Engländer beim Gefecht am Waldesrand gemacht hatten.

»Wir übernachten hier«, erklärte FitzJohn und blickte sich in der einbrechenden Dämmerung um. Rasch traf er seine Anordnungen: Drei Trupps sollten die Runde durch die umliegenden Dörfer machen, wo sich die Bewohner bei der Nachricht von einem Überfall der Waliser zweifellos hinter verbarrikadierten Türen verkrochen hatten, und frische Pferde und Nahrungsmittel besorgen. Für den Fall, daß die Feinde bei Nacht einen erneuten Angriff planten, wurde eine Reihe von Wachposten aufgestellt, die bei jeder Annäherung sofort Alarm schlagen sollten.

Ein leichtgewichtiger Mann auf einem frischen Pferd würde auf der Straße nach Parfois zurückreiten und Isambard die neuen Nachrichten überbringen, damit dieser seinen Eilmarsch abbrechen konnte. Ein halbes Dutzend Freiwilliger sollte die Wälder, die bis nach Radnor reichten, erkunden und wenn möglich herausfinden, in welche Richtung sich die Treiber mit dem Vieh und den Zugochsen gewandt hatten. Denn unter allen lebenden Kreaturen lassen sich Ochsen bekanntlich am schwierigsten zur Eile drängen. Wenn man sie zurückbekommen konnte, umso besser.

Freudig meldete sich Harry zu diesem Patrouillenritt durch den Wald. Wenn er seiner Arbeit schon einen weiteren Tag fernblieb, dann wollte er zumindest soviel Freiheit und Bewegung wie möglich haben.

»Nutzt das letzte Tageslicht, solange ihr könnt«, befahl FitzJohn, »aber laßt es nach Einbruch der Dunkelheit gut sein. Wir erwarten euch in ungefähr einer Stunde zurück.«

Isambards Land erstreckte sich, wie in Parfois, bis an die walisische Grenze, doch hier trennte kein Fluß die beiden Gebiete. Harry ritt allein durch die Wälder, wo eine so tiefe Stille herrschte, daß der flammenerfüllte Aufruhr von Erington zu einem Traumbild verblaßte. Zweimal stieß er auf kleine Weiler, aber die Dörfler hatten die Räuber weder gesehen noch gehört. Vielleicht hatten sie sich auch angewöhnt, Augen und Ohren zu schließen, wenn derlei Besucher in die Nähe ihres einsamen Wohnorts kamen. Auch auf dieser Seite der Grenze floß in einiger Menschen Adern ein Anteil walisischen Blutes, und selbst diejenigen, die eindeutig Engländer waren, mußten mit beiden Seiten in Frieden leben, wenn sie sich hier niederlassen wollten. Auf seinem Ritt entdeckte Harry eine kleine abgeschiedene Lichtung mit einem gepflügten Feld und einer armseligen kleinen Hütte. Aller Wahrscheinlichkeit nach hatte hier jemand illegal Land gerodet, doch heutzutage schien das Gesetz auf beiden Beinen lahm zu sein. Wie lange war es her, daß die königlichen Richter eine dieser grenznahen Grafschaften bereist hatten? Jahre womöglich. Und auch für die Zukunft durfte man kaum mit Besserung rechnen. Mittlerweile redete man offen von einem Bündnis zwischen den Baronen, das der Beschneidung ihrer Rechte durch den König ein Ende bereiten sollte. Wenn Corbett, FitzAlan und ihresgleichen von der Verteidigung ihrer Rechte sprachen, bestand wenig Aussicht, daß dabei auch die Anliegen gewöhnlicher Sterblicher in Betracht gezogen wurden.

Zutiefst beglückt darüber, allein zu sein, ritt Harry fast lautlos über den weichen Grasboden dahin. Er hegte nicht wirklich den Wunsch, den Walisern auf die Spur zu kommen. Sollten sie sich doch mit ihrer Beute davonmachen. Schließlich hatten sie mehrere Männer verloren, um die Beute einzustreichen; und außerdem war es Isambards Handlungsweise zu verdanken, daß sich die Rivalität zwischen zwei Edelmännern zu einer Blutfehde ausgewachsen hatte.

Der junge Mann wollte eben wenden, um rechtzeitig den Rückweg zur Festung anzutreten, als er einen Blick auf eine kleine Gestalt erhaschte, die verstohlen zwischen den herabsinkenden Schatten davonhuschte und im Gebüsch verschwand. Als er sein Pferd im Schritt an der Stelle vorbeilenkte, legte sich das Zittern der Zweige allmählich. Wer auch immer dort Schutz gesucht hatte, kauerte im Inneren des Dickichts.

Harry tat so, als würde er weiterreiten, zog dann aber nach einem Meter die Füße aus den Steigbügeln und sprang vom Roß.

Er landete fast unmittelbar auf dem Späher, der in den Büschen hockte. Ein schriller Angstschrei durchstieß die Luft, und ein drahtiger kleiner Körper wand sich wie ein Aal, versuchte, sich Harrys Griff zu entziehen und hätte das auch beinahe fertiggebracht. Der Baumeister sah das plötzliche Aufblitzen einer schmalen Stahlklinge, die auf seine Brust zufuhr. Harrys Hand, die den Streich parierte, schloß sich um ein Gelenk, welches so schmal war, daß er es um ein Haar wieder fahrenließ. Eine atemlose Stimme überschüttete ihn mit walisischen Flüchen und fauchte wie eine wütende Katze. Er hatte einige Mühe, das zornige, verängstigte kleine Wesen zu bändigen, so zappelte und strampelte es. Doch nach einer kleinen Weile begann die Gegenwehr zu erlahmen, und erstickte Schluchzer mischten sich unter die Flüche. Harry nahm dem Knaben den Dolch aus der ermatteten Hand und schleuderte ihn ins Unterholz. Dann umschlang er den Jungen fest mit dem rechten Arm, hob ihn ins Freie auf den Reitpfad und stellte ihn auf die Füße.

»Jetzt aber still, hör mit dem Geschrei auf! Ich tue dir nichts zuleide. Verstehst du Englisch?«

Zuerst bekam er keine Antwort. Zitternd stand das Kind unter seinen Händen und spannte jeden Muskel an, um bei der ersten Gelegenheit wie ein Hase davonzuspringen: Es war ein kleiner, dunkelhaariger Junge in braunen Hosen und ebensolchem Hemd. Der Umhang aus einfachem Tuch wurde an der Schulter von einer goldenen Fibel zusammengehalten. Das Gesicht, das ihn von der Seite anblickte, schien in der einbrechenden Dunkelheit nur aus Augen zu bestehen: Es waren glänzende Augen, die wie der Mond leuchteten und einen wilden und argwöhnischen Ausdruck hatten – wie der eines Fuchses. Der Bursche konnte nicht mehr als neun oder zehn Jahre zählen und war selbst für dieses Alter klein geraten. Harry sah, daß sein Umhang zerrissen und die linke Wange voll blauer Flecke und aufgeschürft war. Er ließ sich auf ein Knie nieder, damit sein Gesicht sich auf gleicher Höhe mit dem Antlitz des Kindes befand, und fragte noch einmal behutsam: »Du verstehst doch, was ich sage, oder? Hab keine Angst vor mir, ich will dir nichts tun. Aber was führt dich allein hier in den Wald? Bist du vom Pferd gefallen?«

Langsam nickte der dunkle Schopf. »Ich habe versucht, es einzufangen«, antwortete der Junge mit einemmal auf englisch, »aber es ist mir weggelaufen.« Er zitterte heftiger, schien aber weniger verängstigt als zuvor.

»Bist du verletzt?« Diese Frage diente vor allem dazu, ihm Mitgefühl zu bekunden und weniger, ein Verhör zu beginnen. Danach zu urteilen, wie heftig der Knabe sich zur Wehr gesetzt hatte, konnte er nicht mehr erlitten haben als einen unsanften Sturz. »Nun gut, dann verrate mir einmal, wie du allein hierher geraten bist. Die Waliser haben dich gewiß nicht mit zu ihrem Überfall genommen.«

Bei diesen Worten brach der Junge überraschend in Tränen aus. Offensichtlich war da noch etwas, das ihn weit mehr bekümmerte als der Umstand, daß er sich allein und verlassen auf der falschen Seite der Grenze befand. Harry war darüber so verblüfft, daß er dem Knaben eine tröstende Schulter anbot, ihn umarmte und sanft wiegte. Der Kleine sprudelte in einer Mischung aus Englisch und Walisisch seine Kümmernisse hervor. Die Geschichte an sich war weder neu noch erstaunlich; ungehorsame Lausebengel wachsen eben überall auf der Welt heran.

»Aha, dein Vater hat dich also sicher in Llanbister zurückgelassen, ja? Und er hat dir den Befehl erteilt, dort zu bleiben und dich keinen Schritt zu entfernen. Zweifellos rechnet er damit, dich gesund und wohlbehalten vorzufinden, wenn er von seinem Raubzug zurückkehrt. Und nun sieh dir an, auf welche Weise du ihm Gehorsam geleistet hast!«

»Ich wollte zuschauen«, sagte der Bursche, und für einen Augenblick blitzte derselbe Mutwille in seiner Miene auf, der ihn in diese üble Lage gebracht hatte.

»Neugier war der Katze Tod. Hast du dieses Sprichwort noch nie gehört? Du hättest tun sollen, wie man dich geheißen hat, dann hättest du dir einen Sturz vom Pferd und einen gewaltigen Schrecken erspart. Nun ja, macht nichts. Auf jeden Fall müssen wir dir einen Schlafplatz für die Nacht besorgen, und du brauchst etwas zu essen.«

»Mein Vater wird mich schlagen«, rief der Knabe und brach von neuem in lautes Geheul aus.

»Sehr wahrscheinlich, und das hast du dir auch verdient. Aber nicht heute abend. Und wer weiß? Bis du zu ihm zurückkehrst, ist er vielleicht so glücklich, dich zu sehen, daß er dir deine Missetaten vergibt. Fürchte nichts, ich verspreche dir, daß du bei mir in Sicherheit bist.«

Aufgeschreckt wie ein scheuendes Fohlen fuhr der dunkle Schopf von Harrys Schulter hoch. »Aber Ihr seid Engländer!«

»Ganz recht, trotzdem bin ich kein Ungeheuer. Kind, was könnte dir alles zustoßen, wenn ich dich hierließe? Komm mit mir und vertraue darauf, daß ich auf dich achtgeben werde. Auf jeden Fall bist du bei mir besser aufgehoben als bei den Wölfen.«

Er hob das Kind in den Sattel und stieg hinter ihm auf. So brachte Harry den Jungen nach Erington. Bis sie sich dem beißenden Rauchgestank und dem schwelenden Gebälk näherten, war es dunkel geworden. Immer noch stand die Hitze in der Luft. Der Junge, der während des Rittes den Kopf an Harrys Schulter gelehnt und geschlummert hatte, fuhr aus dem Schlaf hoch, blickte sich mit großen Augen um und klammerte sich, als er hinuntergehoben und unter all den Fremden auf den Boden abgesetzt wurde, fest an den Ärmel seines Retters.

»Bei den Wundmalen Jesu, Harry!« rief FitzJohn aus und starrte den Knaben an. »Was habt Ihr denn da?«

»Einen abenteuerlustigen jungen Mann, der sich an einen Ort, der ihm verboten war, begeben hat, vom Pferd gefallen ist und sich im Wald verirrt hat. Er ist noch etwas durcheinander und hat ein paar blaue Flecken abbekommen, aber nichts Ärgeres. Heute nacht werde ich meine Decke mit ihm teilen, und morgen will ich dafür sorgen, daß er dorthin zurückkehrt, wo er hingehört. In seinen Augen sehe ich, daß er Euch ein Leben lang lieben wird, wenn Ihr ihm zu essen gebt.«

»Ein Waliser?« fragte FitzJohn und zog die Augenbrauen zusammen.

»Ja, und dafür danke ich Gott!« zischte der Knabe, ehe Harry an seiner Stelle Antwort geben konnte; er wurde ganz steif und warf den Kopf zurück wie ein Jagdhund, dem sich das Fell sträubt.

»Und mutig ist er noch dazu«, meinte Harry lachend. »Komm, wir suchen dir etwas zu essen, um dein Temperament zu besänftigen. Habt Ihr neue Kunde von Mylord?«

»Er hat de Guichet mit dem Großteil seiner Streitmacht vom Clun aus querfeldein marschieren lassen. Sie sollen versuchen, Llewelyn noch einzuholen, doch gewiß rechnet er selbst nicht mit einem Erfolg, sonst wäre er in eigener Person geritten. Der Vorsprung der Waliser ist zu groß. Die übrigen Männer hat er bis auf seine engsten Gefolgsleute nach Hause geschickt. Er verbringt die Nacht am Clun und wird morgen früh hier eintreffen.«

»Zumindest weiß er jetzt, daß die meisten seiner Soldaten noch am Leben sind«, meinte Harry, nahm den Knaben beim Arm und führte ihn durch das Lager. Er fütterte ihn mit Haferkuchen und einem Stück von dem beschlagnahmten Fleisch, das bereits kochte, und sah zu, wie der Kleine sich satt aß. Dann schnitt er Büschel langen, trockenen Grases von den Feldrainen und schichtete sie auf dem weichen Boden am Waldrand zu einer Lagerstatt auf.

Währenddessen saß der Knabe zusammengekauert da, umschlang die Knie mit den Armen und blickte argwöhnisch und etwas verloren in all die fremden Gesichter, welche ihn umgaben. Harry sprach ihn nicht an, sondern wickelte sich in seinen Mantel und legte sich nieder. Ein paar Minuten später spürte er, wie die dunklen Kinderaugen sich sehnsuchtsvoll auf ihn richteten und der Junge ein wenig näher rückte. Lächelnd stützte Harry sich auf einen Ellenbogen und schlug wortlos seinen Umhang zurück. Mehr bedurfte es nicht an Einladung. Dankbar krabbelte das Kind in Harrys Armbeuge und schmiegte sich an seine Seite. Der Umhang hüllte sie beide ein.

»Wie lautet dein Name, kleiner Schelm? Ich habe vergessen, danach zu fragen.«

»Owen ap Ivor ap Madoc«, murmelte der Knabe schläfrig an seiner Schulter und gähnte ausgiebig.

»Dann also gute Nacht, Owen ap Ivor ap Madoc! Und keine Angst; ich werde noch hier sein, wenn du aufwachst.«

Im Morgengrauen, noch bevor die Sonne aufgegangen und im Lager alles auf den Beinen war, traf Isambard ein. Er hatte seine schweren Waffen und Rüstungsteile am Clun zurückgelassen und trug nur den leichten Kettenharnisch und sein Schwert.

Drei seiner Knappen ritten hinter ihm. Ruhig und aufmerksam nahm er die Zerstörungen an seiner Feste und das, was von ihr übriggeblieben war, in Augenschein. Sein regloses Antlitz wirkte schmal und grimmig wie die Kappe eines Jagdfalken. Er besah sich die sechs lebenden und die beiden halbtoten Gefangenen und befahl: »Hängt sie!«

»Aber Mylord ... alle? Zwei von ihnen können nicht einmal mehr auf eigenen Beinen stehen.«

»Dann müßt ihr sie halt zwei Meter höher ziehen«, entgegnete Isambard so ausdruckslos wie zuvor und ließ die Augen gleichmütig über den Waldrand schweifen. »Bäume sind genug vorhanden.« Der kalte Blick blieb an dem Haufen dürren Grases hängen, wo zwei Gestalten unter einem Umhang schliefen. »Was hat das zu bedeuten? Wo habt ihr das Kind gefunden?«

Er trat näher heran, stellte sich über die beiden und betrachtet stirnrunzelnd das gerötete Gesicht und den zerzausten Schopf des Jungen, welcher auf Harrys Arm lag. FitzJohn trat zu seinem Herrn.

»Harry hat den Knaben im Wald gefunden, nahe der Grenze. Er ist der Bande, die den Überfall verübt hat, wohl aus Neugier gefolgt. Während ihres tumultuösen Rückzugs stürzte er vom Pferd und verlor sein Reittier. Meiner Meinung nach könnte der Bube sich als ein äußerst nützlicher Fang erweisen.«

»Ist er Waliser?«

FitzJohn lachte. »Und ob! Als ich ihm dieselbe Frage stellte, hat er mir beinahe ins Gesicht gespien. Erst als der junge Hahn krähte, habe ich ihn erkannt. Sagt Euch dieses Gesicht etwa nichts, Mylord?«

Nachdenklich zog Isambard die Brauen zusammen. »Mir scheint, daß ich ihn schon einmal gesehen habe, obwohl ich mich nicht darauf besinne, wo. Nun, wenn Ihr es wißt, heraus mit der Sprache! Wer ist der Bursche?«

»Ihr müßt ihn in Aber gesehen haben. Oh, es gab keinen Grund, aus dem er Euch hätte auffallen sollen. Ihr hattet mit den Männern und nicht mit den Kindern zu tun. Doch ich war nach Eurer Heimkehr geschäftlich für Eure Lordschaft dort und habe diesen Knaben häufig bei Hofe in Gesellschaft des Sohns von Fürstin Joan gesehen. Er ist der Erbe von Ivor ap Madoc, der bis zu seinem Tod vor einigen Jahren *Penteulu* – der Hauptmann der Leibwache – bei Fürst Llewelyn war. Der Junge ist Llewelyns Ziehsohn.«

»Manch einer behauptet, dieser Knabe sei noch mehr als das«, bemerkte Langholme halb achtungsvoll, halb verschwörerisch und warf seinem Herrn einen Seitenblick zu.

»Was wollt Ihr damit andeuten? An Ivor ap Madoc erinnere ich mich wohl. Mir scheint ganz selbstverständlich, daß Llewelyn dessen Sohn adoptiert hat. Wenn man die üblichen Bräuche bei den Walisern kennt, ist das nichts Ungewöhnliches.«

»Gewiß, Mylord, aber an der Sache ist mehr.«

»Wie ich Euch kenne«, sagte Isambard mürrisch und verzog den Mund, »seid Ihr nach einem einzigen Besuch in Aber bereits über den gesamten dortigen Küchenklatsch unterrichtet.« Aber dennoch lauschte er begierig, und in seinen eingesunkenen Augen glomm eine Flamme.

»Nun ja, niemand wäre kühn genug, diese Vermutung laut auszusprechen, und ich will nicht behaupten, daß man darüber munkelt, nicht einmal im Flüsterton. Aber jener Ivor war zu der Zeit, von der ich spreche, fast sieben Jahre mit einer Edeldame aus dem Clan der Lleyn verheiratet. Zu beider großem Kummer war die Ehe kinderlos. Ivor wollte seine Gemahlin nicht verstoßen, da er tiefe Zuneigung zu ihr empfand, doch er bedurfte eines Erben, wollte er seine Ländereien zusammenhalten, um die sich bereits drei oder vier Vettern stritten. Ich glaube, sie standen kurz vor einer Trennung, als die Lady mit einemmal feststellte, daß sie ein Kind erwartete, und sich alles doch noch zum Guten wendete. Der Fürst von Gwynedd war ein enger Freund der beiden. Und auch ihm wäre es gut zupaß gekommen, wenn Ivor einen Sohn gehabt hätte, damit dessen Besitz nicht zerfiel. Manch einer meint, alle drei hätten ein Komplott geschmiedet. Doch das übliche Geraune behauptet, der Prinz und die Lady hätten sich zusammengetan, um Ivor eine Freude zu machen. Er starb, als der Knabe noch keine zwei Jahre alt war, doch er ging glücklich ins Himmelreich ein.«

»Daran könnte durchaus etwas Wahres sein«, meldete Fitz-John sich leise zu Wort und betrachtete den Jungen. »Er ist so dunkel wie Llewelyn, und ebenso stolz. Außerdem kam es mir in Aber vor, als liebte der Fürst seinen Ziehsohn genauso abgöttisch wie seinen eigenen Sprößling. Aber diese Geschichte über seine Abkunft hatte ich noch nicht gehört.«

»Sie mag schon stimmen«, überlegte Isambard düster. »Die Lady wäre nicht die erste Frau, die sich einer List und der Hilfe eines anderen Mannes bedient, um ihrem Gatten einen Erben zu verschaffen. Doch Llewelyn hat jenen Bastard, von dem alle Welt weiß, voller Stolz öffentlich anerkannt. Warum sollte er sich da zu einem zweiten nicht bekennen? Nein, das entspräche nicht seiner Art.«

»Mylord, er wollte Ivors Namen und den seiner Lady nicht beschmutzen, selbst nach Ivors Tod nicht. Der Vater, der ihn anerkannte, hat dem Jungen ein ansehnliches Erbe vermacht; er besitzt Ländereien in Arfon und Ardudwy und braucht sich vom Prinzen nicht unterstützen lassen. Und was Llewelyns Wunsch angeht, den Knaben ständig um sich zu wissen«, fuhr Langholme fort, »so hat er ihn sich erfüllt. Ihr müßt wissen, als nämlich die Mutter sich wieder vermählte – ihr Clan hat sie in zweiter Ehe mit einem Lord von Eifionydd verheiratet, dem sie inzwischen zwei Kinder geboren hat –, nahm Llewelyn den Jungen aus freien Stücken als Pflegesohn an. So heißt es zumindest. Dies geschah kurz nach der Geburt des jungen Herrn David, so daß die beiden gemeinsam aufgewachsen sind. Ob diese Geschichte nun stimmt oder nicht, zumindest liebt der Fürst, nach allem, was ich in Aber gesehen habe, beide Knaben gleichermaßen. Meiner Ansicht nach, Mylord, würde Llewelyn, um diesen Knaben zurückzuholen, ewigen Frieden mit Euch schließen und Euch dazu noch eine Entschädigung für den Angriff auf Erington zahlen.«

Die aufgehende Sonne warf lange Bündel gleißenden Lichts über die sanft abfallenden Wiesen im Osten. Die Strahlen drangen durch die Baumkronen über den zwei Schlafenden, krochen über Owens zarte, leicht geöffnete Lippen und seine rundlichen Wangen, bis sie dann auf seine langen Wimpern und die glatten Augenlider fielen. Die plötzliche Helligkeit riß ihn aus dem Schlaf. In Harrys schützender Umarmung regte er sich, streckte sich und gähnte herzhaft wie ein erwachender Welpe, ehe er die Augen öffnete. Dann traf den Knaben der blitzende Sonnenstrahl, welcher sich in Isambards Ringen brach. Er drehte rasch den Kopf zur Seite und war mit einem Mal hellwach.

Über ihm schwebten fremde Gesichter, ein bleicher Himmel und die leicht schaukelnden Äste der Bäume; neben sich spürte er statt des weichen, warmen Körpers seines Ziehbruders die harte Gestalt eines Mannes, und anstelle seines eigenen, raschelnden und köstlich duftenden Betts fühlte er den harten Erdboden unter sich. Der Knabe stieß ein durchdringendes Wimmern aus und fuhr hoch. Dabei weckte er Harry, der die Gabe hatte, innerhalb eines Augenblicks vollständig wach und präsent zu sein. Beruhigend schlang er den Arm um den Jungen und drückte ihn an sich. Die Stimme des jungen Mannes kam dem Knaben hier, wo ihm alles fremd war, bereits vertraut vor, als er ihn begütigend sprechen hörte: »Aber, aber, Owen ap Ivor ap Madoc, wozu veranstaltest du an einem so wunderschönen Morgen ein solches Geschrei?«

Als Harry den Kopf wandte, um dem Jungen zuzulächeln, sah er die drei Männer, die schweigend über ihnen aufragten. In ihren strengen Blicken lag – so meinte Harry zumindest – etwas Eigenartiges und auf unbestimmte Weise Unheilverheißendes.

Dann erkannte er Isambard, warf den Mantel beiseite und rappelte sich lächelnd auf.

»Mylord! Ich ahnte ja nicht, daß Ihr schon zugegen wart. Ihr habt mich in einer unvorteilhaften Lage angetroffen. Ich hoffe doch, daß mein Schlaf schicklich war?«

»Wie der des Kindes«, gab Isambard mit unbewegter Miene zurück. »Ich habe von Eurem Gefangenen gehört, Harry. Anscheinend habt Ihr einen Fang von einiger Wichtigkeit gemacht.«

Harry wog den Blick und den Tonfall seines Herrn ab und erkannte mit einemmal den Ernst der Situation. Alles Lächeln wich aus seinem Gesicht. Er streckte eine Hand aus und zog Owen fest an sich. »Ich ... ich betrachte den Knaben nicht als Gefangenen, Mylord.«

»Dann ändert lieber bald Eure Meinung, denn genau das ist er.«

»Er hatte mit dem Angriff auf Eure Feste nichts zu tun«, erwiderte Harry. »Ich habe ihn verlassen im Wald entdeckt und habe die Absicht, ihn sicher nach Hause zu schicken.«

»Statt dessen dürft Ihr ihn nun, in Begleitung einer angemessenen Eskorte, mit zurück nach Parfois nehmen. Wenn ich Euch beide allein reisen lasse, Harry, dann würdet Ihr am Ende mit dem Jungen vom Wege abkommen.« Isambard ließ sich nicht aus der Ruhe bringen, er lächelte Harry und dem Jungen sogar zu, was seinem hageren Antlitz einen seltsam grausamen Zug verlieh.

»Für gewöhnlich«, entgegnete Harry und erwiderte den durchdringenden Blick seines Herrn, »führt Ihr doch keinen Krieg gegen Kinder.«

»Nicht *gegen* sie, Harry. Aber vielleicht *mit* ihnen. Ich glaube, Ihr wißt nicht, daß Ihr den Preis für den Frieden an dieser Grenze in Euren Händen haltet. Sag ihm, Junge«, wandte er sich an Owen, wobei er seiner Stimme einen sanften, wenn auch kalten Ton gab und freundlich auf den Knaben hinabblickte, »in welcher Beziehung du zum Fürsten von Gwynedd stehst.«

Vielleicht um seinem Volk Ehre zu machen oder auch weil er

gekränkt war, daß man so unverblümt über ihn sprach, beschloß Owen, mit einem trotzigen Funkeln in den Augen auf walisisch zu antworten.

»Sagte er nicht ›Vater‹?« fragte Isambard, der nur wenige Wörter der fremdartigen Sprache verstand.

»Nein«, entgegnete Harry, »er gebrauchte den Ausdruck ›Pflegevater‹.«

»Für einen Waliser macht das kaum einen Unterschied. Wenn nötig, kämpfen sie bis auf den Tod für ihre Ziehbrüder und auch für ihre Ziehsöhne. Wußtet Ihr denn nichts von dieser Verbindung?«

»Bei meiner Ehre, nein, doch das ändert nichts an der Sache. Wer immer dieser Knabe sein mag, er trägt keine Schuld an Eurer Blutfehde. Er ist kein Kriegsgefangener.«

»Das bleibt noch festzustellen. Owen wurde auf meinen Ländereien festgenommen, und er gehört, wenn auch mittelbar, zu der Bande, welche diese Verheerungen hier angerichtet hat. Und da der Bursche auf dem Land, das der König mir zum Lehen gegeben hat, aufgegriffen wurde und damit den durch König Johann erklärten Waffenstillstand gebrochen hat, ist er der Gefangene des Königs. Er kommt mit uns nach Parfois.«

»Ich habe ihm Obdach und Sicherheit versprochen«, sagte Harry. »Werdet Ihr ihm wenigstens diese gewähren?«

»Ich brauche meinen Gefangenen keine Versprechen zu geben, und meinen Untergebenen mache ich niemals welche.« Nach seiner spröden Stimme und seinen blassen, schmalen Lippen zu urteilen, würde Isambard offensichtlich bald der Geduldsfaden reißen. Niemandem sonst ließ er so viel durchgehen wie Harry Talvace, doch sein geschätzter Baumeister befand sich gefährlich nah an der Grenze.

»Wenn Ihr ihn nach Parfois bringen wollt, so nehmt ihn mit. Wenn nicht, dann kümmert sich Langholme um den Knaben. Hauptsache, wir haben ihn in sicherem Gewahrsam. Llewelyn wird ihn nicht mit einem bloßen Bitteschön zurückbekommen. Vielmehr soll er Blut und Wasser um ihn schwitzen.«

Da ließ sich wohl nichts mehr machen. Stocksteif stand der

Junge da. In seinen Augen blitzte stumme Herausforderung, doch die kleine Kinderhand umklammerte in verzweifelter Angst Harrys Ärmel. »Wenn es denn sein muß, so bringe ich ihn auf die Burg. Doch gewährt mir zumindest eines, nämlich daß meine Gemahlin und ich für ihn sorgen dürfen, solange er sich in Parfois aufhält.«

»Wie Ihr beliebt«, gab Isambard mit einem leicht spöttischen Lächeln zurück. »FitzJohn, treibt ein Pferd für den Jungen auf, und laßt die beiden von sechs Bogenschützen begleiten. Bogenschützen, Harry!« betonte er. »Bei meiner Rückkehr nach Parfois wünsche ich euch beide vorzufinden ... tot oder lebendig.«

»Ich sagte doch, daß ich ihn nach Parfois bringe!«

»So ist es recht! Und seht zu, daß Ihr ihn rasch von hier fortschafft, ehe wir uns seiner Landsleute annehmen.«

Harry begriff, daß sie die Waliser hängen wollten, und sein Herz krampfte sich zusammen bei dem Gedanken an den bärtigen Burschen, den er verwundet hatte. So kurz und gewalttätig ihre Begegnung auch gewesen sein mochte, durch sie hatte er seinen Gegner als Menschen erkannt; ganz anders, als Isambard seine Feinde betrachtete. Er beeilte sich, dem Jungen ein Frühstück zu besorgen und ihn aufs Pferd zu setzen; die Männer würden ihr grauenhaftes Werk gewiß nicht aus zarter Rücksichtnahme auf ihn aufschieben. Owen war zwar ängstlich, futterte aber mit einem solchen Appetit, daß Harry sich fest vornahm, seine Satteltaschen mit Proviant zu füllen: Kleine Jungen sind immer hungrig.

Sobald sie unterwegs waren, hellte sich sogar die Stimmung des Knaben auf. So verloren und ängstlich fühlte Owen sich nicht, als daß ein sonniger Tag, ein Ausritt und die Nähe eines Menschen, der ihm freundlich gesinnt war, nicht beruhigend auf ihn gewirkt hätten. Während sie durch die niedrigen Hügel ritten, verhielt er sich noch still und nervös, doch als die geschwärzten Wälle von Erington hinter dem Hügelkamm verschwanden und mit ihnen der Wald und seine Bäume, die auf so scheußliche Weise mißbraucht worden waren, ließ er sich von Harrys Erleichterung anstecken.

»Wer war dieser schreckliche Mann? Ist er der Herr von Parfois?«

»Ja, aber du wirst ihn kaum zu Gesicht bekommen. Du sollst bei mir wohnen. Meine Gemahlin wird dich von Herzen gern aufnehmen. Seinetwegen brauchst du dich nicht zu sorgen.«

»Muß ich lange dort bleiben?«

»Nein, nicht lange«, antwortete Harry nachdrücklicher, als es seiner Überzeugung entsprach. »Die beiden Herren werden sich bald über dich einigen, und dann schickt man dich nach Hause.«

»Mein Pflegevater wird erst erfahren, daß ich fort bin, wenn er nach Llanbister kommt. Und dann wird er immer noch nicht wissen, wo ich geblieben bin. Niemand hat eine Ahnung!« rief der Knabe und schob, den Tränen nahe, die zitternde Unterlippe vor. »Er wird sich um mich ängstigen.«

»Keine Sorge«, meinte Harry munter, »sie werden ihm Nachricht über deinen Verbleib schicken.« Aber er wünschte, er wäre sich da ganz sicher. Isambard würde durchaus in Versuchung geraten, seinen unerwarteten strategischen Vorteil auszukosten und Llewelyn eine Weile in seiner Angst zu belassen. Der Herr von Parfois würde warten, bis der Fürst erst einmal Radnor Forest und das Grenzland nah und fern nach seinem verschwundenen Ziehsohn durchgekämmt hatte. »Stell dir einfach vor, daß du einen Onkel auf Parfois besuchst«, sagte Harry, »und sei versichert, daß du bald nach Hause kommst und man dir dort all deine Sünden vergibt. Aber du darfst nie wieder ungehorsam sein, ja?«

Owen gab sein Versprechen; allerdings weit weniger inbrünstig, als er dies noch vor einer Stunde getan hätte. Inzwischen begann er seinen Ausritt zu genießen und freute sich schon beinahe darauf, nach Parfois zu gelangen. Und er vertraute Harrys beruhigenden Worten, weil er sich nur zu gern überzeugen ließ. Als sie die schäumenden Wasser der Furt überquerten, hatte er seine muntere Laune wiedergefunden und brüstete sich wegen der fürstlichen Eskorte von Bogenschützen, die sich in respektvoller Entfernung, aber wachsam, hinter ihnen hielt. Schon lange bevor sie den grünen Pfad nach Parfois hinaufritten, zwitscherte und sang Owen wie eine Amsel. Die ersten beiden Wachtürme, die beim Hinaufreiten zu sehen waren, erfüllten ihn mit ehrfürchtigem Staunen, so daß er von neuem verstummte. Aber als sie die Hochebene erreichten, machte er vor Überraschung und Aufregung große, runde Augen. Vor ihnen ragte die prächtige Burg auf. Die Kirche, die von der Sonne mit warmem, goldenem Licht übergossen wurde, reckte ihren hohen Turm, den das Baugerüst in ein starres Netz umhüllte, zum Himmel. Der Knabe war zu bezaubert und zu unersättlich neugierig, um Angst zu empfinden. Selbst Llewelyns gewaltige Holzburg in Aber ließ sich mit diesem Wunder nicht vergleichen. Er begann, den Kopf aufgeregt nach rechts und links zu drehen, um alles in sich aufzunehmen. Für den Moment verschlug es ihm die Sprache; doch später würden die Fragen in einem unerschöpflichen Strom aus ihm hervorsprudeln.

Gilleis schritt eben über den Innenhof auf den Königsturm zu, als die beiden durch den dunklen Torbogen, der vom Außenbereich nach innen führte, hereingeritten kamen. Harrys Hand lag auf der Schulter des Knaben. Gilleis blieb verwundert stehen, als habe sie eine plötzliche prophetische Vision erfahren, und starrte die beiden an.

Oft hatte sie seit ihrer Hochzeit überlegt, welche Freude es wäre, einen Sohn von Harry in den Armen zu halten, und in letzter Zeit hatte sie diese Sehnsucht immer öfter und immer stärker empfunden. Sie hatten häufig darüber gesprochen und immer so, als werde dieses Ereignis mit Gewißheit eintreten, doch in letzter Zeit hatte Gilleis zu zweifeln begonnen. Nach vier Jahren Ehe ohne Nachkommenschaft wurde eine Frau für gewöhnlich als unfruchtbar betrachtet. Die Liebe war immer noch da, eine Liebe auf ewig, auf der kein Schatten lag. Doch ihr fehlte die Krönung. Und hier kam mit einemmal Harry nach Hause, unerwartet und ohne seine Kameraden, und führte an seiner Hand wie ein wundersames Geschenk diesen geradegewachsenen, kräftigen, großäugigen Knaben. Ein verwegener, prachtvoller schwarzhaariger Junge war er, der forsch ausschritt, mit dunklen Augen und roten Lippen, gebräunt, stählern und stolz. Die beiden kamen geradewegs auf sie zu. Harry lächelte, und das Kind blickte ernst und stellte sein bestes Benehmen zur Schau.

Auch Gilleis lächelte, ohne es zu bemerken; es war ein verwundertes, geblendetes Lächeln, als habe die Sonne ihr direkt in die Augen geschienen.

»Gilleis«, begann ihr Gemahl und streckte seine freie Hand nach der ihren aus, »ich habe dir einen Gast mitgebracht. Dies ist Owen ap Ivor, der eine Zeitlang bei uns leben wird. Du sollst ihn willkommen heißen!«

Darauf bedacht, sich und seiner Familie Ehre zu machen, verneigte sich der Knabe so förmlich vor Gilleis, daß ein Hofknicks wie vor einem König die einzig angemessene Antwort darauf gewesen wäre. Doch dann machte er alles wieder wett, indem er offen wie eine Blume zu ihr aufblickte und ihr sein Gesicht entgegenreckte, damit sie es küßte. Die junge Frau nahm seine rundlichen Wangen mit beiden Händen und drückte ihre Lippen auf sein Gesicht.

»Du bist mir von Herzen willkommen, Owen. Wahrhaftig, ich freue mich aufrichtig, dich zu sehen.«

Gilleis schlang den Jungen in die Arme, bis der starre kleine Körper sich entspannte und sich warm und weich an ihre Brust schmiegte. Der Kleine legte die Arme um ihren Hals und drückte ihr die schmutzverschmierte Wange ans Gesicht. Da spürte die junge Frau, wie die Quellen ihres Wesens aus ihr herausfluteten und in einem Bach stiller Freude dahinströmten.

An den Säulen des Südportals, die Harry an Ort und Stelle meißelte, entstanden auf der einen Seite ein kleiner übermütiger Engel und auf der anderen ein ungebärdiger, aber ausdrucksvoller Kobold, und beide trugen das Gesicht Owen ap Ivors. Einen ziemlich ungestümen, verzogenen Engel und einen warmherzigen und liebevollen Kobold schuf Harry, so daß niemand wirklich erfahren sollte, welches der Abbilder sein wahres Wesen darstellte.

Mitte September hatte der Knabe sich recht gut auf Parfois eingelebt, obwohl seine Bewegungsfreiheit sich auf die beiden

Höfe der Burg beschränkte und er jedesmal, wenn er Harry zur Zugbrücke begleitete, unwillig wurde, weil dieser ihn dorthin zurückschickte. Der Raum innerhalb der Tore bot ihm kaum ausreichend Platz für seine Energie und seinen Unternehmungsgeist. Für den Knaben war diese Einschränkung schwer erträglich, und auch andere waren seiner Meinung. Insbesondere die Falkner, denen Owen am liebsten zur Hand ging, unterstützten Harry von ganzem Herzen, als er Isambard bat, den Knaben doch zumindest bis zur Kirche zu lassen. Die Männer mochten ihn recht gern und bemerkten, daß er sich für sein Alter sehr gut auf Vögel verstand. Aber er war in seiner Unschuld so gefährlich furchtlos, daß er die großen Gierfalken genauso wie die zahmen Merline behandelte, welche man für die Damen hielt; die Falkner hatten ständig Angst, der Junge könne jeden Augenblick zumindest einen Daumen, wenn nicht gar ein Auge einbüßen.

»Der Knabe käme gar nicht auf die Idee, wegzulaufen«, erklärte Harry seinem Herrn. »Aber selbst wenn, dann gibt es nur einen Weg, der von hier fortführt. Ihr könntet ihn am unteren Wachposten ebensogut abfangen wie hier am Torhaus. Und es würde Owen gut bekommen, gelegentlich ausreiten zu dürfen. Wenn zwei der Bogenschützen mit ihm ritten, bräuchtet Ihr nicht zu fürchten, daß er Euch entwischt. Ihr könntet ja dafür sorgen, daß sie schnellere Pferde bekommen als er.«

»Ihr seid äußerst besorgt um den Jungen«, meinte Isambard und verzog die Lippen zu dem ärgerlichen Lächeln, das sich nur allzu leicht in seine Züge schlich.

»Ich weiß, wie ich mich gefühlt hätte, wenn man mich in seinem Alter derart eingesperrt hätte, und auch noch für so lange Zeit. An seiner Stelle hätte ich Euch die Türme über dem Kopf eingerissen.«

»Das kann ich mir gut vorstellen! Nun gut, mag er reiten, wenn Euch das glücklich macht. FitzJohn soll ihm zwei zuverlässige Männer als Begleitung mitgeben, und er mag sich bis zum unteren Wachposten frei bewegen können.«

Hocherfreut, mit so guten Nachrichten zurückkehren zu

dürfen, dankte Harry seinem Herrn und war schon an der Tür, als Isambard ihn zurückrief. »Fragt er, wann er nach Hause darf?«

»Ja. Aber in letzter Zeit weniger häufig. Nicht jeden Tag.«

»Und was sagt Ihr ihm darauf?«

»Was sollte ich wohl antworten? Ich beteuere ihm, daß der Moment bald kommen wird.« Harry zögerte und blickte auf Isambards knochige Hand, an der die Ringe bestürzend locker saßen. »Weiß Llewelyn überhaupt, daß der Knabe sich hier befindet?«

Blitzartig zog sich das Lächeln von den Lippen in die tiefliegenden Augen zurück und entzündete dort zwei Flammen bitterer Belustigung, welche in einer Einöde aus Haß zu brennen schienen. »Er wird es morgen erfahren. In diesem Augenblick ist ein Bote zu ihm unterwegs. Wußtet Ihr nicht, daß vor drei Tagen ein Bote des Fürsten von Gwynedd hier eingetroffen ist? Wer hätte gedacht, daß er so lange brauchen würde, um auf den Gedanken zu kommen, hier nachzuforschen? Es ist weit von Llanbister nach Erington, und anscheinend hatte das Pony den größten Teil des Heimwegs allein zurückgelegt, als sie es entdeckten. Daher besaßen sie keinen Aufschluß darüber, welchen Weg der Knabe eingeschlagen hatte. Die ganze Zeit über haben Llewelyns Leute die Wildnis durchkämmt. In Tadnor leben nämlich noch Wölfe.«

»Nicht nur dort«, entgegnete Harry unverblümt.

Isambard warf den Kopf in den Nacken und lachte laut. Die raubtierhafte Bewegung und das wilde Bellen besaßen tatsächlich etwas vom Heulen eines Wolfes. »Ihr wollt Euch immer noch als mein Gewissen aufspielen, Harry? Habe ich Euch nicht schon einmal erklärt, wenn Ihr Euch wie ein Armenpriester benähmt, würdet Ihr auch wie einer enden?«

»Ich könnte mir Schlimmeres vorstellen«, gab Harry zurück. »Aber Ihr werdet dem Prinzen doch seinen Pflegling zurückgeben, oder? Da Ihr ihm mitgeteilt habt, daß er sich hier befindet, nehme ich wohl an, daß Ihr Eure Bedingungen für seine Rückgabe gestellt habt. Ich sage Euch ehrlich, Mylord, um Euretwillen und für Owen wäre ich glücklicher, wenn er sicher wieder daheim wäre, obschon Gilleis ihn schmerzlich vermissen wird.«

»Sie wird sich noch eine Weile an ihm erfreuen können«, entgegnete Isambard mit bitterer Genugtuung. »Weder Llewelyns Geldbeutel noch sein schwarzes Vieh noch eine Abfindung für Erington oder ein Schwur, den Frieden zu halten, werden den Jungen zurückkaufen können. Ich habe meine Bedingungen noch nicht gestellt, Harry. Dazu ist es noch zu früh, er hat noch nicht genug gelitten. Zwischen Aber und Parfois werden noch eine große Anzahl Kuriere reiten, ehe ich überhaupt über Bedingungen spreche, und dann soll er warten und im Zweifel bleiben. Den ganzen Herbst über soll der Fürst von Gwynedd nach meiner Pfeife tanzen, und dann, wenn wir den Steinbruch nicht mehr brauchen, muß er in höchsteigener Person zu mir kommen und auf Knien um seinen Balg flehen.« Er wartete und beobachtete Harrys Miene; Schweigen trat ein. »Ihr enttäuscht mich«, meinte Isambard schließlich spöttisch. »Ich hätte gedacht, Ihr würdet ausrufen: ›Das wird er niemals tun!‹«

»Er wird es tun«, sagte Harry gelassen. »Llewelyn hat dasselbe für Wales getan, und er wird es auch für Owen auf sich nehmen. Und wenn es geschehen ist, dann wird nicht er derjenige sein, der an Ehre verloren hat.«

Harry wandte sich auf dem Absatz um und ging nur langsam hinaus, denn er erwartete, zurückgerufen zu werden. Aber keine leise, kalte Stimme sprach seinen Namen aus, kein Wutschrei gebot ihm Einhalt. Immer noch in Erwartung, ja sogar in der Hoffnung, ärgerlich zurechtgewiesen zu werden, schloß er die Tür des Gemachs hinter sich und lief die Steintreppe hinunter. Doch hinter ihm blieb es still.

Immerhin war ihm zugestanden worden, worum er gebeten hatte. Owen ritt freudig mit seinen beiden Wachmännern aus, die er als angemessene Eskorte für einen walisischen Fürstensohn betrachtete. Und wenn er nicht durch die Landschaft streifte und den gut ausgebildeten kleinen Falken, den man ihm anvertraut hatte, fliegen ließ, dann lief er für gewöhnlich Harry in die Kirche und in die Bauhütte nach. Glücklich steckte der

Knabe seine Nase in alles, verlegte Werkzeuge, pfuschte an den Handwinden herum oder lieh sich Baupläne aus, um auf der Rückseite seine eigene Hand abzuzeichnen. Und all dies tat er mit entwaffnender Unschuld. Die einzige Möglichkeit, ihn zur Ruhe zu bringen, bestand darin, ihn als Modell zu verwenden. Harry brauchte ihn nur zu bitten, für eine weitere Statue zu sitzen, und schon hielt Owen fröhlich und pflichteifrig eine Stunde lang still. Auf den Frontsteinen für den Hochaltar trug jeder der zwölf kleinen Engel, welche in verzückter Eintracht musizierten und sangen, Owens Antlitz. Konzentriert und ernst spielte er alle Instrumente: Harfe, Schalmei, Laute, Cister, Dudelsack, Bügelhorn und andere Hörner sowie die Orgel. Auf vier weiteren Abbildern sang er aus voller Kehle aus einem großen Psalter.

Es war nicht zu vermeiden, daß der Junge sich auch mit Hammer und Meißel über einen Stein hermachte, den er nicht hätte anrühren dürfen, doch er schlug sich auf die Finger, ehe er größeren Schaden anrichten konnte. Gilleis schalt und tröstete ihn und kühlte ihm die verletzte Hand. Doch kaum war der Schmerz verflogen, da rannte Owen schon wieder hinter Harry her.

Unter Androhung einer Strafe, die er nicht recht ernst nahm, war es ihm verboten, einen Fuß auf das Baugerüst zu setzen, außer in Harrys Begleitung. Aber das wollte er natürlich auch selbst erproben. Niemand machte sich große Sorgen, als der Knabe in der Bauhütte nicht mehr gesehen wurde, da er kam und ging, wie es ihm beliebte. Doch als am Abend alle Maurer, die auf dem Turm arbeiteten, wieder abgestiegen waren, fehlte der Knabe immer noch. Die aufgeregte Suche nach ihm fand erst ein Ende, als ein schriller Schrei, ein Ausdruck von Waghalsigkeit und Furcht, erscholl und aller Blicke auf das höchste Stockwerk des Gerüsts aus weidengeflochtenen Matten zog, welches die halb fertiggestellte Brüstung umgab. Aus mehr als hundert Fuß Höhe drang der Ruf schwach durch die klare, stille Luft zu ihnen herab wie der Ruf eines Vogels. Und dort saß Owen ap Ivor. Er hielt eine der Stangen mit beiden Armen fest umklammert, und seine Füße baumelten über dem Abgrund.

Harry unterdrückte den instinktiven Impuls, in seiner Wut

und Sorge irgend etwas hinaufzubrüllen, denn das hätte den kleinen Schelm vielleicht so erschreckt, daß er den Halt verloren hätte. Statt dessen rief er ihm bestimmt und ruhig zu, er solle bleiben, wo er war, und stillsitzen. Dann kletterte Harry selbst auf das Gerüst und holte Owen herunter. Doch sobald er ihn unversehrt am Boden wußte, brach sein zurückgehaltener Zorn um so gewaltiger heraus. Er stieß den kleinen Übeltäter unsanft in die Zeichenhütte und erteilte ihm die Strafe, die er ihm angedroht hatte.

Nicht um alles in der Welt hätte Owen bei einer Tracht Prügel geweint. Allerdings war er den Tränen nahe, und das nicht wegen des Schmerzes. Als Harry ihn ohne weitere Umstände wieder auf die Füße stellte und die Haselrute in eine Ecke schleuderte, kehrte Owen ihm den Rücken zu, stapfte hocherhobenen Hauptes, ganz der gekränkte Fürstensohn, der er ja auch war, nach draußen und ließ sich nicht einmal dazu herab, seinen schmerzenden Rücken zu reiben. Doch zehn Minuten später war er schon wieder da. Vorsichtig spähte er, zuerst mit einem weit aufgerissenen, verdrossenen dunklen Auge und dann mit beiden, um die Tür. Dann setzte er zunächst einen, dann auch den anderen Fuß in die Hütte und schob sich mit vorgetäuschter Gleichgültigkeit an der Wand entlang, so als hätte er sich noch nicht entschieden, ob er bemerkt werden wollte oder nicht.

Harry beugte sich gerade über seine Zeichentische und setzte die Entwürfe zusammen, welche er für den Altar der Muttergottes angefertigt hatte. Er beobachtete den Knaben, der sich verstohlen näherte, aus dem Augenwinkel, rührte sich jedoch nicht. Owen lehnte sich an das eine Ende des auf Böcken stehenden Tisches und verfolgte mit der Fingerspitze eifrig die Maserung des Holzes. Bald reichte eine seiner imaginären Linien so weit, daß seine Finger sich immer mehr Harrys Hüfte näherte. Doch noch biß der Fisch nicht an. Einen Augenblick später drückte der Junge seine Schulter fragend gegen Harrys Rippen. Dieser sah zum ersten Mal nach unten und erblickte den trotzig abgewandten Lockenschopf; doch während er auf den Jungen hinabschaute, drehte dieser sich gerade so weit zur Seite, daß ein vorwurfsvoller Blick auf ihn fiel. Lächelnd ließ Harry seinen Stechzirkel fallen und breitete die Arme aus. Augenblicklich stürzte das Kind sich hinein und umschlang ihn leidenschaftlich. Owen sagte kein Wort, sondern vergrub nur seine Nase in Harrys Cotte, umklammerte ihn und schloß ohne ein Wort Frieden.

»Owen ap Ivor ap Madoc«, erklärte Harry feierlich und drückte den Knaben wohlwollend, »du bist ein schrecklicher Geselle! Wirst du nächstes Mal auf mich hören und mich nie wieder derart zu Tode erschrecken?«

In seiner Schulterbeuge nickte der dunkle Kopf zufrieden.

»Ich hatte Angst, du könntest dir weh tun; also habe ich dir statt dessen weh getan. Begreifst du, wie das eine aus dem anderen folgt?«

Der Fürstensohn schien darin nichts Unlogisches zu finden. Wahrscheinlich war ihm Ähnliches schon früher widerfahren. Zufrieden, daß er sich Harrys Zuneigung wieder sicher sein konnte, wand er sich aus dessen Armen und rannte pfeifend zu Gilleis.

Inzwischen kam nur noch selten jene Nachdenklichkeit über den Jungen, wenn die vertraute Frage über seine Lippen trat.

»Wann darf ich wieder nach Hause?«

»Bald«, antwortete Harry dann schnell und blickte sich eilig nach einer neuen Verlockung um, mit der er ihn ablenken könnte. »Sehr bald.«

Eines Nachts hatte Owen einen bösen Traum. Er fuhr aus dem Schlaf und fand sich in einer von Schatten erfüllten Dunkelheit wieder, in der die Bewohner seines Alptraumes ihn immer noch zu verfolgen schienen. Er sehnte sich nach Gesellschaft und Trost, war aber zu stolz, danach zu rufen. Also begann der Knabe zu stöhnen und laut zu seufzen, als befände er sich im tiefen Schlaf und wälze sich unruhig hin und her. Sogleich konnte er befriedigt feststellen, daß leichte Schritte auf der Schwelle seines winzigen Zimmers in der Turmmauer vernehmbar wurden. Die Tür, welche seine Kammer von Harrys Schlafgemach trennte, stand bei Nacht stets offen, damit Gilleis ihn hörte, falls er nach ihr rief; doch bis jetzt war dies noch nie geschehen. In Aber schlief er weit außer Hörweite seiner Pflegeeltern, doch dort war ihm auch alles viel vertrauter, und David lag immer im Bett neben ihm, so daß er sich niemals vor etwas zu fürchten brauchte.

Gilleis hielt eine kleine Lampe in der Hand, und das offene Haar fiel ihr auf die Schultern. Sie blicke auf den rastlosen Schläfer hinab und mußte lächeln, als sie die allzu fest geschlossenen Lider und die aufmerksam lauschende Miene sah, welche ihn verrieten. Dann beugte sie sich über den Knaben und küßte ihn auf die Wange, damit er »aufwachen« und sich über den Erfolg seiner List freuen konnte. Dankbar öffnete Owen die Augen und streckte ihr die Arme entgegen. Die Gestalten aus seinem Alptraum waren wie weggeblasen.

Sie kniete am Bett und hielt den noch halb schlafenden Knaben in den Armen, während dieser von seinen verworrenen Verfolgungsjagden und Schreckensvisionen erzählte. Sein Vertrauen, seine Wärme und sein Körper erfüllten sie mit Glück und einer tiefen Genugtuung, die jede andere Glücksempfindung als eitles, flüchtiges Gefühl erscheinen ließ. Der Junge ruhte an ihrer Brust, und ihr schien es, als atme der Neuankömmling, jenes wunderbare Wesen, das sie unter dem Herzen trug, bereits mit ihm.

»Dummer Junge, meinst du wirklich, wir würden zulassen, daß dir etwas geschieht? Niemand kann hier zu dir hereinkommen, hier sind nur wir drei und Gott. Also weißt du doch, daß du in Sicherheit bist, oder? In der Dunkelheit genauso wie bei Tage. Ich bin immer in deiner Nähe, du brauchst nur nach mir zu rufen. Und nun schlaf weiter!«

Als der Knabe eingeschlafen war, legte sie ihn sanft aufs Bett zurück, wo er sich reckte und streckte und in einen noch tieferen Schlummer sank. Eine Zeitlang beobachtete Gilleis sein leichtes und regelmäßiges Atmen. Ihr fiel auf, daß alle Andeutungen künftiger Männlichkeit, die im wachen Zustand auf seinem Gesicht so deutlich wahrzunehmen waren, im Schlaf verschwanden und ihn unschuldig und hilflos wie einen Säugling aussehen ließen.

Nun war er schon neun Wochen bei ihr; eine Woche für jedes seiner Lebensjahre. Sie durfte nicht hoffen, ihn noch viel länger behalten zu können. Ohne Unterlaß ritten Llewelyns Boten mit Lösegeld- und Friedensangeboten zwischen Aber und Parfois hin und her. Wenn Isambard den Fürsten lange genug gequält hatte, würde er ihm seinen verirrten Sprößling gewiß wieder nach Hause schicken. Doch jetzt fürchtete Gilleis diesen Abschied nicht mehr. Die wunderbare Verheißung, die bei seiner Ankunft wie eine Knospe in ihr entsprungen war, hatte auf das Herrlichste Blüte getragen und rundete sich bereits zur Frucht; und das Kind, dessen Vorbote er gewesen war, würde die verwaiste Stelle einnehmen, welche Owen in ihrem Herzen zurücklassen würde.

Sie zog die Decke fester um Owens nackte Schultern, denn der Oktober neigte sich bereits seinem Ende, und die Nächte waren kalt. Er fühlte ihre Berührung, ließ sich aber nicht stören, sondern lächelte im Schlaf – eine wundersame Gabe, die ihm eigen war. Und Gilleis spürte, wie dasselbe Lächeln sie bis zum Überfließen erfüllte wie eine goldene, süße Wasserfontäne, welche aus ihrem Herzen aufstieg. Sie bedauerte alle Menschen auf der Welt, die nicht ebenso überwältigend glücklich sein durften wie sie: Benedetta, die kinderlos war und einen Mann liebte, den sie niemals besitzen konnte; Isambard, der jeden, mit dem er zu tun hatte, zerbrach und dann genau aus diesem Grund verachtete; ja sogar den König, der nach einer demütigenden Niederlage kürzlich im Süden gelandet war und sich bereits einer weiteren drohenden Schmach gegenübersah; diesen todunglücklichen König, der krank und zornig und von allen Seiten bedrängt war und nun die Normandie endgültig verloren hatte. Selbst Harry tat ihr ein wenig leid, weil sein Part nur in der Zeugung bestand und er das Kind nicht selbst austragen konnte; und auch deswegen, weil er noch nichts von seinem Glück ahnte. Und zur gleichen Zeit beneidete sie ihn, weil er die frohe Kunde noch vernehmen würde, denn dies war ein Vergnügen, das man nur einmal genießen konnte.

Das Kind lag jetzt in tiefem Schlaf, und sein Mund war immer noch zu einem Lächeln verzogen. Gilleis ging zurück in das Gemach, wo Harry schlummerte, und schirmte die winzige Flamme der Lampe mit der Hand ab, damit ihm das Licht nicht ins Gesicht fiel. Dann blieb die junge Frau neben dem Bett stehen und blickte ernst auf ihren Gemahl hinab. Auch er sah im Schlaf um Jahre jünger aus, aber die Linien, welche das Mannesalter darin eingeritzt hatte, waren nicht mehr auszulöschen. Er schien ihr ein wundersames Doppelwesen, Kind und Mann zugleich. Wissen und Erfahrung verleihen nur den Heiligen denselben Ausdruck von Unschuld und Ruhe, den normalerweise Kindlichkeit und Staunen hervorbringen. Und Harry war beileibe kein Heiliger. Aber im Schlaf stand beides in seinen Zügen.

Gilleis setzte die Lampe ab, denn die Welt drehte sich plötzlich um sie, und sie wurde von einem jener kurzen Schwindelgefühle ergriffen, die sie in letzter Zeit gelegentlich ohne Vorwarnung überkamen. Sie hatte beide Hände über den Leib gelegt und stand reglos da. Von unten fiel das Licht der Lampe auf ihr Gesicht und warf seltsame Schatten. Da öffnete Harry die Augen und setzte sich mit einem unterdrückten Schreckensschrei im Bett auf.

»Gilleis, Liebste, was ist mit dir? Was hast du?« Er griff nach ihren Händen und zog seine Gemahlin zu sich herab. »Mein Herz, bist du krank?«

»Nicht doch«, gab Gilleis lächelnd zurück. »Ich war bei Owen. Er hatte schlecht geträumt, doch jetzt schläft er wieder. Nein, krank bin ich nicht. Eigentlich fühle ich mich sogar ganz ausgezeichnet.«

»Du hast mich erschreckt, so merkwürdig hast du dreingeblickt.«

Immer noch lächelnd, blies Gilleis die Lampe aus und ließ den Umhang fallen, in den sie sich gehüllt hatte, als sie sich zu dem Knaben begeben hatte. Harry schlug die Bettdecken zurück, und sie legte sich neben ihn. Ein einziges Mal erschauerte sie in der Kälte der Nacht und schmiegte sich dann an seinen warmen Körper. Er legte den Arm um sie und zog sie an sich.

»Mir ist tatsächlich merkwürdig«, flüsterte die junge Frau, die

Lippen an seine Wange gelegt. »Es ist ein Wunder. Ich bin schwanger.«

»Gilleis!« Ein Freudenschrei wollte Harry entfahren, doch rasch dämpfte er ihn zu einem Flüsterton, um den Jungen nicht zu stören. »Ist das wahr? Bist du dir sicher? Ganz sicher? O Gilleis, seit wann weißt du das schon? Warum hast du mir nichts gesagt?« fragte er wirr durcheinander und zitterte vor Aufregung. Sie lachte, umarmte ihn, drückte ihn an ihr Herz, wie sie es zuvor bei Owen getan hatte, und sprach im selben Tonfall zu ihm.

»Leise, du weckst den Jungen noch auf. Ja, ich bin mir ganz sicher. Ich habe gewartet, bis ich Gewißheit hatte. Den Verdacht hege ich schon seit einem Monat, aber jetzt weiß ich es genau. Ich muß das Kind im August empfangen haben, kurz nach Owens Ankunft. Harry, erinnerst du dich noch, wie du ihn an jenem Tag zu mir gebracht hast und ich nicht wußte, wer er war, noch wie du zu ihm gekommen bist? Es schien mir ein Omen zu sein. Und seit damals ist mir, als hätte der letzte geheime Ort in meinem Innern sich geöffnet und dich eingelassen. Er hat dir immer gehört, hat sich immer nach dir gesehnt. Doch erst Owen hat die Tür geöffnet.«

»O Gilleis!« stieß Harry mit einem gewaltigen Freudenseufzer aus. »O mein Lämmchen, meine Liebste, meine Rose!« Behutsam legte er die Hand unter ihr Herz, lag dann ruhig und ließ sie dort. »Ich werde gut zu ihm sein. Eine Wiege, die eines Prinzen würdig ist, werde ich ihm bauen. Er wird so wunderschön wie du werden.«

»Und so töricht wie du«, meinte sie zärtlich und legte ihre Hand auf die seine. »Und ich werde ihn ebenso lieben.« Auf dem Kissen wandte sie den Kopf und küßte Harry sanft, als wäre er das Kind. »Bist du jetzt glücklich?«

»Glücklich? Ich bin mehr als glücklich! Jetzt habe ich wirklich alles!«

Reglos lag er neben ihr. Voller Ehrfurcht vor diesem Wunder verschränkten sie ihre Hände ineinander, in einer Mischung aus Anbetung und Zärtlichkeit. Harry war, als ob das überschäumende Glück, welches sein Herz erfüllte, alle Dunkelheit und Kälte der herbstlichen Nacht vertrieb und sie mit Wärme und Leuchten erfüllte. »Ich bin ja so dankbar!« flüsterte er. »So dankbar!«

KAPITEL DREIZEHN

Eines frühen, hellen Nachmittags, zu der Stunde, da das Licht am besten war, trat Isambard in die Bauhütte. Unbemerkt stand er eine Zeitlang da und sah zu, wie Harry mit vorsichtigen, leichten Hammerschlägen und dem feinsten seiner Meißel die Schwingen des Engels der Verkündigung formte. Das Antlitz, welches die schlanke, kniende Gestalt der Madonna zuwandte, war unverkennbar, obwohl es auf Erden noch nicht existierte. Denn es entsprach dem Gesicht, das Owen ap Ivor tragen würde, wenn er zum Mann herangewachsen war.

»Was für ein Jammer«, bemerkte Isambard, »daß Ihr das Abbild nicht nach dem lebenden Modell vollenden könnt.«

Harry warf ihm über die Schulter einen verblüfften Blick zu. »Nicht nach dem ...« Er las aus den Worten die Bedeutung, die er sich wünschte, und in seinen Augen blitzten vor Freude meergrüne und goldene Reflexe auf. »Ihr meint, daß Ihr Owen nach Hause schickt? Gott, bin ich froh! Wußte ich doch, daß Ihr es endlich leid werden würdet, Llewelyn zu ärgern. Ach, inzwischen kenne ich jeden Zug im Gesicht dieses Kindes besser als seine eigene Mutter, so daß ich seiner Anwesenheit nicht mehr bedarf. Fehlen wird mir der Lausejunge schon, aber um seinetwillen werde ich mich freuen, wenn er uns verläßt.«

»In Anbetracht des Weges, den er nehmen wird«, meinte Isambard, »glaube ich das eher nicht. Aber wenn Ihr wünscht, dürft Ihr zusehen, Harry.«

Bei diesen Worten erstarrte Harrys erhobene Hand, und Isambards Tonfall ließ ihn herumfahren. Dieses Mal lächelte er nicht. »Was wollt Ihr damit sagen? Sprecht offen, Mylord. Was habt Ihr mit dem Knaben vor?« Er legte Hammer und Meißel fort und kam mit großen Schritten hinter der steinernen Figurengruppe hervor. Dabei wischte er sich die Hände am Hemd ab, eine schlechte Gewohnheit aus Kindertagen, die er niemals abgelegt hatte und für die Gilleis ihn immerzu rügte.

»Dies ist nicht meine Entscheidung«, gab Isambard in demselben ausdruckslosen, bedächtigen Ton zurück. »Mein Wort darauf. Die Befehle kommen vom König.«

»Vom König? Woher weiß der Herrscher etwas über Owen? Er hält sich im Süden auf und hat alle Hände voll mit Erzbischof Langton zu tun und mit dem Rest des Adels, diesem Wolfsrudel, das sich nun, da er am Boden liegt, zusammenrottet, um ihm den Garaus zu machen. Was will Johann von diesem Kind?«

»Ich halte diese Grenzmark für den König und habe ihm alles zu berichten, was hier bei den Walisern passiert. Sobald er aus Frankreich heimgekehrt war, ist mein Bote mit einem vollständigen Bericht über alles, was sich in seiner Abwesenheit zugetragen hat, zu ihm geritten. Den Jungen habe ich bloß unter anderem erwähnt, und in der Depesche des Königs steht auch nur eine Zeile über ihn. Aber die ist unmißverständlich.« Er hielt das Pergament in der Hand. Bis zu diesem Augenblick hatte Harry den Brief nicht bemerkt, denn die Hand, in der Isambard ihn hielt, hing herab und wurde von den dunklen Falten seines blauen Übergewands verdeckt. »Dies ist erst vor einer Viertelstunde eingetroffen.« Er hielt das Schreiben so, daß Harry das königliche Siegel selbst überprüfen konnte.

»Soll ich Euch den Befehl des Königs vorlesen? ›Was den Knaben ap Ivor angeht, so handelt nach Eurer Neigung sowie meinem Wunsch und Interesse. Hängt ihn, und schickt Llewelyn seine Leiche!‹«

»Gott sei uns gnädig!« rief Harry und mußte sich gegen die Wand stützen.

Über die Schriftrolle hinweg sah Isambard ihn an, doch in diesem Blick war nichts zu lesen, weder Bedauern noch Freude, weder Widerwille noch Zustimmung. Die Augen in ihren tiefen Höhlen glühten, aber Feuer war schließlich ihr natürliches Element. Wahrscheinlich brannten sie sogar unter seinen großen, glatten und durchscheinenden Lidern, wenn er schlief. Einen Moment lang vermochte Harry weder zu sprechen noch sich zu rühren. Diese Wendung kam so unerwartet, daß er sie nicht begreifen konnte.

»Das würdet Ihr doch nicht tun!« sagte er. Er brachte die Worte so mühsam hervor, als müsse er sich dazu das Herz aus dem Leibe reißen. »Der König selbst wird später wünschen, diese Tat sei nie vollzogen worden. Er wird es Euch nicht danken, wenn Ihr einem zornigen Wort von ihm folgt, das er gewiß nicht so gemeint hat. Um Gottes willen, Mylord, das Kind ist der Ziehbruder seines Enkels! Und bedenkt außerdem, daß Johann nun, da so viele der Barone sich gegen ihn gewandt haben, nach Verbündeten suchen muß, wo er sie finden kann. Was ist, wenn er seinen Schwiegersohn umwerben muß, noch ehe das Jahr zu Ende ist? Dann habt Ihr nämlich übereilt gehandelt, und der Mord an diesem Kind steht zwischen den beiden. Glaubt Ihr wirklich, der König wird Euch dann dankbar sein?«

»Seit wann buhle ich um Dankbarkeit?« fragte Isambard und rollte das Pergament zusammen. »Johann mag ja seine Eigenarten haben, aber er ist mein oberster Herr. Was er mir befiehlt, das führe ich aus. Außerdem wird er die Sache nicht bereuen. Sein Haß gegen diesen Mann wird nur noch durch meinen eigenen übertroffen.«

»Und er will ihn an einem neunjährigen Knaben auslassen, welcher ihm niemals etwas zuleide getan hat, der nicht einmal von Llewelyns Blut ist, sondern bloß sein Pflegesohn, dem er zugetan ist ...«

»Ah, dann hat man Euch also nie die ganze Geschichte erzählt«, entgegnete Isambard mit einem boshaften Lächeln. »Denn es heißt, Harry, daß Llewelyn ihn gezeugt habe, und zwar, weil ein Freund von ihm einen Erben brauchte, aber selbst für keinen sorgen konnte. Und ich für meinen Teil glaube, daß es wahr ist. Nicht einmal um Griffiths willen hat Llewelyn uns so hartnäckig zugesetzt wie wegen dieses Jungen.«

»Damit bestätigt Ihr ja nur meine Worte! Es geht hier nicht um Politik, sondern um pure Boshaftigkeit. Griffith hält der König zwar noch gefangen, doch er wagt nicht, ihn anzurühren, weil Llewelyn ihn anerkannt hat und der Name seines Vaters wie ein Schutzschild über ihm schwebt. Aber dieses arme kleine Wesen ist angreifbar, dieser Schild deckt den Jungen nicht. Der König kann ihn abschlachten, Llewelyn damit ins Herz treffen und dennoch vorgeben, von nichts zu wissen. Griffith bleibt unantastbar, und Owen soll dafür bezahlen. Gewiß wollt Ihr euch nicht für eine so niedere Tat hergeben!«

»Nennt die Sache, wie Ihr wollt, ich jedenfalls habe meine Befehle«, erwiderte Isambard kurz angebunden. Auf seinen Wangenknochen waren zwei tiefrote Flecke erschienen.

»Das könnt Ihr nicht tun, das glaube ich einfach nicht! Ihr seid niemandes gedungener Mörder, und nicht einmal der König hat das Recht, so etwas von Euch zu verlangen.« Harry griff nach Isambards hagerem Handgelenk. Hart, kalt und starr fühlte es sich unter seinen Fingern an, wie der Griff eines Schwertes. »Mylord, dies ist ein *Kind,* eines, das in meine Obhut gegeben wurde und das ihr selbst oft genug in den Höfen habt herumlaufen sehen. Sein Tod erfüllt keinen Zweck ...«

»Er befriedigt seinen Haß«, sagte Isambard und schüttelte, allerdings ohne Zorn oder Ungeduld, Harrys Hand ab. »Wo hält der Junge sich auf?«

»Owen ist ausgeritten.« Harry strich sich über die Augen und fügte matt hinzu: »Ich wünschte, er käme nie zurück.«

»Wenn nicht, dann werden die beiden Wachen an seiner Stelle hängen. Wenn er wieder da ist, soll ihm ein kurzes Gespräch mit Hochwürden Hubert zugestanden sein, und dann machen wir ein Ende mit dem Knaben. Ich bin Untertan des Königs und werde tun, was mein Herrscher von mir verlangt. Bis auf den letzten Buchstaben!«

Isambards Stimme hatte ihre düstere Gelassenheit nicht verloren, und sein Gesicht drückte eiserne Ruhe aus. Und dennoch rollte mit einemmal eine unsichtbare Woge von so tiefem, unstillbarem Kummer und Zorn auf Harry zu, daß dieser ruckartig den Kopf hob, um entsetzt seinen Herrn anzustarren, als befände er sich Auge in Auge mit einem Dämon. Isambard war derjenige, der den Blick abwandte, aber zu spät, denn das kurze, blendende Aufblitzen in seinen Augen verriet einen Hunger, der ihn durchaus dazu verleiten konnte, Kinder zu verschlingen.

»Guter Gott!« flüsterte Harry entsetzt. »Ihr *frohlockt* darüber! Genau das habt Ihr gewollt! So habt Ihr es geplant! Nicht der König benutzt Euch, sondern Ihr den König. Euer soll die entsetzliche Freude sein, und sein die ewige Schande! Wie oft, wie oft schon, habt Ihr König Johann als Sündenbock mißbraucht?« Isambard wollte sich abwenden und davoneilen, doch Harry streckte den Arm aus, stützte seine Handfläche gegen die Wand und versperrte ihm so den Weg. »Zeigt mir die Worte des Königs, sonst werde ich sie nicht glauben. *Ihr* habt dies getan, nicht er. Eure Seele ist doch krank ...«

»Meine Seele!« wiederholte Isambard leise und blieb stehen, als Harrys drahtiger, sonnengebräunter Arm ihm den Weg abschnitt. »Krank bin ich wohl, das weiß Gott! Hier, lest! Schaut selbst nach, ob Ihr ein Schlupfloch findet, das ich nicht entdeckt habe.«

Da standen die Worte. Isambard hatte nicht einmal alles vorgelesen: ›Mein Enkel ist noch zu jung‹, hatte der König geschrieben, ›um sich seinetwegen lange zu grämen.‹ Wie war es möglich, daß ein Mensch genug Sensibilität hatte, um so etwas zu erkennen, und dennoch den Tod des Kindes verlangte? Harry ließ den Arm sinken. Es gab nichts mehr zu sagen. Sein Flehen würde nicht erhört werden, und nichts würde Isambard bewegen, seine furchtbare Pflicht zu versäumen. Die Lehnstreue würde vor dem Mord an einem Kind nicht haltmachen; und Isambard hatte auf jeden Fall seine Freude daran, ob er sich dies selbst eingestand oder nicht. Den Knaben umzubringen würde für kurze Zeit den Teufel besänftigen, der sich von seinem Herzen nährte; es war Isambards Haß auf das Leben, das ihn enttäuscht hatte, auf die

Liebe, die er nicht hatte gewinnen können, auf die Schönheit und die Unschuld, welche er selbst verloren hatte.

»Gott ist mein Zeuge, Harry«, erklärte Isambard matt und begütigend, »daß ich das Ganze bedaure! Ich werde Benedetta bitten, dafür zu sorgen, daß Gilleis innerhalb der Mauern bleibt, wenn der Zeitpunkt gekommen ist. Wenn Ihr mögt, dürft Ihr Eurer Gemahlin erzählen, der Junge sei nach Hause geschickt worden.«

Harry gab keine Antwort. Blicklos starrte er auf das lebhafte Gesicht des unvollendeten Engels. Kurz darauf vernahm er das Rascheln von Isambards Brokatgewand, das gegen den hölzernen Türpfosten der Hütte streifte, und seine schnellen, abgehackten Schritte, die sich über den Trampelpfad entfernten, der zum Torhaus führte.

Worte hatten ihre Macht eingebüßt, und zum Nachdenken blieb keine Zeit mehr, es sei denn – wie Benedetta einmal gesagt hatte – die Tat sei zugleich auch der Gedanke. Alles fügte sich wie vorherbestimmt. Einen anderen Weg gab es nicht.

Harry ließ seine Arbeit und sein Werkzeug liegen und begab sich zu seiner Zeichenhütte im äußeren Burgbereich, wo sein Schreiber damit beschäftigt war, Pergamente zu säubern.

»Simon, mach dich auf die Suche nach John, dem Pfeilmacher, und bitte ihn, sogleich zu mir in die Hütte zu kommen, ja?«

Bereitwillig rannte der Jüngling davon. Zu dieser Stunde saß Gilleis mit Benedetta zusammen. Die beiden Damen arbeiteten gemeinsam an den Altartüchern für die Kirche. In eigener Person vor ihnen zu erscheinen wäre einfach gewesen, hätte aber Erstaunen und daher möglicherweise Argwohn hervorgerufen. John, der Pfeilmacher, war Benedettas Leibdiener und hatte jederzeit Zutritt zu ihr, daher würde sein Kommen und Gehen keinerlei Aufsehen erregen.

»Bringt sie aus seiner Nähe fort«, schrieb Harry an seinem Schreibpult in der Hütte, »denn ich werde etwas tun, das er mir niemals vergeben wird.«

Er unterzeichnete die Nachricht nicht; denn Benedetta

kannte seine Handschrift. Harry fügte nichts weiteres hinzu, denn er hatte keine Zeit, und mehr zu schreiben, wäre auch nicht notwendig gewesen. Als er den Brief siegelte, kam gerade John, der Pfeilmacher, zwischen den aufgestapelten Steinen auf ihn zu.

»Ihr habt nach mir geschickt, Meister?«

»Würdest du dies hier sogleich zu Madonna Benedetta bringen?« bat Harry. »Du brauchst ihr nichts zu sagen, sie wird schon verstehen. Sollte Mylord sich bei ihr befinden, versuch ihr den Zettel dennoch zuzustecken, aber achte darauf, daß er nichts davon bemerkt. Ich vertraue dir etwas an, das mir mehr bedeutet als mein eigenes Leben.«

»Sie soll die Botschaft bekommen«, erklärte John, der Pfeilmacher. »Mylord wird nicht dort sein; denn er hält sich in der Halle auf und wohnt einem Streit zwischen zweien seiner Pächter bei, und danach steht noch ein weiterer Fall an. So wie die Sache klingt, wird er mindestens noch eine Stunde lang beschäftigt sein.«

»Um so besser! Falls die Damen allein sind, John, sag meiner Gemahlin, daß ich sie meiner Liebe und Ergebenheit versichere. Wirst du das tun?«

»Gewiß.« John sah ihn mit seinen scharfen Augen, die in seinem gebräunten, bärtigen Antlitz leuchteten, forschend an. »Nichts weiter?«

»Nein, nichts weiter.«

»Falls Ihr einer helfenden Hand bedürft, Meister, so wird meine Herrin mich gewiß entbehren können.«

»Ich danke dir«, gab Harry verblüfft und gerührt zurück, »aber ich komme schon allein zurecht.«

»Dann möge Gott mit Euch sein«, sagte John, ohne weiter in ihn zu dringen. Er verbarg die Nachricht unter seinem Hemd und verschwand.

Harry begab sich zu demjenigen Lagerhaus, welches der englischen Seite der Hochebene am nächsten lag. Dort wurde eine Rolle geknoteten Seils aufbewahrt; das war eines der Taue, welche die jungen Maurer benutzten, um sich vom Baugerüst herunterzulassen, wenn sie in Eile waren. Dieses hier war allerdings ausgemustert worden, als es sich durchzuscheuern begann. Harry hängte sich das Seil über den Arm und schlich sich unbemerkt in den Wald am Rand des Plateaus.

Unterhalb der steilen Felswand lag die baumbestandene Mulde, in welche vor langer Zeit, in Harrys erstem Sommer hier, die beiden herrenlosen Männer das gestohlene Holz hinabgeworfen hatten. Bei der Gelegenheit war Harry diese Stelle am Rand der Klippe aufgefallen, und sie hatte sich seinem Gedächtnis eingeprägt. Etwa fünfzig Fuß tief fiel die Felswand senkrecht ab, dann folgten einige zerklüftete Vorsprünge, an denen sich der eine oder andere verkümmerte Baum anklammerte und die an das weiche, tiefe Gras der Mulde grenzten. Von dort aus konnte er leicht ins Dorf hinuntergelangen.

Harry befestigte das Seil am Stamm einer Lärche, die nahe am Rand wuchs, und warf es aus. Dann beugte er sich über den Abgrund und schüttelte das Tau, damit es sich nicht an den verkrüppelten Bäumen unter ihm verfing. Vor dem Hintergrund des Steins war das Seil kaum zu erkennen, denn es wies fast dieselbe strohblasse Färbung auf. Kurz überlegte Harry, ob er wagen sollte, Parfois auf diesem Weg zu verlassen und sich im Dorf ein Pferd zu nehmen. Doch gerade jetzt war Schnelligkeit wichtiger als vollständige Geheimhaltung. Woher sollte er wissen, ob er ein gutes Reittier auftreiben konnte? Harry brauchte ein Pferd, auf das Verlaß war. Außerdem hatte er als Baumeister viele stichhaltige Gründe, nach Belieben auf Parfois ein- und auszugehen, und kein Mensch würde Verdacht schöpfen.

Niemand außer Isambard konnte etwas Verdächtiges daran finden, wenn Meister Talvace um diese Zeit ein Pferd sattelte und ausritt, und der Burgherr würde ihn nicht sehen. Harry nahm das beste und schnellste Pferd, das er finden konnte, überquerte die Zugbrücke und ritt den Abhang hinunter. Einzig der Zimmermeister rief ihn an, als er die Bauhütten passierte.

»Harry, könntet Ihr wohl mit mir kommen und einen Blick auf den Lettner werfen, welchen wir jetzt eingesetzt haben? Mich dünkt, man könnte die Linienführung noch verbessern.«

»Sobald ich zurück bin«, antwortete Harry. »Ich reite zur

Anlegestelle. Wenn ich Glück habe, werden meine letzten Bodenplatten noch vor dem Abend ausgeladen.«

Beim unteren Wachposten ließen die Männer ihn passieren, ohne ihn auch nur eines Blickes zu würdigen. So weit, so gut. Aber wie weit durfte er sich fortwagen und gleichzeitig sichergehen, daß er Owen und seine Begleiter abfing? Fügsam hatte der Knabe sich angewöhnt, ihm genau mitzuteilen, wohin seine Ausflüge ihn führten. Heute hatte Owen erzählt, er wolle zwischen den Hügeln ostwärts bis zur Römerstraße reiten und dann weiter nach Süden zu dem weiten, offenen Gelände, auf dem sich der befestigte Hügel erhob, oder zumindest das, was von der alten Feste übriggeblieben war. Über dem weichen und gebleichten herbstlichen Grasland würde der kleine Habicht seine Kunststücke vollführen können. Sehr wahrscheinlich würden sie von dort aus den Weg durch das Flußtal einschlagen, um den Pferden den steilen Anstieg am Ende des Rittes zu ersparen.

Doch welchen Rückweg sie auch wählten, sie würden sich auf dieser Höhe halten, und das hieß, daß sie diesen Pfad zwischen den Hügelkämmen nehmen mußten, um Parfois zu erreichen. Harry bezog am Waldrand Stellung, auf einem grasbewachsenen Hügel, der den Blick auf die winddurchfegten Ebenen freigab, über welche sie kommen mußten.

Lange brauchte er nicht zu warten, da erschienen die drei Reiter schon unter ihm. Sie ritten hintereinander über einen schmalen grünen Pfad, denn das dichte Gras war trügerisch und voller Kaninchenlöcher. Harry ritt ihnen entgegen, und als Owen ihn erblickte, gab er seinem Tier die Sporen und sprengte mit einem Jubelschrei auf ihn zu. Zum ersten Mal fragte Harry sich, was er tun sollte, wenn die Wachen ihm mißtrauten. Denn er trug nicht einmal einen Dolch bei sich!

»Mylord schickt mich«, begann der Baumeister. Mit erhobener Hand brachte er Owen, der vor sich hin plapperte, gebieterisch zum Schweigen und wandte sich zu den Bogenschützen. »Es ist etwas vorgefallen, angesichts dessen Mylord der Meinung ist, ihr solltet mit eurem Schützling nicht zur Burg zurückkehren. Er bat mich auszurichten, er habe wie Robert von Vieuxpont einen Befehl erhalten, dem er lieber nicht Folge leisten möchte.« Er warf einen bedeutungsvollen Blick auf den Knaben, und die Männer verstanden. Warum auch hätten sie an seinen Worten zweifeln sollen? Inzwischen stand der Baumeister Isambard näher als jeder andere auf Parfois. Wenn ihr Herr einer unangenehmen Angelegenheit aus dem Weg gehen wollte, dann war Talvace genau der Mann, den er sich aussuchen würde, um an seiner Statt zu handeln und ihm die Bürde abzunehmen.

»So also steht die Sache, ja?« meinte der ältere der beiden Bogenschützen, beäugte den Jungen und stieß einen lautlosen Pfiff aus. »Und was befiehlt Mylord nun?«

»Ich soll den Knaben bis nach Bryn, zum Steinbruch, begleiten und auf den Heimweg schicken.«

Als er dies hörte, spitzte Owen die Ohren, schrie auf und klatschte in die behandschuhten Hände, wobei er den kleinen Falken, der auf seinem Handgelenk hockte, aufschreckte, so daß der Vogel das Gefieder sträubte und empört fauchte.

»Still, du Plagegeist!« sagte Harry, griff in Owens Lockenschopf und schüttelte ihn sanft. »Wenn Erwachsene sprechen, hast du zu schweigen.« Und zu den Wachmännern meinte er: »Mylord hat immer gewollt, daß es so endet, und ihr wißt, daß er Mittel und Wege kennt, seinen Willen durchzusetzen.«

»Ja, nicht wahr? Und wenn's darauf ankommt, kann er sowohl den gewundenen als auch den geraden Weg einschlagen, das weiß ich wohl. Aber unsere Anordnungen waren eindeutig. Mylord hat uns befohlen, den Knaben außerhalb der Tore niemals aus den Augen zu lassen.«

»Habe ich etwa verlangt, daß ihr ihn verlaßt? Ihr sollt mit uns nach Bryn kommen. Versteht mich recht, niemand außer Mylord und mir – und jetzt auch ihr – weiß von dieser Sache. Mich hat er geschickt, weil das Kind unter meiner Obhut steht und sich mir bereitwillig anvertrauen wird. Der Herr hatte nun wirklich keine Zeit, Beglaubigungsschreiben zu verfassen und zu siegeln. Sein Name auf meinen Lippen sollte euch ausreichen.« Er wendete sein Pferd. »Wir machen uns besser auf den Weg. Komm, Owen ap Ivor ap Madoc, du hast einen langen Ritt vor dir.«

Wenn ich an der Stelle der Wachen steckte, sagte sich Harry, würde ich die Geschichte glauben. Sie klingt sogar so überzeugend, daß ich mich frage, ob nicht ein Körnchen Wahrheit darin wohnt. Warum ist Isambard sonst geradewegs zu mir gekommen und hat mir davon erzählt? War es etwa eine Geste der Verlegenheit, weil ich der Hüter des Jungen bin? Oder um mich zu quälen, weil das Glück mich zu sehr begünstigt hat und ich zuviel habe? Hat er mir etwa von dem Befehl des Königs berichtet, damit ich genau so handle, wie ich es jetzt tue, und ihm die schreckliche Pflicht erspare? Vielleicht stimmen all diese Gründe zusammen. Von allen Menschen auf der Welt weiß Isambard wahrscheinlich am wenigsten, welcher davon ihn am stärksten antreibt. Was mich angeht, so tue ich, was ich tun muß, und das reicht mir.

Die Männer folgten ihnen. Harry blickte sich nicht um, doch er wußte, daß der Augenblick des Zögerns vorüber war und er die beiden von seiner Vertrauenswürdigkeit überzeugt hatte. Er dachte an Benedetta, die in paradoxen Begriffen über Ehre und Treue gesprochen hatte; manchmal, so meinte sie, bedeute Ehre auch, sich zu demütigen, und Treue bedeute, sein Wort zu brechen. Ich bin im Begriff, ihre Theorie zu bestätigen, dachte Harry ironisch, aber noch weiß keiner von uns, was dabei herauskommen wird. Ja, die Wachen ritten hinter ihnen, und sie schienen zuversichtlich. Die Bogner hatten ihre übliche Position bezogen: sechs oder sieben Längen hinter ihrem Schützling. Er mußte daran denken, wie sehr er Owen stets eingeschärft hatte, niemals den Versuch zu unternehmen, ihnen davonzureiten oder zu entwischen! Gott sei Dank hatte das Kind nie begriffen, warum.

»Gehe ich wirklich nach Hause?« fragte Owen voller Vorfreude und hopste aufgeregt auf seinem Pony herum.

»O ja, wahrhaftig.«

»Aber ich habe mich von niemandem verabschiedet. Alle werden denken, man hätte mich auf Aber keine Sitte gelehrt.« Der Knabe war ernstlich besorgt; es ging jetzt darum, den guten Leumund aller Waliser hochzuhalten. »Zum mindesten müßte ich der Herrin Gilleis Lebewohl sagen, weil sie so gut zu mir gewesen ist.«

»Nun, wir haben deine Reise in aller Eile in die Wege geleitet. Dieses eine Mal dürfen wir die Feinheiten der Höflichkeit ruhig außer acht lassen. Ich habe der Dame Gilleis deine Abschiedsgrüße ausrichten lassen.«

Und die meinen, dachte Harry und fühlte, wie diese Erkenntnis sich wie ein eiskalter Eisenring um sein Herz legte. Als ich heute auf der Treppe auf dem Weg zur Arbeit umgekehrt bin, um sie noch einmal zu küssen, da wußte ich nicht, wieso ich das tat. Doch das war unser Abschied.

»Seine Liebe und Ergebenheit!« rief Gilleis aus, die starr und bleich auf der Fensterbank saß. Den Gobelin mit seinen leuchtend bunten Motiven hatte sie zu ihren Füßen auf den Boden sinken lassen. »Und er ist fort! Warum nur? Warum? Wieso konnte er nicht *mir* seine Nachricht senden?«

»Weil ich diejenige bin, zu der man John immer vorläßt. Und vielleicht ja auch, weil er wußte, daß man euch erst hätte überreden müssen. Euch hat er«, fügte Benedetta mit einem ironischen Lächeln hinzu, »die Botschaft geschickt, die ich nur zu gern empfangen hätte. Nun können wir nur noch tun, worum er uns bittet, und zwar geschwind.«

»Ich werde nicht fliehen!« entgegnete Gilleis und rang die Hände. »Wenn Harry sich in Gefahr begibt, so muß ich erst recht an seiner Seite sein. Ohne ihn bedeutet mir mein Leben nichts.«

»Ihr werdet gehen. Ihr werdet gehen, weil er Euch darum bittet und weil nur er selbst weiß, was er getan hat und was er plant; keine von uns beiden kann besser vorausdenken als er. Ihr werdet ihm gehorchen, weil es für Harry der grausamste Schlag von allen wäre, wenn Ihr bleiben und gegen ihn mißbraucht würdet. Ihr werdet nicht etwa fliehen, weil Ihr Angst habt oder ihn nicht genug liebt, sondern weil Ihr ohne Furcht seid und ihn mehr liebt als Euch selbst. Sogar so sehr, daß Ihr ohne ihn leben könntet; es sei denn …«, meinte Benedetta, faltete das Pergament zusammen und verbarg es in ihrem Busen, »daß Ihr von jetzt an nie mehr ohne ihn sein werdet, ganz gleich ob Ihr zusammen oder getrennt seid.«

Gilleis wandte dem Raum den Rücken zu und blickte aus dem Fenster in die leere Luft über dem Steilhang hinaus; dabei fegte ihr wallender grüner Rock die Stickarbeit beiseite. »Ihr liebt ihn ebenfalls«, meinte sie.

»Um des Himmels willen!« rief Benedetta aus. »Als wenn das ein Geheimnis wäre! Vom ersten Moment, als ich ihn sah, liebte ich ihn; und ich werde ihn lieben bis in den Tod. Wenn ich geglaubt hätte, daß Ihr der Worte bedurftet, hätte ich Euch das bereits vor langer Zeit gesagt.«

»Oh, Ihr mißversteht mich. Ich wollte sagen, daß ... dies ein Grund für mich ist, Euch zu vertrauen. Wenn ich gehe ... falls ich wirklich fliehen muß ... dann werdet Ihr hier als seine Freundin wachen ...«

»Und als die Eure.« Benedetta sah, wie Gilleis nach vorn sackte und mit der einen Hand am Mauerwerk des Fensters Halt suchte. An der kleinen Hand, die sie fest gegen ihren grünen Gürtel preßte, glänzte ihr Ehering. Benedetta rannte zu ihr und hielt sie fest, bis der Schwächeanfall vorüber war. Tränen quollen langsam aus Gilleis' großen Augen und tropften schwer auf die zerknüllte Stickerei.

»Auch Euer Zustand ist kein Geheimnis«, sagte die Venezianerin sanft, »jedenfalls nicht für mich. Und genau deswegen werdet Ihr fliehen. Ihr habt jetzt zwei Geiseln zu retten, und eine davon ist ein Stück von Harry selbst. Holt rasch Euren Mantel, und ich schicke John, damit er die Pferde sattelt.«

Auf einem Bauernhof zwischen den Flüssen baten sie um etwas zu essen, und die Bauersfrau gab ihnen ein paar Haferkuchen, Äpfel und Eier und brachte eine Schale warmer Milch für Owen. Für die Mahlzeit zahlte Harry ihr drei Silberpennys, und der Knabe küßte sie mit milchverschmiertem Mund, und das genügte ihr völlig.

Als sie Vrnwy durchquerten, plapperte und sang Owen immer noch vor sich hin, und dies häufiger auf walisisch denn auf englisch, doch bald begann er zu ermüden und im Sattel einzunicken. »Nehmt ihr den armen Vogel«, meinte Harry lächelnd zu den Wachen, »und hebt das Kind auf mein Pferd. Dann kann es unterwegs schlummern.«

»Ich schlafe nicht«, knurrte Owen empört und machte den Rücken steif, als er spürte, wie man ihn aus dem Sattel hob.

Harry setzte den Jungen rittlings vor sich und schlang den Arm um ihn, so daß der Umhang Owen vor dem kalten Wind schützte. Der Knabe seufzte und rückte ein wenig herum, bis er eine angenehme Position gefunden hatte. Schließlich lag sein Kopf an Harrys Achsel, die Wange schmiegte der Knabe genüßlich an die Brust des Baumeisters. »Und außerdem bin ich kein Kind«, erklärte der Fürstensohn und krallte die Finger in die Falten der grünen Cotte, auf die er sich gebettet hatte. »Ich bin ein Jüngling, ja fast schon ein Mann.«

»Ein kleiner Strolch und Tunichtgut bist du, aber du hast das Zeug zu einem Mann. Hab es nur nicht zu eilig, deine Kindheit hinter dir zu lassen«, gab Harry zurück. »Erwachsen zu sein ist nicht immer ein Segen.«

Als sie in der Dämmerung des Oktobertages in den Steinbruch einritten, schlief Owen mit geröteten Wangen und feuchten Lippen in Harrys warmem Umhang. Dort, wo die Wälder bis dicht an den Pfad heranreichten, rief eine barsche Stimme sie aus dem Dunkel an.

»Ich bin's, Talvace«, antwortete Harry und legte den Arm fest und beruhigend um das Kind, das der Schrei aus dem Schlummer geweckt hatte. »Still, wir sind hier unter Freunden. Wo finde ich Adam?«

»Meister Talvace, seid Ihr das?« Aus der Finsternis tauchte William von Beistans langer Bart auf. »Was führt Euch zu dieser Stunde hierher? Gibt es Neues aus Parfois?«

»Noch nicht«, meinte Harry. »Das steht noch bevor. Wo ist bloß Adam?«

»Drinnen, bei den Hütten. Sobald Ihr die Bäume hinter Euch habt, könnt Ihr sie im Schein des Feuers sehen.«

Bleich erhoben sich die Felswände des Steinbruchs in dem

unsteten Licht der Flammen, die in einer offenen, von Steinen umgrenzten Feuerstelle loderten. Owen erwachte vollständig und spähte aus seinem Schlupfwinkel in die fremden Gesichter, welche von allen Seiten herankamen und sie umdrängten. Von den Hütten kam Adam herbeigelaufen um Harry den Steigbügel zu halten.

»Nehmt den Jungen«, rief Harry und wehrte die Willkommensrufe der Männer ab, »und laßt mich absteigen. Ich muß dich um frische Pferde bitten, Adam, und etwas zu essen und zu trinken könnte ich ebenfalls gut gebrauchen.« Als er am Boden stand, streckte sich eine kleine Hand aus und griff furchtsam nach seinem Ärmel. Ruhig löste er Owens Finger und umschloß sie herzlich mit seiner Hand. »Ich bin hier, kleiner Strolch, keine Angst. Dies sind alles meine und deine Freunde.«

»Komm in die Hütte«, sagte Adam, »wir wollen dir gern zu essen geben. Über Pferde verfügen wir auch, aber wozu brauchst du heute nacht Rösser?«

»Ich erzähle dir die Geschichte beim Essen, denn wir dürfen keine Zeit verlieren. Owen ap Ivor, jetzt hast du Gelegenheit, dich als Mann zu erweisen. Bringst du es fertig, am Feuer zu warten und dich nicht zu beunruhigen, wenn ich mich zehn Minuten lang entferne? Robin, kümmere dich um ihn, während ich ein paar Worte im Vertrauen mit Adam spreche.«

Während Adam ihn mit Bier, Fleisch und Brot versorgte, erklärte Harry seinem Freund knapp das Wichtigste.

»Dieser Knabe ist der Pflegesohn des Fürsten von Gwynedd. Ich möchte, daß du sogleich aufsitzt – du selbst, und niemand sonst, wohlgemerkt –, ihn nach Aber bringst und dort Llewelyn persönlich übergibst. Wenn du das getan hast, kehre unter keinen Umständen hierher zurück.« Über die Kerzenflamme hinweg betrachtete er die Bogenschützen. »Ich bitte euch um Vergebung für den Streich, den ich euch gespielt habe, um euch zu bewegen, mit mir herzukommen. Ich habe nicht gelogen, als ich euch erzählte, der König habe Mylord den Befehl gesandt, das Kind zu töten. Ich habe einzig gelogen, als ich sagte, daß Isambard sich der Pflicht, ihm zu gehorchen, entziehen wollte. Mylord war und ist entschlossen, den Jungen zu hängen. Dem Knaben zur Flucht zu verhelfen und ihn heimzuschicken war allein mein Entschluß. Ich konnte euch auf keine andere Weise bewegen, ihn mir zu lassen, und ich durfte nicht erlauben, daß ihr nach Parfois zurückkehrtet, um eure Geschichte zu erzählen, denn ich wollte verhindern, daß man die Bluthunde zu früh losließ. Jetzt dürft ihr wählen, was ihr zu tun wünscht. Nur vergeßt, daß ihr den Bogen bei euch tragt. Alle Männer hier folgen meinem Befehl, nicht dem Isambards, und ihr solltet euch nicht mit ihnen anlegen. Wenn ihr meinen Rat hören wollt, so tut euch mit Adam zusammen und reitet mit dem Knaben nach Aber. Llewelyns Dankbarkeit ist euch gewiß; er wird euch wie Fürsten empfangen.«

Harry gähnte und rieb sich die vor Kälte erstarrten Wangen. »Es tut mir leid, daß ich lügen mußte«, sagte er, »aber ich habe keine andere Möglichkeit gesehen.«

Die drei Männer starrten ihn schweigend an. »Was ist? Was habt ihr?«

»*Wir*?« fragte Adam ungläubig. »Die Frage ist doch eher, was aus *dir* wird, oder, Harry?« Doch nach seinem Tonfall und seiner Miene zu urteilen, aus der das Lächeln gewichen war, als hätte es nie dort gestanden, kannte er die Antwort bereits.

»Ich kehre zurück.«

»Nein, bei Gott, das wirst du nicht!« rief Adam und sprang auf. »Und wenn ich dich auf einem Pferd festbinden muß, damit du mit uns nach Wales reitest. Bist du von Sinnen? Isambard wird dich ohne Umschweife hängen lassen!«

»Das wird er nicht. Mylord hat mir geschworen, er werde mir die Arbeit, die er mir anvertraut hat, nicht fortnehmen – unter keinen Umständen, so sagte er –, bis sie abgeschlossen sei. Du weißt, daß er sein Wort hält. Und ich habe ihm gelobt«, schloß Harry, »daß ich seinen Dienst nicht verlassen werde, ehe mein Werk vollendet ist. Auch ich stehe zu meinem Wort. Ich gehe zurück, um es einzulösen.«

»Dein Wort, Mann! Hier geht es um deinen Kopf! Glaubst du wirklich, er wird dich am Leben lassen, nun wo du ihn zum Verräter gemacht hast? Und denkst du etwa, in diesem Land gäbe es noch ein Gesetz, das stark genug wäre, dich seiner Macht zu entziehen? Harry!« flehte Adam und stöhnte hilflos. »Wirf dein Leben nicht wegen deines dummen Ehrgefühls weg! Komm mit uns!«

»Ich werde leben, bis die Kirche fertig ist, das heißt, noch einige Monate. Im Grunde kann nur ich selbst die Zeit bestimmen. Wer weiß, vielleicht werden Isambard und König Johann ja schon vor mir in die Ewigkeit eingehen. Ich will nicht mehr darüber nachdenken«, erklärte Harry, leerte sein Trinkhorn und erhob sich. »Das ganze Grübeln führt zu nichts. Besorg mir ein Pferd, Adam, und hör auf, mich zu bedrängen. Ich werde sowieso gehen, und wir haben keine Zeit zu verlieren.« Mit festem Griff packte er Adam bei der Schulter. »Und hüte dich davor, mich mit irgendeiner List zurückzuhalten! Bei deiner Seele beschwöre ich dich, den Jungen sicher nach Hause zu bringen. Wenn nicht, verschleuderst du, wofür ich mich gemüht und mein Leben eingesetzt habe, und das werde ich dir niemals verzeihen.«

»So sei es, bei meiner Seele«, antwortete Adam Auge in Auge mit ihm. »Der Knabe soll meine oberste Sorge sein. Aber nachdem er Llewelyns Stammsitz erreicht hat, handle ich nach meinem Gutdünken.«

»Wohl gesprochen. Und ihr habt euch also entschlossen, weiterzureiten? Ich hoffe nur«, meinte Harry reumütig zu den Bogenschützen gewandt, »daß keiner von euch Frau oder Kinder in Mylords Gewalt zurückläßt, aber wenn doch, so gelobe ich euch, daß ich mein Bestes tun werde, euch aus diesem Verrat herauszuhalten und eure Familien vor Isambards Zorn zu beschützen.«

»All meine Kinder sind erwachsen und in die Welt gezogen«, erklärte der ältere der beiden, »und meine Frau ist jetzt sieben Jahre tot. Harald hier hat jede Menge Liebchen in der ganzen Grafschaft, aber keine Gemahlin. Wir werden Eurem Rat folgen, Meister, und den Knaben ans Ziel seiner Reise begleiten. Vielleicht behagt der Dienst bei Llewelyn mir ja besser als bei Isambard, und auf jeden Fall haben wir, was sein Wohlwollen angeht, bereits von Anfang an gute Chancen.«

»Dann habe ich euch kein Unrecht getan, und dafür danke ich Gott. In jenem Augenblick hatte ich nur an mich selbst gedacht.« Mit diesen Worten verabschiedete sich Harry, wandte sich ab und verließ die Hütte. Adam folgte ihm.

Immer noch in Harrys Umhang gewickelt, saß Owen am Feuer und aß gierig. Ein halbes Dutzend Steinmetze und Soldaten hatten sich neugierig um ihn geschart. Der Junge hatte sich bereits mit ihnen angefreundet. Seine merkwürdige Reise jagte ihm jetzt keine Angst mehr ein, sondern erschien ihm von neuem wie ein herrliches Abenteuer. Im Widerschein des Feuers leuchteten seine großen Kinderaugen.

»Er ist ein wilder Bursche, aber offen und ehrlich«, meinte Harry zu Adam. »Behandle ihn gut.«

Der Baumeister schob sich durch den Kreis, der sich um den Knaben gebildet hatte, und ließ sich neben ihm im Gras nieder. »Owen, hier muß ich mich von dir trennen. Aber ich bringe dir Adam, der mein Ziehbruder ist wie David der deine. Er wird dich an meiner Stelle nach Aber heimbringen. Hör gut zu: Sein Wille ist der meine, und du mußt ihm gehorchen, wie du auf mich hören würdest. Nun gib mir einen Kuß, und möge Gott mit dir sein, Kind. Aber wisch dir zuerst das Fett vom Mund, ich mag nur saubere Küsse. So, das ist besser!« Er küßte den weichen Mund, der sich ihm entgegenreckte, und lachte. »Morgen abend um diese Zeit wirst du in deinem eigenen Bett liegen. Überbring dem Fürsten von Gwynedd meine Grüße, und sag ihm, wenn seine Söhne so prächtig ausfallen wie seine Ziehkinder, dann mag doch noch ein Prinz von Wales aus seinem Blute entspringen.« Kurz umarmte er den Jungen, stand dann auf und sah die Männer an: »Habt ihr mein Pferd?«

Seine Hand lag schon auf dem Zügel, da flüsterte Adam ihm verzweifelt ins Ohr: »Harry, willst du deine Meinung nicht ändern? Denk doch an Gilleis ...«

»Um Christi willen!« erwiderte Harry in einem Wispern, das wie ein Schmerzensschrei klang. »Was glaubst du denn, an wen ich jeden Augenblick denke, im Schlafen wie im Wachen?« Einen Moment lang verbarg er das Gesicht an der haselnußbraunen Schulter seines Rosses, doch dann war der Augenblick der Verzweiflung vorüber, und er fing sich wieder. »Ich tue, was ich tun muß, Adam. Das macht alles leichter. Ich hoffe, daß ich dich wiedersehe, in dieser Welt oder einer anderen.« Er wandte seinem Bruder sein wieder vollkommen beherrschtes Gesicht zu, beugte sich vor und küßte ihn. »Mich hinzusetzen war ein Fehler. Hilf mir, Adam. Ich bin ganz und gar steif.«

Adam hielt ihm den Steigbügel hin und half ihm in den Sattel.

»Sobald ich fort bin, mußt du ebenfalls aufbrechen. Lebewohl, Adam!« Harry wendete das Roß und hielt im Trab auf die dunkle Stelle zu, wo die Felswände sich teilten.

»Lebewohl!« antwortete sein Milchbruder kaum hörbar.

Die Unruhe, welche in der Luft lag, hatte Owen unsicher gemacht. Er hatte sich vom Feuer weggeschlichen und unsicher zwischen Harry und Adam hin und her geblickt, als diese auseinandergingen. Dann nahm er den trostlosen Unterton in Adams Stimme und den ohnmächtigen Gram auf seinem Gesicht wahr und brach in bittere Tränen der Angst aus. Er stürzte Harry nach und rief tränenüberströmt: »Meister Talvace! Meister Talvace!«

Harry hörte den Schrei und wendete sein Pferd, und da hatten die kleinen Hände ihn bereits am Knöchel gepackt und klammerten sich verzweifelt fest. Schicksalergeben beugte er sich aus dem Sattel, faßte das Kind unter den Achseln und hob es zu sich hinauf. Wild umschlang Owen seinen Hals, barg das Gesicht an seiner Schulter und schluchzte untröstlich. Harry spürte, daß das Herz des Kindes zum Zerspringen raste.

»Ich will nicht, daß Ihr fortgeht! Geht nicht! Ich habe Angst um Euch, sie werden Euch weh tun!«

»Aber, aber, Owen ap Ivor ap Madoc, was ist das denn für ein Geschrei? Das ziemt sich nicht für einen Fürsten. Soll das derselbe Bursche sein, der mir erklärt hat, er sei schon fast ein Mann? Mir wird nichts geschehen«, erklärte Harry bestimmt und tätschelte die bebenden Schultern des Knaben. »Mach dir darüber keine Gedanken. Die Reise und all die fremden Eindrücke haben dich überanstrengt, so daß du Böses siehst, wo keines ist. Schau mich an. Wirke ich ängstlich? Oder traurig?« Er schob einen Finger unter das zitternde Kinn, das sich so verzweifelt in seine Brust grub, und hob das tränenüberströmte Antlitz aus seinem Versteck. »Meine Güte, mit deinem Gesicht könntest du Krähen verscheuchen! Mal sehen, ob wir etwas dagegen tun können.« Mit einem Zipfel seines Umhangs trocknete er die rundlichen Wangen und glättete das zerzauste Haar des Jungen.

»Wenn wir erst einmal unterwegs sind, beruhigt er sich schon«, meinte Adam, der darauf wartete, den Knaben entgegenzunehmen.

»Er ist müde. Du mußt ihn die Nacht über auf deinen Sattel nehmen. Aber mir wäre lieber, ihr befändet euch ein ordentliches Stück jenseits der walisischen Grenze, bevor ihr euch Zeit für eine Rast gönnt.«

»So werde ich es machen.«

»Keine Tränen mehr? So ist es recht, mein junger Falke. Und jetzt sei ein braver Junge, und tu, was Adam dir sagt.«

Harry küßte das Kind noch einmal und reichte es dann hinunter. Die kleine Gestalt lag an Adams Schulter, während Roß und Reiter im Dunkel verschwanden und die Hufschläge verklangen, bis die Felswände das Geräusch vollständig verschlangen. Resigniert legte Owen einen Arm um Adams Hals und übertrug die Zuneigung und Ergebenheit, die er seinem Bruder gezollt hatte, auf ihn.

Adam und Owen kehrten zum Steinbruch zurück, ohne sich noch einmal nach dem Reiter umzusehen, der inzwischen verschwunden war. Einige Augenblicke lang teilten sie die Empfindung von Liebe und Verlust, ehe der Junge nach Kinderart die Bürde, für die er noch zu jung war, abschüttelte und Adam sich, auf Männerart, weigerte, sich sein Leid einzugestehen. Doch in diesem Moment war beiden klar, daß sie Harry nie wiedersehen würden.

Die Jagd auf Harry war eröffnet und ließ auch während der Nacht nicht nach. Doch damit hatte er gerechnet. Die meisten Verfolger würden sich durch das Flußtal bewegen, da sie vermuteten, daß er mit seinem Schützling den direkten Weg nach Wales eingeschlagen hatte. Erst als er sich im Schatten der Breiddens befand, vernahm er das Hufgetrappel von Reitern auf der Straße vor sich; diesen wich er aus, indem er sich seitwärts in die Wälder schlug. Als Harry auf die Straße zurückkehrte, achtete er darauf, nur auf dem grasbewachsenen Rand zu reiten, wo sein Pferd fast kein Geräusch machte; und wann immer Bäume ihm Schutz boten, machte er ihn sich dankbar zunutze. Schließlich wollte er sich nicht davonschleifen lassen wie ein entlaufener Leibeigener. Harry befand sich aus freien Stücken auf dem Weg nach Hause, und aus eigenem Willen würde er nach Parfois zurückkehren und seine Arbeit wieder aufnehmen, wo er sie gestern niedergelegt hatte.

Auf diesem Ritt hatte er Muße zum Nachdenken und sogar genug Zeit, um mit dem launischen Schicksal zu hadern, welches ihn und keinen anderen Menschen mutwillig in eine Bedrängnis versetzt hatte, aus der er nicht entrinnen konnte. Warum stellte Gott ihn ein zweites Mal vor eine so grausame Wahl, und dies ausgerechnet zu einem Zeitpunkt, an dem er so glücklich war wie noch nie? Aber nach einer Weile begriff er, daß dahinter kein Mutwille steckte und nichts durch Zufall geschehen war; auch stand er keineswegs zum zweiten Mal vor einer solchen Wahl, sondern mindestens zum hundertsten. Aus einem anderen und möglicherweise richtigeren Blickwinkel betrachtet, mußte das, was jetzt geschehen war, nur als letzte Bekräftigung einer Entscheidung angesehen werden, die Harry vor langer Zeit und ein für allemal gefällt hatte.

Von Adams Hand bis zu Owens Kopf verlief ein klarer Weg – da gab es keinen Widerspruch oder Zufall. Immer wieder hatte Harry bewußt Verantwortung übernommen, sich behaupten müssen und Autoritäten herausgefordert, weil die Welt sich nicht geändert hatte und auch er noch derselbe war und es bis zu seinem Tode sein würde. Seit er zum ersten Mal seine eigene

Gerechtigkeit über die der Welt gestellt hatte, war ihm sein Ende vorherbestimmt gewesen. Irgendwo im Grunde seines Herzens hatte Harry stets gewußt, daß seine letzte Entscheidung gegen Macht, Privileg und Gesetz tödlich für ihn ausgehen mußte und daß er sich ihr dennoch nicht entziehen konnte oder wollte.

Also hatte der junge Mann kein Recht, Klage gegen Gott oder die Menschen zu erheben, und das war ihm auch lieber so. Er bekam, was er sich erwählt hatte, und Harry Talvace war nie ein Mann gewesen, der über den Preis einer Sache gefeilscht hätte.

Während seines vorsichtigen Anstiegs über die Hügelflanke mußte Harry zweimal seitwärts ausweichen und sich zwischen den Bäumen verstecken, als Reiter ihn passierten, aber danach blieb alles einigermaßen ruhig. Gewiß suchte man ihn jetzt in größerer Entfernung, vielleicht sogar auf walisischem Gebiet. Ohne weitere Zwischenfälle oder Behinderungen gelangte er zum Fuß des grasbewachsenen Reitpfads, der nach Parfois hinaufführte. Dort stieg er ab, knotete die Zügel um den Hals des Pferdes fest und versetzte dem Tier einen Klaps, damit es hügelaufwärts lief. Den leichten Anstieg bis zu der Mulde unter der Klippe bewältigte er zu Fuß. Dort stellte er fest, daß das Seil noch immer von oben herabhing. Das blasse Licht der Morgendämmerung weckte eben die ersten Farbtöne und schied Hell von Dunkel, als Harry sich Spanne für Spanne hinaufzog, über den Klippenrand in das lange Gras kroch und das Tau hinter sich einholte.

Schweigen lag über Parfois. Die Zugbrücke war hochgezogen, und in der Stille vernahm er deutlich die Schritte der Wachen auf dem Wehrgang zwischen den Türmen des Torhauses.

Sobald Harry sich des Seils entledigt hatte, begab er sich in die Bauhütte und saß, die Stirn an die kalte, glatte Brust der Jungfrau der Verkündigung gelehnt, eine Zeitlang reglos da. Fast wäre er eingeschlafen, doch jedesmal, wenn er einnickte, schreckte er wieder hoch. Sobald das Tageslicht hell genug war, nahm er seine Werkzeuge zur Hand. Aber Gilleis' Gesicht zu sehen, das ihm aus dem Stein zulächelte, war zuviel für ihn. Was hatte er noch versprochen, als er Parfois zu Pferde verlassen hatte? Ach ja, den Lettner. Der Zimmermeister war nicht richtig glücklich mit seinen Proportionen gewesen, und die bescheidene Höhe und das zarte Filigranmuster entsprachen nicht seinen Bemühungen, seine Kunstfertigkeit zur Schau zu stellen. Außerdem mochte der Meister sich nicht damit abfinden, daß Harry das Kreuz daraus verbannt hatte. Harry jedoch war sich seines Urteils sicher: Er würde nichts dulden, das den weiten, bis in den Himmel reichenden, wohlgeformten Raum voller Luft und Licht zerteilte, denn der war sein ganzer Stolz. Doch den Lettner, diese zerbrechliche und doch kraftvolle Erhebung, liebte er, weil er mit dem Licht spielte, ohne sich ihm in den Weg zu stellen; und die aufrechten, filigranen Formen wirkten wie ebenso viele winzige Springbrunnen, welche dem Deckengewölbe entgegensprudelten. Dennoch hatte er dem Zimmermeister versprochen, noch einmal einen kritischen Blick auf die Chorschranke zu werfen, und zumindest dies würde dem Mann eine Freude machen. Steifbeinig erhob sich Harry und ging, Hammer und Meißel immer noch in der Hand, zur Kirche.

Schwach, aber klar erfüllte das frühmorgendliche Licht das luftige Gewölbe des Hauptschiffs. In diesem festgefügten Raum fühlte Harry sich erfüllt und friedlich; so, als werde er von zwei betenden Händen umschlossen. Lange Zeit stand er im Westportal, während das taubengraue Licht zunahm und heller wurde, und sog mit Augen und Herz diesen Anblick ein. Er hörte, wie die ersten Reiter mit leeren Händen zurückkehrten, doch er schenkte ihnen keine Beachtung. Sie ritten an seinem Zufluchtsort vorüber, und die Wachen ließen die Zugbrücke für sie herab. Doch Harry stand von allem unberührt in verzücktem Schweigen da. Selbst seine Müdigkeit war verflogen. Im Osten klarte der Himmel auf, und die ersten langen Strahlen der aufgehenden Sonne fielen hell auf das seichte Flußtal und flogen wie goldene Vögel auf das Felsplateau zu, auf dem Parfois stand. Sie drangen durch die hohen Spitzbögen der noch nicht verglasten Ostfenster und durchquerten strahlend in gerader Linie die Kirche von einem Ende zum anderen, um schließlich die Westwand mit goldenem Schein zu übergießen. Wer hätte eine Barriere errichten mögen, um den Flug von Gottes Tauben am Himmel zu behindern? Wer hätte sie hinter einem Gitter aus Holz und Stein einschließen mögen wie in einem kunstvoll gearbeiteten Käfig? Mit einemmal war auch das Gewölbe von Lichtreflexen erfüllt, die auf den schlanken, miteinander verstrebten Rippen tanzten wie Finger über die Saiten einer Harfe; und alle pausbäckigen Cherubinen auf den Schlußsteinen erstrahlten golden und schienen laut zu frohlocken.

Der niedrige Lettner war in seiner Schmucklosigkeit vollkommen und elegant. Meister Matthew sollte ihn nicht noch einmal anrühren und seiner kargen Einfachheit keinen einzigen weiteren Schnörkel hinzufügen. Seine aufstrebenden Linien zerlegten das Licht in goldene Leitern, die über die gemusterten Bodenfliesen des Kirchenschiffs Schatten warfen. Kein Kreuz und keine trauernden Figuren sollten ihre langen asymmetrischen Schatten über dieses strahlende Areal werfen und seine Einheit zerstören. Harry fühlte mit seinem Zimmermeister, aber er würde nicht zulassen, daß jemand eine solche Schönheit trübte. Der Baumeister stand da, schaute und war unermeßlich glücklich –, er, der gerade den Rest seines Lebens fortgeworfen hatte und maßlose Trauer hätte empfinden müssen.

Dann stieg er auf das Triforium und schritt über den schmalen Laufgang zur Ostseite. Hier hatte er eine ganze Reihe Kragsteine gelagert, um sie an Ort und Stelle zu behauen. Doch Harry hatte sie noch nicht angerührt, weil es sich dabei um eine einfache, leicht zugängliche Arbeit handelte, die man sich im Winter in aller Ruhe vornehmen konnte. Als er sich in der Nähe der Ostfenster und über dem Hochaltar befand, stellte er sich in die letzte der kleeblattförmigen Öffnungen im Mauerwerk, die eben groß genug war, damit er aufrecht in ihr stehen konnte. Von dort verfolgte er den Pfad, welchen das Licht nahm. An dieser Front waren einige der Fenster in den Lichtgaden bereits verglast, und die Sonnenstrahlen, die schräg durch sie einfielen, säumten das Gewölbe mit glühenden Juwelen, mit Smaragden und Rubinen, Saphiren und Topasen, Chrysoberyllsteinen und Amethysten.

Harry befand sich im Schatten, doch all dieses Licht gehörte ihm.

Er stand immer noch da, als das Westportal, durch das er eingetreten war, sich mit einemmal verdunkelte und die Silhouette eines Mannes in der Türöffnung erschien. Langsam und mit müde herabhängenden Armen trat der Mann in das Kirchenschiff und gelangte in den Bereich, wo der weiche Widerschein des Lichts ihn aus der Anonymität des Dunkels holte. Isambards verwüstetes Antlitz hob sich dem lebendigen Strahlen entgegen.

Er mußte glauben, allein zu sein. Warum nur flüsterte keine leise körperliche oder geistige Eingebung ihm zu, daß dem nicht so war? Verbittert starrte der Burgherr in das vom Morgenlicht erfüllte Gewölbe hinauf, und wie bei einer Blume, die, von der Sonne erwärmt, erblüht und sich öffnet, zeichneten sich auf seinem Antlitz seine tiefsten Gefühle ab. Doch diese Züge spiegelten eine so nackte Qual aus Schmerz und Verzweiflung, daß sogar die Luft in der Kirche darunter erbebte und aufstöhnte. Auch Liebe lag darin und Anbetung, doch waren dies eine Liebe bar jeden Mitgefühls und eine Anbetung ohne Frieden. Staunend betrachtete er aus dunklen, eingesunkenen Augen die Schönheit und Pracht, welche auf seinen Befehl hin geschaffen worden waren, und fand keinen Makel darin, aber auch keine Freude. Isambard bleckte die Zähne und warf den Kopf zur Seite. Dann ballte er die mageren Hände, in denen immer noch leidenschaftliche Kraft wohnte, zu Fäusten und schlug sich heftig an die Brust.

»Sogar er!« schrie er mit einer Stimme, die klang wie die eines Dämons, der Qualen leidet. »Sogar er! Mich hat er verraten und den Eid gebrochen, den er bei Deinem Namen geschworen hat!«

Die Akustik des Gewölbes war perfekt; sie leitete den erstickten Schrei verstärkt, aber unverzerrt zu der Stelle, wo Harry stand, und schickte ihn in trauervollen, immer weiter verklingenden Echos von einem Ende der Gewölberippen zum anderen. Harry, der seine Werkzeuge immer noch in den Händen hielt, lehnte sich von oben hinab.

»Wer behauptet, ich sei eidbrüchig geworden?«

Der Baumeister hatte ziemlich leise gesprochen, aber da er so hoch stand, nahm das Deckengewölbe die Worte auf und verwandelte sie in einen lauten, herausfordernden Schrei. Ruckartig warf Isambard den Kopf zurück. Die tiefliegenden Augen huschten umher, um Harry auszumachen. Als sein Blick ihn gefunden hatte, dort oben im Triforium, wo er wie ein Heiliger in seiner Nische stand, blieb er eine lange Zeit in absoluter Stille auf ihm ruhen. Dann riß der Burgherr den Arm hoch und legte ihn über die Augen. Harry hätte nicht sagen können, ob er sie gegen das Licht abschirmte oder gegen etwas, das er nicht zu sehen wünschte.

»Warum seid Ihr zurückgekommen?« rief er.

Wie sollte Harry diese Frage verstehen? Warum zwingt Ihr mich, Euch zu töten? Warum seid Ihr wiedergekommen, um mir die schreckliche Lust und den noch entsetzlicheren Schmerz der Rache aufzuzwingen? Warum konntet Ihr mir nicht wenigstens diese Bürde abnehmen?

»Um zu beenden, was ich begonnen habe«, erklärte Harry, »und wozu ich als Mann von Ehre verpflichtet bin. Doch ich wäre auch gekommen, wenn ich nicht auf diese Weise gebunden wäre. Ich erinnere mich sehr wohl an meinen Eid. Muß ich Euch den Euren ins Gedächtnis zurückrufen?«

Isambard nahm den Arm vom Gesicht. Er hatte von neuem seine schöne und ausdrucksvolle steinerne Maske angelegt, das Antlitz, welches er der Welt zeigte. Unverwandt sah er nach oben und lächelte.

»Ihr sollt Euer Werk abschließen«, sagte er. »Auch mein Erinnerungsvermögen ist gut. Alles wird geschehen, wie wir beide es geschworen haben. Alles! Erinnert ihr Euch noch an den genauen Wortlaut, Harry? Ich hoffe doch: ›So wahr das Herz in meiner Brust schlägt‹, das waren Eure Worte. ›Sollte ich Euch je hintergehen‹, sagtet Ihr. Nun, Ihr habt in der Tat ein falsches Spiel mit mir getrieben, denn Ihr habt mich genötigt, zum Verräter zu werden.«

Nicht ein Mal fragte er nach dem Knaben, nicht ein Mal erwähnte er seinen oder Llewelyns Namen. Vielleicht war selbst noch in diesem Augenblick Isambards zermartertes Herz gespalten zwischen Dankbarkeit dafür, daß der Junge unbeschadet entkommen war, und Zorn gegen denjenigen, der ihm die Flucht ermöglicht hatte. Daß er dadurch notgedrungen den Befehl des Königs mißachtet hatte, war unverzeihlich, doch andererseits hätte er sich den Mord an dem Kinde ebenfalls nie vergeben. Unter allen Haßgefühlen, die ihn quälten, war das schmerzlichste der Haß gegen sich selbst.

»Kommt herunter!« befahl Isambard barsch. »Ich kann nicht mit Euch reden, wenn Ihr über mir thront wie ein Gott.«

Harry stieg die Wendeltreppe hinab, durchschritt das helle, sonnendurchflutete Mittelschiff und trat vor Isambard. Nun war es an ihm, zu seinem Gegenüber aufzublicken. Er lächelte und vergab dem Burgherrn in Gedanken, daß er Wert auf diesen kleinen Vorteil legte. »Der Knabe befindet sich in Sicherheit«, sagte er ruhig. »Ich dachte, das möchtet Ihr vielleicht wissen. Und ich erinnere mich ganz genau an meinen Schwur.«

»Dann sei es so. Ihr sollt alle Zeit haben, derer ihr bedürft, um Euer Werk zu vollenden. Doch wenn es abgeschlossen ist«, fuhr Isambard sehr leise fort, »dann sollt Ihr den Tod eines Verräters sterben, Ihr, der mich zum Verräter gemacht hat. Ihr habt mir Euer Leben verpfändet, und ich werde den vollen Preis einfordern. Ich werde Euch bei lebendigem Leibe das Herz aus der Brust reißen und es vor Euren Augen verbrennen lassen.«

KAPITEL VIERZEHN

Die Wachen, die ihn holen kamen, zerrten ihn panisch über die Zugbrücke und stießen ihn ins Torhaus, solange der Bauplatz noch verlassen war, denn die Vorstellung, einige seiner Arbeiter könnten versuchen, Harry zu retten, erfüllte sie mit Angst und Schrecken. Sie hätten sich nicht zu sorgen brauchen, und das erklärte Harry ihnen auch. Tagelöhner und Handwerker hatten nämlich an ihre eigene Haut zu denken. Aber bei einem so wertvollen Schutzbefohlenen wie Harry Talvace mochten die Männer es nicht darauf ankommen lassen; denn für einen Fehler hätten sie gewiß mit ihrem Hals bezahlt. Sie steckten ihn hinter Schloß und Riegel in eine Zelle der Wache und legten ihm zusätzlich Fußeisen an. Dort ließen sie ihn den Großteil des Tages, aber sie brachten ihm eine Pritsche und eine Mahlzeit, und Harry aß mit gutem Appetit und schlief ein, sobald er sich niedergelegt hatte. Alles war vorüber, er brauchte nicht mehr selbst zu handeln, sondern sich nur noch in das zu schicken, was andere mit ihm vorhatten. Jetzt konnte er sich den Luxus des Schlummers erlauben.

Harry schlief fast den ganzen Tag bis in den späten Nachmittag hinein, während Reiter nach Fleace und Mormesnil unterwegs waren, um von Isambards anderen Besitzungen Männer heranzuschaffen, die für ihre Pflichten besser geeignet waren, da sie den Gefangenen nicht kannten. Auf Parfois war Harry bei vielen Menschen – Hofbeamten, Waffenmeistern, Bogenschützen, Reitknechten – viel zu beliebt, als daß man ihnen seine Bewachung anvertrauen hätte können.

Als erster traf ein Schmied aus Mormesnil ein, der an Harrys Lager trat und sich den Schläfer äußerst erstaunt besah.

»Das ist er?« fragte der Mann. »Wie denn, der ist ja fast noch ein Knabe. Ihr hättet ihm einfach einen eurer eisernen Halsringe umlegen und mir die Mühe ersparen können. Nach dem Aufhebens, das um diesen Gefangenen gemacht wird, hätte man meinen mögen, wir müßten einen wilden Stier in Ketten legen.«

Dennoch ließ er sich in der Waffenschmiede nieder und fertigte das Geschirr an, das der Burgherr verlangte. Meister Talvace mußte so viel Bewegungsfreiheit verbleiben, daß er seine Hände für seine Arbeit gebrauchen und nach Belieben auf seinem Baugerüst umherklettern konnte; dennoch sollte er sich zu jeder Zeit in sicherem Gewahrsam befinden. Eine lange Kette verband zwei mit Scharnieren versehene Stahlgürtel, deren verborgene Schlösser nicht aufzubrechen waren. Diese Kette sollte

Harry an seinen ständigen Begleiter fesseln, einen stämmigen Fußsoldaten aus dem Poitevin und Experte im Umgang mit Schwert und Dolch; man hatte ihn extra aus Fleace in der Grafschaft Flintshire geholt.

»Paß nur auf, daß du die beiden Gürtel nicht verwechselst«, meinte der Schmied, als er des vierschrötigen Guillaume ansichtig wurde, »sonst wird der Bursche einfach aus seiner Schlinge schlüpfen und dir entwischen.«

»Und wenn schon«, brummte der Poiteviner in seinen buschigen schwarzen Bart. »Mein Kamerad hier kann ihn mit seiner Armbrust überall im Umkreis von fünfhundert Schritten niederstrecken. Uns entwischt er nicht, außer ein Heiliger trägt ihn auf einer Wolke davon.«

»Heilige«, versetzte der Schmied grinsend, »kommen nur selten nach Parfois.«

Harry blieb den ganzen Tag über in der Wache, während ein Gerücht nach dem anderen die Runde unter seinen Männern machte und in der Kirche kaum eine Platte gelegt oder ein Stein angerührt wurde. Ganz Parfois erschauderte ob Harrys Verrat, und es zirkulierten bald hundert verschiedene Prophezeiungen über sein Schicksal. Die einen sagten, er sei gefangen worden. Andere, er sei tot. Er sei mit dem Knaben sicher nach Wales gelangt. Der Junge sei tot, aber Harry entkommen. Er sei an der Grenze gefaßt und nach Fleace gebracht worden.

An diesem Nachmittag erstattete John, der Pfeilmacher, Benedetta ein dutzendmal Meldung, doch immer konnte er nur das gleiche berichten. »Die Leute erzählen vieles, doch im Grunde weiß niemand etwas. Seit er mit dem Kind geflohen ist, hat kein Mensch ihn gesehen; jedenfalls niemand, der bereit wäre, darüber zu sprechen.«

»Das Pferd!« rief Benedetta aus, als John sie am frühen Abend ein weiteres Mal aufsuchte. »Frag in den Stallungen nach. Mag sein, daß jemand weiß, welches Pferd er genommen hat.«

Die Auskunft, die John erhielt, konnte er seiner Herrin nicht vor der Abendmahlzeit in der Halle überbringen, weil sich bis dahin Isambard bei ihr in ihren Privatgemächern aufhielt. Er bediente sich einer List, um ihr, als sie sich von der Tafel zurückzog, ins Ohr zu flüstern: »Ein Pferd aus dem Steinbruch ist ohne Reiter in der Nähe gefunden worden.«

»Er ist hier«, entgegnete sie voller Überzeugung und preßte die Hand aufs Herz. Aber sie bewahrte ihre gelassene Miene und ihr ruhiges Auftreten und sprach Isambard mit keinem Wort auf Harry an. Die Wahrheit würde auch so ans Licht kommen, und sie wollte sich weder verraten noch für ihn eintreten, ehe dies notwendig wurde.

In dieser Nacht zerrte man Harry aus dem Bett und brachte ihn ohne seine Fußfesseln in einem Kerker unter dem Wachturm unter. In die Zelle gelangte man durch einen Vorraum, wo er zum ersten Mal seine beiden Bewacher erblickte, den dunklen, gedrungenen Poiteviner und Fulke, den schlaksigen, melancholischen Armbrustschützen mit dem roten Haar. Sie nahmen ihn mit dem unparteiischen Blick berufsmäßiger Gefängniswärter in Augenschein, so wie Harry den Bauplan eines fremden Gebäudes betrachtet hätte; eine Aufgabe, die ihm kein besonderes Vergnügen bereitete, ihn aber mit Schwierigkeiten konfrontierte, aus deren Bewältigung er eine gewisse Befriedigung ziehen konnte. Harry bemerkte, daß Isambard darauf geachtet hatte, ihn unter die Obhut Fremder zu stellen, und empfand diesen Umstand auf unbestimmbare Weise als Kompliment.

Seine eigene Zelle, weiter drinnen, war klein, aber trocken; und da sie aus dem Fels herausgehauen war, hatte er es dort wärmer als im Bereich der zugigen großen Halle. Der Raum besaß kein Fenster, sondern einen schmalen Luftschacht, der schräg nach oben durch die dicke Mauer führte, so daß bei Tag zumindest ein schwacher Lichtschein den Weg zu ihm finden würde. Harry hatte ein Bett und angemessenes Bettzeug; offenbar wollte man nicht zulassen, daß Mylords Baumeister an einer Erkältung starb oder durch Rheumatismus verkrüppelt wurde, ehe Isambards Scharfrichter Gelegenheit gehabt hatte, ihn neben seinem Kohlebecken halb zu strangulieren und auszuweiden. Aus demselben Grund würde Harry genug zu essen bekommen und alles, dessen er sonst noch bedurfte, um rege und äußerlich präsentabel zu bleiben. Er war schließlich immer noch der Leiter der Baustelle auf Parfois und mußte weiterhin Respekt bei den Männern erwecken, die ihm unterstanden. Harry hatte erwartet, daß er wachliegen, fiebrig grübeln, Bitternis empfinden oder innerlich immer wieder die Schritte nachvollziehen würde, die zu seiner Selbstzerstörung geführt hatten. Doch statt dessen schlief er friedlich ein und wachte ausgeruht auf. Als Fulke neben seinem Bett mit einer Kerze in der einen Hand und einer Holzplatte mit Essen in der anderen erschien, fühlte sich Harry wie in einem Traum. Und Guillaumes Besuch war noch bei weitem eigentümlicher. Denn er brachte Wasser und ein Handtuch mit, und nachdem Harry sich gewaschen hatte, erbot er sich, ihn zu rasieren.

»Aha, man traut mir also nicht genug, um mir ein Rasiermesser in die Hand zu geben! Nun, die Vorsichtsmaßnahme ist unnötig, aber ich habe noch nie zuvor den Luxus genossen, daß jemand mir diesen Dienst erwiesen hat. Könnt ihr denn überhaupt zulassen, daß ich Hammer und Meißel handhabe? Hat jemand einmal darüber nachgedacht? Werde ich denn heute arbeiten dürfen?«

Anscheinend ja, denn seine Bewacher brachten ihm das Geschirr, das der Schmied angefertigt hatte, und schlossen den engeren der beiden Gürtel um seine Taille.

»Wer von uns«, fragte Harry und zupfte versuchsweise an der Kette, »ist nun der Hund und wer der Herr?«

»Du bellst recht hübsch«, grunzte Guillaume unbeeindruckt, »aber wir wollen einmal sehen, ob du noch beißt, wenn der Tag vorüber ist.« Über die Jahre hatte er eine große Zahl munterer, aufsässiger Gefangener kennengelernt, aber nie erlebt, daß ihre gute Laune längere Zeit anhielt.

»Nun ja, dann wollen wir einmal sehen, wie flott sich hiermit tanzen läßt«, meinte Harry und begann, sich zu recken und zu drehen, um festzustellen, wie weit seine Bewegungsfreiheit reichte. »Gut ausgedacht. Schön zu sehen, wenn ein Mann seinen ganzen Stolz in seine Arbeit legt. Mylord hat mir freie Hand und genug Zeit zugesagt, um die meine abzuschließen. Gilt das Versprechen meines Herrn noch?«

»Wir sollen dich begleiten, wo immer du hingehst, aber was die Bauarbeiten an der Kirche betrifft, so bist du der Meister. Doch hüte dich, niemand darf über etwas anderes als Arbeit mit dir sprechen. Am besten warnst du die Männer vor, denn sonst zahlen sie den Preis.«

Als Harry dies vernahm, überkam ihn zum ersten Mal echtes Entsetzen. Begierig wandte er sich zur Tür, um der einzigen unzerstörbaren Freude zuzustreben, die ihm geblieben war, nämlich seiner Arbeit, und der tröstlichen Hoffnung, von Gilleis zu hören. War seine Frau sicher entronnen? War sie wohlauf? Stand sie noch zu ihm? Begriff und verzieh sie ihm den schroffen Abschied, zu dem er sich genötigt gesehen hatte? Diese beiden zu fragen, hatte keinen Sinn, denn sie waren ihm fremd und hatten gewiß Befehl, Isambard jedes Wort, das er sprach, zuzutragen. Aber sobald er sich wieder in der Kirche befand, würde Benedetta gewiß irgendeinen Weg finden, ihm eine Nachricht zukommen zu lassen. Selbst wenn er noch so sehr von der Außenwelt abgeschlossen sein würde, mußte seinen Wächtern doch eines Tages ein geflüstertes Wort entgehen. Harry konnte nicht glauben, er weigerte sich zu glauben, daß Gott von ihm verlangte, zu leiden und zu sterben, ohne zu wissen, ob seine Gemahlin in Sicherheit war – sie und der Junge, sein Sohn, den er nun niemals würde sehen können.

»Ich sehe schon, wie dir alle möglichen Gedanken durch den Kopf gehen«, meinte Guillaume grinsend. »Hast du inzwischen herausgefunden, an welchem Ende der Hundeleine du dich befindest?«

»Ich hatte überlegt, was ich aus der Zeichenhütte brauche, damit wir nicht unnötig noch einmal auf die Burg zurück müssen«, log Harry und legte die Hände einen Moment lang auf das kalte Eisenband, das seine Taille umgab.

Eine nach der anderen öffneten sich die Türen vor ihm, und er durchschritt die Schilde aus Stein, welche ihn von der Welt abschlossen. Er trat in das graue, trübe und doch wunderbare Tageslicht hinaus, das nach dem gestrigen herrlichen Sonnenaufgang kühl und bleich wirkte, durchquerte mit seinem üblichen raschen

Schritt den Außenhof und begab sich zur Zeichenhütte. Gegen die Last der Ketten konnte man nur eines tun , nämlich nicht an sie denken. Er lief, als existierten die Fesseln nicht, und überließ es Guillaume, hinter ihm herzurennen und die durchhängende schwere Kette so gut er vermochte hochzuhalten. Hinter Guillaume marschierte Fulke, die Armbrust auf der Schulter. Er verwahrte die Schlüssel für das Geschirr, so daß Harry sich sogar, wenn es ihm gelungen wäre, den Poiteviner außer Gefecht zu setzen oder zu töten, nicht von diesem Inkubus, der mit seinem Körper verbunden war, hätte befreien können.

Daß Meister Talvace wieder auf Burg Parfois auftauchte und daß er auf diese Art vorgeführt wurde, veranlaßte Köche und Küchenjungen aus den Vorratskammern und die Pferdeknechte aus den Ställen hervorgelaufen zu kommen. Waffenschmiede, Zofen, Fußsoldaten, Kämmerer, Schreiber, Knappen und Pagen, alle ließen ihre Arbeit stehen und liegen und kamen, um Harry anzustarren und zu bedauern. Also hatte er sich nicht in Sicherheit gebracht! Er war hier und offensichtlich ein Gefangener, und doch ging er gebieterisch wie immer zu seiner Zeichenhütte – in Ketten, und doch weder entehrt noch gebrochen. Der Baumeister schritt durch die Menschenmenge hindurch, als spüre er nichts von dem Schrecken und dem ehrfürchtigen Staunen, das die Zuschauer bei seinem Anblick durchfuhr, und als bemerke er die beiden Wächter nicht, welche ihm auf dem Fuß folgten. Die Nachricht von seiner Rückkehr verbreitete sich wie ein Lauffeuer, so als wäre die kleine Prozession, welche er anführte, ein Komet, dessen Schweif Funken sprühte.

In der Hütte saß, den Kopf in die Hände gestützt, der junge Simon über seinen Verzeichnissen, doch er unternahm nicht einmal den Versuch, zu schreiben oder zu rechnen. Nach seinem verschwollenen Gesicht zu urteilen, hatte er sich bereits die Augen ausgeweint. Als er Harry in der Tür erblickte, strahlte seine Miene in so ungläubiger Freude, daß selbst die Luft um ihn herum zu leuchten schien. Der Schreiber öffnete den Mund und wollte schon in einen Redeschwall ausbrechen, da bemerkte er im selben Augenblick Harrys Bewacher und die Ketten. Simons breites, freudiges Lächeln gefror zu einer Fratze des Entsetzens. Er stand von seinem Schemel auf und hätte sich wie ein verängstigtes Kind, das Trost sucht, in Harrys Arme gestürzt, wäre Guillaume nicht dazwischengesprungen und hätte den Jüngling grob gegen den Rand des Zeichentisches gestoßen.

»Hände weg! Du darfst mit ihm sprechen, insofern es mit der Arbeit zu tun hat, aber kein Wort darüber hinaus. Wenn du ihn berührst, handelst du dir Peitschenhiebe ein.«

»Laß den Mann in Ruhe!« fuhr Harry den Wärter scharf an. »Er ist mein Schreiber, und ich sage ihm, was er zu tun und zu lassen hat.« Über die Schulter des Poiteviners sah er in das furchterfüllte Gesicht des Jungen und lächelte ihm zu.

»Gräme dich nicht um mich, Simon. Du siehst ja, daß ich heil und gesund und immer noch der Baumeister hier bin. Wir werden unser Werk fortführen und es so ordentlich beenden, wie wir es angefangen haben – wir beide, du und ich. Danach mag die Zeit kommen, sich um andere Dinge zu sorgen, aber nicht eher. Für einen Augenblick tu, was der Mann dir sagt, und erzähl mir nur von der Arbeit, die anliegt. Das allerdings darfst du freimütig tun. Und eigentlich«, fügte Harry hinzu, »brauchst du mir nicht zu sagen, daß du mit mir fühlst und in der Zukunft, wie schon in der Vergangenheit, ein guter Junge und mein treuer Freund sein wirst. Das weiß ich ohnehin und bin glücklich darüber.«

»Hüte deine Zunge«, warnte ihn Fulke. »Du überschreitest deine Grenzen.«

Harry lachte laut heraus. »Welche Grenzen? Glaubt ihr, mich zum Schweigen bringen zu können? Wie denn, mit Peitschenhieben? Wer wird dabei wohl der Verlierer sein? Ich kann nur einmal sterben, aber wenn ich zu früh von dieser Welt gehe, wird die Kirche für Mylord nicht vollendet; und wenn ihr mich durch Stockschläge verkrüppelt oder auf die Folterbank spannt, auch nicht. Ihr wißt selbst ganz genau, daß ihr es ohne Mylords Befehl nicht wagen könnt, Hand an mich zu legen. Keines Menschen Zunge war je freier als die meine. Also redet mir nicht von Grenzen.«

Kühl wandte er seinen Bewachern den Rücken zu und ging zu der Truhe, in der er seine Zeichnungen aufbewahrte. »Hat Knollys gestern die Listen durchgesehen, Simon?«

»Ja, Meister Harry, und er hat sie genehmigt. Die Bodenplatten haben uns weniger gekostet, als wir veranschlagt hatten.« Die Stimme des Jungen bebte, doch er beherrschte sich. Auch er hatte seinen Stolz. »Gestern herrschte hier große Ungewißheit, weil Ihr fort wart; deswegen rate ich Euch, rasch herauszufinden, was Meister Matthew vorhat. Er hielt es für seine Pflicht, in Eurer Abwesenheit die Leitung zu übernehmen, aber Ihr wißt ja, daß einige seiner Vorstellungen von den Euren abweichen.«

»Matthew ist ein guter Kerl«, entgegnete Harry lächelnd, »aber wenn man ihn gewähren ließe, würde er die Kirche ganz und gar mit prunkvollen Schnitzwerken überziehen. Keine Sorge, ich werde über meine Chorschranke wachen. Dafür habe ich Matthew beim Gestühl freie Hand gelassen.« Er nahm seine Pläne und wandte sich zur Tür.

Ein Schauder aus Erregung, Entsetzen und Mitleid eilte Harry vom Torhaus bis zur Zugbrücke wie eine Fanfare voraus. Tagelöhner, Ziegeldecker, Bleigießer, Glaser und die Schreiner, die am Chorgestühl arbeiteten, alle standen da und rissen Mund und Augen auf, als Harry mit kräftigen Schritten und hocherhobenen Hauptes auf die Kirche zuhielt und eintrat. Gerade in diesem Moment strich Meister Matthew sich übers Kinn und betrachtete nachdenklich den Lettner, der ihm so viel Verdruß bereitete. Eine ihm wohlgesonnene Gruppe hatte sich um ihn versammelt, denn nun, da Meister Talvcace geflohen, tot oder in Ungnade gefallen war – egal, welche Mutmaßung über sein Schicksal auch immer zutreffen mochte –, würde vermutlich Matthews Stern steigen. Anstelle dieser schmalen vertikalen Linien und des spärlichen Laubwerks, erklärte Matthew und rieb sich die Hände, würde er einen üppigen Wald von prachtvollen, reichen und geschwungenen Formen schaffen. An dieser Schranke hier war nichts zu retten; man würde sie herausreißen und vollständig ersetzen müssen.

»Nur über meine Leiche!« erwiderte Harry ohne Umschweife, der unbemerkt am Rand der Versammlung erschienen war. »Eines Tages wird es auch mit mir zu Ende sein, aber noch ist es nicht soweit.«

Verblüfft, verwirrt und dennoch froh fuhren die Männer herum, doch der Anblick der Kette und des Stahlgürtels ließ ihre Blicke entsetzt erstarren und die Worte auf ihren Lippen ersterben. Der Eindruck, den seine Fessel hervorrief, erstaunte sogar Harry; er selbst mußte die Hand auf seine Mitte legen, um sich daran zu erinnern, warum die Arbeiter wie versteinert vor ihm standen.

»Ach, das. Laßt euch davon nicht täuschen; Mylord ist gründlich vorgegangen, um sich auch in Zukunft meiner Dienste zu versichern. Ihr werdet euch davon überzeugen können, daß ich hier immer noch der Baumeister bin, und jeder, der meine Autorität in Frage stellt, darf sich gern an Mylord wenden, um sein Urteil zu hören. Ich bedauere, daß ihr gestern einen Arbeitstag verloren habt; doch es sind Dinge vorgefallen, die sich meiner Kontrolle entzogen. Zweifellos habt ihr die Zeit gut genutzt.«

Verwirrt, erleichtert, benommen und verstört gingen die Männer wieder an die Arbeit, als wäre nichts geschehen. Und doch hatte für sie die ganze Welt ihre Gestalt verändert. Harrys scharfer Tonfall und seine kritischen Blicke leugneten die Veränderung, und selbst die Stunden des Tages verstrichen mechanisch mit den üblichen Arbeiten und schienen sich verschworen zu haben, die Zweifel der Arbeiter zu zerstreuen. Aber das Klirren der Kette blieb als ständige Mahnung. Den ganzen langen Tag über vernahmen sie es immer wieder vom Triforium her, wo der Meister begonnen hatte, die letzte Gruppe von Steinen zu bearbeiten. Es bildete einen grausigen Kontrapunkt zu seinen gemessenen Hammerschlägen und dem Knirschen der herabrieselnden Steinsplitter.

John, der Pfeilmacher, hatte die merkwürdige Prozession beim Überqueren des äußeren Burghofes beobachtet. Gegen Mittag kam er zum Bauplatz und schickte sich wie selbstverständlich, und als sei er von höchster Stelle dazu befugt, an, die Kirche zu betreten. Im Portal stürzten zwei Soldaten auf ihn zu.

Eine Lanze verschränkte ihm den Zutritt, und eine breite Hand legte sich gegen seine Brust.

»Keinen Schritt weiter, John! Hier dürfen nur die hinein, die in der Kirche arbeiten.«

»Das ist mir neu«, entgegnete John gleichmütig. »Ich war noch gestern hier. Madonna Benedetta braucht die Maße für die Tücher am Altar der Muttergottes. Aber wenn ihr meint, ihr müßtet Madonna Benedetta ihren Wunsch abschlagen, dürft ihr das gern auf eure Kappe nehmen. Ich werde ihr Bericht erstatten.«

Die Herrin von Parfois zu erzürnen war nichts, das man auf die leichter Schulter nehmen durfte, doch die Männer hatten anscheinend ihre Befehle, denn sie traten weder beiseite, noch senkten sie ihre Lanzen. »Wenn du gestern hier warst, hättest du ja gleich Maß nehmen können!«

»Aber der Altar ist noch nicht errichtet. Und Meister Talvace, der als einziger weiß, welche Abmessungen meine Herrin braucht, war nicht anwesend. An den behauenen Steinen im Lager möchte ich mich lieber nicht zu schaffen machen. Am Ende wirft man mir noch vor, etwas zerbrochen zu haben. Ich muß nur eine Minute mit ihm sprechen, nicht länger. Madonna Benedetta hat mich hergeschickt, weil wir gehört haben, er sei zurück.«

»Und genau deswegen darf niemand hinein. Bei allem Respekt für deine Herrin, wir haben strikten Befehl. Niemand, John!«

Mit vorgetäuschter Gleichgültigkeit zuckte der Diener die Achseln, entfernte sich und erstattete Benedetta Bericht. Wenn es Streit um den Einlaß in die Kirche gab, dann würde sie eher Erfolg haben als jeder andere. Kurz darauf erschien die Herrin selbst auf dem Bauplatz. Mit hochmütiger, gebieterischer Miene und finsterem Blick rauschte sie über das zertrampelte Ödland und direkt dem Westportal zu. Sofort kreuzten sich Lanzen und Arme vor Benedetta und versperrten ihr den Weg. Die Augen in ihrem bleichen, ausgezehrten und doch liebreizenden Antlitz blickten hart wie Glas.

»Was hat das zu bedeuten? Wer gibt euch das Recht, mich davon abzuhalten, zu gehen, wohin es mir beliebt? Mylord wird davon erfahren.«

»Von Mylord stammen unsere Befehle ja, Mylady. Hier haben ausschließlich die Männer Zutritt, welche drinnen arbeiten, und ansonsten nur Mylord selbst. Niemand sonst ist von diesen Anordnungen ausgenommen. Ich kann mir gut vorstellen, daß er nicht im Sinne hatte, Euch den Zutritt zu verwehren, Mylady. Aber ohne seine ausdrückliche Erlaubnis dürfen wir nicht wagen, Euch durchzulassen.«

»Ich gehe hinein«, erwiderte Benedetta flammenden Blickes. »Wenn ihr mich hindert, werdet ihr euch dafür verantworten müssen.« Sie raffte ihre Röcke zusammen und tat zwei energische Schritte die Stufen hinauf, bis ihre Brust fast gegen die gekreuzten Lanzen stieß. Die Schäfte erbebten, und fast hätten die Männer ihre Waffen beiseite gezogen; aber die Wachen fürchteten sich mehr davor, die Befehle zu mißachten, als davor, ihre Lady zu verstimmen. Sie hielten ihre Stellung, obwohl ihnen die Knie zitterten. Die Venezianerin stemmte sich gegen die Lanzen, vermochte aber nicht, weiter vorzudringen.

Die Türen vor ihr standen offen. Im Chorgestühl erblickte sie Harry und dicht hinter sich, wie zwei Schatten, seine beiden Bewacher. Als besäßen ihre Augen die Macht, seine Blicke magnetisch anzuziehen, wandte Harry den Kopf und sah Benedetta, die sich gegen die Absperrung lehnte. Er ließ die Schreiner stehen und stürmte eilig, als hätte er alles andere um sich vergessen, durchs Hauptschiff auf sie zu. Noch ehe Guillaume die Frau an der Tür bemerkte, war ihm klar, daß er diesen Ausflug nicht gutheißen konnte. Er sprach kein Wort, sondern wappnete nur grinsend seine stämmige, gewichtige Gestalt und ließ Harry rennen, soweit die Länge seiner Fessel reichte. Die Kette spannte sich, und Harry kam mit einem Ruck zum Halten. Benedetta sah, daß er beide Hände auf den Leib preßte, als das Band ihm die Luft aus den Lungen schnürte, und dann bemerkte sie den schimmernden Glanz von Eisen. Sie hörte, wie der Poiteviner in kehliges Gelächter ausbrach, und das Herz wurde ihr schwer, weil sie sich ihrer Ohnmacht bewußt wurde. Die Entfernung zwischen ihnen war selbst für einen vielsagenden Blick zu groß, sie konnte ihm gerade einmal mit einem Kopfnicken mitteilen, daß sie das ihrige getan hatte. Das herbstliche Schummerlicht verhinderte die Sicht und tauchte das Portal ins Halbdunkel, so daß sie ihre Gesichter nicht richtig erkennen konnten und ihre Herzen und ihre Augen umsonst anstrengten. Und wenn sie zu deutlich erkennen ließen, daß sie miteinander im Bunde standen, würden ihnen keine zweite Gelegenheit gegeben werden, sich zu sehen.

Einen Moment lang verharrte Benedetta reglos und verschlang mit ihren Blicken alles, was das graue Licht ihr enthüllte: den Umriß von Harrys Schultern und seine Kopfhaltung, die Verzweiflung verriet. Dann wirbelte sie herum – mit jener ihr eigenen wunderbaren Bewegung, durch die sie jede Demütigung abschüttelte wie Staub vom Saum ihres Gewands – und ging fort ohne ein Wort oder einen Blick zurück.

»Die Leine ist lang«, meinte Guillaume immer noch feixend, »aber sie hat ihre Grenzen. Unser Bluthund hier hat das Stachelhalsband noch nicht kennengelernt. Mit der Zeit wird er schön brav bei Fuß gehen.«

Harry sagte nichts, aber er war kalkweiß vor Zorn, und die bestürzende Erkenntnis seiner Hilflosigkeit raubte ihm den Atem. Benedetta würde es wieder versuchen, noch tausendmal. Niemals würde sie aufgeben. Die Herrin würde sich bei Isambard über ihre Behandlung bitter beklagen, und er würde sich mit ausgesuchter Höflichkeit erbieten, alles, was sie in der Kirche zu besorgen hatte, in eigener Person für sie zu erledigen. Wenn seine Geliebte darauf beharrte, daß man ihr eine Schmach zugefügt hatte, würde er die Wachen auspeitschen lassen, damit Benedetta sich die Schuld an der Ungerechtigkeit zuschrieb, die den Männern widerfuhr, und nie wieder versuchte, an ihnen vorbeizukommen. In ihrer Naivität würde die Herrin ihm immer wieder andere Boten schicken, doch keiner davon würde je zu ihm gelangen. Isambard hatte bereits Vorkehrungen getroffen, um jeden ihrer Schachzüge zu kontern. Harry sollte vollständig von der Außenwelt abgesondert werden und nichts kennen außer der Arbeit, das einzige, weswegen sein Herr ihn noch am Leben ließ. Abgesehen davon war er bereits ein toter Mann.

Er besaß keine Frau, keine Freunde und keine Rechte unter den Lebenden mehr, hatte Land und Stand, König und jeden Anteil an dem verloren, was in der Welt vor sich ging. Benedetta würde nie wieder auch nur ein einziges Wort mit ihm wechseln dürfen, und von Simon und allen anderen, die ihm unterstanden, konnte er nicht verlangen, daß sie die furchtbare Gefahr auf sich nahmen, in welche sie sich begaben, wenn sie Mitgefühl für ihn zeigten.

Also war er einzig und allein auf sich selbst angewiesen. Brav bei Fuß gehen, ja? Eure Versuche, mich abzurichten, werden nichts fruchten, dachte Harry, und ich werde auch nicht kommen, wenn der Herr von Parfois pfeift. Nun gut, ich muß also für mich selbst einstehen und mir meine kleinen Freuden allein schaffen. Dann wollen wir einmal sehen, wie meine Hundeführer in meinem Element zurechtkommen.

Die Glaser arbeiteten an einem der Turmfenster. Harry fand mit Leichtigkeit einen Anlaß, auf die höchste Plattform des Baugerüsts zu klettern, und seinen Bewachern blieb nichts anderes übrig, als ihn zu begleiten. Die Geschwindigkeit, welche er an den Tag legte, hätte sogar manchen seiner Maurer angst gemacht, die beiden Soldaten jedoch hetzten ihm notgedrungen keuchend hinterher. Der Angstschweiß stand ihnen auf der Stirn, und sie fürchteten um ihr Leben. Einmal mußte Harry zurückgehen und Fulke, dessen Gesicht grün angelaufen war, von einem frei über den Abgrund ragenden Mauervorsprung wegziehen, wo er festsaß und weder vor noch zurück konnte. Als er die beiden Männer bis auf die oberste Plattform geschleift hatte und gelassen an den Rand des Gerüsts trat, klammerten sie sich verzweifelt, bebend und würgend an die Wand und wagten nicht, nach unten zu sehen. Der Poiteviner murmelte ohne Unterlaß lästerliche Flüche vor sich hin, und sein buschiger Bart zitterte. Harry ließ die Zehen über dem Abgrund baumeln und lachte. Parfois lag als graue Masse im letzten Tageslicht, denn die Dämmerung brach jetzt früh herein. Weit unter ihnen wirkte das Flußtal wie ein von einem Silberfaden durchwirktes Samtmieder. Jetzt, kurz bevor langsam die Nacht hereinbrechen würde, war die Luft angenehm, kühl und ruhig.

Mit einemmal wurde Harry von einem so rasenden Gefühl der Verlassenheit ergriffen, daß sein ganzer Körper davon schmerzte. Er hob ein Steinchen auf, das wohl jemand an seinem Schuh mit heraufgetragen hatte, und ließ es ins Leere fallen.

»Was hindert mich daran, ihm zu folgen?« fragte er und schenkte Guillaume ein grausames Lächeln. »Laß deinen Hund von der Leine, Poiteviner, wenn du nicht mit ihm in die Tiefe stürzen willst.«

Gequält riß Guillaume die Augen auf und versuchte, Harrys Arm zu packen, doch dieser wich aus und glitt grinsend über die Weidematten davon. Dann faßte er mit beiden Händen die Kette und begann den Mann, der am anderen Ende hing, hinter sich her zu ziehen. Verzweifelt schlang der Schwarzbärtige die Arme um eine der Gerüststangen und klammerte sich, von Kopf bis Fuß zitternd, daran fest.

»Willst du ihn nicht lieber losschließen, Fulke? Oder kommst du mit uns? Das ist immer noch besser, als Mylord ohne uns beide vor die Augen zu treten!«

Die Wächter belegten Harry erst mit Flüchen und verlegten sich dann ebenso erfolglos aufs Flehen.

»Ach was«, meinte Harry schließlich, als er des Spiels ebenso überdrüssig war wie die beiden Männer, »ihr braucht euch nicht zu ängstigen, euer nutzloses Leben ist bei mir gut aufgehoben. Wenn ich euch umbringen wollte, hätte ich Fulke schon vor einer Weile erledigen können. Es hätte genügt, ihn einfach vorhin vor Angst zitternd dort sitzen zu lassen, bis er über den Rand gegangen wäre. Also kommt nach unten, falls ihr noch den Mut aufbringt, euch zu rühren. Tut genau, was ich euch sage, dann seid ihr so sicher, als läget ihr in euren Betten.«

Er brachte die Soldaten heil nach unten, aber sobald Guillaume die Füße auf den Boden setzte, fiel er auf die Knie und erbrach sich heftig. Harry schwang die Kette hin und her und lachte ihn aus, obwohl ihm längst nicht mehr fröhlich zumute war.

Als die Wächter Harry an diesem Abend zurück in seine Zelle führten und ihm, bevor sie ihn allein ließen, sein Essen brachten, waren alle drei bedrückt und still. Harry lag, seiner Ketten ledig, auf dem Bett und hatte die Arme hinter dem Kopf verschränkt. Sein Zorn war verflogen. Jetzt fühlte er sich nur noch unendlich verlassen.

»Es war nicht recht, meinen Vorteil euch gegenüber auszunutzen«, versetzte er mit einemmal und mußte gegen seinen Willen lächeln, »und ich bin nicht eben stolz darauf. Diese Kunstfertigkeit erwirbt man nur durch lange Übung. Es ist keine Schande, daß ihr nicht damit geboren worden seid. Auch mir sind die Kletterkünste nicht in die Wiege gelegt worden. Ehrlich gesagt, wird mir nichts anderes übrigbleiben, als euch in Zukunft wieder mit nach oben zu nehmen, aber ich gebe euch mein Wort darauf, daß wir das nächste Mal so langsam gehen werden, wie ihr es wünscht.«

Überrascht starrten die beiden Männer ihn sprachlos an. Noch nie hatte einer ihrer Gefangenen sie um Verzeihung gebeten, weil er schlecht an ihnen gehandelt hatte.

»Hast du irgendeinen Wunsch«, fragte Guillaume barsch, bevor sie ihn im Dunkeln zurückließen.

»Eines nur«, antwortete Harry und stützte sich auf seinen Ellenbogen. »Für mich selbst brauche ich nichts. Ich wünschte, ich wüßte, was mit meiner Gemahlin passiert ist. Wenn ihr mir nur Nachricht bringen könntet, ob sie auf Parfois festgehalten wird oder an einen sicheren Ort fliehen konnte ...«

Er sah, wie die Mienen der Männer sich verfinsterten und sie einander Seitenblicke zuwarfen, und er begriff, daß er sich umsonst bemühte. Die beiden hatten nicht nur Befehl, ihn zu bewachen, sondern auch, einander zu bespitzeln. Aus lauter Angst um den eigenen Hals würde keiner von ihnen wagen, ihm diesen Trost zu spenden.

»Schon gut«, meinte er seufzend und legte sich wieder hin. »Das war wohl zuviel verlangt.«

Als der Eingang zur Zelle verschlossen war – die gewaltige Tür kam ihm vor wie eine Grabplatte –, drehte Harry sich auf den Bauch und legte den Kopf auf die verschränkten Arme. Die Leichtigkeit und Leere, das Gefühl, jeglicher Verantwortung ledig zu sein, da man ihm jede Möglichkeit zum Handeln nahm, hatte sein Urteilsvermögen getrübt. Aber jetzt war dieses Gefühl verschwunden, wie die Taubheit nach einer Verwundung vorübergeht und dem Schmerz Platz macht. Qualvoll breitete die nagende Sehnsucht nach Gilleis sich in ihm aus wie ein Gift und schüttelte seinen Körper, bis er meinte, sein Herzblut werde aus ihm herausgepreßt. Er krümmte sich in seinem Schmerz zusammen und biß tief in seinen muskulösen gebräunten Unterarm, bis der Krampf sich in einem kurzen Ausbruch heißer Tränen löste.

Kaum waren diese versiegt, begann seine Seelenpein, die unendliche Abfolge qualvoller Gedanken, Empfindungen und Ängste, welche diesseits des Todes kein Ende mehr nehmen würde.

Die letzte großartige Schöpfung Harry Talvaces auf Parfois, die Frucht seiner Gefangenschaft, welche nur noch von den Kapitellen des Hauptschiffes übertroffen wurde, war die Porträtgalerie an den Kragsteinen des Triforiums.

Obwohl man ihn in eine menschenleere, einem Grab nicht unähnliche Welt verbannt hatte, lebte und atmete er schließlich immer noch, und seine aufgestaute Kraft und Leidenschaft, denen alle Wege bis auf einen einzigen verschlossen waren, brachen sich mit unwiderstehlicher Macht Bahn und strömten in diesen einen Kanal. Inzwischen waren ihm nur ein Glück und eine Freude vergönnt, nämlich das wunderbare Kunstwerk, das er geschaffen hatte. Seine gesamte schöpferische Macht floß in den Stein und ließ ihn erblühen.

Über Tag bewegte er sich konzentriert, bewußt und anspruchsvoll unter seinen Männern; und als gemächlich die dunklen Wochen und Wintermonate verstrichen, wurde das, was fremd und entsetzlich gewesen war, zur Gewohnheit. Der

Mensch kann sich in alles einfinden. Manchmal dachten die Männer tagelang nicht an seine Ketten. Aber ihr Gedächtnis wurde jedesmal mit Schlägen aufgefrischt, wenn sie sich verleiten ließen, zu nahe an Harry heranzutreten oder ein paar beiläufige Worte an ihn zu richten, die nichts mit der anstehenden Arbeit zu tun hatten. Sie bedauerten ihn, doch selbst ein Gefühl wie Mitleid kann sich abnutzen. Die Männer kamen darüber hinweg, so wie Harry selbst, zumindest dem Anschein nach, Angst, Trauer und vielleicht sogar seine Sehnsucht abgelegt hatte. Das menschliche Herz kann nur ein gewisses Maß an Pein ertragen und nur begrenzte Zeit leiden.

Aber der Stein enttäuschte ihn nicht. Der Stein würde immer für ihn dasein.

Harry ließ die ersten Entwürfe fahren und fertigte neue an. Die Kragsteine des Triforiums über der inneren Mauerarkade sollten zwischen den schmalen Spitzbogenfenstern die Abschnitte seiner Lebensgeschichte festhalten. Hier, an diesem abgeschiedenen, dem Blick der Allgemeinheit verborgenen Ort konnte er mit Fug und Recht sein Testament hinterlassen. Unaufgeregt und bedächtig machte er sich an die Arbeit.

Solange noch ein Kragstein unvollendet war, würde er am Leben bleiben, darauf hatte er das Wort seines Richters. Es war nicht von Belang, daß die Fußböden gelegt, die Altäre aufgerichtet, das Chorgestühl eingesetzt und mehr als die Hälfte der Fenster verglast waren, während die andere Hälfte im Frühling fertiggestellt würde. Harry würde erst dann sterben, wenn er die letzte Figur zu seiner eigenen Zufriedenheit in den Stein geritzt hatte. Nun gut, wenn sein Leben davon abhing, konnte er diese Arbeit lange, lange Zeit hinziehen. Aber die Gesichter erwachten so bereitwillig zum Leben, sie drängten sich so beharrlich unter seinen Händen hervor, daß er ihnen nicht zu widerstehen vermochte. Noch nie waren Porträts so jäh, so eilig und so sparsam gemeißelt worden. Guillaume und Fulke ließen auf den Steinplatten des Triforiums müßig die Würfel rollen und wandten für eine oder zwei Stunden den Blick von Harry, und wenn sie sich wieder umdrehten, blickte ein neues lebendiges Gesicht auf sie herab. Sie kamen einfach, und Harry konnte nicht einfach so tun, als ob er weiter an ihnen arbeitete, wenn sie erst einmal vollendet waren. Da waren sein Vater und seine Mutter, die Gott sei Dank inzwischen mit Gloucesters jungem Ritter vermählt war und nichts von seinem nahen Tod ahnte, den sie ohnehin nicht hätte verhindern können; da waren sein Bruder Ebrard und Adam Boteler, sein Milchbruder. Armer Adam, wahrscheinlich saß er ohnmächtig in Wales und versuchte, verläßliche Informationen über ihn zu erlangen, eine Ware, die in jenem unruhigen Land äußerst knapp war. Abt Hugh de Lacy schaute auf ihn herab, asketisch, aristokratisch und Normanne bis in die Fingerspitzen; und Bruder Denis, der Krankenwärter, der zur Zeit gewiß schwer damit zu tun hatte, in sämtlichen Regionen des Himmels die widerspenstigen unter den Cherubinen und Serafim in Schutz zu nehmen, und Nicholas Otley, Händler aus London und Ratsherr dortselbst, ein Mann von der großmütigen Gesinnung eines Fürsten, wie sie unter Männern von Adel selbst nur selten zu finden ist.

Gilleis als Kind war dort zu sehen, und Apollon und Élie, gehüllt in das eine Gewand, das sie sich teilten. Benedetta war zu sehen, der Provost von Paris, Ralf Isambard, John, der Pfeilmacher, und Owen ap Ivor ap Madoc, der ausnahmsweise in seiner eigenen Gestalt auftrat. Sie alle drängten aus seiner Erinnerung heraus und in den Stein hinein, der nur auf sie wartete.

Das Selbstbildnis, mit dem die Serie begann, und die verschiedenen Gesichter riefen bei Fulke und Guillaume unerwartete Neugier hervor, denn einige davon kannten sie schließlich. Sie folgten Harry von einem Kragstein zum anderen, warteten darauf, wer dort erschien und stellten ihm viele Fragen über die Personen, die sie nicht kannten. So, wie Harry über seinen Zorn hinweggekommen war, so hatten die beiden Männer ihre Gleichgültigkeit überwunden. Die Kette, an der sie ihn einst geführt hatten, war zu einem Verbindungsglied zwischen ihnen geworden. Sie hatten lange gebraucht, um zu dieser neuen Art von Beziehung zu finden, und nun war es geschehen, ehe sie sich dessen bewußt wurden.

Beim ersten Frühlingserwachen trat Gilleis in ihrer erwachsenen Gestalt aus dem Stein wie eine erblühende Blume.

»Das ist ja dasselbe Gesicht wie unten auf dem Altar«, meinte Guillaume, der Harry über die Schulter blickte. Er hatte seinen Lohn bis auf die letzte Münze an Fulke verloren und besaß nichts mehr, um das er hätte würfeln können. Der Gewinner hatte sich in einiger Entfernung an einem Fleck, wo das Sonnenlicht einfiel, im Sitzen behaglich gegen die Wand gelehnt und döste mit geschlossenen Augen vor sich hin. Wie fest er schlief, war allerdings kaum festzustellen.

»So ist es«, sagte Harry. In seiner Stimme lag etwas, das Guillaume bewog, sich umzudrehen und ihm einen fragenden Blick zuzuwerfen.

»Wunderschön ist sie. Demnach gibt es die Frau auch in Wirklichkeit?«

»Sie ist meine Gemahlin«, gab Harry zurück.

Guillaume sog heftig den Atem ein und warf einen Blick auf seinen Kumpan. Langsam entspannte sich Fulkes rechte Hand und glitt von seinem Knie herunter; sein Kopf nickte sanft gegen den Stein und blieb dort angelehnt; er schlug die Augen nicht auf.

»Ich kann dir keine sichere Kunde über deine Lady überbringen«, flüsterte Guillaume Harry rasch ins Ohr. »Manche behaupten, sie sei verschwunden, andere sagen, sie befinde sich hier, werde aber in Gewahrsam gehalten. Aber niemand hat sie seither gesehen.«

Verblüfft und bis ins Herz gerührt, wandte Harry den Kopf und starrte seinen Kerkermeister an. Auch nur von Gilleis zu reden oder zu hören, wie ein anderer von ihr sprach, war, als bekäme man nach langem Hungern zu essen; und allein dadurch, daß sein Bewacher sich seiner Bitte erinnert und versucht hatte, ihm diesen Freundschaftsdienst zu erweisen, fühlte Harry sich in die Welt der Menschen zurückversetzt und gewann seinen Glauben an sie zurück. Die Hand der Menschlichkeit erreichte ihn sogar durch die Steinmauern seiner Zelle.

»Mein Freund«, begann er, »du bist gütig ...«

Sachte legte Guillaume seine Hand über Harrys Mund, warf einen weiteren Blick auf Fulke und beugte sich noch weiter zu Harry vor. »Auf ein Wort noch, solange wir Zeit haben: Jeden Abend, wenn du sicher in deinem Nest liegst, muß einer von uns Mylord Bericht über deinen Tagesablauf erstatten. Und kein Tag vergeht, ohne daß er fragt, ob du etwa gebeten hättest, ihn zu sehen. Ich glaube, das wünscht er sich, und wenn du ihn darum anflehst, würde er dir am Ende noch das Leben schenken.«

»Das würde er nicht«, entgegnete Harry überzeugt. »Mylord hat mir zuviel von sich selbst gezeigt, um mir den Verrat an ihm jemals zu vergeben.«

»Warum fragt er dann nach dir? Schick ihm eine Nachricht, bitte ihn, dich zu empfangen. Versuch es zumindest. Was macht es schon, wenn er dich auf Knien sehen will? Ist dein Leben das denn nicht wert?«

»Isambard kann lange warten«, entgegnete Harry grimmig, »ehe er mich in die Knie zwingt.«

»Mann, hier steht dein Leben auf dem Spiel! Bei Gott, du bist so verrückt wie sämtliche Lords in diesem Grenzland zusammen.«

»Das, was zwischen ihm und mir steht, erlaubt keinem von uns zu knien. Aber selbst wenn ich ihm die Füße küßte, würde Isambard sich das Vergnügen, mich umzubringen, nicht entgehen lassen. Glaub mir, ich weiß Bescheid.«

»Dann klopf zumindest deine Steine langsamer, Bursche, damit du länger lebst. Du führst dein Ende ja selbst herbei.«

Harry öffnete den Mund, um zu entgegnen, daß er ja all diese Wochen über versucht habe, sich Einhalt zu gebieten, doch ehe er ein Wort sagen konnte, raunte Guillaume ihm lautlos zu: »Er ist wach!« und trat so weit zurück, wie die Kette zuließ. Fulke hatte sich schwankend von der Säule gelöst und wachgeschüttelt. Harry hatte nicht einmal Zeit, Guillaume mit einem Blick seine Dankbarkeit auszudrücken. Von neuem wandte er sich seiner Arbeit zu, und Meißel und Kette klirrten im Gleichtakt.

»Noch viere bleiben übrig«, bemerkte Guillaume barsch wie immer. »Was werden sie darstellen?«

»Das werdet ihr sehen, wenn es soweit ist.«

Harry lächelte, als er dem geliebten Rosenmund Umrisse verlieh. Zwei der vier Köpfe würden die Gesichter seiner Wärter tragen. Vielleicht hätte Fulke, wäre Guillaume eingenickt, ihm ebenso wohlwollend einen Rat ins Ohr geflüstert. Güte, Mitgefühl und Zuneigung begleiteten ihn bis an den Rand des Grabes, so wie leuchtend goldener Löwenzahn, der sich selbst zwischen den Schlußsteinen der Gräber dem Licht entgegenreckt. Der dritte Kopf hingegen würde einem Mann gehören, den er selbst noch nicht zu Gesicht bekommen hatte, der aber, wie seine Kerkermeister berichteten, bereits auf Parfois eingetroffen war.

Harry sah ihn am nächsten Tag, als seine Wächter ihn durch den Außenhof begleiteten. Ein hochgewachsener, schlanker und ziemlich elegant in Rot und Schwarz gewandeter Bursche stand dicht bei der Zeichenstube mit Isambard zusammen und stützte sich mit einem seiner langen Arme gegen die Schulter seines Pferdes. Er war hier, um den Baumeister zu beobachten, aber irgendwie fühlte er sich beunruhigt, als Harry stehenblieb und ihn lange und gründlich musterte. Selbst Isambard mißdeutete diesen Blick möglicherweise als gespielte Tapferkeit, obwohl er es besser hätte wissen müssen.

»Ist das der Mann?« fragte Harry, als sie weitergingen.

»Ja.«

»Franzose, sagt ihr? Ein feingezeichnetes, finsteres Haupt. Normanne wird er wohl kaum sein, oder?«

»Wie ich gehört habe, stammt er aus der Gascogne. Es heißt, er sei äußerst kunstfertig.«

Harry warf den Kopf in den Nacken und lachte ohne eine Spur von Bitterkeit frei heraus. Zu Zweideutigkeiten war Guillaume nicht in der Lage; er hatte seine Worte als aufrichtigen Trost gemeint.

»Mein lieber Mann, wenn das bedeuten soll, daß er ein Fachmann in dieser neuartigen Kunst ist, einem Mann die Eingeweide herauszureißen und ihn in diesem Zustand noch eine Weile am Leben zu halten, dann wäre mir lieber, man würde mir einen ehrlichen englischen Schlächter besorgen, der nur grobe

Arbeit gewöhnt ist und einem einen raschen Tod beschert.« Er legte den Arm um Guillaumes Schulter. »Mach dir keine Gedanken, alles läuft ohnehin auf dasselbe hinaus. Guillaume, sieh zu, daß dieser Bursche heute abend in die Zeichenhütte kommt. Ich muß ihn von nahem sehen, denn ich möchte eine Zeichnung von ihm anfertigen.«

Der vierte und letzte Kopf war ihm insgeheim der liebste und teuerste, und er war froh, daß niemand sonst jemals erkennen würde, wen er darstellte. Man würde das Porträt für ein weiteres Selbstbildnis halten, das die Serie abschließen sollte, und die Gesichtszüge, die nicht von ihm stammten, würde man nicht bemerken. Wahrscheinlich würde es niemandem einfallen, Gilleis' Antlitz mit Harrys Gesicht zu vergleichen und dadurch ihrer beider Sohn zu erkennen.

Unter dem gebieterischen Drang, sein Werk zu vollenden, hatte Harry das Bedürfnis ganz vergessen, sein Leben zu verlängern. Er vermochte das Werk seiner Hände ebensowenig zu verzögern oder zu verunstalten, wie er die Frucht seiner Lenden hätte verstümmeln können. Täglich rann sein Leben in den heiligen Stein, so wie die Frucht vom Baum fällt und verrottet, auf daß die Saat keimen und der Baum wachsen möge, der Himmelsbaum, den er geschaffen hatte. Er war das Menschenopfer, das man in die Wände einmauerte, und er war das rituelle Blut, das in den Mörtel gemischt wurde. Nichts war ihm geblieben außer dem hingebungsvollen Geschick seiner Hände und der rasenden Besessenheit für seinen schöpferischen Traum. Doch der Tag kam, da es genug war.

KAPITEL FÜNFZEHN

An einem Abend im Mai kam Benedetta zu Isambard in dessen Schlafgemach, als er sich nach einem Ausritt umkleidete. Regungslos wartete sie neben dem breiten Bett, bis sein Knappe gegangen war. Dann trat die Venezianerin näher und kniete zu seinen Füßen nieder. Ihr Haar fiel offen herab, die Füße waren bloß, und sie trug weder Schmuck noch sonstigen Zierat. Noch nie zuvor hatte sie ihn um etwas gebeten. Die Herrin umschlang Isambards Knöchel und bettete das Gesicht auf ihre Handgelenke, so daß ihre Haarflut sich über die Fellteppiche ergoß wie ein Blutschwall. In ihrem Nacken kräuselten sich die kurzen Strähnen zu Locken, welche klein und zart wie Fingerringe wirkten.

»Darauf habe ich lange gewartet«, sagte Isambard und blickte unbewegten Antlitzes auf sie herab. »Früher einmal habe ich vor dir gekniet, doch du hast mein Flehen nicht erhört. Wohlan, wenn du etwas von mir begehrst, so sprich.«

»Warum sollte ich reden«, entgegnete Benedetta, »wenn du bereits weißt, was ich will? Du hast mich zu einem Teil deiner selbst gemacht. Nun lausche auf deine eigenen Gebete, während ich schweige.«

»Ich tue genau das, was ich will«, erwiderte Isambard.

»Das glaube ich wohl. Doch zugleich verabscheust du dich selbst für diesen Wunsch und wirst dich für deine Tat auf ewig verachten. Ich bitte dich, dich selbst von diesem Zwang zu befreien, denn niemand sonst vermag dies. Schick den Gascogner fort und laß Harry Talvace frei.«

»Selbst du kannst mir jetzt keinen Preis mehr anbieten«, erklärte Isambard und lächelte sich im Spiegel zu, »der sein Leben freikaufen könnte.«

Benedetta hob ihm ihr Gesicht entgegen, faltete die Hände und entgegnete: »Nicht verhandeln will ich mit dir. Ich bitte dich darum als Geschenk.«

»Weiter!« befahl Isambard. »Du hast doch mehr Worte als diese mitgebracht. Laß mich alles hören.«

Sie wußte, daß es sinnlos war, trotzdem umarmte sie seine Knie und sagte alles, was es über die sechs Jahre, die er Harry Talvace kannte, zu berichten gab; über das unvergleichliche Werk, welches Harry für ihn geschaffen hatte, über die Liebe und das Mitleid, die sein Verbrechen zu einer Wohltat werden ließen; und sie erinnerte Isambard an die unbestreitbare Zuneigung, die einst zwischen ihm und seinem Baumeister bestanden hatte. In gemessenen Worten, mit leiser, ruhiger Stimme und ohne Tränen oder Vorwürfe bat sie um Harrys Leben. Selbst jetzt, während sie sich vor Isambard erniedrigte, bewahrte sie ebensoviel Würde wie er. Wenn die Venezianerin gewußt hätte, wie man so etwas anstellt, hätte sie vielleicht gekreischt, geweint und ihn mit hysterischem Flehen überschüttet, doch dies war eine Kunst, auf die sie sich nicht verstand. Ohnehin wäre das Ergebnis dasselbe gewesen. Isambard hatte sich unwiderruflich für die Zerstörung entschieden. Er würde nicht nur Harry vernichten, sondern auch Benedetta und sich selbst und dabei unbesonnen das Gebäude ihres gemeinsamen Lebens über ihnen einreißen, auf daß es sie alle zerschmettere.

Nicht unfreundlich, aber so ruhig und entschlossen, daß Benedettas Verzweiflung nur noch wuchs, löste Isambard sich aus ihren Armen. Sie ließ ihn los und blieb mit gefalteten Händen auf den Knien zurück.

»Das letzte Gerüst ist abgenommen. Bis zum zehnten werden die Hütten abgerissen und der Bauplatz geräumt sein.«

Benedetta verharrte reglos, ohne ein Wort zu sprechen.

»Am Morgen des elften, kurz nach Sonnenaufgang, werden wir ein Ende machen.«

In der Stille, die auf seine Worte folgte, ließ sich endlich ihre sanfte Stimme vernehmen. »Du glaubst, du wirst aus deinem persönlichen Fegefeuer erlöst, wenn du alles um dich herum in eine Hölle verwandelt hast. Aber es wird dein eigenes Herz sein, das der Gascogner herausreißt. Und danach wirst du weiterleben müssen. Harry kann wenigstens sterben.«

»Das könnte länger dauern, als du vielleicht glaubst«, versetzte Isambard, während er eine Kette aus Bernstein um seinen

Hals legte. »De Perronet behauptet, bei einer Hinrichtung hätte er seinen Klienten nach dem Ausweiden noch eine halbe Stunde lang am Leben und bei Bewußtsein erhalten. Das Herausschneiden des Herzens ist natürlich eine schwierige Angelegenheit, aber er hat mir versichert, Harry würde noch lange genug leben, um es schmerzlich zu entbehren. Natürlich übertreibt dieser Mann mit seiner Kunstfertigkeit. Schließlich ist er Gascogner.« Er wandte den Kopf und sah, daß Benedetta sich nicht gerührt hatte. Ihr Profil wirkte klar und still. »Woran denkst du, Benedetta?«

»Ich frage mich«, entgegnete sie, »welch schreckliche Buße du dir wohl eines Tages für das, was du jetzt tust, auferlegen wirst.«

Nur Schweigen antwortete ihr. Sie schaute sich erst um, als sie hörte, wie die Tür sich hinter Isambard schloß.

Damit war es also vorüber. Sie hatte nie an einen Erfolg geglaubt, ebensowenig wie sie auf die Briefe gebaut hatte, bei deren Abfassung sie Gilleis geholfen hatte. Die Frauen hatten an etliche Fürsten im Grenzland geschrieben und sie angefleht, Harry zu helfen. Aber in diesem zerrissenen England focht jeder Herr nur noch für sich selbst. Wer würde sich schon mit einem Mann wie Isambard anlegen wollen?

Nun blieb ihr nur noch übrig zu retten, was zu retten war. Benedetta erhob sich und kleidete sich an. Doch ehe sie die Steintreppe hinabschritt, den Innenhof durchquerte und sich in die Große Halle begab, schickte sie noch nach John, dem Pfeilmacher. Als er eintrat, saß sie vor dem Spiegel. Ihre Blicke trafen sich in dem Glas, und sie verstanden einander ohne Worte.

»Am Morgen des elften«, sagte Benedetta, »bei Sonnenaufgang. Knollys soll die Männer erst ausbezahlen, wenn es vorüber ist. Es wird eine große Menschenmenge anwesend sein. Das begünstigt unser Vorhaben. Hast du dir das Gelände angesehen?«

»Das Kirchturmdach ist der einzig verläßliche Ort«, meinte John. »Von dort aus überblickt man das ganze Feld vom Tor bis zum Galgen, und die Schußweite stellt dann kein Problem dar.«

»Aber von dort aus wird dir der Rückzug schwerer fallen. Ich kann dafür sorgen, daß man auf der walisischen Seite der Klippe ein Seil für dich herunterläßt, und in den Wäldern unten wird ein Pferd auf dich warten. Wir müssen uns die Stelle einmal gemeinsam ansehen. Doch du wirst gefährlich lange brauchen, um vom Turm hinunter und aus der Kirche zu gelangen.«

»Ach, die Verwirrung wird gewaltig sein«, meinte John. »Zwischen mir und den Verfolgern liegt die Kirche, und bis in den Wald habe ich es nicht weit. Die Gefahr nehme ich auf mich. Der Turm ist der einzig richtige Platz.«

»Das Licht wird auf deiner rechten Hand liegen. Bist du dir deines Könnens sicher? Bringst du einen sauberen Schuß fertig?«

»Jawohl, Madam.«

»Gut! Ich kümmere mich darum, daß du Geld bekommst, und dann mußt du die Grafschaft so rasch wie möglich verlassen.« Benedetta schlug ihr dichtes, langes Haar zu einer einzigen schimmernden Rolle ein und zog das seidene Netz darüber. Die Augen ihres Spiegelbilds glänzten mattsilbern, als wollten sie vor Tränen überfließen, doch auf ihren Lippen lag ein schwaches Lächeln. »Wenn sie ihn durch das Tor hinausführen«, fuhr sie fort, »wird das erste Tageslicht auf seine Kirche fallen. Ich hoffe, daß die Sonne scheint. Dann wird er nach oben schauen, um Abschied zu nehmen, und verharren, um das Werk seiner Hände zu bewundern. Dies ist der Augenblick. Versprich mir, John, daß er keine Gelegenheit mehr haben wird, den Blick von der Kirche abzuwenden und den Richtplatz zu sehen.«

»So wahr ich auf Gottes Gnade hoffe«, erklärte John, der Pfeilmacher, »das wird er nicht.«

Noch eines blieb ihr zu tun, doch das konnte sie nicht vor dem letzten Abend beginnen. Vater Hubert war alt und verschlagen, aber in mancherlei Hinsicht auch leichtgläubig, ein Umstand, den sie sich zunutze machen konnte. Die Venezianerin mußte allerdings achtgeben, daß niemand anderer seinen Vorteil daraus zog. Wenn sie dem Priester ihr Ansinnen vor dem bewußten Anlaß vortrug, würde er vielleicht unabsichtlich ihren Plan verraten. Oder er würde, was nicht weniger verheerend gewesen wäre, in Ruhe darüber nachdenken und zu dem Schluß gelangen, daß er damit nichts zu schaffen haben wollte. Der letzte Tag, kurz bevor sie in der Großen Halle zu Abend speisten, das war ihre Stunde.

Man hatte die Wachen von der Kirche abgezogen. Harry hatte zum Abschied auf den zum Gebet geformten Raum aus Luft und Licht zwischen den beiden gefalteten Händen aus Stein geblickt, und die Speere vor dem Portal waren nicht mehr nötig. Als der Nachmittag sich dem Ende neigte, ging Benedetta allein in die Kirche, um vor dem Altar der Muttergottes, die Gilleis' Antlitz trug, zu beten. Auf der anderen Seite der grasbewachsenen Ebene befand sich die Richtstätte mit dem Galgen. Der Baum des Todes und der Baum des Lebens standen einander gegenüber. Sie wandte nicht den Blick ab, sondern drehte sich sogar noch einmal um, als sie die Brücke überquerte, um den Hinrichtungsplatz erneut mit dem Blick zu messen, so wie ein Soldat das Schwert seines Gegners abschätzt. Dann verschwand Benedetta im Frauenturm. Sorgfältig wie eine Braut kleidete sie sich in eine Cotte aus dunkelblauem Samt, legte ein Übergewand aus Goldgewebe an und steckte sich das Haar mit einem goldenen Reif hoch. Die Zeit der Verzweiflung war vorüber und die Zeit zum Trauern noch nicht gekommen. Heute nacht würde sie triumphieren, wenn sie ihre Karten richtig ausspielte.

Allein ging sie in die Kapelle hinunter, um Beichtvater Hubert zu suchen. Der Alte hatte die längste Zeit seines Lebens auf Parfois in Diensten gestanden und genoß gewisse Vorrechte, eine Stellung, die ihn mit nicht geringem Stolz erfüllte.

»Hochwürden«, begann sie sanft und drehte an ihren Fingerringen, »meine Gedanken beschäftigen sich mit Meister Talvace. Ihr wißt, daß es immer Mylords Gewohnheit war – und ich glaube, auch sein Vater hat es so gehalten –, einem Verurteilten am Vorabend seines Todes jegliche Annehmlichkeit oder Zerstreuung zu gewähren, die er für seine letzte Nacht erwünscht. In Meister Harrys Fall hat er nicht davon gesprochen, und ich fürchte, daß es ihm entfallen ist und daß diese Auslassung ihn später bekümmern könnte. Aber ich möchte ihn nicht selbst daran erinnern; dies würde sich anhören, als wollte ich Kritik an ihm üben, und das möchte ich nicht. Doch Ihr, Vater, könntet in Ausübung Eurer Amtspflichten auf höchst angemessene Weise die Angelegenheit zur Sprache bringen. Ihr werdet den Gefangenen nach dem Abendessen aufsuchen, nicht wahr?«

»Dies ist meine Absicht«, erklärte der alte Priester.

»Könntet Ihr dann nicht Mylord beim Essen daran erinnern und ihm sagen, daß Ihr, wenn es ihm beliebt, der Überbringer dieses hochherzigen Akts seiner Milde sein werdet? Ich fürchte, Mylord könnte es als unverzeihlich betrachten, wenn er Meister Harry nicht dieselbe Gnade wie allen anderen erweisen würde. Er wäre zutiefst getroffen, wenn er durch ein Versehen darin fehlen würde.«

»Ja, Mylord befolgt diese Dinge stets peinlich genau«, pflichtete Hubert ihr bei und warf sich in die Brust. »Es ist meine Pflicht, darauf zu achten, daß alles nach seinem Wunsch geschieht. Sicherlich werde ich mit ihm sprechen, ehe ich in den Kerker gehe.«

»Und von mir, Hochwürden, dürft Ihr Meister Harry ausrichten, daß ich ihm empfehle, Mylords Gnadenakt anzunehmen, und darum bete, daß er ihn mit Gottes Hilfe zu seinem besten Frommen nutzt. Er soll wissen, daß jemand für ihn betet.«

»Es ist recht und geziemend, der Gefangenen und der Unglücklichen zu gedenken. Ich werde dem Baumeister sagen, was Ihr mir aufgetragen habt.«

»Ihr habt mich zutiefst getröstet«, erklärte Benedetta und begab sich lächelnd in die Große Halle. Wenn ich das, was an Liebe zwischen Harry und mir ist, nicht überschätzt habe, wird er jetzt wissen, worum er zu bitten hat. Und dich, Ralf, der du all deine Versprechen, die guten wie die bösen, erfüllst, werde ich so in die Enge treiben, daß du dich nicht mehr zurückziehen kannst.

Als Isambard an diesem Abend zu Tisch kam, war er ebenso auffallend prächtig gekleidet wie Benedetta. Seine Augen glänzten, seine Wangen waren gerötet, und seine Lippen waren zu einem schiefen Lächeln erstarrt. Die Anwesenheit seines gesamten Hausstaats berührte ihn nicht. So sehr war er an die vielen Menschen gewöhnt, und so gleichgültig waren sie ihm, daß er dennoch eine Art einsamer Leere um sich herum schuf. Benedetta dagegen konnte die Anwesenheit eines solchen Schwarms von Zeugen nur recht sein. Isambard aß wenig, trank aber reichlich, obwohl er für gewöhnlich dem Wein nur sparsam zusprach. Wenn Benedettas Ärmel den seinen streifte und Brokat und Samt, die feinen flämischen Stoffe, welche er liebte, steif raschelnd aneinanderrieben, spürte sie bei jeder Bewegung, wie seine gefährliche Erregung und sein tiefes Elend sich auf sie übertrugen. Die Herrin hätte Mitleid mit ihm empfinden mögen, hätte sie nicht gewußt, daß dies für ihn die höchste Grausamkeit gewesen wäre.

Der Kaplan stand früh von der Tafel auf und trat hinter seinen Herrn. Hubert besaß eine schöne, volltönende Stimme, so daß mindestens ein Dutzend Ritter und Knappen nicht umhin konnten zu hören, was er sagte.

»Mylord, ich werde jetzt den Gefangenen aufsuchen. Soll alles wie gewohnt geschehen? Ich kenne Euer großmütiges Herz und bin sicher, daß Ihr wünscht, daß ich alle auf Parfois gebräuchlichen Gepflogenheiten beachte.«

»Dies ist ein Fall wie jeder andere«, gab Isambard zurück. »Meister Talvace verfügt über dieselben Rechte wie alle Verurteilten.«

»Dann werde ich ihn, wie es Brauch ist, fragen, welchen besonderen Wunsch er für seine letzte Nacht hat«, erklärte Vater Hubert.

»Nur zu, Vater!« Isambard lächelte durchaus erfreut, daß der Geistliche ihn daran erinnert hatte. Einem Mann, der am Verhungern ist, einen Brotkrumen hinzuwerfen, war noch eine letzte, feinsinnige Steigerung seiner Rache. »Abgesehen von seiner Freiheit soll er alles bekommen, was er will.«

Es war vollbracht. Mit seinen weithin hörbaren Worten hatte Isambard sich zu sehr verpflichtet, um sich noch zurückziehen zu können. Nun brauchte nur noch Harry seinen Teil zu tun. Und möge Gott dem alten Narren, der seine Antwort überbringt, den Mut schenken, sie laut auszusprechen, dachte Benedetta.

Vater Hubert würde lange ausbleiben, denn er verrichtete seine Amtspflichten gern umständlich. Benedetta konnte nicht still auf ihrem Platz sitzen, und außerdem wollte sie sich nicht in Isambards Nähe befinden, wenn die Antwort kam, sondern ihm aus einiger Entfernung ins Gesicht sehen, so daß sie seine Reaktion genau beobachten konnte. Daher stand sie von ihrem Platz an seiner Seite auf, schritt um die Tafel herum und trat an die Ecke des Podiums, wo die Musikanten saßen. Mit ausgestreckter Hand bat sie um die Cister, die der jüngste der Spieler müßig in den Händen hielt. Der Knabe sprang auf und brachte ihr einen gepolsterten Schemel, auf dem sie sich gleichmütig niederließ; in aller Ruhe fing sie an, das Instrument zu stimmen. Isambard hatte den Kopf gewandt und verfolgte ihre Bewegungen mit aufmerksamen Blicken, die nichts von dem verrieten, was er dachte. Bewußt schlug Benedetta wie zufällig Abelards vergessene Melodie an und beobachtete Isambard, um zu erkennen, ob er die Lippen aufeinanderpreßte oder ein Funke der Erinnerung in seinen Augen aufleuchtete, doch sein Gesicht zeigte keinerlei Regung. Warte nur, dachte sie, ich habe keine Eile. Du entwischst mir nicht.

Eine Dreiviertelstunde verging, ehe Vater Hubert wieder am Ende der Tafel erschien. Was hat er nur, dachte Benedetta bei seinem Anblick und schlug einen falschen Ton an. Gewiß, sein Botengang mochte ihm nicht behagt haben, aber was sie da in seiner Miene las, war nackte Angst. Aufgeregt fuhr er sich mit den Fingern immer wieder über seine ehrwürdige Tonsur, und er konnte seinem Herrn nicht in die Augen schauen. Was immer Harry ihm gesagt haben mochte, es war mehr, als Benedetta vorausgesehen oder der Alte geahnt hatte. Vielleicht würde der Priester sogar lügen. Sie hatte diese Möglichkeit nicht in Betracht gezogen, aber jetzt fragte sie sich, ob der Alte nicht etwa Isambard mehr fürchtete als die Hölle. Gewiß, er erlaubte sich die üblichen kleinen Freiheiten, doch er wußte, wo seine Grenzen lagen. Andererseits galt es als schwere Sünde, den letzten Willen eines Sterbenden zu mißachten.

»Nun?« fragte Isambard und runzelte die Stirn, weil der Priester in unentschlossenem Schweigen verharrte.

»Mylord, der junge Mann befindet sich in keiner normalen geistigen Verfassung ... Er ist eine verstockte Seele ...«

»Für seine Halsstarrigkeit wird er ja auch bezahlen«, erwiderte Isambard und verzog den Mund zu einem schiefen Lächeln, das noch bitterer wirkte als gewöhnlich. »Er hat das Recht auf seinen Wunsch. Talvace hat mir mein Anerbieten vor die Füße geschleudert, stimmt's?«

Nein, dachte Benedetta, deren Hände starr auf der Cister lagen, das ist es nicht. Dahinter steckt mehr.

»Nein, Mylord, zumindest nicht direkt. Obwohl das, worum er gebeten hat, tatsächlich so unverfroren und arglistig ist, daß es auf dasselbe hinausläuft ...«

»Kommt zur Sache! Hat Talvace nun einen letzten Wunsch geäußert oder nicht?«

»Doch, Mylord, aber ...« Vater Hubert hatte mehr Angst zu schweigen, denn zu sprechen, und er war zu verwirrt, um sich eine schnelle, überzeugende Lüge einfallen zu lassen.

»Dann wiederholt es! In seinen eigenen Worten, Kaplan!«

»Mylord, er verlangt – möge Gott ihm vergeben! –, er bittet darum, daß Madonna Benedetta heute nacht sein Bett teilt.«

Hochwürden Huberts Stimme war bis in den entlegensten Winkel der Großen Halle zu vernehmen, und denen, die nichts gehört hatten, wurde die Kunde mit hektischem Flüstern weitergegeben, das wie das Zischen von Schlangen klang. In Isambards Fingern zersprang der Stiel eines venezianischen Glases. Der zarte Kelch rollte klirrend zwischen den Silbertellern, und roter Wein ergoß sich über den Tisch wie Blut. Der Hausstaat von Parfois an den unteren Tischen wirkte wie ein Meer weit aufgerissener Augen, und einen Moment später verstummte sogar das Flüstern. Tiefes Schweigen senkte sich über die Halle, als sei alles darin zu Stein erstarrt.

Das war noch besser, als Benedetta geplant hatte, und traf Isambard bis ins Mark. Ihr Herz frohlockte und pochte so laut und triumphierend, daß sie meinte, es müßte zerspringen. Die Herrin erhob sich, alle Blicke waren auf sie gerichtet. Dann begann sie mit der Cister in der Hand langsam, ganz langsam die Halle zu durchqueren. Einen Augenblick lang begriff niemand, nicht einmal Isambard, was sie vorhatte. Doch als sie an der Empore vorbeischritt, auf der er saß, und immer noch nicht haltmachte, wurde ihm ihre Absicht klar. Mit einem Schrei, wie sie ihn noch nie vernommen hatte und der aus seiner beherrschten Kehle ganz fremd klang, sprang Isambard auf. Sein schwerer Stuhl stürzte nach hinten und krachte zu Boden, und die Silberplatten klapperten, als seine Faust auf den Tisch donnerte.

»Du wirst nicht gehen!«

Sie drehte sich um, sah ihn aus großen, sanften Augen an und hielt mit ergebener Miene seinem rasenden Blick stand. »Ich werde gehen, Mylord«, erklärte sie laut und deutlich. »Hier geht es um deine Ehre. Was bin ich schon, verglichen mit der Heiligkeit deines Wortes?«

Die Worte raubten Isambard den Atem und ließen die Worte auf seinen Lippen ersterben. Er war in der Schlinge seines eigenen unbeugsamen Stolzes gefangen. Was er einmal gesagt hatte, vermochte er nicht ungesagt zu machen, noch konnte er zurücknehmen, was er gewährt hatte. Vor den Augen seines ganzen Haushalts stand er stumm und ohnmächtig da. Es gab keine Möglichkeit, Benedetta aufzuhalten, es sei denn, er tötete sie.

Die Venezianerin blickte ihm gerade ins Gesicht, und dann, plötzlich, lächelte sie strahlend. Ihre sanften taubenblauen Augen verdunkelten sich, bis sie beinahe purpurn wirkten, und leuchteten frohlockend. Voller Jubel verzogen sich ihre vollen Lippen. Sie reckte die Schultern und richtete sich mit so verächtlicher Freude vor Isambard auf, daß auch der Dümmste unter den Anwesenden sie nicht mißverstehen konnte. Dies war kein Opfergang, sondern ein Triumphzug. Ganz bewußt machte sie ihm dies klar und schien eine barbarische Freude an ihrer Geste zu haben. Hätte sie die Augen niedergeschlagen und vorgetäuscht, ein hingebungsvolles Opfer darzubringen – so dachte mehr als einer, der sie ansah –, dann hätte Isambard sie vielleicht weiterleben lassen. Doch um der Genugtuung willen, ihn mitten ins Herz zu treffen, hatte sie soeben ihr Leben fortgeworfen.

Für Isambard löste dieser Ausdruck unverhüllter Freude endlich ein großes Rätsel. Ohne daß ein Wort darüber gefallen wäre, wurde ihm bewußt, daß ihr Bund gelöst war. Benedetta hatte ihren Kontrakt unwiderruflich für beendet erklärt. Sie verließ ihn, um dem Mann, den sie mehr als ihr Leben liebte, zu folgen, und er mußte alles klaglos hinnehmen. Hätte Benedetta dieses Ende schon am Anfang vorhergesehen, sie hätte keine besseren Worte dafür finden können.

»Hochwürden«, sagte Benedetta, deren Miene jetzt wieder verschleiert war, »ich weiß nicht, wo sich die Zelle befindet. Würdet Ihr mich hinführen?«

Am Arm des Alten verließ sie den Saal. In tiefem Schweigen sahen sämtliche Anwesenden ihr starren, furchterfüllten Blickes nach. Nur Isambard stand, die Hände vors Gesicht geschlagen, dort, wo sie ihn verlassen hatte, und niemand wagte, sich ihm zu nähern, nicht einmal, um den umgestürzten Stuhl aufzuheben.

Im Vorzimmer der Zelle hielt Benedetta inne, um die beiden Wachen mit einem harten Blick zu bedenken. Die wichen – von ihrem goldenen Gewand und ihrem gebieterischen Auftreten beeindruckt – respektvoll vor ihr zurück.

»Wartet!« sagte sie. »Ehe ihr die Tür öffnet, seid von mir gewarnt: Sobald ihr hinter uns abgeschlossen habt, verlaßt zu eurer eigenen Sicherheit diesen Raum, und verschließt auch die äußere Tür. Wenn ihr wollt, schlaft auf der Schwelle, aber haltet euch auf jeden Fall so weit entfernt von uns, daß ihr nicht in den Verdacht kommt, etwas gesehen oder gehört zu haben. Hochwürden, sagt ihnen, was jedem Menschen zustoßen würde, der wagen sollte, unser Beisammensein zu beobachten.«

»Sie erteilt euch einen guten Rat«, erklärte der Alte zitternd. »Mylord würde euch in Stücke reißen.«

Wenn dies vorüber ist, dachte Benedetta ohne Angst oder

Sorge, wird er *mich* in Stücke reißen, aber dann wird mir alles gleich sein.

»Vater, bleibt bei ihnen, damit Ihr Zeugnis für sie ablegen könnt, falls man sie verhört.«

»Das werde ich, Madonna.« Ihre Hand fühlte sich in der seinen warm und entspannt an; der Alte klammerte sich daran, um sein eigenes Zittern zu beruhigen.

»Und betet für uns.«

Guillaume drehte den Schlüssel in dem mächtigen, tiefen Schloß.

»Mistress, wann sollen wir Euch wieder auftun?«

»Wenn sie ihn holen kommen«, gab sie zurück, raffte ihre langen Röcke und trat in die Zelle.

Für seine letzte Nacht hatte man Harry eine dicke Kerze gebracht, die in einem eisernen Halter auf dem steinernen Sims neben seiner Pritsche brannte. Der Windzug aus dem Luftschacht brachte die Flamme zum Flackern. Harry lag mit hinter dem Kopf verschränkten Armen auf dem Bett, aber als er hörte, wie die Tür sich öffnete, drehte er sich auf die Seite und stützte sich auf einen Ellenbogen, um dem goldenen Leuchten entgegenzublicken, das in der Tür erschien. Nicht im Traum hätte er gedacht, daß man Benedetta zu ihm lassen würde. Das Licht der Kerze fiel auf seine erstaunten Augen, so daß deren dunkles Blauschwarz wieder grün erschien, und der Widerschein von Benedettas prächtigem Gewand verwandelte wiederum das Grün in poliertes Gold. Dieses strahlende, hüpfende Licht zwischen seinen schwarzen Wimpern und unter den dunklen, geraden Brauen erstaunte und rührte sie, so als erblicke sie in stürmischer Nacht mit einemmal Sterne am Himmel. In bebender Hast schwang Harry die Beine über die Bettkante und rappelte sich auf die Füße; in seiner Eile stieß er mit dem Arm gegen die Kerze und brachte sie ins Wanken. Als er sie ergriff, um sie festzuhalten, sah Benedetta, daß seine Hand zitterte.

Die Tür fiel hinter ihr zu. Der Schlüssel wurde im Schloß gedreht. Die Kerzenflamme erbebte, tauchte die Felswände in bleiches, unstetes Licht und hörte dann langsam zu flackern auf.

Harry versuchte, Benedettas Namen auszusprechen, doch sein Mund war so ausgedörrt, daß er kein Wort hervorbrachte. Sie sah, wie er schluckte und seine zitternden Lippen mit der Zunge befeuchtete, die jedoch fast ebenso trocken war. Er hatte nicht geglaubt, daß sie kommen würde, und nun, da sie hier war – sie, die ihm als einzige sagen konnte, was zu erfahren er sich schmerzlich sehnte –, nun fürchtete er sich, zu fragen, aus Angst, die Wahrheit könnte schwerer zu ertragen sein als die Ungewißheit.

»Gilleis ist in Sicherheit«, begann Benedetta rasch, die seine Not erkannte. »Sie ist wohlauf und läßt Dir ausrichten, daß sie Dich von Herzen liebt.«

»O Benedetta!« stieß Harry mit einem leisen, langgezogenen Seufzer aus, und seine bebende Anspannung wich. Sein Schatten an der Wand schien weichere Konturen anzunehmen und zu schwinden. *»Nunc dimittis!«* flüsterte er, und dann vergrub er mit einem Mal das Gesicht in den Händen und weinte müde, dankbar und ungehemmt wie ein erschöpftes Kind.

Benedetta umarmte ihn, zog ihn mit sich auf das Lager hinunter, bis sein kurzer Tränensturm allmählich an der Schulter ihres prächtigen Übergewands verebbte. Sie strich ihm das dichte braune Haar aus der Stirn, legte die Hand auf seinen Hinterkopf und bettete ihn sanft an ihre Brust. So saß sie und hielt ihre ganze Welt in den Armen. »Pst, lieg still, wir haben Zeit. Wir können offen sprechen, die ganze Nacht lang. Niemand wird uns stören, niemand belauscht uns. Dafür habe ich gesorgt.«

»Wo ist sie?« fragte Harry, sobald seine Stimme ihm wieder gehorchte.

»In sicherer Hut bei den Schwestern im Kloster der heiligen Winifred, in den Hügeln nahe Stretton. Sie sind freundlich und treu und so fromm, daß niemand wagt, ihnen zu nahe zu treten. Und sie gelten als gute Krankenpflegerinnen, so daß du dich wegen der Geburt nicht zu sorgen brauchst. Bald wird sie das Kind haben, für das sie sorgen kann, und ich will beiden für immer eine gute Freundin sein.«

»Ich hätte meine rechte Hand darum gegeben, an jenem Tag

zu ihr gehen zu können, aber ich wollte, daß der Knabe mit dem Leben davonkam, und deshalb blieb mir dazu keine Zeit. Außerdem hatte ich Angst! Gilleis ist so eigenwillig, und ich fürchtete, sie könnte sich weigern zu fliehen.«

»Sie wollte dich nicht verlassen, denn sich selbst zu schützen, während du dich offenkundig in Gefahr begabst, war eine schmerzhafte Vorstellung für sie. Aber wir wußten ja nicht einmal, was du vorhattest, und um des Kindes willen konnte sie nicht anders, als dir zu gehorchen.«

»Das war schwer für sie«, sagte Harry und erschauderte bei der Erinnerung in Benedettas Armen. »Und nicht einmal zu wissen, warum ich so viel von ihr verlangte ...«

»Inzwischen weiß sie es ja, und sie steht mit Herz und Seele hinter dir. ›Was hätte er anders tun können?‹ sagte sie. So ist Harry nun einmal. Die schlimmste Prüfung für sie war, zu wissen, was dir widerfahren ist, und dennoch diese ganze Zeit über in ihrem Versteck auszuharren.«

»Sie weiß, wie es um mich steht? Alles?«

»Nicht alles, nein. Sie weiß von dem Todesurteil, aber nicht, daß es bereits soweit ist. Bei Gott, ich habe kein Recht, deiner Gemahlin etwas zu verschweigen, aber ich konnte es ihr nicht verraten, nun, da die Geburt so nahe ist. Ich sagte ihr – ach, ich wünschte, es wäre wahr –, daß du deine verbliebene Arbeit so lange wie möglich, auf Monate noch, ausdehnen würdest. Ich dachte, in dieser Zeit könnte Isambards Zorn sich legen oder der König würde ihn fortrufen, so daß er dich vergäße. Denn zwischen König Johann und den Baronen ist großer Streit im Gange, und Langton steckt bis zum Hals darin. Sie verlangen vom König eine Art Zusicherung, daß er sie wieder in ihre alten Rechte einsetzt. Selbst FitzAlan und FitzWarin haben Partei gegen den König ergriffen, und nun werden die Waffen sprechen. Noch ein paar Monate, und niemand hätte Zeit gehabt, einen Gedanken an dich zu verschwenden. O Harry, warum hast du dir selbst keinen Einhalt geboten und deinen Freunden ein wenig mehr Zeit gelassen?«

»Das wollte ich ja«, gestand Harry. »Ich habe es Adam so gut wie versprochen. Doch als es darauf ankam, war ich dazu nicht in der Lage. Die Arbeit tat sich so rasch und wie von selbst, daß ich nicht vermochte, ihr Ende hinauszuzögern. Nicht einmal, um mein Leben zu retten! Benedetta, weiß Gilleis ... wie die Hinrichtung geschehen soll?«

»Nein«, rief sie aus und drückte ihn besitzergreifend an sich. »Das soll sie nie erfahren! Aber auch niemand von uns weiß das, Harry, nur Gott.«

»Sag es ihr nie! Wozu sollte das gut sein? Bis sie davon hört, bin ich ohnehin jenseits allen Schmerzes. Ich möchte nicht, daß sie sich um etwas grämt, das geschehen und nicht mehr zu ändern ist. Hast du Gilleis wiedergesehen, seit du sie fortgebracht hast?«

»Dreimal, öfter habe ich den Besuch nicht gewagt. Und John ist mehrere Male als mein Bote dorthin geritten.«

»Hat Mylord nach ihr gesucht?«

»Ich weiß, daß er es getan hat, obwohl er darüber nie zu mir gesprochen hat, außer an dem Tag, an dem du mit dem Jungen geflohen bist. Da fragte er mich, ob ich wisse, wo sie sich aufhalte. Ich antwortete, Gilleis sei am Vormittag bei mir gewesen, und seither hätte ich sie nicht mehr gesehen. Er hat jeden Stein auf Parfois nach ihr umgedreht, und selbst nach deiner Rückkehr hat er immer noch in den Dörfern unterhalb der Burg nach ihr suchen lassen. Aber nicht sehr lange.«

»Erzähl mir von ihr!« flehte er begierig. »Berichte mir alles! Spricht sie von mir?«

»Ob sie von dir spricht? Ach, mein Herzliebster«, sagte Benedetta und schmiegte die Wange an sein Haar, »du bist Sonne und Mond für sie, ihr Frühling und ihr Sommer.« Über Harrys Kopf hinweg lächelte sie in die Kerzenflamme und redete von Gilleis, bis sie ihm jede Einzelheit der Zeit, die diese beiden ihn liebenden Frauen zusammen verbracht hatten, erzählt hatte. »Nur das Kind hat sie zurückgehalten. Wenn sie deinen Sohn zur Welt gebracht hat und ihn in Sicherheit weiß, dann – ich weiß es, ich fühle es – wird sie zurückkehren und für dich kämpfen ...«

»Ja«, meinte Harry gerührt und stolz, »das glaube ich gern.«

Er drehte sich ein wenig in ihren Armen und legte die Wange an ihre Brust. »Nun wird das nicht mehr notwendig sein. Benedetta ...« Er zögerte, und als sie hinabblickte, sah sie, daß er ihr forschend ins Gesicht schaute. »Wenn du ihr von meinem Ende berichtest, dann versichere sie meiner ewigen Liebe. Und gib meinem Sohn einen Kuß von mir.«

»Mein Bester, Liebster, du weißt, daß ich das tun werde.«

»Du hast mir eine solche Last von der Seele genommen!« rief Harry aus und atmete tief und erschöpft ein. »Nun, da ihr Segen und der deine auf mir ruht, ist alles andere beinahe leicht, und dafür danke ich Gott!« Und nach einer Weile fuhr er fort: »Ich war der glücklichste und gesegnetste aller Männer. Wie undankbar war es, das zu vergessen.«

»Seit wann hast du nicht mehr geschlafen?« fragte Benedetta und strich mit ihren kühlen Fingerspitzen über seine blaugeäderten Augenlider. »Zwei Nächte? Drei?« Leise lächelnd schüttelte er den Kopf, denn er erinnerte sich nicht. »Schlaf jetzt, und ich will bei dir wachen.«

»O nein!« widersprach er und umfaßte die Venezianerin fester. »Ich werde nur allzu bald für immer ruhen.« Schwer legte sich der Schatten der entsetzlichen Pforte, die ihn zum ewigen Schlaf einlud, über Harrys Miene. Durch sein zerknittertes Hemd hindurch spürte Benedetta, wie das Herz, das der Henker ihm herausreißen wollte, heftig und empört pochte. »Laß mich deine Anwesenheit genießen, solange ich dich bei mir habe. Nie hätte ich gedacht, daß Isambard dir erlauben würde zu kommen. Mein letzter Wunsch war der einzige Pfeil, den ich noch auf ihn abschießen konnte, und ich hoffte, er würde ins Schwarze treffen. Aber daß ich wirklich den Preis gewinnen würde, hätte ich nicht geglaubt.«

»Er hatte vor allen Anwesenden sein Wort gegeben und vermochte es nicht zurückzunehmen. ›Hier geht es um deine Ehre‹, hielt ich ihm vor. ›Was bin ich schon, verglichen damit?‹ Und dann habe ich ihm ins Gesicht gelacht. Um mein Leben hätte ich das nicht missen mögen. Wenn du schon nicht schlafen willst, so leg dich zumindest nieder und ruhe.«

»Nur wenn du neben mir liegst. Das Bett ist schmal für zwei, aber keiner von uns ist so dick, daß er viel Platz bräuchte.«

»Wahrhaftig«, gab sie lächelnd zurück. »Ich hatte ganz vergessen, daß du um eine Bettgefährtin gebeten hattest.« Benedetta stand auf, warf ihre Schuhe ab, entledigte sich ihres Übergewands und ließ es in eine Ecke der Zelle fallen. »Nimm die Seite an der Wand, Harry. Ich möchte außen liegen und dich so vor der Welt beschirmen.«

Er rückte auf die innere Seite und sah zu, wie sie den Reif aus ihrem Haar zog und die schimmernde Haarflut befreite. »Gott weiß, daß ich dich eigentlich um Verzeihung für diese Tat bitten sollte«, bekannte er mit beschämter Miene. »Jetzt bin ich nicht mehr besonders stolz auf mich.«

»Du hast das Rechte getan! Ich hatte dir bedeuten wollen, du mögest um ein Gespräch mit mir bitten, aber dies war mehr, als ich zu hoffen gewagt hatte. Du hast Isambard wirklich bis ins Mark getroffen.«

Harry breitete die Arme aus, und sie legte sich in ihrer samtenen Cotte neben ihn und umschlang ihn. Er griff in ihr Haar und zog es über sie beide wie eine seidene Decke. Dann hörte und fühlte sie, wie er von einem ehrlichen Lachen geschüttelt wurde und schließlich herausplatzte, so daß die Kerze von neuem zu flackern begann. »Offenbar hat er keine Ahnung, wie es ist, sich in einer Lage wie der meinen zu befinden. Sonst wüßte er ganz genau, daß ich in dieser Hinsicht weder dir viel Freude schenken noch mir selbst große Ehre machen könnte. Aber er hat alles in allem schließlich ein sehr eingeschränktes Leben geführt.«

»Keine Angst«, meinte sie und schmiegte sich behaglich in seine Armbeuge. »Ich werde dich nicht beim Wort nehmen.«

»Ach, spotte doch nicht über mich! Ich weiß, das war ein schlechter Scherz, aber ich bin außer Übung. Wenn du wüßtest, wie lange ich nicht mehr gelacht habe!«

»Du bleibst mir nichts schuldig«, erwiderte sie mit ihrer alten Offenheit. »Mir fehlt nichts. Ich habe jetzt alles.« Und tatsächlich hatte sie schon vor langer Zeit – sie wußte selbst nicht wann – den Schmerz überwunden, daß sie ihm nicht mehr bedeutete, als sie anfangs gewünscht hatte. Unbemerkt war es geschehen, und eines Tages hatte sie mit dem Herzen, wenn auch noch nicht mit dem Verstand, begriffen, daß er Gilleis nicht mehr als sie, sondern auf eine andere Weise liebte. Nun lagen sie friedlich beisammen, nicht demütig und resigniert, sondern in dem seligen Frieden, der sich einstellt, wenn man sein Ziel erreicht hat. Benedetta hatte alles, was sie sich von Harry wünschen konnte. Anderen mochte das wenig erscheinen, doch es erfüllte ihr Herz bis zum Überfließen, ward es doch mit einer Großmut geschenkt, die unbegrenzt war wie die Liebe selbst.

»Harry, verspürst du Angst vor dem Tod?«

»Welcher Mensch, der bei Verstand ist, würde sich davor nicht fürchten? Wenn unsere Stunde kommt, schrecken wir alle vor dem Dunkel zurück. Aber nicht der Tod entsetzt mich, sondern die Art, wie ich sterben soll!« Zornig versteifte er sich, um den Schauder zu unterdrücken, der ihn überlief. »Ich habe Angst vor dem Schmerz. Ich fürchte mich vor dieser teuflischen Schändung meines Körpers. Und davor, öffentlich zur Schau gestellt zu werden, wenn ich schon längst nicht mehr einem menschlichen Wesen ähnele. Ach, warum hast du nur danach gefragt? Ich wollte dir dies ersparen.«

Benedetta legte die Hand auf seine Wange, und während sie ihn so hielt, erklärte sie mit leidenschaftlichem Ernst: »Harry, ich bitte dich von ganzem Herzen, mir zu vertrauen. Hör auf, nachzudenken, dich darauf vorzubereiten, dich zu ängstigen. Du wirst nicht entehrt werden. Er wird nicht über dich triumphieren. Niemals soll er dich gebrochen sehen, das schwöre ich! Dem Tod können wir nicht entrinnen, doch er liegt in Gottes und nicht in Isambards Hand.«

»Ach, Mädchen«, erklärte Harry verhalten lachend, »du gibst mir neuen Mut. Wenn du im letzten Augenblick, bevor du mich verläßt, so zu mir sprichst, dann zerbreche ich vielleicht nicht.«

»Ich werde dich nicht verlassen. Und du wirst nicht zerbrechen. Vertraue mir, und fürchte dich nicht.«

»Ein Wunder!« Der Baumeister lag da und lächelte ihr in bedingungslosem Glauben zu, und mit einemmal machte eine köstliche Mattigkeit ihm die Augen schwer. »Du vermagst Furcht durch Handauflegen zu lindern. Beinahe könnte ich glauben, daß Gott, weil du Ihn darum gebeten hast, mir meinen Weg leicht machen und mich unversehrt zu sich nehmen wird. Das andere ... ach, die Angst vor dem, was danach kommt, kann kaum schlimmer sein als vor Zeiten, als ich in Paris vor die Meister der Zunft treten und ihnen mein Meisterstück vorlegen mußte. Auch damals war ich in der Nacht zuvor krank vor Angst, und Adam hatte ordentlich mit mir zu tun. Aber sie haben meine Arbeit gebilligt.«

»Ich zweifle nicht daran«, meinte sie und streichelte ihn sanft, »daß auch Gott dich in Gnaden aufnehmen wird.« Aber ob das Meisterwerk, das er Gott darbringen würde, seine Kirche oder sein Leben war oder ob tatsächlich beide ein Ganzes darstellten, vermochte sie nicht zu sagen. Beide waren von gleichem Wert, und Gott würde wissen, wie er sie zu beurteilen hatte.

»Was wirst du danach tun, Benedetta? Du hast doch nicht daran gedacht ... den Tod zu suchen? Das würdest du nicht tun!«

»Nicht, solange dein Kind lebt, das ich lieben werde und dem ich dienen kann.«

Harry stieß einen tiefen Seufzer voller Staunen und Befriedigung aus. »Wie habe ich das verdient? Was habe ich je getan, um deiner Liebe würdig zu sein?«

»Du hast mich geliebt«, antwortete sie lächelnd, »auf deine Weise. Und es ist gut so. Ich würde es nicht anders haben wollen.«

Auf dem Kissen wandte er den Kopf, hob ihr Kinn mit seiner Hand und küßte sie sanft und zärtlich auf den Mund. So lagen sie lange Zeit beieinander, die Lippen still vereint. Eine süße, kühle und ruhige Freude erfüllte sie. Als Harry sich so sanft zurückzog, wie er zu ihr gekommen war, lag Benedetta überwältigt vor Seligkeit da und vermochte sich nicht zu rühren.

»Dies war kein Kuß, wie man ihn einer Gattin, einer Geliebten oder auch der eigenen Mutter, Schwester oder seinem Kinde gibt«, sagte sie endlich staunend.

»Nein, dieser Kuß war nur für dich, meine teure Freundin. Vom dankbarsten aller Freunde für die treueste und liebste aller teuren Freundinnen. Niemals waren zwei Menschen einander aufrichtiger zugetan.«

Am liebsten hätte sie jetzt gesprochen, hätte ihm ihr Herz ausgeschüttet, als sei es ein Trankopfer, aber sein Frieden war zu kostbar und zu zerbrechlich, als daß sie ihn dadurch hätte erschüttern mögen. So lag Benedetta still in seinen Armen und drückte ihn an ihr Herz. Lange Zeit schwiegen sie, und schließlich sagte Harry leise, fast schon im Schlaf: »Der Tod ist Gottes Gnade! Könnte er doch jetzt kommen.«

Einige Augenblicke später erkannte Benedetta daran, wie sein Arm schlaff und schwer über ihr lag, und an seinem leichten, tiefen Atem an ihrer Wange, daß er eingeschlafen war.

Die ganze Nacht hindurch schlief er in ihren Armen, während sie ihn so innig wie eine Mutter wiegte und über ihn wachte; und als der erste bleiche Strahl des Morgenlichts durch den Luftschacht drang und auf die Wand fiel, nahm sie sein vom Schlaf geglättetes, rosiges Gesicht in die Hände und küßte ihn wach. Er öffnete die Augen und lächelte ihr strahlend zu. Dann holte ihn die Erinnerung ein, und sein Lächeln verschwand.

»Ja!« rief er. »Wie freundlich von dir! Ja, ich muß bereit sein.«

Er setzte sich auf, schwang die Füße auf den Boden und schüttelte seine zerknitterten Hemdärmel aus. »Man wird mir frische Kleider bringen. Schließlich muß ich einen guten Eindruck machen. Über mein Leben als Gefangener habe ich dir nichts erzählt, stimmt's? Schade, aber jetzt ist es zu spät dazu. Es ist spannender, als man vielleicht denken mag. Guillaume rasiert mich jeden Tag wunderbar. Mein Kinn war noch nie so glatt.«

»Jetzt ist es aber ziemlich borstig«, widersprach Benedetta und rieb den Handrücken an seiner Wange.

»Was soll's, du kannst mich zum Abschied küssen, nachdem er mich rasiert hat. Ich wünschte, ihm würde die Hand ausrutschen«, erklärte Harry freimütig, »aber darauf darf ich wohl nicht hoffen. Sieh doch, wie dein wunderschönes Kleid dort achtlos auf dem Boden liegt! Was für eine Schande!« Er hob ihr Obergewand auf, schüttelte es aus und klopfte den Staub ab. »Zieh es an. Mir gefällt es, wenn du schön gekleidet bist. Laß mich deine Zofe sein.« Der Baumeister hielt ihr das Gewand auf, damit sie Kopf und Arme hindurchsteckte, und zog es dann bewundernd über ihre samtene Cotte hinunter. Da er sie bei den Schultern hielt, um den schimmernden Stoff zu glätten, beugte er sich vor und küßte sie auf die Stirn. »Teure Freundin! Aber wenn sie jetzt kommen, um mich anzukleiden, mußt du gehen.«

»Aber nur nach nebenan«, sagte sie. »Dort werde ich auf dich warten.«

»Nein, du mußt fort. Irgendwohin, wo du nichts siehst und hörst, damit du dich an mich erinnerst, so wie ich jetzt bin. Ich werde nicht zulassen, daß du siehst, wie man mich niederzwingt und in Stücke reißt. Ich will mich nicht vor deinen Augen zu einem jaulenden Tier und einem Haufen Fleischfetzen zurichten lassen.«

»Hast du vergessen, was ich dir gesagt habe? Hör auf, deinen Mut zu quälen; es ist eine Schande, ein so schönes Pferd so grausam zu behandeln. Laß deine Angst fahren, denn es wird nicht so kommen, wie du fürchtest. Ich werde für den Rest deines Lebens bei dir sein.«

Glaubte er ihr, nun, da der Morgen angebrochen war und die Tortur, die man ihm zugedacht hatte, so kurz bevorstand? Sie war überfragt. Vielleicht wußte Harry es selbst nicht. Er strahlte eine Art Würde und Leichtigkeit aus, die einerseits von dem bewußten Entschluß herrührten, seinen Stolz zu bewahren, und andererseits von einer kindlichen Heiterkeit, als hätte Benedettas Gewißheit ihm ein gewisses Maß an Trost und Ruhe geschenkt. Aber wahrscheinlich, dachte sie bei sich, war es einfach Balsam für seine Seele gewesen, jemandem, der ihn liebte, sein Herz auszuschütten und nach Herzenslust von der Frau, die er liebte, zu sprechen.

Im Morgengrauen kamen Guillaume und Fulke und brachten Harry seine besten Kleider. Vorsichtshalber drehten sie laut den Schlüssel im Schloß und warteten dann einige Minuten, ehe sie die Tür öffneten. Benedetta, deren offenes Haar sie umgab wie ein schimmernder, scharlachroter Umhang, trat heraus. Von der Schwelle aus rief Fulke sie verlegen zurück.

»Herrin, Ihr habt dies hier vergessen.«

Er hielt den Goldreif in Händen, den sie um ihre hochgesteckten Flechten getragen hatte. Benedetta konnte sich nicht vorstellen, daß sie das Schmuckstück jemals wieder benötigen würde. Gleichmütig betrachtete sie den Reif und dann die Männer: Argwöhnische Gesichter waren es, in einer brutalen Welt zwangsläufig hart geworden und ihr gegenüber befangen. Jetzt blickten sie Harry mit einer rauhen, trauervollen Freundlichkeit an. Nachdem sie den Gefangenen besser kennengelernt hatten, waren die Kerkermeister auf ihre Weise gut zu ihm gewesen. »Behaltet das Gold«, sagte sie, »und teilt den Erlös unter euch auf. Vertrinkt ihn zu seinem Gedenken.«

Im Vorzimmer wartete ungekämmt und mit vom Schlaf rosigen Gesicht Vater Hubert. Er begann mitfühlende und höfliche Worte zu sprechen, was Benedetta verblüffte, bis sie erkannte, daß er hoffte, sie würde sich zu Vertraulichkeiten hinreißen lassen. Mit einem leisen Lächeln, das sie nicht zu unterdrücken vermochte, lauschte die Venezianerin seinen eifrigen Beteuerungen. Der Priester wußte nicht, ob es sich noch lohnte, vor ihr zu liebedienern oder ob ihr Stern bereits im Sinken begriffen war, und Benedetta hatte nicht vor, ihm die Entscheidung zu erleichtern.

»Mylady, wollt Ihr diesen Ort denn nicht lieber verlassen? Meine Pflicht hält mich hier zurück, doch die Eure habt Ihr wacker erfüllt.«

Er setzt immer noch auf mich, dachte die Herrin belustigt. Ich sollte ihn darüber aufklären, woher von jetzt an wahrscheinlich der Wind wehen wird.

»Nein«, gab sie zurück. »Ich warte auf Harry. Wo befindet sich Mylord?«

»Er hat bereits seinen Platz eingenommen.«

Ja, gleich neben dem Richtplatz, dem Kohlebecken und dem steinernen Richtbock des Schlächters, dachte die Venezianerin. Vor ihrem inneren Auge sah sie die grüne, frische und mit jungem Gras bewachsene Ebene, auf der das Gerüst sich erhob. Der weite freie Platz und der Zugang dazu wurden von Soldaten abgeriegelt, die ihre Speere vor den neugierig herandrängenden Zuschauern kreuzten. Außerhalb dieser gesicherten Absperrung würde sich der ganze Haushalt versammeln, und außerdem alle Arbeiter, welche die Kirche errichtet hatten: die Bleigießer, Glaser, Maurer und Schreiner, die Schreiber und Zeichner genauso wie die Tagelöhner. Der alte Mann, der so gern Harrys Platz eingenommen hätte, wenn auch niemals zu diesem Preis, würde dort stehen, und der bedauernswerte Knabe aus der Zeichenstube, der Knollys' Inventarlisten mit so vielen bitteren Tränen verschmiert hatte, weil sein Meister in Ungnade gefallen war. Auf beiden Seiten des freien Platzes und am Rand der Felsschlucht würden in Abständen verteilt mehrere Kompanien von Bognern bereitstehen, um im Falle eines Aufruhrs einzugreifen. Und ganz allein auf dem unheimlichen Platz thronte Isambards Sessel und darauf er selbst. Gewiß hatte er ihn so aufstellen lassen, daß er nicht nur die Arbeit des Scharfrichters, sondern auch den ganzen breiten Gang, welchen man von der Zugbrücke zum Galgen freigemacht hatte, genau beobachten konnte. Er würde alles verfolgen wollen, jeden von Harrys Schritten in den Tod. Nicht einmal Benedetta würde je erfahren, ob er über dessen Hinrichtung frohlocken oder sich mit seinem Freund selbst kreuzigen wollte.

»Und der Gascogner?«

»Er ist bereit.«

Also würden es Männer aus Parfois sein, die Harry in den Tod geleiteten. De Perronet würde in seiner schwarzen Kutte am Fuß der Leiter warten. Mit seinem Stolz auf seine entsetzlichen Fähigkeiten schien er der Venezianerin kein Mensch, sondern eine Mißgeburt. Der Mensch bringt neues Leben hervor, doch die Aufgabe dieser Kreatur war es zu zerstören, und zwar nicht nur den Körper seines Opfers. Er würdigte Gottes schönste Schöpfung zu einem zerfetzten, grauenhaften Ding herab, das so lange wie möglich zucken und kreischen sollte, ehe es seinen Geist aushauchte. Hätte ich nur eine halbe Kompanie auf dem

Turm, dachte sie, statt eines einzigen tapferen Mannes. Zumindest dieser Wurm würde den Ort dann nicht lebend verlassen.

Nach kurzer Zeit öffnete sich die Zellentür, und Harry trat zwischen seinen Wächtern heraus. Sauber gewaschen, rasiert und gekämmt, wirkte er in seinen besten Kleidern schmuck und elegant, ganz anders, als er sonst auftrat. Er war so weiß wie sein frisches Leinenhemd, wirkte aber sehr gefaßt. Seine verwirrend schönen Augen bewahrten sogar noch einen Abglanz seines unbeschwerten, unberechenbaren Lächelns; es war derselbe Ausdruck, mit dem er früher dem spontanen Lachen begegnet war, das Benedetta angesichts der Steifheit und Förmlichkeit auf Parfois manchmal überkam.

»Guten Morgen, Hochwürden! Wir haben Euch doch hoffentlich nicht warten lassen?«

»Wir können uns ruhig für ein paar Minuten in eine Zelle zurückziehen«, entgegnete Hubert. »Die Männer sind noch nicht hier, so daß Euch etwas Zeit bleibt, Eure Seele zu erleichtern.«

»Danke, Hochwürden, aber meine Seele hat ihren Frieden erreicht. Es ist eher mein Körper, den ungute Vorahnungen plagen. Laßt nur«, setzte Harry hinzu, »ich habe meine Beichte erst gestern abend abgelegt. Gewiß bin ich fehlbar, aber so rasch begehe ich doch wirklich keine Sünden.«

Er wußte natürlich ganz genau, worauf der Alte anspielte. Harrys Blick kreuzte den Benedettas, und ein kurzer Funke von Schadenfreude sprang zwischen ihnen, der einzige Trost für sie in dieser eiskalten Welt. Wenn Kaplan Hubert ihm für seine vermeintliche schwere Sünde die Absolution erteilen wollte, dann würde er das Kind deutlicher beim Namen nennen müssen. Und diese Taktlosigkeit würde er für den unwahrscheinlichen Fall, daß Benedetta noch in Mylords Gunst stand, im Traum nicht zu begehen wagen. Der Zwiespalt, in dem er sich befand, hatte etwas Komisches an sich; tatsächlich hatte Benedetta schon häufig über den Alten lachen müssen und war jetzt mehr als dankbar dafür.

»Möchtest du mit mir niederknien?« fragte Harry, der wieder ernst geworden war. Er reichte ihr die Hand, und zusammen knieten sie auf dem Steinboden, während der alte Mann seine letzte Zeremonie vollzog. Harrys gesammeltes, entschlossenes Profil neben Benedetta war ernst, und die geschlossenen Lider und gefalteten Hände verliehen ihm die gebieterische Würde einer Grabfigur. Als die beiden sich erhoben, stand die bewaffnete Eskorte bereits vor der Tür.

Langholme kam ihn holen. Krank und unglücklich sieht er aus, dachte Benedetta und empfand Sympathie für ihn. De Guichet hätte nicht mit der Wimper gezuckt, dazu hatte er dieses Amt schon zu häufig ausgeübt.

»Ich bin bereit«, erklärte Harry und streckte jedem seiner Kerkermeister eine Hand hin. »Burschen, ihr wart angenehme Gesellschafter. Ich habe euch nie Böses gewünscht und tue das auch jetzt nicht. Wenn wir noch länger Zeit gehabt hätten, hätte ich noch richtige Turmdecker aus euch gemacht.«

»Ich wünschte, jeder Mensch hätte ein so gutes Herz wie Ihr«, knurrte Guillaume fast widerwillig und zuckte dann zusammen, weil er so taktlos gewesen war, ausgerechnet an diesem Morgen das Wort »Herz« in den Mund zu nehmen. Aber Harry lachte und klopfte ihm begütigend auf die Schulter. Wieviel von der ihm verbliebenen Kraft mochte ihn jetzt jedes Lachen kosten? Er wandte sich Benedetta zu, umfaßte vor aller Augen ihre Schultern und zog sie in die Arme. Seine Wange fühlte sich kalt an, und einen Moment lang wurde sein Atem unregelmäßig. Dann küßte er sie auf den Mund.

»Lebewohl, Benedetta.«

»Lebewohl, Harry. Doch wenn ich dies jetzt sage, dann nur, um es in aller Ruhe hier auszusprechen. Ich gehe mit dir.«

Staunend und zweifelnd, aber inzwischen fast schon überzeugt, daß sie etwas wußte, wonach er nicht fragen durfte oder wollte, sah er sie an.

»Madam«, warf Langholme zögernd ein, »Euch betreffend habe ich keine Befehle.«

»Dann wirst du auch gegen keinen Befehl verstoßen, wenn du mir erlaubst, bis zum Feld an Harrys Seite zu gehen. Mehr verlange ich gar nicht.«

Die Venezianerin wußte, daß sie ihren Willen bekommen würde, denn niemand konnte sich bis jetzt sicher sein, ob er sich gefahrlos über ihre Wünsche hinwegsetzen durfte. Offensichtlich brachte Isambard es noch nicht über sich, auch nur ihren Namen auszusprechen, sonst hätten die Männer gewußt, wie sie mit ihr zu verfahren hatten.

Sie verließen die Zelle und stiegen die Steintreppe hinauf, welche in den äußeren Burgbereich führte. Der purpurfarbene Schatten der Umfriedungsmauer lag noch ungebrochen über dem Hof, aber der Himmel zeigte sich blaßblau und wolkenlos, und auf den Mauerzinnen im Westen lag scharf und hell das Sonnenlicht. Harry blickte auf und sog die Luft ein, und die Sehnsucht nach dem Leben leuchtete wie eine Flamme auf seinem blassen Gesicht auf. Daß er gerade im Mai sterben mußte!

Benedetta nahm seine Hand, damit niemand sich zwischen sie drängen konnte. Der Außenhof lag still und verlassen da. Nur ein blinder alter Mann saß vor den Stallungen auf einem Trittsteig und horchte ihnen mit aufmerksam geneigtem Kopf nach. Ihn zu dem Schauspiel zu zerren, hätte keinen Sinn gehabt, da er es nicht hätte genießen können. Eine Abteilung Soldaten – sechs Männer, die jeweils zu zweit gingen – marschierte vorneweg. Dann kam Vater Hubert, der sein Brevier umklammerte, dahinter Harry und Benedetta, die Hand in Hand gingen, und nach ihnen die restlichen sechs Männer der Wache. Langholme bildete den Schluß. Das Ganze hätte ein Hochzeitszug sein können; und Benedetta war in ihrem goldenen Gewand prächtig genug für eine Braut angetan. Sie umklammerte Harrys kalte Hand und betete.

Sie betraten die dunkle Passage, die durch das Torhaus führte. Am Ende des Tunnels strahlte die aufgehende Sonne auf sie nieder. Von der Menge auf dem Plateau drang leises Stimmengewirr zu ihnen, und das bunte Flimmern von Farben und Menschengewimmel schien regelrecht zu schimmern und zu wogen. Eine ungesunde Erregung lag in der Luft. Sie traten auf die Brücke. Benedetta verhielt den Schritt, um den Abstand zwischen der Eskorte und dem Gefangenen zu vergrößern. Als sie die zwei niedrigen Türme passiert hatten, breitete sich die Ebene vor ihnen aus. Ein gewaltiges, seufzendes Gemurmel voller Mitleid, Entsetzen und Erwartung erhob sich zu ihrer Linken wie ein rauher Wind. Doch vor ihnen ragte einsam, wunderschön und selbstgenügsam die Kirche im Morgenrot empor.

»Sieh doch!«, sagte sie. »Der Himmelsbaum ist erblüht.«

Benedetta fiel einen Schritt zurück und entzog Harry ihre Hand. Die erste Gruppe der Eskorte war inzwischen nach links, auf den Richtplatz zu, abgeschwenkt. Nichts, nicht ein Mensch stand nahe genug vor Harry, um ihm die Sicht auf sein Meisterwerk zu versperren. Er blieb stehen und ließ seinen Blick vom schattigen Grund zu den sanften, sich verjüngenden Linien der Strebepfeiler und den hochaufragenden Mauern und schließlich zum Turm schweifen. Das von Osten kommende Licht berührte den kühlen grauen Stein und übergoß ihn mit Gold. Jeder Spitzturm schien eine lodernde Flamme zu sein. Der Turm reckte Abschnitt für Abschnitt seine leuchtenden Mauern in die Höhe – diese straffen, exakten, reinen Pinselstriche aus Licht und Schatten –, bis aus dem goldenen Blütenstiel mit einemmal die blasse, leuchtende Blume des Himmels barst.

Erhobenen Antlitzes, geblendet vor Freude, stand Harry da und huldigte dem Werk seiner Hände. Der Tod hatte seine Macht über ihn eingebüßt, der Baumeister entfloh ihm über einen Turm aus Gold, eine Treppe aus Bernstein, einen kristallenen Pfeil, der seinen Geist trug.

Aus dem Lichtstrahl heraus stieß unsichtbar etwas Dunkles herab, mit einem Sirren und Beben, als brächten gigantische Schwingen die Luft zum Zittern. Der Schuß traf genau ins Ziel, direkt in die linke Brustseite, so daß Harry nach hinten in Benedettas wartende Arme stürzte. Sie vernahm den harten, dumpfen Aufschlag, ihr schien, als hörte sie sogar das Fleisch reißen, als der Pfeil das Herz spaltete; sie teilte seinen Todeskampf mit einem einzigen, gellenden Schrei. Harry dagegen gab keinen Schmerzenslaut von sich. Schwer fiel er gegen ihre Brust und drückte sie nieder. Benedetta ließ sich auf Knien ins Gras sinken und fing seinen Sturz ab, so daß er, geborgen in ihren Armen, wie auf einem weichen Lager gebettet war. Der kurze, krampfartige Schmerz war bereits vorüber. Benedetta versuchte, sich nicht zu bewegen, um ihm keinen neuen Schmerz zu bereiten. Lächelnd und weinend beugte sie sich über ihn und mischte Wortfetzen unter die Tränen, obwohl sie selbst nicht einmal wußte, was sie da sprach.

»Mein Geliebter, mein Leben, mein Herzensschatz …«

Harrys meergrüne Augen, in denen die Sonne goldene Sprenkel aufleuchten ließ, grüßten sie mit einem letzten flüchtigen Aufblitzen von Triumph und Lachen, wandten sich dann staunend und bezaubert von ihr ab und richteten sich auf das strahlende Reich der Ewigkeit, das aus dem goldenen Stamm sproß. Unendlich behutsam, um den Pfeil nicht zu berühren oder zu verschieben, beugte Benedetta sich über ihn, um seine Stirn zu küssen, die Wangen und den verblüfft lächelnden Mund. Als sie sich zurückzog und Harry von neuem ansah, floh das Licht aus seinen Augen, und seine Hand, die den aus seiner Brust ragenden Pfeilschaft umklammerte, erschlaffte. Sie glitt ins Gras und blieb reglos liegen. Tot lag Harry in ihren Armen.

Der Pfeil, der seinen Körper durchbohrt hatte, war, als Benedetta nach vorn stürzte, um Harry aufzufangen, zwischen Arm und Rippen in ihren Ärmel gefahren, hatte ihr das Gewand zerrissen und den Arm aufgeschürft. Sie riß die Samtfetzen ab, und ihrer beider Blut spritzte auf das Gras. Nun, da Harry für immer gegen jeden Schmerz gefeit war, zog Benedetta ihn fester in die Arme und wiegte ihn, die Wange an sein Haar gepreßt, sacht hin und her. Langsam nahm die Welt um sie herum wieder Form an; aber es waren Formen und Gestalten, die ihr nichts bedeuteten. Verwirrt und ratlos stand die Eskorte um sie herum: Kaplan Hubert murmelte wie geistesverwirrt Gebete; Langholme hatte die Hand auf ihre Schulter gelegt und schüttelte sie. Über das sonnenbeschienene Feld kamen schreiend Menschen herbeigerannt und wurden von den Wachsoldaten zurückgedrängt. Brüllend, verwirrt und aufgebracht liefen Männer umher und versuchten festzustellen, woher der Schuß gekommen war. Doch Benedetta, die im Gras kauerte, befand sich im Herzen des Wirbelsturms, und dort war alles ruhig, still und friedlich.

Die Venezianerin blickte erst auf, als der lange Schatten eines einzelnen Mannes über Harrys Körper fiel und alle unbedeutenden Gestalten, welche an die Türen ihres Turmes der Stille gehämmert hatten, sich ehrfürchtig zurückzogen. Ihr bleiches Gesicht, umrahmt von der Haarpracht, die wie flüssiges Feuer leuchtete, strahlte in wildem Triumph. Über den geliebten Toten hinweg sah sie Isambard an und forderte mit einem lauten Siegesschrei: »Laß mir seinen Körper! Er gehört mir!«

Schweigend sah Isambard auf sie hinab. Sein Blick verharrte auf dem Antlitz des Toten, auf dem immer noch ein lebendiger Ausdruck von Erwartung und Staunen lag. Er betrachtete das Loch in Harrys Brust und das austretende Blut, welches einen schmalen dunklen Hof um den Pfeilschaft bildete, und die blasse Haut, welche durch Benedettas zerrissenen Ärmel leuchtete.

»Da dies dein Wille ist«, sagte er leise, »sollst du ihn bekommen. Du darfst seinen Körper haben und in den Armen halten, du darfst ihn festhalten bis ans Ende deiner Tage.«

Die Männer schnitten den Schaft ab und zogen die stumpf gewordene, blutige Pfeilspitze ab, an der ein paar winzige Knochensplitter hingen. Ein Blutschwall quoll hervor, und einen Augenblick lang klafften die Wundränder offen, ehe sie sich wieder schlossen und das durchbohrte Herz versiegelten.

Behutsam und mit fast ehrfürchtiger Scheu gingen sie mit ihm um, denn in der Menge hatte bereits jemand geflüstert: »Ein Wunder.« Hatte ein Mensch diese Bogensehne gespannt? Weder in der Kirche noch im Gehölz hatte man jemanden entdeckt, und es mangelte nicht an Stimmen, die beschworen, dieser Pfeil sei von einem Punkt oberhalb des Turmes gekommen. Erst wenn man den ganzen Haushalt durchzählte und feststellte, ob ein Mann fehlte, würde mit Sicherheit feststehen, ob Gott tatsächlich die Hand ausgestreckt, seinen Baumeister den Fängen seiner Feinde entrissen und zu sich geholt hatte.

Die Männer wickelten die Leiche in einen Mantel, warfen sie über ein Pferd und setzten die Frau auf ein anderes. So zogen sie, angeführt von Isambard, zum Ufer des Severn hinunter. Die

Frühlingsregen waren heftig gewesen, und der Fluß führte hohes, bräunliches Wasser und war voller Strudel und abgerissenem Buschwerk, das von der Strömung umhergeworfen wurde. Auf dem halb abgebauten Steg, wo bis vor kurzem die Steine für die Kirche abgeladen worden waren, stand Isambard und blickte in die Fluten hinab.

Weniger als ein Meter unter ihm schoß das Wasser dahin und zerrte an den Pfählen, so daß die Planken des Steges bebten. Die zusammengeschrumpften grünen Wiesen zu beiden Seiten des Flusses leuchteten in den lebhaften Farben des Torfmoores, und hier und dort, wo in Mulden noch Wasser stand, glitzerte es. Flußabwärts, wo die bewaldete Flanke des Long Mountain bis an den Strom reichte, war die englische Uferseite vollständig von überhängendem Baumwerk überwachsen.

Isambard wandte sich ab, kehrte über den schwankenden Steg ans Ufer zurück und ging zu dem Toten, den die Männer ins Gras gelegt hatten, um ihn sich anzusehen. Harrys Körper war ihm nach wie vor ausgeliefert, doch mit seiner irdischen Hülle hatte Isambard nichts zu schaffen. Er mochte ja vielleicht ein Raubvogel sein, aber kein Aasgeier. Noch nie hatte er Harry so vollkommen unbewegt gesehen. Im wachen Zustand hatte sein Gesicht sich stets so lebhaft gewandelt wie das Tageslicht, und im Schlaf hatte er ihn nur einmal erblickt, damals in Erington am Waldrand, wo er den Jungen im Arm gehalten hatte. Die Wachen hatten Harry die Augen geschlossen, aber dennoch sah er nicht aus wie ein Schlafender. Er schien wieder zu einem unschuldigen Kind geworden zu sein, aber hilflos war er nicht. Jetzt trug sein Antlitz den Stempel der Unverletzlichkeit.

»Reißt ihnen die Kleider vom Leibe!« befahl Isambard.

Keiner der Männer rührte sich. Mit ängstlichen, zögerlichen Mienen sahen sie ihn an und mochten nicht glauben, daß sie recht gehört hatten.

»Habt ihr nicht verstanden? Zieht diese Leiche aus. Und die Frau auch.«

Die Soldaten gingen in die Knie, lösten Harrys Cotte und schnitten das blutige Unterhemd von seinem Körper; der ließ alles mit regloser Miene über sich ergehen. Doch noch zögerten sie, Benedetta anzurühren. Mit leisem, spöttischen Lächeln stand sie da und wartete. Die Sonne brachte ihre prächtigen Gewänder zum Glänzen und ließ Harrys Blutflecken auf ihrer Brust dunkler erscheinen.

»Fürchtet ihr euch etwa vor ihr?« fragte Isambard und verzog verächtlich den Mund. Er legte die Hand auf den Ausschnitt ihrer Cotte und zerrte daran. Mit einem Geräusch wie von einer zerspringenden Bogensehne zerriß der Samt, doch der Goldstoff ihres Übergewandes war zu stark für ihn. Isambard zog seinen Dolch, setzte ihn an ihre Halsgrube und schlitzte ihre gesamte Kleidung bis zur Hüfte auf. Dann zog er Leinen und Samt über ihre Schultern herunter. Die Venezianerin stand da wie eine weiße Birke, die vom Wind heftig durchgeschüttelt wird, und ebenso gleichgültig nahm sie diese Behandlung hin. Nichts, was er ihr antun konnte, hätte sie jetzt noch bewegen können.

Isambard steckte den Dolch in die Scheide zurück, packte mit beiden Händen das zerschnitttene Tuch, das um Benedettas Hüften lag, und riß es bis fast zum Saum auf. Benedettas gesamte Kleidung sank um ihre Füße zu Boden. Immer noch lächelnd trat sie aus den Stoffresten und schleuderte selbst ihre weichen Lederschuhe von sich. Isambard demütigte sich nur selbst. Sie sah prächtig aus, wie sie so dastand: in ihren Triumph und ihre Gleichmut gekleidet; und die vermochte er ihr nicht zu entreißen.

»Fesselt sie aneinander, Gesicht an Gesicht. Sie sollen sich umarmen, bis sie verfaulen.«

Die Soldaten waren sprachlos vor Entsetzen, wagten jedoch nicht, sich ihrem Herrn zu widersetzen. Sie stemmten Harrys nackten Körper hoch und hoben seine schlaffen Arme an, um sie Benedetta um den Hals zu legen. Zwei Soldaten wollten auch sie bei den Handgelenken fassen, obwohl sie davor zurückschreckten, ihre weiße Haut zu berühren. Aber Benedetta, auf derem Antlitz sich wilde Zärtlichkeit abzeichnete, trat vor und umschlang bereitwillig den schlanken Rumpf, auf dem die letzte Sommerbräune noch nicht vollständig verblaßt war.

Eng, ganz eng schmiegte sie sich an ihn, Brust an Brust und Schenkel an Schenkel. Und bevor die Männer die Seile um sie legten und fest anzogen, brachte sie Harry in eine bequeme Lage und bettete seine rechte Wange auf ihre Schulter. Die Männer stützten den Körper, damit er Benedetta nicht erdrückte, doch Harry war so zierlich gebaut, daß sie ihn fast allein hätte halten können. Die Venezianerin breitete die Hände über seinen Rücken und drückte ihn an sich, so daß die beiden Pfeilwunden nicht mehr zu sehen waren: Die Eintrittsstelle lag an ihrer Brust und die Austrittswunde unter ihrer Handfläche. Man zog Harrys Unterarme hinter Benedettas Schultern und schnürte sie fest zusammen; die Männer banden Knie an Knie und Knöchel an Knöchel, bis Benedetta und Harry dastanden wie eine einzige Marmorsäule, die von den Wachen aufrecht gehalten wurde, welche ebenso totenbleich waren wie das Paar.

»Werft sie ins Wasser«, befahl Isambard, »auf daß sie gemeinsam schwimmen oder untergehen.«

Bis zum Schluß dachte sie nur an Harry. Als man die beiden auf den Steg zerrte, sah Isambard, wie sie, gefesselt und hilflos, die Schulter hochzog und das Haupt neigte, um mit der Wange Harrys schlaff baumelnden Kopf zu stützen. Als die Wachsoldaten die aneinander gefesselten Körper am Ende des Kais einen Moment lang aufrecht hielten, wandte sie den Kopf und blickte Isambard mit einer Art abgehobenen Mitgefühls an und lachte dann, bevor sie Harrys scharfgeschnittenen jungen Kiefer küßte, denn weiter reichte sie mit ihren Lippen nicht.

Benedetta hob nicht mehr den Blick. Sie betrachtete ihren Liebsten, wie er in seinem letzten Schlaf lag, und scherte sich weder um Kälte, Gewalt, Schande oder Tod noch um die unstillbare, bittere Pein, halb Haß, halb Liebe, welche selbst die Luft um sie herum bitter schmecken ließ. Weder die Lebenden noch die Toten konnten sie jetzt noch zurückholen. Wäre Isambard ihr auf Knien bis zum Wasser nachgekrochen und hätte sie angefleht, Mitleid mit ihm zu haben, ihn zu fürchten, zu weinen und so ihr Leben zu retten, sie hätte es nicht getan.

»Hinein mit ihnen! Macht dem ein Ende!« rief er mit erstickter Stimme. Mit großen Schritten kam er über den Steg heran, riß die unschlüssigen Hände der Männer fort und stieß Benedetta und Harry in die Fluten hinab.

Die reißende Strömung schäumte kaum auf, als sie hineinstürzten, sondern nahm sie gierig auf und sog sie nach unten. Gefolgt von rasch dahinschnellenden Strudeln, glitten sie unter Wasser stromabwärts davon. Für einen Augenblick erblickte Isambard unter der bleigrauen Oberfläche ihre blassen Körper wie einen großen silbernen Fisch. Dann durchstießen sie, bereits dreißig Meter weiter, die Wasseroberfläche und wurden geschwind in Richtung Breidden davongeschwemmt. Benedettas langes rotes Haar umflorte sie und schlang sich um sie beide, als die unruhige Strömung das Paar umherwarf.

Im Schutze des bis an den Fluß reichenden Waldes glitt ein weiterer blasser Schatten ungesehen das Ufer hinab und ins Wasser. Bis zur Brust stand der Mann im Naß, stemmte sich gegen die Macht der Strömung und beobachtete, wie der blutrote Fleck auf den Schatten der Bäume zutrieb.

Reglos stand Isambard da und verfolgte den Weg des glücklosen Paares, bis die beiden seinen Blicken entschwanden. Dann wandte er sich um und ging langsam ans Ufer zurück. Mit bleichen Gesichtern und Augen, in denen Angst stand, wichen seine Männer vor ihm zurück, doch er gönnte keinem von ihnen einen Blick. Sein Antlitz war starr und grau. Der Burgherr schritt über den grünen Rasen, als wäre er allein. Er stieg auf, riß sein Pferd herum und wandte sich dem Pfad zu, der hügelaufwärts nach Parfois führte. Die Wachsoldaten folgten ihm, doch er bekam nichts davon mit. In trostloser Einsamkeit, die die Grenzen von Raum und Zeit sprengte, ritt Isambard dahin. Seine Welt war leer; jeden Menschen, der ihm etwas bedeutete, hatte er umgebracht.

KAPITEL SECHZEHN

Als erstes kehrte der Schmerz zurück und mit ihm ein nicht eigentlich unangenehmes Gefühl der Ohnmacht. Kräftige Hände ergriffen sie, gruben sich in ihre Rippen und zwangen sie zu qualvollen Atemzügen, die bis in die tiefsten Winkel ihres Körpers drangen, wie Messer stachen und wie Feuer brannten. Später wurde ihr warm, sie fühlte sich angenehm müde und spürte etwas Rauhes, Kratziges über sich. Und danach kam der Schlaf.

Als Benedetta die Augen aufschlug, blickte sie in ein bärtiges Antlitz, das sich besorgt über sie beugte. Als der Mann die zartrosige Färbung ihrer Wange und ihren staunenden Blick sah und erkannte, daß sie bei Bewußtsein war, kamen ihm unerwartet die Tränen. Ein warmes, bräunliches Dämmerlicht herrschte, und es roch nach Holz, Rauch und ungewaschenen Menschen. Ein flackerndes Feuer warf seine Schatten an eine niedrige Balkendecke. Die Hände, die Benedetta schmerzhaft ins Leben zurückgezerrt hatten, zogen die Felldecken höher über ihre nackte Brust.

»John!« flüsterte sie.

»Gott sei's gedankt«, rief der Pfeilmacher aus. »Liegt ruhig, Herrin, und ich will Euch Milch besorgen. Ich dachte, wir würden Euch nie zurückholen.« Er brachte ihr einen Krug frisch gemolkener, noch warmer Milch und stützte seine Herrin, damit sie daraus trinken konnte.

»Wo befinden wir uns hier?« fragte sie und blickte sich in der winzigen, kahlen Hütte um.

»In einer Kate im Wald, unmittelbar unterhalb von Parfois.«

»Du hast mich aus dem Fluß gezogen«, stellte sie fest und lehnte sich an seine Schulter. Und dann, mit kräftigerer Stimme, verlangte sie zu wissen: »Wo ist er?«

»Hier, in Sicherheit.« Das Wort entlockte Benedetta den schwachen Abglanz eines Lächelns, aber schließlich stimmte es: Harry befand sich außer Gefahr, unberührt und unantastbar.

»Er liegt, gehüllt in meinen Mantel, unter uns im Keller. Dort befinden sich auch mein Bogen und das Pferd, das Ihr mir gegeben habt. Der gute Bauersmann hier hat mir geholfen, Euch beide vom Ufer hinaufzutragen, und seine Gattin wird Euch etwas zum Anziehen heraussuchen, sobald sie die Kuh gemolken hat.«

»Ich kann ihr die Freundlichkeit nicht vergelten«, sagte Benedetta bedauernd.

»Aber ich. Ich habe noch das Geld, mit dem Ihr mich ausgestattet habt.«

»Doch das war für deine Flucht bestimmt«, entgegnete sie stirnrunzelnd. Nach und nach regten ihr Geist und ihr Wille sich wieder. Wenn sie schon weiter auf Erden verweilen mußte, dann hatte sie noch einiges zu erledigen. »Ich habe dich gebeten, die Grafschaft zu verlassen. Warum bist du nicht gegangen?«

»Um Euch in Mylords Händen zurückzulassen, ohne zu wissen, was er Euch antun würde? Nein, Mylady, ich bin Euer getreuer Diener, solange ich lebe, und ich werde nirgendwohin gehen, solange ich nicht gewiß bin, daß Ihr wohlbehalten seid. Ich hatte vor, mich hier in den Wäldern zu verbergen und auf Nachricht von Euch zu warten, doch dann hat er Euch vor meinen Augen zum Ufer hinuntergeschleppt und das getan, wofür ich ihm, wenn der Herr mir gnädig ist, eines Tages die Kehle durchschneiden werde. Gottlob bin ich an einem Fluß aufgewachsen und habe ebenso früh Schwimmen wie Laufen gelernt. Legt Euch jetzt nieder, ruht aus und seht zu, daß Ihr unter der warmen Decke bleibt. Der Bauer ist unterwegs, um ein zweites Pferd zu besorgen.«

»Wenn du für zwei aufkommst, wirst du bald so mittellos sein wie ich.«

Eine Weile lag Benedetta schweigend da, und dann sah John, wie schwere Tränen aus ihren weit aufgerissenen Augen quollen und ihr die Wangen herunterrannen. Er kniete neben seiner Herrin nieder und legte die schwieligen Hände um ihr Gesicht. Sich derart gehalten zu fühlen, war so köstlich, es war, als kehrte sie in einen Zustand kindlicher Unschuld zurück. Und daß er ihr die Tränen fortwischte, war ein Trost, der Benedetta tief im Herzen rührte.

»Habe ich gut getroffen?« fragte John schroff. Das wußte er selbst, denn er hatte den Toten gesehen, aber er brauchte ihre Bestätigung, um zufrieden zu sein.

»Wohlgetan, John. Ein schneller, sauberer Schuß. Kein Mann hätte es besser machen können.« Die Venezianerin lag da und blickte zu den rauchgeschwärzten Balken hinauf, und nach und nach kehrten Entschlossenheit, Wille und Beherrschung in ihre Miene zurück. »Nun bleibt uns nur, ihn ehrenhaft zu bestatten«, sagte sie, »ehe wir uns den Lebenden zuwenden.«

Mit eigenen Händen wusch sie Harry das Blut und den Schmutz ab und kämmte die Knoten aus seinem dichten braunen Haar. John half ihr dabei, seinen Körper anzukleiden und für das Begräbnis vorzubereiten. Sie legten ihn in ein Boot, das von der stromabwärts gelegenen Mühle stammte, und ruderten ihn nach Strata Marcella auf dem walisischen Ufer. Als sich die Mönche um Mitternacht zum Matutin-Gebet einfanden, entdeckten sie am Fuß der Stufen, die zum Chor hinaufführten, einen fest in einen derben Umhang gewickelten Toten. Bei ihm knieten betend zwei Gestalten in abgetragenen, groben Gewändern, eine neben seinem Kopf und die andere zu seinen Füßen. Die Person am Fußende war mittleren Alters, ein bärtiger Landmann. Der Mensch am Haupt des Toten war jung und blaß, und sein Gesicht, das im Schatten der Kapuze lag, wohlgestaltet. Der Prior wollte ihm schon in scharfem Ton befehlen, sein Haupt zu entblößen, als er in dem schwachen, von oben einfallenden Licht unter dem Saum der Kapuze die Wölbung weiblicher Brüste erkannte.

Flehend reckte die Frau ihm die gefalteten Hände entgegen. »Vater, um des Herrn Barmherzigkeit willen, gewährt diesem Kind Gottes, das vor seiner Zeit das Leben ausgehaucht hat, Obdach, bis es in der Kirche, die es mit eigenen Händen gebaut hat, seine letzte Ruhestätte findet. Und seid so freundlich, den Ort, an dem Ihr ihn beisetzt, zu bezeichnen, auf daß wir ihn auch nach Jahren wiederfinden. Ich werde mich erst dann von den Knien erheben, wenn Ihr ihn aus meinen Händen empfangt.«

Eingehend betrachtete der Abt den Toten und bemerkte, wie schmal und jung er war. Die marmorne Gelassenheit des Todes hatte die Glut und Kraft dieses Antlitzes nicht ausgelöscht, sondern nur wie durch Zauber gefrieren lassen. Es schien, als würde er, wenn sie zu laut sprachen, vielleicht aufwachen und die Augen öffnen.

»Tochter«, versetzte der Prior, »wie kann ich einen Menschen aufnehmen, der, wie ich sehe, gewaltsam umgekommen ist und über dessen Leben ich nichts weiß?«

»Er war ein Edler«, erklärte Benedetta, »sowohl von Geburt als auch in seiner Lebensführung. Er hat ein vornehmes Werk geschaffen und ist heldenhaft an Stelle eines anderen, dessen Leben er gerettet hat, gestorben. Reicht Euch das?«

Das war genug; dennoch verlangte der Priester aus Gründen, die nur ihm bekannt waren, nach seinem Namen.

»Vor Euch liegt Harry Talvace, Baumeister.«

Der Prior holte tief Luft. »Hm, nun ja«, meinte er, und dann: »Harry Talvace ist unserem Hause willkommen. Er soll eine ehrenhafte Behandlung erfahren und ein würdiges Grab finden.«

Benedetta wunderte sich nicht darüber, daß der Priester Harrys Namen kannte; eher wäre sie erstaunt gewesen, wenn das Gegenteil wahr gewesen wäre. Seinen Namen irgendwo in der Christenheit laut auszusprechen, ohne daß ihr goldene Fanfaren geantwortet hätten, das wäre unnatürlich gewesen. Lebend oder tot füllte er ihre Welt derart aus, daß sie solche Anerkennung nur angemessen fand.

In einfachen Worten sprach sie dem Abt ihren Dank aus, beugte sich ehrfürchtig über den Toten und küßte seine kalte Stirn. »Ruhe in Frieden, meine Seele«, flüsterte sie, »bis Gilleis oder ich kommen, um dich heimzuholen.«

Als sie fort war, hoben die Mönche den Toten ehrerbietig auf, betteten ihn vor dem Altar auf eine Bahre und hielten nach dem Laudes-Gebet die ganze Nacht über die Totenwache für Harry Talvace. Im ersten Morgengrauen ritt ein Diener, ein

Laie, eiligst nach Aber zu Llewelyn. Doch seine Kunde traf zu spät ein, denn der Fürst von Gwynedd befand sich bereits auf dem Marsch.

Beim ersten Tageslicht war die Pförtnerin bereits mit dem Kind auf den Beinen, murmelte ihm schläfrig beruhigende Worte zu und trug es in ihrer winzigen Zelle umher. Deutlich hörte sie mit ihrem scharfen Gehör das durch den weichen Torfgrund gedämpfte Donnern von Hufen auf dem Pfad, der aus dem Tal heraufführte, obwohl es immer noch mehr ein Beben denn ein Geräusch war. Sie reckte den Kopf und erstarrte auf der Stelle.

Wer mochte um diese Stunde des Weges kommen? Die Schwestern der Klause der heiligen Winifred lebten hier in der Wildnis um ihre winzige Holzkapelle geschart. Sie hatten in friedlichen Zeiten selbst von gesetzlosen Menschen wenig zu fürchten, denn ihre jungfräuliche Märtyrerin war ebenso rasch bei der Hand, diejenigen zu vernichten, welche ihr den Respekt verweigerten, wie sie die Frommen begünstigte. Doch leider lebten sie nicht in normalen Zeiten. Im Süden rüstete der König zum Krieg, während der Großteil seiner Barone sich in einem breiten Bündnis, an dessen Spitze der Erzbischof stand, gegen ihn zusammengerottet hatten.

Shrewsbury, das in der Vergangenheit stets von König Johanns Geldknappheit profitiert und dank etlicher Freibriefe die Rechte seiner Bürger vermehrt hatte, stand zu seinem Handel und hatte sich auf des Königs Seite geschlagen; aber in Nordwales strömten die Männer von Gwynedd unter dem Banner von Fürst Llewelyn zusammen, der die Rebellen tatkräftig unterstützte. Gerüchte besagten, die Aufständischen seien nach London eingedrungen. Ein Reiter, der im Morgengrauen angeprescht kam, konnte durchaus der Bote sein, der die Nachricht brachte, die walisischen Rebellen hätten die Grenze überschritten.

Dann vernahm die Alte, daß jemand an das Tor pochte; sie zählte die Klopfgeräusche und registrierte die Abstände dazwischen. Jetzt wußte sie, wer es war. Mit dem Säugling auf dem

Arm ging sie zum Tor, das in den aus Flechtwerk gefertigten Zaun eingelassen war, schob den Riegel hoch und ließ die Besucher in den umfriedeten Hof ein.

Als sie zwei Männer erblickte, fuhr sie erschrocken zurück, doch bei dem Älteren der beiden handelte es sich eindeutig um John, den Pfeilmacher, den sie gut kannte. Und dann schlug der jüngere die Kapuze zurück, und Madonna Benedettas rotes Haar fiel auf ihre Schultern hinab. Sie hatte die Schuhe und das Hemd eines Landmanns angelegt – grobes, fadenscheiniges braunes Tuch, in dem sie gewirkt hätte wie ein junger Freisasse, wäre da nicht ihre milchweiße Haut gewesen, der anscheinend weder Sonne noch Wind etwas anhaben konnten.

Die Venezianerin erblickte das Kind, preßte die Hände aufs Herz, und das Grußwort, das sie hatte sprechen wollen, gefror auf ihren Lippen. Sie streckte die Arme aus, drückte den Säugling sanft an ihre Brust und blickte mit einem blassen, staunenden Lächeln auf ihn herab. Der weiche, schwarze Haarflaum war ein Erbteil seiner Mutter, und seine Augen wiesen eine nicht bestimmbare Farbe auf, die sich aber durchaus noch zu einem goldfleckigen Meergrün aufhellen mochte.

»Wann ist das Kind geboren?« fragte sie und beugte sich wie benommen über den Kleinen.

»Vor vier Tagen, zur Prim.«

Fast zur selben Stunde, in der sein Vater gestorben war.

»Und Gilleis?«

»Die Geburt war schwer, aber sie hat alles gut überstanden. Ihr habt gewiß neue Kunde für sie ...« Die Pförtnerin unterbrach sich. Aus Benedettas bleichen Zügen las sie, daß ihre Nachrichten Gilleis wenig Trost schenken würden. »Ist er tot?«

»Ja. Gott sei Dank ist ihr dieses Kind geblieben, das sein Ebenbild ist!« Sie blickte auf die zwei winzigen Fäuste hinab, die der Säugling unter seinem Kinn ballte. Noch nie hatte sie ein Neugeborenes in den Armen gehalten. Unfaßbar, daß ein solches Kind in seinem winzigen Körper schon alle Anlagen eines erwachsenen Menschen barg. Der Mensch kommt perfekt zur Welt, dachte Benedetta. Eine Hand, nicht größer als eine Schlüsselblume und ebenso zerbrechlich; und doch sind die Linien da, die Gelenke, die Fingernägel, die ganze wundersame Konstruktion, die eines Tages Kathedralen erbauen wird, Laute spielen, Werkzeuge und Waffen führen und Lieder schreiben wird, welche selbst das winterliche Eis zum Schmelzen bringen. Und solch ein Wesen wird irgendwann eine Frau in ihrem Herzen anrühren, bis sie ihm durch die ganze Welt folgt.

»Ich will mit Gilleis sprechen. Wir müssen sie und den Jungen von hier fortbringen, an einen sicheren Ort, falls so etwas überhaupt noch existiert. An den Grenzen nach Powis herrschen bereits Feuer und Schwert. Und ich habe keine Ruhe, solange das Kind sich in derselben Grafschaft aufhält wie Isambard. Wenn er von der Existenz dieses Säuglings erführe …«

»Einem so unschuldigen Wesen könnte er doch nichts zuleide tun«, widersprach die Pförtnerin ungläubig.

»Dasselbe hat gewiß auch eine fromme Seele von Herodes behauptet. Das einzige, was Mylord nicht tun würde, ist, sein Wort zu brechen. Jedenfalls wollen wir ihn nicht in Versuchung führen. Wenn ich Gilleis nach Shrewsbury schaffen könnte, würden wir uns schon durchschlagen. Aber kann sie überhaupt reiten?«

»Noch nicht, jedenfalls nicht allein. John könnte sie auf den Sattel nehmen, wenn Ihr den Säugling tragt. Sie ist ja selbst nicht viel größer als ein Kind. Trotzdem müßte sie eigentlich noch zwei oder drei Tage ausruhen. Soll ich nachsehen, ob sie wach ist? Ihr könnt ihr die Nachricht ebensogut jetzt bringen wie später.«

»Ja, tut das. Aber wenn sie schläft, laßt sie ruhen.« Als die Alte sich anschickte, ihr das Kind wieder zu nehmen, rief sie: »Nein! Laßt mir den Knaben! Ihr seht doch, daß er zufrieden ist, denn er weint nicht.«

Benedetta trug den Säugling immer noch in den Armen, als man sie in die Zelle einließ, in der Gilleis lag. Große, schwarze, dunkel umschattete Augen blickten vom Kissen zu ihr auf und stellten ihr eine unausgesprochene Frage. Die Venezianerin stand neben dem Bett und vermochte keinen Anfang für das zu finden, was sie sagen mußte.

»Also ist er tot«, schloß Gilleis. Jetzt zweifelte sie nicht länger.

»Er ist tot«, bestätigte Benedetta so leise, daß ihre Worte kaum zu verstehen waren.

»Wußte ich es doch«, sagte die junge Mutter. »Ich habe gespürt, wie er mich verlassen hat.« Auf dem Kissen drehte sie den Kopf zur Wand.

»Er versicherte Euch seiner unsterblichen Liebe. Und er hat mich gebeten, seinen Sohn an seiner Stelle zu küssen.«

Einen Augenblick lang huschte ein Lächeln über Gilleis' sanfte, volle Lippen. »Wie sehr das nach Harry klingt! Er war sich so sicher, einen Sohn zu bekommen!« Ihre Finger, die auf den Bettdecken lagen, krampften sich langsam zusammen, bis die Nägel sich in die Handflächen bohrten. »Wurde er ... grausam verletzt? Hat man ihm Schande angetan?« Sie fragte nicht ihretwegen, sondern weil sie wußte, daß es Harry in tiefster Seele verwundet hätte, wenn man ihm seine Würde geraubt hätte.

»Nein, niemals! Harry hat gesiegt. Kein einziges Mal hat er das Haupt gesenkt oder das Knie gebeugt. Er ging, als es Gott, nicht Isambard gefiel, und sein Tod war schnell und sauber und ereilte ihn, seinen Feinden zum Hohn, wie ein Donnerschlag vom Himmel. Ein kurzer Augenblick, und es war vorüber. Die Henker konnten keine Hand an ihn legen.«

Gilleis' abgewandtes, regloses Gesicht rötete sich leicht. Staunend lauschte sie. »Erzählt es mir!«

Benedetta berichtete ihr alles, sogar von dem grausigen Tod, der ihn auf dem Richtplatz erwartet hätte, dem er aber entronnen war; denn auf diese Weise klang sein Triumph noch größer. Sie erzählte ihr von dem Ende, das er schließlich gefunden hatte und das so viel leichter zu ertragen gewesen war. Nur das, was zwischen Harry und ihr geschehen war, bewahrte sie unausgesprochen in ihrem Herzen. Es reichte vollkommen, wenn Gilleis erfuhr, daß er gebeten hatte, mit Benedetta sprechen zu dürfen, um die letzten Botschaften der Liebe zu empfangen und zu senden.

»Hätte ich ihn nur noch einmal sehen können!« flüsterte Gilleis mit einer Stimme, in der ein fast unerträglicher Schmerz mitschwang.

Das Gesicht immer noch abgewandt, lag sie selbst wie tot da. Benedetta beugte sich über sie und legte ihr das Kind in den Arm. Instinktiv hob Gilleis die Hände und zog den Säugling an ihre Brust. Nach einer Weile, als sie das Gewicht und die Wärme des Kindes über ihrem Herzen spürte, glättete ihre gerunzelte Stirn sich ein wenig.

»Wenn Ihr wüßtet«, meinte Benedetta, »wie sehr ich Euch beneide!«

Sie sank neben dem Bett auf die Knie und legte den Kopf auf die verschränkten Arme. Da stahl sich eine Hand über die Decke und berührte sanft ihre Wange, und als Benedetta aufblickte, sah sie, daß die dunkelhaarige Frau den Kopf auf dem Kissen ihr zugewandt hatte und sie anblickte. Freundlich und voller Tränen ruhten Gilleis' große Augen auf ihr.

Am zweiten Tag ihres Aufenthalts in der Einsiedelei kam ein Bote und suchte John den Pfeilmacher, der sich daraufhin eilig zu Benedetta begab.

»Der Mann stammt aus der Nähe von Parfois. Vor meiner Flucht habe ich mit ihm abgemacht, er solle herkommen und uns Nachricht geben, wenn sich herumspricht, daß man immer noch nach Mistress Gilleis sucht. Denn ich wußte, Ihr würdet herkommen, um sie zu holen, sie und das Kind, sobald es in Eurer Macht stünde. Der Bote berichtet, man habe den ganzen Haushalt auf den Kopf gestellt, um herauszufinden, wer den Pfeil abgeschossen hat, der jene gascognische Krähe ihres Mahls beraubte; und die ganzen Stallungen sind durchsucht worden, um festzustellen, ob ein Pferd fehlt. Das Ergebnis ist nun, daß sie hinter beides gekommen sind und die ganze Gegend nach mir und dem Grauschimmel durchkämmen. Mein Bekannter sagt, sie hätten ganz in der Nähe, bei der Schenke in Walkmill, die Hufabdrücke gefunden. Und die werden sie zwangsläufig hierher führen.«

John hatte seinen Bericht noch nicht zur Hälfte vorgebracht, da war Benedetta schon aufgesprungen. »Walkmill? Dann sollten wir uns auf die Talstraße begeben und uns nach Shrewsbury aufmachen, ehe sie allzu nahe kommen; dann müßten die Verfolger schon um oder über den Longmynd reiten, bevor sie uns sichten.«

»Das stimmt. Und wir bekämen eine ordentlichen Vorsprung. Allerdings wird der Grauschimmel zwei Menschen tragen müssen.«

»Daran ist jetzt nichts zu ändern! Sattle die Pferde, John, während ich Gilleis Bescheid gebe.«

»Und bedeckt Euer Haar, Lady. Bei diesem Licht ist es von den Hügelkuppe aus auf mehr als eine Meile Entfernung zu sehen.«

»Man hält mich für tot«, widersprach Benedetta. »Die Männer suchen nach einem Grauschimmel, nicht nach einer Frau mit rotem Haar.«

»Verbergt es dennoch. Wenn sie nur einen Blick darauf erhaschen, werden sie wissen, daß Ihr am Leben seid, denn einen solche Schopf gibt es in Britannien kein zweites Mal.«

Sie versteckte ihr Haar unter der Kapuze, die der Bauer aus der Kate unterhalb des Burgbergs ihr gegeben hatte, und schlüpfte von neuem in die groben Kleider. Gilleis hatte zwar keine solche Verkleidung, aber sie legte Johns graubraunen Umhang an, denselben, der Harry als Leichentuch gedient hatte, als sie ihn zum Kloster gerudert hatten. Eilig und kurz nahmen sie Abschied. John stieg als erster auf, und Benedetta bot Gilleis ihr Knie und half ihr, sich vor ihm in den Sattel zu schwingen. Gilleis hatte widersprochen und behauptet, sie sei kräftig genug, um im Damensitz hinter ihm zu reiten, damit er nicht die zusätzliche Mühe auf sich nehmen mußte, sie festzuhalten. Doch ihre Gefährten fürchteten, ihre Körperkraft könnte ihrem Mut noch nicht gewachsen sein. Den Säugling nahm Benedetta und barg ihn sicher in den Falten des Mantels, den die Schwestern ihr gegeben hatten. So verließen sie das Kloster über den grasbewachsenen Pfad, der sich zwischen den Hügeln hinabschlängelte, um die Straße einzuschlagen, die direkt nach Shrewsbury führte.

Benedetta gab ein rasches Tempo vor. Das Tal war hier leicht einzusehen, und zur Linken ragte der hohe Grat des Longmynd über ihnen auf. Etliche Male glitt ihr Blick unruhig über den sanft ansteigenden Hang, und sie bemühte sich, die uralte Straße am Gebirgskamm auszumachen. Ein frischer Wind wehte, der an ihrer viel zu großen Kapuze zerrte, wenn sie den Kopf wandte, doch sie hatte keine Hand frei, sie festzuhalten.

Sie hatten beinahe die letzten Ausläufer des Berges erreicht, als die Venezianerin hoch auf dem Kamm einen Hund kläffen hörte. Bestürzt blickte sie auf, denn dieses Bellen kannte sie. Der Wind fuhr in ihre Kapuze und riß sie ihr nach hinten vom Kopf, so daß ihr Haar in dem unsteten Sonnenlicht hinter ihr herflatterte. Sie machte eine Hand frei, um den verräterischen Glanz von neuem zu bedecken, doch es war zu spät. Vom Hügel her drang ein ferner, aber deutlich vernehmbarer Schrei zu ihnen herab. Benedetta sah, wie sich eine winzige dunkle Gestalt über den Rand des Hangs schob, dann eine zweite, dritte und vierte, bis sie mindestens sechs Reiter auf den Fersen hatten. Ein goldbraunes Etwas, das ihnen vorauseilte, schnellte wie ein Pfeil vor ihnen über die grüne Schaftrift.

»Soliman!« schrie Benedetta, gab ihrem Pferd die Sporen und sprengte im Galopp davon. Höchstens der Hund konnte sie einholen, denn er war schneller als die meisten Pferde. Vor dem Tier selbst fürchtete sie sich nicht; diese riesenhafte Kreatur hatte zu oft den Kopf in ihren Schoß gelegt, um sich jetzt gegen sie zu wenden. Was sie fürchtete, war vielmehr, daß er die Jäger zu ihrer Beute führen würde.

»Noch eine Meile bis zur Furt«, brüllte John dicht neben ihr. »Dort kommen wir im Wasser weiter.«

Er kannte diese Landschaft besser als sie, und so überließ sie sich willig seiner Führung. Sie warf einen Blick auf den Säugling, der so friedlich schlief wie in einem sicheren Bett. Wer hätte gedacht, daß so viel Widerstandskraft in einem solch winzigen Wesen wohnte?

Erschreckend dicht hinter ihnen schlug Soliman an. Auf dem holprigen Hang konnte er sich besser bewegen als die Verfolger und hatte sie gewiß weit hinter sich gelassen. Ab hier verlief die Römerstraße durch die Wälder, so daß sie den Blicken der Männer verborgen blieben. Doch den Hund würden sie nicht täuschen können. Das nächste Bellen verriet, daß er ihnen gefährlich nahe auf den Fersen war.

»Sobald wir an der Furt sind, kümmere ich mich um ihn«, rief John und lockerte den Dolch in der Scheide.

»Nein!« Benedetta wußte, wer von beiden dabei am wahrscheinlichsten den Kürzeren ziehen würde, und sie wollte nicht, daß ihrem Diener oder dem Hund etwas zustieß. Also sprengte sie zum Bach hinunter und lenkte ihr Roß, Johns Anweisungen folgend, nach links vom Pfad ins Wasser. Dort zügelte sie das Pferd und rief dem Diener zu, er möge ihr das Kind abnehmen.

»Der Hund wird mir nichts tun. Seit sechs Jahren lebt er in engem Umgang mit mir und hat gelernt, mich als seine Herrin zu betrachten. Er würde mich nicht einmal anfallen, wenn Isambard es ihm befähle. Ich will versuchen, ihn nach Hause zu schicken. Reite mit den beiden weiter! Ich folge euch später.«

»Nein, das ist meine Sache ...«

»Nun los doch!« schrie Benedetta und hob den Säugling in Gilleis' ausgestreckte Arme. »Ich komme nach!« Wasser spritzte auf, als sie ihr Tier herumriß und zur Furt zurückritt. Sie hörte, wie das Plätschern der Hufe sich stromabwärts entfernte und dann, als John eine buschbewachsene Uferbank umrundete, abrupt verstummte. Danach herrschte Stille. Angestrengt lauschte sie auf Hufgetrappel oder Stimmen von der Straße, hörte jedoch nichts. Der Hund schlug nicht noch einmal an. Leise, vor Erregung zitternd wie Espenlaub, kam er aus dem filigranen Muster von Licht und Schatten hervor. Mit langen, geschmeidigen Schritten glitt er, den riesenhaften Kopf gesenkt, dicht über dem Boden dahin. Leise rief Benedetta ihn beim Namen, und das Tier spitzte die angelegten Ohren und riß die bernsteinfarbenen Augen auf, obwohl es die Nase nicht von der Spur hob, die es verfolgte. Am Ufer hielt der Hund und lief ein paar Schritte hin und her. Dann blieb er stehen, sah sie an und wedelte unsicher mit dem Schwanz.

»Nein, Soliman! Nach Hause!« rief sie, stieg ab und schritt

energisch durch das Wasser auf ihn zu. Sie umschlang den goldbraunen Kopf, der so breit und schwer war wie ein Ritterhelm. »Hast du mich nicht gehört? Laß es! Genug!«

Unsicher erwiderten die gelben Hundeaugen ihren Blick. Das Tier erkannte sie als jemanden an, der das Recht besaß, ihm Befehle zu erteilen. Doch es mochte ungern eine Beute fahrenlassen, auf deren Spur eine andere Stimme und ein anderer Herr es gesetzt hatten. »Nicht weiter, Soliman, Schluß. Ende! Lauf nach Hause!«

Sie wies ihm die Richtung; nicht zurück auf den Pfad, sondern gen Westen, nach Parfois. Langsam drehte sich der Hund, blickte aber über die Schulter, auf der die Muskeln spielten, zu ihr zurück. Und als sie ihn ein weiteres Mal fortwinkte, wandte er auch den Kopf und schickte sich an, mit langen, geschmeidigen Sätzen über die Straße davonzuspringen.

»Nein, Soliman! Lauf nicht zurück! Nach Hause!«

Die seidigen Hundeohren zuckten enttäuscht und zögernd, doch das Tier gehorchte und trottete langsam in den Wald. Und als er endgültig von dem neuen Befehl überzeugt war, reckte er sich, verfiel in einen lässigen Laufschritt und folgte seiner Nase nach Parfois. Als das Tier verschwunden war, stieg Benedetta wieder auf und ritt durch das Bachbett des Cound davon, um John, den Pfeilmacher, einzuholen. Vorsichtig suchte sie sich ihren Weg zwischen den Steinen.

»Der Hund ist fort. Und zwar nicht zurück zu unseren Verfolgern, denn die hätten ihn nur wieder auf uns losgehetzt, sondern geradewegs zur Festung. Wenn er jetzt nicht wieder unschlüssig wird, finden sie ihn auf dieser Seite des Burgbergs bestimmt nicht wieder. Aber diese Kreatur besitzt ein Gewissen und haßt es, aufzugeben. Besser, wir setzen unseren Weg eine Zeitlang durch das Wasser fort.«

So rasch sie vermochten ritten sie weiter und verließen das Wasser nur, wo die komplizierten Windungen des Baches sie zu sehr aufgehalten hätten. Nach zwei Meilen hielten sie es für besser, wieder dem offenen Pfad zu folgen; bald hatten sie Condover hinter sich gelassen.

Von dem Trupp, der ihnen vom Longmynd-Berg nachgesetzt hatte, sahen und hörten sie nichts mehr; aber in Bayston wären sie, ohne es zu bemerken, fast über die Männer gestolpert. Vor der Schenke standen zahlreiche Menschen versammelt, die nach Shrewsbury blickten und laut durcheinanderschrien. Benedetta wäre beinahe in aller Unschuld zu der Gruppe geritten, um zu fragen, was der ganze Aufruhr sollte, aber John hatte sie plötzlich beim Arm gepackt und sie eilig hinter sich her in eine Gasse zwischen den Häusern gezogen.

»De Guichet!« flüsterte sie, als sie in der Mitte der Gruppe erblickte, was John gesehen hatte. Die breiten Schultern des Kriegers, seinen riesigen Schecken und den Griechen, der jetzt ohne seinen Hund nicht viel ausrichten konnte. Mit der ausdruckslosen Miene eines Menschen, der ein Gespräch in einer fremden Sprache nur zur Hälfte versteht, wendete er das schmale wettergegerbte Gesicht von einem zum anderen.

Da standen die Männer, die sie fürchtete, sie standen zwischen ihr und Shrewsbury. Während die Gejagten sorgfältig ihre Spuren verwischt hatten, indem sie sich durchs Wasser vorwärtsbewegt hatten, waren die Jäger wohl, nachdem ihnen der Spürhund abhanden gekommen war, auf der Straße geblieben, schnell geritten und hatten diese Stelle vor ihrer Beute erreicht, obwohl ihnen anscheinend noch nicht klar war, daß sie die kleine Gruppe überholt hatten.

John, der Pfeilmacher, packte Gilleis fester am Arm und blickte besorgt auf sie herab, während er sein Pferd im Schritt über den gestampften Lehmboden der Gasse lenkte. »Arme Lady, sie ist mit ihrer Kraft am Ende. Nehmt ihr das Kleine wieder; wir sollten uns bereithalten, unser Heil in der Flucht zu suchen.«

Gilleis öffnete die Augen, um mit schwacher Stimme zu beteuern, sie befinde sich wohl, doch sie gab den Säugling ohne Widerrede her, und Benedetta brachte ihn sicher in ihrem Umhang unter und zog den Gürtel fester, der die Falten seiner provisorischen Wiege zusammenhielt. Der Knabe stieß ein dünnes Wimmern aus. Sein Schrei klang nicht lauter als das Mauzen eines Kätzchens, dessen Augen noch geschlossen sind, doch er schnürte Benedetta das Herz zusammen. Dieses Kind durfte nicht in Isambards Hände fallen; der würde den Jungen töten oder – noch wahrscheinlicher – kaltblütig als seinen eigenen Sproß aufziehen, so daß er nie erfuhr, wer sein Vater gewesen war. Niemals sollte das geschehen, solange sie lebte.

Sie ritten durch die Felder und schlugen einen Bogen um das Dorf, um sich ein Stück weiter wieder auf die Straße zu begeben. Dort fielen sie auf dem bewachsenen Randstreifen, wo das Gras üppig und hoch stand, wieder in Galopp. Hätte die Menge vor der Schenke nicht weiterhin unablässig und angestrengt gen Shrewsbury gespäht, wäre ihre Flucht wohl auch unbemerkt geblieben. Doch ständig wies jemand in ihre Richtung. Das scheckige Roß hob sich von den frühlingshaften grünen Wiesen dermaßen hell ab, daß es nur allzu leicht ins Auge fiel. Als Benedetta sich umblickte, sah sie, wie der Staub, den die Verfolger aufwirbelten, sich bereits zielbewußt über die Straße auf sie zuwälzte.

Über dem Horizont lag Rauch; jetzt erkannten sie, wie er als dichte Säule in den blauen Himmel stieg, in den höheren Luftschichten vom Wind aufgelöst wurde und als zarter Dunstschleier über Shrewsbury hängenblieb. Auch in Meole standen die Dorfbewohner vor ihren Häusern, plapperten aufgeregt und wiesen in Richtung Stadt. John hätte sich brüllend einen schnellen Weg durch die Menge gebahnt, doch einer der Männer kam herbeigerannt und packte sein Pferd am Zaum.

»Wenn du deinen Verstand noch beisammen hast, Meister, dann kehr um! Siehst du den Rauch nicht? Shrewsbury brennt. Die Waliser haben die Mühle in Brand gesteckt, und die Lagerhäuser des Klosters stehen in Flammen.«

»Lieber einem walisischen Überfall die Stirn bieten, als zurückgehen«, rief Benedetta aus und preßte ihrem Pferd die Knie in die Flanken.

»Das ist kein einfacher Überfall, Lady. Die Waliser sind entschlossen, die Stadt einzunehmen, und niemand diesseits von Gloucester könnte sie aufhalten. Sie haben den Fluß umgangen und von Osten angegriffen, wo niemand damit rechnete. Vor einer halben Stunde ist hier ein Reiter durchgekommen, der uns berichtet hat, der Fürst von Gwynedd befinde sich bereits auf der Brücke und hämmere an die Tore.«

»Der Fürst von Gwynedd?« stieß Benedetta mit einem lauten Freudenschrei hervor. »Danke für deine Warnung, Freund! Vergiß nicht, sie an die Männer weiterzugeben, die uns folgen.« Entschlossen trieb sie ihr Reittier an, und die Dörfler wichen zurück und ließen sie durch, obwohl sie diese Frau offensichtlich für wahnsinnig hielten.

Während sie dahingaloppierte, sah sie, daß die Rauchwolke über Shrewsbury dichter geworden war. Nur einmal, bevor Mole ihren Blicken entschwand, schaute sie kurz zurück. De Guichet hatte die Barriere von aufgeregten Dorfbewohnern passiert, doch jetzt hielt er unschlüssig am Straßenrand. Die Männer mochten ihm nicht weiter folgen; sie waren nur zu sechst und hatten keinen Befehl, sich mit einer walisischen Armee anzulegen. Doch es war noch mehr als eine Meile bis zur Brücke. Man konnte sie also noch einholen. Wütend winkte de Guichet seine Männer weiter, und da kamen sie, zumindest einer, dann zwei, drei ... Das bedeutete, daß alle ihm folgen würden, denn die letzten beiden würden niemals wagen, nach Parfois zurückzukehren, wenn sie sich jetzt absetzten. Die Venezianerin heftete den Blick auf die Straße, die sich wie ein entrolltes Band vor ihr erstreckte, und trieb ihr müdes Pferd mit den Schenkeln und unter Schreien und Schlägen weiter.

Jetzt sprengten die Fliehenden über den langgestreckten Abhang auf den breiten, silbrig glitzernden Lauf des Severn zu. Schon war auf dem anderen Ufer der von einem Wassergraben umgebene und von der Stadtmauer und ihren Türmen gekrönte Hügel zu erkennen. Eine tiefhängende Rauchglocke hüllte Shrewsbury ein. Der Pfad bog nach rechts ab und folgte der Biegung des Flusses, so daß die Stadt über ihnen sich zu drehen schien. Wie bei einem Karussell rückten die Türme nacheinander gemächlich in ihr Blickfeld und verschwanden wieder. Auch die Türme des Stadttors rollten auf die Flüchtlinge zu: erst als ein einzelner dunkler Fleck, dann waren beide deutlich zu erkennen; und zwischen ihnen die dunkle Passage des Toreingangs. Auf der Brücke darunter wogte eine Menschenmenge, in der immer wieder Waffen aufblitzten. Der Rauch kam nicht hinter den Mauern hervor, sondern wurde durch den Wind vom nahe gelegenen Flußufer herangetragen, wo die Abtei und all ihre Nebengebäude lagen sowie die Almosenhäuser, die Wohnstätten der frommen Alten, die dem Kloster all ihre Güter vermacht hatten, um dort ihr armseliges Auskommen zu fristen, das nur aus einfachen Mahlzeiten und einem Bett bestand. Die Kirche selbst stand unversehrt da, denn ihre hohen Umfriedungsmauern hatten alles geschützt, was sich dahinter befand. Doch von der Mühle stiegen hohe Feuerzungen und eine Rauchsäule auf, und die Kornhäuser und die aus Holz und Lehm errichteten Fachwerkhäuser, die sich zwischen Kloster und Fluß zusammendrängten, standen in hellen Flammen.

Mit einem dumpfen Geräusch schlug ein Armbrustbolzen in den Grasboden am Rand der Straße ein. Benedetta beugte sich schützend über das Kind, schlug dem Pferd die Fersen in die Flanken und preschte weiter. Wenn de Guichets Männer jetzt schossen, dann war das der letzte Versuch vor dem Rückzug, die Flüchtenden noch aufzuhalten. Hinter sich vernahm sie den lauten, harten Einschlag eines zweiten, zu kurz gezielten Bolzens, und dann schloß der Rauch sie ein, drang ihr in die Kehle und brannte in ihren Augen. Benedetta nahm den Saum ihres Umhangs zwischen die Zähne, um ihn schützend über das Gesicht des Kindes zu ziehen, und ritt halbblind in das Getümmel am Ende der Brücke hinein.

Von überall drangen Männer auf sie ein, die an ihrem Zaumzeug rissen und auf englisch und walisisch auf sie einbrüllten. Gesichter tauchten, verzerrt durch die Tränen, die Benedettas Blick verschleierten, aus dem Rauch auf und verschwanden wieder. Einmal sah die Venezianerin nach hinten, um sich zu vergewissern, ob John ihr folgte, dann kämpfte sie sich weiter durch die dichtgedrängte Masse, wehrte mit Fußtritten Hände ab, die sie gepackt hielten, und riß sich aus ihrem Griff los. Jemand bekam den Saum ihrer Kapuze zu fassen und zog sie ihr vom Kopf, so daß die zerzauste Haarmähne über ihre Schultern herabfloß und im Wind hinter ihr herwehte.

»Wo ist der Fürst von Gwynedd? Wo finde ich Sir Llewelyn?«

Jetzt befand sich Benedetta auf der Brücke. Hier drängten die Männer sich so dicht, daß sie kaum noch vorwärtskam. Dunkle, flinke Stammeskrieger waren das, die meisten zu Fuß und einige auf drahtigen, kräftigen Hügelponys. Der Wind, welcher vom Fluß her wehte, riß den trüben Dunstschleier auf, und Benedetta erhaschte einen klaren Blick auf das Stadttor von Shrewsbury zwischen seinen Türmen. Davor wartete eine Gruppe schwerer Schlachtrosse und mit Kettenpanzern angetaner Reiter. Ein junger Knappe umklammerte einen gewaltigen Helm, um den ein schmaler goldener Kronreif verlief. Die Venezianerin warf mit einer Kopfbewegung ihr Haar nach hinten und schrie über das Hufgeklapper und das babylonische Stimmengewirr hinweg noch einmal mit heiserer Stimme: »Bringt mich zum Fürsten von Gwynedd! Wo ist Prinz Llewelyn?«

»Wer ruft so laut nach Prinz Llewelyn?«

Die Menge teilte sich, um den Fürsten durchzulassen, und da erblickte sie ihn. Ein dunkles Glühen ging von ihm aus. Sein Haupt war bloß, und das Schwert lag wieder in seiner Scheide, denn die Stadt lag offen vor ihm, und es war kaum ein Schwertstreich nötig gewesen. Die Schultern des weißen Übergewands, das seinen Kettenpanzer bedeckte, waren rußgeschwärzt, doch auf seiner Brust ließ sich deutlich der Umriß des roten Drachens erkennen. Sein schwarzes Roß war groß und grobknochig wie der Reiter selbst, so daß Llewelyn die meisten seiner Begleiter um Haupteslänge überragte. Das lebhafte Raubvogelgesicht, welches nur aus Licht und Schatten zu bestehen schien und aus dem zwei unstete, kluge Augen blickten, war von der Anstrengung und der Hitze des Gefechts gerötet. Llewelyn lachte. Hier zeigte sich ein Antlitz, auf dem sich Fröhlichkeit, Zorn, Großmut, Mitgefühl und alle rasch aufwallenden, warmen Gefühle offen abzeichneten. Als er die Panzerhandschuhe ablegte und sie von seinen Handgelenken baumeln ließ, strahlte sogar diese verhaltene Bewegung eine ungestüme Lebhaftigkeit aus.

»Wer ruft da nach Llewelyn?«

»Einer, dem der Fürst ein Leben schuldet«, erklärte Benedetta und zügelte neben Llewelyn ihr Pferd. »Sein Name ist Harry Talvace.«

Verblüfft nahm der Fürst sie in Augenschein. Sein Blick glitt über die grobe Bauernkleidung, das schmutzige, erschöpfte und liebreizende Frauengesicht und das lange rote, schweißnasse Haar, das durch die Feuchtigkeit einen tiefpurpurnen Ton angenommen hatte. Da wußte er, wen er vor sich hatte: Es fiel nicht schwer, Benedetta zu erkennen, wenn sie einem beschrieben worden war.

»Talvace ist hier?« Eifrig schaute er hinter Benedetta , auf der Suche nach dem Mann, von dem ihm zwei Menschen, die ihn liebten und des Lobes über ihn voll waren, schon so viel erzählt hatten. Doch er sah nur einen ergrauten Diener, der eine junge Frau in den Armen hielt, und verwirrt wandte er seinen Blick wieder Benedetta zu. »Wo ist er? Führt ihn zu mir, und er soll mehr als willkommen sein! Wir waren auf dem Weg nach Parfois, um ihn zu befreien, aber mit Gottes Hilfe scheint er selbst zu uns gefunden zu haben, und ich stehe immer noch in seiner Schuld.«

Behutsam löste die Venezianerin die zusammengeschnürten Falten ihres Umhangs und hielt dem Fürsten das Kind entgegen, das inmitten des Getümmels wieder friedlich eingeschlafen war. Staunend blickte Llewelyn auf das schwarzhaarige Köpfchen und die winzigen geballten Fäuste hinunter, und eine dunkle Ahnung legte sich wie ein Schatten über sein Gesicht.

»Hier ist Harry Talvace, Sohn des Harry Talvace«, erklärte Benedetta, »und dies ist Gilleis, die Mutter des Knaben. Die beiden bedürfen dringend Eures Schutzes, um den ich Euch im Namen ihres Vaters und Gatten ersuche.«

Hinter ihren klaren grauen Augen erkannte Llewelyn einen Schmerz und eine Leere, die kein anderer, auch nicht dieses Kind, jemals würde füllen können.

»Ist er tot?« fragte der Fürst.

»Ja. Vor sieben Tagen.«

Mit düsterer Miene blickte Llewelyn auf das Kind herab. »Das tut mir aufrichtig leid. Wir hatten damit gerechnet, mehr Zeit zu haben, sonst hätte ich nicht darauf gewartet, daß FitzWalter London erreicht. Talvaces Ziehbruder, der sich dort unter meinen Männern befindet, wird noch schwerer an der Kunde tragen; und daheim wird ein kleiner Bursche bittere Tränen vergießen, wenn er davon hört.« Er schüttelte den Kopf, und die dunklen Locken, die der Helm in Unordnung gebracht hatte, fielen ihm feucht in die Stirn. »Wir glaubten, wir hätten mehr Zeit«, wiederholte er zornig und betrübt. »Wir hatten vor, ihn mit Gewalt zu befreien oder ihn gegen Shrewsbury auszulösen.«

Vor den Stadttoren, deren Flügel weit offenstanden, um den Eroberer zu empfangen, beobachteten die Ritter staunend und neugierig die fremde Frau, welche ein Kind in den Armen trug, und die Pferde stampften ungeduldig und schüttelten sich so, daß ihr Geschirr klirrte. Im Schatten des Torgangs standen der Kastellan und hinter ihm der Provost und die Beamten des Königs, und alle warteten ungeduldig darauf, die Schlüssel der Stadt zu übergeben.

»Wir sollten die guten Bürger nicht warten lassen«, erklärte Llewelyn und deutete mit einer ruckartigen Kopfbewegung über seine Schulter. »Kommt, wir wollen zumindest Talvaces Gemahlin in Sicherheit und ins Bett bringen. Bleibt dicht hinter mir, bis wir die Burg erreichen.« Liebevoll blickt er auf Gilleis hinab, die totenbleich und mit geschlossenen Augen an Johns Schulter lehnte. »Talvaces Witwe soll meine Verwandte sein«, erklärte er, streckte die Hand aus und berührte mit einem breiten Zeigefinger die rosige Stirn des Knaben. »Und sein Sohn soll mein Sohn sein!«

Er wendete sein Reittier und rief seinen Männern etwas auf walisisch zu. Die Reihen schlossen sich um sie und rückten langsam auf das Tor zu. Dort hielten die Soldaten an, um ihren Fürsten allein und als ersten in die Stadt reiten zu lassen. Doch Llewelyn griff gebieterisch nach dem Zaum von Benedettas Pferd.

»Reitet mit dem Knaben neben mir. Seinem Vater zu Ehren soll er einziehen wie ein Fürst und heute nacht in einem Bett liegen, das eines Königs würdig ist.«

Mit stolzem, elegantem Gang schritt das schwarze Roß unter dem hochgezogenen Fallgitter über die Schwelle. Der Luftzug zwischen den beiden Türmen ließ Llewelyns langen Backenbart und seine kurzen dunklen Locken flattern und verwandelte Benedettas langes wehendes Haar in einen Mantel von sattem, majestätischem Purpur, der das Kind in ihren Armen einhüllte, während der Fürst und sein Pflegesohn Seite an Seite in die eroberte Stadt einzogen.

PIPER ORIGINAL

Edith Pargeter

Die Rückkehr des Baumeisters

Roman. Aus dem Englischen von Marcel Bieger und Barbara Röhl. 399 Seiten. Klappenbroschur.

Der junge Harry Talvace wird vom Mörder seines Vaters auf der Burg am Ufer des Severn gefangengehalten. Aber aus der Feindschaft zwischen dem Baumeister und Isambard erwächst Respekt und schließlich sogar Freundschaft. Zu spät erkennt der Burgherr, daß es sein eigener Sohn ist, der ihm gefährlich werden soll. In einem dramatischen Kampf stehen ihm nun seine einstigen Widersacher zur Seite, und der hartherzige Isambard ist sogar zu einer Versöhnung mit der unglücklichen Benedetta bereit – ihre Tage aber sind gezählt... Erst als auch die Toten zur Ruhe kommen, kann Harry das Erbe seines Vaters antreten.
Mit dem dritten Band der großen Mittelalter-Trilogie über den Baumeister Harry Talvace krönt Edith Pargeter alias Ellis Peters das Glanzstück ihres Schaffens.

Stephen Lawhead

Taliesin

Sänger und Seher.
Die Pendragon-Saga. Aus dem Englischen von Frieder Peterssen.
576 Seiten. SP 2611

Charis, die schöne, weise Königstochter aus dem versunkenen Atlantis und Taliesin, der berühmte junge Barde, Heerführer und Seher aus Walis, lieben sich. Doch Neid und Intrigen verhindern eine Heirat. Da nehmen Charis und Taliesin ihr Schicksal selbst in die Hand – mit allen furchtbaren Folgen.

Merlin

Magier und Krieger.
Die Pendragon-Saga. Aus dem Englischen von Frieder Peterssen.
527 Seiten. SP 2612

Prinz Merlin, tapfer, vielseitig begabt, besitzt magische Kräfte und die Gabe der Weissagung. Sein Stiefvater erhebt ihn zum Mitregenten. Als Merlins Geliebte, die Waldprinzessin Ganieda, Opfer eines brutalen Überfalls wird, entfacht Merlin ein Massaker unter den Mördern, verzichtet auf den Thron und zieht sich in die Wälder zurück. Sein Leben bekommt einen neuen Sinn, als er ein bedrohtes Kind retten kann: Artus, der später Britanniens König werden wird.

»Lawheads süffige, actionreiche Interpretation des Artus-Stoffes ist von hoher Qualität und ein Muß für alle Fantasy-Fans...«
Brigitte

Artus

Der legendäre König.
Die Pendragon-Saga. Aus dem Englischen von Frieder Peterssen.
544 Seiten. SP 2613

Der weise Zauberer Merlin begleitet den jungen Artus auf seinem schwierigen Weg zum Hochkönig. Als der legendäre Herrscher der Tafelrunde sein Reich in ein friedliches, blühendes Land verwandelt hat, droht Artus tödliche Gefahr vom bösen Zauberer Medrant.
»Ein fesselndes Epos über den sagenumwobenen Herrscher der Tafelrunde.«
Buchreport